1　生地セット，「海辺の墓地」から見た地中海

2　ヴァレリーが通った公立中学校

＊本文 723 頁に図版の出典を掲載

4　自らを想像上の船乗りと考えるヴァレリーは、様々な種類の船のデッサンや水彩画を『カイエ』に描いた

3　ヴァレリーの生家
ヴァレリーは３階右端の部屋で生まれた

5　ヴァレリーが詩を書きためた模造皮革表紙のノート
セット市の紋章の鯨も描かれている

6　ロヴィラ夫人

7　パラヴァス＝レ＝フロ（1900年頃）

9　ヴァレリーと最初に出会った頃のピエール・ルイス（左）アンドレ・ジッド（下）

8　若き日のヴァレリー

11　ヴァレリーが1892年10月4日から5日にかけて危機を過ごしたといわれているジェノヴァ，サリタ・サン・フランチェスコの親戚の家

10　『聖アガート』（スルバラン画，ファーブル美術館蔵）

12　モンペリエの植物園

14　モンペリエ市街
（ヴァレリー画　1927 年 4 月 3 日）

13　ペイルー

16　アンリ四世ホテルのヴァレリーの部屋
（ヴァレリー画）

15　モンペリエ，ヴィエイユ・アンタンダンス街
一階右側の部屋でヴァレリーは『ムッシュー・テ
ストと劇場で』を書いた

18　ステファヌ・マラルメ（1895年）　ポール・ナダール撮影

17　ジュヌヴィエーヴ・マラルメ

19　ヴァレリーが蠟で作ったマラルメの頭

20　エルネスト・ルアールとジュリー・マネ，ポール・ヴァレリーとジャニー・ゴビヤールの結婚式当日の写真（1900年5月31日）

21　ヴァレリー一家
（まだフランソワは生まれていない）

22　ヴァレリー夫人と子どもたち
（ポール・ゴビヤール画）

23 『若きパルク』の草稿の一枚

24　ヴィルジュスト街のヴァレリー家のサロン
（ヴァレリー画　1905 年頃）

26 「ラ・ポリネジー」の庭か（ヴァレリー画　1927 年 4 月）

25　カトリーヌ・ポッジと息子のクロード（1910 年）

27　胸像作成のためにポーズをしていたヴァレリーを訪ねてきたリルケ（1926 年 9 月 13 日）

28　ジュネーヴの国際連盟の会議場でのヴァレリー（左端）

30　ジャン・ヴォワリエ（ヴァレリー画　1943年）

29　ヴァレリーとヴォワリエ
（ベデュエにて）

31　第一回目の詩学講義
1937年12月10日

32　自宅サロンにて
（1945年）
H・カルティエ＝ブレッソン撮影。ドガが撮ったマラルメとルノワールの写真，ヴォーチェ作の胸像が鏡に映っている。またヴァレリーのポーズがマラルメのそれと似ているようにも見える。二重三重のナルシス構造がしかけられた写真……

叢書・ウニベルシタス　902

ポール・ヴァレリー

1871-1945

ドニ・ベルトレ
松田浩則 訳

法政大学出版局

Denis BERTHOLET
PAUL VALÉRY 1871-1945

This book is published in Japan by arrangement with PLON
through le Bureau des Copyrights Français, Tokyo.

目次

第一部 **青少年期**

1 子ども時代 　一八七一—一八八四年 　2
2 高等中学時代 　一八八四—一八八八年 　19
3 大学時代 　一八八八—一八九〇年 　44
4 小さな田舎者 　一八九〇—一八九一年 　68

第二部 **パリ**

7　開花期　一八九四―一八九七年　159

第三部　騒音と沈黙

8　陸軍省勤務　一八九七―一九〇〇年　198
9　身を固める　一九〇〇―一九〇六年　231
10　その日その日を　一九〇六―一九一二年　260

第四部　作　家

11　詩人の回帰　一九一二―一九一七年　290
12　真　昼　一九一七―一九二〇年　319
13　天国と地獄　一九二〇―一九二二年　362

第五部　旅する精神

14　時代のなかで　一九二二―一九二五年　400

15 栄光の騒音　一九二五―一九二八年　450
16 波に乗って　一九二八―一九三三年　482
17 歴史の重み　一九三三―一九三六年　525

第六部　師匠とその分身

18 教　授　一九三七―一九三九年　566
19 反逆者　一九三九―一九四二年　601
20 働　く　一九四二―一九四四年　634
21 息をする　一九四四―一九四五年　664

原　注　686
訳者あとがき　716
図版出典一覧　723
参考文献　巻末(62)
人名解説・索引　巻末(1)

凡例

一、原注（原文での脚注）は本文のあとに一括して示した。
一、〔 〕は訳者による補足・説明である。
一、『 』は書名・雑誌名・新聞名・絵画名・楽曲名を表す。
一、「 」は引用文、組織・グループ名、ならびに個々の詩編名などを表す。
一、［…］は引用文中の中略を表す。
一、傍点は原文ではイタリックである。
一、巻末の「人名解説・索引」のうち、解説文は訳者によるものである。
一、図版はすべて、訳者の判断で付加したものである。なお、図版の使用に関しては、著者ベルトレの好意的な了解を得ている。

亡き父に捧ぐ

第一部

青少年期

1 子ども時代

一八七一―一八八四年

ポール・ヴァレリーは、一八七一年十月三十日午後七時、セットの町で生まれた。第三共和制が成立して一年と少しの時間が経っていた。ヴァレリーより三ヵ月半早く、マルセル・プルーストが生まれていた。ヴァレリー家が住むアパルトマンのある建物は、グランド・リュ街六五番地にあった。建物の裏は防波堤や港に面していた。生まれたばかりのヴァレリーの最初の眼差しは、林立するマストの上に向けられるだろう。彼が耳にする最初の音は、水の音やごった返す港湾活動の音だろう。彼がかぐ最初の匂いは、何よりもまず、旅や遠隔の地を想起させる港や海の強烈な芳香だろう。

ヴァレリー家が住んでいる建物には建築様式などといったものはない。四階建てのその建物は、それと同じような大きさと作りの住居が建ち並ぶ一画にある。建物正面《ファサード》には装飾といえるほどの装飾はなく、あまりにも四角ばって、いかめしく、魅力にとぼしい。それは、セットの町の都市計画全体と運命をともにしたもので、忘れ去られるために造られた建物なのだ。船の索具や波の砕ける様や広大な空の雲の流れなどといった、たえず姿を変える動的で知的な建築物に向けられていた眼差しが、たとえこうした空しい石の装飾に注がれたところで、それを美しいとは思わないだろう。

新生児にできるだけ多くの聖人の加護を得させようとする伝統に従って、彼の両親は洗礼式のとき、彼にアンブロワーズ、ポール、トゥッサン、ジュールという洗礼名を与える。彼が日常使う洗礼名はポールとなる。後年、彼が文学の世界にデビューするとき、ポールより響きのよいアンブロワーズを使おうかというためらいも生じるのではあるが。アンブロワーズとジュールはともにヴァレリー家に代々伝わる洗礼名である。アンブロワーズはすでに死んでいた父方の祖父の洗礼名であったし、ジュールの方は存命中だった母方の祖父のものだった。ポールには八歳年上の兄ジュールがいる。

父親のバルテレミー・ヴァレリーは四十六歳で、ずっと税関の仕事に携わってきた。一八七〇年代、彼は主任検査官のポストについていた。職場の上司たちは、彼の良心的で几帳面な態度を高く評価していた。職業上の地位のお陰で、彼は裕福なブルジョワとしての威厳を保つことができた。そのため、金銭的には比較的つつましかったにもかかわらず、その精神は知的で文化的なことがらにたいして開かれていた。コルシカ出身の彼には、水夫や漁師の親戚が多い。家はバスチアの出で、その苗字は少し前まではValerjと綴っていて、長い間、漁船会社を所有していた。この会社は十九世紀初頭の経済的・技術的変化に対応できず、ライバル会社に吸収されてしまう。彼の父親は商人だった。傑出したというほどではないにしても、バルテレミーの経歴は相当なものだった。彼がうまく島の社会から大陸の風俗へ、民間部門から官公庁へと移行できたということ自体が、その優秀さを雄弁に物語っている。

バルテレミーは一八六一年に結婚するが、この結婚によって彼は快適な名声を手にする。結婚相手は、イタリア領事ジュリオ・グラッシの娘マリアンヌ＝フランソワーズ＝アレクサンドリーヌ・グラッシで、ファニーと呼ばれていた。ファニーは結婚当時三十歳だった。トリエステで生まれた彼女は、立派な教育を受けていた。一八五〇年にジェノヴァに居を構えた両親に付き随い、それから五年後、セットに父親の任地が変わったときも同行している。彼女の二人の姉のうちの一人はジェノヴァで、もう一人はロンドンで結婚していた。母親は一八五九年に死んだ。ジュリオ・グラッシが亡き妻のために選んだサン・シャルル共同墓地のなかの用地を、彼はグラッシ家の紋章入りの墓碑で飾る。共同墓地は、ポール・ヴァレリーの詩の魅力のおかげで、後年「海辺の墓地」となるが、その用地はポール・ヴァレリー自身の墓の用地ともなる。

ジュリオ、ファニー、バルテレミーよりなるヴァレリー＝グラッシ家にはまもなくジュールが、次にポールが生まれ、波風のほとんど立たない平穏な日々が流れていく。セットの町は、歴史の本に出てくるような大きな危機や事件からはずっと遠く離れたところで生きている。第二帝政の崩壊も、「恐るべき年」〔普仏戦争やパリで内戦のあった一八七〇年のこと。ユゴーの詩集名にちなむ〕も、ポールを様々な名誉で覆うことになる第三共和制の誕生も、セットではかすかなこだまとしてしか聞こえてこない。一八七一年の夏、それらの歳月のなかで唯一真に重要な出来事が起こる。イタリア王ヴィットーリオ・エマヌエーレ二世の息子ウンベルト王子がスペインへの旅行の途中セットに立ち寄ったのだ。彼は領事のグラッシに出迎えられる。グラッシの側には娘婿のバルテレミーが付き添っている。ウンベルト王子は町一番の美しいホテルに案内されたあと、税関が借り上げていたボートで運河や港を見学する。ファニーはこの輝かしい日のことを死ぬまで忘れない。

ポール・ヴァレリーの子ども時代には、特筆すべき事件やドラマなどはいっさいない。ヴァレリー家の生活のありようは、古典的なブルジョワ階級のそれである。アパルトマンは型通りのものである。通常、家の者はソファーのある小さなサロンに集まる。ときには、大きなサロンの方に行くこともあるが、そこにはだれも手を触れることのないピアノが置かれている。きちんとした社会生活、上品な使用人たち、礼儀にかなったカトリック信仰、そして厳格な道徳、こうしたものがポール・ヴァレリーの子どもの頃の環境を構成している。バルテレミーとファニーは自分たちの属するブルジョワという階層に関心を抱いているし、愛着も感じている。顔が隠れるほどふさふさとしたあごひげをたくわえたバルテレミーは、その当時の価値観や偏見を反映して、政治的混乱を嫌い、心の中ではナポレオンを支持し、おそらく潜在的には反ユダヤ主義に染まった保守的な趣味の持ち主だったように思われる。ただ、反ユダヤ主義とはいっても、当時、それは本来の意味でのイデオロギーにまで達することはなく、フランス社会のかなりの部分の共通の表現であり語彙でもあった。

　小柄で生気に満ちたファニーは、非の打ちどころのない家庭的な女性のように思われる。彼女の比類のない気質のおかげで、日常生活に特別な色合いが与えられる。おしゃべり好きで、想像力が豊かで、良きフランス社会が大量生産していた白ガチョウ〔旧式に育てられたおぼこ娘のこと〕と正反対の彼女は、次から次へと途絶えることなく議題や関心事を変える。彼女はそれを軽やかに、むら気なしにおこなうので、その驚くべきエネルギーは隠しようがない。だが、彼女の自由奔放さには裏があった。というのは、彼女はすべてのことを、そしてすべての人のことをつねに心配していないと気がおさまらないたちなのだ。不確かなことが一瞬あったり、だれかが長い時間不在だったり、思いがけず待たされるというようなことがあると、彼女はもう我慢ができなくなる。そして、不安のせいで少しばかり専制的になる。このような彼女の生き方はポールのふるまいにかなり深い刻印を残した。後年ファニーとポールが一緒にいるところを見た人たちは、皆、口を合わせて、二人が驚くほど似ていると言うことだろう。人間はだれでもその両親から動作や態度を受け継ぐものだが、ポール・ヴァレリーの場合、父親より母親からずっと多くのものを受け取ったと言わざるをえない。

　奇妙に聞こえるかもしれないが、ポールが子どもの頃、家のなかではあまりフランス語は使われなかった。バスチアで生まれ、バスチアで教育を受けたバルテレミーはコルシカ方言か妻の使う言語で話していた。祖国イタリアにたいする敬愛の念のなかで育てられたファニーは、生涯フランス語を完全に使いこなすようにはならなかった。彼女は家ではイタリア語を話した、より正確には古典的なイタリア語とジェノヴァ方言の混じったものを話した。彼女がフランス語で話そうとすると、二つの国の語や表現が入り交じり、錯綜しあい、独創的で比喩に富んだ混成語になってしまうのだった。コルシカ語、イタリア語、ジェノヴァ語、それに少し混じったフランス語……、このように、ジュールとポールはフランス人である前に地中海人なのである。彼らはローマ人たちの海やラテン文化圏に向かって開かれたオックの国の文化を所有しているのだ。ポールは、彼にとって子ども時代の雰囲気や感動と結びついたイタリア語を聞いたり話したりするのを終生愛することだろう。

　小さなポールのお手柄とか、名科白《ぜりふ》とか、ケガとか、その他の悪ふざけといった類の話は、ヴァレリー家には伝わっていない――あるいは、そうした話をヴァレリー家はおおやけにはしていない。何人かの評釈者たちは、ポールが最初に言ったとされている「鍵」という語について大いに論評している。ポールの言動が最初に確認されるのは、まだ彼が二歳にもなっていない一八七三年の夏のことである。彼は家族といっしょにジェノヴァ行きの船に乗り込む。「パオロ〔ポールのイタリア語読み〕は船の上でとってもおとなしかった[1]」、と父親が確認している。ジェノヴァでは、ファニーの姉ヴィットーリア・カベッラの家に滞在することになる。この家は今後も何度かヴァレリー家を迎え入れることになる。

ポール・ヴァレリーがポール・ヴァレリーという人物になる以前のもっとも古い記憶は、彼がよちよち歩きをしだした頃のもので、これは『混淆集《メランジュ》』に収められた「白鳥のいる子ども時代」という短い話のなかで扱われている[2]。そこでは、「マントや、糊がきいてごわごわしたギャザー付飾り襟で覆われた」子どもが、毎日公園を女中とともに散歩している姿が描かれている。ここで語られている話はスキャンダラスなものである。女中は、「彼女に恋こがれた下士官の待つ葉茂みのなかへと」遠ざかってしまったので、白鳥が群れいる池のほとりに一人残された子どもは、そこに落ちて、あやうく溺れそうになったというものである。ヴァレリーの記憶のなかに刻まれたイメージ、そしてこの話を正当化するイメージは、その着ている服やたっぷりとした襟飾りのおかげで彼が一瞬水に浮いていたというイメージ、そして、彼を白鳥のなかの白鳥に仕立て上げた白のイメージである。気絶していた彼をだれかが水から引き上げ、自宅に連れ帰り、少しラム酒を飲ませて、蘇生させた。「わたしの祖父は、女中を殺そうと思った」。

いくつかの印象、いくつかの束の間の瞬間が子どもの精神に永遠に刻まれる。激しい雷鳴が空を引き裂く。母親が窓辺にいる。彼は母親に身をすり寄せる。ある日、彼の眠りは恐ろしい悪夢によって中断される。夢のなかで、巨大なクモが彼を脅かしたのだった。

一八七四年、ジュリオ・グラッシが八十一歳で死ぬ。春、彼は娘婿に向かって、自分はその年の誕生日に死ぬと予告していた。彼の誕生日は八月九日、死んだのは八月十一日だった。ジュリオの死によってイタリア領事のポストが数ヵ月間空白になってしまったが、その間、しばらく前からジュリオを補佐していたバルテレミーがその職を務めた。イタリア国家にたいするこうした貢献が認められて、バルテレミーはイタリア王冠騎士十字章を授与される。グラッシ家最後の人物の消滅にもかかわらず、ヴァレリー家とイタリアとの情的なつながりは以前に変わらず緊密で、重要であり続ける。

　五歳から七歳にかけて、パオロはドミニコ会修道士のもとで、あるいはいくつかの小さな学校で最初の教育を受ける――が、こうした短期の在学の痕跡は一切残されていない。その頃の彼は、気性の激しい少年だった。その激しさは父親をびっくりさせる、ときには少しばかり不安にもする。「この子は怖いものしらずだ！」(3)。数年前兄がそうだったように、彼はつねに生き生きした好奇心や、きりのない質問や、たえざるおしゃべりで家族を楽しませる。彼にはまた、どの子どもにもあるように、郷愁にとらえられる瞬間もあった。「わたしはシーツの間に身を滑らせていた。とても丈の長い夜着のなかで頭と両腕を縮めた状態でいた。夜着を袋のようにして、胎児のように縮こまり、上体を両腕で抱きしめていたのだ――そして、ぼくの小さな家、ぼくの小さな家と繰り返し言っていた」(4)。一八七六年、彼は家族とともに何日かをコルシカで過ごす。その後、旧家のヴァレリー（Valerj）家は、グラッシ家の一族とは反対に、ポールの視界から消えていく。

　一八七八年の夏、ヴァレリー家はロンドンに住むファニーの姉ポリーヌ・ド・ランを訪ねる途上、旅行もかねてパリに短期間立ち寄る。汽車のなかでパオロは、全力で客車の前方の仕切り壁を押して楽しんでいる。ミュンヒハウゼン男爵〔『ほらふき男爵の冒険』の主人公〕の無垢なライバルである彼は、こうすることで機関車の牽引力に加勢しており、それだけ汽車が早く進むと確信している。老朽化して揺れのひどい船に乗ってドーヴァー海峡を横断するとき、彼はひどい船酔いにかかる。ロンドン滞在は彼にぞっとする思い出と甘美なイメージを残すことになる。ぞっとする思い出というのは、マダム・タッソー蠟人形館を訪ねたときの抑えがたい恐怖感のことであり、甘美なイメージというのは、フランツ・フォン・スッペの『ファティニッツァ』の上演や、雪の降るなかでピルエットをする踊り子たちのことである。

まもなく七歳になろうとしていた頃、彼にとって重大事が開始する。一八七八年の十月二日か三日、父親が彼の手を取って、彼をセットの町の高台にある公立中学校《コレージュ》につれて行ったのだ。「とても不安な気持ちで、しかし、この大冒険の後に何が起こるのか興味津々で、今にも笑い出しそうな顔をして、それでいて涙がこぼれそうになりながら」[5]、彼は第九学年〔初等科。学年が進むにつれて数字が小さくなってゆく〕に入学する、そしてそれと同時に、フランス文化の宇宙のなかに入るのである。学校は、地中海と広大なトー池との間の真っ平らな風景のなかで唯一の高地であるサン・クレール山の中腹に建っている。山腹に段状に配置された校庭からは町や港を見下ろすことができる。高いところから見るとセット[6]の町は島のようで、それをたった二本の砂の帯が陸地と結びつけているように見える。そのうえ、この島には運河が縦横に走り、多数の潟湖《せきこ》があるため、いたるところに水の存在が感じられる。公立中学校で過ごした数年間、ポールは巨大な水平線によって五感や精神が膨張したという印象を受ける。また、港に出入りする船の動きを目で追ったり、そうした船がどこからやって来たのか、どんな貨物を積んでいるのかを当てたりして、大いに想像力を働かせては楽しんでいた。

ヴァレリーは、すべての時間を海を見つめるためだけに捧げていたわけではない。というのも、学校で何度も立たされたおかげで（後年、彼はこの立たせることの効用について説得的な弁護をおこなうだろう）、教室の壁の前で、彼は相当な時間を強制的な夢想に捧げることになる。夢想していないとき、彼はきわめて立派な生徒だった。セットの公立中学校には生徒数がとても少ないという利点があった。「教室に生徒は四人だけだった。それで、単純な確率の計算からいって、全然努力などしなくても、四回に一回は一等賞になれた[7]」。毎年、彼とその仲間たちは、不釣り合いなくらい大量の本や褒美を分けあった。しかも、各年度の賞品授与式が、地方のお偉方の列席しているところで盛大におこなわれるのを楽しみとしていた。後にフランスの公教育システムを嫌悪していると公言するヴァレリーではあるが、学校で過ごした最初の数年は彼にいい思い出を残したのである。こうしたいい思い出は、学校で退屈した時間を過ごしたことと か、場合によっては悪い点をとったとか、さらには、いくつかの宿題の欄外にがっかりさせられるようなコメントが書かれた（「あなたの宿題は絶望的なまでに凡庸です。まじめに勉強していませんね」）という記憶が蘇ったとしても、かき乱されることはなかったように思われる。

　十歳頃、ポールは大きく変化する。成長するにつれて生き生きとしたところが失われたというのではないが、華奢で、身体的に抵抗力がなく、同時に非常に敏感になった。ほっそりとした顔立ちで、くすんだ顔色の、気まぐれで、歌うような声で話す少年になった。五十五歳のとき、自分の過剰なまでの感受性にずっと苦しめられてきた、と彼は断言するだろう。子どものときに特有の恐怖は彼を無防備状態にする。激しい遊びや運動を避けて、以後嫌悪するようになる。仲間とのあらゆる競争や勝負を避ける。想像的世界が彼の内部で発展し、それが彼の人生の本質になる。そしてまもなく読書が、その想像的世界に養分を供給することになるだろうし、それを彼は第三者のいかなる接近をも許さない秘密の花園として育てていくだろう。ポール・ヴァレリーは孤独な人間ではないし、今後も、決してそうはならない。彼は仲間たちから愛される友人であり続けるし、気さくで、どちらかというと愛想のいいタイプで、たくさん小学生らしい悪戯《いたずら》をしたり冗談を言いあったりもしたし、そのためにしかるべき罰も受けた。しかし、彼は自分のなかに内的領域を作り上げ、保持し、それをひとつの島のように描き出すだろう。彼はその島のロビンソンになろうとする。

こうした変化の理由は、それと見極めがたい。もちろん、代償のメカニズムが問題になっていると明言することはできるだろう。内的な力が外的な弱さといわば釣り合いをとった形なのだ。しかし、そんなことを言ってもたいした説明にはならない。彼自身の感受性の圧力だけで、彼をかくも深いところから変化させることができたのだろうか。そうとは思われない。おそらく、彼の子ども時代には、自分からは決して明かさなかったにもかかわらず、生涯にわたってとてつもない重みでのしかかった何らかの欠損や、不幸や、困難があったはずなのだ。彼をこれほどまでに一変させたのは、あるひとつの出来事だろうか、ある一点に限定されたことがらだろうか、それとも、家族のシステムにおける持続的な不均衡だろうか、彼の人格形成上の欠陥だろうか？　残された資料からは、彼の身に何が起こったかを再構成することはできない。

こうした状態の出現については、彼と父親との関係が何らかの役割を果たしたものと推測される。ポールやその家族の者たちはファニーやジュリオ・グラッシについてかなり正確なイメージを記憶しているのにたいして、バルテレミーは彼らの記憶のなかでほとんど消え去った影も同然なのである。たしかに、バルテレミーはその妻より数十年も前にこの世を去ったので、他のだれよりも緩慢な忘却作用を逃れることができなかったということは言えるだろう。しかし、たとえそうした点を考慮に入れたとしても、バルテレミーの性格の基本的な特徴やいくつかの意味深い事実や動作が、その妻や長男によって記録され伝えられていてもよかったはずではないだろうか。ところが、わたしたちは、バルテレミーがどんな夫で、どんな父親であったのか知らないのだ。そうした質問には、何らかの弱みなり常軌を逸したものをよびさますものがあるために、ヴァレリー家は一貫して口をつむぐことにしてきたのだろうか？　父と息子との関係はよそよそしく、バルテレミーは情愛の深い人間ではなかったようである。いずれにせよ、明らかに、バルテレミーはその息子の人柄のなかに、自らに似たもののいかなる痕跡も残さなかった。

さらに、若いヴァレリーは自分が理解してもらえないということで苦しんでいたのではないかと考えることもできる。おそらく彼は、かなり早い時期に、他人との意思の疎通がうまくいかない、彼の仲間も家族も善良な意志を持ってはいるけれど、彼がいろいろなものごとや自分自身を発見したりしても、彼の話にもはやついて来られないと感じたのだ。後年彼は、子どもの頃、各瞬間や個々の出来事が、一種の瞬間的永遠性とでも呼ぶべきもののなかで合流し固定されにやって来るような幾何学上の一点、完全に抽象的な中心となるよう、自分を形成しようと願ったと断言するだろう。おそらくそのとき、彼は、いかなる概念上の入念な練り上げをしたわけでもないのに、彼の受容性や感受性が自分を特異な人間にしているということ、さらに、その風変わりな性格が彼の個人史の本質部分を自らの精神のなかに密かに封印しておくよう余儀なくしている、という意識を抱いたのである。

何はともあれ、ポールは変容する。彼は裏表のある人間になる。そこでは、内側と外側とが互いに独立し、互いにたいしてほとんど無関心な別々の二つの生を生きている。彼は社交的な人間であると同時に秘密を抱えた人間であり、直情径行的な人間であると同時に物憂げな人間である。かつて彼は生き生きとして好奇心旺盛な少年だった。その少年は今もなお存続してはいるものの、そうした少年に少しずつ別の人間が裏地のように寄り添う。こうして少年は子どもっぽい特徴の一部を失い、今後その存在は、独創的な道を歩んでいくことになる。

海こそは、将来彼が進み行く方向の鍵とも言うべき要素になる。公立中学校の高みから視界が大きく開かれた状態で海を見るにせよ、自分の部屋から、そして港への数限りない散歩の最中に、動いている海を見るとか、海が引き起こす活動を見るといった、いずれにしても細部としての海を見るにせよ、海は彼にとってあらゆる夢想や欲望を引きつける磁石のようなものである。いくつかの瞬間や光景が彼の想像力や知性のなかで重要な役目を果たす。

ある朝のこと、三本マストの帆船が炎に包まれた。炎は檣楼《トップ》の高さまで燃え上がり、マストは中学校でも聞こえるような大音響をあげて崩れ落ちた。「午後の授業をさぼったのは、一人だけではなかった」[8]。この光景は夕方まで続いた。日が落ちて、船の残骸は白い光を発しはじめた。それは子どもの目には地獄絵だった。壮麗なものが姿を現すこともあった。毎年、装甲艦隊が数日間沖に碇泊しにやって来た。セットの町の子どもたちは、「船首の水切りは鋤の先の形をし、船尾が鋼板のペチコートをはき、軍艦旗の下には、わたしたちの羨望の的だった提督専用の看望台のついた」[9]鋼鉄の怪物たちを熱狂的に歓迎した。短艇が、「黒服に金モールをつけた将校たちが腰をおろしている縁が緋色の青い敷物の垂れた部分や旗の色を船尾の泡のなかに」[10]引きずりながら、波をかき分ける姿を見て、ポールは英雄的な偉大さを夢想する。「艦隊がやって来ると、わたしは気も狂わんばかりになった」[11]。

このようなすばらしい光景を前にして、どうして海軍にあこがれずにいられるだろうか、今度は自分自身がまばゆいばかりの将校になろうと望まないでいられるだろうか。かなり早いうちから、ポールは煩雑な海事用語を知りつくしていた。彼は港の生活を細かな点まで調べ上げていた。船の個々の部品や部分の名前や機能を知っているし、就航している船のそれぞれの特徴とともに、船のタイプを列挙することもできる。十二歳のとき、ほとんどすべてのセットの子どもたちと同じく、彼は本気で船乗りになりたいと思う。それこそ自分の天命と、心の中で熱烈に確信していた。それを家で話すと、ポールの考えを明らかに共有しない父親と意見が衝突する。父親は息子にその理想を思いとどまらせるのに苦労しなかった。彼の成績表だけで事足りた。海軍兵学校試験受験者になるためには数学ができなければならなかったのだ。ポールは数学が大の苦手だった。ということで、船乗りの卵は大いに絶望したが、彼が船乗りになるという話は最初から問題にもされなかった。

このような条件のなかで残されていることといえば、「船乗りになりたくてもなれないという不幸な情熱が文学か絵の方へと漂流する[12]」がままにまかせることだけだった。こうして絵が描かれることになった。公立中学校の頃から、ポールは鉛筆を握って、教室の窓から見えるものをデッサンしては、おそらく様々な場面や人物を画面に定着させた。彼の子どもっぽい下手な絵がどの時点で洗練されたデッサンに変容したのか、そしていつ、好きなイメージに形を与えるために鉛筆から別の手段へと移っていったのか、わたしたちは知らない。彼の描いた一枚の油絵が彼に最初の収入をもたらしたらしい。「十二歳の頃、絵の具を塗りたくって小さな絵を描き上げた。その絵は水先案内人に預けられていたが、彼はそれを作者に知らせずに一〇フランで売ってしまった。作者の方はこの思いがけない幸福にびっくりする[13]」。海、港、帆船はつねに彼のお気に入りの主題になるだろう。

一八八三年には大きな出来事が二つ起こった。春、彼はサン・ルイ教会で初めて聖体拝領をする。この時期の彼の宗教的感情は両親が期待していたものに呼応しているように思われる。彼の熱意はカトリックを信奉しているというよりは、むしろそれに同調しているといったたちのものである——宗教的な危機は数年後にやって来るだろう。彼はすでに自分の環境にたいしては個人的な眼差しを投げかけてはいるが、宗教的な問題に関しては、まだそこまでは行っていなかった。彼においては、美的な感情の方が倫理的感情より先に目覚めたのだ。

夏、今回で二度目になるが、彼は家族とともにジェノヴァのカベッラ家のいとこたちのもとへ行く。港の雰囲気や生活や匂いのおかげで、外国に来たという感じはしない。彼は母方の家族の言語や生活の流儀に染まっていくとともに、自分のなかに第二の祖国とも言うべき空間を築いていく。彼はまた大都市というものを発見する。ポーチが厳かな中庭につながっている重厚な宮殿のかたわらに、急激な産業の発展の影響を受けて広々とした通りが出現する。彼のように田舎から来た若者は、石と遠近法とでできた宇宙を評価するすべを学ぶ。風や水が作り上げる建築物の後に、人間の手で作られた洗練された構築物を解読し始める。しかし、彼の最大の喜びは古い町の路地や階段や片隅の神秘的な宇宙のなかにもぐり込んでいくことである。この迷宮のなかには、エキゾチックな社会がまるごとひとつ蠢いている。彼はそこで、「エジプトマメの粉のペースト」を焼き上げた「黄金色の巨大なタルト[14]」を味わう。そしてまたきわめて東洋風な感じのする、諸々の強烈でおいしそうな匂いの交じりあったものを吸い込む。さらにまた女商人や売春婦やぼろをまとった子どもたちと接する。「あたかも海のなかの、生物が異様なほどたくさん棲んでいる暗い底へと入っていくように、この町の奥深い小道のなかで営まれる濃密な生のなかを歩いていく[15]」。

セットに戻ったポールは、再び海が差し出す光景や印象との関係を取り戻す。ますます洗練された彼の想像力は、波や空のすべての変化、船のあらゆる動きをすばやく把握しては、絵や巨大な図像、何らかの歴史的、神話的場面を作り上げる。また彼は可能なかぎり頻繁に、身体を使った唯一の運動に没頭する。彼がその後も続けておこなうことになるその運動は、彼にとっては最高度に甘美で、望ましく、かけがえのない快楽そのもので、ほとんど愛の行為といってもいいものである。その運動とは水泳である。水泳常習者とも言うべき彼は、水の抱擁や変化に富んだ波の戯れに陶然とする。そして、海のしなやかで甘美な抵抗に身体を差し出す。彼はまた海と陸との中間にあって定義し得ない砂浜を愛する。そして、ラングドック地方の海岸に沿って続く砂浜を、しばしばどこまでも散歩する。真昼の太陽、目がつぶれるような砂と水の輝き、水面から上ってくる光と空から降りてくる光との間で宙吊りになっているという印象が、その後も彼のなかで反響し続ける感覚を与えるばかりでなく、将来のあらゆる美的判断の内的基準を与える。神々に刃向かって、視力を失う危険をもかえりみず、ときには太陽を正面から見つめる。「皆様の前で告白いたしますが、わたしは水の狂気と結びついた、文字通り光の狂気とでも言うべきものを経験しました[16]」と、彼はある日聴衆に向かって言うことになる。

一八八三年から翌年にかけての冬、第四学年の彼を、新たな時間の満たし方、人生の解明の仕方が捉える。詩作を開始したのである。一八八四年一月、彼は黒の模造皮革表紙のノートを開く。そしてそこに最初期の詩作を書きためていく。「模造皮革のノートの上には（…）、つや消しされた金で印刷されたセットの公立中学校の名や、町の紋章や月桂冠が見える。著者ヴァレリーは大文字やyの字を渦巻き模様にして、第一ページ目に大きな文字で自分の名前を書いている[17]」。二ヵ月後、彼はモンペリエに部屋を借りて法学の勉強を始めた兄のジュールに、脚韻辞典を送ってくれるようにと依頼する。こうして、ただちにポールは正確な語に没頭するようになる。

水やデッサンや夢想や港への散歩といった直接的な快楽と、そうした快楽を享受するというずっと込み入った新たな快楽、たとえば、荷物を満載した船は十字軍の帰還を表現し、船にぎっしり詰め込まれたマグロは死んだ兵士たちを表し、語は生の単純な感動と反省的意識の探求との間で変容し、結びつき、高めあうことができるといったようなことを知る快楽との間には、子ども時代と青年時代との隔たりがある。ポールの子ども時代は終わりに近づいている。奇妙な感動が彼の無垢な気持ちをかき乱す。ある日のこと、彼は父親に連れられてオペレッタを観にいった。「肩をあらわにした女声コーラスの一団が登場した。彼女たちは、いくつかの場面で一斉に腕を持ち上げた。そのとき、わたしは彼女たちの腋の下に黒い腋毛がふさふさと生えているのを目撃した。それはわたしを大いに驚かせ、本来なら隠され秘められるのが適当な嫌悪すべきものであるにもかかわらず、心を引きつけずにはおかないものにたいする新しい気持ちでわたしをいっぱいにした」。彼は一言も発しない。この内向、この沈黙こそが、「自分でもそんなものがあるとは思わなかった——閉じられた小さなできもの[18]」を作る。

一八八四年、まもなく六十歳になるバルテレミー・ヴァレリーは、退職を決意する。二人の子どもは大きくなっていた。長男は法学の勉強を開始し、次男は高等中学《リセ》に入る年になっていた。ファニーは家族をセットに繋ぎとめるものが何もないと判断した。重要な決断をしなければならない時期が迫っていた。家族は海辺の町を離れて、モンペリエに居を構えることになる。モンペリエには、セットから近いという利点、それに、子どもの教育や将来にとってよりよい条件を備えているという利点があった。ある悲しい状況のせいで、モンペリエへの移動時期が早まる。共和国となり産業が発達したフランスではあったが、生物的、医学的な見地からすれば、まだまだパストゥール革命以前の悲劇的な宿命に服従していたのである。夏の終わりに、コレラが南フランスに発生し、とりわけセットの町で猛威をふるう。九月、両親はポールをモンペリエのジュールのところに向かわせる。モンペリエなら安全と考えたのである。彼が十三歳の年に去ろうとしている町は、その後数週間で、死の町と化す。そこでは、死体埋葬用の棺の数が不足し、見聞きするものといえば、葬列と弔鐘だけという事態に陥る。

2 高等中学《リセ》時代

一八八四—一八八八年

困難な時期が始まる。ポールは第三学年への進級試験に合格し、十月、モンペリエの高等中学に入学する。しかし彼には、海によって作り上げられた世界から石でできた宇宙への移行、無限の世界から間近の壁によって仕切られた通りへの移行が耐えられない。彼は光り輝く天上から薄暗い迷路のなかへと突き落とされたように感じる。高等中学の校庭は井戸の底に投げいれられたような印象を与えるし、陰気な廊下や古びた机や椅子などが置かれている陰鬱な教室のなかで、彼は途方にくれる。十一月には両親もセットを離れ、ヴァレリー家は、旧市街の古びていかめしい迷路のようなところにある法学部街に居を定める。新しい都市住民には、高等中学と同様に、この住まいも気に入らない。モンペリエの町は彼には魅力がないように思われる。

彼はやる気を失う。感性も、趣向も、態度も新しい環境に順応しなければならないのだが、彼はその新しい世界については何も知らない。彼が示した最初の反応は、自分のなかに閉じこもることだった。「意気消沈。自分自身への失望。心積もりのきちんとできていない陣地に混乱した状態で閉じこもる」[1]。後にポールの友だちにも打ち明け相手にもなるギュスターヴ・フールマンは新しい同級生の一人だったが、彼は、生まれ故郷の港から上陸したばかりのこの若い田舎者が、天性の比類のない威厳を持っている一方で、ひどく打ちのめされている様子を見て強い印象を受ける。三年後、フールマンはポールに彼がモンペリエで暮らし始めた当時のことを思い出させる。「ということで、ぼくが君と出会ったのは第三学年のことだった。今でも目に見えるようだけど、君は冬の間、頭から頭巾をすっぽりかぶって、あちこちを漠然と、ものうそうに見つめていたね。こうして（おそらく）君は十三歳の高等中学生の幻想や希望や野望の廃墟に立ち会っていたんだ[2]」。ポールの学業成績はこの精神状態を反映している。「教師たちとはいかなる個人的な関係もなし。いささか努力はしてみたが、結果はひどかった。倦怠感が勝っていた。わたしはきわめて凡庸な学生になった、そして卒業するまでその状態が続いた[3]」。とはいえ、これは少し誇張した言い方で、最初の数ヵ月を乗り切ると、彼は凡庸というよりは、並の生徒になる。しかし、彼はここで受ける教育に反感を抱く。その後ずっと学校という形態を通して知識を修得することに否定的な見解を示すことになるのだが、その根はこの時期のつらい経験にある。彼は教師の大部分を嫌悪する。彼によれば、教師たちは「恐怖によって支配し、（…）文芸に関しては権威主義的な概念を抱いている[4]」のであり、後年彼は、教師たちが彼の知的形成に及ぼした影響は皆無だと判断する。自分を叱ったり罰したりする教師にたいして、彼は軽蔑という防御によって対抗する。他の教師よりも繊細な数人の教師だけが、生徒たちの感性や知性に向かって話しかけようとするので、勉学への関心を少しだけ彼に取り戻させる。規則による束縛が耐えがたく、学校生活の様々な義務にいらだつヴァレリーではあるが、あからさまに反抗的な態度は示さない。彼は自分だけの関心事や読書に閉じこもることによって、そして、あまりにも長い授業時間にたいしては断固として誇り高い退屈という無関心をぶつけることによって抵抗する。実のところ、この時期以来、彼は大筋において自分の力で自分を教育していくのである。彼には数学や科学の知識は全然ない。とはいえ、当時それらはほとんど教えられていなかったし、たとえ教えられていたとしても、ひどくまずいやり方で教えられていたにすぎない。彼の好みの領域は文学だった。学校で教えられる作家や課題には、うわべだけの注意しか払わない。授業中、彼は自分の夢想が暗示する様々なデッサンでノートを覆い尽くすことに没頭する。帰宅するやいなや、がむしゃらに読書の世界に没入する。

文学上の好みは、初めからかなり明確に限定されていた。彼は自分が何を読みたいか、なぜ読みたいかを知っていた。しばらく前から、彼はネルヴァルの『粋な放浪生活』を色あせた版で読むのを無上の喜びとしていた。セットで過ごした最後の数ヵ月間は、シャーロット・ブロンテの『ジェーン・エア』を読んだが、これは彼にはあまりにも悲しい小説に思われた。毎日毎日退屈な宿題をし、単調な生活を送っている彼の気持ちを、言葉の魔術が紛らわせてくれる。おそらくは、精神の深みに魅せられはじめたせいで秘儀に凝り出すようになった彼は、仰々しいタイトルのついた小さな本『予言暦』に陶然とする。そこに、錬金術の公式や妖術の方法や悪魔的な話などからなる心地よいごた混ぜを発見したのだった。だが、十三歳の彼の文学的な情熱の対象はヴィクトル・ユゴーだった。すでに『東方詩集』を、その次には『ライン河』を発見していた。『ライン河』の方は、百遍以上読んでいるかもしれない。今彼はユゴーの小説に近づいて、『ノートル＝ダム・ド・パリ』を読み尽くし、『ビュグ＝ジャンガル』や『アイスランドのハン』といった『予言暦』の雰囲気をより高尚な形で延長し、彼が「ゴシック的恍惚[5]」と呼ぶことになるもののなかへと彼を陥れる小説の恐ろしいエピソードに熱中している。

ヴァレリーの書いた最初の詩句にはユゴーの口調が感じられる。一月に使い始めた黒の模造皮革のノートには、師匠ユゴーから着想を得た調子やテーマによる詩がぎっしりと書かれている。たとえば「深淵」「プロメテウス」「義人の死」などの詩である。おそらく、一青年が自らの感受性を文学の精緻さに慣れさせるためには、強力にして執拗なスパイス、風変わりなイメージが必要だったのであり、それらが、あらゆる推論や分析以前に、文学への情念的かつ情熱的な同意を彼のなかに浸透させるのに貢献したのである。若きヴァレリーは、一八三〇年代風の、中世的なイメージやグロテスクなシルエットに満ち満ちた、幻想的で夜想的で劇的なロマン主義を通して文学の世界に入ってくる。彼はミュッセやラマルチーヌのような、感情的でありかつあまりにも落ち着きはらったロマン主義の方は理解できないままでいるし、ヴィニーの冷めた散文を耐えがたいと感じている。

　ヴィクトル・ユゴーにたいする称賛の念と、おそらくはジェノヴァの記憶によって支えられた「ゴシック芸術」への熱中とが、彼にモンペリエの町の美しさを発見させるうえで役に立つ。彫刻を施した建物正面や記念碑的な巨大建造物や狭い路地に、彼は少しずつ魅力を感じ始める。『ノートル゠ダム・ド・パリ』の記憶がサン・ピエール大聖堂を好きにさせる。ただし、この年の冬に発見したファーブル美術館だけは彼の気に入らない。「これら天井の高い、概して暗い展示室、恐ろしいまでに歴史的で寓話的な巨大な国有絵画にわたしの精神は打ちのめされていた。すでにわたしの精神は、近くの高等中学の厳罰主義的方法がむりやりわたしに押しつけてきた大詩人研究のおかげで、倦怠感でいっぱいだった[6]」。若いヴァレリーは、このように徹底的に何も信じない。権威筋が公認した偉大なものにはアレルギー反応を示し、神聖視された価値には反発し、学校の教師たちには尊敬を払わず、自分を導いている好みや熱情の排他的な正当性を確信した彼は、早いうちから、他人とは違った存在としての姿を現す。彼は他人と妥協する心構えはできているが、他人が押しつけてくる型通りの情熱を分かち持つことはできない。こうした他人との距離はしだいに広がり、二重人格化しがちな彼の傾向、すなわち、他人との意思の疎通が不可能な内的生と他人の期待に合致する外的生との二つに分離する傾向はますますひどくなる。このようなメカニズムは、この時期以来、彼にあっては自尊心の原因であると同時に苦悩の原因でもあった。

長かった第三学年は一八八五年七月に終わる。彼はフランス語作文が一等賞、フランス語フランス文学が二等賞だった。これは、それほどすばらしい成績ではないし、そこに大きな意味があるとも思われない。第二学年の方が、彼にはより適したものになるだろう。おそらくは、モンペリエで初めての夏を過ごし、天気のいい日には遠くに海を望む陽光降り注ぐペイルーの高台や植物園の木陰を散歩したことが功を奏して、彼は自分の町を完全に受け入れるようになる。おそらく、友情を発展させたり深めたりしながら高等中学の友だちとつきあったおかげで、学校の欠陥にいくばくかの魅力が混じりあったと思われる。

ヴァレリー家のなかには波風が立つような問題は何も起こらず、生活は厳格な雰囲気のなかで営まれている。どちらかというと文化的な素養のあまりないファニーではあったが、二人の息子が真面目な活動に注意を集中させているかどうか気を配っている。ヴァレリー家は息子たちにダンスを習わせない。ポールは音楽にたいして関心を示すが、彼に音楽を習わせようということなどは決して問題にもならないだろう。音符が読めないということが、後年、彼にとってちょっとしたハンディキャップになる。とはいえ、家の男たちは若干の気晴らしを持ち始める。優秀で教養のある大学生のジュールは家族の者たちに都市生活の有利な点を発見させて喜んでいる。彼はときどき父親や弟を劇場に連れて行く。そこで彼らはサラ・ベルナールが演じるのを観る。彼はまた二人を大学のなかにまで連れて行って、いくつかの授業に三人で出席する。ポールは秘密好きの性格であったし、今日言うところの学業「拒否反応」を示してはいたが、幸いにも難しい子どもには見えない。決して彼は乱暴に扱われたりはしないし、日頃からたくさん叱責を受けるということもない。家族は、彼にたいしてつねに寛容なところを見せる。彼が例外的な存在であることを早いうちから認めて、辛抱して待つという特別な待遇〔治療〕に値すると判断したのである。

　こうした特別待遇は、一八八六年早々、このうえない贅沢の獲得という形を取って現れる。ヴァレリー家はこの年の二月、ユルバン五世街三番地に引越しをする。それは、「傾斜して曲がりくねった通りで、それに沿って庭や廃屋、それに四階建ての古い家屋がひとつあった。その家屋の正面玄関は巨大で、彫刻を施されたオークでできていて、階段の占める空間が建物の他の部分より広々としていた」[7]。ヴァレリー家はこの建物の一階に居を構える。それは、手入れは行き届いていないが心和む小さな庭を囲むアパルトマンだった。この乾燥しがちな庭の一角の奥の方に、ポールは自分専用の空間、孤立した部屋を持つことができた。そこは、彼が思う存分、書いたり、勉強したり、瞑想したり、夢想したりできるところだった。その場所は、少し前まで彼が憧れていた開かれた空間とは正反対のものだった。狭く、暗く、窓がひとつだけの、灰色の濃淡の色調のなかに溶け込んでしまう絵入り新聞の切り抜きで覆われた壁、棚付きの机とまもなく本でいっぱいになる本棚があるこの部屋は、学生寮の部屋のようでもあるし修道士の独房のようでもあった。ポールにとってこの部屋は、自らの発見や青年期特有の思考を組織する内部空間の反映となるだろう。彼は自分の内部に避難するように、この部屋に避難することだろう。やがてそこには無秩序が支配することになるが、それは、彼が次々に熱狂したものがそうであったように、必然性に基づく無秩序だった。

この年、ポールは、順調な生活のリズムを見出したように思われる。すなわち、あいかわらず学校は退屈ではあるにせよ、反発心は以前ほどではなくなったし、クラスメートとは仲良くなったし、ますます趣味は多くなったし、もちろん、大好きなデッサンと読書には没頭し続けているし、という具合である。ゴシック芸術にたいする熱気は続いてはいるが、以前ほどではなくなる。文学においても人生においても、ヴァレリーはすでにして驚くほどに忠実なところを見せる。彼の批評意識は鋭くなる――高等中学で受けた教育は、こうした観点からすれば、すべて失われてしまったというわけではないことになる――そして今や『秋の葉』や『内部の声』の方が好きに思われるようになったヴィクトル・ユゴーという巨星には翳りが出てくる。しかし、青年ヴァレリーは自分が称賛したものを焼却してしまうことはない。彼はこの尊敬すべき魔法使いが教えてくれたことも、彼が味わわせてくれた恍惚の時のことも忘れてはいないし、決して忘れることはないだろう。彼の精神のなかでは、諸々の発見は地層のように重なり合い、後からでも識別や同一化が可能だし、発見された順番にしたがって分類や保存がなされている。そして、そこには、それらの機能や個々の利点と欠点、さらには、後になってから修正されることのめったにない全体にたいする判断などが伴っている。

一八八六年七月、第二学年修了にあたって、彼はかなりの数の表彰を受けることになる。優等賞とギリシャ語翻訳で第一次席、英語とラテン語で第二次席、フランス語フランス文学で二等賞、歴史・地理で一等賞であった。十五歳の彼の夏は、こうした才能の開花と同じ高みにあった。兄に連れられてポールは、理学部教授のフラオーが率いる生物調査旅行に愛好家のグループとともに参加する。彼らは、ところどころで説明報告会を織り込みながら、長い距離を歩いてはモンペリエ近郊の森や野原を調査する。海辺の潟《せき》湖《こ》や池の植物、サン・ギレム・ル・デゼールの鉱物を採集したり、後背地の砂利採取場を探索する。彼は子どもの頃好きだった自然のなかを歩き回る喜びを再発見する。ポールはこうした調査旅行に、やがてモンペリエを去ることになる時期まで毎年参加する。天気のいい日など、これもまた兄とともにパラヴァス・レ・フロまで徒歩で行っては、長時間泳ぎを楽しみ、その後で海岸をいつ終わることもなく散歩するという習慣が身につく。画材をかかえて、一人セットまで歩くこともあった。そうした徒歩旅行の最中に、彼は自分が好きなだけでなく、得意でもある海景画を描き上げるのだった。

秋に修辞学級に進級するが、この学年はバカロレア〔大学受験資格試験〕の第一部へとつながっている。一八八六年から翌年にかけての学年は、学業の面からいえば、前年よりもずっと過密な年であった。教師たちは生徒がなんとしてでも成功することを願っていたので、ポールは、以前よりもさらに偏狭で愚鈍な教育体制に服従させられる。バカロレアに合格しなければならないという強迫観念、あらゆる想像力を否定し破壊しようとする規律に服従しなければならないという義務に、彼は耐えがたいものを感じる。当時、彼の精神がバカロレアよりはるかに深刻な問題の数々に集中していただけに、その拒否は絶対的なものであった。

ゴシック的絵画美からゴシック芸術へ、ノートル゠ダム・ド・パリから建築へ、ユゴーからヴィオレ゠ル゠デュックへと、ポールの好みはゆっくりとではあるが変化していく。彼はヴィオレ゠ル゠デュックの全一〇巻にわたる『建築辞典』〔正確には『十一世紀から十六世紀にいたるフランスの理論的建築辞典』〕を読む計画を立てる。彼は一日中図書館で過ごす日が何日もあった。そこで定義や法則をメモし、中世の建造物を研究し、ギリシャ・ローマの起源へと遡り、新しい師匠のいささか決定論者的なものの考え方に影響を受ける。後年彼は、『建築辞典』全体の要約を自分用に作成しようと試みたが、Aで始まる文字の最後まで行きつけなかったと告白することだろう。まもなく、『建築辞典』の読書に、もうひとつの古典的な作品、オウエン・ジョーンズの『装飾の文法』の仏語訳が加わる。これらの二作品は、彼にデッサンとクロッキーの無尽蔵の宝庫を提供する。彼はそれらを驚くほどに卓越した技量で模写する。

彼は、建築が他のすべての芸術を要約し超越することのできる芸術的な豊かさを持っていることを発見する。「構築するという観念そのものが、(…)人間が自らに提起することのできるもっとも美しくて完全な行為の典型として、わたしのなかに固定されていた[8]」。彼は建築を、人間の能力のすべてを使い、唯一の作品という輝きのなかに集約させることのできるたったひとつの活動とみなしている。構築する芸術に関する考察はその後も数年続くが、それは美的かつ哲学的なモデルの基礎を自らのなかに樹立するのに大いに役立つ。そうした考察の力線が、後年の思考の全体を導くことになる。

ヴァレリーが読んだ最初の政治的文書は、ロンメル博士というペンネームのジュネーヴ在住の一フランス人銀行家が一八八六年に出版した奇妙な風刺文だった。『復讐の国で』と題されたその風刺文は、フランスとドイツを比較し、フランスが衰退すると結論づけている。フランス経済は崩壊し、フランス社会は不毛で、フランスの政治は解体するという。筆者はフランス人の消極性、無責任さ、腐敗を非難することによって、麻痺状態に陥っていると考えられるフランス人を揺り動かそうとする。こうしたイメージは青年ヴァレリーに強い印象を与える。彼の目には、第三共和制は、長きに渡って彼が嫌悪するものの権化と映るだろう。すなわち、脆く、重々しく、無能で、いかなる主導的概念も活力もなく、魂も美も剝ぎ取られた構築物と映るのである。

ポールの感受性は洗練される。彼はもう、二年前に自分を激しく熱狂させたような壮大な喚起も強烈なイメージも必要とはしない。彼は、作品は石を使っても語を使ってもできるということ、調子や装飾は、テーマやその性質や現れや類似以上とは言わないまでも、それらと同じくらいに重要であることを知っている。彼はボードレールやテオフィール・ゴーチェを読む。ボードレールの調和的な壮麗さと無限のメランコリーは、詩人の孤独というテーマと結びついて、彼のなかに深い共鳴を生み出す。しかし、そうしたものが十全な効果を彼のなかに生み出すのは三年後のことでしかないし、奇妙なものにたいするボードレールの崇拝をポールが共有するとしても、それは偶発的なことにすぎない。それにひきかえ、ゴーチェの作品は、その当時、若い詩人の形成には枢要な位置を占めていた。ゴーチェの作品は、彼に、書く芸術の微妙な点、音や意味との込みいったゲームの快楽、奇妙な語や学問的な語の助けをかりながら複雑にして洗練された場面を構築する方法などを発見させた。ゴーチェの影響を受けて、彼はファーブル美術館の絵画の数々を高く評価するようになるし、そこに足繁く通うようになる。まず、イタリア絵画やスペイン絵画のコレクションが彼の注意を引く。皿の上に切られた自分の両方の乳房を捧げ持っている、スルバランが描く純粋にしてバラ色の『聖アガート』を彼はこよなく愛する。次に、フランス絵画に注目する。彼はしばしばクールベの『眠る糸紡ぎ女』の前に立ち止まるし、美術館を出る前に必ずアングルの『ストラトニスあるいはアンチオキュスの病』を見るために、ちょっとした回り道をする。

どんな作品においても、ヴァレリーは方法や技術に関心を示す。彼は、読んだり見たりするものから快楽を受け取るだけでは満足できず、それらを解体し、「それがどう作られているか」を知りたいと思う。彼の文学や芸術の研究は、より体系的になる。彼の熱狂そのものは冷えることなく、そこにますます要求の高い批評が伴うことになる。建築や古典的な絵画の発見に引き続いて、彼は古代ギリシャやビザンチンや中世の知的な芸術を研究する。こうして彼は、芸術および文学上の洗練された素養を身につけると同時に、専門用語や創造の物質的条件を確実に把握する。

彼の想像力は、知性と比べてやや発達が遅れてはいるものの、それでもロマンチックな神話がはちきれそうにつまっている。彼が変わらず使い続けている黒表紙のノートに書きつけられた詩には、哀調を帯びたものと劇的なものとが入り混じっている――「クラヴサン」「田園生活の幸福」「死の舞踏」「死体」「ロランの死」。彼が軽やかな雰囲気の詩を書くとき、戦闘や殺人の世界を書くときよりも不得手そうだということが明らかに見て取れる。「わたしの愛するもの」と題された詩は、彼のなかに住みついている様々なイメージを列挙する。そこに見られるのは、「誇り高い騎士、胡散臭い学者、規律のない騎士志願者、閨房のなかの婦人、仮面をつけた死刑執行人、黒人の下僕、金髪の女城主」などであり、そのあとに、「嫉妬深い夫」とその「宿命の短剣」、それに「陰気な錬金術師」[9]が続く。こうしたカタログのなかには、中世風の安物や、ロマネスクな感情を吐露したものが多い。ヴァレリーが使う手段は、彼の感受性が到達している高みをまだ表現できない。こうしたずれは、おそらく、彼がゴシック芸術に憧れた時期から引き継いだ病的な修辞学と、十五歳特有の不安とが一致していることに由来している。死の魅惑、何らかの向こう見ずな大胆さへの憧れ、彼方への関心、神秘的な未来の魅惑、こうしたものが、青年期の彼の魂の状態の一部をなし、英雄や死体や主塔や独房といった、完全にできあいのイメージ群とあまりにもしっくりといき過ぎているのだ。彼にはまだ、ステレオタイプの罠への落下を防ぐはずの独自な調子や言語がない。

一八八七年春、死は彼にとって文学的なイメージないしは精神の疑問点であることをやめ、具体的で恐ろしい存在となって現れる。三月に父親が六十二歳で死ぬのである。彼はグラッシ家の墓のあるセットの海辺の墓地に埋葬される。ポールは、込みいった言説も、大人のような知識や観念も見事に使いこなすことができるようになっている。しばらく前から、彼は青年であることの苦悩を知っている。しかし、そうはいっても、多くの点で彼はまだ子どもなのだ。バルテレミーの死は思いがけない、突然のものだったように思われる。その衝撃は激しかった。数ヵ月後、ギュスターヴ・フールマンはポールに悲劇のあった当時のことを想い起こさせている。「今年の初めのある火曜日、ぼくは君が黒い服を着て、眼を涙で真っ赤にしているのを見たよ。君があまりにも悲しげで、打ちのめされていたので、ぼくはもらい泣きしないように自分の唇をぎゅっと噛みしめなくちゃならなかったほどだった！」[10]。父親との関係がどのようなものであったにせよ、彼の情動的かつ心理的な生のなかにぽっかりとあいた空虚は、おそらく彼にとってきわめてつらい試練となったはずである。しかし、決して彼はこの苦痛を語らないだろうし、文章でそれを表現したり喚起したりしようとはしないだろう。情動に関することがらが問題のとき、ヴァレリーはどんなときでも完璧なまでに慎み深く、遠慮がちである。

　不在になった父親の席は、弟の後見監督人に指名されたジュールによってまもなく満たされる。新しい家長は二十四歳で、法学の博士課程をほぼ修了したところである。今後ファニーやポールを援助するという責務を負った彼は、自宅のアパルトマンに弁護士事務所を開く。こうして、ヴァレリー家ではどんなときでも収入が途絶えるということは起こらないし、高等中学生のポールも、自力で生活費を稼ぐ必要もなく、自分の選んだ勉強を立派にやりおおせることができるだろう。このような権力の交代は、父親の死という衝撃の激しさを和らげ、ゆったりとした喪の過程がスムーズに進むのに寄与したものと思われる。バルテレミーの引き受けていた役割や権限の全体を引き継いだジュールは、家のなかの情動的な関係の安定化を図る。ポールは兄の個性や好みをいつでも高く評価していたわけではない。「わたしたちが若かった頃、ジュールは朝、よく寝た、と言ったものだった。あるいは、料理がおいしいと思ったときには、そのことを、あたかも他人の関心を引くすごいことであるかのように言ったものだった。わたしはいらいらして、そんなこと俺にはどうでもいい、と思ったものだった」[11]。若い詩人たちというのはこうしたものだ——彼らには陳腐なことが耐えられない。堅実で順応主義的だったジュールではあるが、機知が欠けていたわけではない。彼はポールに自分と同じようになるようにとも、素行を改めるようにとも要求はしない。ということで、ポールは自分の例外的な地位、特権のなかにますます安住することになる。

学校の授業は続いている。ポールは苦労して学年末までたどり着く。受賞者名簿における結果は惨憺たるものだった。七月のバカロレア第一次試験突破は困難が予想される。しかも、何人かの教師は彼が失敗するだろうとまで予言する。筆記試験のフランス語作文問題は、ロンサールとボワローの『詩法』に関するものだった。受験者ヴァレリーの答案は合格と判定される。残るは口述試験。彼はとりわけ歴史の口述試験に恐れを抱く。彼の審査にあたった者たちは、思っていたほど厳しくはなかった。ポールは七月二十八日、バカロレアの第一次試験に合格する。

ヴァレリー家は、長い夏休みの間、ジェノヴァのいとこたちのもとに行くことに決める。八月九日、ファニーとジュールとポールはカイッド号に乗船する。二日後、彼らはヴィットーリア・グラッシの家に落ち着く。夫のガエターノ・カベッラはベルギー領事である。ヴァレリー家はそこに九月三十日まで滞在する。ここで過ごした七週間は、ヴァレリーの精神のなかで、ジェノヴァの思い出を永遠に幸福のイメージと結びつけることになる。ポールより十歳年上の従姉ガエタは、その陽気さで彼を魅惑する。彼女は彼にたくさんの友だちを紹介する。そうした友だちといっしょにポールは何度も遠足や海水浴に行く。「わたしたちはジェノヴァからネルヴィまでよく出かけたものです。軽く昼食をすまして、コーヒーを飲み終えるのももどかしく――水に飛び込んだものでした。岩の間で、若い男女に混じって、三、四時間も温かくて深い水のなかに浸かっているのです。皆、岩に登って、そこからまた飛び込むのですが、それを際限もなく繰り返すのです。その後で、薄暗い一種の海の穴倉で着替えをしたものです。（…）慣れ親しんだ太陽、嚙みつくような水、半裸で焼き尽くされた生、熱烈に消費された時間……。こうした印象の数々が長い間わたしのなかに活力や理想として残っていました[12]」。彼は街を散歩したり、雄ラバの背に揺られて後背地の田舎を踏破しては人生を謳歌し、道端のイチジクを失敬して食べたりもする。

　こうした話から、彼が敏感な官能性を持っていることがうかがえる。若者は性に目覚めたように思われる。彼はそのときどきの瞬間が彼にほのめかすものにたいして身をまかせ、もっとも直接的な喜びのなかに純粋無垢なものを発見する。おそらく彼は、愛に関して具体的な経験がすでにある。それこそ、少なくとも、フールマンが自分の友の才能と気質を定義しようと試みた手紙のなかで前提としていることだ。「君には自由な生活が似合っている。（…）君は自分がラファエロになるには、フォルナリーナ〔ラファエロの恋人、パン屋の娘〕が必要だ……、しかも数人のフォルナリーナが必要だ……と主張する人たちの仲間だ（どうだい！　フォルチュニオ〔ゴーチェの小説『フォルチュニオ』の主人公〕＝ヴァレリー!!!）。そうさ、友よ、そんなことは知らなくても見抜けるのさ、だって、君の血管にはコルシカ人とイタリア人の血が流れているんだからね！[13]」。ヴァレリーは愛する女性をたくさん持つ男なのだろうか。ヴァレリーにしてもフールマンにしても、この手の問題に関しては、実際以上に誇張してみせることをよしとする年齢にある。したがって、大げさに言われていることは除外して考えなければならないが、それにしてもフールマンの描いていることは、きちんとした根拠に基づいた事実のように思われる。同じフールマンは、その文通相手のポールに友情の義務とは何かを思い起こさせようとして、友愛は性愛よりも困難だと強調している。その理由というのは、性愛の方にはきちんとした見返りがあるからというものだが……。二人の同級生であるダイヤンはヴァレリーについて甘美な表現を使っているが、それは、青年ヴァレリーがこの方面ですでになかなかの評判を取っていたことをほのめかしている。すなわち、彼は、「あの愛するアトリ〔小鳥〕、陽気なヴァレリー[14]」の近況が知りたいと言っているのである。この時期、ヴァレリーはまだ華奢な少年のままで、顔は端正でほっそりしている。敏捷で生き生きとした精神によって強調されたある確実な魅力、わずかながら女性的な優美さのようなもの、それが彼と出会う人たちの共感を呼ぶ。

　ポールがジェノヴァで過ごした夏休みには、その他にも熱狂することが数々あった。カベッラ家の友人の何人かは、ポールの芸術上の該博な知識に驚いた。彼らはポールを町中連れ歩き、美術館や建築上の名所旧跡を案内する。ポール自身もギュスターヴ・フールマン宛ての手紙のなかで、イタリアの聖職者や好みについてのコメントで趣向を凝らした、ガイドつき小見学を彼に提案している。ある宮殿では、彼はかつてナポレオンが腰をおろしたことのある肘掛け椅子に誇らしげにすわる。彼はリグリア海岸のすばらしい事物の数々を見せてもらう。八月二十一日にはラ・スペッツィア〔ジェノヴァ近郊の軍港〕で過ごし、そこで軍事関連施設に感嘆しながら大いなる関心を示す。それから、イタリア艦隊中最大の装甲艦を見学し、強い印象を受ける。ファニーの愛国主義的な感情が、少しばかり彼に影響を与えている。彼は若い王国の軍事的努力を称賛する。そして、良心的に次のように記す。「国王〔ウンベルト一世〕はマルゲリータ王妃と同様、皆から愛され尊敬されている[15]」。

しかし、数週間が過ぎるにつれて、フランス人としての彼の資質が再び精神をかすめる。一種の子どもっぽさでもって、彼はフランスから離れていると愛国主義者、さらには排外主義者になり、トリコロールのフランス国旗やフランス兵の茜色のパンタロンがなつかしいなどと言う。彼は町のあちこちに、なかば消えかかってはいるもののナポレオン占領時代の痕跡を見つけては喜んでいる。それは偉大さや栄光といった感情の高まりを引き起こすのであり、行進する連隊やひるがえる軍旗のイメージを呼び起こすのである。帝政時代の無意識的記憶、ルネッサンス期の芸術的で壮大なものの遍在、こうしたものが彼に歴史的な場面を好きにさせる。彼は、古い石はそれ自体としては好きではないが、それが現実化する様々な記憶は好きだと明言している。たしかに、デッサンや絵の主題としてはあいかわらず港や海や船の動きを選んではいるが、この若い芸術家は偉大な主題にも取りかかっている。というのも、彼は勇気を出して、ゆったりとした金の大外衣を着た見事なグレゴリウス七世を描こうと試みるのだ。ただし、こうした歴史的なもの＝巨大なものにたいする趣向の高まりは長続きしない。

肉体や芸術の喜びのせいで読書の喜びから彼の目が逸れてしまうことはない。彼はユゴーの本と一時ながら切り離されてしまったことを嘆く。しかし、彼の手元には、精神を満たすのに十分なものがある。夏休み中彼が読書したのは、ゴーチェの『モーパン嬢』、ゾラの『パリの胃袋』、ミシュレの『魔女』、ディケンズの『デヴィッド＝コッパフィールド』、そして『考古学研究』誌などである。彼は単なる読書中毒にはとどまらず、手紙をますます多く書くようになる。モンペリエの友だちと離れているので、彼らにたくさん手紙を書いては、どんな夏休みを過ごしているのかとか、夏にあった出来事、地元で起こっていること、新学期に彼を待ち受けている教師たちの異動のことなどを尋ねている。

モンペリエの町に帰ってきたポールは哲学学級に進級するが、学業のかたわら、自ら「人をうんざりさせるロマンチック癖、ロココ趣味、考古学癖[16]」と呼ぶものを再び見出す。十六歳にして彼は奇妙に成熟している。仲間うちでは、この「愛するアトリ」には少し卑猥なところがあるという確固とした評判がたっていて、おかしな、というか、好色なお話をすることのできる陽気な男とみなされていた。高等中学を嫌悪するのと同程度に、彼は完璧な公立中学生としての知的モデルや態度を内在化してしまっている。後年、彼が公的な教育にたいして邪険な態度を見せるのは、おそらく、中学生的な気分を永続させ、精神のなかに青年期の選択の清々しさを保存するための一方法なのだ。とはいえ、彼とその仲間たちは、彼らに共通の状態にふさわしい悪ふざけや冗談とは別のモチーフによってもまた結ばれていた。すなわち、詩にたいする愛情を分かち合っているのであり、彼らは以後、モンペリエで文字通りの文学会を設立する。

彼らは親しくて、すばらしい友だちである。今後ポールの打ち明け相手になるギュスターヴ・フールマンは別として――ポールはフールマンの翻訳練習問題の答えを授業が始まる数分前に写させてもらっていた……――この文学会には、パリやパリの文学生活を知っているデュグリップ、ミストラルを読みながら野原を駆けめぐるダイヤン、よく歩き、いたずら好きなエドゥアール・ミシェル、軍人としてのキャリアを歩もうと準備しているルイ・オーバネル、ジョゼフ・ド・メーストルの賛美者アンドレ・ヴァンサン、グループの色男アルシッド・ブラヴェ、若い娘をこよなく愛するバチエなどがいた。さらに、シャルル・オージリオンや鰯《サルディーヌ》と呼ばれていたサルディヌーもいたが、この二人こそは、間違いなく当時ポールともっとも深い友情で結ばれていた相棒たちだった。彼らの全員が詩を読み、詩を書いた。このグループに上下関係などなかった。溌剌としておどけたポールは、彼らの余暇の活動や夢を共有する。彼らと同様、彼は当時のバカロレア合格者らしい衒学的で皮肉っぽい言辞を吐いていた。古代ギリシャに言及したかと思えば野卑なことを言い、レトリックを駆使して話したかと思えば馬鹿なことを言って得意になっていた。彼らは、不可侵とされた価値を冷笑したり、学校で習ったことを真似て物笑いにしては、それらを侵犯しているという幻想を自分たちに与えようとした。しかし、そうした脱線も、こと文学が問題になるやいなや、真面目な態度に席をゆずる。だれもが自分にはなんらかの才能があると信じていたし、そう期待していた。おそらく彼らの間には、多かれ少なかれ潜在的ではあるにせよ、ちょっとした競争関係があったのだろう。だれが本当の詩人になるか、だれが世間に認められるだろうかと考えていたはずだ。彼らの友情、共通の趣味、精神状態は、まもなく豊饒な発奮材料を発見することになる。

　彼らはポールが書く詩の質の高さを確信していた。しかし、彼らが彼の才能について抱くイメージは、実際に彼がしていることとは大きくかけ離れていた。フールマンはポールのことを「とても高いところを飛んでいるというのでもなく、おそらくそんなに深く感じているわけでもなく、（…）自然の物音に揺られるがままの、甘美にして、にこやかな詩人[17]」とみなしている。彼は裸の女性やゴシック様式の大聖堂の美に魅了されているし、異国趣味や東洋風の激しい恋や中世の深い神秘にたいする並外れた好みのせいで苦悩している。これ以上はあり得ないほどにヴァレリーは現実離れしている。この時期、ヴァレリーが作るソネには彼の個性がにじみ出てくる。「物ノ声」（*Vox Rerum*）「一時《いっとき》のペシミズム」「孤独」のなかでは、強烈に個性化されたわたしが語っている。魂の状態も、好きも嫌いも、倦怠も夢も、そうしたわたしの声の刻印が押されている。ヴァレリーは自分が組み合わせる語のなかに住みつく。今まさに頭角を現そうとしている作家は、フールマンがヴァレリーのなかに見抜いたと信じたような、繊細で、表現を小ぎれいに飾り立てるタイプの詩人とは全然違う。ジェノヴァの魅惑的な雰囲気のなかで作られたものであるにせよ、「孤独」には、ヴァレリーの思考の主要なテーマが、すでに次のような一行にも顔を見せている――「そして、わたしはわたし自身の頭脳を永遠に楽しむ……」。青年ヴァレリーはうまく本心を隠すことに成功した。彼の軽薄さや魅力が、その内的宇宙の深さを他人の目には見えなくしているのだった。

一八八七年から翌年にかけての冬は、前年の冬と同様にヴィオレ＝ル＝デュックと建築に没頭して過ごす。これまであまりなじみのなかった芸術、すなわち音楽が彼の注意を引くようになる。インスピレーション豊かなあるオーケストラ指揮者が、一八八七年の終わり頃、モンペリエの聴衆に『ローエングリン』の前奏曲を紹介する。田舎の詩人は魅惑される。ワグナーの名前とその芸術がもたらす破壊的な力は、以後彼にとっては馴染みのものとなる。

一八八八年初頭、黒い模造皮革の表紙の新しいノートが、セットで使っていたものに代わって、ヴァレリーの人生に入りこんでくる。当初、そのノートには哲学的な考察が書かれることになっていたのだが、二ページ目から当初の目的とは違う使われ方をする。ポールはそこに自分の好きな詩を書き写したり、雑誌などから切り抜いたり貼ったりする。そこに見られるのは、ルネ・ギル、ジャン・ラオール、エミール・ヴェルハーレン、それに複数のプロヴァンス語表現の詩人たちの作品である。ジョゼ・マリア・ド・エレディアの名前が他を圧倒している。テオフィール・ゴーチェの作品に親しんだために、彼はごく自然に高踏派の詩人たちならびにその押しも押されぬ師匠エレディアの作品を読み、愛するようになる。詩集『戦勝牌』はまだ出版されていなかったので、ヴァレリーはエレディアの詩を様々な雑誌、ときに発見不可能な雑誌のなかから探し出してこなければならない。モンペリエがパリから遠く離れているためこうした作業がそれだけ困難になっているので、彼はいっそう丁寧に作品収集や保存の作業をおこなわなければならないのである。彼の文学的な趣向の歴史は、そのまま彼の生きた世紀の詩の歴史でもある。すでに名声の確立した作家を読んでいる限りは、図書館が彼の望む作品を提供してくれていた。しかし、現代詩に近づけば近づくほど、彼は作品不足という問題にぶつかる。自分の幸福を見つけるために、彼は探し、引っ掻きまわし、要求しなければならない。

　こうして、彼は初めてマラルメの詩を手に入れる。彼のノートの四ページ目に、「リヒャルト・ワグナーへのオマージュ」が登場する――ヴァレリーがマラルメとワグナーを自分の師匠として選択する以前に、将来彼が全面的に尊敬することになる二人の芸術家を、偶然がこのように結びつけたのだ。ノートのもう少し後の方には、「群芳譜」や「マラルメ嬢の扇」などが出てくる。ヴァレリーとマラルメとのこうした出会いは、さしあたって、徹底的な信奉というよりは、好奇心のレベルに留まっている。一八八八年春のヴァレリーは徹底的に高踏派《パルナシアン》なのだ。エレディアの魅力をなしている方法やイメージやちょっとした気取りといったものが、ヴァレリーの感性に持続的な痕跡を残す。とはいえ、こうした愛着も、つねに新しい発見に飢えている青年ヴァレリーがフランスの詩の歴史を横断して自らの歩みを続行する妨げにはならない。黒いノートをめくっていくと、ヴェルレーヌ、それからランボーの「酩酊船」も現れる。

　詩作から気を紛らすため、何らかの読書の影響を受けて、あるいは、何らかのありそうもない職業を念頭において、ポールは一八八八年初頭、劇作家になろうと試みる。こうした思いつきが作り上げたものは、驚くばかりのものである。「モルガンの夢」（喜劇）、「奴隷たち」（古風な幻想的作品）、「独眼流ドイツ騎兵のキャバレー」（未完のドラマ）。こうした、タイトルもとりどりで、内容も不確かな試作品は、それなりのやり方で、ロマン主義や、魔術のもうもうと立つ蒸気や、異国趣味的な道具一式に向かって別れのあいさつをしているのだ。これらは明らかに失敗作である。ヴァレリーはデュマではない。彼は以後二度とこのような実験のなかに迷い込むことはないだろう。

苦痛から解放される時期が間近に迫ってくる。例年同様、哲学学級はいつまでも続くように感じられる。このうえなく退屈な思いをした校舎を去る前に、彼はいくつか愚行をしては楽しむ。将来科学アカデミー会員に選ばれる教師によって物理教室のドアのところに立たされるし、哲学の教師には最後の居残りを命じられている。こうした罰はかなりの秩序破壊的な陰謀を制裁するものであることは言っておかなければならないだろう。「クラス中に方法的に笑いを広げようとしてわたしがクラスの皆に回覧していた手紙が、へまな奴の手に渡ったところでばれてしまい、手紙を書いた責任者であるわたしは名乗り出ねばならず、しかるべく罰せられたという次第[18]」。彼はこの学年をかなり控え目な成績で修了する。物理学と化学で次点第五位に入るが、これも一生懸命勉強したからというよりは、偶然の賜物のように思われる。彼が受験したバカロレアの第二部に関しては、いかなる痕跡も残っていない。彼の精神の様子が正統なものとはとても言えないにしても、その哲学的な資質や文学的な知識の広範さが、試験官たちを納得させるに足るものであったということは十分想像がつく。彼は「良」で合格する――まあ、悪くはなかったということだ。

哲学学級を修了して自由になった最初の数ヵ月間、若きバカロレア合格者は、驚くべき活動をして過ごす。当時、モンペリエには世に埋もれてはいるが独創的な一人の市民がいた。彼は、人種差別主義者たちが参考文献とするアーリア人に関する研究書の出版によって一〇年後有名になる。その市民とは、ジョルジュ・ヴァシェ・ド・ラプージュのことで、彼は法学部の副司書だった。彼一人が全責任を取るというかたちで、この落ち着きがなく混乱した人物は、大学の教授たちが異議を唱えもし馬鹿にもする人類学の講義をおこなう。若きヴァレリーは好奇心をそそられ、また世間一般に受け入れられた価値とは逆を行くということに魅了されて、彼の講義を聴講する。一八八八年夏、人類学者のヴァシェ・ド・ラプージュはモンペリエ近郊の十七世紀の共同墓地での発掘調査活動を指導する。ヴァレリーはこれに参加する。彼の仕事は絶対安全というものではなかった。それは頭蓋骨を測定するというものだった。後に彼は、あらゆる階級ならびにあらゆる素性の元同郷人の頭蓋骨が、こうして数百、数千と彼の手のなかを通り過ぎていったと断言することだろう。こうした活動の科学的結果がどのようなものであったにせよ、それが人類学者見習いのヴァレリーに、不幸な人間の生と死に関する陰鬱な考察の数々を引き起こさないではおかなかった。

実際のところ、彼は鬱状態とは言わないまでも落ち込んでいた。一方では、皆に嫌われているという感情、他方では、そんなことどうでもいいという感情の一種の中間状態にあった。八月に二週間ほどセットで過ごしたおかげで、少しだけこの状態から抜け出る。しかし、セットで彼は死ぬほど退屈する。その退屈があまりにも絶対的なものなので、麻酔をかけられたような状態に陥る。自分が「退屈というゼラチンのなかで凝固してしまって（…）、思考も——ほとんど感情も——さらに感覚さえも空っぽだ」[19]と判断する。二つの活動だけが彼をこの状態から抜け出させる。すなわち、読書と水泳という比類のない快楽である。読書のおかげで、彼は、つき合いきれないと判断したセットの社会と距離を置くことが可能になる。彼によれば、セットの人間は無教養で粗野な輩《やから》か、彼のなかのロマン主義が嫌悪せずにはおかないブルジョワかのどちらかなのである。若きヴァレリーは、二つの資格で自分が社会的なエリートに属していると感じている。まず、彼はバカロレア合格者であり、それは彼を平民から区別する。次に彼は芸術家であり、それは彼をブルジョワから引き離す。バカロレア合格者という資格は、彼の時代の社会や風習においては、文句のつけようのない価値とみなされていた。バカロレアの資格があるということは、社会的なヒエラルキーのなかの優遇された階層に近づくことが認められ許されているという基準なのである。それに反して、自分が芸術家の階層に属していて、ブルジョワを軽蔑しているというのは、事実に基づくというよりは、はるかに信仰のレベルでのことにすぎない。というのも、若きヴァレリー自身まぎれもないブルジョワなのだから。彼はそのことを知らないわけではないし、彼が後年送ることになる生活様式もそのことをふんだんに証明してくれるだろう。しかしながら、彼には別の社会的な資質がいろいろとあるのであって、彼の人生はそうした資質をも同様に出現させることになるだろう。さしあたって彼は、若い詩人たちが使って月並みなものとなったゴーチェの「ブルジョワ打倒！」を繰り返し叫ぶだけで満足している。そうした体制順応主義も、少しだけならいかなる義務も生まない、ということだ。

　水泳は別の感覚、別の信仰を目覚めさす。『波』はぼくを吸う、ぼくの皮膚を腱膜までなめまわす！　そのとき、ぼくは生きる！　そゥさ、それが生きィるってことさ——なんという妄想がぼくにつきまとっていることか！　おお、ペトラルカ、ロンゴス、ウェルギリウス、ペトロニウス、ボッカチオ、サド、ボルジア、お前たちは皆、『肉体の神々』であり肉づきの神々なのだ、(…)お前たちこそ一番偉大なものたちなのだ[20]」。彼らこそ、カントやルヌヴィエなどといったものたちが、「ぶかっこうで湾曲した物自体《ヌメノン》」のなかに捜し求めていた「真理」や「純粋理性」の真の所有者なのだ。精神の究極的な言葉としての「肉」。ヴァレリーがここで明らかにしているのは、肉体の喜びにたいする愛を中心として、彼は自ら地下の耕作地を切り開いたということである。彼の官能主義には、前年それを特徴づけていた無垢さというものは、もう見られない。それは懐疑主義で染まり、悪に取って代わられている。そこでは、快楽は幻滅という背景の上でのみ味わえるにすぎず、快楽はついには意欲さえをもなくさせてしまう。「ぼくは馬鹿になり、無気力になり、無感覚になる[21]」。

このように、セット滞在には苦いものが混じってはいたが、ある程度の満足を彼にもたらす。ロンドンのいとこたちがヴァカンスを海辺で過ごしにやって来る。ファニーの姉のポリーヌ・ド・ランはポールとほぼ同じ年の娘ピネッタ（Pinetta）を連れてきた。若い女性の存在がポールの気持ちを高ぶらせる。一〇年ほど後、彼の愛の「実践」を記したリストに彼女のファーストネームの最初の三文字 Pin が書かれる。「半分[22]」だけというメモ書きとともにではあるが。半分だけの実践、半分だけの愛、実際には起こらなかったものの始まり——ポールはその後も彼女とロンドンで再会し、愛情に満ちた関係を保つことになるが、おそらく数日間は半分だけ彼女に心が奪われていたのだろう。突如、甘美な太陽の光が彼のヴァカンスを照らし出したように思われる。

九月、彼は大学入学や十七歳の誕生日のことを考えながら、モンペリエに、発掘調査活動に、頭蓋骨に戻る。一八八八年十月三十日の夜明け方、黒い表紙のノートのなかで、彼は哲学とも魔法ともつかない奇妙な考察に没頭する。「今まさにこのとき、ぼくは十七歳だ。世界の片隅で、将来ぼくの妻となる女が成長し、大きくなる。また、別のところで、ぼくの棺となる木が緑に茂る。そして、ある神秘的な地域で、ぼくの将来の観念の数々が練り上げられる。未来はゆったりと現在から出てくる。将来ぼくが子どもを持つことがあるとすれば、そうした子どもはすでに可能性の状態で存在している。将来起こることのすべてはすでに現在のなかに宿っている。（…）ひょっとしたら、ぼくを殺すことになるかもしれない銃弾が、今この時間に鋳造されている……」[23]〔ディドロの『運命論者ジャックとその主人』の影響が感じられる〕。もしわたしたちがこうした彼の推論を受け入れ、彼は今人生の岐路に立っているのだと考えるにしても、彼がたどる道は今からしてすでに引かれているのだから、彼は自分を詩人としての未来へ導く糸に従って進むだけでいいのだということを認める必要があるだろう。それを知ることこそが彼の知性なのだ。しかし、さらに一歩進めて、将来起こることのすべてがすでに現在のなかに宿っているわけではないと考えを改めることこそが、彼の力量を示すことになるだろう。大人のヴァレリーは、青年ヴァレリーによって素描された運命論者的な将来像から抜け出ようと努めるだろう。

3 大学時代

一八八八—一八九〇年

一八八八年十一月、ポール・ヴァレリーはモンペリエ大学に入学する。彼はそこでアカデミックな文学教育をつまみぐい程度に経験はしてみたが、思い切って文学部の方に行こうとまでは考えない。第一、文学部を出てもほとんど就職口がないのだ。あるのは教育職だけ。ということで、まさにかわいそうなフールマンは、自分の大好きな哲学を研究しようと決心はするが、将来、劣等生相手に哲学を教えることになるという暗い見通しのせいで悲しい気持ちになっている。ポールの方は、自分の生活費を自身で捻出する必要がないので、何も選択しないという自由を持っている。それで、彼は法学部に入学する。「わたしは、他の多くの人と同様に、自分が何をしたいのか全然考えずに法学を始めた[1]」。

校舎は十八世紀の建物である。教育内容は伝統的なもので、現代社会の変化などはほとんど考慮に入れられていない。そうした意味で、教育は専門的というよりは教条的で、歴史に関する科目が多かった。そこではとりわけ、学者養成に主眼がおかれている。講義の数が少ないという貴重きわまりない利点があったため、学生たちは甘美な学生生活を思う存分過ごすことができた。こうした観点からすると、モンペリエは魅力的な町だ。物思いにふけりながらゆったりと散歩したり、紫煙渦巻くなかで白熱した議論をしたり、長時間にわたって読書ができる町。モンペリエには、木陰のある公園や客あしらいのいい居酒屋や図書館の数が十分あって、学生にとって不可欠な必要を満たしてくれる。そうした学生たちの道徳観念は大学での教育と同じくらいに古めかしいものだった。彼らはほぼ男だけの社会を作り、きわめて緊密な関係を結んでは、おどけたり酒を飲んだりの儀式にうち興じていたし、すすんで娼館にも出入りしていた――モンペリエには、とりわけ「旅人の旅籠」という名の娼館があって学生がよく通っていた。しかし、彼らはふつう、一般の人たちが考える以上にきちんとした生活を送っていた。自分たちの特権的な立場を十分わきまえていたし、まもなく自分たちもなろうとしている名望家たちに恥をかかせまいと考えていた。彼らは大いに議論の技を磨き楽しんだし、果てしなく理屈を述べたり、論証をしたりした。こうすることで、彼らはおそらく、各自の専門分野で互いを大いに鍛えあうことができたのだ。それに、こうした趣向は彼らの先輩たちも分け持っていた。ヴァレリーは皮肉のこもった思い出話のなかで、シルクハットとフロックコートに身をかためた司法官たちがニレの木陰を散歩している様を語っている。彼らは雄弁の熱が高じてくると、そのたびごとに立ち止まるので、彼らの歩みは永遠に規則正しかったというのである。

　ポール・ヴァレリーはモンペリエの町の穏やかで簡潔なリズムに合わせて呼吸をしている。彼は、よく考えもせずに勉強をする。とはいえ、読書やこれまでやってきた仕事は続けている。彼は自分にとって魔術的な意味を持つようになるいくつかの場所を頻繁に訪れる。友だちと何時間も議論しながら、あるいは一人で散歩してはあちこちで立ち止まり、詩句や語や絵を書きつけたりする。こうした幸福の瞬間を、彼は後年、若干の自惚れをこめて、「絶対的に失われた『楽園』[2]」として想起することになるが、その枠組みを構成しているのは、大きくて古典的な並木道のあるペイルーであり、また、植物園のみずみずしさであった。海は好きでも田園風景には無関心だったヴァレリーであるが、この植物園で樹木を愛するようになる。あたかも偶然のように配置された並木道の美しさ、緑陰の魅力、一堂に集められた数限りない種類の植物の変化に富んだ色や形などが、少しずつ彼を植物世界の強烈な美の信奉者に仕立てあげる。

こうした愛情は、おそらく、彼が植物園のある特権的な一隅にたいして抱き始めた愛情によって倍加させられたと思われる。なかば藪のなかに隠れてしまってはいるが、アーチ形天井のある窪みのなかに、「PLACANDIS NARCISSAE MANIBUS」（亡き女ナルシスの霊を鎮めるために）という銘の入った大理石の石盤が置かれている。そこで一八二〇年、一体の骸骨が発見された。伝説によると、英国の詩人エドワード・ヤングが一五〇年前、ある満月の夜に、十六歳で死んだ自分の娘〔ヤングの詩集『夜想』のなかで、女ナルシスにたとえられている〕をそこに埋葬したとのことである〔この「伝説」には歴史的な事実といくつかの点で齟齬がある。たとえば、結婚してテンプル夫人となっていたヤングの娘が死んだのは一七三六年で、リヨンにおいてであった〕。この虚ろな墓の荒れはてた状態、それを取り巻く伝説のロマンチックな神秘が、若い詩人を引きつける。彼はますます頻繁にそこにやって来る。「女ナルシス」のもとで、彼は考えごとをするには格好の平穏さを、その精神状態や、きわめて頻繁に捉えられる不安や、その観念の密やかな歩みと共鳴し合う環境を見出す。

彼は自分の友だちに講義や将来の計画の話などはしない。ある日彼は、一八九〇年まで、文学を楽しい暇つぶしとしか考えていなかったと言うだろう。しかし、それはご愛嬌で言っているにすぎない。文学は彼にとって支配的な情熱の対象であり続ける。彼はたくさん詩を書きためる。そこには宗教的な発想が見られる詩もある。そして、十二月には「夜話」（*Conte de nuit*）を書く。あいかわらず黒い表紙のノートに自分の好きな詩を書きつけたり貼ったりしているし、プロヴァンス語表現詩人のマリウス・アンドレやヴェルレーヌよりも、エレディアに特権的な場所を与えている。そうした詩人の作品を読む一方で、彼はヴィオレ＝ル＝デュックの浩瀚な『建築辞典』を読み続けているし、小説や哲学書、さらには歴史書までをも大量に読んでいる。当時流行の小説はほとんど全部読んでしまう。そして、ルナンが大嫌いになる。彼の厳密な精神は、粗野な感情や情念といった曖昧なものをますます耐え難いと感じるようになる。ちょっとした緊急の外科手術も彼の気に入らないわけではない。「主観的付加形容詞」を扱ったシャルル・ヴィニエ〔ヴァレリー自身の思い違いから従来ヴィギエとされてきたが、ヴィニエと修正する〕の論文を読んで、彼は「正確なものを学んだという感じ」[3]がする。文学の世界では、こうした感じがすることはめったにないので彼はこのことを後年思い出すことだろう。文学ならびに詩の創造にたいする、科学的とは言わないまでも方法的なアプローチの仕方が、いっそう夢見られるようになる。

　彼のなかで奥深い変容が起こる。彼は少しずつ、それがどういう結果をもたらすことになるのか知らないまま、いつの日か、自身にたいする、すなわちその趣向や信仰にたいするクーデターを構成することになる諸要素を配置する。彼は隣人のピエール・フェリーヌと友だちになる。フェリーヌは、彼より少し若い高等中学生で理工科大学《ポリテクニック》を目指している。フェリーヌの部屋は中庭に面していて、その中庭の奥に隠れるようにヴァレリーの勉強部屋があった。この新しい友愛に満ちた友の好意的な目が見守るなか、ヴァレリーは行ったり来たりする。毎日、朝が明けるやいなや、フェリーヌはポールが自分の部屋に「ゆっくりと、上半身と頭を地面に傾けながら、あたかも祭壇へお祈りに行く若い司祭のように」向かうのを目撃する。その後、講義が始まる時間になると、フェリーヌはポールが「あたかも別人のようになって、体をしゃきっとさせ、鼻歌を歌い、わたしに声をかけながら」部屋から出てくるのを見る。彼らは互いに合図をし、言葉を交わす。二人はしばしば植物園をいっしょに散歩するために待ち合わせをすることもあった。「そして、夜、夕食後、わたしたちはモンペリエ旧市街の狭い路地をさまよい歩いたものだった」[4]。

ピエール・フェリーヌとの出会いは、このうえなくタイミングのいいときに起こった。ヴァレリーは、これまで彼を次々に熱狂させてきたものだけをもとにして生きていきたくはないと思っている。彼は、詩人としての仕事を勉強しただけでは、自らの精神の要求に十分に応えることはできないと感じている。もはや語が隠し持っている美を楽しむだけでは満足できず、今後は、なんとしてでも、美を理解し、美の秘密を解き明かし、さらには、美の創造の諸条件を自分の意志で再現してみたいと思っている。そうした目的を実現するために、彼は正確な方法を獲得したいと思うし、また、自分が何を話しているのか、自分が規則や問題や語をどのように、いついかなるときに巧みに操っているのかを正確に知ることを可能とする厳密な手続きを習得したいと願っている。こうした観点からすると、どのような文学書も、彼に欠けている道具を与えてはくれない。まさにフェリーヌこそ、彼に科学的精神という武器を与えてくれるのだ。

彼らの対談は、最初のうちは友好的でオープンなものだったが、しだいに体系的で真剣なものへと展開していく。彼らは互いの経験や発見を伝えあおうと試みる。ポールは自分が読む作家の話をしたり、建築についての彼の理論や、言語や形の重要性についての考察を披露する。フェリーヌはポールに科学を理解させようと試みる。しかし彼は、最初、無関心の固い殻に出会う。その後、フェリーヌは自分の先生のうちの一人が使って成功したモデルを利用して、ポールに「純粋科学の超越的構築物」[5]のすばらしさを叙述したり、そうした奇跡的なものに接近するには、いかに代数や解析や幾何学の同化吸収が必要かを示してみせる。こうして、ついに数学的な宇宙の美を発見し、それに魅惑されたヴァレリーは、以後、フェリーヌに導かれるがままになる。フェリーヌは、ポールが高等中学に通っていたときには恵まれなかった、想像力豊かで、しかも教条的ではない教師となる。生徒役のポールは代数から始める。若い先生役のフェリーヌはポールに数学的な推論の構造を明らかにしてみせることによって、彼を誘惑する。彼は、ひとつの内容が完全に理解されたと納得しないうちは次の章に進まない。「わたしは彼にたいする要求を毎日少しずつ高くしていきました。わたしには二番目の本のある定理のことが思い出されます。厳密な推論を彼ができるようになるまで、わたしは三度もそれに戻らなければなりませんでした」[6]。二人の仲間はゆっくりと時間をかける。彼らはある問題のところで立ち止まって、十分に時間をかけることができたし、不明な部分がなくなるまで細かく分析することができた。まさにこのようにして、ポールはひとつの詩を読めたらいいと思う。つまり、汲み尽くすようにして詩を読むということだ。

　フェリーヌのおかげで、彼はまずまずの数学的な知識を獲得する——とはいえ、ある種の人たちが会いたがったアインシュタインの前で自分の仕事を説明することができるほどの数学者になったというわけではないが。特に彼は、手続き、作業道具、数学的な方法によって可能となる諸結果について明晰なものの見方を獲得する。それは、表面的な形ではあるにせよ、彼が現代科学のもっとも複雑な領域、特に核物理学や天文学の領域に入りこみ、とりわけ、人間精神の可能性をよりいっそう認識することを可能にする。彼は人間精神の方法全体の類似性を理解し、ひとつのヴィジョンを獲得するが、そのヴィジョンは以後、ますます広がりを見せていくだろう。

　こうした教えは数年続く。一八八九年春、生徒ヴァレリーは膨大な数学的素材を吸収し始めたにすぎない。彼のためらいはいまだ破られていない。あいかわらず幾何学は苦手である。彼の考えでは、ある三角形ＡＢＣを三角形Ａ′Ｂ′Ｃ′の上に移動させるなどということは、意味がないか、信仰の業にほかならない。「ぼくはだまされないぞ」[7]、というわけである。しかし、目の前で披露された推論の明確な厳密さは有益な効果を生み出す。「ポールは明らかと見えるものすべてを疑う習慣が身についた」[8]。彼の部屋の壁の上には、それ以降、ギリシャ語で書かれた「絶えず疑え」という文字が見られることになる。自分の注意を払う領域に入りこんでくるすべての対象を、彼は緻密な批評にかけようと固く心に決める。そうした批評は、文学や芸術の領域においても、科学や社会の領域においても、精神の堅固な構築物しか許容しない。

「美」は、彼にとってあらゆる創造活動の拠点であり、真に十全に人間的といえる唯一の冒険であり続ける。しかし、諸制度や政治が置かれている現実にもますます関心を持ち始める。すでにジェノヴァで、彼はフランスから離れていると自分がどれだけ排外主義者になるかに気づいていた。一八八八年から翌年の冬にかけて、ブーランジェ事件のなかで起こった様々な出来事に彼は注意を払っている。たくさんの詩が書きつけられた黒い手帖のなかに埋もれるようにして、「全国民的な抗議を代表する候補者」ブーランジェ将軍への投票を呼びかける投票用紙がはさまれている。明らかに青年ヴァレリーは反議会的でボナパルティズム的な反政府勢力に共感を抱いている。たしかに、政治は彼にとって魅力に乏しいものだったし、あらゆる音楽や詩と対立する唾棄すべきものであった。しかしながら、彼は自分の政治にたいする関心を抑えることができない。若いヴァレリーにも様々な意見があるのであり、彼はそれを擁護する。その感性は彼を右翼に位置づける。ある社会主義的で反教権主義的な新聞の創刊者たちに向かってギュスターヴ・フールマンが「おお！　ごろつきたちめ！」[9]と叫んでも、驚きはしない。こうした表現は、彼らに共通な語彙や反応の一部でもあるのだ。ポールは彼の家族や環境からの相続物を受け入れる。ボナパルティストであった父親は、伝統主義的な気質の持ち主だった。ポールの仲間のほとんどは、堅実な保守主義者であった。彼はそうした動きに従う。こうした体制順応主義は、おそらく、問題にたいするヴァレリーの関心の欠如を反映している。すなわち、彼は情動的に反応したり、自分の周囲の偏見に従って行動するだけで満足してしまっている。とはいえ、ヴァレリーには、何かもっと毅然としたものがあった。ポールは、共和制のもたらす単調な感じが好きになれない。救世主という神話が彼を魅惑する。子どもっぽさのまだ少し残る青年ヴァレリーは、ブーランジェのロマンチックな魅力にだまされる。歳を取り理性を増した老年のヴァレリーも、ド・ゴールに魅惑されることになるのだが。

詩人には新しい友だちができる。彼は「ラングドック協会」や「学生協会」の会員であり、また、モンペリエのフェリーブルたちのグループにも属している。このフェリーブルたちは、ミストラルの指導のもと、プロヴァンス地方の文学的遺産を保存し、オック語を再生させることを使命として活動している。彼らはポールが強烈な文学的生活を送る原因となっている。そうした人づきあいのなかで、ポールは、後にオック文化のもっとも熱烈な擁護者の一人となる同級生のアルシッド・ブラヴェを発見する。また、ポールはミシェル・フェリーヌとも友だちになる。ピエールの兄であり、詩人である。さらにポールは、歴史家で、セヴェンヌ地方やプロヴァンスの諸方言やフェリーブルたちの専門家であるピエール・ドゥヴォリユイとも友だちになる。医学部の学生で、神秘学の通にして愛好者で、当時ニームで流行っていた見せかけだけの魔術師サール・ペラダンを賛美するアルベール・コストもポールに友愛に満ちた影響力を及ぼす。ポールが彼につられて神秘学にはまりこむということはなかったが。

南フランスの地中海沿岸地方全域で、多かれ少なかれ短命な雑誌が多数発行されていた。一八八九年四月、弟の詩の忠実な賛美者であったジュール・ヴァレリーは、短い詩の書かれた一葉の紙を発見する。彼はそれが自分の好みに合っていると判断する。そして臆病な駆け出し詩人の弟に無理強いをしてでも、文学への道を歩ませようという意図もあって、その詩をマルセイユで出版されていた正体のよく分からない雑誌『プチット・ルヴュ・マリチム』に送る。この雑誌はポールの詩を受け取って、その八月十五日号に「夢」を掲載する。それは、ポールの名前が紙の上に印刷されて登場した最初の瞬間であった。そしてそれは、初めて彼の名前と作品が彼自身から離れ、書く行為《エクリチュール》という孤独な内面の世界の外に出て、ひょっとしたらいるかもしれない読者、不安を抱かせる読者の精神のなかに投げ出された瞬間であった。「わたしはそのせいで大変つらい思いをした――印刷されたわたしの名前は、サロンで素っ裸でいるために死ぬほど恥ずかしい思いをするといった、夢のなかで抱くような印象をわたしに引き起こした[10]」。

　法律の勉強の方は順調に進んでいた。その冬ポールは、メニアル教授の授業中、同級生の前で口頭発表をする。それは、メロヴィング朝とカロリング朝におけるサン・ジェルマン・デ・プレ修道院の人員や収入の状態を研究したイルミノン神父の『財産帳簿』についてであった。彼はかなりよく勉強して、刑法で一位の成績で大学の一年目を終えた。ヴァレリーは、科目の本質を自分のものにするのに長時間「ガリ勉」する必要などなかった。見事な集中力のおかげで、成功するために必要なものをすばやく記憶することができた。こうして、夢想したりデッサンを描く時間ができた。講義内容を書きとめたノートのあちこちには、数行程度法律上の注釈を書きこんだところもあるが、それらは、肖像画や海景図や建造物の細部や全体の写しなどのなかに埋もれて見えないほどである。法律家の卵の手は、こうしてますます自信に満ちたものとなる。描線は正確さや上品さや確かさを増す。まさに、勉強《エチュード》も習作もうまくいっているということである。
彼とその同級生たちは、少しでも暇な時間ができると、海辺に行っては空や砂や水が際限なく与えてくれる陶酔状態を再び見出した。彼らは何時間も歩いた、「太陽を唯一の目的地に定めて。最初のうち、わたしたちは元気に進んでは、おしゃべりをしたものです。それから、いっとき歌を歌いました。その後で、沈黙がやってきます。(…)そして、お腹がすくと、奇跡がわたしたちに食糧を与えてくれました。こうした砂浜の上では、ぼろぼろのテントでキャンプをしながら放浪している漁師の一群に出会うことがあったのです。(…)わずかなお金を払うと、彼らはわたしたちのためにたとえようもなくおいしい魚のスープを作ってくれるのでした[11]」。かつて味わった官能的な喜びは、更新されつつ深まり、豊かになっていく。こうした散歩の間中、ポールは様々なイメージや形や匂いを備蓄していく。感覚はもはやかつてのように純粋で直接的な完璧さを持ってはいない。感覚自体は十全で手つかずのままでありながら、第二段階の快楽、すなわち知性の快楽を養っている。青年は純益をあげる。すなわち、二つの快楽は単に加算されるのではなく、掛けあわされるのである。

ポール・ヴァレリー、一八八九年夏。詩人は十八歳である。何もそこから有用なものを引き出すことはできないということを知りつつ、確たる気持ちもないまま法律の勉強を続けている。彼は詩について複雑な知識を持っているし、実際に詩も作るが、それを出版しようとは思わない。建築の歴史や理論や全般的な問題を深く研究した。デッサンもするし絵も描く。断固たる態度で、数学の様々な分野を勉強しだす。どれほど官能的な人間であるにしても、彼の精神には哲学的なところがあって、自分の諸々の活動のそれぞれについて、うまく導くにはどうしたらいいのかという考察をしないと気がすまない。彼に欠けているもの、追い求めていてその形だけはおそらく垣間見ているもの、それは他のすべての思考を包括し、説明し、正当化するような唯一の思考である。そうした思考は、彼が実践している雑多な専門分野にこれまで欠けていた一貫性を与えてくれるだろうと期待されている。

　神経の興奮は極限に達している。彼の生は両立しがたい軸と軸との間で分裂している。それらの軸を並置してみたところで、社会的にも知的にも意味がないのである。貯めこんでいる比類のない感受性の資本も知的能力も、さしあたり、どのように使っていいのか、はっきりと分からない状態にある。とはいえ、彼はそれを社会的に認知された形で使うようにと要求されているわけではない。兄が必要なものを援助してくれているし、彼自身は成功したり名声を得たいなどという欲望を少しも持ってはいない。しかし、彼には中心になるものが欠けている。様々な活動が一体になり、補足しあい、それぞれの輝きで照らしあうような内的場が欠けている。そのため、彼は互いの調整がついていない様々な動きによって引き裂かれている。いろいろな方向に引っ張られ、引き寄せられ、神経がつねに緊張した状態に置かれているのである。三年後、彼はジッドに十八歳のときの自分のことを語っているが、自らを「いたるところに苦痛を感じ、自分のことを知らず、水銀のように流動的な子どもだった[12]」、と述べている。人間の創造全体を説明してくれるような統合的思考の探求は、一個人の内的中心を探る手段にもなる。というのも、彼の人柄や生はそうした中心の周囲に構成されると考えられるので、中心の探求によって彼の不幸な神経の緊張緩和が可能となるのである。

　彼は八月を山や小川や栗林に囲まれたセヴェンヌ地方のル・ヴィガンで過ごす。どこまでも田園といったこの風景は、とても美しかったが、ついには彼を退屈させ、モンペリエに――「我が馴染みのペイルーと我がごみためのように乱雑な部屋、そして我が友だち[13]」のもとに——帰りたいという気持ちを引き起こす。フールマンに宛てた手紙には、自分の気分や嫌悪や夢想の数々が、思いつくままに吐き出されている。孤独な夢想者としての散歩の最中、彼は自分の身に起こっていることを把握するために精神を集中させる。「ぼくはここで五感を満足させています。様々な匂いや色彩や突飛な音がぼくを取り巻いているので、ぼくはそれらをかき集め、分類し、ぼくの内部で分解し、それらを、別のところで知覚された別の感覚に結びつけるのです。こうして、ぼくは記憶の宝物を生き返らせるというわけです[14]」。ジェノヴァの雰囲気が彼の記憶に蘇る。そして、彼の遠い、光り輝く起源を出現させる。「ぼくのなかには、先祖から受け継いだ支配的な遺伝的特性がある。ぼくは、十五世紀イタリアの数ある共和国のなかの興味深い家系のうちのひとつ（ミラノのガレアス・ヴィスコンチ家）の末裔だ。そして、ぼくはその時代に生きている。ぼくには、政治や判例などはどうでもいいし、たとえぼくが共和主義者だとしても、（…）それはブーランジェ描くところの金銀を象嵌した甲冑に身を固めた騎士が、大理石のテラスの上にすくっと立っているといった共和国の共和主義者にほかならない[15]」。彼が日頃おこなっている仕事も、詩へと変容できないとなると、ことごとく非難の対象となる。「ぼくはフラオーやメニアルのように、野原を掘り返したり、財産帳簿を詮索するような輩は軽蔑する[16]」。野原で彼が見つけるのは、キノコではなく脚韻である。また、財産帳簿を見ながら、彼は「不分明で欲望をそそる時代の」幻想を作り上げる。「ぼくはペトロニウス流の極限的な退廃と、奇妙な宗教と神秘学との混同と、（…）東ゴート族の宮廷の複雑な児戯と、司教たち、魔女集会《サバト》、洗練された野蛮行為、ビザンチンの宝石、（…）芸術家的で稀有な感動の震えがあるひとつの世界全体をそこに混ぜ合わせる。それから、『夜』——そして『月』を!!……[17]」。残念ながら、こうした幻想の数々は熱狂によって生み出された甘美な果実ではなく、倦怠が分泌したものだ。「やることなすこと、何もかもがうんざりだ……。自分の書いたものには、もっとうんざりさせられるけどね。(…)チェッ――『この世の外ならどこへでも』って感じだな。気が狂いそうだ……それはそれで幸せなことだけど。ぼくはもう狂ってる[18]」。

この過激で決定的な手紙は、若い詩人の置かれている状況をよく表している。そこからは、彼の最近の読書の影響がかなりはっきりと聞こえてくる。年頭から、ポーやボードレールやフローベールを読んで熱狂していたのだ。万物照応の森、ビザンチンの絵画などがその想像力に浸透する。彼において、ここではない別な場所への憧れは、唯一言葉の霊感だけが生き生きと表現できる想像上の過去への憧れとなって現れるのだが、こうした憧れのなかには、彼の発想源となった作品の数々が入り乱れる形で反映されている。そのうえ、彼は驚異的な本を読んで衝撃を受けている。『さかしま』の主人公デ・ゼッサントの神経をぴりぴりさせた人柄のなかに、自分の同類、兄弟を見つけたところなのである。この小説は、彼の存在のもっとも敏感な部分に触れてくる。彼はそこに一種の自伝を見出す。ユイスマンスはヴァレリー自身が自分の魂のなかに見出したものをすべて叙述し、解剖し、分析したのだ。デ・ゼッサントは、彼には、見識を高め昇華された自分のように思われる。この小説への反響として、日々の生活を送るヴァレリーは、自らの似姿であるデ・ゼッサントに似始める。デ・ゼッサントの神経の芸術家的な興奮は、ヴァレリーにたいして麻薬的な効果を発揮する。ヴァレリーはデ・ゼッサントとともに高揚し、微妙な感覚の狂乱の罠に捉えられる。彼には安息香をかけたタバコを吸う習慣までもが身につく(サンボリスト的な退廃が影響力を失った後も、しばらくの間、この習慣を保ち続けるだろう)。すべてのものにうんざりして、脳味噌のなかに感覚を求める一方で、ル・ヴィガンからフールマンに宛てて激越な手紙を書くこの若者は、二人の人物が反応したがための沈殿物なのだ。

こうした手紙などのなかに見られる修辞過剰は、たしかに若気のいたりではある。しかし、彼が今捉えられている共鳴作用は技巧といったものではない。読書のおかげで、彼は自分を認識したり、いわば、自分の眼差しの前に自分の身を置くことができるようになっている。様々なものや自分自身にたいする嫌悪感、逃げ出したい欲望、気が狂いそうだという思いなどは、子どもの頃から自分の秘密のなかに避難していた彼自身の何がしかを反映している。内的宇宙、彼が響きとイメージで、読書と夢で自分のために作り上げた宇宙は、外的宇宙、つまり彼が勉強し、話をし、冗談を言い、活発に動き回る宇宙と一致することがますます少なくなる。彼は、自分にはジキル博士とハイド氏的なものがあることを知っているし、フールマンへの手紙がまさに露わにしているような夜の顔は、そこに昼の顔が、すなわち、優秀で繊細で皆から高い評価を得ている青年の顔が同伴して統制していないようなときには、彼自身の一体性を脅かすものになることを知っている。

手紙が言及している彼の出自のうちのひとつは、回り道をしてでも説明しておく価値がある。つまり、ヴィスコンチ家への言及のことである。それは虚構でも詩でもない。ヴァレリーはルネッサンス期のことを喚起してみせたが、それは、ヴァレリー家の記憶において、れっきとした事実に基づいている。ポールが三歳に達するまで面倒を見てくれたジュリオ・グラッシは、かなり古い家系の出身である。彼の祖先のうちの一人は、実際、十七世紀にジェノヴァに居を構え、そこで家系を起こす前に、ヴィスコンチ家の女性で、ミラノ大司教の姪にあたる女性と結婚している。彼の妻の家系もまた、十四世紀以降に輝き渡った。

この家系からヴェネチアの大尉が数人輩出している。そのうちの一人が、有名なガッタメラータの命令のもとで戦っている。さらに、ポールの父方の祖先のなかには、レパントの海戦〔一五七一年、ギリシャ西海岸のレパント沖で、スペイン・ヴェネチアを中心とするキリスト教国連合艦隊がオスマン帝国の海軍を撃破した海戦〕に参加したと思われる軍人がいる。ポールの血管には、傭兵隊長の血や不信者たちを激しく攻撃する人間の血が流れている。それはロマンチックなドラマの英雄の血である。

この遠い過去に、同じくらいロマンチックな最近の歴史が付け加わる。ジュリオ・グラッシは若いとき、ナポレオンの「若き衛兵」たちに混じってフランス遠征に加わっている。戦後、彼はトリエステに居を構え、海運保険関連の仕事で財産を築き、結婚して四人の娘をもうけた。しかし、この町でも最高の階級に属している著名の士である彼が際立ったのは、彼のイタリア統一にたいする共感によってであった。一八四八年、メッテルニヒ失墜の後をうけて、彼は国防軍を整備する役職につく。彼はこの職に大いに熱心だったため、ハプスブルク家が権力の座に復帰するやいなや、その役職から排除され、新しい権力から不審人物と宣告されてしまう。おそらくこのような排除は、彼が、失敗はしたが、ピエモンテの船でダルマチア〔現クロアチア共和国のアドリア海沿岸地方〕の海岸に上陸しようとする企てに加担したことと関連があるのかもしれない。破産し、友人からも見捨てられた彼は、一八四九年、娘のうちの一人〔ラウラ〕をコレラで失うという不幸に見舞われる。彼はトリエステを去り、ピエモンテの保護のもとで新たな生活を開始する。そのピエモンテは、一八五〇年、ジェノヴァにあるポストを彼に提供するし、一八五五年以降は、セットの領事職を提供する。

それだけではない。グラッシ家は、先祖から伝わった挑戦や冒険にたいする嗜好を決然と保ち続けていた。その点に関しては、ファニー自身にもいくつか語るべきことがあるようである。ファニーとその姉たちは、二十歳そこそこのとき、公の場に姿を現すときは必ず、イタリア統一を支持しているとみなされていた教皇庁の色のついたリボン飾りをこれ見よがしにつけていた。こうした挑発行為が、スキャンダルになった。彼女はトリエステの住居の窓ガラスがどのように群集によって割られ、彼女たちがいかにイタリアの国旗を縫っているというかどで非難されたかを覚えている。特に彼女は、彼女の名付け親フランチェスコ・デ・バンディエラ男爵と、彼女が子どものころ一緒に遊んだ男爵の二人の息子アッチリオとエミリオのことが忘れられない。男爵の二人の息子たちは、「若きイタリア」運動のメンバーになり、一八四三年、オーストリア艦隊の海軍大将乗艦を占拠しようとして失敗した。一年後、彼らはカラブリア地方のクロトネ付近に上陸しようとして、捕虜になり、銃殺された。彼らの父は、二人の息子を自分の息子ではないと否認した後で、苦悩のために死んだと言われている。

　ヴァレリー家の想像界では、こうした起源やお話が混じりあって、すばらしい表現や甘美な一種の伝説が作り上げられていたが、これにはポールも気に入っていた。彼の若さは、自分を目立たせるのに、このような称号や肩書きなどを必要とはしていない。しかし、詩人はここに、彼が生まれながらにして獲得したと思われる独創性、自分があたかも生まれつき、俗人がたどる道や関心事の外側に位置しているという独創性を説明するためのきわめて強力な論拠を見出す。そのうえ、この過去は、彼の夢の数々をはっきりと正当化してくれもする。彼がしていることは、家に伝わる遺産を、これまでと別のやり方ではあるが、引き受けているにすぎないということになる。それに、ヴァレリー家の伝統のなかには知識人の姿も見えるのであって、このことは、ポールの特殊な才能が家の伝統との関係からして場違いのものではないということを見事に証明してくれている。すなわち、彼の母方の祖母の家系には、軍人以外に、トリエステ図書館館長を務めた人物がいて、彼は当時町一番の知識人という評判をとっていた。こうしてポールは、ヴァレリー家の小説のなかでひとつの場所を占めているのである。それは彼にとってどうでもいいことではなかった。このように彼の正当性が認められることによって、彼は人生の選択や方向に関して疑念に捉われたり、躊躇しなくてもすむ。たとえ矛盾しあう様々な要求の間で引き裂かれ、つねに分割されていなければならないために苦しんでいるとしても、少なくとも、彼のなかにはこのような基盤のようなものがあって、つねに彼がまっすぐに前進することを将来にわたって可能とし続けるだろう。

一八八九年は多産な年だった。彼は百編ほどの詩、散文詩、物語などを書いた。扱う主題は変化した。巨大なもののイメージを描いた「海」や、貴族的で光り輝く「白猫」は、彼の個人的な神話に属している。たいした成功を収めたわけではなかったが、彼は白鳥の主題を試してみる。あまりにも香の匂いが強すぎる、形式美を偏重した宗教性を歌った作品が増加する。「月の出」「神秘の花」「霊的再生」「教会」「ミラビリア・セクラ」などの作品は、彼の意識のなかで宗教的情熱が、あるいは少なくとも教会の典礼や儀式にたいして公然と感じている魅力がどれほどの重要性を占めていたかを物語っている。形式的な観点からすれば、ポールはまだ高踏派の語彙や言い回しや音の作用の影響を脱していない。九月と十月の間に、彼は音域を変えて、象徴派のものに近い音調で「ありそうな話」（*Conte vraisemblable*）を作る。そこでは、万物、そして女たちにたいする幻想から目が覚めた男の、自殺を思いとどまった様を語っている。

もっとも繊細な文学的感受性をそなえた一人だったフールマンは、ヴァレリーのたっての願いを聞き入れて、彼が作ったものにたいして、一連の、見事なまでに緻密な批評を書きあげる。駆け出しの哲学者であるフールマンは、どんなことも見逃しはしない。すでに、ル・ヴィガンから受け取った手紙に返事を書いたときも、彼はヴァレリーがあまりにも言葉のぺてんにひっかかっていると責めていたし、ビザンチン風の安物飾りを嘆いていたし、ボードレールやゴーチェの卑屈な模倣者にならないよう忠告していたし、永遠のもののなかに独創性を求めるよう要求していた。ポールが彼に読ませた詩にたいしておこなった彼の批評は、一八八九年九月以降、ほとんどつねに的確なものであった。詩句の音楽性を大切なものと考える点ではポールと同意見だったが、フールマンは音楽性が無意味、矛盾、冗長を正当化するものではないとして、それらを容赦なく追いつめるのであった。彼はヴァレリーの詩を剪定し、文学的な重量超過を取り除き、友だちを我に帰そうと努める。

それは困難な仕事である。この時期、ヴァレリーの内的図書館は著しく豊かになった——そのことは、彼の詩句を単純なものとはしない。彼はあいかわらずエレディアを読み、愛してもいるし、ルコント・ド・リールを発見もするのだが、その内的図書館のなかで高踏派たちは第一の場所を失う。選ばれた少数の作家たちだけによる小さなサークルのようなものがそこに作られ始める。『さかしま』の読書が効果を及ぼす。「文学の病が数週間のうちにわたしのなかで驚くべき進行をしつつあった[19]」、と後に書かれることになる。彼はデ・ゼッサントによって示された作家の名前を記憶に留める。デ・ゼッサントはエドガー・アラン・ポーを発見し、マラルメを引用する。ポールはデ・ゼッサントのおこなった読書を自らおこない、それを拡大し、まずはポーに熱中するようになる。ポーはすぐにポールの師匠になる。次に、マラルメに夢中になる。マラルメにたいする熱狂的な気持ちが発展していくにはもう少し時間がかかることになる。彼はこの頃、まだマラルメの詩句をほとんど知らない状態なのだ。そのため、彼はマラルメをシュリー・プリュドムと同列においている。しかし、マラルメを読みたいという欲望はすでに起こっていて、彼の詩の発見を重ねていくにつれて、その価値にたいする確信が一層強められていく。さしあたっては、ユイスマンスの小説が自分の分身を紹介してくれたということと、これまでその豊かさに気づかないでいた作家たちを理解する手がかりを与えてくれたということでこの小説に感謝の意を表しつつ、それを自分のバイブルにするのである。

　秋のはじめにジュールは大学に法学の博士論文を提出し、受理される。ポールは、兄の活動や成功しようとする意志に刺激され、また、彼の詩のひとつが活字になって、いわば「利口になった」という気持ちをおそらくは抱いて、自分が書いたものにたいする態度を変える。そして、それらを出版しようと決心する。彼はオック語の詩にたいして共感を抱いてはいたが、フランスで意味のある文学的生活が存在するのは、たった一つの土地だけであるということを知った。この瞬間から、彼の目はパリに向けられる。友だちのアルベール・デュグリップがパリに住んでいて、文学の現状を知っている。おそらくポールは、デュグリップのアドバイスを受けて、八月の終わりに『自由通信』(*Courrier libre*) の主筆カルル・ボエスに手紙を書く。彼はボエスに自己紹介しつつ、そこに議論の余地のない、しかもきわめて有効な厚かましさを付け加える。つまり、手紙に「月の出」(*Élévation de la lune*) を同封したのだ。こうして、「月の出」は十月号に掲載される。ボエスに宛てたお礼の手紙にヴァレリーは別の詩「皇帝行進曲」(*La Marche impériale*) を同封する。こちらの詩は十一月一日号に掲載される。同じ手紙で、彼はエレディアの住所を尋ねる。ユイスマンスやポーに傾倒していたにもかかわらず、偉大なエレディアはまだ王座を剝奪されてはいなかったというわけである。最後に、彼は自分が書いたまったく新しいもの、一本の論文を送ると予告する。「文学技術に関する若干の覚書」（*Quelques notes sur la technique littéraire*）と題されたその論文は、十一月に送付された。しかし、この論文は活字にならない。というのも、その間に『自由通信』は廃刊になっていたからである。エドガー・アラン・ポーの理論に依拠したこの短いエッセイは、象徴主義の形式上の原則を擁護している。詩は作ろうとする効果をめざして構築されるべきであり、こうした仕掛けの有効性は最終行の力に基づいているので、最終行は雷のように激しくなければならない、とヴァレリーはそこで主張する。

パリの文壇に入り込む決心をしたヴァレリーは、同じ時期、『ル・ラペル』誌〔一八六九年、ヴィクトル・ユゴーの息子たちによって創刊された政治新聞〕の編集長オーギュスト・ヴァクリに手紙を書く。彼はヴァクリに自分をその雑誌のモンペリエ通信員として受け入れてくれるかどうか、自分の若干の詩の掲載を許可してくれるかどうか尋ねる。その手紙のなかで、自分が法学部の学生であることを明かしつつも、そんなことは二次的なことで、彼が主に関わっているのは文学であると言っている。そして最後に、まだしばらくはパリに居を定めることができないことを嘆いている。この手紙が実際に投函されたかどうかは分からないが、いずれにしても、ヴァレリーの希望はかなえられなかった。この手紙は、田舎に住む彼の野心を明らかにしている。その野心とは、文学とパリという二語に要約される。

一八八九年十一月十五日、ヴァレリーは一年間、学業を中断する。モンペリエのミニーム兵営に入営したのだ。彼は、そこの第一二二連隊第一大隊第一中隊で志願兵役を果たす。彼にとって兵営に収容されたということは驚きだった。ヴァレリーは条件付志願兵に登録していたので、法学の勉強が終わるまで徴兵猶予が与えられるものと期待していたのだ。徴兵猶予は拒否され、軍隊に取られてしまったというわけである。十一月十七日の明け方、彼は兵営に閉じ込められて眠れない二日目の長い夜の話を書き記している。

十時。でこぼこのある暗い中庭を、わたしは嫌悪の気持ちに捉えられながらさ迷い歩く——夜の巨大な壮麗さに少しばかり慰められて。(…)水飲み場で、ちょろちょろ流れる水が歌っている。外から聞こえてくる馬車の喧騒が、愚かしさと、野蛮さと、ケピ帽の下の頑固頭たちの間に閉じこめられているという苦しみのなかに、再度わたしを投げ入れる。

部屋のなか。シーツのない簡易ベッドの上、軍用外套と毛布の間。奥の方でささやきあう声。あくび、天井に吊るされたたったひとつの粗末なランプがかすかに震える。消灯。(…)

眠れない。記憶のなかに、エレディアのソネや、マラルメの詩句が蘇ってくる。わたしはそれらを反芻する、それらを味わい楽しむことはできないが。

いびきをかいているやつがいる。一人は非常に強く。もう一人はごくかすかに。二人とも神秘的な拍子に従っている。重々しい匂いがわたしを苦しめる。それが何なのかは分からない。というのも、その匂いがわたしを取り囲んでいるからだ。だが、それがむかつく匂いだと見抜く。わたしは中庭に降りていく。

気持ちのいい冷たさ。もうすぐ朝だ。(…)突然、東の方の屋根と屋根の間で、明るい目がまたたく。まだ濁っていて遠い光の叫び。その叫びに応えるように、ラッパの響きが沈黙に穴をあける。(…)起床だ。[20]

この軍隊経験はつらいものだった。定住的な生活に慣れ親しみ、激しい運動や力の示威にたいして強い反発を覚えるポールには、完璧な軍人などという相貌は微塵もない。彼の愛国主義をもってしても、軍隊生活は耐えがたく感じられる。十二月なかば、デュグリップ宛ての手紙で、彼が最初の奴隷生活の月と称するものを叙述しながら、事態を鮮明にしている。「わたしにとって祖国とは国旗の襞のなかにあるのでもありませんし、限定された土地でもありません。わたしの祖国とは、わたしの観念であり、わたしの夢であり、それらのものをわたしと共有することのできる人がわたしの同国人なのです[21]」。さらに彼は、デ・ゼッサントには祖国などないし、共和主義者でもその類のものでも一切ないと急いでつけ加えている。兵舎から出たヴァレリーは、そうした混乱した気持ちに押し流されることはもはやなくなる。しかし、そこを出てまもなく、兵舎のなかに自分の最良のものをもう少しで置いてくるところだったと考える。そして、ためらうことなく、「兵舎は地獄よりひどい[22]」と断言する。絶対的に醜いもののなかに投げ出された審美家の狼狽、徹底的に厳しい規則に服従させられた独立心旺盛な青年の狼狽は、十分理解できる。「とても若く、とても華奢な志願兵にとって、とてもきつい一年。わたしはきわめて神経質なたちだった。筋肉ゼロ。わたしがどのようにして耐えたのか、自分でも分からない[23]」。彼はこの軍隊生活の不愉快な記憶だけを覚えている。ただし、ひとつだけ彼を楽しませたものがあった。それは「規則」を書いた文体だった。それは、どんなに正確な言語も、ある程度の量の不明瞭さを前提とするということを理解させてくれたのである。軍隊理論のいくつかの概要が、彼に独創的な観念を示唆するということもあった。これは後日、彼が発展させることになる。悲しさを逃れる最良の手段は想像力のなかにある。いつ終わるともしれない夜警をしている間、行進をしている間、軍人ヴァレリーは可能な限り正確に過去の瞬間、風景、場面などを再構成しては、それを第二の生にしようと努める。彼はジェノヴァを喚起する。精神のなかで、ジェノヴァの美しかったものや輝きを喚起する。「そして『夢』はわたしを幸福の岸辺へと連れ去る」(24)。――しかし、曹長がやって来て、夢の状態から追い出されてしまう。

幸い、その隷属状態も日曜日には中断される。善良な市民たちが目覚める時刻よりもずっと前の明け方に解放された兵士ヴァレリーは、女中用の歌のないミサ《メス・バス》がおこなわれているチャペルに避難する。様々な装飾物や宗教的雰囲気が彼の避難所となる。その精神のなかでは、宗教的な感情と審美的な感情とはうまく両立している。祭礼のもつ演出めいた部分や微妙な香りに喜びを再び見出しているヴァレリーの生のこのような宗教的側面には、信仰の幻想のようなものしかないと断言したなら、おそらくそれは不当なこととなるだろう。提起されている問題は、実のところ、信仰の問題ではない。美の感覚と宗教的な感動とは、彼にとって、詩と同様に、意識や世界の統一性を捉えることをめざした手段全体の一部をなしているのである。青年ヴァレリーが抱いている宗教的感覚は、公教要理《カテキスム》や実証的な信仰の方ではなく、統一性の内的経験の方を向いているのであって、それは神秘主義者たちの経験にとてもよく似ている。

ヴァレリーは自由な日々を、詩と友だちにささげる。ユルバン五世街に戻って来るやいなや、「詩を作ったり、作り直したりする」(25)。そうして作った詩をフールマンの厳しい批判の目にさらす。デ・ゼッサントの真似をしつつ、ヴィリエ・ド・リラダンを読み、象徴派たちにたいする称賛の念を深めていく。ランボーを再読し、『イリュミナシオン』に夢中になる。評価が高まりつつあった無名の作家スタンダールの自伝的作品や生き生きとした感受性や堂々とした知性を、驚きをもって発見する。可能なときは、いつものようにペイルーに散歩に行ったり、植物園の女ナルシスを短時間訪れる。

ある日のこと、おそらくは一八八九年の末、ちょっとしたこと、事件というにも値しないようなことが起こる。しかし、それはその後重大な結果を生み出すことになる。モンペリエの街中をそぞろ歩いているとき、彼はあるドレスとすれちがったのだ。それが起こったことのほとんどすべてである。そのドレスは、長い間Rというイニシャルで、あるいはR夫人という言い方で知られていた夫人、ロヴィラ夫人のものだった。ドレスを着た女性は彼を魅了し、幻惑した。おそらく彼女は、若い軍人がなんらかの完璧な夢を託すことのできるような輝くばかりのシルエットをしていたのだ。垣間見た女性のイメージが蘇り、彼のなかに嵌め込まれる。そのイメージはどこまでも彼につきまとうようになる。そしてついには、彼の人生を転倒させる。

4 小さな田舎者

一八九〇―一八九一年

一八九〇年五月の終わり、モンペリエ大学は演説・祝賀行事週間を企画する。大学創設六百周年のお祝いである。ヨーロッパ各地から代表団がやって来て、招待された有名な教授陣の講義を聴講したり、公式のパーティーで交流がおこなわれる。軍隊は粋なはからいをして、兵役についている学生たちに休暇を与える。ポールはこの祭りに参加する。

五月二十六日、最後の祝宴がパラヴァス・レ・フロで催される。この瞬間こそはヴァレリー伝説の中核となったものである。この瞬間は偶然の放った骰子《さいころ》の一振り、およそあり得ない一連の原因と結果から生まれた奇跡的な出会いを構成することになる。それは、ヴァレリーの人生のすべてがそこから出てきたとも言えるほどの出会いなのだ。ヴァレリーはこの祝宴について、正典となるような逸話を残している。

> その祭りの最後を飾る宴会が始まる前、わたしは海岸で、ローザンヌからやってきた学生たちのグループのなかに混じっていました。彼らは感じのいい仲間でした。そこに、別のスイスの青年の一行がやって来て、わたしたちをあるカフェのテラスへと連れて行ったのです。わたしのそばに、金髪でもスイ

ス人でもない男がすわりました。運命がこの感じのいい隣人の顔かたちを借りて現れたのです。わたしたちは少し言葉を交わしました。彼はパリからやって来ていました。ユゴーやボードレールやヴェルレーヌやワグナーといった名前が会話のなかを飛び交った後、二人は立ち上がり、腕を取り、いわば叙情の世界のなかを歩きながら、大急ぎで、あっというまに親密の度を深めたのです。五分の間に、わたしたちは、スイス人の仲間を驚かさずにはおかない熱情と共感をこめて、そのとき二人にとって枢要と思われた考えを伝え合いました。その青年は、〝ピエール・ルイ〟（Yとトレマはまだ用いられていませんでした）と印刷された名刺をわたしにくれました〔ヴァレリー宛の手紙でLouÿsという綴りが採用されるのは一八九〇年十二月二十七日以降のことである〕。それから二人は群集のなかに紛れ込みました[1]。

その夜、兵士は兵舎に戻る。三日後、歩哨に立っているとき、「壮麗で突飛な[2]」上書きの手紙が彼のもとに届く。その手紙には、五月二十九日、深夜、マルセイユと日付が打たれていた。「わが親愛なる友よ、今晩、絶対、わたしはあなたに手紙を書かなければなりません。手紙を書くいかなる口実もないばかりか、これからわたしが何を書こうとしているのかも全然分からないのですが[3]」。こうして、長きにわたる友情が開始される。二人の間では一九一九年まで、見事な、そして膨大な数の手紙が互いの間でやりとりされるが、そこには友情のさまが明確に反映されている。

ピエール・ルイスはヴァレリーより一歳だけ年上だった。シャンパーニュ地方の家の出で、一八七九年に母親をなくしている。父親は、子どもの面倒を見るには自分が年をとりすぎていると判断して、一八八二年に彼をパリに送る。そして、その教育を異母兄で二十三歳年上のジョルジュにまかせる〔実際には、このジョルジュがピエールの実の父親と考えられている〕。アルザス学院、次にはジャンソン＝ド＝サイイ高等中学校で学び、アンドレ・ジッドと友情で結ばれていたルイスはヴァレリーと同様、文学のキャリアを開始したばかりであった。彼らが出会う数ヵ月前、ルイスは自分が書いた詩を燃やしてしまうかどうか躊躇する。彼の文学観には神秘的なものがあった。というのは、作品の名に値する作品は聖なるもので、作品を十分に味わうことのできる数人の選良だけのためにしか書いてはならないと考えていたのである。彼は世間での成功を追い求めないこと、詩集も少部数しか印刷しないこと、彼の高度な要求を共有することができ、かつ、文学にたいする信仰のなかで自分と同等と認めた少数の友だちからなるグループの会員にだけ詩集を進呈しようと決心していた。パラヴァス・レ・フロにおいて、彼はヴァレリーがそうした一人であるとすぐに見て取った。

ヴァレリーのようなモンペリエ人にとって、彼の情熱を共有し、全部言わなくても自分のことを理解してくれるルイスのような天から降ってきたパリっ子と知り合いになれたことは、望外の幸運というものだった。やっとヴァレリーは、自分と同等で、彼の感受性や知性の深さをただちに理解してくれる存在を見つけたということになる。モンペリエの友人たちは、たしかに近しい関係にあったし、緊密に結ばれてはいた。だが、ピエール・ルイスが相手だと、これまで彼らに話したことがないような仕方で話せる。彼は自分が理解されていることがわかる、なぜなら二人の了解の仕方というのは交感ともいうべきものだからである。だからこそ、新しくやって来たルイスはヴァレリーにとって、世間に向かって開かれた窓の役目を果たす。ヴァレリーがこれまで自らの意識の秘密のなかに閉じこめたままにしておいたものが、今後は外側に出現することができる。生き生きとした交換という形を取って、詩人たちや、その仕事ならびに創造の宇宙のなかを流通することができる。しかも、ピエールはパリで生きている。彼は、モンペリエでは夢でしかない人たちと近づきになることができる。彼らのサロンに出入りし、もっとも固く閉ざされたサークルのなかにも入りこんでいくことができる。彼はヴァレリーの若い野心のもとでは、いささか首都パリのイメージそのもの、パリの持つ華々しい象徴そのものなのである。

一八九〇年五月二十六日は、お互いにとって大事な日付となる。一九一七年、ルイスは旧友ヴァレリーに一言書き送るのだが、そのなかで次のように書く。つまり、ヴァレリーには自分自身を疑う権利がある、だが、次のようなデッサン、すなわち、ひとつのテーブル、八人の会食者、P・LとP・Vというイニシャルのついたふたつの座席、少しばかりの砂、水平線の「海」という指示、そして「パラヴァス一八九〇年」という書き込みが見られるデッサンが記念する唯一の瞬間を疑うようにと彼をしむけることのできるものなど絶対にないだろう、と〔ここで言及されているデッサンは、ジッド＝ルイス＝ヴァレリー『三声による往復書簡集』、一二四六ページに再現されている。なお、このデッサンには、「P・VとP・Lは、マラルメの名が口に出されるやいなや、ここを散歩した」という記述とともに、二人の座席の背後に続く海岸沿いの散歩道が描かれている〕。一九二五年、ルイスの死後、ヴァレリーは「ピエール・ルイスと友情を結んだことはわたしの人生にとって大切な機会でした。数ある偶然のなかのひとつの偶然のおかげで、わたしは彼と知り合いになりました。そして、この人生はすっかり変わりました[4]」と言う。二人が幸福なエピソードを互いに祝福しあっているのを見るのは、なんと感動的なことだろう。瞬時に友人になった二人は、文学にたいする意見の重大な相違にもかかわらず、そして、かなり長期に及んだ相互の理解の冷却化にもかかわらず、さらに、予見不能で、しばしば耐え難いルイスの気質にもかかわらず、変わらぬ信頼関係で結ばれていた。こうした観点からすると、彼らの出会いは、事実、記憶に留めておくに値する偶然のめぐり合わせであった。

五月二十六日の出会いの持つ「歴史的な」価値に寄せるヴァレリーの信頼のなかには、彼にしては驚くほど初心《うぶ》なところがあるように思われる。彼の言を信じるなら、彼の伝記は、大河がその泉から流れ出すように、この出発点に由来するというのである。たったひとつの原因にほとんど魔術的とでもいうべき信頼が寄せられているということが友情の見事な証なのはたしかであるにしても、ルイスを知る以前から、ヴァレリーがすでにパリの方向を、エレディアやマラルメのサロンの方向を見ていたという事実は否定されるものではない。この新しい友がいなかったとしても、決してヴァレリーは、倦怠し、窒息した凡庸な田舎の小詩人にとどまることなどなかっただろう。彼の人生の流れは、すでにして自ら選択した岸辺へと彼を連れて行ったことだろう。ヴァレリーは謙虚にもルイスとの友情に信頼を置いているが、わたしたちは、ヴァレリーがルイスなしでもわたしたちの知っているヴァレリーになっただろうと思う。

二人の間で交わされた最初の頃の手紙は、互いが読んだり熱狂したものの広範な演目といった様相を呈していて、様々なものが列挙、叙述、推薦されている。お互いが相手に向かって、好きなもの、嫌いなものを語り、詩や芸術に関する自分の考えを披露している。彼ら二人は、「形式」と「美」と「精神の魔術的構築」を信仰し、「同じ芸術上の聖なる台」で聖体拝領を受けるのだ、とモンペリエ人は断言する。ヴァレリーはルイス宛の最初の手紙ですでに、もう一人のわたし《アルテル・エゴ》を見つけて喜んでいる。「こうして、あなたもまた、自分の『夢』のなかに避難する人、自分の頭脳のなかに引きこもる人、崇高な国が好きな人なのですね[5]」。彼は手紙に二編の詩〔「夜のために」と「月の出」の二編のソネ〕を同封する。そして、ルイスに自分宛の手紙を書き続けてくれるよう要求する。彼のような不幸な兵隊にとって、文通相手の言葉のひとつひとつが、「焦熱地獄に落ちた者の舌の上で冷たく凍った水の真珠(6)」のように思われるのだ。

驚嘆したパリっ子はヴァレリーとの出会いを兄に語る。「ぼくは偶然にもモンペリエで小柄な学生を発見しました。（…）たまたま彼の目に注目したのです。その目はジッドの目のように語るのです。彼の名前はポール・ヴァレリーといいます。彼は、『聖アントワーヌの誘惑』〔フローベール作〕、ユイスマンス、ヴェルレーヌについてきわめて驚くべきことを言いました。そして、わたしに彼宛の手紙を書いてくれと懇願するのです。それほどまでに、彼は話しかける友だちがいなくて寂しいのです(7)」。ルイスは同じ話をジッドにもして、「小さなモンペリエ人」を熱烈に推薦する。ヴァレリーの最初の詩を受け取った後、ルイスは熱狂であふれそうになる。詩人たちの宴会から帰り、受け取ったばかりの詩を読んだ彼は次の様なメモを書きつける。「こいつはすごい才能の持ち主だ！　このまま書き続けたら、彼は今日俺が会ったどの詩人よりも遠くまで行くだろう(8)」。ヴァレリーに宛てて、彼は書く。「貴兄には驚かされる(9)」。ヴァレリーの詩には、今まで自分が読んだなかでもっとも美しい未刊の詩句が含まれている、と評価する。

彼らは、数ヵ月にわたって、互いを発見しあうために手紙のやりとりをする。互いの自己紹介をし、互いの過去および現在の情熱の対象の相違点を見つけたり、しかじかの作品のもつ面白さを納得させようと努めたり、しばしばそれに成功したりしている。もちろん彼らの領域は、まずは文学と詩の領域である。彼らは、自分たちを象徴派と呼ぶか、デカダンと呼ぶか、審美家と呼ぶかについていくつか言葉を交わしている。ルイスは自分のことを審美家と呼べたらいいと考えているし、ヴァレリーは自分がデカダンでありたいと思っている。ルイスはヴァレリーに反論して、ヴァレリーが「ヴァレリー主義者《ヴァレリスト》」であってくれたほうがいいなどと言ったり、第一、「デカダン主義」は死んでしまって、だれもそんな言葉を使いはしないなどと言っている。ヴァレリーは再度主張して、彼らは二人ともデカダンだ、つまり、ぞっとするような大学教授の手垢にもまみれていないし、軽蔑すべきジャーナリストにも知られていないし、何人かの同輩だけを対象とする洗練されて知的な芸術にのみ心を奪われているという。ルイスはデカダンという形容詞が不適切だとは思うものの、このようなヴァレリーの考えに同意せざるを得ない。

二人の間にはいさかいもあったが、それはどちらかというと子どもっぽいものだった。そうしたいさかいは、彼らの精神がきわめて過敏な状態にあったということを示している。二人には共通して、名前を引き合いに出したり、言葉を響かせたり、神秘的な偉大さや崇高な美を次から次へと喚起しては一種の歓びを感じるというところがあった。兵舎での生活を余儀なくされ神経が高ぶっているヴァレリーにとって、この世のものとは思われない至純な空で過ごすことのできるこうした瞬間は、おそらく現在の苦しい重荷から自分を解放する手段であっただろう。しかしながら、彼の信条は、神経の緊張をほぐすことだけを目指していたわけではなかった。ルイスとの手紙のやりとりをとおして、自分を高め、少し前フールマンが永遠の事物の精神に属するものとした単純さから遠ざかるという傾向がとりわけ強化された。

彼らの話す内容は文学にはとどまらなかった。二人とも、世界について、そして自分自身について全体的なヴィジョンを持っていた。彼らが文学にたいして表明する厳しい要求は芸術全体にも及んだ。絵画では、ルイスはロセッティやラファエル前派を自分のモデルにした。彼らの仲間がつくるグループこそ、ルイスの目には、自分の夢見る芸術家グループのモデルと思われた。ヴァレリーはユイスマンスとギュスターヴ・モローの美的宇宙とを結びつける。モローの『サロメ』は、デ・ゼッサントが追い求めた感覚や雰囲気を、正確かつ完璧に絵画で表現したものとヴァレリーは考える。音楽では、二人とも、ワグナーを議論の余地のない、乗り越え不可能な巨匠と考えることで意見が一致する。ピエール・フェリーヌのおかげで、ヴァレリーはワグナーにたいする審美眼を深めることができた。すばらしいピアニストでもあった隣人のフェリーヌは、素人数学者のヴァレリーに、しばしば音楽による休息時間を作ってくれた。彼はヴァレリーのために、ピアノ用の『ローエングリン』の第一幕の前奏曲や結婚行進曲の簡約編曲《リダクション》や『タンホイザー』の抜粋を演奏してくれた。ときどきフェリーヌは演奏曲目にベートーヴェンを少し加える試みもおこなった。にもかかわらず、ヴァレリーのバイロイトの巨匠にたいする称賛の念はさらに増していくのだった。それは、ユイスマンス、さらにはマラルメを読むことによって、いっそう強固になる。自分自身優れた音楽家であったルイスは、ヴァレリーのワグナー礼賛を共有する。「ぼくは貴兄と同様、（ワグナー以来）『音楽』はすべての芸術を含み、統合するにいたったと考えます[10]」、とヴァレリーはルイスに書き送っている。

お互いが同じ作品を愛し、同じ創造者を称賛するということは、汲みつくすことのできない喜びとなる。若い兵隊であるヴァレリーにとって、それはこれまで経験したことのない祝祭であり、彼はそれを心ゆくまで楽しむ。しかし彼は、文通相手が彼と同様に詩を書くことを知っている。彼らは単なる「美」の崇拝者ではなく、実践者であろうと欲する。そのことは、彼らが自らの師匠たちのもとでその効用を確認し称賛している厳密さを自分自身にも課すということを前提とする。ルイスは次のようにヴァレリーにアドバイスする。「書き続けなさい、貴兄を没頭させている現実的なもののすべてから超然とするよう努めなさい。そして、ぞっとするほどに物質的な外的生を永遠の夢のなかに沈めなさい。その夢こそが真実の生であり、生きて楽しい唯一の生であり、わたしたちの生であると認識する唯一の生なのです。なぜなら、わたしたちが自由にその生を望んだからであり、わたしたちの外側にそれを創造したからです[11]」。この世の外へ隠遁しようというところまで推し進められた「形式」の礼賛は、とりわけ毒性の高い理想主義の変異体に属している。二人の若い詩人が芸術について語りつつ熱狂して、自分が礼賛するもの、そしてそれが要求してくるもっとも高度なものを尊重しようという野望に身も心もささげつつ、自分たちの純粋さを願うというのは、おそらくいいことなのだろう。だが二人の友人が要求する厳密さは並外れたものだった。一八九〇年の夏以来、その厳密さは、彼ら二人を可能性という概念や彼ら自身の人間性ときっぱりと絶縁するところまで追いやる。人間世界のはるか上空を飛んだり、無限にずっと美しく腐食することの少ない別な世界を語によって創造できるのは、人間のなかでも自分たちだけ、あるいはほとんど自分たちだけだと発見した喜びによってさらに強化された信条は、彼らを閉ざされた空間——憂慮すべき孤立の苦悩のなかに閉じこめてしまうきらいがある。

彼らの宗教的な情熱もそうした氾濫をくい止めることはできない。ピエール・ルイスは深刻な神秘主義の危機を経験する。六月に入ると、彼はヴァレリーに毎日聖書を読むようにしむける。ヴァレリーはますます激しい情熱に身をこがすことになる。ミサ、吊り香炉、典礼、大オルガン、豪華な飾り、ゆったりとして厳かな儀式、こうしたことのすべてが彼の心を引きつけ、感動させ、動転させる。彼はそこに自分の理想的な「美」のもっとも完全な実現を見る。彼はピエールに信仰告白を送りつけるが、そこには残念ながら、彼のなかにどっぷりと根をおろした偏見が包み隠すことなく現れている。「ぼくは何よりもまずカトリックです、偶像崇拝者と言ってもいいくらいです、そして、あらゆるカルヴィニズムやジャンセニズムが大嫌いです、つまり、芸術的でないあらゆるセクトは大嫌いです。ぼくはユダヤ人が好きではありません、なぜなら、彼らには芸術がないからです。彼らは建築その他に関しては、すべてを近隣の民族から盗み取ってきたのです[12]」。彼は美しいものが好きである、したがってカトリックが好きであり、プロテスタントが大嫌いであり、ユダヤ教を拒絶する。こうした論法は理にかなったものとは言えない。カトリックの儀式にたいする愛情は自然のものである。それは彼の両親の、彼の育った環境の、彼の国の宗教なのである。彼は子どものころから、そうした美的で文化的な雰囲気にどっぷりとつかっていたのであり、その魅力を価値あるものと考えたのだ。しかしながら、「美」にたいする愛情と醜いものにたいする憎しみとだけでは、彼のカルヴィニズムやジャンセニズムの厳格さにたいする嫌悪感を十分に説明することはできない。無関心と不信感と無理解とを正当化するのがせいぜいのところだろう。彼の嫌悪感の根はおそらく、驚くべき形でモンペリエの学校で永続していた時代おくれの宗教戦争のなかにある。高等中学では、生徒たちは多数派のカトリックと少数派のプロテスタントとに振り分けられる。両陣営間の憎しみは執拗で、いやがらせは常習的で、殴り合いは頻繁におこなわれていた。新入りはどちらかの陣営に入るように要求される。ヴァレリーはそうした暴力行為には距離をおいていたにもかかわらず、多数派に属していた。このような激しい信仰をもった軍人ヴァレリーのなかに、かつての高等中学の生徒特有の表現の数々も見られるように思われる。同様に、ユダヤ教の拒絶は、ヴァシエ・ド・ラプージュの講義や演説が効果を現しているということを示している。ヴァレリーの発言のなかには、彼を人種差別主義者であると断言するに足るものは何もない。十九世紀末に「人種」の話をすることは、必ずしも人種差別主義的な教養を信奉していることを意味してはいない——raceという語は人種という意味ばかりでなく、民族、住民、国民という意味でもあるのだ。だがヴァレリーは、ユダヤ教ではなく「ユダヤ人」を非難することによって、攻撃対象は宗教や美学ではなく、そういうものとしての民族であるということ、さらに、そういう民族をアプリオリに拒絶しているということを示しているのである。彼の反ユダヤ主義は、彼が何らかの哲学や信仰に同意しているということではない。それはひとつの情動的な態度であり、反射運動であり、習慣なのだ。

八月、ヴァレリーは六日間の外出許可を利用してパラヴァスに行き、水浴をしたり、夢想をしたりする。精神や肉体はひどい状態にある。八月後半には病気になり、療養し、回復するが、精神は逆説的な状態にある。つまり、興奮はあいかわらず続いているものの、そこに興奮とは逆のものが入りこんできているのだ。彼は、北欧的なスタイルで暗いお話を書き、魔法の騎士に変身し、一角獣にまたがり（こういう表現を精神分析医は喜ぶだろう）、魔法の平原をどこまでもギャロップで進むのを夢見ているとルイスに語る。しかし、次のように話を続けるのだ。そこには、すでにこの時期に、こうした夢想への抵抗感のようなものが彼のなかにあることが示されている。「ぼくは文学にいらだち始めている。ぼくが文学というのは、へぼ詩人（ボクモマタ、ソウシタツマラナイモノノ一人ダガ）が作った安物料理のこと、そして文体やリズムや芸術などについて口ごもりながら話すものすべてのことだ[13]」。彼は多数派のなかに含まれる。それは、自らの興奮を明晰さによって再びコントロールできるようになったということを示す歓迎すべきしるしなのだ。飽和した精神は、人間たちのいる大地に戻って、居住可能な場所を見つけようとする。その同じ手紙のなかで、「生の快楽」として紹介された彼の友情礼賛がそのことを証言している。彼には、他の人間の温かさが、ひょっとすると「美」を凝視する以上に必要なのかもしれない。ヴァレリーは永遠に友情学の巨匠であり続けるだろう、そしてそれこそは、おそらく彼が決して嫌がったり反発しないで実践する唯一の芸術なのだ。

ピエールとポールは自分たちの世俗的な野心を忘れてはいない。彼らは二十歳と十九歳である。二人はそれぞれ自分たちの自然環境、すなわち作家たちやパリの雑誌が作る世界で自分の名前が知れ渡るようになることを夢見ている。ピエールは自分自身のための道を掘り起こしつつ、ポールにとって前衛の役目を果たそうと、彼がパリに来るための根回しをする。パラヴァス・レ・フロで出会って以来、ポールは、ピエールができるかぎり早くステファヌ・マラルメのところへ行って自己紹介してくるようにとせっつく。ルイスは従う。ルイスが行った最初の「火曜会」（マラルメが人を迎え入れる日）は六月十九日だったが、それはひどいものだった。「マラルメは鼻持ちならないくらい偉そうにふるまっている。レニエは馬面だ。ぼくの気に入るやつはだれもいない[14]」。しかし、失望は長くは続かない。おそらくルイスは、その理想主義のなかで、「師匠」マラルメが神の手になる作品ではないと確認してがっかりしただけのことなのだ。二度目の訪問から、彼は改宗する。彼は「火曜会」の常連になる。同様に、より開放的で世俗的なエレディアのサロンにも出入りできるようになるし、流行の雑誌、特に『ラ・プリュム』誌（一八八九年にレオン・デシャンらを中心に創刊される）の事務所にも通うようになる。そこでは、作家たるものは自分の姿を見せるべきと考えられていた。彼は、当時流行していた、しかじかの詩人の栄光を祝って催される文学的な晩餐会のいくつかに出席した。その結果、この小さな世界は、ルイスにはあっという間に嫌な世界になってしまう。そこで彼は、文学上でつきあう人を、彼にとって大事と思われる人たちだけに限定する。それはジッド、マラルメ、エレディア、そしてレニエであるが、後年、彼らはすべてヴァレリーの友になる。

ヴァレリーは兵舎に閉じこめられているので、こうした世界や名前の数々を夢見ることだけで我慢するほかなかった。ルイスのおかげで、ヴァレリーは少なくともパリの最近の出版事情を知ることができた。九月の末、幸運にも彼はマラルメの「エロディアード」の抜粋を入手する。ユイスマンスが『さかしま』で引用した「エロディアード」の数行はヴァレリーを魅了していたのだが、彼は引用されていない部分を読むことはできないだろうと諦めかけていたのだ。それ以来彼は、ポーを除いたあらゆる作家の上にマラルメを位置づける。だからといって、彼が『さかしま』の百度目の読書をするのを妨げるものは何もないし、感動と快楽で百度目の病気になってしまうのを妨げるものも何もない。自分の詩を迎え入れてくれるような雑誌を見つけようという野望は、まったく手つかずのままで残っている。ヴェルレーヌやマラルメといった現存中の詩人のなかでももっとも称賛に値する詩人たちを輝かせるような雑誌、彼やルイスが一番好きな作家たちを喜んで迎え入れるような雑誌、そして、流派や文学的信条に関わりなく、すべての新人詩人に門戸が開かれているような雑誌の出版を夢見ている。そうした奇跡が実現するようになるまで、彼は『ラ・プリュム』誌や『独立評論』誌〔一八八四年にフェリックス・フェネオンにより創刊される〕や『レルミタージュ』誌〔一八九〇年にアンリ・マゼルにより創刊される〕に詩を送る。そして、それらの詩がどうなったのか、彼は知らない。ルイスは、ヴァレリーがあまりヴァレリー向きではない雑誌に希望を託していると嘆く。兵士ヴァレリーは、素直に助言者ルイスの選択に従うと通告する。「ぼくを貴兄の思うようにしてくれて結構です。ガレー船をぼくは漕ぎます、貴兄は見張り番をしてください。ぼくの詩を持っていって、貴兄の好きなようにしてください。どんなことでも受け入れますので。貴兄は友です、光り輝く友です、そうした友にはついて行かなければならないのです。そうした友は、ぼくのように優柔不断で、無知な人間には必要不可欠なのです[15]」。

ヴァレリーの軍隊生活は終わりに近づく。しかし、苦しみがそれで和らぐどころか、新たな心配事が心の中に生まれてくる。彼は大学に戻り、人間の世界や不愉快な仕事の法則を再発見することになる。彼には財産はなく、遅かれ早かれ独立して、生活費を出してくれている兄を楽にしてあげなければならないということも知っている。「わたし」と題された小さなテクストでは、自分の心配事を——三人称で——語っている。「彼には未来がむしろ渋面をしたもののように思われる。苦役をする義務が彼をぞっとさせる。なぜなら、彼はつねに規律のもとでおののいてきたからである。それでも、生きなければならない！……彼は詩を作っているのを後悔している。そんなことをしていると、彼のキャリアをだめにするかもしれないし、いい地位を逃すかもしれない。そのうえ、彼はあまりにもひどい詩、あるいはあまりにも自分専用の詩を作ったため、その詩を他の人は味わうことができない[16]」。こうした精神状態が訪れているときにピエール・ルイスにすべてを委ねるというのは、彼としては考えられるかぎり最良の計画である。彼がもう自分のことを信じられないときでも、彼のいないところで、別の人間が少なくとも一人彼の利益を守る任務を負ってくれる……。「いい地位」にたいする心配というのは新しい心配である。彼は大人の年齢に達する。詩人という身分が社会的に認知されたものでないことは知っている。実際、彼は心配して当然だった。財産のない詩人が食うや食わずになるのは避けようもなく、由々しい困難が待ち受けているのは論理の必然だった。大学の勉強を終えた後、どうするつもりなのか。もちろんパリに居を構えたいと願っている。だが、どうやってパリで生きていくのか。彼にとって、すでにしてひとつのことだけは確実なようである。すなわち、法律を仕事の上で使うという意志などないのに法律の勉強を続けるということである。

もう詩を書くのをやめる、なんらかの地位を見つける、キャリアを追い求める……。この種の計画にたいする彼の思いは両義的だ。原則として、これこそが悪夢のなかでももっとも恐ろしい悪夢のイメージなのだ。ヴァレリーは、習慣であれルーチンワークであれ、日常生活であれ精神の惰性であれ、繰り返されるもの、繰り返される可能性のあるものすべてから逃げる。サラリーマンは死んだ人間も同然なのだ。しかしながら、崇高な野望を投げ出し、単純なもののなかにどっぷり浸かり、人生を成り行きにまかせて生きてみたいというような気持ちもときどき彼を訪れる。自分をもうこれ以上苦しめたくない、何も考えないということ。「詩も散文も、芸術や思想に関わることといっさいに禍いあれ[17]」。家庭、仕事、ブルジョワの生活、これこそが夢であり安全パイだ。友人のデュグリップには、どれほど彼のパリでの甘美な生活や平穏な仕事が羨ましいか、とりわけ、計り知れない至福ともいうべき、彼を待ち、彼を愛し、彼に親切な愛人のいることが羨ましいかを繰り返し語っている。このような、洗練され保護された快適な生活をヴァレリーは残念ながら手にすることができない。なぜなら、彼は自分が病から癒えることのない人間であることを知っているからである。「わたしはわたしの病を愛しているのです」。

兵役解除を目前にして、ヴァレリーはすべてを欲望するとともに、そのすべての対立物をも欲望する。すなわち、彼は文学を愛しもし、嫌悪もする。冒険とともに安全を、彼方とともに快適さを欲しがる。唖然とするほどの一連の逆説がごちゃまぜになったすべてを欲しがる。軍隊生活をして頭が鈍化するという圧力と、文学や宗教に幻惑されているという圧力との二重の圧力に服従した不幸な彼の精神は、爆発、いやむしろ内破の瀬戸際にある。「実は、ぼくはこれまでなかったほどに、自分が複数だと思っているんだ！[18]」。これら矛盾しあうヴァレリーどうしは動き回り、取り乱し、欲望するかと思えば欲望せず、望むことなく望み、決して互いに和解しあうことはない。将来どうなるのか先の見えないまま、青年ヴァレリーは、彼が取りうるありとあらゆる形態を自分の外に投影する。彼は一時的に、可能なるものの堆積した潜在的な存在の状態へと自分を還元する。もし、様々な攻撃に抵抗可能な基盤や堅固な塊といったものの存在を自分のなかに認識していなかったなら、おそらく彼は圧力をかけられただけで理性を失ってしまうだろう。三人称で書かれた自画像がそのことを証言している。「彼は自分のなかに、多様な複数の人物と、そうしたでくの坊たちが動き回るのを見つめる一人の重要参考人〔証人〕とを含んでいる」。参考人〔証人〕、これはすでにして、文学史によって後年記録されることになるヴァレリーである。それはまもなく出現することになる人間である。しかし、この作家、この人間は、意志に基づく行為によって何から何まで作られたわけではなかった。この作家にしても人間にしても、抵抗し、自分自身に対してウィと言い、存在としての自分を確信し、自分のエネルギーを窒息させるようなものにはノンと言うその根本的な能力に由来している。子どものころからヴァレリーのなかにあって、どんな精神的な危機をも乗り越えさせる生命力とも言うべき根本的な力がなかったなら、ヴァレリーは倒れてしまうことだろう。

とりわけ『パルジファル』の楽譜とイグナチウス・デ・ロヨラの『精神修養〔霊操〕』とを携えてグランド・カルトゥジオ会修道院に隠棲したばかりのピエール・ルイス〔ルイスは一八九〇年八月末に二週間の予定で隠遁生活を開始したが、修道院のスパルタ的な食事に辟易し、腸チフスの症状が出たため、数日で退散した〕の影響を受けて、ポールはますます活発に宗教的なもののなかに入り込んでいく。神秘的なものに関する読書が増える。この世を捨て、文学を忘れ、生きていくのが不可能になった人生をどこかの修道院で終えようなどという考えがときどき頭をよぎる。しかし、彼が理性をまるごとすべて放棄してしまうことはないし、提起された神を熟慮なしに受け入れてしまうことはない。「仮説のなかでももっとも粗雑な仮説は、神が客観的に存在すると信じることだ……。そのとおりだ！　神も悪魔も存在する、だが両方ともわたしたちのなかに存在するのだ！　わたしたちが神に向けなければならない信仰の念は――わたしたちがわたしたち自身に向けるべき尊敬の念なのだ（…）つまり、神はわたしたちの個別的な理想なのだ。サタンとは、そこからわたしたちの目をそらさせるもののことだ[20]」。神学をこのように神学者の個別的な要求という方向で作り直そうとする方法には、わたしたちを安心させるものがある。教会に頻繁に通うことは、この若い信者を危険なまでに高揚させ、すでにして激しい感受性をさらにいっそう消耗させる危険性はあるのだが、ヴァレリーは理性を失うことはない。恍惚状態に入り幻影を見たといっているルイスとは逆に、ポールは自分に見合った宗教を練り上げる。彼の主観的な神は、詩や芸術を通して彼が追い求めている諸々の目的の理想化された投影にかなり似ている。もしその神に顔があるとしたら、それはあらゆる創作者が目指している究極作品の顔、「完璧な詩」という顔をしていることだろう。だからこそ、そうした「詩」と同様、ヴァレリーの神は存在しないものとしてしか存在しない。「おお、わたしの神様、わたしはあなたが存在しているなどと信じてあなたを中傷するようなことはいたしません！　あなたはわたしの『夢』のなかでももっとも純粋で美しい夢にほかならないのです――すなわち『すべて』ということです。あなたは『絶対的美』であり、『あらゆるリズムの本質』です。わたしは、わたしの毎日のささやかな精神労働のなかでいつでもあなたのことを思っています[21]」。こうして、大オルガンが絶叫する称賛も、香がふりまく賛辞も、祈りが加護を求める「言葉」も、ある神のもとへと立ち上っていくのではあるが、それは様々な教義に基づいた神ではなく、キリスト教の神のあくまでも美的兄弟にとどまり続けるのであり、その存在は、神を崇めるヴァレリーの内面で吸収されてしまっている。修道院に関する夢想も、彼の神と同様、つねに最終的にはヴァレリー的な刻印を押されるのである。その想像上のアトス山〔ギリシャ・マケドニア地方の山。十世紀以降、その山麓にメギスティ・ラヴラ修道院など多くの修道院が建てられた〕では、隠者は芸術家であり、ミサは「美」にささげられ、そのミサで朗読される書簡はフローベールかボードレールのものとなるだろう。

ヴァレリーが宗教的な熱狂に捉えられた時期は正確に知られている。多かれ少なかれ退廃的な神秘主義（そこにはしばしば秘教主義や悪魔主義といった正道をはずれた仲間が同伴していたが）が、同時代の多くの作家や芸術家によって培われていた。それは象徴主義者たちの熱狂に同伴し、デカダンのレトリックにスパイスをきかせる。麻薬のように、それはある種の魂の状態を増幅し、人工的な感動を引き起こし、普遍的なものへと神秘的に崇高に上昇していくという幻影を与える。文学的に見て、そこから残ったものは骨董品の類だけである。こうした精神状態がしみこんだポールは、九月、宗教的なインスピレーションを受けて書かれたいくつかの詩を集め、『神秘的な歌』（*Chorus mysticum*）と題する薄い本を出版しようと考える。彼は短い序文さえ書いていて、そこで自分の詩を「典礼的な詩の試み」と紹介している。ピエール・ルイスは夢中になる、そしてひょっとしたら十一月には出版できるかもしれないと言う。そうした見通しを聞かされて、彼は恐怖をおぼえると告白する。ほとんど子どもみたいな彼の詩集がショーウィンドーに飾られる、おそらくはパリの！　間違いない、皆大笑いするだろう！　しかし、フールマンにたいしては喜びの表情を見せる。彼はフールマンに、すごいことが起こると予告する。そしてそれが何だか当ててみるようにと言う――しかし、フールマンは言い当てることができない。この熱狂の瞬間が過ぎると、ヴァレリーはかなり口数が少なくなるように思われる。ヴァレリーはそんなことは馬鹿げている、あるいは時期尚早だと考える。いずれにせよ、計画は挫折し、『神秘的な歌』は仕上がる前に消滅する――ヴァレリーの作品はかなり数が多いし豊かなので、この若気のいたりを後世の人々が残念に思う必要などない。

　この若い詩人にとってより重要な結果を生むとともに、その歴史にとっても大切なマラルメとの最初の接触がなされたのは、この同じ一八九〇年の秋のことだった。十月十四日、ピエール・ルイスは友だちの作ったソネ〔「夜のために」〕をひとつ携えてマラルメの住むローマ街のアパルトマンに到着する。マラルメはそのソネの「音楽的な精妙さ」を称賛し、その作者は詩人という種族に属していると判断を下す。そしてヴァレリーの他の作品も読みたいと言う。ピエールはそうしたメッセージをポールに伝える。十月十九日、ポールは二編の詩〔「若き司祭」と「甘美な断末魔」〕と次のような言葉を送る。「田舎の奥底に埋もれた一青年、その青年がたまたま雑誌で見つけた稀なる断片が、彼に先生の作品の密かな壮麗さを洞察し好きになることを可能としたのですが、そんな青年が、勇気をふるって自己紹介をいたします[22]」。このマラルメ宛の手紙と同時に、ポールはピエール宛の手紙も投函したが、そこでポールは自分が怖気づいてしまったと告白し、返事を待つのが不安だと言う。しかし、その返事はすぐにやって来た。「親愛なる詩人よ、精妙な類推の才能、それに十分満足のいく音楽、あなたには確実にそれがあります、それがすべてなのです[23]」。詩の世界にデビューしたてのポールは、手紙のなかでマラルメにアドバイスが欲しいと書いたが、その依頼にたいして、マラルメは唯一の真の忠告者、孤独の言うことを聞くようにと答える。ヴァレリーは夢中になる。彼は大切にその手紙を保存することだろう。

　ルイスの手紙はヴァレリーにとって「聖務日課書」になる。ルイスは田舎の人間ヴァレリーの詩を出版してくれるような雑誌を探し続ける。彼は『独立評論』誌のもとに赴き、ヴァレリーの詩のひとつを擁護する。その詩（「夜のために」）は『独立評論』誌の十月号に掲載される。十一月、『ラ・プリュム』誌がソネのコンクールを開催する。ヴァレリーはその雑誌にたいして敬意の念をほとんど抱いてはいなかったが、二編の詩を送る。それらの詩は、他の一四三編の競合するテクストとともに出版される（十二月、審査員は「若き司祭」に秀という評価を下す）。これら二編の出版はささやかなものだったし、満足のいくものではなかった。ピエール・ルイスは自分自身の雑誌の創刊を考える。彼は彼と同年代の何人かの若い人たちの作品を知っているし、評価している、また、ヴァレリーの詩を留保なしで称賛している。さらに、自らの作品を、既存のいかなる雑誌も提供していない選び抜かれた条件で出版したいと期待している。もし自前の演壇を持てたなら、彼はそこで詩人や審美家たちの「騎士制度」の夢を具体化することができるだろう。

　彼の詩をめぐって始まりつつある動きに勇気づけられたポールは、様々な計画を立てる。彼はフールマンに二つのすばらしい小説とひとつの中篇小説を構想していると予告する。女ナルシスの墓を何度も訪れているうちに構想した「ナルシス語る」に没頭し、そのうちの五行を九月二十八日、ピエール・ルイス宛に郵送する。彼にどこまでもつきまとうとともに、晩年まで様々な形で繰り返し取り上げることになるテーマの最初の出現は友を熱狂させる。友は詩全体を送るようにと要求する。ヴァレリーは苦心し、躊躇し、やり直すが、仕上げるにはいたらない。ルイスは督促する。最初のヴァージョンは十一月半ばにルイスのもとに送られる。

　彼らの関係は深まる。二人がともに熱狂することに関してはひとわたり概観を終えたので、今度は詩人としての仕事の本題に入っていく。ポールは、文芸雑誌に関するピエールの知識を信用したのと同様に、ピエールの鑑識眼に全面的な信頼を寄せていると宣言し、彼が送る詩にたいして今後は正確で率直な批評をしてほしいと要求する。これまでフールマンがおこなっていた役割をルイスはフールマン以上の技量で引継ぎながら、忠実に――持続的に――この仕事を果たしていく。

こうした書簡はきわめて真剣であるし、彼の関心事や感動や野望もまた真剣そのものではあるが、それが彼の気質を変えてしまうということはなかった。モンペリエの友人たちの前では、この不幸な兵士は軽やかで愉快な仲間であり続けた。彼はフールマンにたいして、ルイスに手紙を書くときは凝った文章を書くが、昔ながらの友人フールマンに書くときは、「下品な言葉」も使ってしまうし、「シャツ一枚になったような文[24]」のなかに耽ることもできると告白している。兵役を終えた頃、彼は仲間の目には魅力的ではあるが華奢ではないシルエットをもった青年と映っていた。そこからは、かつての少しなよなよとしたところは消えていた。今後は、外見上の弱々しさのもとに力強さが見えてくるようになる。そしてその力強さが今にも開花するように思われる。彼は皆に気づかれないことを好んでいた。身なりや衣服は控えめだった。こうして全体的に申し分のない身づくろいのなかで、唯一きちんとしていなかったところがあったとすれば、それはときどき大型の蝶結びネクタイがぞんざいに結ばれていたということと、カフスカバーがしかるべきところにじっとしていないということで――彼は機械的なしぐさで、それをもとの位置に直すのだった。議論の最中の冷静さは、彼の同郷人の饒舌さとくっきりとした対照をなしていた。彼は対話相手の近くに身を置いて話す。ときには、自分の考えに支配されて、皆から少し離れ、言葉がそのリズムに合わせてほとばしり出るがままにしておくこともあった。少し突き出た彼の眼球は、驚くほどによく動き、生き生きしている。――パラヴァスでルイスの注意を引きつけたのはそうした目なのだ。仕事机に向かっている彼には、ずっと保ち続ける流儀のようなものがある。それは生まれつつある思考に、大きく波打つような手の動きを同伴させるというものであって、それは語やイメージをかたどろうとしているようにも見える。友だち相手に、彼はボードレールやポーやヴェルレーヌやマラルメの詩を、穏やかな、安定してよく響く、どちらかというと低い声で朗誦してみせるのが好きだった。「エロディアード」や「白鳥」を聞いて、そうした詩にためらいを感じたり理解できないと思った人たちは、彼に延々と正確な説明を求める。その説明を聞くと、マラルメ的な暗がりは彼らにとって光り輝くものとなるのだった。

兵舎から出てまもなく、一八九〇年十一月十五日、ポールは法学部での二年目を開始する。「法典」や講義室の匂いを再発見しても彼はほとんどうれしいとは思わない。たちまちうんざりしてしまう。そのかわりに、大学一年のときの自分の友だち、喜び、儀式、楽しみへと戻っていく。「わたしは南フランスの十二月、あのすばらしい青を思い出します。わたしは授業をさぼって、法学部をよく抜け出したものです。そして、ある時はある友だちと、また別の時は別の友だちと海へ向かいました[25]」。砂浜を歩くこと、ペイルーや植物園を散歩すること、紙巻タバコを次から次と巻きながら何時間も議論すること、――パリから届いたばかりの――レニエを少し読んだり、マラルメやランボーをたくさん読んだりすること。このように、やっと与えられた際限のない自由が、新たに彼のリズムで前進することを可能とする。

ルイスの影響のもと、彼は自分が「北方」や「夜」のもつ音楽的かつ詩的雰囲気の信奉者であるという態度を明らかにする。霧のかかった伝説的な英国、ワグナーのドイツ、ポーの幻想的世界、前期ラファエル派たちの半陰影などが彼には理想と思われる。詩人には超自然的なもの、亡霊のようなもの、魔法のようなものがなければならない。彼はルコント・ド・リールから少しずつ離れ、あまりにも鮮明な色使いは避け、ギリシャや『イリアス』の光を美しいとは認めるものの、あまりにも昼的なものと判断するようになる（そうした光にたいするためらいがあるからといって、真昼の太陽がふりそそぐ海岸を散歩しなくなるというわけではないのだが）。これもやはり、彼の二番目の洗礼名が好きなルイスの影響のもと、彼は手紙や詩に少しばかり感情の豊かな「ポール・アンブロワーズ」とサインするようになるが、それも長くは続かない。あまりにも正確な詩、あまりにもきれいに刈り込まれた詩を彼は退屈と思う。「最初ぼくは高踏派だったのですが、そんなぼくが今、溶解し、雲散霧消するのを感じています[26]」。

　数学愛好家としての訓練も再開する。ピエール・フェリーヌは彼に関数理論を紹介する。それはポールの思索好きを刺激する。そして、その純粋で形式的に完璧で、精神の精妙な空に高くそびえ立つ壮麗な構築物を彼は好きになる。毎日、ポールは弟分のピエールのところで少し時間を過ごす。そして、ピエールがフェリーヌ家の古いエラール社製ピアノでワグナーを弾くのに飽くことなく聴き入る。しかし、それだけでは満足できなくなった。ある日、ポールは友人にひとつの提案をする。それは、一週間に一度、二人で会って、それぞれが前もって取り決められたテーマについて準備をしてきて、その研究成果を読み上げる、その後で議論しあうというものだった。そうした会合は三、四時間続き、それは「友好」会議と名づけられ、そのなかに、数学、詩、音楽といった様々な気晴らしのための活動がはさみこまれるという計画である。ただちに彼らは計画を実行に移す。会合のテーマは野心に満ちたものである。ワグナーと美学、ライトモチーフ理論、個々の科学にとって唯一の法則は可能か否か、幾何学的推論の方法、高踏派と象徴派。ゲームの規則は、相手をいらだたせ、二つの矛盾しあう推論を組織し、弁護することにある。フェリーヌの部屋の大きな黒板に矛盾が要約され表現されるようになると、ふたりの講演者は大喜びをする。マラルメに関する講演をお互いにしあった日、慎重なフェリーヌはたくさん質問をするだけで満足しようと決心し、ポールが好きなだけマラルメにたいする熱烈な想いを語るにまかせておく。一八九一年の聖金曜日の「友好」会議は、当然のこと「聖金曜日の魔力」に関するものになる。その会議の前に、教会をいくつか訪問し、『パルジファル』の有名な場面の演奏やポールの「若き司祭」を含むいくつかの詩の朗読もおこなわれた。おそらくこうした交換のなかでヴァレリーは、フェリーヌがマラルメの使う象徴の数々や詩的なイメージや文彩について学ぶ以上に、数学や科学的推論の知識を仕入れたものと思われる。とはいえ、この交換によって、お互いがレトリックを学んで大いに喜んだことにはかわりがないし、確実にそこで神学的な知的談話にたいするかつての中学生時代の嗜好を洗練させ、研ぎ澄ましたことは間違いない。

　この一八九〇年の秋、ひとつの問題がヴァレリーを苦しめる。友人たちと議論したり冗談を言い合っているとき、彼は自ら好んで女性や日常生活を軽蔑するようなそぶりを見せる。彼のなかで、女性は日常生活と同一視されている。彼は女性を「優雅な小動物」と考えていると断言する。しかし、彼はすぐ、自分は「ほとんど愛したことがないし、つねに何らかの夢を通して愛したにすぎない(27)」と付け加える。同じひとつの精神の動きのなかで、皮肉っぽいブルジョワと理想主義的なロマンチストとが続けざまに姿を見せるのだが、そのどちらも真面目なのだ。それに、彼は友人のデュグリップに、愛され、ちやほやされる彼が羨ましいと言っているし、善良で単純なブルジョワの生活は自分には不向きだと嘆いている。それでいて彼は、自分のことを語りながら、「女性とめったにしかつきあわない人間を苦しめる、打ち勝ちがたい無意志的な不安(28)」を叙述しないではいられない。言い換えれば、青年ヴァレリーは、自分がこの世のものならざる芸術家であるというイメージを抱いているにもかかわらず、そんな自分に満足していないと感じもし、知ってもいるということである。芸術的表現と日常の行動、そして、理想と全面的に矛盾しあう必要性との間で身動きがとれない青年は、我を失ってしまったと感じる。彼が内面化した様々な価値やモデルは両立し得ないのだ。彼のなかでは、そうした価値やモデルが不幸な並置のされかたをしていて、彼を狼狽させ、心配や苦痛を引き起こす。

セックスと愛とは、彼の文化的な宇宙のなかでは、ふたつの対立しあう価値である。一方は衛生的なレベルのもので、尻軽女や娼婦相手に実践されるべきものとされる。そしてそれは、そうした女性たちと同じくらいどうでもいい快楽しか与えてはくれないし、決して重要な結果をもたらしはしない。偶然に出会った相手に人は執着しないものだ、そうした交わりが相手の魅力に基づいているにせよ、金銭に基づいているにせよ。それに反して、愛の方は、絶対的なものが取り得る形のうちのひとつである。評価不能な、きわめつきの珍品としての愛は、理想の領域に属している。そして、愛が与えてくれるとされる至福の状態を経験したことがあると自慢のできる人間などめったにいない。セックスの冗長性と愛の崇高性との間に位置する結婚制度は、これら両者を受け入れ可能な形で結合させようとして、ある程度の成功を収めてはいる。しかし、夫婦生活にたいしてアレルギーがあると確信しているだけでなく、そうした生活を本気で考えるにはあまりにも若すぎるヴァレリーは、こうした二つの極限の間で揺れ動く。彼には、おそらく愛人はいない。彼の行き来を注意深く見守っていたピエール・フェリーヌは、彼が完全に純潔だったと確信している。おそらく、今や完全にその姿を現したヴァレリーの男性性は、大学生の間を徘徊していたはすっぱな女工《グリゼット》たちとの偶発的な出会いや一時の情事でその性欲を満足させていたと思われる。

しかし、彼の目には、肉体の要求は精神の要求をたえず裏切るものと映る。十二月、彼は驚くほど率直かつ純朴に、「肉という悲しい問題を解決したかどうか」、そして、「このほとんど避けようもない悪にたいして」どのような態度を取ったのか、とピエール・ルイスに尋ねる。彼は付け加えて、この問題は彼を「残酷なまでに苦しめる」[29]と言う。彼は友人が、人を堕落させる本能と、精神をかき乱す禁欲との間で選択をおこなったのかどうかを知りたいのだ。彼がこうした問題を言葉で言い表すという事実そのものが、彼の不安の広がりを証言している。元兵隊は一年間女性から引き離された生活をしていたので、肉の悪魔とも呼ぶべきものの犠牲者になったとしても、それはごく当たり前のことと考えられる。それにひきかえ、彼の問題が性を本能や悪と結びつけるということは、彼の精神にあって、肉がまさに彼のカトリック信仰の地獄から直接出てきた本物の悪魔を隠しているのではないかという仮定をも可能とする。そうした悪魔との交友は淫蕩、罪、過ちという名前を持っているのだが。ピエール・ルイスは、明らかにこうした問題の提出方法をヴァレリーと共有しながらも、魂と肉体を分離して、肉体だけを女性に近づけるようにと友人に勧める。そうしたアドバイスは、もっとも不透明な反啓蒙主義とでも言うべきものである。しかも、それはタイミングが悪かった。ヴァレリーには、すでにして、精神的で高貴なものとされた内的世界と物質的で下品な外的現実とを分離する傾向があったが、彼は今、愛を完全に内面化することによって愛と性とのつながりを絶ち、愛を捕捉可能なものとの関係が一切ない精神や魂の一状態にしようとする。彼の同時代人たちが陥っている全体的傾向をさらに悪化させつつ、彼は愛の理想化を推し進め、そこから形のない本質、対象のない完璧さを作ろうとする。

十二月、数ヵ月前から待ちわびていたある人間との出会いが、怠け者学生特有の退屈におあつらえ向きの気分転換をもたらす。ルイスは友人のアンドレ・ジッドのことをヴァレリーに話していたし、彼がやって来ることを予告していた。父方がセヴェンヌ地方出身で農民、母方がノルマンディー地方出身でブルジョワのアンドレ・ジッドはヴァレリーより二歳年上である。内向的で、家族の敬虔主義に強烈な影響を受けた彼は、アルザス学院で勉強し、そこでピエール・ルイスと知り合いになった。彼はモンペリエをよく知っていて、叔父のシャルルは法学部教授である。ジッドは一八八二年の数ヵ月間、ヴァレリーもその後知ることになるモンペリエの高等中学に通ったのだ。小さなプロテスタントとしてのそこでの生活はジッドにとって地獄だった。ジッドは十月半ばからモンペリエ行きを準備していたが、実際にやってきたのは十二月十二日だった。ルイスは次のように二人に予告していた。すなわち、ジッドとヴァレリーが知り合いになったなら、たちまちのうちに二人はお互いを世界で最良の友だちだと思うだろう、と。そして、ルイス自身はあくまでも忠実なので、たとえ自分が「ヴァレリー化」したとしても、それで「脱ジッド化」するわけではないと明言しつつ、自分のことを忘れないでほしいと二人に前もって要求する。

　ルイスの予想通り、友情は即座に決定的な形で結ばれる。ジッドは、モンペリエに到着して、親が取ってくれた五等級のホテルに落ち着くやいなや、彼にとって未知の名士であったヴァレリーと連絡をとる。様相は違っているが、五月二十六日の甘美な経験が再現する。ポールは、新しい友と文学や美への愛で心を通わす。彼はジッドを自分の好きな場所、ペイルーや大聖堂の界隈につれていく。ユルバン五世街の雑然としたヴァレリーの部屋でタバコの煙がもうもうと立ちこめるなかで数時間が過ぎていく。ヴァレリーは自分がどのように詩やサンボリズムを理解するか説明したり、ジッドに自分の感動や確信を共有させようと努める。何度か会った後、ヴァレリーはジッドに、ピエールには明らかにする機会のなかった隠れ家を教える。「アンブロワーズといっしょに、ある夜、あたかもアカデミュスの庭園〔プラトンが哲学を講じたアテネ郊外の庭園〕でのように、わたしたちは古い墓石の上に腰をおろした。そこは糸杉にぐるりと取り囲まれていた。そしてわたしたちは、バラの花びらを噛みながら、ゆっくりとおしゃべりをした[30]」。女ナルシスの墓石は彼らに聖なる会話を吹き込む。そのなかには、彼らの存在や信仰の精妙なエッセンスがしのびこんでいる。こうした比類のない瞬間の魅力はただちに効果を発揮する。翌年一月になると、ヴァレリーは「ナルシス語る」に再度取りかかり、ジッドにその最終稿を与える。ジッドは『ナルシス論』を試み、ポールに捧げる。二つの作品はともに一八九一年に出版される。

ヴァレリーは恍惚と有頂天の状態で自分のことを語る。彼が何を話そうと、ジッドは彼を理解し、話についてきてくれる。彼の感受性のもっとも目立たないところも、ジッドはたちまちのうちに把握して、再度取り上げ、発展させ、明らかにする。ジッドといっしょにいると、ポールは文学的なレトリックや気取りから解放されて居心地よく感じられる。この最初の接触から、二人の間には全面的に情動的な親密さができあがる。クリスマスの祝日はそれぞれ自分の家庭で過ごしたので、二人は数日間会えない。ポールは自分が熱心に参加した歌ミサや朗誦ミサの至福を友だちに共有させることができないのを残念に思う。彼はジッドがプロテスタントであることをとがめだてなどしない。おそらく、彼はそんなことを考えてもいない。それに、たとえ彼に宗教上の偏見があるにしても、そのせいでだれかの存在や友情を受け入れなくなるということはない。十二月二十七日、シャルル・ジッドがポールを自宅での夕食会に招く。夜会の終わりに、世俗的な義務が終わった後で、二人の若者は月明かりのなかを外出し、瞑想に浸りながら静かな暗がりのなかを散歩する。アンドレはポールを「沈黙の同伴者[31]」と呼ぶ。彼らは話す必要を感じない。互いにやりとりしあおうと約束しあった手紙用にと言葉をとっておくことで、意見が一致していたのだ。

ジッドのモンペリエ訪問のおかげでヴァレリーは立ち直る。十一月中旬以来、様々な不安や苦悩のせいでなかば鬱状態にあったのだ。彼は勉強したり注意を集中させるのに苦労していた。二つのソネが「モンペリエ学生連合会報」の十二月号と一月号に掲載された〔後に『旧詩帖』に「ヴィーナス誕生」のタイトルで収録される「水から出てくる女」と「神秘的な花」〕が、彼は自分に必要だと頭のなかでは理解している厳格な生き方や行動ができないでいた。彼は、ピエール・ルイスが自分のために動いてくれているので、それだけいっそう元気を取り戻すことができた。小さな田舎者の詩はアンリ・ド・レニエの判断に委ねられたが、レニエはその詩を称賛し、それに友愛のこもった詳細な批評をしてくれた。そのうえ、重大な事件が準備されていた。ささやかな財産を自らの文学への情熱にささげる決心をしたルイスは、まもなく長年の夢を具体化すると予告する。小部数発行の豪華な文芸雑誌の出版を準備しているのだ。その雑誌は『ラ・コンク〔法螺貝〕』と名づけられるだろう。それは一二号で終わると予告される。それは豪華紙を使って、通し番号入りで百部印刷される。一冊あたり百フランかかることになる。第一号は一八九一年三月十五日、最後の第一一号〔第一二号は刊行されなかった〕は一八九二年一月に出版される。エレディア、マラルメ、レニエ、メーテルランクらが詩の寄稿を約束してくれていた。ヴァレリーにとって、この出版は思わぬ幸運どころの話ではなかった。ルイスはおおかた彼のためにこの雑誌を構想したのだ。ルイスの考えでは、この雑誌こそ、ポールの詩がその密かな美に値する唯一の環境を見出すことのできる理想の宝石箱としての機能を果たすはずなのだ。『ラ・コンク』は比類のない友情の徴であると同時に、ヴァレリーの嗜好や野心に合致した望外の発表の場となっている。全一一号のうちの一〇号にヴァレリーの詩が掲載されるだろう。それらは、ヴァレリーが若いときに作った最良の詩の数々である。

このような見事な雑誌が出版されるという明るい見通しによって刺激を受けたポールは、書き、熟慮し、散歩し、詩のリズムを瞑想し、詩の構築についてあれこれ考え、まるまる何日も「一二脚類の怪物の詩脚」(32)の数を数えて過ごす。そして、ナルシスのテーマを再度取り上げることによって自分の「魂を引き裂く」。ルイスは彼をせっつく。おそろしく厳しい態度で、詩句を送れ、詩を送れと迫ってくる。ポールは友だちが雑誌を作る手助けができず、その親切を受け入れるだけで満足しなければならないのを嘆く。二月なかば、彼はルイスに「ナルシス語る」を送る。そして、折り返し、熱狂的な手紙を受け取る。ジッドが何時間にもわたって文や詩句を推敲する自分なりの方法をヴァレリーに叙述したり、自らに課している厳格な仕事の規律を彼に話して以来、彼は自分が単純で怠惰であることに罪悪感を感じている。これまでの彼は脚韻がむこうからやって来るのを拾い集めるだけで満足していたのだ。彼は、今、自分のなかで結合しあう語を飼いならし、彼のペンから生まれてくる比喩や文を発展させ支配するすべを学ばなければならなかった。全力で書き、一つ一つの詩句を完璧なものにしようとして、これまでとは比較にならないほどに仕事をする。厳密さに配慮して、もっとも厳正な道のなかをさまよう。「芸術」はマラやロベスピエールのように神秘的でなければならない、そして、決してテルミドールを許してはならないと彼は断言する。「未来の本のための序文」(33)を書こうと熱望するなかで、彼は新しい芸術の諸原則を定義するだろう。

彼のなかでは、文学的な情熱とパリでの野心とが混じりあっている。一月末のある夜、かたわらにジッドやルイスをともないながらパリを散歩している夢を見る。長年慣れ親しんだモンペリエを捨てなければならない時期が近づいているのを彼は感じている。それに、パリの文学界でもっと別のつながりを得ようとして忙殺されてもいる。ポールは前年の秋、『レルミタージュ』誌に一編の詩を送り、掲載されていた。一年前にアンリ・マゼルによって創刊されたその雑誌は一八九一年三月にヴァレリーの二番目の散文テクスト「建築家に関する逆説」を受け入れ、掲載する。二週間後、『ラ・コンク』誌の第一号に掲載される「ナルシス語る」と同様に、このエッセイは来るべき作品の主要なテーマの最初の登場となる。

　穏やかな冬が何ヵ月か続いたが、モンペリエでの日々も夜会も、以前ほど重くのしかかってはこない。ポールは退屈しているが、それほどひどい状態ではない。シャルル・ジッドの家で催された学生たちの夜会に招待されたポールは、シャルルがメーテルランクを数ページ朗読するのを丁重に聞いている。彼はハムレット役のムネ＝シュリーを見て身震いするし、ランボーの「蚤を探す女たち」をこよなく愛し、ショーペンハウエルを発見し、音楽的な観念を夢想し、敬愛するユイスマンスがその『彼方』で悪魔的な彷徨をするのに、親切にもつきあう。彼にとってとても幸せだったことは、アンドレ・ジッドが「エロディアード」の完全なテクストを見つけて、彼に送り届けてくれたことである――「エロディアード」を読みたいという思いが十分に満足させられるのに、こうして二年間近く待たされたことになる。パリの友人たちとの手紙のやりとりは、文通相手によって手紙の内容を変えるという合意に基づいておこなわれていた。つまり、純粋な審美家で、控えめで、自分のことは話したがらないルイスにたいしては、書評、文学上の発見、美的感動、そしてもちろん最近の詩の読書のことなどが語られる。モラリストで愛情のこもったジッドにたいしては、精神状態、底意、日々起こったことに関するコメントなどが語られる。こうした互いの利益と愛情との快適な平衡のおかげで、犠牲者が一人出る。それは、これまで打ち明け相手をつとめてきたフールマンである。彼は自分が今後見捨てられる運命にあるのをすばやく察知し、ヴァレリーに不平を言う。しかしヴァレリーは、自分自身の本質的なものをパリの友人たちに与えるにしても、その性格の最良のものはラングドックの友人たちに与え続ける。彼は学生たちのサークルに頻繁に顔を出すし、昔からの友人たちと会っているし、意見や詩を交換しあい、様々な余興や娯楽の集まりにも参加している。将来弁護士になるアンドレ・ヴァンサンとヴァレリーは、一方はヴェルレーヌを、他方はマラルメを擁護しながら何時間も街頭を行ったり来たりする仲だったが、ヴァンサンはヴァレリーにジョゼフ・ド・メーストルを読むようにと駆り立てる。ヴァレリーはまもなくメーストルをフランス文学史上もっとも偉大な散文家の一人と考えるようになる。彼はフェリーブルたちの精力的な文芸活動に参加し続ける。『黄金の蝉』誌の書記ポール・ルドネルにヴァレリーは一編の詩〔「眠りの森の美女」。オック語に翻訳されて出版された〕を渡すが、その詩の掲載は六月になる。

　二月、ヴァレリーは愛情のこもった嫉妬心からちょっとした危機に見舞われる。『アンドレ・ヴァルテールの手記』が出版される。野心家のジッドは、批評家や象徴派の作家たちを一通り検証したあとで、このうえなく見事に自分の宣伝をやってのける。ポールは彼に、今何を感じているかと尋ねる。「ある日、パリはひとつの名前を知る。それは、貴兄の名前です」。ヴァレリーは、詩人として認められるということは、つまり存在するということに帰すると仮定する。「われ働けり、われ行動せり――ゆえに、われあり！」[34]。おそらく少しばかり子どもっぽい幻想のせいで、彼はメランコリックになる。こうしたことのすべては、彼にとってはまだ近づくことのできない夢にすぎないと感じている。

　しかし、それはまちがっていた。彼が活躍すべき時は近づいていた。すでにパリでは、彼の名前を知っている人間が何人かいた。ヴァレリーの二人の友だちと同じ師匠や同じ雑誌に接している人たちは、たえずこの顔のない田舎者のこと、その例外的にすばらしい詩の噂を聞いていた。「皆、ステファヌ・マラルメの『火曜会』で、いまだ知られざる存在だった彼のことを話題にしていました。ピエール・ルイスとアンドレ・ジッドは、彼らがモンペリエで発見したヴァレリーとの出会いについて事細かに話してくれましたが、わたしたちが彼を知りたいという好奇心は鎮まることがありませんでした」[35]。「建築家に関する逆説」、「ナルシス語る」、それから四、五、六月号の『ラ・コンク』誌に掲載された新しい詩といった続けざまの発表は、初心者に思いもかけない名声をもたらす。いかめしく威信のある『ジュルナル・デ・デバ』誌の文芸批評家アンリ・シャンタヴォワーヌが、『ラ・コンク』誌の第一号に関して、「S」というサイン入りで「とても若い詩人たち」という題の短い記事を書く。この記事は四月七日号に掲載される。全体的に彼の判断は皮肉っぽいものの、そこには共感の気持ちが反映されている。彼の批評の主要部分は、これら若い詩人たちが一般人の意見を軽蔑するとともに、そうした軽蔑をよりどころとして、自分たちを「上品にも理解不能な人間」に見せようとしているという傾向に関するものである。そうした批評の裏づけとして、彼は「ナルシス語る」を長々と引用し、そのなかの「美しい詩句」は「ヴェルレーヌ的なものが混入したオウィディウス」の詩句のようだと紹介する。シャンタヴォワーヌのコメントはまったく親切なものとは言えない[36]。しかし、批評家の嗅覚がただちにヴァレリーの方を向いたという点が注目に値するのである。この記事のなかで引用されているのはヴァレリーの詩句だけなのである。この若い詩人には、まさに彼独自の「技量」があった。それは人を驚かせ、感動させ、いらいらさせる。しかし、それは今からしてすでに、あり得べき読者を無関心のままでほうってはおかないということを示しているように思われる。そのうえ、批評家が故意に言い落としていることがあるにしても、彼によって自分が注目され引用されたという事実と比較すると、それはどうでもいいことである。もちろん、短い記事ひとつで栄光ができあがるわけではない。しかし、それはわたしたちが計り知れない宣伝効果とでも呼ぶようなものとなっている。

　ポールは数日後にその記事を受け取る。彼はその記事で自分がお世辞を言われていると感じ、腹を立てる。オウィディウスなどを知らず、ためらいがちにしかヴェルレーヌを読まない彼は、こうした批評家による比較によって自分が嘲弄されていると感じる。こうしたことは、彼には嘘で、不実で、不当なものに思われる。手紙に関する取り決めから、もっとも極端な自分の魂の状態でさえも知らせることになっていたジッドにたいして、彼は自分の身に起こっていることに満足していないと断言する。その匿名記事の裏には、一冊の本など下品で一時的なものにほかならないと考える尊大な大学人がいるのではないかとヴァレリーは考える。「ぼくは本を聖なるものと考える人たちの仲間です。人は一冊の本を作るのです、その本はその存在による唯一の良いものなのです。その後で、人は死んでいくのです……」[37]。張りつめたような興奮をヴァレリーから伝えられる権利のあったルイスにたいして、ヴァレリーは同じように批評家の明らかな無理解を断罪する。しかし、彼は自分の興奮や、非現実的な出来事を生きているという感じを隠すことができない。ここには「詩人」として聖別された彼がいる。「もしぼくがここで詩を書くのをやめたとしても、少なくともぼくは、文学的熱気なるものをわずかばかり経験したということにはなるでしょう――こんなに多くの距離と夢想と田舎とを隔ててということですが……」[38]。

　こんなことがあった数日後、成功のせいで大胆になったヴァレリーはマラルメ宛てに二番目の美しい手紙を書く。そのなかで、彼は自らの類推的な世界観を紹介し、音楽と絵画、哲学と数学とが溶け合って完璧にして詩的なひとつのハーモニーができあがっているような巨大な建築物を構築する。それから、よりありきたりな話ではあるが、自分の最近の作品についての師匠の意見を聞きたいと願う。マラルメから励ましとなる甘美な手紙が五月五日に届く。「貴兄の『ナルシス語る』にわたしは魅了されました。(…) 今後もこの類まれな調子を保ってください」。マラルメの判断にたいしてポールは全幅の信頼をおいている。このような評言は、シャンタヴォワーヌの大雑把な言葉よりもずっと的確と彼には思われる。一般大衆のもとでの名声以上に、そしてつい最近までの子どもっぽい幻想にもかかわらず、こうした支援はヴァレリーが自らの存在ならびに詩人としての現実を意識するうえでの助けとなる。

もっと若々しい熱狂のこもったもうひとつの励ましが六月の上旬に届く。彼より七年上のフランシス・ヴィエレ゠グリッファンは、アンリ・ド・レニエやポール・アダンとともに一八九〇年四月、論争と批評のための雑誌『政治文学対談』(*Entretiens politiques et littéraires*) を創刊していた。この雑誌は発行されていた三年の間に、象徴主義の運動が生み出した最良の作品を掲載することになる。ヴィエレ゠グリッファンは『ラ・コンク』誌の五月号に掲載されたポールのソネ「オルフェ」に魅了され、ポールを雑誌の「ノート寸評」欄で紹介する。「オルフェ」の三行詩を引用しつつ、それを「現代詩人の理想」とする。今度の称賛の言葉には、親切心以上のものがあった。ポールはうれしくなる。彼はお礼の言葉をヴィエレ゠グリッファンに送る。彼の人生はそこに書かれた二つの形容詞に要約されている。「わたしは田舎者であり、詩人なのです……[39]」。

レニエ、シャンタヴォワーヌ、『ジュルナル・デ・デバ』誌、マラルメ、ヴィエレ゠グリッファン、ヴァレリーの名前と詩は、今やパリの詩ならびに文学仲間のサークルのほとんどのメンバーに知られている。こうした成功を維持し、いろいろな雑誌にいくつかの詩や論文を送り、おそらくは小冊子を出版しなければならないだろう。そうすれば、詩人として売り込みができるだろう。しかしそのためには、田舎者をやめなければならない。今や、ヴァレリーの夢は手の届きそうなところにある。法学の勉強を終えて――あと一年の辛抱――荷造りをして、数多くの友だちが待っているパリで受け入れられること、書いて、出版して、すばらしい文学的生活、甘美な夜の生活、気取った世俗的生活に参加すること、こうしたことに反対するものは何もない。特に、弟の成功を誇りに思い、自分自身法学の大学教授資格試験の準備のためにパリにとどまるつもりのジュールは反対しない。もう少し頑張れば、モンペリエの小柄な大学生は、魅力的で上品な、おそらくは人に称賛され、間違いなく羨望されるようなアイデンティティを自分に与えることができるだろう。ポール・ヴァレリー、若くして華々しい象徴派詩人、パリの最良のサロンでもてはやされる、すばらしい文学的なキャリアが約束された詩人。

第二部　パリ

5 危機

一八九一―一八九二年

ヴァレリーという人間は、他人がそこにいると期待したところにはいたためしがない。彼が収めた最初の成功もその生き方をなんら変えるものではない。彼の人生の本質的な部分は、すでに、そうしたところとは別のところで営まれているのだ。一八九一年の春、いろいろな栄冠が次々とヴァレリーのもとにやって来る一方で、彼のなかに共存している様々な登場人物の間で内的なドラマが演じられ始める。詩人と合理主義者、信仰者と懐疑主義者、愛する男と女嫌い、孤独者と社交好き、彼らはこれまでヴァレリーの精神や生活のなかで仲良く暮らしていたが、今後はたえざる葛藤のなかで衝突しあうことになる。

文学の面でいうと、彼は一方でものを書き、活字にしているのではあるが、だからといって自分が向かいつつある逆説を洞察できなくなっているわけではない。彼の過激で熱気を帯びた精神は、詩句にたいして技術的かつ装飾的なアプローチをするだけでは満足できない。ずっと以前から、彼は文学「料理」を軽蔑していると公言してきた。シャンタヴォワーヌの記事にたいする反応はそのことを如実に物語っている。一人の詩人は、たった一冊の本だけを書き、そのなかに自らの存在のすべてを凝縮した後で消えていくものだ、とヴァレリーは考える。ひとつの作品は理想へのアプローチであり、予見であり、可能ならば受肉でなければならない。絶対にして完璧な文学や芸術しかないのだ。彼は自らの感受性と知性のすべてをかけて、こうした完璧さにあこがれ、その完璧さのほとんど科学的ともいえる公式をエドガー・アラン・ポーの『ユリイカ』や『リジーア』のなかに見出していた。彼の最大の幸福は、こうした称賛すべき高みに達している作品を聞いたり読んだりすることである。しかし、こうした幸福は、たとえどんなに稀なものであろうとも、他方では彼の最大の不幸にもなっていた。小詩人の彼は、すでに作られてしまっているすばらしい作品と力を競うことができるのだろうか、また、そうすべきなのだろうか、そうした作品を模倣しようとすることなど空しいのではないだろうか。「エロディアード」の断片を少しずつ発見して、彼はついにその全体を読むことができるようになったのだが、それは彼を熱狂させるとともに悲しませもする。「ナルシス語る」は、「エロディアード」と比較すると、彼の目には不出来で読むに耐えないものにしか見えない。彼の詩は、その詩を生み出した夢のレベルに達していないため、耐え難いものとなる。傑作の数々は、その存在そのものによって、それらが体現している理想自体を時代遅れのものにしてしまい、そうした理想を追いかける人に恥ずかしい思いをさせるものだ。ヴァレリーにとって、もっとも明白で悲劇的な例は、ボードレールやマラルメが夢見た万物照応の世界を創造し、それを形式的な完璧さにまで高めたワグナーによって提供される。この後、何かなすべきことが残っているだろうか？　一八九一年三月二十七日、聖金曜の日、ポールは『ローエングリン』や「聖杯」のモチーフを聞いて、次のような根源的な結論を引き出してくる。「この音楽はぼくを連れて行くことでしょう、もう書かないというところへ、そしてその準備はなされつつあります[1]」。

　文学を過剰なまでに愛しているので書くことをやめた方がいいのでは、という仮説は、おそらく数ヵ月来彼をさいなんでいたが、それは彼自身の生に絶望するということに等しい。「ぼくは『無』の到来を今か今かと待ち焦がれていますが、この待つことの残酷なこと。ぼくは一生が一時間であったらいいと思います、そうすれば——何も失うことなく——できるだけ早くきっぱりとそれと縁を切れるわけですから[2]」、と彼はその三日前に書いていた。ここにもまた少しばかり同じ逆説が使われている。数十年間癒しようのない無意味さをだらだらと引きずるよりは、全人生の濃縮されたもの、精髄を一瞬間だけ所有して死んだ方がいいという考え。文学の夢の高さにまで到達しないで書くことは、時間の真髄を捉えることなく生きるのと同じくらい価値がないということ。この時期の手紙のなかに頻出するダイヤモンドのイメージは、ヴァレリーの普遍的で絶対的な要求を示している。一行、一個のもの、一作品、これらは稀有で、凝縮され、水晶のようでなければならない。それらは、自らのなかに、意識と世界の「全体」というイメージを内包していなければならない。「不可能な目標を自分に与えなければならない[3]」。こうした条件のなかで、不幸な人間は、自分の存在にも、自分の詩にも満足できないようにされている。

　世の中に背を向けようとする彼の態度が鮮明になる。読書がそれに一役買っている。彼は再度イグナチウス・デ・ロヨラの『精神修養』を取り上げる。それは、前年の秋、ルイスが彼にむかって褒めそやしていたものだが、その方法的側面がヴァレリーの厳密な精神の気に入っているのである。彼はそこに、あらゆる意識の彼方に見出される理想の安心感を与えてくれるようなイメージがあるのを見抜く。それは連続的な精神の修養だけが垣間見させてくれるイメージなのだ——こうして彼は、自分の文学的理想の泉が涸れたとしても、考えることのできないもっと高度な何かが素描されるものと期待することができる。三月、ジッドは彼に十四世紀のフランドルの神秘主義者、「感嘆すべき人」ロイスブルークの『霊的婚姻の飾り』

を一冊送ってくれる。駆け出しの神秘主義者ヴァレリーはそれに耽溺し、感嘆のうちに我を失う。夏の初め、彼はポーを除いてあらゆる読書を放棄する。そして、スウェーデンボリや黙示録や『ヨハネによる福音書』だけを無上の喜びとして読む。「三ヵ月前からぼくは神秘的な深淵にもぐり込んでしまっているので（…）、自分が再び文学のなかに戻るのか、戻るとしてもいかなる扉から戻るのか分からない。ぼくは完璧なるものを飲み、それに酔っている。ぼくにとって、書くことは凡庸なことだ。今のぼくに必要なのはフレスコ画あるいはオーケストラ、あるいはバシリカ式聖堂を建てること」[4]。

癒されない欲望や不満足が彼に天使を夢想させたかと思うと、「彼岸」そして神の世界の洞察へ、さらには、『彼方』を読んで好きになった秘術信奉《オカルティスム》の神秘へと追い立てる。ユイスマンスの本が大嫌いなルイスは、ヴァレリーが「あやしげで密かな悪魔崇拝」[5]を実践していると非難する。この言葉は少しひどすぎる。というのも、ヴァレリーの秘術信奉は友人であるコストのその方面での研究に面白半分に関心を示しているにすぎないのだから。ヴァレリーの「悪魔崇拝」はひたすら審美的なものである。それは、とりわけ、多少なりとも挑発的な表現を駆使して——こうした表現はすでに『神秘的な歌』の計画のなかに現れていたが——当時貴重なものと考えられていた、混沌として毒気のある雰囲気を醸し出そうとしているのである。しかし、こうした嗜好には、より意味深く持続的な誘惑が秘められている。つまり、悪魔（diable）の姿がヴァレリーを魅了しているのだ。そして、それは今後も彼の作品中に表れ続けるだろう。この当時から、「堕天使」は彼の内的劇場では「天使」の姿に対立する。双方が手を組み、一方は深淵を凝視し、他方は高みを見つめながら、ともに持続的に精神のなかにいすわり、交互に語るのだ。

この春、「天使」はとりわけ友の顔をして現れる。ポールは友情を信頼している。「ぼくたちの頭脳のなかでは、だれかの名前の方が世界よりも広い空間を占めているのです」[6]。彼は自分にとって何よりも大切な二つの貴重な友情を巧みに育てる。しかし、それはいつでも簡単にというわけにはいかない。彼の文通相手は両方とも同じくらい複雑な人間なのだ。彼ら二人はいつでも互いを非難しあっていて、パリから離れているために審判役をすることになるヴァレリーは、二人を和解させようと、無尽蔵の外交的手腕や親切さや謙虚さをもって介入する。ルイスには若い詩人を発掘したいという欲望がある。彼はすでにポール・フォールを見出したし、今や、カミーユ・モクレールを引き立てようと躍起になっている。ジッドはそれをヴァレリーにたいする裏切りだとして、そのことをヴァレリーに知らせてくる。ヴァレリーの方はジッドをなだめ、彼の友情はだれか一人だけに向けられているわけではないと説明する。そのヴァレリーも、ジッドが『アンドレ・ヴァルテールの手記』を彼のもとに送るのを躊躇したときは、自分が裏切られたのではないかと疑ったのではあるが。その後、釈明の言葉が互いの間で交わされた。おそらくジッドは、ヴァレリーの文学上の熱狂の裏には奥の深い言い落としが隠されていると感じたのだ。ジッドは一貫して、ポールが自分の才能にたいして疑念を抱いたり臆病であったりするのを非難する。感情を大いに吐露し、たえず優しさを再確認しながら、彼らは自分たちの友情のリズムや様式を構築していく——ヴァレリーとルイスが前年の秋に二人の友情を形作っていったのと同じように。

　ヴァレリーのなかの「堕天使」は、遠くで起こった事件にたいして、驚くほど攻撃的な態度をとる。ノール〔北〕県のフルミで、五月一日、警官隊が群衆に向かって発砲し、一〇名ほどの死者が出た。由々しい政治的かつ社会的危機が始まった〔賃上げと一日八時間労働を求めた繊維工場の労働者の鎮圧に軍隊が出動し、発砲した事件。第三共和制を大きく揺るがした事件のひとつ〕。この種の事件について青年ヴァレリーの意見を尋ねても無駄だろう。というのも、彼は本能的に秩序の遵守に味方する人間だからだ。しかし、彼はジッドに身震いさせるほどの手紙を書く。それは、いったいどんな深淵を彼があえて自分のなかに見ようとしたのかを明らかにしている。

　このところ、ぼくはぞっとするような人間になっています。血が流れるのが見えるのですから。……群集に向かって発砲した兵士たちを、ぼくは羨ましいと思いました。世界中の人間に向かって発砲するんですからね！　ぼくは大衆が、そしてそれ以上に他者というものが大嫌いなのです。(…)頭に血が上りすぎたために、殺戮の繰り広げられる様子がつきまとって、血祭りの光に目がくらくらしています。

　おぞましい戦争が欲しいくらいです。そこで朱に染まり気が狂ったヨーロッパのショックのなかを逃げるのです、波のようにひたひたと押し寄せる禍々しい軍靴や馬のひづめの音と、引き裂くような銃撃のとどろきという現実に起こった夢のような光景のうちに、あらゆる書き物とあらゆる夢とにたいする尊敬も思い出も失くして、もう二度とそこから元に戻らないこと。

　どんな血がぼくのなかでこんなことを語っているのか、過ぎ去った遠い日々のどんな狼が僕の倦怠のなかであくびをしているのか、それは知りませんが、ぼくは実際にそれをそこで感じているのです。ぞっとするような文学のからくりには吐き気がします。それに、どんな人生であれ、そんなからくりに捧げる必要なんかないのです。こんな野蛮人にあなたは驚いたでしょう？[7]〔ヴァレリーは、この手紙をランボー、特にその「悪しき血」を念頭に書いていると思われる〕

フルミ、社会問題、政治的イデオロギーといったものは、ここでは二次的なことである。ヴァレリーは、夜、おののきながら、自分の面前に、否定者、悪魔が、あたかも彼の個人的な神学の「神」であるかのようにどっしりと居を定めているのを見つめている。破壊や混沌を望む彼の激しい情熱は、残念ながら、独創的なものとは言えない――それは彼のまったく愚かしくて品のない人間性に呼応しているということを、彼も知らないわけではない。しかし、彼には、そうした人間性を人前にさらして見せるという勇気がある。両義的な勇気というべきものだが。その点をジッドは見誤らない。「友よ、それはサディズムです、――文学的なサディズムというものです[8]」。このように、ヴァレリーは書く行為の可能な源泉のひとつが出現するにまかせている。彼は、後に、自分はつねに人に理解されないのではないかと恐れているが、人に理解されることをさらにいっそう恐れていると言うだろう。おそらくそれは、言うに言えない恐ろしい秘密の源泉をほのめかしているのだ。いずれにしても、彼のものの見方は、銃殺や狂気を伴った現実と、夢や書く行為とをひとつひとつ対立させている。夢や書く行為が存在するのは、現実と対立するためにほかならない。そして文学を拒絶する態度は、「他者」にたいする憎悪と関連している。

　わたしたちは今、決定的な瞬間にいる。未来はおぞましい形でヴァレリーのヨーロッパ観を具体化することだろう、そして、彼に、そうしたヨーロッパ観とは対立する、平和的で前向きなもうひとつ別の見方を練り上げるようにと迫ってくるだろう。今のところは、彼が手ごわい亡霊たちと戦っているということを認めなければならない。書くことをやめるということは、現実世界のなかに入るということ、任意のだれかと区別がつかなくなってしまうということ、できるものなら銃殺したいと彼が願っている「他者」と類似の存在になってしまうということに等しいだろう。手紙のなかで、ヴァレリーは現実と無意識的なものにたいする嫌悪の念とを結びつけているが、そうすることによって彼は自分が今ひとつの壁を前にしているということを明かしている。彼にとって、書くことは、これまでなくてはならない避難所だった。その避難所を去れば、自分には地獄行きが待っているだけだと彼は確信している――その地獄は内的な地獄と「他者」の地獄とが一体となったものだ。書くか、あるいは「他者」を殺すか。彼の人格の特徴のひとつがこうした奇妙なジレンマのなかに現れている。ヴァレリーは、すでにして断固として完全な自我中心主義者であり、今後もつねにそうあり続けるだろう。まさに、我の外に救済はなし、である。おそらくこうした態度は、もともとは、ヴァレリーが子どもの頃から家族によって例外的な存在として認められ、受け入れられてきたという事実と関係しているのだろう。そうしたことが、早くから自分を確立するのを可能とした。しかし、そのことはまた、彼自身に関わることは、意志であれ、欲望であれ、観念であれ、心配事であれ、喜びであれ、絶対に正当なものであるという危険な感情を彼に与えることになってしまった。他人が考えたり感じたりしたことが彼にとって存在するのは、彼がそれを自分自身や自分の考えや感情に同化できるときにかぎるのだ。それ以外のことは、彼にとって、無意味か無駄か退屈なものにほかならない。事実、書く行為《エクリチュール》が彼にとって他者へと向かう唯一の方法となっていた。エクリチュールが作り上げる関係と緊張の領域の外では、彼は他人をどう扱っていいのか分からない。彼の優しさや慇懃さは本物であるし、心のこもったものではある。しかし、そこにはつねに膨大なまでの無関心が秘められることになるだろう。

象徴派詩人ヴァレリーのなかには、苦悶する青年が隠されている。一八九一年の春の終わり、ポールは疲れ果て、自分が空っぽだと感じる。五月末にジッドが彼のもとを何日か訪れたおかげで楽しい時間を過ごすことができたが、それが過ぎ去ってしまうと、再び自らの疑問や強迫観念のなかに没入してしまう。慢性的な不眠に悩まされ続け、臭化物の助けをかりて数時間の眠りを確保しようとする。そのうえ、彼は試験の準備の最中である。あいかわらず法学の勉強は退屈なものだったが、一年のときよりは真面目に勉強する。必要性にかられて勉強しているのだ——少しばかり懐疑的な態度を見せつつも、「きちんと生きなければならない」、と彼は繰り返し言っている。あいかわらず、法学の流儀も言語も彼にとっては無縁のままである。理解不能なページを何度も読み直さなければならないという気持ちにとりつかれたり、彼には馬鹿げていると思われる注釈のなかにはまり込んでいく。法学には不向きではあったが、頑張ったおかげで、試験は満足のいく結果に終わる。七月三十日、彼は第二学年を無事終了する。

その間、破壊的な嵐が猛威をふるった。「親愛なるアンドレ、今話をしているのは新しい友です。これまでの魂の方はほとんど死んでしまいました。(…)未知の日々が到来したのです。あるひとつの眼差しがぼくをとても愚かなものにしてしまったので、ぼくはもう存在しません[9]」。ヴァレリーは恋している。そう言っただけでは、何を言ったことにもならないが。彼は自分を見失い、錯乱し、自分が航海していると信じていた世界は消失してしまった。しかし、何かが実際に起こったというのではない。こうした災害を引き起こしたのは、たったひとつの影にすぎない。一八八九年十二月、わたしたちはロヴィラという一夫人のドレスとすれ違ったのだ。そのドレスは決して忘れ去られることはない。一八九〇年の秋以来、ヴァレリーは確実にモンペリエの街中で彼女をほぼ定期的に垣間見ていたはずである。なぜ七月の初めに、この存在がひとつの強迫観念にまでなったのだろうか？　この変容をヴァレリーの神経状態や過敏な想像力や耐え難いまでの内的緊張のせいにすることができるだろう。ヴァレリーはこのエピソードをもっとも親しい友だち、パリのルイスやジッド、モンペリエのフールマンやオージリオンにしか打ち明けない。

　わたしたちは決して、どのような欲望や期待のせいで、この女性がヴァレリーのなかで結晶化したのかを知ることはないだろう。彼は自分のことを「熱狂状態に陥った」と言う。こんな話が馬鹿げていることくらい、頭では理解している。五十年の後、彼はその奇妙さを喚起する。「わたしは数年間というもの、気狂いのようになって、恐ろしいまでに不幸だった――しかも、それは、わたしが話しかけたことさえない女性を想像したせいだった！」[10]。そのモンペリエの知られざる女性は、「三十歳の、黒いカタロニアの女性で、かなり強く、美しいとは言えないほどの女性」[11]だったように思われる。彼女はおそらく男爵夫人で、何がしかの魅力を持っていたと思われる。愛する男は意中の人に熱情的な手紙を何通か書くが、その手紙が彼の机の引き出しから外に出ることはない。彼は彼女が馬に横乗りして散歩する姿と何度かすれちがう。おそらく彼女が夫や子どもとともに住んでいる通りこそが、何にもまして、「愛《いと》しの人」を観察するチャンスを与えてくれるのを知っている。彼はその通りを何度も行ったり来たりし、彼女の出現を予感し、出たり入ったりする「女性」を観察するが、彼女に近づく勇気はなく、手紙によって自分の気持ちを打ち明けようと、意を決して自宅アパルトマンのあるユルバン五世街まで走っていくが、叶わず、自分の臆病さを嘆き、叙情的な手紙を延々と書いてみじめにも自分の失点の埋め合わせをするのだが、そんな手紙を夫人にではなく、……ジッドやルイスに送るのだった。大惨事だった。

　感情を爆発させて一週間後、気持ちは冷静さを取り戻したように思われる。彼は自分の苦悩を何か自分の外側で起こったものと考えられるようになる。「ぼくは自分に向かって『愛』の芝居を演じた[12]」。だが、分析というものは、どんなに精密なものであれ、決して人を癒すことはなかった。ヴァレリーは何度も、こんなことはもう決着済みだと考える。しかし、あたかも偶然のように、彼は何度も愛する人の戸口に立っているのだ。ロヴィラ夫人自身は、どんな炎を彼のなかに灯したのかなどということは決して知らなかったが、ヴァレリーの精神のなかにおける彼女の生命はまだ始まったばかりだった。愛の錯乱の第一段階が過ぎると、彼は彼女のために記念碑を構築し始める。一年以上にわたって、彼は情念によってリビドーを送り込まれ、徐々に打ち負かされていく。彼は、全面的に幻想を抱きながら、かつ、自らの幻想を全面的に自覚しながら、幻想の対象を熱愛の偶像に変容させ——自らの生を悪夢に仕立てあげようと必死になる。

　八月、意中の女《ひと》は彼の知らないところに保養に出かけてモンペリエを離れたので、彼は我に帰る。混乱状態のなかにある彼にとって、問題や苦悩を解決するもっとも愉快な手段は、世界や存在の全体を吐き出すこと、その愚かしさや馬鹿らしさを喜びながら列挙すること、そして、もちろんのこと、文学的創造やあらゆる種類の理想や女性や愛をそこに含ませることのように思われる。本物のような偽物の情念が彼の力を使い果たしてしまったことは本当である。彼はもうほとんど何も書かない、そして、すでに揺らいでいた文学的信念が再び堅固なものになることはない。最近読書したなかで彼を驚かせたのはランボーだった。ランボーの詩句が、分断されたヴァレリーの存在のもっとも奥深いところで反響する。「終わるなら、爆発して終わるべきだ」、と彼は断言する。ただし、このように完璧にランボー的な言葉遣いをしているにもかかわらず、ヴァレリーは冒険家ランボーの詩のなかに手順や幻想といったものを嗅ぎつけないではいられない。破壊的な激情に捉えられた彼は、自分の書いたものは嫌いだと断言する、そして、美化したところのほとんどない自画像をジッドに提示する。「ぼくは穏やかな性格ということになっているようですが、実は激しい気性の持ち主です――ただし、ぼんやりとはしています。軽やかな心を持ち、陽気な人間だとも言われていますが、ぼくは倦怠と傷心そのものです。それなのに、ぼくは微笑するのを抑えることができません。よそ者には決して自分の考えは明かさず、相手の気に入りそうなことしか言いません(…)。過ぎ去ったぼくの人生の一角は――決して『だれ』にも知られることなどないでしょうが――それは、かの小さな獣の鼓動を明るみに出したのです。ああ、激しく燃え上がった官能よ！」[13]。幻滅と疑念のせいで、彼は何も信じることができず、自分を嫌悪するようになる。「ぼくの肉体の存在は、あらゆる夢のなかでも一番美しくないものです。ですから、沈黙しましょう」[14]。

　自信が持てなくて身動きのつかない彼ではあったが、「芸術」と「教会」という二つの制度の至上の権威にたいする信仰は失われていない。「芸術」は、それに触れるものを捉え、変容させ、上位の真実へと近づくことを可能にする。彼は、そのことを嫌悪していたにもかかわらず、近い日にこれまで書いた膨大な数の詩にきちんとした形を与えたいと願っている。「教会」の方は、精神を泥沼から引き離し、「世間」から分離させる力と効能を持っている。言い換えれば、ポールは魂が引き裂かれてはいるものの、なおも信じることのできるものをたくさん保持しているということになる。そうした信仰心は、「小さな獣」の官能性や彼のなかで目を光らせている「否定者」の行為と対峙することになるが、今後、彼に苦しい葛藤を味わわせることになる。

　とはいえ、自分を暴力的で、つまらない人間で、嘘つきだと思っている者であっても、さしあたり、子どものように楽しむことがないわけではない。彼はジッドに、九月中にパリに行くと知らせる。そして、ルイスを驚かせたいので、彼には何も言わないでおこうとジッドに提案する。独占欲の強いジッドは――ヴァレリーは以後ジッドと君・僕で話しかけることになるが――ヴァレリーのパリ滞在の最初のうちはパリにいないと書いた後、新しくパリにやってきたヴァレリーが自分より先に会うことになるすべての人たちに前もって嫉妬心を感じると付け加える。折り返し、ヴァレリーはジッドにたいして心に染みるような友情宣言をおこなう。そのなかで彼は、決して自分の愛情を切り売りすることはしない、友人の一人ひとりに全身全霊献身すると断言する。こうした感情の発露は彼の気質が分泌する極端なまでの虚無主義を大いに弱める効果を発揮する。九月十八日、数ヵ月ぶりの晴れ晴れとした気持ちで、彼はモンペリエを発つ。パリ滞在はほんの数週間の予定だということを知っているにもかかわらず、この瞬間が小さなモンペリエ人としての彼の生活を断ち切ることになることを知っている。「夜十時、一時間後、ぼくはパリに向けて出発する。フェリーヌがやって来て、『ローエングリン』の序曲や、『ワルキューレ』の最後のところや、『トリスタン』などを弾いてくれる。悲しみ。ポーを再読する[15]」。フールマンは駅のプラットホームまでヴァレリーを見送る。

当時、旅行は夜の遅くに始まって、夜明けに終わるのが常だった。今後、蒸気機関車の規則的な喘ぎの音や非衛生的な客車のがたがたいう動きが、ヴァレリーの全人生のリズムを刻むことになるだろう。一八九一年九月十九日、彼は数年来夢見続けてきたパリの街に到着する。法学の大学教授資格試験準備中の兄と合流し、母親もポールに同伴する。ヴァレリー一家はゲイ・リュサック街のアンリ四世ホテルに落ち着く。ポールの自由に使える時間は一ヵ月である。手っ取り早く仕事をしなければならない。

その日のうちに、彼はユイスマンスに手紙を書く。「わたしは、この二年間というもの地方でデ・ゼッサントとともに（…）生きてまいりました。わたしは数時間前からパリに来ております。群集がわたしの脳髄のなかで足を踏み鳴らすのを感じております（…）。わたしは、なんとしてでもあなたに会わねばならないと自分に命じました（…）。そういうことですので、まことにぶしつけとは存じますが、お会いできる日時をお知らせください[16]」。返事を待ちながら、ポールは「通りという騒音と閃光の大河[17]」が引き起こす拒否反応や、数限りないカフェのまばゆい光や、たえざる動きや喧騒の生み出す麻痺状態を乗り越えようと努力する。ジッドもルイスも数日しなければパリには帰ってこない。ポールは孤独を感じる。雨のなかを歩き回り、美術館をいろいろ訪ね、教養人たるものが見ておかなければならないものを見る。彼はがっくりし、呆然としてしまう。九月二十三日、彼は『モナリザ』を見てすばらしいと思うが、パリの街を空しいものと思い、窒息しそうになる。二日後には気が狂いそうだと独り言を言い、ますますパリが嫌いになったと断言する。パリの人間の方も、パリの街同様、彼をわくわくとした気分にはしてくれない。パリに到着してまもなく、彼は『レルミタージュ』誌の主筆アンリ・マゼルや、その他何人かの文学関連の人間に会った。「どいつもこいつも、みんなうんざりだ。もうやつらには会いたくない。女の子たち（娼婦）と会っていた方がまし[18]」。口ではこんなふうに言う。だが、丁重なヴァレリーは自分をうんざりさせる人間にも再度会うだろう。彼をうんざりさせない女の子たちの方はどうかというと、羞恥心が強い彼はほのめかし以上のことは言わない。だが、羞恥心にもかかわらず、彼は彼女たちに会いに行く。

　九月二十五日、彼はユイスマンスが許可してくれた最初の面会に赴く。デ・ゼッサントの対抗モデルともいうべき気難しい小説家は、内務省の役人をしてわずかばかりの生活費を稼いでいる。彼は警察局の次長である。ポールはその事務所で彼と面会する。「すわるやいなや、わたしはぞっとしたのですが、わたしの目の前にボール紙でできた緑色の箱が二つあるのに気づいたのです。おのおのの箱には退屈な奴、金を借りに来る奴、と書かれてありました。わたしは、わたしが彼に出した手紙は左の箱に入っているに違いないと思いました」[19]。会見は順調に進む。ユイスマンスは数分のうちに、フランスの古今の作家をことごとく打ちのめしてしまう。それから彼は、自分が好きな黒ミサや、「色道に走る司祭」や、魔術師といったテーマや、その他くだらないことを話し始める。彼の言うことを聞いているポールは、彼を世界で最高の人間だと思う。後年、ヴァレリーは、ユイスマンスの不平不満ばかりを並べ立てるような外見と彼の芯からの親切心とのコントラストを叙述しては楽しむことだろう。幸いなことに、ヴァレリーは若くはあったが、「偉大な人間」を期待していたところに不平家の老人を見つけて腹を立てるほどの世間知らずではなくなっていた――ユイスマンスに会ったことのあるジッドは、彼のことをつまらない人物と判断して、そのことをヴァレリーに知らせていた。

ポールは飲みこみが早かった。数日後、ルイスがパリに戻ってきて、ポールは安心する。街の雰囲気にも慣れ、自分をパリっ子と感じ始め、コメディー・フランセーズでユゴーの『リュイ・ブラース』を鑑賞する。ルイスは、詩人たちが一番よく息がつけるところにポールを連れて行く。友人は彼を国立図書館に導き入れたのだ。ヴァレリーは幸運なことに、ダ・ヴィンチやデューラー、そして、もちろんのことマラルメの自筆原稿をぱらぱらとめくる機会に恵まれる。突然、彼は全然予想もしていなかった夢のなかに投げ出される。ルイスが彼の腕を取って、一人の人物を指し示す。それはデ・ゼッサントのモデルになったロベール・ド・モンテスキューだった。ポールは口をぽかんと開けたままでいる。「残酷そうな口」、「電気的な目」が彼を釘づけにする。一瞬の間だけ、彼の眼差しと「やせた貴族」の眼差しとが交わる。「ぼくは悪魔のなかでも、もっとも洗練され、信用のできない、繊細な悪魔を目撃したと思っている」[20]。

ヴァレリーの最初のパリ滞在における大事件はマラルメを訪問したことだった。ルイスはマラルメにヴァレリーがパリにやって来たことを知らせ、彼に会いたがっていることを伝えて、予約を取ってくれていた。十月十日午後九時、ルイスに伴われて、ポールはローマ街のアパルトマンにマラルメを訪ねた。二、三人の訪問客があった。マラルメ本人に全面的に気を取られていたヴァレリーは、彼らがだれだったのか覚えていない。翌朝、ヴァレリーはノートにいくつかのメモを書きなぐる。

> 彼自身がドアを開ける。小柄。穏やかで、疲れた四十九歳のブルジョワという印象。とても弱々しい明かりのもとで母と娘が刺繍をしている。小さな食堂の茶色の色調のうえに何本かのバラの花。壁には白いマネの絵が何枚か。コーナーには、背の高い陶製のストーブ。パイプ。彼は、ロッキングチェア。(…)なかば閉じられた目——死んだような言葉——すごい低音、それから突然大きく目を見開き、気分を高揚させて高らかに朗誦する。この人物は躊躇せずに学者になったり——叙事詩詩人になったり——悲劇俳優になる[21]。

丁重なマラルメはフェリーブルたちの話をする。次に彼はヴィリエ・ド・リラダンの晩年を喚起する。新来者のヴァレリーは、いろいろな質問をし、彼をとりこにしている主題についてマラルメを話に引きこむ。語の色合いや、句読点や、詩人たちが詩句の技術的な問題を解決するために取っている様々な方法について延々と議論する。最後に、マラルメは彼の教師としての長い経歴の悲しさと退屈さとを少しばかり話し、「文学の英雄」の姿を叙述する。ヴァレリーはこうした話を綴ったかたわらに、マラルメを描いた二つのクロッキーを添えている。「マラルメのもとを辞して、ルイスといっしょにヴァリエテ座に行ってジッドとおちあう」。

ヴァレリーのペンは、その鉛筆と同様に、どうしても定着させておきたいと思った場面をすばやい眼差しで捉えていた。彼の記憶にとって、ヴュイヤールやボナールの室内画に出てくるような狭くて物がぎっしりと詰まったアパルトマンで過ごした夕べは、一種の「原風景」であり、数ある聖人のなかでも随一の聖人のなかに、そして、もっとも凝縮され純粋で高度な詩の理想という彼の生きがいだったすべてのものを体現している場のなかに入っていくということを意味していた。それは、聖別以上のもの、つまり養子縁組とも言うべきものだった。

さらに何人かの人と面会したり、どんなときでも好ましいジッドやルイスといっしょに楽しい時を過ごしたり、何度かリュクサンブール公園を散歩しているうちに、とうとう出発の時がやって来た。出発前日、ポールは二度目のユイスマンス訪問をおこなう。ユイスマンスは、デ・ゼッサントの人物造形に、モンテスキューはほとんど関わっていないとポールに断言する。十月二十七日、ポールは穏やかな地中海式気候のもとに帰ってくる。彼はまだ自分が何を感じるべきなのか分からないと告白する。彼は自分にとってパリが正確にどういうものなのか、そして、今後、彼が何を期待し、欲望しなければならないのかを知らなければならない。彼はちょうど二十歳である。

法学部の三年目にして最終の年度が始まる。昔ながらの習慣がいつものリズムで再開する。物思いにひたりながらフールマンやオージリオンやその他の友だちと散歩したり、学生たちのサークルで夜会をするなどして、ヴァレリーは再び、モンペリエの町での知的生活、関心事、快楽のなかにのめりこんでいく。しかし、これまでと違って、自分になじみの環境のなかにいながら違和感を感じてしまう。彼はお人よしで、ユーモアがあって、自分の周囲で起こっていることにたえず注意を払っているのではあるが、その精神の嘆かわしい状態や精神を引き裂く苦悩の数々を完全に隠しおおせるわけではない。彼は耐え難いほどの高揚と熱狂の状態に身を置いたかと思うと、その後、深く打ちのめされ、そこから断腸の思いをしながら抜け出てくるという始末である。

法学の講義に出席したという点を除いて、この年の長い秋と冬の数ヵ月間に彼がしたことといえば、フエリーブルたちの運動に今まで以上に頻繁に参加したということである。ポールは、アルシッド・ブラヴエやポール・ルドネル、ピエール・ドゥヴォリュイやアンドレ・ヴァンサンといった昔ながらの友人たちとの友情に忠実だった。彼は『幻想』誌掲載用の詩や短い記事をルドネルに渡している。すでに彼はミストラルに敬意を表して開催されたサント・エステルでのお祭りにも参加した。モンペリエ近郊の村で開かれた十八世紀の民衆詩人ファーブル神父を祝して開催されたお祭りに、友だちのフェリーブルや楽しい「女流フェリーブルたち」といっしょに参加もしている。しかし、そうしたお祭りに参加するということが、彼らにたいして確かな友情を抱いていることを証拠だてていて、また時宜にかなった、そして間違いなく彼自身が価値を認めた喜びを提供しているのだとしても、それは彼にとっては相対的な関心事にすぎなかった。ヴァレリーは地方での出版物には、ほとんど音楽的でないばかりか、奇妙なまでに中性的な「M・ドリス」というペンネームを使っている。あたかも、作家はできるかぎり小さく、目立つまいとしているようでもあるし、人々がパリの優秀な詩人と気のいい民俗芸能愛好家とを混同しないようにと願っているかのようでもある。民衆詩という観念ですら、マラルメに熱狂しているヴァレリーにとっては異端であり、耐え難いまでの言葉の矛盾なのだった。一八九一年に作成したリストのなかで、彼はまだ読んでいないすべての作家の名前を列挙しているが、そこにミストラルの名前が見える――このミストラルは、急を要するにせよ、そうでないにせよ、ヴァレリーが読まねばならないと考えている作家のなかには入っていない。オック語の友、地方の詩的生活の推進者であるヴァレリーは、おそらくは雑誌や出版物が多く出されることや、友人たちの旺盛な活動力を喜んではいる。友人たちの成功を喜んではいる――マラルメが彼にフェリーブルの話をしたことを、彼はうれしそうにフールマンに報告している。しかし、彼がそうした人たちを愛し、彼らが作ったものを愛しているにもかかわらず、ヴァレリーはミストラルを読むことまではしなかった。

彼が読まなかった作家たちのリストを作ったのは、劣等生たちを安心させる目的でだったように思われる。そのリストには、圧倒的な量の古典作家（アイスキュロスからルクレティウス）、ルネッサンス、ロマン主義、「ロシア人たち」がばらばらに書かれているし、さらには何人かの哲学者や科学者（ラプラス、ケプラー）の名前も書かれている。そこに書かれている名前のほとんどは、彼にとっては未知のままにとどまるだろう、あるいは、手をつけるにしても、ざっと目を通すだけだろう。一八九一年に読む決心をした唯一の書き手はプラトンである。洞窟の神話は彼の秘教にたいする好みと呼応している。プラトンの後には、ダンテ、シェリー、ラプラスが続くだろう。しかし、ヴァレリーの性格は文化の消費者というものではない。彼の知の内容と進歩は、つねに彼の精神のそれによって決定される。彼が本を読むとしたら、それは自分が生きるうえでの助けになるからであり、自分を人間として詩人として樹立するものが何なのかを知るためなのである。彼にとっての読書は、喜びを得たり、好奇心を満たすためのものではない。一冊の本は彼を客観化し、彼を存在せしめるのだ。

十一月のはじめ、ポールは結局のところ、田舎にはいいところもあると考える。パリにいるとき以上に自分の姿が見えるし、自分を見失っても再び取り戻すことができるというわけだ。一ヵ月後、倦怠感が再び彼を激しく捉える。モンペリエの友人たちは、もう彼を満足させてはくれない。彼は憔悴状態に陥り、自分を「雨模様で、生気がなく、不愉快な」[22]人間と判断する。どうも、彼はロヴィラ夫人に再会して、瞬時に恋の炎が再燃したようである。絶望したポールは、その情熱を天に向ける。彼は十字架の聖ヨハネを読み、ミサやその審美的な魔力を利用かつ濫用する。精神的に混乱しているとき、ジッドやルイスとの友情は、彼にとってこのうえない力であり続けるだろう。二人の相棒は、嵐のようなひと夏を過ごした後——おそらく、ヴァレリーの存在のおかげで——まさに和解したところだった。『ラ・コンク』誌は刊行され続けているし、彼の詩もそこに掲載され続けている。彼ら三人とも、『ラ・コンク』関係者たちが彼らを「三位一体」と考えていると知って愉快になる。十一月、エレディアがポールの詩〔「糸を紡ぐ女」〕をアンリ・ド・レニエやエレディアのサロンに出入りしている詩人たちの前で読む。「君もいっぱしの大詩人だ」、と熱狂したジッドがほめたたえるが、返ってきたのはヴァレリーのつっけんどんな返事だった。「お願いだから、大詩人だろうが小詩人だろうが、ぼくを詩人などとは呼ばないでくれ。(…)ぼくは『詩人』じゃなくて、退屈した『おっさん《ムッシュー》』なんだ」[23]。そうはいっても、数日後、ヴァレリーは「ぼくたち芸術家は」などとぬけぬけと書く。これは無意識の間違いどころの話ではない。ヴァレリーは自分にはそういうところがあるということを知っている。彼の疑念や拒絶は、自身のなかにしっかりと根をおろしているために、けっして厄介払いすることのできない第二の本性に結びついている。

幸いにも、十二月の初め、ジッドが年末頃にモンペリエに来ると伝えてくる。至福の時が過ごせそうなので、一時的にせよポールを憂鬱な状態から抜け出させることができるかもしれない。しかし、彼はもはや、出来事を穏やかな気持ちで迎えることができなくなっている。友の到着は、何度も決められては延期され、二人の間でいらだちの言葉と詫びの言葉がいきかう。ヴァレリーはひたすら待っている。このジッドの訪問をとてつもなく楽しみにしている。もちろんのこと、訪問はこのようなヴァレリーの期待に見合ったものではありえないだろう。翌一八九二年の一月の初め、ジッドはヴァレリーの前に姿を現すが、ヴァレリーは黙したままで、ジッドとの会話を続けたり、共感することができない。不幸なヴァレリーは、その内面でぐったりと崩れてしまっている。彼はルイスに絶望的な言葉を送る。

> 魂は炭のように黒焦げになって、焼き尽くされる。——というのも、魂には、得もいわれぬ闇と「最後」まで戦わなければならないという恐るべき命令が出ているからだ。しかも、あまりにも多くの闇があり、あまりにも多くの時間がある。ぼくは、いつでも、もうすべてが終わってしまったとか、世間におびえ、熱っぽい歯を嚙みしめながら、親密な暗い片隅に行って横になるしかないなどとばかり考えすぎてしまう。[24]

あまりにも多くの闇という言い方は、正確であり、恐ろしく、また正しい。ヴァレリーは打ち沈む。

一八九二年の春は、ときどき短期間の小康状態は訪れるものの、長い悪夢が続く。一月末、ジュールは大学教授資格試験に合格し、モンペリエを去ってパリに向かう。彼はパリに一年以上とどまるつもりである。「魂がもっとも特異な遭難にあっている時期に、精神が自堕落に流されるがままになっている時期に、わたしは家長になってしまった。(…)わたしはもっとも日常的な神秘のなかにいる、原因のない諸々の結果のせいで身をよじられ、(…)『絶対』を求め——犯罪をおかすようにして——自分の存在の外に出て、自分の身体そのものの影を忘れようと試みたすべての人たちが永遠に経験したのと同じくらい乱れに乱れて」[25]。彼はもう詩を読むことができなくなる。ポーももはや彼の心を引きとどめることはない。ただ、『イリュミナシオン』だけが、彼を「乱雑な腕で揺する」——おそらく、それが彼の状態を悪化させるのだが。ただし、なんとか書くことはできる。散文詩「純粋なドラマ」(*Purs drames*)は、単純で完璧な線を、動的な永遠のなかに固定された純粋な装飾を称賛する。この散文詩は三月に、『政治文学対談』誌に掲載される。だが、ポールはもはや何らかの計画を持つことができるような状態ではない。彼はパリのいくつかの雑誌からの寄稿依頼を、あたかも、「自分で自分を怖がらせるほどに笑う——下手な詩を作るサル」[26]であるかのように受け取る。ルイスは、レニエとエレディア——レニエはまたヴァレリーの詩を朗読して、大いに称賛している——が、ヴァレリーと自分がこれまで書いた詩をそれぞれが一冊にまとめて出版してはどうかと強く薦めているとヴァレリーに伝える。ルイスにしてみれば、それは心躍らすに値するアイデアで、彼とヴァレリーがいっしょにデビューできたなら幸せだと考えている。ところが、ヴァレリーの方は、そんな考えには耳を貸そうともしない。

二月の初めの数日間、もってこいの気晴らしが彼の気を紛らしてくれる。「ラングドック協会」を主宰するヴァシエ・ド・ラプージュが、ヴァレリーにモンペリエ市役所でヴィリエ・ド・リラダンについて講演するように依頼してくる。彼は受諾する。初めて、彼は人前で自分の考えを表明することになる。講演開始一時間前、彼はまだ一心に原稿を書いている。会場は満員。最初の五分間、彼の声には気後れが感じられるが、その後は自信をもって話すようになる。終わりの部分は全面的な即興となる。ヴィリエの死に関する彼の話は、彼自身を驚かせる。彼は重々しい沈黙を随所に織り込み、適切な誇張法で言葉を際立たせる。彼の話を聞いて、何人かの聴衆は「心を捉えられた」はずだ、と言われる。成功だった。会場出口で、握手を求められる……。

　神秘主義、神秘神学、世界を要約し、ひょっとしたら世界を余計なものにしてしまうような「公式」の探求、こうしたものが彼の考察の糧になるとともに、不眠の原因にもなり続けている。彼はロイスブルークを読み続け、聖ベルナールやプロチノスに浸る。ピエール・フェリーヌと、ハーネー・ウロンスキーの著作『メシア思想』について長時間対談する。かつてバルザックを魅了したポーランドの数学者・哲学者・秘術家は、正確さと崇高さ、合理主義と予見力の交じり合ったものを与えるが、こうした混交は彼の現在の状況には一番向いている。神秘神学と数学は、人間の行動や知識の統一と解明というとてつもない試みを通して、たがいに接近し、補足しあい、照らしあい、支えあう。それらの連合は、宇宙に欠けている統一性の探求を宇宙レベルで計画し、「絶対」を露わにし、その魅力で、宇宙の不可能な同一性という執拗にまといつく姿を飾り立てようとする。ウロンスキーは彼の理論の一部を秘教的な「五角星形」の形で視覚化したが、それはモンペリエで短命ながら気晴らしの役目を演じる。というのも、こんなことがあったのだ。ヴァレリーとフェリーヌが、ある冬の寒い夜、街中を歩きながら、打ち解けた雰囲気で話し合っていたとき、自分たちの言っていることを図で表す必要を感じたので、ポールはポケットからチョークを一本取り出し、あるドアに「五角星形」をデッサンする。それにフェリーヌが説明的な装飾を加える。当時は、ラヴァショルの仲間たちによるテロ攻撃が盛んにあった時代だった。翌日、『モンペリエの稲妻』紙は、二人の若者が描いたデッサンを複製し、それに長々とした記事をつけた。そして、警察は界隈の見張りについた。テロリストたちがあいかわらず逃げ回っていたのだ。

ヴァレリーはしばしばアルベール・コストに会う。何人かの秘術実践の愛好家とともに、二人は夜、交霊術の催しに出席する。そこではテーブルが回されるのだ。ある晩のこと、コストの家に到着したヴァレリーは、コストが肘掛け椅子でぐったりしているのを発見する。その足元には注射器が打ち棄てられてあった。当時、麻薬やモルヒネが芸術家や作家の間で持続的に流行していたにもかかわらず、ヴァレリー自身はそのどちらも吸うような誘惑にかられたようには思われない。さしあたり、現実の状態を逃れるという点に関しては、彼は自らの美的・宗教的感動だけで十分に満足していた。その後も彼は、自らの明晰さが完全で、自在に使える状態にあることを断固として求めるだろう。

三月、ポールは再び、ロヴィラ夫人のシルエットに執拗に悩まされるようになる。街なかで出会い、彼女を教会まで追っていったのだった。聖体奉挙の最中、彼は全精力をこめて愛する人の髪の毛の上に注意を集中させる、あたかも離れたところから彼女に催眠術をかけようとするかのように。それは彼を感動で満たす——そしてまた、彼を絶望させる。宗教的な儀式は、たとえ女性の存在がなかったとしても、彼を元気にする。四旬節の初めのころ、彼は「教義に戻れて」うれしく思っている。しかし、「教会」は万能ではない。ポールは持続的な仕事ができないということをかなりよくわきまえているし、モンペリエにずっといると知的に衰えてくることを認める。「ぼくにはわけが分からなくなってしまった」。「ぞっとするような夜」と「うつろな日中」の間で、彼は熱く燃え上がり、自分を焼き尽くして死にたいと願う。詩はもはや彼の救いにはならない。彼は、詩がポーの理想のレベルにも、ランボーの稲妻のレベルにも、マラルメの線のレベルにも達することのできない凡庸な詩人たちの手にあることを、いまいましく思っている。『文学』という獣は腐敗している」[27]。ある決定が避けられないものとなってくる。なんとしてでもパリで生活しなければならない。ポールは兄に手紙を書いて、モンペリエにいると頭が鈍くなって困るので、今後働くためには、どうしてもパリでないといけないと説明する。ジッドはポールが復活祭のときにパリに来られるといいと思う。彼は友が陥っている状態を知り、何も書かないのを非難し、心配する。「そんなことをしていたら、君はどうなってしまうんだろう？」[28]。ポールは、ジッドに、そうした友情の徴が自分にとってどれほど貴重なものかと言う。ルイスもまた心配した。だが、ポールは彼らを安心させる。彼は瞑想し、自分を洗練し、へぼ詩人やはったり作家とはかけ離れた、もっとも高度な意味での作家になろうとする。彼は当面はパリに行けない。パリに行くのは年末になるだろう、と予告する。

　ある深刻な心配事ができて、彼の状態を複雑にする。というのも、母親が数年前から視力が落ちて、年々それがひどくなってきたのだ。一八九二年の春、症状が著しく悪化する。彼女は六十歳を越えていて、医者たちは彼女に、まもなくほとんど失明の状態になるだろうと伝える。そうしたことが、母親とこのうえなく愛情に満ちて心のこもった関係を築いているポールを悲しませ、不安にする。おそらく、こうしたつらい状況は母と子のつながりを強固なものにする。ポールは自ら進んで二人の共通語、イタリア語に関心を抱く。彼はダンテのソネを一編翻訳する。数ヵ月後、彼はペトラルカのあるテクストの翻訳を『幻想』

誌に渡す。

ロヴィラ夫人が彼を気も狂わんばかりにする。彼は彼女を愛しもし、嫌悪もする。彼女は彼のなかのいたるところに存在する。彼女は彼が作ろうとしていた詩句を失敗させるし、作った詩を忘れさせもする。四月、ヴァレリーは自分の魂を「聖週間」に捧げ、レオナルド・ダ・ヴィンチに熱中することによって心の平穏を取り戻そうと試みるが、効果はなく、前年夏と同じ躁暴状態に陥る。彼は本気で自殺を考える。しかし、こうした考えの愚かしさ、そして、情熱が満足させられていないという思いが、彼をこの下劣な世界に引きとどめる。彼は愛する女をメドゥーサと呼び、彼女に宛てて手紙を書き続けるが、実際に送りつけることはなく、そのまま引出しのなかにしまって、たえず夢想し続ける。彼女は数日間モンペリエを離れる。彼は想像をふくらませて、彼女が送る生活を思い描く。彼は想像のなかで、彼女に会い、彼の関心を引き始めている彼女の子どもに会う。彼は夫人の夫になっている。「ぼくたちはとても幸福に暮らせただろうに」[29]。ここまでくると、これはもう愛などとは言えない。熱狂であり、狂気である。彼は、彼女が休暇から戻ってきたら、ある慈善事業のパーティーで彼女と会う機会があるだろうということを知っている。こうした予想が彼を恐怖に陥れる。自分が失神する可能性も大いにあると感じている（彼はこうした出会いが実際にあったということ、そして彼が彼女にシャンペンの注がれたグラスを差し出したのか、あるいは逆に欲しいと要求したのか、いずれにしてもそうした機会があった、と後日語った模様である。それ以上のことにはならなかったのだが）。

法学部のことが思い出される。四月になると、ヴァレリーはロヴィラ夫人のことばかり考えてはいられなくなる。学士号取得のための試験の準備をしなければならない。しかしながら、彼は自分の詩を十編ほどノートに書き写して、手書き原稿を収集しているルイスのもとに送る。それから、おそらくは二人の友人を公平に扱おうとする配慮から、ジッドのためにも同じことをする。このジッドに送られた方のノートが、ほぼ三〇年後、『旧詩帖』(*Album de vers anciens*) の核をなすことになる。

この一生懸命勉強した春の終わりに起きた特筆すべきことといえば、『ガゼット・ド・フランス』誌にポールに関するシャルル・モーラスのどっちつかずの論評が出たことである。「新流派」(Nouvelles Écoles) に捧げられた記事のなかで、論者はポールをマラルメのただ一人知的な弟子と紹介し、その巧みな腕前をほめたたえ、将来、自らの芸術を駆使できるようになるだろうと推測する。ヴァレリーよりもたった三歳だけ年上の男によるこうした評価には、かなり派閥争いの匂いがする。ポールは自分が「穴をあけられた」と判断する。だが、もっと厳格で吉兆となるもうひとつの批評が、ジッドとルイスの仲介によってポールのもとに届く。彼らはポールの詩をマラルメに見せたのだ。マラルメは彼の詩を大いに評価したが、ときどき安易に作られていると考え、それらを一冊の本にまとめて出版するのは時期尚早と判断する。ポールは二人が出すぎたまねをしたと腹を立てたふりをするが、その言葉が彼にとって神託とも思われる人からの批評を受けたことで陶然とする。そして、「師匠」のメスが彼のもっと深いところを探らなかったことを残念に思う。

七月の末、ポール・ヴァレリーは法学士号取得者の仲間入りをする。彼は試験を受けて、合格したのだ。彼にそれ以上のものを要求するのはやめにしよう。それは、長く続いた倦怠の終わりなのであり、取得した学士号など、彼にとってはほんとうにどうでもいいものなのだから。事実、それはあるひとつのことだけを意味していた。つまり、経済的に自立すべきときが到来したということである。彼は詩においては野心満々なのに、社会職業上の将来計画については、控えめそのものである。生きていかなければならない以上、どこかの役所に「口」を見つけて、事務員になってもしかたないと彼は考えている。そんなことは彼にはどうでもいいことなのだ。それこそ、とりもなおさず「愚かしい原理に従って生きる[30]」ということなのだ。だが、それはパリでなくてはならない。

七月の最後の日々、ポールは大学とは全然関係のない冒険に没頭する。自分の精神を構築しようとして自分を責めたてることに疲れた彼はロヴィラ夫人を殺そうとする、というか、ロヴィラという名前で彼に取り憑いている想像上の女性を殺そうとする。彼は自分のなかで彼女を破棄し、抹消した。彼は彼女が「息を吹きかけられたろうそくのように[31]」消えてくれることを願う。欲望と期待と想像力との化学が彼女を創造したように、明晰さと反省的意識と意志の連合とが彼女を隠してしまわなければならない。操作は成功するかに見える。試験の疲れから、そして特に、自分を閉じこめていた牢獄から抜け出ようとして開始したばかりの膨大な努力のせいで、彼は完全休養が必要だと断言する。「脳味噌は疲れきり」、身体中に痛みを感じるが、彼は自分の置かれている状況を分析し、理解し、解明しようとする。もう彼にとって馴染みのものとなったパリは、「この冬に掲載するための君の作品[32]」が欲しいと言ってくる。彼は申し出を拒否する。自分が今どういう状況にあるのか正確に分かるまで、彼にとって再び何かを書き始めるなどということは問題になりえない。

ポールは数週間、完全休養をとる。パラヴァス・レ・フロの海は彼の気分を包みこみ、磨きあげる。何日も水に漬かったり、浜辺で過ごしたり、子どものように遊んだり、貝殻を探す。パラヴァスに二度滞在するが、その合間の何日間か、彼はセヴェンヌの山岳地帯に猟に出かける。しばらく前からなくしていた断固とした態度で、あまりにもよく知りすぎている内的な深淵の上に自分の身を支える。ときどき、フールマンが彼を訪ねてくる。彼もまた、学士号取得に成功したところで、職を探している。数ヵ月後、彼はベジエの自習監督に任命される。ポールの眼差しは以前より透明になる。文学に関して、彼は「だまされやすい客」相手の「店」と、巨人たちとを区別する。そして巨人たちについては、そのヒエラルキーを作り上げる。「わたしは唯一無比なポー、孤独なダ・ヴィンチ、それにランボーやマラルメやワグナーといった天使たちにもまた心から祈禱を捧げる。それ以外には、闇と不完全さと吐き気をもよおす無意識しかない[33]」。個人的な問題に関しては、待ちの姿勢をとり続ける。彼は自分に原則を作り上げる。それは、「霊的な闇を逃れよ」、そして、自分だけを頼りにするよう決定せよ、という原則である。彼は一人で戦わなければならない。パリへ行こうという決心は保たれたままである。だが、その決定は、とりわけモンペリエを去るという意志と呼応している。パリには、「むしろ用心深い、得体の知れない人物として[34]」やって来るだろう。心には、自らの内的めまいに身をゆだねているという恐怖を抱きながら。

五月、ファニーはジェノヴァの姉ヴィットーリアとその家族を迎え入れる。ヴィットーリアは、ヴァレリー家の人たちにたいして、ジュールが南フランスに滞在している夏の終わりの間、ジェノヴァを訪問してはどうかと提案する。ポールも招待される。心が混乱している彼は、まず、自分がジェノヴァで何をすることになるのかを考えてみる。にもかかわらず、彼はパリでの冒険に身を投じる前に、数週間ジェノヴァで過ごす決心をする。出発は九月十四日であった。その前日、彼はかなり深刻な警戒警報をうける。かつてひんぱんにロヴィラ夫人の日傘やドレスが現れるのをうかがっていたことのある通りを歩いていたとき、突然、彼はそれらを目にする。魅惑が彼を捉えようとする瞬間に、解毒剤が作用した。つまり、彼は幻のように立ち現れようとする夫人を見つつ、自分自身を見たのだ。自らの眼差しを見つめ、自らの傷を解明した。こうした実験は残酷なものだ。しかし、彼はそうした実験が十分可能なものであり、それが目的に達することがあることを知っている。起こった事件の構造を感知することによって、彼は事件そのものを無化した、とフールマン宛の手紙に書く。彼は気狂いのようになり、狼狽している。だが、彼を苛んでいるのは、もはやロヴィラ夫人のイメージではなく、そうしたイメージにたいする意識、彼が自らに押しつけた明晰な行為のもつ暴力の方である。警戒警報は消える。

今回のジェノヴァ滞在は、これまでのジェノヴァ滞在と同様に、楽しいものだった。ポールは自分を空っぽにする。下剤をかけるようにして、抱えている問題のすべてを魂から取り除く。彼はパラヴァスではリラックスしたのだが、ジェノヴァでは、言葉の十全な意味で気晴らしをし、楽しんでいる。注意力は彼自身から離れ、いとこたちが彼に提供してくれる様々な楽しみに向けられている。散歩をし、いろいろな舞台を見に行き、ちょっとした住まいや物が美しく、しかもそれが生き生きとしているために美術館や演説などによる演出を必要としないジェノヴァの町の雰囲気に、以前のようにどっぷりと浸る。いろいろなお祭りに参加し、船上ダンスパーティーに招待され、裕福な英国人収集家と知り合いになる。この収集家はポールを何度もその信じられないほどの豪邸に招き入れる。彼はそのときどきの衝動に身をまかせ、周囲の雰囲気が自分のなかに侵入するがままにする。もはや、脳味噌なし、分析なし、とまどいなし。彼は生きる。それに徹する。

6 クーデター

一八九二―一八九四年

おそらく自分を深く沈めた空っぽの状態のせいで、彼は自分自身に対して透明な存在になった。おそらく彼が、自分とモンペリエ、ロヴィラ夫人、パリ、彼のデーモンたち、二年来彼のなかでますます幻覚に捉えられた回転木馬のように回っているものとの間においた距離が、理性をきちんと統御しながら使用するのに必要な領域を作りあげた。一八九二年十月四日から五日にかけての夜、ヴァレリーは死に、我に返る。

この長い夜は、「ジェノヴァの夜」という名で文学史に登場する。非宗教的な回心、とある人たちは言った。断じてそうではない。クーデターだ、とヴァレリーは断言する。革命と言ってもいいかもしれない。彼は自分に立ち戻り、内省する。場面はジェノヴァ旧市街の狭い坂道にあるサリタ・サン・フランチェスコ。かつての修道院である。カベッラ家の住居はいろいろな時代の建築様式や無意識的借用の入り混じった建物である。礼拝堂は十二世紀にまでさかのぼり、いくつもの大理石の彫刻がその広い壁を飾っている。ポールの部屋は丸天井で、かつてしばしば彼がなりたいと夢想していた共住生活修道士の独房そっくりで、空しか見ることのできない窓がひとつ切ってある。

恐ろしい夜。ベッドにすわったまま夜を明かす。いたるところ雷雨。稲光のたびごとに部屋がまばゆいばかりに明るくなる。そして、わたしの運命がわたしの頭のなかで演じられていた。わたしはわたしとわたしの間にある。

無限の夜。**危機的**〔臨界的〕。おそらくはこの大気と精神との緊張がもたらした効果。そして、いっそうの激しさを増して破裂する空、むき出しの石灰塗りの清らかな壁と壁の間で、突然、途切れ途切れにきらめく光。

今朝、わたしは自分が**他人**になったように感じられる。だが——自分を「他人」と感じる——という状態は長続きしない——人が元に戻って、最初の人間が勝つにしても、また、新しい人間が最初の人間を吸収し無化してしまうにしても。[1]

この話は一八九三年に書かれた〔この話の執筆年代を確定する決定的な証拠はない〕。そして、この夜に関するヴァレリーの最初の証言となっている。この夜以降に書かれた彼の手紙を読んでみても、この夜に関する言及は見当たらない。そのため、ある人たちはこの事件が取るに足りないもので、後になってからの演出にほかならないと断言するまでになった。たしかに、彼が記憶していたものを劇的なイメージのなかで再現した、そしてこうした話によって定着させたという面はあるだろう。しかし、彼が沈黙していたからといって、何も起こらなかったという意味ではない。日々の表面の上に少しも小波《さざなみ》など立たなくても、大きな動揺が深いところで起こっているということもあり得るのだ。危機を通りすぎたポールが、この夜決定したことと人生とを合致させることができないうちは、この夜のことを話すまいと決心したということも考えられる。

詩人は恐ろしいばかりの激しい雷雨のさなか、部屋のベッドの上にすわっている——彼の兄の日記や当時の新聞は、実際その夜に例外的なまでに激しい嵐があったことを証言している。巨大な稲光が空に幾筋も溝を刻む。彼の過度に興奮した精神は、それに呼応する。苦しみ、野望、愛の情念、宗教的な熱情、こうしたものが彼のなかで衝突しあい、爆発し、異様な大火災となって燃え上がる。彼は愚かしいものや想像力の力、それにそれらが感受性や神経にくわえた損害の広がりぐあいを測定する。「文学」「神」「女」、彼が自らに与えたこうした表象たちは、彼を貪り食ってしまった。偶像たちは彼を狂気の淵まで追いやった。彼がつねにその十全な働きを自分のなかに保っておきたいと願った明晰さは、すんでのところで水没しかけ、あらゆる理性や未来とともに呑みこまれそうになった。ヴァレリーは自分が複数の存在で、矛盾に満ちた人間であることを知っている。生きながらえるためには、彼は自分をひとつに集約し、彼を構成している諸々の部分を唯一の支配下に置かなければならない。「こうしたことすべてのせいで、わたしはあらゆる偶像を法律違反と宣言するまでになりました。わたしは偶像のすべてを、どうしてもきちんと創造する必要のあったひとつの偶像のために殺戮しました。そしてそのひとつの偶像にその他すべての偶像を服従させたのです。そのひとつの偶像とは、知性という偶像でした」[2]。

十月四日から五日にかけての夜は宣戦布告にまでいたる。ヴァレリーはここ数年彼を苦しめ続けてきたものを遠くに投げ捨てる。彼はしばしば自らそうほのめかしてきたように文学一般を投げ捨てるのではない。投げ捨てるのは、偶像としての文学、観念的で破壊的な構築物としての文学である。文学は一種の聖杯のように彼の目の前にうやうやしく置かれるかわりに、注意力や考察の対象、可能ではあるが必要不可欠というわけではない活動となるだろう。彼は状況に応じて、それを実行に移すかどうかを決定するようになるだろう。神、いや、むしろ彼の個人的な神が、彼を彼自身から引き離し、生きていくことの不可能な、あまりにも崇高なエーテルのなかに運び去るということもなくなるだろう。彼の信仰は用心深いものになる。そして、理性に基づいていない内容は、なしですませるようになるだろう。女性たちはどうかというと、もちろんのこと、彼女たちはたったひとつの名前のなかに集約させられる。それは、偶像のなかでももっとも執拗な偶像だ。その影響力に対抗するためには、保存していた明晰さや内省する力の全体を張りつめなければならない。「わたしは自分を『優しさの敵』（l'Ennemi du Tendre）にした、いっさいの希望を失ったわたしの優しさが発揮するありとあらゆる力の『敵』に[3]」。彼は「愛」の神話や幻想を投げ捨て、以後、十全にして直接的な満足を期待できるようなアヴァンチュール以外は認めまいと決心する。こうして、中学生のとき自分の部屋に貼っていた警句とまた縁りを戻すことになる。その警句とは、「絶えず疑え」であった。

この長い夜の間、彼は迷いこんでいた「空」を離れ、しっかりと地面に足を踏みしめる決心をする。彼はもはや、堅固な土台の上でだけ構築したい、検証可能なもの以外は断言したくないと考える。「お前は誰だ？　わたしはわたしという人間だ、と自分に言う[4]」。彼は精神主義的な理想主義を何らかの享楽主義や物質主義と交換しようとするわけではない。彼は何も否認しはしない。ただ、幻灯のために様々なイメージや概念をかき集めるのはやめにするだろう。彼は自分が使用しかつ濫用した語が何を意味しているのかを知りたいのだし、それらの語と語が示しているものとの関係の性質をこのうえない厳密さと慎重さで明らかにしたいのである。彼は語から、曖昧なもの、大雑把なもの、恣意的なもの、想像力が練り上げたもの――むなしく彼が苦しめられたもの――を排除したいと願っている。彼は言語や精神の現実を探索したいと思う。どうしたらわたしは考えることができるか？　ひとりの人間に何ができるか？　以後、ヴァレリーの思考は、朦朧とした中間状態の世界を明るく照らし出そうと懸命になる。彼は、語と思考、言語と現実、人間とその意識、世界とその説明とを分離するほとんど探求されていないか、うまく探求されていない空間のなかに身を落ち着けることになるだろう。彼は狂気に近づいた。もっとも堅固なものだと信じているつながりが、きわめて多くの場合幻想や虚偽であることを知っている。彼はそれらに根拠と一貫性を与えようと努力するだろう。そうした目的のために、彼は諸科学や論理学や、精神のもっとも厳密な学問分野に興味を持つことだろうし、それらのものは、彼の新しい領域の体系的な探求のための道具を提供してくれるだろう。

　こうした観点の転換は一瞬のうちに練り上げられるものではない。「ジェノヴァの夜」の稲光は方向転換の瞬間だったのだ。つまり、彼の意識のなかで、過去が全面的に沈殿し、再び掌握せられ、新しい要求に応じて新たな方向へと導かれる瞬間だったのだ。この新しい要求が、今後、彼の意思の根底をなすだろう。十月五日の朝、ポールはすっかり準備のできあがった哲学や仕事の計画を携えた状態で目を覚ましたというわけではない。彼は自分がもう何を望まないのかを知っているし、どの方向に自分が行こうとしているのかを知っている。自分の徹夜仕事や強烈な集中力を、何に使おうとしているかを知っている。しかしとりわけ、自分の身を守るには、ある領域、ある種の感動から身をそむけなければならないということ、そして、いかなる状況においても、自らの過剰な感性には用心しなければならないということを理解した。

事実、彼は自分自身の一部を自分から切り離さなければならなくなる。あるいは、少なくとも、失墜した偶像の亡霊が再度彼の魂を奪うことのないよう、慎重な態度をとり続けなければならなくなる。定義からして禁欲的な新しい偶像の第一の効能は、彼を誘惑から保護するということだろう。一言で言うと、彼は自分の意志と気質との間に遮蔽板のようなものを立てたのだ。「自分のなかに入っていくには、その前に、歯の先まできちんと武装しなければならない」、と彼はムッシュー・テストに言わせるだろう。

外的には、彼は目立った変化を見せない。「ジェノヴァの夜」に続く日々、彼は自分の気晴らしや、ジェノヴァの町が明らかにしてくれる不思議なまでに美しいものに没頭している。フールマン宛の手紙で、彼は「英雄」たるものの資質は、自由と強さと純粋さでなければならないと明言している。こう言いつつ、彼はもちろん自分自身のことを考えている。その野心は、彼が以前掲げたままの高いところにある。しかし、その中身は軌道修正された。ヴァレリーの英雄は、もはや理想の後を追いかけはしない。彼は自らの完璧さを手に入れることを自分の務めとする。ルイスに向かって、彼はにこやかな顔と同時に懐疑的な顔を見せるし、死んでしまった自らの信仰対象——そこには、パリで生活するといった見通しも含まれているのだが——にたいして彼が今後とることになる態度を知らせている。「もう、うんざりだ——ここでの生活も、遠くでの生活も——（…）それに偶像崇拝も（…）、くだらないことも、あれやこれやの観念主義も新神秘主義も[5]」。

イタリアでのヴァカンスは予想以上に長引く。そこで、ヴァレリー家の人たちはミラノまで少し足をのばしてみる。ヴァレリーはこの町が好きではない。彼には、あらゆる威厳を失ってしまったように見えてしかたがない。唯一、ドゥオモとダ・ヴィンチの『最後の晩餐』だけが、かつての威厳をしのぶよすがと思われる。この絵の前で、彼は毎日一時間過ごす。十月三十日は二十一歳の誕生日だった。彼は法律上の成人に達した。ファニーの健康上の問題のせいで、イタリア滞在の延長が決定される。彼女はドイツ人医者の到着を待っていたのだが、その医者の診断はほとんど何の役にも立たなかったようである。

　モンペリエには十一月の半ばに帰るが、そこには短期間しかとどまらない。しかし、その短期間の滞在を利用して、彼は文学に熱狂した詩人としての自分の過去と決別するための象徴的な手段をとる。つまり、自分の本棚が許しがたいほどに曖昧なものの貯蔵庫だと考えた彼は、本棚にたいして厳格な粛清措置を講じる。彼は自分が愛した本を友だちにあげてしまうのだ。彼自身、これまで実践してきたような読書をやめてしまう。今後、彼が受け入れる本は詩人の本ではなく、科学者の本になるだろう。彼が味わう美はもはや音楽的な美ではなく、なんらかの対象に応用された知性の美、あるいは知性そのものに応用された知性の美となるだろう。こうした放棄は、「ジェノヴァの夜」が彼の精神的かつ道徳的態度をそのもっとも奥深いところから変容させたということの証明になるだろう、証明の必要があればの話だが。耽美主義者はこれで万事休すというわけである。ヴァレリーは「美」を否認することなく、それを自分から遠くへと追いやった。数十年後、彼が「美」にしかるべき場所を取り戻させるときでも、彼はそれが決められた限度を越えてまで広がらないように慎重な態度を見せるだろう。

　この当時、ファニーとジュールとポールの三人は、堅固な一家を形作っていた。そして、ファニーがほとんど失明状態にあるということが、家族の結束を強固なものにしていた。ジュールはまだ大学教授資格試験を終えていないので、パリに戻らないといけない。ポールがジュールに同伴するということは何ヵ月か前から決まっていた。二人の兄弟にとって、母親をユルバン五世街に一人でほうっておくなどということは問題外であった。一八九二年十一月二十六日、三人の家族は再びカルチエ・ラタンでの習慣やゲイ・リュサック街やアンリ四世ホテルを発見することになる。彼らのパリ滞在は、原則として、ジュールが大学教授資格試験に受かるまでの数ヵ月の予定となる。

　ヴァレリー家にとっての母港はあいかわらずモンペリエのままではあるが、ポールはこの新たなパリ滞在を決定的な出来事のように感じている。パリ到着の数日後、彼はすでにユルバン五世街の乱雑な自分の部屋のことを埋没してしまった世界のように語っている。パリの宇宙は、彼には版画保管室のように思われるのであり、若いときから見慣れた風景を瞑想することによってパリ生活の疲れをとる必要性を感じている。できるものならフールマンとの友情を再開し、育てたいと思っている。しかし、彼らの関係は二年来著しく冷却化していた。フールマンの友情は曖昧さに満ちたものだった。彼はいつまでもかつての青年のままであり、彼が愛着を感じるものは、ヴァレリーとちがって、ほとんど進化していなかった。フールマンは最初から、ポールがパリでつきあう人間たちに嫉妬していた。彼が何度も繰り返した、穏やかとは言いがたいコメントの数々からは、彼がますますいらだちをつのらせていったことがうかがえる。一八九二年の夏から十二月にかけての決定的な時期に、彼がポールから遠ざかったということは、ポールの抱えていた不幸な愛情問題を議論するのを拒否したということに現れている。ポールはそれを感じ取り、彼の無関心を非難し、感情のなかでもっとも一貫したものの弁明をおこなう。「選ばれたもの《エリート》たちの友情のなかには、『愛』という観念を決定的にすり減らし、それに取って代わるのに必要なあらゆる資源があるんだ、そう、あらゆるね。（…）女の腹なんかよりは、男友だちを深く掘り下げたほうがいいんだ[6]」。友情は最後の偶像なのだ。それはポールがまだその修辞的な道具一式から取り除いてはいない唯一の理想なのだ。ポールをもはや独占していないフールマンは、嫉妬して、彼を許そうとはしない。彼は昔からの仲間の度重なる手紙にも返事を書かない。二月、ポールは最後の試みをするが、効果はなかった。二人をつなぐ橋は切り落とされてしまった。

　パリで、ヴァレリーはジッドと再会する。ジッドは連隊に編入されるのではないかと恐れていたが、不適格者として兵役免除になったところであった。ルイスの方は、そうしたチャンスに恵まれなかったので、アブヴィルで兵隊になる。フールマンの穴は幸いなことにもう一人の昔からの仲間、シャルル・オージリオンによって埋め合わされる。彼は一八九一年以来、内務大臣エミール・ルーベの個人秘書を務めていた。こうした友人たちの存在はポールにとっては大歓迎だった。ポールは疲労を感じていたし、不眠の状態が執拗に続いたために、神経が興奮して困憊していたのである。フールマンと断絶したことがきっかけで、彼は自分の一番奥深いところでは、自分はたった一人であるということ、そして、どんな人間も一人であるということ、そして、友だちのだれかと共感し一体になっていると考えたのは単なる幻想にすぎなかったのだということを思い知らされる。ジッドは、前年の夏以来、ヴァレリーにたいして友情信仰には気をつけるようにと言っていたし、たとえどんなに誠実で魅力的な友だちでも、他人からあまりにも多くのものを、そしてすべてのものを期待しないようにと示唆していた。ポールはその瞬間、そうした点を自らの情動性のなかに刻みつける。彼は要求の多い若い時代に願っていたような友情の喪に服し、あまり秘密や内的な激しさなどといったもののない、より手短な共感の快楽を発見する。しかし、彼が降参するとしても、それは意に反してである。「真実、灰になるまで身を焼きつくす炎のなかにいるこの『ぼく』は——

ぼくの火の方がずっと好きなのだ[7]」。こうした変化はポールの地上への一大回帰の一環をなしている。昨日までの観念論や精神主義は、まだ、彼の感情や欲望のほとんど身体的とでもいうべき広がりのなかから消えてはいない。この変化はまた彼が新しい環境に適応しようとしている段階でもある。ポールは「熱い」人付き合いとともに田舎を離れ、大都会の「冷たい」人付き合いを学ぶ。彼はパリジャンになるのだ。彼がそのことで感じる苦しみや炎の回帰や郷愁といったものは、新しい生活のなかに見出されることになる、より穏やかではあるが安定した情愛が与えてくれる安全性と継続性とによって緩和されるだろう。

　パリ到着の翌日、ヴァレリーは恐ろしい衝撃をくらい、夏と同じ病的な雰囲気に再度陥ってしまう。パリ風の生活に慣れようとして、ベルリオーズの『キリストの幼時』を聴きに、シャンゼリゼのコンセール・コロンヌに行く。彼はなかに入り、席に着く。眼差しが正面に座った女性の上に落ちる。それは「彼女」だった。「ぼくはもはや音ひとつ耳に入らなくなった。恐怖の動き、極度の恐れ、あまりにも遠い勝利、落下、つま先から脊髄まで、残酷なまでに熱くなったり、寒くなったりしながら。ぼくは気狂いみたいになって、出口まで、駆け出した。彼女を（あの夢魔《インクブス》め）またちらりと見ただけで、ぼくは辻馬車に乗って逃げた。本当の気狂い沙汰だ」。彼は警察庁とつながりのあるオージリオンに頼んで、調査を依頼する。ロヴィラ夫人は十一月二十七日、パリにいたか、いなかったか？「そこには奥深い問題があります。まったく、不可解な問題が（…）。もしぼくが見間違えたのだとしたら、ぼくは幻覚に捉われた人間です。もし、ぼくがたしかに見たのなら、それはとっても難しいことになります[8]」。

　この事件はヴァレリーを動転させる。彼は耐え難い気持ちで、以前「ジェノヴァの危機」によって投げ入れられたとてつもない無秩序を、再度味わうことになる。またもや、ポールは決着を迫られる。もっとも大きな被害を及ぼす偶像が再び出現したのだ。偶然か幻覚か、そのどちらでも結局大差はない。ドラマは彼が投げ入れられる狂気のなかにこそある。ロヴィラ夫人は少しばかり彼のオーレリアになったのだ。しかも、彼は地獄までジェラール・ド・ネルヴァルの後についていこうとは思っていない。彼の理性は十月の「クーデター」を繰り返さなければならない。そして、自らの優先すべき法律を精神のなかで強烈に再確認しなければならない。ジェノヴァの夜とシャンゼリゼでの幻影、この二つの瞬間は緊密に結びついている。ジェノヴァの夜は、偶像にたいしてヴァレリーが示した抵抗の枠組みと力線とを定義しているし、シャンゼリゼで見た幻影は、実際の戦い、亡霊にたいして下された死刑執行の瞬間を決定している。

若きパリジャンはもっとも賢い態度で挑戦に応える。つまり、彼は逃れる。ただ、地理的に逃げても、それだけでは十分ではない。なぜなら、パリに逃げても、それが彼を保護することにはならなかったのだから。彼は自分自身の内部に逃れ、最高度に絶対的な厳密さを自分に強要する。もはや、詩も、未統御の熱情や感動も、書くこともない状態へと自分を追い込む。こうして彼は、詩的、宗教的、耽美的反革命の企てにたいして断固とした強い立場で臨む。しかし、パリを選ぶようにと彼を導いたもっともな理由にたいしては不安定な立場にある。彼はパリで様々な人間関係や雑誌やサークルや成功を見つけられるものと考えていた。象徴派の詩人のなかでもっとも精妙で稀有な詩人になろうと考えていた。彼はもはやそんなものは何も求めまい、何も出版しまいと決心する。唯一の戦いは内的な戦いとなるだろう。唯一の成功は、自らのデーモンとの戦いのなかで得られるだろう。

ヴァレリーはこの年の冬を自ら意図した孤独のなかで過ごす。「毎日が戦い！」[9]。彼は散歩し、瞑想し、自らに厳しい知的節制という体制——というか、言葉の修道士的な意味で——知的清貧という体制を押しつける。彼は自分を空っぽにする。もはや自分のなかに、生の骨格や感覚、知や自己主張の精髄以外は何も残したくはない。つまり、それは、形式上完璧な推論による純粋な線以外の介在を認めない、世界における自らの存在と現存の純粋意識とでもいうべきものである。とはいえ、こうして作り上げた人間のなかには、かつての彼を作っていた力線の数々が再び見出される。建築にたいする昔とかわらない強い愛情や、ピエール・フェリーヌの黒板の前で過ごした時間、そして、素人数学者としての訓練、こうしたものが、それまで予見することのできなかった「自我」を同一化し、分離し、指導することに専心する考察のなかで生き続けている。「自分自身にとっての『大将軍』になること、一見計算が不可能と思われる自分の心の跳躍や狂気や極限的な優しさを自力で計算できるようになること[10]」。

　計算不可能なものを計算すること。ポールは数え切れないほどの数学の難問を自分に課したり、解決不能あるいは逆説的なたくさんの問題を自分に押しつけることによって、自分の精神を空っぽにする。数学をしすぎたために頭がぼうっとなる。手段は有効である。彼は自らを、容積や重さや長さを測定し、ものごとやことがらを相関関係のなかにおくための機械に変身させる。彼はジッドにその『ユリアンの旅』に関して、一見すると突飛な「科学的」批評を提案する。そのような批評に出てくる方程式からは、ヴァレリーとジッドの間のあいかわらず活発な親和力のようなものが見えるのであるが。「大将軍」はまだ指揮権を握ってはいない。しかし、ポールは自らを訓練することによって、科学者の持つような厳密で強力な精神を自分のために作り上げようと願うだろうし、自らの存在全体を統制し、世界のなかにおける自らの現存の究極の秘密をついに知る能力を自分に与えようと願う。

科学的なヴァレリーが文学的なヴァレリーを破棄することはない。その継承者になろうと願っているのである。ヴァレリーが推し進めた偶像放棄の動きを免れた唯一の作家はエドガー・アラン・ポーだった。ポーの例外扱いを正当化する作品は、彼の『ユリイカ』である。ポールは少し前にこの作品から宇宙の類推的な概念の大掛かりなヴィジョンを取り出していた。そしてそこでは詩こそが、宇宙の神秘的な鍵を明らかにしていたと思われる。今、彼は精神の諸々の方法の間に奥深い統一性があるのではないかという刺激的な仮説を『ユリイカ』に見出している。もしそうであれば、詩人も科学者も類似の手続きに従って仕事をし、ひとつの共通した泉で自らを養っているということになるだろう。ポールはもはや詩的方法によるあまりにも漠然とした結果に信用をおいてはいない。彼は、信頼できると思う唯一の方法、すなわち、正確に進展し、確実な結果にいたる方法にだけ特権を与える。彼は、科学者が詩人の領域を少しずつ齧って、文学が――その無益さと無意味さのせいで、そして、その可能性を内側から汲みつくすことによって――死んでしまうことさえ願っている。ここでは、ポーが彼に合法性を与えている。彼の探求の目的地は同じままである。ただ、そこへ至る道が違うのである。

　ポールの深い孤独は、近しい人々がいたおかげで癒されていた。彼の家族はジッドの家族と知り合いになる。母親どうし気が合う。ジュールの大学教授資格試験が近づいてきたために、いろいろ支援がきたり、友情の徴が示されるようになる。皆でゲイ・リュサック通りの定食用のテーブルで顔を合わせる。ポールは友だちのうちのだれかと夕食をともにする。ジッドはポールに、彼らより数歳年上のアンリ・ド・レニエを紹介する。そのレニエと彼らは楽しげにタバコを吸いまくる。彼はまた、『レルミタージュ』誌の主筆アンリ・マゼルにも会うが、彼とは社会問題に関して延々と議論をして意見を戦わせる。三月、重いインフルエンザにかかったポールは動けなくなる――そのため、彼はもうごくありきたりの方程式さえ解けないと感じる。

火曜になると彼は、しばしばジッドやルイスを伴ってローマ街に向かう。ずっと変わらない儀式にのっとって、「火曜会」の常連たちは、タバコがいっぱい詰まった中国製の壺を真ん中に置いたテーブルのまわりに立ったまま、食堂のなかでしかるべき位置を占め、紫煙をくゆらせながらおしゃべりをする。マラルメは暖炉の前に位置を占める。ヴァレリーはもう初めてローマ街を訪ねて茫然自失したときのような初心《うぶ》な青年ではない。「わたしは彼を愛していたし、彼をだれよりも上位に位置づけていた。だが、わたしは、彼が生涯崇拝していたもの、生涯のすべてを捧げたものにたいして崇拝の念を持てなくなっていたので、こうした問題を彼の耳に入れる勇気が起こらなかった[11]」。二人の関係のなかで、称賛はしだいに情愛の方へと変わっていった。しかし、ヴァレリーは、自分は詩人ではない、あるいはもはや詩人ではないなどと言ってマラルメを真に説得することはできない。ヴァレリーは自分があいかわらず詩人だと他人に思われていることは好きではなかったが、マラルメが自分のことを詩人と思い続けてくれていると思うだけで、心が痛むのだった。おそらく、マラルメがずっとヴァレリーは詩人だと確信し続けていたということが、密かにではあるが、将来詩へと回帰する可能性を彼のなかに生きたまま

ヴァレリーは手の取りうる様々な形を好んで描いた。一生離すことのなかったタバコとともに……。

で保っておくのに貢献したのではないだろうか。

　春の終わりに、彼はマルセル・シュオッブと友情を結ぶ。一八六七年、高い教養を備えたユダヤ人家庭で生まれたシュオッブは『メルキュール・ド・フランス』誌に寄稿し、かなり象徴主義的色彩の濃い幻想的な物語《コント》を公表していた。彼は歴史や言語学に熱中し、奇妙なものや驚嘆させるようなものを追い求めていた。彼はポールに博学は無駄でないこともあると証明し——説得するまでにはいたらなかったが——年下の友人ポール・クローデルの『都市』を力ずくで頭に詰め込ませる。ヴァレリーのユダヤ人にたいする偏見は、しばしば不愉快なまでの激しさで表明された。彼は新聞記者のベルナール・ラザールにたいして、本人を実際に知りもしないのに、その名前だけで反発を抱く。ある手紙のなかで、彼はある「マエストロ」の成功を、その「ユダヤ人男爵」という身分や財産のせいだと言ってはばからない。シュオッブの前では、彼は自分の偏見を引っ込め、本来彼がそうであるすばらしい友人としてふるまう。

　ヴァレリーの孤独は、なんら引きこもりというようなものではなかった。友だちや知人たちとの議論は、彼自身の目には、いかなるものもそれに取って代わることができないほど知的で不可欠な貢献と映っていた。彼は、話す言葉は数巻の書の価値があると考えていた。数学と会話の間で彼は日々を過ごしていくが、もしこれらの日々がどの方向へと流れていくのか彼が少しでも分かっていたなら、それらは甘美な日々になるはずだった。「ぼくは、何でもいいから何かがぼくの身に起こってくれやしないかと思っていらいらしている」(12)。

　一八九三年五月、ジュールは法学の大学教授資格試験に四位で合格する。彼はパリ滞在を少し延長する決定をする。そのおかげで、ポールは『ワルキューレ』を観ることができる。ポーと同様、ワグナーもまた偶像の失墜を免れた。音楽はたとえどんなに気持ちを動転させるようなものであったとしても、彼にとって危険とはなりえなかった。その理由は単純で、彼は音符が読めなかったし、いかなる楽器もひけなかったし、作曲のことなど何も知らなかったからである。彼は作品にたいして受身の姿勢を取るほかないのである。彼はワグナーを心穏やかに聞くこともできれば、感動し涙することも、称賛し熱狂することもできるのだ。音楽に関しては、彼は前もって、そして有無を言わせぬかたちで、あらゆる種類の誘惑から保護されている。

　七月の初め、彼はフォンテーヌブローで高等中学時代の親友ルイ・オーバネルと落ち合う。彼は軍隊に入り、海軍砲兵隊の中尉に任命されていた。ポールは昔いっしょに詩を書いた仲間の繊細さと確実さとを高く評価している。ポールは二度と彼に会うことはない。十二月、オーバネルは自殺する。ポールは自殺の原因を突然襲った狂気のせいと考えるが、同時期、梅毒に侵された別の友人の死の苦しみに立ち会うことになるだけに、いっそうのことこの自殺で彼は打ちのめされる。死は彼に衝撃を与え、恐ろしい思いをさせる。彼は、眼差しと言葉の冷酷さをもって、そして死にまつわる厳かさを拒絶することによって死を遠ざけ、非人間化しようとする。しかし、彼は死が自分のなかに存在するのを、そして、死がもっとも深いところで彼を凍りつかせるのを、阻止することができない。

　ヴァレリー家はもはやパリに残っている理由がなくなる。ジュールは弁護士としての仕事を断念した。モンペリエの法学部教授に任命された彼は、八月、母親や弟とともに地元に帰る。彼らはヴィエイユ・アンタンダンス街九番地に居を定める。その建物には、以前、代々のラングドック地方の知事《アンタンダン》が住んでいたし、彼らが借りたアパルトマンにはコント家が住んでいた。オーギュスト・コントは、おそらくポールが与えられた部屋で生まれ、遊んだのだ。

ポールがそこで時間を過ごすことはほとんどない。パリにいて、ポールがどこに出かけて行ったらいいのか分からないとすれば、モンペリエにいて、彼は何をしたらいいのかもう分からないのだ。モンペリエには友だちがたくさんいるが、町の知的雰囲気にはもう耐えられない。彼は可能な限りすばやく逃げ出す。八月二十五日、彼はひとりでゲイ・リュサック街に戻ってくる。ジッドはノルマンディー地方のラ・ロックの親の家にいる。それにひきかえ、『メレアグロスの詩』を出版したばかりのピエール・ルイスは、手があいている状態だった。二人は頻繁に会うのだが、ルイスのいたずら好きはヴァレリーを思いがけない冒険のなかに引きずりこんでいく。ルイスはレンブラント街に、アルフォンス・アレなら自分にふさわしいと思ったであろうようなバーテンダーを発見したのだ。そのバーテンダーは、「アメリカ風ドリンク」を作る天才技を持っていた。アンリ・ド・レニエや詩人のロベール・ド・ボニエールといっしょに、彼らは夜通し飲んでは酔って、最後に「ラスト・ドリンク」を注文するのだが、その「ラスト・ドリンク」たるや、知的であると同時に人を裏切るようなしろもので、飲むと死んだようになってしまうのだった。

若きヴァレリーが日頃送っている生活は、芸術家や文学者をめざすボヘミアンたちが好んだ、夜通し酒を飲んで朝を迎えるような生活ではない。しかし、そうしたボヘミアン的な生活が彼の生活にまったくないというわけでもない。ポールには夜の生活もある。ただし、彼がそれについて言及することはほとんどない。なぜなら、それは彼の内的な領域に属するものだからだし、その領域は彼の独占的な権限のもとにあると考えているからである。日中、彼はより禁欲的な時間を過ごすと同時に、大いに議論もする。夜の活動が、どんなものであれ互いに交換可能であるのにたいして、昼の活動は、彼によれば、交換不可能なものを対象とする、あるいは、そうすることができるという利点がある。昼は、繰り返されることのないもの、彼の存在を変容させるもの、彼自身どこに連れて行かれるのかあいかわらず分からない道の上で彼を前進させるものの領域である。どうでもよい習慣や事物の支配する帝国から逃れられないので、彼は少なくともそれらについて語るのを拒絶することによって、それらを自分の地平から遠ざけようとする。頭の中では、習慣や取り決めを打破し、自らの行為や思考のひとつひとつを手垢のついていないもののなかで樹立し、どの瞬間にも比類のない存在として、世界を再創造し、そこに自らの歴史を刻みつけるような純粋自我でありたいと願っている。

　彼は、「麻酔作用を及ぼす図書館」のなかで、さらにはクリニャンクールやサン・ドニ界隈を憂鬱そうにさまよったり、あるショーウィンドーの前で奇妙にも長時間立ち止まったり、さらには数学によって頭を茫然とさせることによって、自分の夢の亡霊を追いかける。「ぼくは、いまだかつてなかったほどに漠然としている。ぼくのおかれている状況はグロテスクなものになっている。それに、ぼくはそんなことを考えることさえ得意じゃないんだ」[13]。実際、彼は自分を空っぽにするにいたった。この一八九三年はヴァレリーの「零時」となるだろう。つまり、まだ彼のなかで将来の活動の輪郭がきちんと描かれるにはいたっていないが、思春期に彼が蓄積したものをすべて捨てるのを完了した時期なのである。彼の不安定さは存在論的なものであるし、また社会階層的なものでもある。彼にとっては、自分がだれかを知ることが問題なのではない。彼の探求はアイデンティティの探求という形はとらない。むしろ、自分の存在を何で満たすかを知ることができるような状態に自分をおくことが問題なのである。それさえできれば、次には、ますます執拗なものになりつつあった家族からの諸々の要求を満足させ、きちんと職について活躍できるようにもなるのである。

彼には何も面白いことなど起こらない。モンペリエでも我慢ができなかったが、パリにも我慢ができなくなり、再度、出発する決心をする。出発は十月二十一日と決定される。マクマオン元帥の死と、十月二十二日に国葬があるとの知らせのせいで、彼は出発を一日のばす。なかば好奇心から、なかば称賛の気持ちから、彼は国葬の列について歩く。葬列は廃兵院《レザンヴァリッド》〔ルイ一四世が建てた傷病兵の施療院。ナポレオンの墓所〕の広場を通り過ぎる。そこには、彼と同じようになかば好奇心から、なかば称賛の気持ちから、三人の若い娘たちが居並んでいた。それは、ジュリー・マネとポール・ゴビヤールとジャニー・ゴビヤールで、ベルト・モリゾの娘と姪たちであった。ヴァレリーの目が群衆のなかにそれらの娘たちを見つけた可能性はきわめて低い。さらに、彼が、それら三人の娘たちのなかに、数年後、自分と結婚することになる娘の姿を認めたなどという可能性はもっと低い……。

モンペリエに戻って来て（パリ定住前としては、これが最後のモンペリエ訪問になる）数日の後、ポールはウジェーヌ・ルアールと友情を結ぶ。ウジェーヌは背が高く不器用な学生で、少し腰を曲げ、いつも首にはスカーフを巻いていた。彼はモンペリエに一時滞在していたのだが、それを彼に勧めたのはジッドだった。ポールはウジェーヌに『イリュミナシオン』とポーを読むように薦める。彼らは絵画についてすっかり意見が一致した。ウジェーヌは子どものころからマネ家やドガ家とつきあっていたので、絵のことはよく知っていたのだ——ここでもまだポールには、将来自分がそのなかに入っていく一族の一員の姿をウジェーヌのなかに見出すことはできていない〔ヴァレリーは後にウジェーヌの父アンリをはじめルアール家の人々と知り合いになるが、そればかりでなく、ヴァレリーの妻ジャニーの従妹ジュリー・マネがウジェーヌの弟エルネストと結婚したり、ヴァレリーの長女アガートがウジェーヌの兄アレクシスの息子ポールと結婚するというようにルアール家と姻戚関係に入る〕。ルアール同様、ポールはモンペリエで窒息しそうになる。彼はそこで、奇妙なロシア人の友だちコルバシーヌに再会する。ポールは彼を相手にあらゆること、そしてくだらないことを話したり、チェスをして夜通し時間を過ごす。哲学の教授資格者《アグレジェ》であったコルバシーヌは、当時、モンペリエの公立中学校で教えていた。彼の表向きの無頓着さ、あらゆる変わったものにたいする趣味、夢やもっとも厳密な奇想にたいする愛などのせいで、彼はヴァレリーの目には魔法的な魅力を持った人物に見えた。彼らは二人して、バタヴィア〔ジャカルタのオランダ領時代の呼称〕のこと、太平洋のこと、その島々のことを想起する。彼方では、「宇宙」にもっと近いところにいられるのだというようなことを考える。「ぼくは誘惑されるがままにしている」。快速帆船《クリッパー》があれば十分だろう！「残念なことに、ぼくたちには金がない[14]」。

　この種の夢想がヴァレリーの心を捉えるときは、きまって調子が悪いときだ。一八九三年の末は、ぱっとしなかった。「それに、ぼくは座礁し、立往生し、流れに流されるがままになっている。引越しの真最中なんだ。風邪をこじらせ、意識が混濁している[15]」。十二月、彼はプラスやマイナスの価値を足し算したり、そこに持続「係数」を追加したり、周期性を打ちたてようと努めながら人生の決算書を作ろうとする。計算の結果、現在の彼には多様な可能性があることを確認する。しかし、それはさほど意味のあることではない。それはどこにも行きつかない。

　しかし、彼が問題へとアプローチする方法は、今や彼の精神の中心を占めている科学にたいする欲望が相当に進展していることを如実に物語っている。彼は代数や幾何学の問題を解くだけではもう満足できない。今そこに、科学関連の読書が追加される。彼は一八七三年に出版された物理学者でかつ数学者のジェイムズ・クラーク・マクスウェルの『電磁気論』に熱中する。この本のおかげで、彼は物質やエネルギーに関する現代的な考え方に触れることができる。彼の関心は精密科学にのみ集中したわけではない。電気や磁気の発見は孤立したものではなく、世界の全体的な表現という大きな枠組みのなかに組み入れられるべきことがらなのだ。彼はドイツの社会民主主義者フリードリッヒ・アルベルト・ランゲが一八六六年に書いた『唯物論史』を発見し、新カント主義的な思想の手ほどきを受ける。哲学もまた、天から降ってきたものではなく、それ独自の歴史や制度をともないつつ、一時代の要求に応えているのである。彼はジョゼフ・ド・メーストルの『政治組織の発生的原理に関する試論』を読み、そこで、神から与えられたフランスの使命の一覧表を見出し、彼の愛国的な感情がくすぐられるのであるが、そればかりでなく——民主主義的な原則にたいする彼の一貫した懐疑をのぞけば、おそらく——彼のなかにいかなる痕跡も残さなかったように思われる「超」正統王朝支持のモデルをもまた見出す。数学的な公式から正統王朝支持、この双方の間に内的な連続性はない。ヴァレリーは世界をそのなかに閉じこめることができるような理論を持とうとは思わない。彼は少し前まで文学を通して自らに提起していた諸々の質問を、別の角度から取り上げなおすことを可能にするような手段を手に入れたいと願っている。自らの詩人としての資質を撤回した詩人は、いまや哲学を疑う哲学者をもって自ら任じるのだ。

　ヴァレリーが自分のことをどのように呼ぼうと、彼の精神は第一に、そしてとりわけ、創造的な精神である。ここ数ヵ月の待機と受身的な充電の後で、まだ漠然としてはいるがいくつかの計画が形をとり始める。ポールは、ささやかな「複雑性論考あるいは道具の理論」を夢想する。そこで彼は、シャベルからペン、言葉から積分学にいたる、人間が使うあらゆるものや方法を、唯一の形象のなかに包括させようとする。彼はまた、エドガー・アラン・ポーから、『盗まれた手紙』や『モルグ街の殺人事件』の謎を解決する純粋な論理家オーギュスト・デュパンを借り受け、その虚構の「回想録」を書こうと思いつく〔これが後の『ムッシュー・テストと劇場で』となる〕。

特性のない若い男の未来はまだきちんとした形をとってはいない。だが、すでに何本かの線は引かれ、いくつかの傾向が現れてきてはいる。彼は十二月と一月に急性の人間嫌いの発作を経験する。「ぼくはこの数日間一言も発しなかった。もはや自分自身にも話しかけなかった」。友だちに急に誘われて「気狂い病院」を訪れたことで、彼に救いがもたらされる。「それがとても強い関心を引いたので、ぼくは、この男女の区別もなくなったような患者をもう一度見に行きたいと思うようになったし、自分自身に再びあいさつするようにもなった[16]」。自分のなかで震えたり抵抗する、触れることのできない限界を見るすべのある者にとって、狂気を目の当たりにすることは元気をもたらすものとなる。彼は自分にはまだ見るという特権があることを知っている、そして、悟性の「ゼロ度」は白紙状態ではないということも知っている。

彼はたとえばいくつか決定を下すことができる。家族内部での議論が延々と長いものになり、怒りを帯び、困難になる。これらの議論には家族のお互いの約束がついてくる。だが、一八九四年の二月にある合意ができあがる、つまり、母親のファニーがそのことで「常軌を逸したほどに悲しい思いをしている」にもかかわらず、ポールがパリに戻るという合意が。今度こそは、ヴァカンスのとき以外、彼がパリから戻ってくることはないだろう。ジュールは生活費を出すと保証してくれる。しかし、ポールはできるだけ早く有給の仕事を探しだすと約束する。三月三日、土曜日、ポールは列車に乗る、不安な気持ちで、精神は不確かなままで、それにひきかえ、絶えることのない幻滅と倦怠の前に自分の身をさらすということは確信しつつ。「ずっと前に、ぼくはあらゆる野心や楽園や未来を殺してしまった。(…) でも、ぼくはどっちつかずの状態にもうこれ以上耐えられない」。彼が自分に抱くことを認めるもっとも甘美な夢は、少しだけお金を自由に使えて、好きな本を買うというものである。彼はまた、将来の生活を送る場としてあまりにも強く望んできたパリという環境に上陸することによって、彼の困難さの本質的なものが彼自身からやって来るだろうということもまた知っている。「何もかもが最高にうまくいって、パリでまあまあの就職口を見つけたとしても、いずれはリューマチをたっぷりかかえこむのがおちだろう」。

　二十三歳の彼は、子ども時代を過ごした宇宙を永遠に自分の背後に残しておく。彼はそのことをジッドに伝える。自分の生がそのもっとも単純な表現、すなわち、自分にそして世界に自分が現存しているという感覚だけに還元されたとき、彼が自分の根底で触れるものは何かというと、それは海のイメージだと。「そのとき、ぼくは自分の実存をこの遥かな沖の海全体とまぜ合わせるのです。そうすると、ぼくは自分が融解するのを感じます。感情と呼ばれているものは、ぼくにとってはそういうものです(17)」。これらの言葉は愛の告白であり、ファニーへの、そして自分の世界への別れの言葉《アジュー》でもあった。

7 開花期

一八九四―一八九七年

ポールが再度腰を落ち着けることになるアンリ四世ホテルの部屋については、これまでしばしば語られてきた。それは、その部屋の間借り人の禁欲的態度と貧窮の意志を象徴している。その部屋に訪ねてくるものたちは、そこにベッドとソファーと椅子と一本脚の丸テーブルと本が詰まったトランクを目にする。窓はロワィエ・コラール袋小路に面している。壁紙の色あせた壁に黒板がたてかけられていて、そこで数学による頭の体操ができるようになっている。とりわけ病的な作品の複製が壁のひとつを飾っている。それは、宗教改革期の芸術家リジエ・リシエの彫刻『ルネ・ド・シャロンの心臓の墓』で、この人物は、なかば死骸、なかば骸骨で、腐肉の下からは骨が見え、左手を高くかかげ、自分の心臓を、まだ残っている自らの人間的な部分に示しているのだが、きわめて攻撃的である。こうした不気味な死の誇示には、おそらく、自己満足、さらには、媚態さえもが混じっていると思われるが、べつにこれがヴァレリーの人生を要約しているわけではない。たしかに、彼は自分が信じていたものから自分を引き離してきたばかりであり、内的「霊肉分離」とでも呼べそうな状態のなかにいることはたしかである。彼は、言語の効果や芸術家たちのトリックに攻撃をしかけ、自らの思考からあらゆる無駄な飾りを取り払うことに決めたのだ。しかし、だからといって、彼が修道士になったわけではない。

この部屋以外の彼をとりまく環境が、そのことを証言してくれる。ポールは自分の部屋を出ると、ホテルの所有者であるマントン夫妻の宇宙のなかへと入っていく。彼らは部屋代と食事代で一日に五フラン取っている。バルザックが小説に描いたヴォケー館〔『ゴリオ爺さん』などに登場する〕は、このホテルと同じ界隈にあったことになっている。ポールはそうしたバルザックの描く世界へと移されたような気分になっている。それで、彼はマントン夫人のことを、ヴォートラン〔『ゴリオ爺さん』に陰謀をたくらむ脱獄囚として登場する〕のように「ママン・ヴォケー」と呼ぶ。マントン夫人は、「太りすぎて、場所をふさいでしまうほど」であったが、有無を言わさぬ威厳で食堂のテーブルを牛耳った。料理はきわめてまずく、脂っこくて、いつも冷めかけている代物だった。「学生や勤め人が何人か、それに女性が一人か二人[1]」いて、皆で議論をしたり、笑い転げたり、興奮したり、仲良くなったりする。彼らのなかに、ポールは高等中学時代の友人の一人を見出す。その友人のパリ滞在はあまりうまくいっていない。ポールは、ペルシャの公使館勤務のミルザ・アブダラ・カーンなる人物とかなり親密になる。ポールは善良なマントン氏とも気持ちが通じ合う。マントン氏は妻にいくぶん圧倒されてはいるものの、つきあいやすく、安らぎを与えてくれる。

ホテルの外に出ると、ポールはすでに知り合いの友だちと再会する。友だちの輪は急速に広がっていく。彼には完璧な社交家としてのあらゆる資質がそろっている。感じのいい人間で、愉快なときが多くて、彼と話す人は彼のお陰で自分の頭がよくなったと感じるほどである。彼はたくさん話すし、決して人を退屈させない。彼は招待され、再度招待され、紹介され、高く評価される。実際のところ、パリに到着してからの数週間というもの、彼には自分の時間が一分たりともないくらい忙しい。彼がそうした社交の場に頻繁に顔を出すのは、明確なひとつの目的があったからである。職探しである。愛情深く、思いやりのあるジョゼ＝マリア・ド・エレディアは、望みの職が見つかるようできるかぎりのことをするとポールに確約してくれる。三月中旬の数日間、ポールは一九〇〇年の万国博覧会関連の仕事が何か見つかったものと思っている。だが、計画は実現しない。

バルザック街一一番地の二にある建物の五階に構えられたエレディアの広々としたサロンは、パリでもっとも活発な文学的生活の中心のひとつである。そこには、ヴァレリー、ルイス、アンリ・ド・レニエ、フェルナン・グレーグ、レオン・ブルムなどが出入りしている。これらの青年はもちろん、信望があって人をあたたかく迎え入れる主の人柄に引かれて参集するわけだが、彼らはまた、彼の娘で十九歳のマリーの魅力にも引きつけられていた。マリーは男たちにさまざまな優しい気持ちを起こさせる女性であった。集会はうちとけたものだった。彼らは、「カナカ族アカデミー」――あるいは、カナカデミー〔クレオールの血をひき、黒い髪に黒い瞳のマリーを「女王」として結成された若手文学者たちのサークル。カナカとは、本来ニューカレドニアの原住民を指す俗称〕――という楽しい旗印のもとに集まり、毎週土曜日、彼らが崇拝する美人の「女王」によって、カナカ風に迎えられるのであった。「女王」はポールのことを、きわめて適切にも、「干からびて小柄なムッシュー」と呼ぶ。エレディアは客たちに葉巻を勧めたが、その葉巻の質は、彼が彼らに認めた才能にたいする敬意の度合いに応じて変化した。彼はサロンのなかで、あるグループから別のグループへと移動しては、挨拶し、ひとこと話し、論争にたいしてはコメントを付け加えたりした。若い文学者のほかに、そこではかなり高名な人物にも会うことができた。たとえば、ポール・エルヴューや、その小説『半・処女』がスキャンダルを引き起こしたばかりのマルセル・プレヴォーなどである。ときどき、エレディアは豪華なドアを押し開いて、妻のサロンに向かうこともあった。彼女のサロンというのは、若い詩人たちがあえて潜り込もうとはしないところで、そこからは社交界の人間やポール・ドゥシャネルのような政治家が出てくることもあった。

　ヴァレリーはあいかわらず、マラルメの「火曜会」の常連である。マラルメにたいするヴァレリーの共感の念は、数ヵ月のうちにかなり低下した。彼は自分の元師匠の詩的活動をもはやフォローしていない。彼はローマ街のアパルトマンの住人の精神には無関心になる。そして彼は、そこでは、ただ話をするためだけに話をしているような印象を受ける。たしかに、この一八九四年の春、ヴァレリーの文学的な事象や世界にたいする拒絶は奇妙なまでに激しくなった。図書館は彼にはぞっとするような屑に見えてくる。「あちらこちらの隅で、すでに知っている事物や知り合いや、汲み出されたり、ウンコになった錯乱に出会う[2]」。ほとんど冒瀆である。こうした態度は、文学で身を立てることの放棄と文壇での人間関係の広がりとの間に穿たれていく苦しいまでのコントラストを反映している。彼は世俗的な場で文学の話をするのに、もう耐えられない。さまざまな競争や、いさかいや、野心を目にすると激しくいらだつ。その反作用から、そしておそらくはあらゆる文学熱の再燃を予防しようとして、彼は知的厳密さを推し進めようという意志を強めていく。そして、だれのものであれ文学作品などをいっさい認めないふりをする。文学は死んだ、あるいは死にかけている、と断言する。文学はすでに生み出すことのできるものを生んでしまった。もはや、取るに足りないものしか生み出すことはない。こうした砂漠のような状況のなかでなすべき最良のことといえば、なおも、身体を横たえて羽根布団のあたたかさにくるまっていることなのだ。羽根布団は、こちらの思い通りに形を変えてくれるし、ある種の女性たちのように親切であることもできる——それこそ、少なくとも、悟りきった中高生じみたユーモアで彼がジッドに語っていることである。

五月も終わりになると、倦怠感が出てくる。ポールは広々としたところで思いっきり空気を吸いたくなる。数週間来、パリではテロリストたちによる襲撃が繰り返されて——それは、六月二十四日の大統領カルノーの暗殺でクライマックスを迎えることになる——険悪な雰囲気が漂っているだけに、いっそうパリが嫌になってくる。彼はパリを脱出する。ロンドンのラン家のいとこたちがハイベリー・クレセント一〇番地の住居に彼を迎えてくれる。彼にとってこれ以上好都合の場所は他にない。彼は朝から晩まで散歩する。彼は興奮を抑えきれない。隣人の一人が、議会での討論を見学する便宜をはかってくれる。シティ(la City)、勝ち誇る商取引、テムズ川の上で交差する世界中の民族や商品、こうしたものが、芸術家たちが作るものよりも優れた作品を日に日に実現しているように彼には思われる。オックスフォードやケンブリッジを舞台にした劇作品を書きたいと思う。そこでは、ボートを漕ぎ、紙巻タバコを吸い、スポーツマンで、日焼けして、女性やボクシングをこよなく愛する学生たちが、互いに愛しあい、嫉妬し、戦うさまが構想される。

ポールは紹介状をたくさん持ってきている。彼は堂々とした体躯のウィリアム・アーネスト・ヘンリーのもとを訪れる。ライオンのような顔をもったヘンリーは、かつてはパリ・コミューン参加者やヴェルレーヌに近い人物であったし、マラルメの崇拝者であり友人でもある。また、評判を作ることもつぶすことも思いのままの恐るべき批評家で、英国におけるフランス文学普及に重要な役割を果たしている。ポールとヘンリーはその後も定期的に連絡を取り合う仲になる。彼は、もう一人のローマ街の「火曜会」の常連であるチャールズ・ウィブリーによって版画家のジョゼフ・ペネル、およびその妻で作家のエリザベス・

ペネルに紹介される。ペネル夫妻はポールを自分たちのサロンに招待するが、そこにはとりわけ、オーブリー・ビアズリーがよく出入りしていた。ビアズリーは、ある日のこと、情熱的に、かつ的確に、ポール相手にトゥールーズ・ロートレックの話をする。ポールは、ある夕べ、ペネル家のバルコニーから、ロンドンの空を明るく照らす火事を見物する。その火事は、ターナーでさえも夢見なかったようなロンドンのイメージをポールに残すことになる。ワシントン・アーヴィングの『ファウスト』の上演を「ライシーアム」で観るが、魅力のない作品に思われる。ただし、機械装置や悪魔を使った効果は彼を楽しませる——彼はそこに、半世紀をへて戻ってくるだろう〔ヴァレリーの『我がファウスト』を念頭においている〕。

　高名なジョージ・メレディスに食事に招かれるという特権も得る。マルセル・シュオッブがメレディス宛の手紙をポールのために書いてくれたのだ。メレディスはボックス・ヒル〔英国南東部ケント州の丘陵地〕の彼の地所でポールを迎える。二人の最初の接触は一風変わったものとなった。というのも、ポールが、主人のメレディスを取り囲んで座っている招待客たちの方へと、芝生の上を怖気づきながら進んでいくと、メレディスは、新しくやって来たポールに気づいて立ち上がり、歓迎の身振りをしながら彼の方へとかけよってくる。ところが、彼はバランスを失って、ポールの足元にばったりと倒れてしまったのだ。こうした最初の気まずい時間が過ぎると、ナポレオンやジャンヌ・ダルクをめぐって議論が展開された。ポールはメレディスのナポレオンに対する称賛の念に驚かされる。彼はナポレオンのことをもっとよく知っておくべきだった、と後で少しばかり後悔する。メレディスの招待客のなかには、フレデリック・ポロック卿とその妻がいた。彼らはポールをロンドンまで連れ帰るとともに、今度は自分のサロンに招待し、数学者のケルヴィン卿に紹介する。ケルヴィン卿は、当時、極東で起こっている事件に熱中している。そして、中国と日本との間で戦争が勃発するのではないかという彼の不安をポールに伝えたものと思われる——いずれにせよ、「東洋」のテーマがその当時のヴァレリーのメモのなかに現れている。

チャールズ・ウィブリーはポールを、きわめて活発な活動をしている『ペルメル・ガゼット』紙〔一八六五年、フレデリック・グリーンウッドによって創刊された夕刊紙。紙名はサッカレーの『ペンデニスの半生』に由来〕の友人たちに紹介する。これらのジャーナリストや詩人たちは、象徴主義や世紀末的な芳香とは正反対のところに位置している。彼らの関心を引きつけているのは事実や行動である。彼らは英国の使命を信じている熱烈な帝国主義者である。彼らのモデルはキップリングである。彼らと接触することによって、ヴァレリーは新しい世界を発見する。彼の政治にたいする関心は、表面的な美に捉えられたパリの友人たちの軽蔑の影響で、長い間押し殺されていたが、再び表面に現れてくる。少し前まで愚かしい信念と思われていた愛国心が美徳になる。結局のところ、英国の友人たちは、爽やかで実践的な精神のシャワーを浴びせてくれたことになる。こうして、彼にとって世界は立体感を取り戻し、ためらいは後方に退く。短いながらロンドンで過ごした数週間、光を増大させるように思われる白い家具や粗織綿布のカーテンのある彼の生活したアパルトマン、これらは、彼方ではまだ熱狂することが可能なのだという確信に包まれた甘美な一時として彼の記憶に刻まれることになる。

七月の初めにパリに戻ってきたポールは、政治的な考察を再開する。商業の力を高く評価する自分に我ながら驚く。二年前だったら、こうした観点を認めるくらいなら、首を斬られた方がましだと思っただろうということを彼は知っている。その当時に言った「罵詈雑言」のなかで、今も持ちこたえているものは何もない。ただ、彼が危機を迎えていたその時期に、彼の言うことを聞いて同意してくれ、さらには理解してくれた人たち、つまりジッドやルイスにたいする愛情だけが生きながらえていた。ジッドとの関係は、かつてと変わらず緊密なままである。二年前から、アンドレはたくさん旅行をしている。病気で身動きが取れなくなって、彼はビスクラで冬を過ごした〔チュニジアで病気にかかったジッドはアルジェリアのビスクラで手当てを受けた〕。その後、南フランス、イタリア、スイスに滞在する。距離的に離れてはいるが、二人の心は通じ合っている。アンドレは、かつてなかったほどにポールに近い関係にあり、ポールが立ち向かっている精神的かつ物質的な困難をたえず気遣っている。それに反して、ルイスとの関係は弱まってしまった。ピエールは自分の信仰や感動や探求に没頭しきったままである、こうしたものは、以前なら、二人の友情を強固にしてくれたものなのだが。二人は、エレディアやマラルメのところでしばしば顔を合わす。二人の関係は以前ほど強いものではないが、互いを信用しあっていることに変わりはない。ポールは彼を文壇に導いてくれたピエールに恩義を感じているし、今でも、愛情を抱いている。

パリで、ポールは退屈する。そして、これまで以上に、何であれ何かになること――たとえ事務職員であれ――などあり得ないという気持ちになっている。彼は、「本来なるべきだった植物とは別の植物になってしまった種子のようだ(3)」と自分のことを感じている。彼がしていることやその存在は、彼自身の過去や環境とずれているように思われる。だからこそ、彼はすべてのもの、すべての人に無関心なのだ。結局のところ、問題は、自由でありたい、つまり、他人といっしょにものを考えたくないという彼の意志のなかにこそある。「今日では、すべてのものが自分に由来しなければならない(4)」。彼は、ひとつひとつ部品を組み合わせ、次々と観念を吟味することによって、ヴァレリーという建造物を構築する。今度こそ、建造物はユニークなものになるだろう。そしてそのおかげで、彼の自己中心主義《エゴチスム》は満足のいくものとなるだろう。しかしそのせいで、彼は永遠に、かつて友人と心を通わせたことを懐かしみ、自分のような種族はこの世に一人しかいないという苦しみを味わい続けることになる。

彼はあいかわらず職探しに専念している。エレディアが、昔からの友人で、『両世界評論』誌の親方であるブリュヌチエールに連絡してくれて、ポールを秘書として雇ってくれるように提案するが、うまくいかない。夏の間、外国での仕事の打診がいくつか舞い込んでくる。コンスタンチノープルにあるアルメニア人たちの公立中学校での教師募集が来る――住居がついて、電気代も食事もついて四〇〇フランの給料。このオファーは気に入る。ジッドも受け入れるよう強く勧める。ポールは母親の反応を恐れる。逆上してしまうおそれがあったのだ。このオファーはそのまま立ち消えになってしまった。数日後、彼はカイロで学校に通わない良家の子女のための家庭教師の職が空いていることを知る。こちらの方は、コンスタンチノープルの職ほどは気に入らない。彼は応募しない。十一月初め、『パリ評論』誌の秘書のポストに空きが出る。アンリ・ド・レニエがそのポストをポールのためにかけあってくれて、成功したのだ。ところが、愚かしい遅れのせいで、すべてが水泡に帰してしまう。ポールは非常に悔しがる。この職を手に入れることができなくて大いに後悔する。こうした職こそ、彼には理想のものだったのだ。

自分の精神にかなない、自分の生き方にぴったりの職を見つけることに絶望しつつも、彼は、その間、決定的な一歩を踏み出した。パリに腰を落ち着けてから、毎週日曜日、彼はサン・プラシッド街のユイスマンスを訪ねていた。ユイスマンスは、金持ちではないポールにできることはひとつしかないと、繰り返し彼に言っていた。ユイスマンスは自分を真似るようにと、つまり、役所に入って、つつましい小役人のポストを受け入れるようにと言っていたのだ。この種の職業には、物質的に生きながらえる保証をしてくれたうえに、精神を決して疲れさせず、あらゆる内的な冒険のために確保しておけるという利点がある。ポールは、とうとう、こうした父性愛に満ちた、とはいえ、問題がないわけではないアドバイスに従うことになる。十月になると、彼はユイスマンスが力添えを約束してくれた陸軍省で編集委員の受験資格を問い合わせ、次回の選抜試験の日取りを尋ねる。

　ポールの気分は変わりやすい。彼は自分で自分のことを神経質だといい、六日のうち三日は病気だと感じている。彼は、虚無だけを恃《たの》みにする傾向や、何か言葉を発するごとに、そして一歩歩むごとに開かれる深淵をたえず見つめる傾向が、否定し得ない哲学的力を作っていることを知らないわけではない。「ぼくはずっと前から死というものを基盤に据えた生を生きている。このきわめて明確な限界はぼくの思考に運動と生を与えている。（…）ぼくは自分を潜在的な個人にするためにいつも行動してきた」[5]。しかし彼はまた、こうした傾向が、彼のなかで性格上の欠陥と結びついていること、自分が神経衰弱患者と呼ばれているものであることを理解している。あらゆることが気にかかり、耐え難い神経の状態に陥りやすい傾向は何度も繰り返される。彼を診察したある医者が、彼にヒステリーだと言う（ヒステリーという事態はともかく、ヒステリーという言葉は、当時流行の言葉だった）。彼はそれを面白がる。しかし、そうしたヒステリーが周期的にぶり返して、苦痛や咽頭の痙攣といった生理的に不愉快な症状を伴うと、彼の生気は奪われてしまう。少しずつ、そうしたヒステリーとともに生きるすべを学ばなければならないということを認めるようになる。

　この一八九四年の秋、ヴァレリーは変わった。彼の人柄のうえにも、危機状態の終息が読み取れるようになる。彼は、十一月にジッドの母親を訪問する。彼女は自分の息子のアルジェリアでの様子をポールに語って聞かせる。そして、その後、スイスのジュラ地方に滞在しているアンドレに宛てて次のような手紙を書く。「彼の顔は二年前ほどにきび面ではなくなったように思われました。興奮したり、熱に浮かされたようになるのも以前ほどではなくなったのではないでしょうか」。ヴァレリーが、今、定期的に会っているウジェーヌ・ルアールも彼女と同じような印象を持つ。「ヴァレリーに会った——変身してた[6]」。偶像の失墜は、彼に大きなプラスとして作用した。彼はサロンをはじめ、姿を見せたり、楽しんだ方が賢明だと思われる場所に出入りする。カルチエ・ラタンのカフェに頻繁に行ったり、パレ・ロワイヤルに友人を招いたり、驚くべきほど大量の演劇を鑑賞したり、フォリ・ベルジェール〔特にベル・エポック期に脚光を浴びたパリのミュージック・ホール〕に足繁く通ったり、ビュリエ・ダンスホール〔十九世紀後半から二十世紀にかけてパリで最大と言われたダンスホール〕にも入り浸りになる。しばしば、サロンで儀礼的な会話が終わった後、何人かの仲間とウィスキー・バーをはしごして回ることもあった。

　恋愛は絶好調である。年末、彼は「大事なところ」には手を出さないと約束したうえで、ある若い娘と多くの時間を過ごす。「彼女の純潔が何もかもを知っている。だが、こうした経験からぼくは多くのことを学ぶというわけさ[7]」。場面はアンリ四世ホテル。その「バスローブの前をはだけて見せてはくれない」女性は彼の隣人である。彼はあらゆるお涙頂戴は自分に禁じる。しかし、何も考えないでのんきに暮らす喜びもいいものだと思う。一度だけなら許されるというものである。彼はこうした生活が自分を穏やかにし、若返らせるという印象をもつ。外出するときは、精一杯おしゃれをしていく。エレガントな夜会のときは、必ず片眼鏡《モノークル》をつける。このアクセサリーは象徴主義者たちが流行らせたもので、つけている人間を立派に見せた。彼は片眼鏡をずっと離さないだろう。もし、雰囲気が情熱的なものになりそうなときは、巻き毛を忘れない。シャルル・オージリオンは、彼が「とっても春めいたかっこうをして、髪の毛を右のこめかみに愛らしく張りつけている」[8]のを見てからかう。元・詩人は申し分のないダンディになった。

文学から距離を取ることによって、ポールはこのうえない精神の自由を獲得する。彼はアナーキストの件でJ《ジー》・K《カー》をからかう（友愛の情をこめてジョリス＝カルル・ユイスマンスをこのように呼んでいた）。つまり、アナーキストを追跡しようとしてこれ以上無駄金を使うよりは、彼らに気前よく金を払った方がいいというのである。彼は、初心《うぶ》なマラルメを傷つけて意地の悪い喜びを味わいもする。マラルメの家で彼はますます自分の家にいるように気兼ねのない態度でふるまっていたが、同郷人たちの奇妙な埋葬の習慣を嘲弄したり、栄光の探求を正当化できる唯一の動機は「金《かね》」だと主張してはマラルメを困らせる。彼は、マルセル・シュオッブとその女友だちのマルグリット・モレノと親密な仲になる。二人は、ポールにコメディー・フランセーズの切符を届けてくれたり、彼をブーローニュの森に連れて行ったりする。ポールは、森のなかのサロンに熱心に通う。ある夕べ、彼はレオン・ドーデのいるところで、レオナルド・ダ・ヴィンチにたいする熱情を語る。ドーデはそれをとても面白いと思う。彼は、パリでもっともシックなサロンのひとつを開き、『新評論』誌を手がけているジュリエット・アダン夫人の側近の一人である。『新評論』誌はポールの論文を喜んで掲載すると言う。

このアイデアはポールの気に入る。しばらく前から、彼は目覚めていても夢見ていても、あふれるばかりのイメージやアイデアや欲望に取りつかれている。それらは、はけ口のないまま捨て去られているのだが。彼は数学による頭の体操を毎日欠かさないし、科学的な本の読書も続けている。ファラデーの作品や思考も発見する。だが、様々な相互干渉が生じる。より個人的な理論の数々が彼の精神のなかで次から次と芽生える。彼はある外交政策を想像したり、町を建築したり、戦争に参加する。この戦争に関する奇想はポールの想像のなかに子どもの頃からつねにある。ダ・ヴィンチの爆撃のさまを描いたデッサンを見て刺激された戦争に関わる奇想は、勢力を増強させて舞い戻ってくる。彼は組閣を夢見たり、海に関する美学を発明したり、機械の心理学を垣間見たりする。そうした空想のいずれかを、たとえば論文の形で発展させたら面白いことだろうと考える。

レオン・ドーデは数日間、姿を見せない。彼が帰ってくるやいなや、ポールはレオンに論文の件を思い出させる。ドーデはアダン夫人に話を通してくれる。彼女はポールに手紙を書いて、ダ・ヴィンチに関する論文を書く約束をさせる。一八九四年の十二月から翌年の一月と二月にかけて、ポールは仕事にかかる。「ぼくは再び、死んだ言葉や観念の皮やレトリックの脂肪からなるマグマのなかに潜りこんでいく[9]」。論文は、『レオナルド・ダ・ヴィンチの方法への序説』と名づけられる。その出版が大衆を驚かせることはない。何人かの人間が注目したにすぎない。この長々とした独白のなかで、思考はその対象の周囲に巻きつくように展開し、ときどき対象を手放したかと思うと、レトリックのざわめきのなかに飛翔したり、何らかの脱線に身を投じたりもするのだが、その後で、再び対象を取り上げて、核心に迫るまで情け容赦なく対象を掘り下げる。こうした独白は見事な挑戦になっていた。ヴァレリーはそこに期待するもののすべてを放りこむ、つまり、近づき得ない自らの野心の内容や自分には実現不可能な人生のプログラムを。

『レオナルド・ダ・ヴィンチの方法への序説』は、ポールのペンの下から生え始めた大木の最初の新芽である。一八九四年、彼は、かつて詩で埋めつくしていたノートと似たようなノートを開いて、そこに複

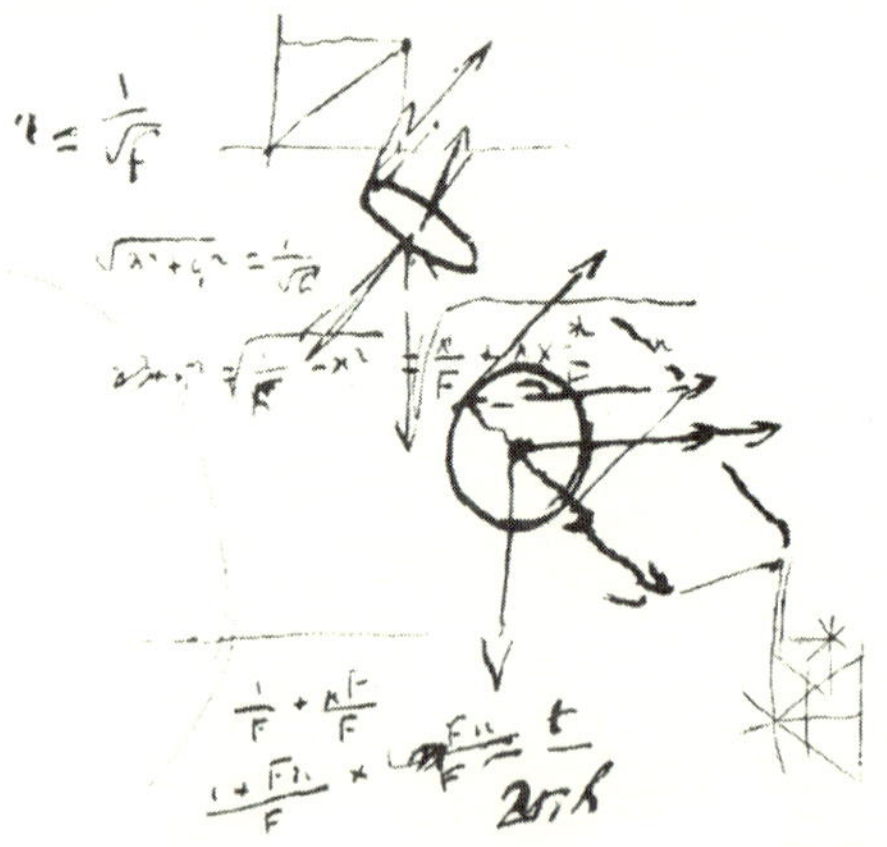

「ジェノヴァの夜」以降ヴァレリーが励んだ精神の修養ぶりを伝えるページ。

雑に絡み合った自らの思考を書きつけた。メモを取るという習慣は、ポールには昔からあった。彼は今後、この実践を体系化し、ノートを明け方の同伴者とする。ピエール・フェリーヌは、数年前、ポールが早起きで、目覚めて最初の数時間に勉強したり熟考したりしていることに気づいていた。こうした習慣は今も続いている。ポールは五時頃には起きていて、明け方の静かな時間を、彼が本当に重要と思う仕事のためだけに使う。一八九四年以降、こうした儀式的な精神集中の生み出した成果は『カイエ』のなかに書きとめられる。このような日に日にノートを埋める作業は、しだいに麻薬になり、第二の天性になり、生きていくうえで不可欠なものになっていく。

彼は最初の方のノートにタイトルをつけるが、そのタイトルをほぼ年代順に並べると次のようになる――「航海日誌」「ログ・ブック」「セルフ・ブック」「ドック」「冥府」〔厳密に言うと、「航海日誌」とほぼ同時期に、「リーヴル・ド・ロック」と題されたもう一冊のノートが書かれている〕。次に、彼はそれらのノートのそれぞれに内的な一貫性を持たせるために、ノートごとに異なった主題を割り当てる。こうして蓄積されたページを回顧してみると、比類のない巨大な草稿のように、そして、彼のすべての作品がそこから生まれてくる、つねに開かれたアトリエのように見えてくる。一八九四年のノートにはすでに、『レオナルド・ダ・ヴィンチの方法への序説』に登場してくる文章や、「ムッシュー・テスト」にまもなく適用されることになる騎士デュパンあるいは「ムッシュー・何某」に関する考察が書かれている。この時期以降、ヴァレリーが出版するすべての散文作品は、『カイエ』のなかにその考察の痕跡を残すことになる。『カイエ』に出てきた語や命題や文がそのまま作品に登場してくることもあれば、アイデアや理論や公式やイメージが『カイエ』のなかで年を追うごとに、『カイエ』の巻数を数えるごとに洗練され、発展していくのが確認できるだろう。

　詩を書かない詩人、反哲学的な哲学者であるポールは、今度は、ものを書く非・作家になる。こうしてポールはたくさんのパラドックスを抱えたことになるが、彼はそういう人間なのだ。それに、ポールが書くのを拒否するというとき、それは主に彼の世紀の諸々の文芸運動が導入した、細工され気どった「芸術的な」書き物にたいする拒否のことを意味する。女性にたいする心遣い《ガラントリー》を見せようとしたとき、彼はそうした職人仕事に再び手を染める。というのも、五月、彼は彼と同様ローマ街のサロンに出入りしている批評家で詩人のアンドレ・フォンテーナスの妻に、きわめてマラルメ的な霊感によって書かれた「フォンテーナス夫人の扇」を書き送るのだ。一八九五年春の初め、彼は陸軍省の試験を受ける決心を、さらには何本かの記事を出版する決心をする。こうした活動から期待しているのは、それらがもたらすはずのお金であり、手に入るはずの「とても重要なもの」である。すなわち、「室内装飾、金塗りの肘掛け椅子、粗織綿布のカーテン、立派なストーブ、本、そして、年に二回ロンドンに行くだけの力[10]」。

　パリでは毎日、絵になるような場面が繰り広げられる。ポールはときどき、お昼頃、自分の住んでいる通りの隅に張りこんで、杖を手に足を引きずって歩く一種の乞食が演じる見世物を目で追っている。この乞食は、十一時くらいから洞窟のようなところでアプサントを飲んでおしゃべりをしているのだが、そこを出て次の安食堂に向かうのである。「彼は惨めそうではあるが、藪のような眉に覆われた両目には炎をたたえ、粗暴きわまりない威厳と割れんばかりの声で罵詈雑言を吐いて道行く人たちを驚かせていた」。この男は、友人たちに取り巻かれ、女にもたれかかり、木底の靴の音や議論の声で騒音をたてながら遠ざかっていく。一歩一歩足音を強く響かせたかと思うと、ときどき立ち止まり、「大声で人を罵倒[11]」し、ときには、子どものような大きな笑い声をあげて立ち去っていく。この乞食は大人物なのだ。名前はポール・ヴェルレーヌ。ポールは決して彼に近づかないし、近づこうとも思わない。毎日、ヴェルレーヌと取り巻きの一団が通り過ぎる数分前に、彼はヴェルレーヌとかなりスタイルの違うもう一人の男が道を通っていくのを目撃する。その男は、質素なみなりで、猫背で、小さくこぎれいなあごひげを生やし、鼻眼鏡をかけ、略綬をつけている。彼もまた大人物なのだ。数学者で天文学者で物理学者のアンリ・ポワンカレである。彼はすぐ近くに住んでいるが、ポールは彼を心から称賛しているにもかかわらず、決して彼と近づきになろうとはしない。

『カイエ』に没頭していないとき、何らかの夕食会や会合に時間を取られていないとき、友人と議論しあったり、演劇やコンサートに行っていないとき、そんなときのポールは、一八九五年、熱中させる活動に没頭する。バスローブの前をはだけて見せてくれなかった娘は彼の人生から消えていた。彼は新サーカス《ヌヴォー・シルク》一座の女曲馬師バチルドと知り合いになった——どこで、いつ、どのように、ということは分からないが。彼女には大事なことしか気にかけないという美点があった。彼女の「筋肉質の見事な体は期待を裏切らなかった[12]」と彼は後年言うだろう。バチルドは彼を「ジプシー《ズィガーヌ》」と呼び、精力絶倫ぶりを見せるように要求する。熱い血をたぎらせた愛人ヴァレリー、なかなか興味をそそられるイメージではある。二人の関係は数ヵ月続く。
五月十四日、ポールは陸軍省採用試験の第一部を受験する。課題は、「一国家における軍隊の役割について」。テーマは彼の関心を引く。彼の答案からは、国際紛争の心的側面に敏感な様子がうかがわれる。採点者たちの意見が分かれる。採点者の一人は、腹を立てて、答案の欄外に次のようなコメントを書きつらねる。「なんという誇張表現《パトス》か！」「まったく、わけが分からない」「おぞましいとしか言いようなし」「慣用に反したフランス語表現」などと書いた後で、次のように結論づける。「この志願者は、下品なデカダンで、散文のポール・ヴァルレーヌ［ママ］だ。役所では使い道なし」。このように批判的な採点者の同僚たちは、もっと度量が広かったにちがいない。というのも、ポールは、法律に関わる作文の試験に失敗したにもかかわらず、口述試験に進むことが許されたのだから。口述試験は六月におこなわれた。彼は選考委員たちが彼の採用をためらっていると噂に聞いて、入念に試験の準備をする。月末に、合格通知が届く。フランス国は彼に善き奉仕者となる能力と資質を認めたというわけである。ポールはもはやポストに空きが出て、役所が彼の務めを必要とするのを待つだけでよくなった。

　合格通知は、おりよくポールの精神に安定をもたらすものとなった。ポールはこの知らせを兄に伝えて、兄が自分のために払ってくれている扶養費の一部がまもなくいらなくなると言う。彼はカンブルメール近くのラ・ロックにあるジッドの親の家で数日を過ごす。五月三十一日、ジッドの母がそこで息を引き取っていた。ジッドは何日間も瀕死の母親の枕元にとどまり、最期をみとった。彼は恐ろしいまでに自分が孤独であると感じ、悲しんでいた。ポールがラ・ロックにやって来ると考えて、ジッドは元気づけられる。

彼はポールのために部屋を準備させ、彼に「水泳パンツ」を買うように勧める。二人して、近くの小川で「どうにかこうにか泳げる」だろうと考える。

夏の初めのパリはうんざりとさせられるものだったが、幸いなことに、いくつか気晴らしの種があった。彼はしばしばパッシーにあるルイスの家を訪れる。そこでマラルメに熱狂している一人の男と知り合いになる。名前はクロード・ドビュッシー。『牧神の午後への前奏曲』の演奏会を最近開いたところだった。ヴァレリーはその曲をあまり好きにはなれない。ルイスやフォンテーナスと連れだって、彼は、マラルメがセーヌ川のほとりのヴァルヴァンに持っている小さくて魅力的な別荘に可能な限り頻繁に出かけていく。彼らは詩人所有のヨットに押し合うようにして乗り込む。ヨットは彼らをセーヌの支流の流れに沿って運び去る。よさそうな木陰に投錨し、堤の上に腰をおろし、パテやワインを取り出し、議論し楽しむ。夕方、またヨットに乗って戻った後で、彼らの方がマラルメを夕食に招待することもあるし、逆に、マラルメの妻や娘のジュヌヴィエーヴに引きとめられることもある。若い詩人たちは、自分たちの師匠にたいする尊敬の念に満ちているので、彼に親しみを抱いていないというのではないが、おおかた遠慮しがちである。そして、自分たちの側からのあらゆるイニシアチブは放棄して、マラルメの意のままになっている。ある日のこと、微風がやんで、ヨットが変な方向に流され始める。マラルメは、こんな状態は長くは続かないと断言する。そして、オールを漕ぐよりも、じっと待っていたほうがいいと言う。時間が過ぎて皆がいらいらし始めるが、だれも動こうとしない。とうとう、ヴァレリーがマラルメの――尻込みさせるような――抗議にもかかわらずオールを漕ぎ始め、ヨットを浮橋に連れ戻す。彼こそは、詩人を取り巻く弟子たちのなかで、ただ独り発言し、普通は長々とした情熱的な独白にほかならないマラルメの話をさえぎり、マラルメの思考の連続的な糸のなかに、ヴァレリー自身の批評的な厳密さが示唆してくる断絶や疑念や質問をはさみこむのだった。

ポールの口数が表向き少ないからといって、それがもはやポールのマラルメにたいする愛情の妨げにはならない。一八九五年の夏、マラルメ宛のポールの手紙の調子に変化が生じる。「親愛なる師匠」に代わって、より親しみをこめた「親愛なるムッシュー・マラルメ」が使われるようになる。こうした二人の接近が、ヴァレリーの記憶のなかで聖なるものとしてとどまり続けるある瞬間と同時期に起こった可能性がある。「ますます緊密の度を高めたポーに関する会話が、ある晩のこと、称賛すべき主人を、至上の、父親のような友人に変えたのです」[13]。マラルメもヴァレリーもともに話し好きではあるが、二人とも、打ち明け話をしたり、愛情に関することをこれ見よがしに言うことは嫌いなタイプの人間である。情愛があれば、それで十分なわけで、言わずもがなのものは言わないにこしたことはないのである。至上の仲介物を通過したものだけが共有されるに値するのだ。二人にとって、真のコミュニケーションはすべて精神を通過しなければならない。ポールは、ポーについてマラルメと話し合うことによって、かつて自分がポーに熱狂したことを思い出し、マラルメとの間で観念上の一体感を築くとともに、もっとも真実の親交、理解しあう魂と魂の親交を作り上げたのではないだろうか。しかし、ポールがしばしばそのイニシャル――S・M――で表した人物にたいする愛情には、より地上的な次元もあった。彼はマラルメのことを父親として愛しているのだ。マラルメの前にいると、息子のような扱いをされていると感じる――そしておそらく、彼は少しばかりマラルメの息子なのだ。というのも、マラルメはポールと同じ年になるはずの息子〈アナトール〉を一八七九年になくしていた。マラルメとポールとの間には、感情の吐露のない一種の信頼関係、言葉などなしでも通じあう情愛があった。「ジェノヴァの夜」以来、マラルメがポールの転倒させた偶像のうちのひとつを体現するものになっていたという事実は、ポールを逆説的な状況におく。「わたしが比類のないその男を称賛したのは、わたしがローマ全体の首を斬るためなら是非とも斬らなければいけないと考えていた――価格のつけようのない！――唯一の頭を彼の頭に見ていたときと同じ時期だったのです[14]」。実際のところ、こうした逆説のおかげで、ポールは息子と弟子という二役を果たさなくてもすむのであるし、信奉しなければならないという束縛から解き放たれ、模倣することなく愛する自由が与えられる。この逆説は、結局のところ、彼が親権を解かれた息子としてふるまうことを可能とする。

八月の末、軍当局に呼び出されたポールはモンペリエに行く。軍服を着て二八日間の臨時兵役につかねばならないのである。彼はロレーヌ地方での軍事行動に参加し、炎天下をへとへとになって行進し、家畜小屋で寝泊りし、二週間衣服を替えないままでいる。彼は自分が「打ちのめされた」と思う。功績表によれば、彼はとても熱心な伍長と判断された。「実際、ぼくは、一人を営倉送りに、もう一人を懲治部隊送りにした[15]」。九月二十日に解放されたポールは、たちまちジュールとファニーにイタリア旅行に同行させられる。彼らはジェノヴァに向かうが、ヴァランス、グルノーブル、モダヌ、トリノ、ヴェネチア、トリエステ、パドヴァ、ミラノ、パヴィアを経由したので、ジェノヴァに着いたのは十月八日である。ポールは旅行者の心境にはなれない。軍事演習のせいで打ちのめされていたが、今度は呆然としていた。ジェノヴァでやっと彼は息をつくことができる。何枚かのすばらしいティントレットとゴンドラのシルエットだけが彼を感動させた。ポー川流域の平原全体をたどりながら、様々な戦闘の形状や軍隊の配備が、軍隊生活を終えてきたばかりでまだその影響が残っている精神をかすめる。彼は地勢や経済や諸個人や歴史を含めて考えたとき、戦闘中の軍隊がどのような代数式になりうるのかを想像したのだ。「ワタシノレオナルド《リオナルド・ミオ》」と彼はダ・ヴィンチのことを親しげに呼んでいたが、ダ・ヴィンチは決して彼の精神から遠く離れることはない。

十一月にパリに戻ってきた彼は、陸軍省から何の知らせも来ていないことに驚く。それまでの間は、愛用の片眼鏡をつけ、傘を手に外出し、ぶらついては、オペラ座に行ったり、女性たちを追い回す。友人のアンドレ・ジッドもアンリ・ド・レニエもパリにはいない。二人とも新婚旅行の最中だった。ジッドは数年前から情熱的に愛していた従姉のマドレーヌ・ロンドと結婚した。レニエはマリー・ド・エレディアといっしょになった。このレニエの結婚は、「カナカ族アカデミー」の事実上の解体を意味していた。というのも、その会員たちは、今後、「女王」のまわりを蝶のようにひらひらと舞ういかなる理由もなくなったからである。ピエール・ルイスは、レニエのものとなった役割を自分が演じたいと期待していたので、しばらく意気消沈する。ポールはコルバシーヌと再会して喜ぶ。彼は高等中学で働きたいと思っているのだが、彼にはものを書く代わりに思考するといういいところがある。さらに、彼はポールと同じくらい怠け者であることもできる。「ぼくはタバコをすい、退屈し、夜は疲れ果て、バーベルを使って体操をする」。ヴァレリーは、裕福で、スポーツマンで、頭の足りないジェントルマンのような生活を理想とするだろう。役所から何の連絡もないので、雑誌から注文が来ないかと期待する。反射的に、そしてまた友情から、彼はパリで出版され演じられているものの情報を仕入れる。

ジッドが箱に入ったコンパスを彼にプレゼントする。「こうすることで君は、ぼくに世界を構築する道具をくれたことになるんだよ[16]」。代数学者かつ幾何学者として、彼は明け方の仕事を続行したいという並々ならぬ意志を持っている。そして、訓練を重ねることによって、『レオナルド・ダ・ヴィンチの方法への序説』でその可能性をちらりと見せたような「体系」を作成するところまでこぎつけたいと願っている。しかし、彼は自らの考察を具体的なテーマにも応用する。日清戦争が彼を不安にする。東洋の強国が西洋の武器と技術で戦争に勝つのを見て、彼は自らのヨーロッパ人としての資質を意識しだす。彼は「ヤ・リ」(Ya-li) という題の文章を書く。これはその後「鴨緑江《ヤルー》」となり、三分の一世紀の後に出版される。彼はそこできわめて中国的な悠久の時間感覚を弁護する——これは、政治家たちの近視眼的な考えを告発するという形になっている。同様の精神から、彼は新パナマ運河会社の社長に驚くべき手紙を書く。彼は、パナマ事件で自らの義務に反した世論や個人投資家に抵抗し、フランスという国家の至上の利益を擁護する勇気を示したとして、社長を祝福する。

一八九六年一月、これ以上待ちきれないと思ったポールは、事情を説明してもらおうとエレディアに頼んで、陸軍省官房に探りを入れ、彼の任命はどうなっているのか聞き出してもらおうとする。なんの回答も届かない。待機状態はさらに続く。

一月十日、ヴェルレーヌの葬儀がおこなわれる。ポールは葬儀に参列し、そこで、パリ中の文学者たちと出会う。その日の終わりは、一五人ほどの陽気な文学者たちといっしょに「クリシー門の居酒屋」で過ごす。彼は彼らのことをほとんど評価していない。特に、どこに行っても顔を合わせるカミーユ・モクレールのことは相場師だと思っている。「それなのに、ぼくは彼らの方に行ってしまう。ひょっとしたら、ぼくは大いに書きまくり始めるかもしれないぞ。どうなるか分かったもんじゃない。時間だけが過ぎて、安定した地位はやって来ない」。家具つきの部屋にもうんざりしている。「それでぼくは、文字で黒く書き汚した紙を売りたいと思うのさ[17]」。彼は人に依頼されたものを作成し、どんなテーマのどんなものでも売る気でいる。彼にとってものを書くことは、唯一真面目な行為と判断した夜明けの活動とはもはや全然関係のないものになってしまっている。彼は「産み落とす」べき原稿を探し始める。すると、ウィリアム・ヘンリーが編集をしているロンドンの『芸術ジャーナル』誌から、記事を二本書いてくれるよう注文を受ける。ひとつは、ヴェルサイユ宮殿で発見されたウードン作の一連の胸像について。もうひとつは、テーヌの娘婿で彫刻家のポール・デュボワについて。さらにまた、再刊される『危険な関係』の序文執筆の依頼も受ける。

ヴァレリーは多くの人と会う。今、彼がもっとも頻繁に通っているサークルは、マルセル・シュオッブのサークルとルアール家のサークルである。ウジェーヌの三人の兄弟とも関係を結ぶことができた。彼らはポールを技師であり美術収集家でもある彼らの父アンリ・ルアールの家に連れて行く。ポールはアンリのなかで、産業と芸術が、そして専門的知識と趣味のよさが見事なまでに一体化しているのを称賛する。リスボン街の彼の邸宅の壁という壁はすばらしい絵で覆われている——マネ、ドガ、ミレー、コロー、ドーミエ、エル・グレコ。金曜の夕食会に招かれたポールはドガと知り合いになる。ドガはそこの常連客だったが、手に負えないところがあった。この半・野蛮人は何ものをも尊敬せず、毒舌と意地悪さとを並べ立て、皆を笑わせたかと思うと一人ひとりを傷つけ、あるいは恐れおののかせ、偏った彼の精神のフィルターでこされたもの以外は何も認めようとはしない。ポールは彼に愛情を抱くようになる。そして、マラルメの知性をときにこみいって鈍重にしてしまうちょっとした愚かしいところがドガには少しもない点を高く評価する。彼はドガのヴィクトル・マッセ街のアパルトマンを習慣的に訪ねるようになる。訪問のたびに、埃っぽく乱雑な部屋のなかで、「師匠」の唯一にして一生変わらない料理、マカロニ添え子牛肉の料理を、塩なしで、むさぼるように平らげなければならない。一時期、『新評論』誌にポートレート・シリーズを提案しようかと考える。そして、その巻頭にドガをもってこようとする（ヴァレリーはアンリ・ポワンカレのことも考える）。しかし、モクレールも同じようなアイデアをすでに持っていた。それに、まもなく、ドガがその種の行為には反対であるということが判明する。

　ポールはまた雑誌社のオフィスにも頻繁に出入りする。『メルキュール・ド・フランス』誌のオフィスがあるエショデ街でもポールの姿がよく見受けられる。彼は編集部の人間や寄稿者が集まる火曜の会議に出席する。社主のアルフレッド・ヴァレット、およびその妻で才能豊かな小説家のラシルドと親しくなる。そこでは、友人で詩人のジャン・ド・チナンや冗談好きで複雑なアルフレッド・ジャリとも顔を合わす。ゆったりとして回りくどいレミ・ド・グールモンの話を辛抱強く聞いたり、若い訪問者たちが盛んに振りまく愛嬌を観察しては面白がる——彼らこそ、文学的な見せ物の本質的な部分を構成している。彼は何度か、ほとんど言葉を交わす機会はないが、ポール・レオトーとすれ違う。この二人は、ある日、セーヌ街のタバコ屋の入り口で出会う。彼らは同じ界隈に向かうところなので、同道する。二人の会話のなかにボードレールの名が登場する。レオトーはすぐにボードレールにマラルメの名を対立させる。レオトーはマラルメの方をより重要と考えている。ヴァレリーはこうして友だちを一人見つけた。数年間にわたって、二人はほとんど毎日会うだろう、互いの部屋で、カフェで、あるいは、パリの街をゆっくりと散歩しながら——一方は——ヴァレリーのことだが——絶えずしゃべり続け、他方は、疲れもせず、聞き役に徹して。

一八九六年三月二十九日、ポールにとって、短いながら驚くべき冒険が開始される。それは、ポールという人間にとっても、そしてこれまで彼がしてきたこと、今後彼がするであろうことともまったく異質な冒険だった。その日曜の朝、目が覚めるやいなや、彼はロンドンからの手紙を受け取る。リオネル・デクレなる人物が、パリのプレス向けの一連の記事をフランス語に翻訳してほしいので、ポールに至急ロンドンに来るようにと提案してきたのだ。デクレにヴァレリーの名前を伝えたのはチャールズ・ウィブリーであるが、ウィブリーとポールとは一八九四年に知り合いになっていたし、彼はポールが職を探していることも知っていた。デクレは至急に返事がほしいと言う。電報で一言、「諾」と送れと要求する。ポールは躊躇しない。ひょっとしたら、人生最大のチャンスかもしれない。彼は電報を送る。月曜の夕方、彼はパリを出発し、火曜の朝、ロンドンでデクレの秘書に迎えられる。秘書はポールをアフリカでの戦利品でいっぱいの住居に案内する。彼は投槍や略奪品のさなかで待たされる。「マショナランド（旧南ローデシア、現ジンバブエ）出身の黒人」が彼の給仕をしてくれる。この黒人の名前も出自も分からないが、ジェントルマンで、アフリカ奥地で自分が経験した冒険の数々を彼に話してくる。ポールのためにベーコンエッグが運ばれてくる。ついに雇い主が現れ、彼をどこかに連れて行って、用件を説明する。

デクレはフランス人であるにもかかわらず（三〇年後、実は、彼がフランスの諜報機関のスパイだったことが判明する）、セシル・ローズ卿の英国南アフリカ・チャータード・カンパニーで働いている。この「大英帝国」のなかの帝国とも言うべきチャータード・カンパニーは、南アフリカのほぼ全土を手中に収めていたが、「ジェイムソン暴動」の名で知られる、ボーア人の国への英国の最近の軍事介入の試みのせいで窮地に立たされていた。この事件に巻き込まれたローズはケープ植民地の首相の地位を辞職しなければならなかった。英国の傲慢さにいらだったフランスの世論は、ますますクルーガー大統領の体制を支持するようになる。こうした憤りを鎮めるために、そして、多数のフランス人株主を安心させるために、チャータード・カンパニーの広報部は、プロパガンダのためのキャンペーンを企画する。彼らは、英語の記事をフランス語に翻訳し、フランス大衆の精神にうまく合致させることのできる人間を探す。こうして、そこそこ英語ができるポールが推薦され、雇われたというわけである。

　彼は、シティのなかの、セント・スウィズインズ・レインにあるチャータード・カンパニーの本部内に仕事用の一室を与えられる。彼の一日は、上司のバーク氏との一時間半にわたる話し合いで始まる。その後、再び、翻訳しなければならない記事の束を前にして、「ものも言わず、孤独に」なる。建物の廊下で、彼は外人の傭兵たち、多かれ少なかれ不安な気持ちを抱かせる敗残者たち、それに暴力行為をものともしない輩といった、アフリカにおける文明の前衛で本質的な部分を構成している信じがたいような人間たちに次々と会う。彼はチャータード・カンパニーからほど近くのグレンヴィル・ストリート一五番地に下宿する。夕方、女中が恐ろしいほどまずい英国料理を給仕してくれる。彼はそれを暖炉の火の前で瞑想にふけりながら、がつがつと食べる。彼のパリでの生活は、なにか昔の忘れられた文明に属しているように思われる。「今、ぼくはとてつもなく強力な連中の作る歯車装置のなかにいる。（…）君には連中の強さや深さや叡智や暴力的な明晰さがどんなものか想像できないだろう。彼らはいつでも正しい。ぼくは彼らの倫理に納得がいった。フランスでは、こういう連中は絶対に理解されないだろう」[18]。マラルメやユイスマンスやポワンカレやドガといった彼がもっとも称賛する人たちのリストに、セシル・ローズの名前が書き加えられる。ポールは週あたり一二五フラン与えられる。かなりいい給料である。ポールはすでに、プレトリアやローデシアに向けた秘密の使命を任された気分になっている。

ヴァレリーにおいて、熱狂的な気分は決して長続きしない。ひとたび機械が分解されてしまうと、その魅力は消えてしまう。数日後、チャータード・カンパニーの魅力をもってしても、一人孤絶して仕事をするつらい気持ちをもはや和らげることはできない。日ごろの生活条件から引き離され、自分の存在などゼロで、不安をかかえてその場しのぎで生きていく以外に手はない影のようなものだという孤独感に陥ったポールは意気消沈する。ほぼ三〇年後、「ドルゥアン」での夕食会のときに、彼は自分が自殺しかけたと語る。「シティの霧《フォッグ》のせいでしょうか、あるいは、その当時あちらで生き延びるためにやっていた気がめいるような仕事から絶望的に立ち上ってくる霧のせいでしょうか、わたしには、生に何らかの価値を与えてくれるものなど何にもないように思われました。その日、わたしは自分を厄介払いしようと思いました。自分の死のためにわたしが選んだのは首吊りという手段でした」。彼が首を吊るロープを結んでいる最中、眼差しは一冊の本の上に落ちる。その本を機械的に開く。それはオーレリアン・ショルのユーモラスな社交界の噂話集（あるいは、アルフォンス・アレの中編小説集。ヴァレリーの記憶は定かでない）だった。「突然、わたしは大笑いをしました。その笑い声が、とても気狂いじみて、強いものだったので——今でもその笑い声が聞こえてくるほどですが——わたしは急に、解放され、呪いが消え、魔法がとけた気になったのです[19]」。彼は救われた。

このエピソードはヴァレリーの歴史のなかでは常軌を逸したもののように思われる。死は彼の自意識や考察のなかにつねに存在している。しかし彼のなかには、ずっと昔から、生命力を与えてくれる硬い核のようなもの、何があっても彼を支え、活力に満ち、活発に保つ力がある。ひょっとすると、彼は憂鬱症なり沈鬱症なり抑鬱症なのかもしれない。しかし、彼が病的に見えたり、自己破壊的に見えたことは一度もない。だが、この三月、彼が身をおいている状況もまた、常軌を逸している。新しい生活の奇妙さ、あらゆる目安の喪失、こういったものが彼を混乱させ、人格の中心部までも不安定にしたという可能性は否定できない。しかしながら、通常の生に彼が容易かつ簡単に戻ってきたということ、そして、この自殺未遂の瞬間の思い出を彼が軽妙に語っているということなどを考え合わせれば、彼が死のうとした意思はそれほど強いものではなく、死の危険を犯したとはいっても、一時的なもので、大事に至るものではなかったと考えることが可能だろう。

　それに、孤独とはいっても、彼の孤独は絶対的なものではなかった。彼は、二回目のメレディス訪問をしたが、メレディスは快く彼を迎えてくれた。ある晩、チャールズ・ウィブリーと夕食をともにする。ウィブリーはポールをウィリアム・ヘンリーのところに連れて行く。ヘンリーはそのころ『ニュー・レヴュー』誌の編集長だったが、当時、その雑誌はドイツの勢力伸張に関する記事をシリーズで掲載していた。その著者であるアーネスト・ウィリアムズは、ドイツがどのように次から次へと市場を征服し、人が知らないうちに、大英帝国に服従している領土のなかにまでその経済的な支配力を拡張しているのかを、具体的かつ人を不安にするような手法で示した。このシリーズのタイトル「メイド・イン・ジャーマニー」は長い間にわたって当たりをとる。ヘンリーはポールと言葉を交わし、おそらくその知的鋭敏さに強い感銘を受けて、ウィリアムズが示した一覧表に哲学的かつ政治的な結論をもたらすような理論的文章を書くよう彼に依頼する。ポールはそのアイデアを受け入れる。その短いエッセイは春の間にフランス語で書かれ、

『ドイツの制覇』という題で一八九七年一月に出版される。
四月十六日、ポールは依頼されていた仕事を完成させる。チャータード・カンパニーは彼の仕事ぶりに満足の意を示すが、プレスのためのキャンペーンを中止する決定をする。契約は終わりを迎える。彼は南アフリカでの仕事のために雇用されることはなかった。この世界の強者たちの間での彼の経歴などは、ほんの余談にすぎないということになるだろう。彼はパリに戻る。

ポールが留守の間、ピエール・ルイスとその友人で詩人のアンリ・アルベールは、アンドレ・ジッドや批評家のフェルディナン・エロルド、小説家のジャン・ド・チナン、それに若い詩人アンドレ・ルベイなどの助けをかりて、豪華な文芸芸術雑誌『ル・サントール〔ケンタウロス〕』出版の話をまとめあげていた。作家の身分に少しずつ近づいているポールは、何か詩を掲載する約束をする。かつての詩作への熱狂は消え去っていた。彼の仕事の方法に関しては、アンドレ・フォンテーナスの叙述がある。ある朝、ポールはフォンテーナスに手助けしてくれるよう依頼したというのだ。というのも、彼は夕方までに「校正刷り」を返さなければならないのだ。彼はやすやすと様々な音と意味の組み合わせを試してみる。それぞれの結合の結果を確認して、あたかも適切な調子や音色を発見した音楽家のような確信的態度で断をくだす。その日、彼が渡す「校正刷り」は詩「夏」で、これは「眼」とともに新しい雑誌の創刊号に掲載される。この創刊号は、ジャック゠エミール・ブランシュやフェリシアン・ロプスやファンタン゠ラトゥールのリトグラフや版画で飾られている。五月十八日、サン・ミシェル大通りの、執筆者たちのいつもの出会いの場であった有名なレストラン「ダルクール」に皆が参集して、出版を祝う。そこでは、ドビュッシー、スチユアート・メリル、マルセル・シュオッブ、コレットとウィリー、レオン＝ポール・ファルグ、それにもちろんポールの姿が見られる。ポールはその日の午後、『カンディード』〔ヴォルテールの哲学コント〕を再読していた。自分に哲学者的な精神を作り上げようとでもしていたのだろうか。

ジッドだけが欠席している。彼はラ・ロックにいる。彼は五月十七日、ラ・ロックの村長に選ばれたのだ。英国式帝国主義のスパイのような仕事がポールに向かないのと同様、このような仕事がジッドに向いているわけがない。彼はこの仕事を三年間、たいした熱意もないままに務めることになる。しかしジッドは、たとえ自由な時間があったとしても、このお祝いには出席しなかっただろう。彼の手になる二作品が掲載されていたのだが、彼はこの『ル・サントール』の創刊号を醜悪と考えている。金箔やらまがい物やらで、詩とは反対のものだと考えている。彼は脱退する。そして、執筆者たちが作る小グループにかなりのスキャンダルを引き起こす。実際のところ、ジッドの怒りはとりわけピエール・ルイスに向けられている。この二人の友人は、ずっと以前からつまらないことで言い争っては、たえず縒りを戻してきた。もう離れられないほど近づいたかと思うと、いっさい口をきかなくなることもあった。絶交に絶交を重ねていくうちに、ふたりの距離は広がっていった。二人の友情は一八九六年の春、終焉を迎える。『ル・サントール』をめぐる事件の後、二人は決定的に接触を絶つ。

雑誌に残ったポールは、ジッドのためにスパイのようなまねをして楽しむ。ポールは彼の脱退表明の知らせを聞いて、だれそれがどのような反応をしたかをジッドに話してやる。そして、彼の独立精神が引き起こしたいくつかの悪意に満ちた言動を友情をこめて知らせてやる——というのも、ジッドは嫁さんの言いなりだ、と言う者もいたのだ。こうした、独創的とはとても言いがたい論争にもかかわらず、第二号を出して休刊することになるこの『ル・サントール』出版をめぐる短い歴史は、ヴァレリー自身の作品制作の歴史のなかでは重要な一時期となっている。「ぼくは『ル・サントール』のなかで、いろいろ実験をしてみたい、つまり生体解剖のようなものさ！　でも、ぼくには、適当な被験者がいない。ぼくはずっと前から(偉大だった一八……年以来のことだけど)、ものを考えるおっさんの話を作りたいと思っていた。(…)そしてその一端を組織学的に検査するわけさ、剝き出しの方法を駆使してね。そんなことをして退屈しのぎができる確信がもてたら、それにとりかかるつもりさ[20]」。

ポールは七月中にパリを発って、夏の残りを母親や兄のもとで過ごしに行く。モンペリエで、彼はうれしいことに、一人の男との友情を取り戻す。ポールはしばしば彼の友情がなくて寂しい思いをしていたのである。その男とは、ギュスターヴ・フールマンである。彼は哲学教授資格試験の準備をしている。二人の間で、互いの感情を吐露しあう時代はすでに過ぎ去っていた。感動とか、情動的な苦悩などといったものは、もはや過去のものになっていた。二人の関係は、以後、抽象的な方法の上に築かれる。ポールは自分の面前に、絶対的な知的信頼がおける人物を持てて幸せに思っている。フールマンは正直なので、多くの人がポールについて思っていることを、包み隠さず彼に伝える。皆はポールのことを一種の落伍者だと思っている。ポールは「具体的なもの」は何も作らない。彼が詩人なら、詩を作るべきだ。作家なら、書くべきだ。才能があるなら、大衆の厚遇を得るようにすべきだ。そのどれでもないのなら、別のことをすべきだ。いずれにせよ、どっちつかずの状態でさまようことはやめるべきだ、というわけである。「残念だけど、仕方ないね！　ぼくはぼくなりの仕事をしているんだし、自分の責任で生きているんだし。ぼくには本を書く才能はない。あちこちで少しばかりものを動かすぐらいならできるけど。ぼくは、自分が何にも到達しないだろうってことを知っている。でも、人間が何に到達するって言うんだい？」[21]。分類不能で、文学者に共通の基準にも、人間に共通の期待にも無縁で、探求と野心の実質を自分自身だけから引き出そうとする彼は、再び孤独に追い返される。

　彼にたいする非難は、彼が仕事に没頭しているだけに不当な非難である。彼のペンは順調に進む。何かがきちんとした形を取ってくる。彼の「ものを考えるおっさん」は、潜在的とでも言えるような複雑な登場人物の様相を帯びてくる。その人物に、ポールは数日間で生命と性格を、言葉と名前を与える。『ムッシュー・テストと劇場で』の草稿は、八月に、ヴィエイユ・アンタンダンス街にある彼の小さな部屋で書かれる。「テストは（…）、現実の人間を細分化するところから得られた人物です。現実の人物のもっとも知的な瞬間だけを抽出してきて、そこから、想像上の人物の生の全体を構成していったのです」[22]。つまりポールは、苦しみながら、この人物を自分のなかから引き出してきたのである。彼は、慢性的な神経痛で悩まされ、眠ることができない。そして、不幸にも、自分がしていることを心から信じることができない。彼のムッシュー・テストは、生まれるやいなや、すでにして彼を退屈させる。数週間後、彼はムッシュー・テストをどうしていいのか、もはや分からなくなっている。あらかじめ予測していた効果を抹消し、余計な部分を削除し過ぎたために、彼は挫折しかかったテクストを前にしているような気になっている。

　九月初め、彼は疲れきってしまう。「筋書きのない小説」にはけりがつけられる。この小説執筆は、取るに足りないと判断される利益のために、もっと重要な二つの仕事のために捧げることができたはずの貴重な時間を失わせることになってしまったとポールは考える。二つの仕事とは、水泳と、彼が「**大仕事**」と呼ぶもの——つまり、明け方の仕事、彼という人間と世界とを統合するはずの「体系」の探求である。

完成した作品にたいしては懐疑的で、これから作るべき「作品」には信用をおいているヴァレリー。彼という人間は、自分の仕事を自分の目から見て価値のないものとみなすという逆説的な方法が全身にいきわたっている人間なのだ。たしかに、エドモン・テストはポール・ヴァレリー本人ではない。しかし、ヴァレリーはテストを十分に愛してはいない。それで、テストはヴァレリーの皮膚にぴったりとくっついて復讐をすることになる。数年たっても、ポールは手紙に「エドモン・テスト」とサインすることがある、あたかも、ポールを構成している数多くの登場人物のうちの一人であるテストという可能な姿が、ポールを包囲し、彼をその極度に洗練された存在に還元すると脅かしているかのようである。テストあるいは現実遊離の誘惑。このような「タイプ」は――教科書風に言うと――ポールの悪徳、彼を駆り立てるものであると同時に彼の絶望、象徴であると同時に弱さなのである。

『ムッシュー・テストと劇場で』を書きながら、ポールはしばしばドガのことを考えた。彼はウジェーヌ・ルアールに頼んで、彼がこの「小さな機械」をドガに献呈するのを受け入れてくれるかどうか尋ねてもらう。ドガはきっぱりと断る。同じ質問をコルバシーヌにする。彼のほうは受諾する。原稿は『ル・サントール』誌の主幹アンリ・アルベールに送られる。アンリはそれを十一月発行予定の第二号（最終号）に掲載する手続きを取る。ポールはそれでパリへの帰途につく。九月の末、彼は、カルカソンヌ、トゥールーズ、ボルドー、ポワチエ、ブロワ、オルレアンなどに立ち寄り、少しずつ移動しながら、家族といっしょに戻ってきた。ジュールとファニーは一ヵ月間パリに滞在する。

季節は波乱に満ち、華々しいほどである。ポールはヴィエレ＝グリッファンと会う。ポールは彼とは最初からずっと友好的な関係を維持している。ポールはコマーユ街のジッドの家で夕食をとる。すぐれたピアニストであるアンドレは、ポールの求めに応じて何時間も鍵盤に向かうこともある。十二月十日、「制作座」で、『ユビュ王』の初演を鑑賞する。公演は楽しかっただけでなく、波乱に富んでいた。ロビーで、人々は互いに「糞お《メルドル》」〔「糞」merde のなまった表現として、冒頭からユビュ父が口にする〕と言いながら、近づきあって話をしていた。ポールは皆のことを知っている。年末のあいさつに、彼は千枚ほどのカードを送らねばならないほどだった。大晦日はエレディアの家で過ごす。エレディアのところではホタ〔スペイン北部の民族舞踊と音楽〕を踊ったり、大騒ぎをする。彼はジュール・ルナールに紹介される。ルナールは彼を「驚くべき話上手」と思う。

『ドイツの制覇』に引き続いて、ヴァレリーは経済や政治の問題にも変わらない関心のあることを示す。十二月、彼はレオン・ワルラス著『純粋経済学要論』の書評を『法学総合誌』に掲載する。一八九七年の初め、彼はジョゼフ・ド・メーストルを再読して熱狂する。ド・メーストルを読んで、ポールは、いかなる明確な考えもないまま「恐怖に支配されている」だけの政治の現状を嘆く。「ぼくは一八二〇年に戻ることにするよ[23]」。どんなことにも、彼は正確さ、論理を求める。それは、科学的あるいはほぼ科学的な方法であらゆる主張を基礎づけたいという配慮なのだが、そんなものが見つからなくて、彼は落ち込んでしまう。「『体系』を書き上げて、すぱっと出版してしまいたい[24]」という欲望が彼を訪れる。ただ、彼には忍耐心がない。倦怠に捉えられると、それだけで想像力は枯渇してしまう。彼の精神のなかで、「体系」が途方もなく大きくなっていく。ときに、狭隘な合理主義は自らを厳密にしようとするあまり、こうした途方もない計画のなかで、自らが過ごしたかつての神秘的な時代の頑強な残存物と混ざり合ってしまう。ものごとの全体を捉えようという野望は大きすぎて、彼に使用可能な手段では太刀打ちできないように思われる。ヴァレリーは何も信じていないようなふりをしているが、人々や彼らの作品にたいする彼の判断はすべて、絶対的な視点、つまり、移ろい行くものはすべて虚栄にほかならないと考える神秘神学の視点にも似た篩《ふるい》にかけられている。そしてそのことが、書くことの虚栄であれ、日常生活の虚栄であれ、心地よい距離を取り、心地よい皮肉をふりまきながら、彼がこの世の虚栄に没頭するのを可能とするという確かな利点となっている。しかしながら、それゆえにこそ、彼は自分が何をしようと、深淵の上でなんとか平衡を保とうとしているという感情を抱き、虚無へと彼を引き寄せる眩暈《めまい》を感じ続けざるを得ないのだ。

二月の初め、パリの詩人全員がマラルメを祝う宴会に参加する。彼の作品に敬意を表する小冊子が、ルイス、フォンテーナス、レニエ、クローデル、ジッドにより準備される。ポールはそこに詩「ヴァルヴァン」を寄せる。彼は少し前、レオナルド・ダ・ヴィンチの作品が彼にとってどんな意味を持っているのかを語った。今は、マラルメの作品にたいする称賛の念を表明したいと考えている。二月から五月にかけて、彼はひとつのエッセイに取り組み、そこで、元師匠を解明すると考えられる「心理＝統辞的」理論を練り上げようと努力するが、ぜんぜんはかどらない。おそらくは、前年の夏の生産的な気分を取り戻そうと期待したのであろう、彼は、二月中旬から三月末まで、モンペリエに引きこもる。「ぼくは、書いた後で、自分自身が激怒してしまわないような文は一行たりとも、ステファヌについて書けなかった[25]」。彼はとうとう計画を放棄する。おそらく、ヴァレリーを襲ったこの相対的な想像力の枯渇は、無意識ではあっただろうが、マラルメ本人によって引き起こされたのである。というのも、マラルメは三月三十日、ヴァレリーにすさまじい『骰子一擲』の修正済みの校正刷りを与えたからである。ポールは、この秘密の、そしておそらくは解読が不可能な代数学に魅惑される。彼はこの件について、数ヵ月後、ヴァルヴァンでの夜の散歩のときに議論する。数限りない星がまたたく空の下で、彼は「沈黙した宇宙のテクストそのもののなかに捉えられた」ような気がする。マラルメの作品は、彼の目には、カントの「道徳律」が詩的に現実化されたもののように見える。「わたしは思った、彼は、ついには、一ページを星空の力にまで高めようと試みたのだ！」。これほどまでに高いところに位置づけられた作品をどう語ったらいいのだろう？　あらゆる説明を超越したものをどう説明したらいいのだろう？　ここでヴァレリーは、内的な不可能さとぶつかる。マラルメにたいする自分の熱烈な思いを表現するということは、機械を逆回転させるということだ。人間の住む世界を離れ、かつて自分が投げ捨てた偶像のなかでさまようということだ。そうヴァレリーは考えたに違いない。彼には、そんな危険を冒すことなどできない。マラルメについて書けなかったということは、昔の悪魔たちの回帰に彼が密かに抵抗したということを示している。書くことがゲームであったり練習問題であったり、あるいは、取るに足りないものであったり退屈な仕事として受け取られているかぎりは、なんでも快調にいく。ところが、そこに言葉の表面を越える賭け金が投資されていると判明するやいなや、ポールは沈黙せざるを得ない。あらゆる意志とはかかわりなく、ある限界が彼のなかに書きこまれてしまったのだ。彼はその限界を決して越えないだろう。

ヴァレリーは自分のことをよく認識し始める。彼は自分の健康が不確かであることを知る。彼は定期的に危機の時期を迎える。そうなると、彼は眠れなくなるし、食べたものを消化しなくなるし、眩暈がするようになる。しかし彼はまた、自分に抵抗力があることも、危機の時期がそう長くは続かないということも、遅かれ早かれ自分の正常の状態、つまり、倦怠と疲労と社交界での生活などが不安定に混じりあった状態に戻ることも知る。彼はさらに、その社交界の生活が彼にとって必要不可欠であることも知るし——

彼によれば、孤独はあまりにも大きな騒音を立てるので――、友だちや女性たちの間にいるときとか、さらには、おしゃべりして楽しんだりする集まりや、彼のような奇妙なムッシューが大声であらゆる驚くべきテーマについて考察するのを友だちの詩人たちが面白く思うような集まりの最中でないと、ほっと息をつくことができないことを知る。

二年前から、彼の人生はしだいにかつての運行を取り戻した。彼はかつて詩人だった。今は、作家である。こうした回帰を決定づけたのは経済的な不如意である。望んでいた職はやって来なかった。金を稼がなければならない。書くことは、結局は彼の仕事なのだ。一八九七年の春、彼は諦めて、自分のペンを利用することにした。彼はそれを嘆かわしい最後の手段だと考えているし、そこから生み出されてくるかもしれない作品は瓦礫《がれき》の山だと考える。ロマン主義の後継者として、彼は来るべき全体性――「体系」――の名のもとに現在を拒絶する。それは間違いというものだ。『レオナルド・ダ・ヴィンチの方法への序説』や『ムッシュー・テストと劇場で』を軽蔑すべき付けたし《オードヴル》とみなすことが愚かしいだけでなく、そのように自分を糾弾することによって、ポールは自分自身の個性や嗜好や能力や可能性の大部分を否認してしまうのである。近い未来は彼にそのことを示すだろう、そして、遠い未来は彼にそのことを後悔させるだろう。

第三部　騒音と沈黙

8 陸軍省勤務

一八九七—一九〇〇年

一八九七年五月の初旬、ヴァレリーが諦めかけていたものが、とうとうやってきた。役所が彼を必要としているのだ。あるポストに空きが出て、彼がそれに任命された。アンドレ・フォンテーナスを伴って、自由な最後の一日をコンピエーニュの森とピエールフォン城で楽しく過ごす。ピエールフォン城は、彼がかつて熱狂したヴィオレ＝ル＝デュックを思い出させる。彼は最後の読書を楽しむ。読んだのは、愛を正しく語った唯一の作家であり唯一の作品であるスタンダールであり、『リュシアン・ルーヴェン』だった。五月五日、陸軍省の新人編集員は業務につく。年俸は二〇〇〇フラン。砲兵部の「建物と機械」部門、すなわち道具一式に関する部門の訴訟課に配属される。より正確に言えば、第三部（砲兵と整備）の第二課で働き、砲兵部に割当てられた建物の建築や維持、それに不動産の購入、賃貸、販売を受け持った。仕事内容は、一言で言えば、面白みのないものであることが予想されたが、実際、その通りだった。

こうした身分上の変化が自分の母親を幸せにすると考えて、ポールは喜ぶ。「とうとう母は、ぼくが『片付いた』！ってことを知ったわけだ。あとはもう、結婚することぐらいしか残ってない。それは、明白だ」。彼には、さらにもうひとつ明白なことがあった。「今後、ぼくの考えはすべて次のことに支配されるだろう。

つまり、ここをやめること」[1]。彼の仕事は、ユイスマンスが確約してくれたような暇なものではなかった。仕事は十時に始まり、十七時に終わった。仕事は休みなしでおこなわれ、怠けることなどできなかった。仕事を始めて最初の何週間かは、きわめてきつい思いをした。このような仕事の体制に不向きなポールは、もはやものを考える時間さえ見つけられない。スタンダールのある一節がポールに執拗につきまとう。「社会というものは、社会に見えている奉仕にだけお金を払うものだ」。彼は、社会に見えない奉仕をするために、もう一回一からやり直そうという気分になっている。ある日、ノートに次のように記す。「小役人として死ななければならないのだろうか？」。さらに欄外には次のように書き加える。「そうとも、そうとも」。幸い、彼にはユーモアがある。彼はアンドレ・フォンテーナスのために、役所暮らしの日々をきわめてワグナー風に綴ってみせる。

> ぼくには、いたるところの大時計から「時間」ないしは四分の一時間の主題がホ長調で鳴り渡るのが聞こえてくる。それがプレリュードとなって「無限時間」の和音が現れる（…）。「書類たちの眠り」のモチーフが、「挽割り工」や「怠惰放棄」の思い出を呼び起こす甘美な打楽器に強調されつつ、オーケストラから聞こえてくる。（…）英雄は今にも倒れようとしている。そのとき、「ヴェルズングの字消しナイフ」〔ヴェルズング族出身のジークフリートの剣のパロディーと思われる〕という勇壮な主題が高らかに響き渡る。「インク」の娘たちは、ぐるぐる回る（…）。そして、作品の主要モチーフ「英雄のなかの英雄・事務職員」が再度、オーケストラ全体で繰り返され、明確にその姿をあらわす。「インク」が「舞台」を占領し、炎のように燃え上がっていた案件が、「書類たち」の崇高な宮殿のなかでひとつひとつ消えていく。からか

い好きな「緊急案件」の神が、なおも「運命」を揶揄する。最後には、いっさいがもとの虚無に戻って、幕[2]。

仕事が終わると、劇作家兼事務職員はアンリ四世ホテルに帰り、何かをかじって食べた後、ごろりと横になり、読書し、夢想にふけって、寝てしまう。こうした生活習慣は彼の好みではない。だが、夏になるともう、彼は新しい生活条件が提示してくるリズムや拘束に慣れた。疲労も以前ほどではなくなるし、パリでの生活の喜びがまた戻ってくる。夜のかなりの部分を女性たちが占めるようになる。彼は、次から次へと別の女性のもとへ行っては、楽しみ、ときに疲労困憊する。彼の送っている生活スタイルは、女性を追いかけつつも、つれないそぶりを見せる完全な独身者の生活である。彼のこうした女性との交渉が、観劇や友だちとの議論や街中での夕食会などといった日常生活に付け加わる。休日はしばしばヴァルヴァン訪問にあてられる。外見上マラルメは徳の高い父親に見えるが、いつどんなときでもそうというわけではない。「夕方、カヌーを漕いで、アルコールを飲んだ後で（いつも、飲み過ぎ）、どちらかというと卑猥な会話をした、とても面白くて、真面目なものなんだけど[3]」。ポールは外交的な成功を収める。というのも、ある誤解がもとで、マラルメとユイスマンスは、数年来、顔を合わせていなかった。二人の共通の友であるヴァレリーは、二人に工作し、近づけ、ついに、アムステルダム街の居酒屋での夕食会の席で二人を再会させることに成功する。昔の仲間は、喜び、いっしょになってヴィリエ・ド・リラダンの『残酷物語』再版のための校正刷りを検討する。しかし、彼らは以後二度と会うことはなかった。

この時期までのヴァレリーの友だちは文学仲間であった。チャータード・カンパニーでの経験をもとになされた考察の到達点であるエッセイ『ドイツの制覇』は、これまで彼が知らなかった世界へと彼を引き入れる。五月、マルグリット・モレノがデストゥールネル・ド・コンスタンからの賛辞をヴァレリーに伝える。彼は若き分析家ヴァレリーの明晰さを高く評価した。バンジャマン・コンスタンの子孫である彼は外交官あがりで、経済問題ならびに植民地問題の専門家であるが、数年前から、フランスの国外市場への進出の遅れを告発していた。ドイツの勢力伸張のメカニズムを明示するヴァレリーの観点は、彼を魅惑する。彼はそのことをヴァレリーに知らせる。二人の友情はデストゥールネルの死まで続く。デストゥールネルのために、ポールは夏の間、地球規模の政治の進化を見通した彼独自の「平準化の理論」を作成する。彼の考えでは、国家というものは、互いに似たり、対等になったりする傾向があるというのである。複数の国家が同じ発展段階に達したとき、それらどうしを区別するのは、その物理的な性格だけである、というのである。となると、国家間の差は、もはや文明の状態、発明の能力、技術的な手段、すなわち文化ではなく、人口、国土面積、地質や天然資源の量、すなわち自然に基づくということになる。ヴァレリーは、政治の問題において、一次的な所与は力として働くことを忘れないだろう。元詩人は、十月、「軍隊の教育と訓練」に関する本の批評を『メルキュール・ド・フランス』誌に掲載する。そこで彼は、「平準化の理論」の観点から、政治の基礎であり条件でもある戦略についての考えを披瀝している。

『メルキュール・ド・フランス』誌への彼の寄稿は偶然に起こったことではなかった。春の末ごろから、ポールは雑誌の編集に加わっていた。ヴァレットが、新刊書の批評、とりわけ論評のための「方法」欄の担当をポールに任せたのだ。議論が大きな展開をみせることもあったその論評には、つねに執筆者の個人的な見解が示された。陸軍省に任命されるのと同時に始まったこの雑誌への協力は、楽しい気休めとなる。

皮肉っぽく彼が言うには、この仕事をするとタバコ銭が稼げるのだ。軍事関連の批評の次には、一八九八年一月、ミシェル・ブレアルの『意味論』に関する記事を掲載する。その後、文学関連に戻り、ユイスマンスの最近の小説をいくつかまとめた『デュルタル』に関する論文を掲載する。この『デュルタル』論は三月に出版されるが、それは作品にたいする熱狂からというよりは、友情に応えるために書かれたと考えられる。ヴァレリーはもはや、かつての師匠の信仰や苦痛をまったく共有していなかった。それにひきかえ、意味論の諸問題は彼を熱狂させる。それらの問題は、ヴァレリーの夜明けの仕事や『カイエ』における関心事に通じるものがあるのである。「体系」の方は疑わしいものになってしまった。もし精神が、前もってもっとも厳密な方法で自らの道具や手順や限界を定義し測定していなかったとしたら、どのようにして精神の構築物のなかにあらゆるものを集めることなどできるだろう？　少しずつ、「体系」の概念が「方法」の概念に取って代わられる。以後ポールは、世界の説明自体を入念に練り上げるよりも、説明のための手段を手にいれたいと望むようになる。それゆえ、言語にたいする彼の関心はますます高まりを見せる。意味の構築ならびに変形の問題が、彼には優先課題に思われる。彼の論文は、彼が言語学者たちの研究を注意深く見守っていることを示している。

一八九七年から九八年にかけての冬、ヴァレリー家の生活にいくつかの変化が生じる。十月、ポールは、兄ジュールとジェルメーヌ・デコリスの結婚の折に、モンペリエに行き、数日を過ごす。母親としての仕事から解放されたファニーは、まだ結婚していない息子の面倒をみるために、パリに来て、息子といっしょに住もうかと考える。彼女は夫を亡くしたばかりのジェノヴァの姉ヴィットーリアといっしょに来るかもしれない。ポールにとって、それは快適さが増すということであり、家計の管理が簡単になるということを意味していた。しかし、自分の無秩序な生活に終止符を打ち、自分の時間割を調整して、暇で何もすることがない二人の婦人の時間の使い方を考えてやらねばならないのかと思うと、彼はぞっとする。彼は、仕事が終わったときに自分のしたいことができる自由を確保しておきたいとも思う。そのうえ、母親がいたら、親密になりたいと思うような既婚女性や未婚女性を自宅に招くことも不可能になるだろう。実際のところ、母親がやって来るということは、彼にとって、遊牧民の状態から定住者の状態へと移行することを意味する。定住者の生活など、彼には結婚でもしないかぎりあり得ないように思われる。この問題は、一八九八年一月、母親が計画を断念したことにより、一時的に解消する。

モンペリエに立ち寄ったとき、ポールはフールマンと会っている。フールマンはニームの公立中学校の自習監督に任命されていた。ポールはフールマンと、『カイエ』について、その究極の目的について、それが秘めている野望の価値について、手紙で長いやりとりを開始する。この手紙のやりとりは、ポールにとって、数年間積み上げてきた仕事の現状を明らかにする絶好の機会となる。抽象化のもつ効能を信じている彼は、「体系」の後にやって来た彼の「方法」が、結局のところ、一種ニュートン的な普遍算術の探求に帰着することを知っている。人間が作り出すものはすべて精神の審級を経なければならない以上、そこには、ある程度の数の固定した性格があるに違いない。そのように固定したものを分離することによって、ヴァレリーは精神を解く鍵そのものを見出そうと期待している。

「ジェノヴァの夜」以来、彼のものの見方は深化した。頭を鍛えることによって彼が自らに作り上げた道具は、彼を斬新で豊饒な道へ導いたと彼は確信している。彼の人生において、こうした探求は、以後、甲冑の役目を果たす。彼にはそうしたことが、フールマンと共通の友オージリオンのことで話し合っているとき、反対推論によりよく分かる。オージリオンからは連絡が途絶えているが、どうも意気消沈しているらしい。「ぼくは彼を観察していて、内面的な探求や仕事をする資質がないせいで不幸なんじゃないかと思った。(…)そうした内面的なものっていうのは針金みたいなもので、ぶよぶよした生はその針金の周りで震動しているんだ。その針金がなかったなら、ぼくは千回も死んでるか、溶けてしまっただろうと思うな[4]」。

　ポールは人を不安にするような領域、つまり夢の領域に侵入を試みることができるほど自分は強いと感じている。一八九八年一月、彼は一種のお話《コント》、あるいは散文詩を書き始める。そのなかで彼は、眠り、夢を見、少しずつ感覚やイメージの世界から遠ざかり、自分のなかからあらゆる思想を追い払い、対象もなければ準拠するものもない純粋に内面的な生活になりきった女性の意識の運動を追跡する。彼はその作品に『アガート』という名前をつける。この、ほとんど何もない世界のなかへの潜航は、ひとつの冒険である。この潜航は、彼を数年にわたって誘惑し、引きつけるが、草稿の状態を脱しない。

「ゆで卵のように固くてはち切れそうなパリは疲れる[5]」。彼は、あまりにも短い一日のなかに三つか四つの異なった人生を「詰め込んでいる」、と記している。一八九八年の春は気持ちの高ぶる春になった。ヴァレリーはヴァレットにJ－C・マルドリュスがまもなく終えようとしている『千夜一夜物語』の翻訳を刊行するよう説得に努めるがうまくいかない――そして、自分の「パトロン」に商才がないと嘆く。ヴァレリーは、バーにも友人宅にも、どこにでも姿を見せる。彼は、ポール・フォールを「いじめて」喜んでいるし、エロルド宅では上等のワインを飲み、たえず刺激の強い会話を求める。彼は議論に飢えている。「ぼくは、だれかをつかまえて、うんざりさせてやりたい[6]」、とジッドに書く。ジッドは、対話者というか、とにかく話を聞いてくれる人を捜し求めているポールが、ある日、いつもきまって乗合バスの乗降場で顔を合わせる見知らぬ男のことを彼に向かってほめたたえたことを伝えている。その男は、ポールによれば、注意深く、心地よさそうに、何も言わずにうっとりして彼の話を聞くのだそうである。ポールがその男を繰り返しほめるので、ジッドはその男がいったいだれなのかを知ろうとして調べてみたら、「ロシュシュアール・プールの水泳の先生[7]」であることを発見したというのである。この話は検証不可能である。しかし、この話は、ヴァレリーが一般的に、そして持続的に独白する傾向があったことを示している。彼には、彼独特の話し方があった。早口で、発音が不明確で、他人が自分の話をどう聞くかなどということには関心がない。自分の思考のリズムに合わせて先に進む。彼の反応は、ほとんどの場合、対話者の反応よりも早い。対話者の話の腰を折り、自分の行きたい方向に向かい、その方向に続けて行ったかと思うと、方向を変えて再出発し、音節や語を呑みこんだまま話す。こうして、最終的には、対話者のあらゆる返答能力、さらには、話についてくる能力を枯渇させる。対話が独白になってしまうのだ。

四月、彼は空疎な時間を過ごす。気分が悪いし、眠れないしで社交界に出入りする回数を減らす。おそらく、この不調の状況は、無数のフランス人たちの関係を悪化させているのと同様に、ポールとその友だちの何人かの仲を引き裂いているある問題をめぐっておこなわれた一連の口論の余波なのである。つまり、ドレフュス事件である。一月十三日、ゾラの「我糾弾す」が新聞に出た。二月二十七日、ゾラが有罪判決を受ける。ヴァレリーは熱狂する。一月十五日、『メルキュール・ド・フランス』の寄稿者たちの何人かが声明文を出す考えのあることをほのめかしたとき、彼は激怒して、そんなことをしたら、今後『メルキュール・ド・フランス』には一行たりとも寄稿しないと宣言する。彼は、もちろん、反ドレフュス派である。最初から彼は、「人間性」だとか「自由」だとか「正義」だとか、「なんやかやの主張」の旗を彼の面前で振り回すような輩《やから》にはいらだっていた。フランスは、曖昧な語や高貴な観念や寛大だがぼんやりとした教義によって押しつぶされていた。こうしたことのすべてが彼をいらいらさせる。

数日後、彼はジッドとつらい気持ちを抱きながら、手紙を交わし合う。というのも、ジッドの名前が、再審請求に署名した人たちのリストのなかにあったからである。ポールはドレフュス派と距離を取るようにジッドを説得する。彼の分析は巧妙である。彼はこの事件のなかで、政治権力が脆弱なのにたいして、彼の目には非合法に見える反権力ないしは圧力団体とも呼べそうなものたちが強力なのを嘆く。「共和国」によって導入された自由の体制は――「共和国」の本質に由来するにせよ、状況に由来するにせよ――真の権力のありかを変えてしまい、権力を富裕層や報道機関や群衆の手に引き渡した。彼にはそれが唾棄すべきことのように思われる。彼は、怒りをこめつつ、「国家」がかつてなかったほどに弱体化し、「事件」を利用して寄生虫的な新勢力――第四勢力〔出版系報道機関のこと〕の急激な広がりは言うまでもなく、労働組合、反ユダヤならびにプロテスタントのグループ――が伸びてきていると指摘する。道を踏み外した自由による様々な退廃に反対して、彼は強力な政府を望む。そして彼の義務は組織された権力を支えることであると考える。

ヴァレリーの反ドレフュス主義には、曖昧さがつきまとっている。彼は、つねにそうだったように、感情的には反ユダヤである。しかし、彼の精神はきわめて明晰なので、反ユダヤの態度を反射的に取ることはない。彼はドリュモンやバレスの教義をあらゆる他の虚偽や言葉の誤用と同じくらいに耐えがたいと感じているし、反ユダヤ主義が激しい高まりをみせるのを恐れている。レオトーは、ある日ヴァレリーがドレフュスについて次のように言ったと伝えている。「彼を銃殺して、もう彼の話はおしまいにしたらいい」[8]。洒落だろうか？　少しはそうかもしれない。だがヴァレリーには、フランスが混乱したさまを見るのが耐えられないのだ。しかも、こうした状況を引き起こしたのが一人のユダヤ人だということが、彼の先入観を強めるだけでなく、さらに激しくしてしまう。彼はときに激越である。同じレオトーは、ヴァレリーがシュオッブの家の暖炉の上にピカール中佐の写真を見つけて以来、二人は仲たがいしたと断言している。とはいえ、ここでもまた、レオトーの悪意を考慮に入れなければならないだろう。ヴァレリーはその数ヵ月後もシュオッブとまだ会っているし、二人の関係は断絶したのでなく「冷却化」したと考えているにすぎない。彼は、ジッド宛のある手紙で、より確実にして不安にさせるほどの冷静さで、「おおっぴらにユダヤ女のひもになっているアナトール・フランスのごとき人間の反世間的な態度」[9]について語っている。この種の言葉には、今日なら当然、法に抵触する攻撃が含まれていると判断されるだろうが、当時の基準ではそうはならない。反ユダヤ主義は、時代の空気の一部だった。反「ユダヤ人」的な決まり文句を持ち出すのに、なにも『ラ・リーブル・パロール』〔ドリュモンが一八九二年に創刊した新聞。ドレフュス事件の際に反ユダヤ主義者たちの主要な発言の場となる〕ならびにその狂信的な支持者たちの仲間である必要など少しもないのである。ここから見えてくるのもまた、本質的に体制順応主義者としてのヴァレリーである。しかし、彼の日ごろの批判的な主張にふさわしくないばかりか、低俗でもあるこうしたイメージや語彙に彼が身を任せてしまうということは、彼の判断を曇らせ、分析をゆがめる役にしか立たない。そのため、結局彼は、自分の説明の合理的な帰結を逸脱するような選択をしてしまう。もし相手がユダヤ人でなく、よりカトリック的な将校だったとしたら、彼はこの事件をもっと寛大に考察したのではないだろうか。そして、一八九八年の春、彼がその言葉の端々に垣間見せてしまった熱気と憤りの激しい高まりを感じることなどなかったのではないだろうか。

公務員という身分上、彼には慎重な言動が求められている。しかし、彼はできることなら、論文を何本も書いて、自分の意見を「まくしたてたい」と思うし、事件を解体し、その秘密のメカニズムを陳述したいと思う。彼によれば、この事件のメカニズムは明々白々なもので、いくつかの基本的な観念に還元可能なのである。この同じ春、スペインが野生的な勇猛さを発揮して、きわめて強大なアメリカ合衆国とキューバで戦っているのに熱狂している彼には、フランスの卑小さがなおのこと我慢ならない。自分には何もできないという思いが彼を激高させる。「ぼくのあらゆる動物精気が無秩序状態にある」[10]。自分を鎮めるために、彼は『マクベス』や『アンリ・ブリュラール』を読み返し、それに驚かされる。それから、ドガの「踊り子」展を見に行き、魅了される。ドガに関する研究計画のようなものが素描される。彼はいつの日か、すなわちドガの死後しばらくたってから、それを書き上げることだろう。彼はまた、『ロンドンでの夕食』(*Dîner à Londres*) を考える。これは、何度か温められていたにもかかわらず、実現には至らなかった『シンガポールの夜食』(*Souper de Singapour*) を再度取り上げたもので、そこでは、様々な時代に生きた歴史上の人物が、世界の各地から集まって会話を交わすことになっている。他方、彼は『アガート』のためのメモも取り続けている。

いろいろと執筆はしたが、基本となる仕事を彼が忘れているわけではない。この年、彼はロバチェフスキーの『幾何学の新原理』、リーマンの『数学作品集』、バートランド・ラッセルの『幾何学基礎論』などを努力して読む。これらの著書は現代の空間概念の基礎となるもので、激変のさなかにある物理学の諸原則を洞察するための道具を彼に与えてくれる。彼は、アンリ・ポワンカレが『形而上学ならびに倫理学評論』誌に掲載する論文に熱狂する。その論文のなかに、彼は、科学理論に関してもっとも斬新で豊かな哲学的展開を見つけるのだった。彼にとって、数学という科学的な知は、それ自体が目的なのではない。数学が意味を持つとしたなら、それは、その数学を類推によって内的な認識の道具へと同化し変形させる主観性との関係においてだけなのである。だからこそ、自分の精神の手続きにつねに配慮を示すポワンカレは、ヴァレリーが科学的な厳密さから期待しているものにもっともよく答えてくれる科学者なのである。

ジッドはあまりラ・ロックに帰ってこない。村長の任期が終わったなら、彼は所有地を売り払うつもりでいる。以後彼は、ル・アーヴルからさほど遠くはないキュヴェルヴィルにある、もう一軒のジッド家の屋敷で夏を過ごすことにする。夏の初め、ジッドはヴァカンスを過ごすようにとそこにポールを誘う。しかし、ポールはたちの悪い気管支炎にかかり、たくさん咳をする。かかりつけの医師ジュリアは、ポールに床についているよう命じる。キュヴェルヴィル行きの話は消える。しかし、ジッドは書き上げたばかりの劇『サウル』に関するヴァレリーの意見をどうしても聞きたいので、彼にその手書き原稿まで送り届けていた。ヴァレリーは居心地の悪い気分になる。言い逃れをし、とうとう、作品は好きだが、自分は演劇上の細かなところまでは精通していないと言う。「君の演劇でぼくを大いに困惑させるのは、その『倒錯して』、『不安に陥れるような』性格だ。それには驚いた[11]」と付け加える。彼は、同性愛の主題がこんな風に扱われるとは予想していなかったのである。ヴァレリーの無邪気さには、感動的なものがある。ジッドは自分が同性愛者だということを数年前から知っている。彼はそのことをポールには話さなかったし、ポールは何も気づいていない。ポールがそのことを知るのは、ずっと後のことである。ポールは荒々しいまでに異性愛の気質の持ち主なので、『サウル』が舞台で表現しようとしている「背徳的な」愛のことなど理解できない。

気管支炎にもかかわらず、彼は休みの一日を利用して、ヴァルヴァンに押しかけていく。しばらく前から、マラルメのことが気になっていたのだ。六月二十九日、マラルメはヴァレリーにもの悲しそうな、優しい言葉を書き送っていたが、そのなかで、彼は自分の老いを感じていると断言していた。「そのせいで、ぼくは信じられないくらい、過剰なほど、馬鹿みたいに苦しんだ[12]」とポールは言う。できるだけ早く、彼は伝言を書き送る。「明日か明後日の一時か二時頃に、突然わたしがヴァルヴァンに現れるのを見られても驚かないでください。この二日間休みなのです。お気遣いは無用です。夕方、橋のたもとの旅籠でいっしょに夕飯を食べましょう。(…)ぶらっと、立ち寄るように参るつもりです[13]」。二人は「エロディヤード」の話をする。それから、田園地帯を散歩する。「マラルメは、例年より早めに到来した夏が黄金色に染め始めていた平原を、わたしに指さした。『見てごらん、あれは、秋のシンバルが大地に打ち下ろす最初の一撃なんだよ』、と彼は言った。秋が来たとき、彼はもういなかった[14]」。

ヴァレリーは八月の上旬をモンペリエで過ごす。母は、義理の娘ジェルメーヌが妊娠したので大喜びしている。ジェルメーヌは九月十八日、男の子を出産する。ジャンと名づけられる。ポールは海水浴に行き、休息し、パリに戻り、仕事を再開する。九月九日金曜日の夜、彼は十一時頃帰宅する。ジュヌヴィエーヴ・マラルメからの電報が彼を待っていた。「父死す」。

前日、マラルメは喉頭炎による呼吸困難の発作を起こしていた。少し休息した後、彼は気分がよくなる。夕方、死の到来を直感的に感じ取ったマラルメは遺言を書く。金曜の午前十一時、医者と話し合っている最中に、彼は再度発作に襲われる。数秒のうちに、窒息して死んでしまう。まだ五十六歳だった。「声門の痙攣」、と医者は診断する。

ポールは茫然自失に襲われる。土曜日、彼は友人たちに電報でマラルメ死去を知らせる。ジッドには動揺を隠しきれない言葉を書き送る。埋葬は日曜日におこなわれる。ポールは二時頃ヴァルヴァンに到着する。彼は棺の頭のところにバラの花輪をおく。その後、弔問客が押し寄せている間は、マラルメの妻や娘の近くにいる。耐えがたい酷暑のなかを、葬列は葬儀が執りおこなわれる隣村のサモロに向かう。セーヌ川や森を見下ろすなだらかな坂の上にある墓地は、「素敵なところにあって、ここからなら、彼が自宅の窓から見ていたのと同じ眺めが見えることだろう」。墓穴の周りに、文学者や画家や農民たちが押し合うようにして集まる。文部省美術局長でマラルメと長いつきあいのあったアンリ・ルージョンが、年長者たち——カチュール・マンデス、ディエルクス、ルノワール——を代表して話す。若者を代表してポールが話すように言われる。「でも、ぼくは本当に、わけの分からない口ごもった言葉以外は何も言うことはできなかった。喉がつまって、ぼくが発した四つの音を、ぼく同様、だれも理解することはできなかった[15]」。愛らしいジュリー・マネもそこに居合わせていたが、彼女はマラルメがどれほどヴァレリーに情愛を抱いていたかを知っている。「マラルメさんは、ヴァレリーを見ていると自分の若いときのようだと話していました」。彼女はその『日記』のなかで、「ポール・ヴァレリーがその次に若者を代表して話し始めましたが、あまりにも動揺が激しくて、言葉を続けることができませんでした。皆、ジュヌヴィエーヴといっしょにすすり泣きながら小さな墓地を出ました[16]」と、当日の様子を記している。

月曜日、ヴァレリーは二通の手紙を書く。一通はジッド宛、もう一通はユイスマンス宛。「書けば少しは気持ちが楽になるだろう。というのも、この三日間、ぼくは眠れなくて、子どものように泣いては息を詰まらせているから。結局のところ、ぼくはこの世で一番愛していた人を失った。(…)ぼくは、絶対に息子が父に抱くような親しみの情をもって彼と接するようになっていた[17]」。三日後、彼はマラルメ夫人に一筆書く。「正直に告白いたしますが、実の父親を失ったときにもこれほどは泣かなかったように思います[18]」。ヴァレリーの喪には、その師匠を失った弟子の喪のようなところはない。それは、あこがれていた父親の早すぎる死に、雷に打たれたようになった息子の喪である。ポールは、これらのつらい日々、死んだマラルメと身体的に同一化する。彼は息がつまり、呼吸ができず、窒息する。あたかも、自ら苦悶を感じることで、マラルメの悲劇的な瞬間を自分の身体で追体験しようとするかのように。彼は二人が最後に会ったときの様子を感動的に喚起し、マラルメがどのように「ネルの下着」を彼の前で着替えたかを、さらに、どのようにマラルメが手洗い用の水を彼にくれたか、彼に香水をつけたか――これらは、ごく自然なものとなった親密さから生まれる愛情に満ちた動作の数々なのだ――を報告する。別離、喪失感、それは最初、身体的なものだった。大切な絆が崩壊したのだ。その日の彼は、「目が涙で覆われ、言葉がすすり泣きで覆われているかぎり、自分の目が実際に見ているものを言葉が拒むような、身体全体が反抗を起こしているような人間[19]」になっていた、と十年後に彼は言う。

　この九月九日という日付は、ヴァレリーの人生のなかで、「ジェノヴァの夜」と同じくらい重要である。おそらく、「夜」以来、六年にわたって育ててきた知性の偶像は、生身の肉体と官能性をまとっていない限り十全な意味を持たず、それを与えてくれるのがマラルメの言葉であり存在であると彼は感じていたのだ。このようにマラルメは、ヴァレリーの内面の探求のバランスを外側から支え、ヴァレリー自らはもはや自分のなかに探そうとしない知性の偶像を補完するようなものをヴァレリーに与えていたのだ。何かが彼のなかで硬直してしまう。彼の存在の一部が、長期間にわたって、日々の表面で存在することを拒絶する。一八九二年十月、彼は自らの文学的な信仰にたいして宣戦布告したが、このときは書くことを放棄したわけではなかった。伝統的に聖別されている表現を使えば、一八九八年、彼は沈黙に入る。自らの注意力の全体を、能力の全体を『カイエ』という孤独な試みに向ける。いくつか断片的なものを書いたり、昔書いたテクストに手を入れたり、散文で短いエッセイを書いたり、作品という形にはいたらないが詩を書こうと試みたといったことを除けば、彼は書くことも、出版することもやめてしまう。

彼にとって、詩はマラルメとともに埋められてしまった。埋葬から二週間後、ジュヌヴィエーヴの求めに応じて、彼は墓地を訪れる。その墓を見て、彼はマラルメのために「墓」――マラルメがいくつか傑作を書いて有名になった詩の種類――を書こうと決心するが、完成にはいたらない。しかし、そのとき彼が書いた詩句のいくつかが、ほぼ二十年後、『若きパルク』のなかで使われる。つまり、ほぼ二十年前に書いた詩句の発掘こそは、彼が一八九八年に活動を抑えこんだ彼自らの生の一部が蘇生したことを、彼の存在のもっとも深いところを揺さぶった喪が究極の終わりを迎えたことを、そして、以後ヴァレリー自身の死のときまで続くことになる、拘束のないなかでのマラルメへの忠義が始まったことを明確に示す行為なのだ。

自分とマラルメとを結びつけていた親密さの感情を未亡人とその娘へと向けながら、ポールは熱心に彼女たち二人の世話をする。十月初め、彼女たちは、書類や草稿や放棄された計画などの面倒をみてくれるよう彼に依頼する。それとともに、彼女たちは自分たちがおかれている困難な財政状況を彼に知らせる。ヴァルヴァンの家を手元に置いておこうとすると、彼女たちはローマ街のアパルトマンの方を退去しなければならない。ヴァレリーは早速ジッドに手紙を書く。マラルメ家のご婦人方は、すでにしてかなり質素な生活を維持するのに年間九〇〇フランを必要としている。ヴァレリー自身は年間二〇〇〇フランの収入があるので、二人に三〇〇フランの年金を保証することは可能だ。アンドレはかなりの財産を持っているが、出資に同意してくれるだろうか？　アンドレの考えでは、だれがこの計画に加わることができるだろう？　ジッドからはＯＫの返事が来る。そして、彼ら二人の共通の友で、その口の固さにたいして二人が全幅の信頼を置いているヴィエレ＝グリッファンも加わることができるだろうと言う。三人での交渉が続けられ、それぞれが三分の一ずつ支払うことが決定される。さらに、こうした示し合わせを他人には漏らさないこと、三人の寄付者は約束を誠実に履行することなどが決定される。

　この年の秋は雨が多く、生ぬるい天候で、はっきりとしない。ヴァレリーの精神もこうした気候に同調してしまう。ほとんどアイデアも浮かばなければ、計画も、時間もない状態。ワグナーの『ニュルンベルクのマイスタージンガー』を楽しむ。マキャベリを読んで、ムッシュー・テストで考察したことのいくつかの正しさを確認する。もっとも堅固な領域は、依然として友情の領域である。ポールはこれまでより頻繁にピエール・ルイスが開く水曜の会に顔を出すようになる。ルイスは友人のヴァレリーが事務職員というつらい仕事をしなければならないのを知って悲しい気持ちになる。彼は外交官をしている兄のジョルジュに、もっと面白い仕事がヴァレリーのためにないか掛け合ってくれるよう依頼する。ジョルジュの働きかけはうまくいかない。夜、夕食の後、ヴァレリーはしばしばコンデ街のレオトーの部屋まで彼を捜しに行く。それから、二人して、リュクサンブール公園やセーヌの岸辺を散歩したり、バスに乗って、郊外を探索したり、ボンヌ・ヌーヴェル大通りの「プレヴォー」でビールを飲むだけで我慢する。短期間ではあるが、ジャン・モレアスとの間で親密な関係ができあがる。彼は、あまりにも騒々しく、モードの変化に敏感すぎて、二人の関係がそれ以上洗練されることはない。ポールはしばらく前からアンドレ・ルベイと知り合いになっている。ルベイはルイスの出版上の冒険に度々参加したことがあったのだ。詩人のルベイが歴史研究や社会主義へと転向した頃――それは、まったくポールの好みではなかったが――二人の間に持続的な友情ができあがろうとしていた。彼らの政治的な議論は、全体的には友情に満ちたものではあったが、ときに辛辣さを帯びることもあった。しかし、二人を引き裂くことはない。

　ドレフュス事件が新たな展開を見せたために、この秋、再び政治が前面に出てくる。八月三十一日、アンリ中佐が、ドレフュスを糾弾するのに証拠として使われた書類を偽造したことを認めた後で自殺した。その後数ヵ月、世論は大きく分かれ、緊張が高まり、政治的雰囲気はきわめて深刻なものとなった。十二月、再審請求派が勢力を伸ばしているとき、もっとも狂信的な反ユダヤ主義の機関紙となったドリュモンの『ラ・リーブル・パロール』紙が、アンリ未亡人のための醵金募集の署名活動をおこなう。ヴァレリーは三フラン拠出する。そして、「熟慮の末」、と書き加える。彼の行為は彼とシュオッブを決定的に引き裂く。コルバシーヌは彼を中傷する手紙を書き送った後、二度と彼とは会わない。しかしながら、全体としては、ヴァレリーの周囲は彼と同じ陣営を選択したのだ。ユイスマンスも醵金賛同者の一人である。レオトーは、自分を熱烈なドレフュス支持派と見せかけようとするが、二フラン出している。ドガは恐るべき暴力的な言葉を発している。ルアール家は反ドレフュス派の集会に出かけている。最後に、ヴァレリーの家では、ほとんど本能的にポールの観点が共有されている。国家主義的で伝統主義的なフランスが生み出したポールには、反ドレフュス的な精神が染み込んでいるのだ。彼の確信は――一度だけなら許されるだろうが――彼を戦闘員にまでする。彼は身近な人たちに勧めて、醵金賛同の署名をするよう呼びかけるし、それが成功して喜んでもいる。彼はとりわけルイスを説得するのには大した苦労をしないですむ。ルイスは二〇フラン拠出する。それに反して、ポールはこの件をジッドには話さない方がいいと判断する。ジッドはさらに意見を変えて、再び、敵の陣営に行ってしまったのだ。

この短いながら名誉とは言えない戦闘員としての使命は、陸軍省を支配していたあまりにも過敏な状態を反映してもいる。夏以来、あらゆる種類の噂が飛びかっていた。陰では、スパイ活動の話、暴かれた秘密の話、発見された秘密組織の話、外国の陰謀の話がされていた。パラノイアの風が公務員たちの上を吹いていた。ヴァレリーは、「不思議であると同時に正確な[20]」細部で裏打ちされた厄介で重要な事実を自分が知っているということをジッド相手に説明できるのではないかと思っている。そうした事実を知りさえすれば、ドレフュス事件で賭けられているものは、世間で広く信じられているものとは違うとジッドも納得するものと思っている。つまり、問題になっているのは、外国から指揮されたとてつもない工作活動であって、その張本人たちはすでに何度かフランスの内政に介入してきた人物だというのである。

社会的な環境ならびに職業上の環境のせいで自分の頭のなかに叩き込まれた感情を、ヴァレリーは繰り返し分析しては、発展させ、正当化する。二年前の英国旅行は、彼に大きな政治の歯車構造を発見させた。彼の書いた『ドイツの制覇』は、外交の道具ならびに目的を、彼が明確に意識したということを示している。同時に、フランスが相対的に脆弱であるという意識は、彼の愛国主義をさらに堅固なものにした。彼は、その国内政治の分析に、今や国際政治の部門を付け加えようというのだ。実際にあった出来事の彼方を見つめながら、彼は、虚偽に満ちたそうした外見の背後に、列強同士が交えている潜在的な戦争の恐るべきメカニズムが見えていると信じている。こうした文脈のなかでは、問題はもはやドレフュスが有罪か否かではない。再審など二次的な論点にすぎず、無限にずっと広大なドラマのちっぽけなエピソードにほかならない。この「事件」で賭けられているのが何なのか、誤ってはならない。一国家の将来と比較したら、一個人の運命など取るに足りない。再審に反対すること、それは「国益」が優先すると断言することなのだ。フランスの味方をすることなのだ。

　十月、世論に衝撃を与えたファショダ事件〔アフリカ横断政策を取ったマルシャン率いるフランス軍とキッチナー率いる英国軍がファショダで遭遇し、両国間の緊張が高まる。十一月、フランス軍はファショダを撤退〕は、状況を悪化させる。数日間、ヴァレリーは戦争が切迫していると考える。そうした事態は、彼には愚かなことのように思われる。「どうして、英国人相手に子どもじみたふるまいをするのだろう？　何かを欲しいと思ったら、長い準備期間が必要なのに。マルシャンの話は馬鹿げている」[21]。何かを望む者は、自らの意志を実行に移すための手段を獲得するか、自らに与えなければならない。ドレフュス事件やファショダ事件のフランスは、こうした政治の根本的な規則を忘れてしまった。フランスは意味のない戦いで、すでにして残りの少ないエネルギーを失うのだ。「今は、どの階層でも自堕落さと恐怖とが支配的だ。そして――特に――自分の前にいかなる目的も、意志も、時間もない状態だ。自殺の雰囲気が大気に漂っている」[22]。

　アンリ基金の組織者たちと係わり合いになることを承知しつつ、ヴァレリーは明晰でありながら愛国主義でもあろうと考える。後年、彼は自らの明らかな判断ミスに立ち戻りながら、自らの判断を弁論する場面もあるが、そこに敵意があるわけではない。彼が当時まだ二十七歳だったことを喚起しておこう。役所での仕事は退屈極まりないものではあった。しかし、彼は自分の仕事や、その仕事のおかげで彼が情報通の人間の住む世界で広げることのできた関係を真面目に受け取っている。彼は自分がサイクロンの目のなかにいると思ったのだ。このときばかりは、彼の分析能力は彼のためにはならなかった。彼は社会的通念に騙されまいと思ったのだが、己自らの非合理さを考慮に入れることができなかった。彼の無我夢中な態度、自分が確信したことを頑固にも貫き通す態度、こうしたことは、彼がどれほど自分の環境の価値観や偏見に強い愛着を感じているかを示している。彼は決してこうした愛着を捨て去ることはない。しかし、これ以後は、そうした愛着が人目につかないようにするだろう。

　しかしながら、ドレフュス事件の最中にヴァレリーが見せた知的暴走の責任を、すべてそのイデオロギー上の体制順応主義や忠実さに帰することには無理があるだろう。というのも、そうした体制順応主義や忠実さといったものが、これほどまでの重要さと激しさを他の状況のなかで帯びたことはこれまでになかったからである。通常、ヴァレリーは、根拠がないものや不正確なものは決して断言しないという配慮をしているのに、今回は、誘惑《シレーヌ》の歌に負けてしまった。彼の不用意さを説明しようとしたら、彼の反ユダヤ主義の圧力という原因以外は考えられないように思う。ただ、ヴァレリーの反ユダヤ主義は、ドリュモンの得体の知れない混ぜ物風の反ユダヤ主義とは、いかなる点においても似てはいない。ヴァレリーの態度を説明するのは、歴史的原因――ヴァシェ・ド・ラプージュの影響、教育――以上に、他者にたいする大いなる無関心さである。理解するのに一生苦労することになる自我を託されたヴァレリーとしては、どうしたら自分がもう一人の自我の世界のなかに、ましていわんや、集合的同一性の世界のなかに入っていけるのか分からない。彼にとって、人々が民族とか社会的集団を示すために使う言葉は、いかなるものにも呼応しない。異なっているものを前にしても、いかなる好奇心も抱かない——彼自らの内的差異だけで事足りているのだ。彼の社会と文化だけが彼にとって意味を持つ。ここでいう意味とは、彼自らの心的気質のなかで活動しているのを彼が見ることのできる意味のことである。こうした文脈のなかで、ユダヤという言葉は、他者が無であることを意味したり、彼の意識のなかで他者性の不在が穿つ無の空間を明示するための格好の言葉として登場してきたのだ。ヴァレリーの想像界の鍵となる登場人物の一人は、ナルシスである。不可解さを表徴するユダヤは、反ナルシスなのだ。自我によって捉えがたく、認識できないユダヤは、ヴァレリーの意識のなかに場所を持たない。ユダヤとは、観念上の非・在である。ヴァレリーはユダヤから何も期待していないし、何も望んでいないし、ユダヤにたいしていかなる感傷もない。彼の反ユダヤ主義は、むしろユダヤ主義の不在と呼んだ方が適切だろうが、いずれにせよ、それは少しずつ彼の無関心のなかで溶解し、ついには他者の不在という虚無の穴に吸い込まれて消失することだろう。彼の反ユダヤ主義なるものは、場違いで、まもなく余計なものとなるひとつの語を使ってこの虚無を覆っていただけということになる。

もうひとつ、きわめて重要な案件が、数ヵ月前から準備されている。十月七日、ジュリー・マネは自問する。ジュヌヴィエーヴ・マラルメと「彼女のお母さんはしだいに快方に向かっている。二人は何人かの忠実な友人の訪問を受けている。特に、とても親切そうなヴァレリーの訪問を。わたしは思い出す。去年、マラルメさんがヴァレリーは結婚したがっていると言ったことを。わたしたちは、それでジャニーはどうかしらと考えたことを。ヴァレリーが思いやりのある青年で、あんまり文士らしくない、つまり、頭でっかちな人ではないように見えるので、わたしの親愛なるニニといっしょになったら、とても優しい夫になるんじゃないかしら。でも、どう手はずを整えたらいいかしら」[23]。ヴァレリー、優しい青年。マラルメの葬儀のときに見せた彼の動揺した姿は、女性たちの心を打った。この瞬間、彼が人に与えているのは、感傷的な青年というイメージである。このイメージは間違ってはいない。しかし、ヴァレリーには自分の感情を表に出すことを恥ずかしいと思うところがある。もちろん、それは、そうした感情を彼が持っていないということを意味するものではない。

　ヴァレリーは様々な女性たちとの愛情生活に疲れ果ててしまった。前年、母親がパリに引っ越してくる話が持ち上がったとき、彼は結婚を考えた。ジュリー・マネの証言からすれば、彼は結婚の意思をマラルメに打ち明けたものと思われる。マラルメは面倒見のいい父親として結婚相手を探した。マラルメの昔からの友だちというのは、文学関係の人間ではない。印象派という旗の下にひとまとめにされた画家たちである。そこには、ドガやルノワールがいる。それから、二人とも死んでしまったが、エドゥアール・マネやその義妹のベルト・モリゾもいた。ベルト・モリゾには一人娘のジュリー・マネがいて、今、二十歳である。ジュリーは、彼女の両親がヴィルジュスト街四〇番地に残した建物の五階に住んでいる。そのアパルトマンの壁は、ベルト・モリゾの生活を証言するかのように、たくさんの絵で覆われている。ジュリーは、従姉のポール・ゴビヤールとジャニー・ゴビヤールの二人と同居している。この二人にもまた、ジュリーと同様、両親はすでになかった。三人の令嬢たちは互いに別れられないほど仲がいい。教養があり、独立精神が旺盛で、型にはまったところのほとんどない三人は、強烈な個性をもっている。決然とした態度をとり、辛辣なところのある年長者のポールは、叔母のベルト・モリゾと同じ道を選んだ。彼女は画家である。三十一歳の彼女は結婚などほとんど考えていないようである。ジュリーの方は、結婚のことしか頭にない。それは、彼女自身の結婚であり、彼女の「親愛なるニニ」の結婚である。ニニことジャニーは二十一歳である。控えめで、とても穏やかな彼女は従妹のジュリーと同じく結婚したいと考えている。マラルメは、ジャニーこそがヴァレリーの結婚相手にふさわしいとの審判を下す。

　ある企てが計画される。ドガがその首謀者で、ジュヌヴィエーヴ・マラルメは共犯者、ジュリーは喜んで証人をつとめる。ヴィルジュスト街の令嬢たちは、ずっと前から、絵画収集家のアンリ・ルアールとその四人の息子アレクシス、ウジェーヌ、エルネスト、ルイを知っている。ヴァレリーも彼らとつきあっている。単にパリは村だというだけでなく、そこでは、ときにいくつかの出来事が完璧なまでに一体化することがある。つまり、ウジェーヌが結婚する。ポールは、ジッドに、二人に共通の友人は皆結婚してしまった、自分とルイスだけが独身者だと言う。もし、ひとつの結婚式の本質は、次に来る式を準備するところにあるということを認めるとすると、ウジェーヌ・ルアールとその婚約者との婚姻契約書への署名を祝って十二月二十二日に催された夜会は大成功だったと考えなければならない。

　人だかりができている。ジュリーははっとさせられる。優しいヴァレリーさんを見かけたところなのだ。「きっと、今夜こそ、『神様』が行動のチャンスを与えてくださるにちがいない」。しかも、今夜の「神様」はドガという名前だ。ジュヌヴィエーヴは彼女の父親の意思をドガに伝えておいたのだが、舞台の主要登場人物が一堂に会するように仕組んだのはドガその人だった。ジュリーは、ヴァレリーがパーティー会場を移動するさまを目で追っている。「わたしは彼をうかがっている。ときどき彼の姿を見失ったけれど、彼は、わたしたちの近くにいるドガさんのところにやって来ておしゃべりする」。これこそまさに、ドガが狙っていたことだった。ドガはお互いを引き合わせる。ジュリーはうれしくて、自分を抑えきれない。「すぐ後で、わたしはジャニーがヴァレリーと腕を組んで、おしゃべりしながらビュッフェのテーブルに向かうのを目撃する。わたしのなかで喜びが一瞬きらめく」。彼女の夢は形を帯びてくる。しかし、それだけではすまない。エルネスト・ルアールと腕を組んでいたジュリーに奇妙な考えが浮かぶ。「この魅惑的な夕べ、わたしたちはそれぞれが、一生をともにするかもしれない男性と腕を組んでいるのではないかしら」。こうして画家はみごと一石二鳥に成功した。ジュリーには事態がよくつかめている。「わたしの見立てでは、あなたにはエルネストがお似合いだ。さあ、この続きは、あなた自身がやるのですよ、とドガさんが言う」[24]。第三者たちの目が浮かべているさまざまな思惑に、ポールとジャニーが気づいていたとは思われない。しかし、彼らの出会いという「偶然」の背後に、何らかの計算や、期待や、下心があることを、彼らが知らないわけはなかった。ジュリーの熟考の後を引き継ぐように、ポール・ゴビヤールはヴィルジュスト街のアパルトマンに掛かっている絵を見に来るようにとヴァレリーを招待する。彼女たちは毎週木曜日、訪問客を迎えている。ヴァレリーさんなら大歓迎というわけである。

ヴァレリーは一八九九年の年頭、ニーチェを読んで過ごす。このドイツの哲学者は、今流行りなのだ。ジッドがニーチェを発見するようにとヴァレリーをせかす。ヴァレリーはニーチェの形而上的・倫理的概念装置にたいしてはあまり納得したようすではないが、意識を強化するという彼の永続的な要求にたいしては賛同し高く評価する。というのも、その要求はヴァレリー自らの探求と同じ方向へと向かうからである。しかし、彼は、こうした要求は、最終的に、自分をフランスにおける二人の偉大な自我の発見者、デカルトとスタンダールに立ち返らせると考える。デカルトとスタンダールの方が、ニーチェと較べて、言葉遊びでもたつく場面が少ないし、結局のところ、彼らのメスの方が被験者の身体に深く入りこんだと考えられるからである。数ヵ月後、彼は、このうえなく純粋なゲルマン的文体で、自称ニーチェの手紙なるものをでっちあげ、それをアンドレ・フォンテーナスに送って悪ふざけをする。自分の作品のフランス語訳が「見事なぼん訳《翻訳》」だと強調した後で、次のように書く。「ムッシュー・ファレリーは、わたしがショルとサッフォーとのさっ種《雑種》のようなものだと言っています。でも、そう言うムッシュー・ファレリーこそ、面ひろいお方ですね、決して真ひ目《真面目》じゃなくて[25]」。もっと禁欲的な本でいうと、ヴァレリーはゲオルク・カントールの『超限集合理論の基礎』を読んでいる。これは、現代数学の中心となる著書で、前年ヴァレリーが幾何学で獲得した知識を補ってくれる。

ヴァレリーは、ウジェーヌ・ルアールの結婚式のときに出会った若い娘のことは、もうほとんど考えないでいた——というか、考える勇気がなかった。ジュヌヴィエーヴ・マラルメとその母は、ヴァレリーに彼女のことを思い出させる。こうしてヴァレリーは、二月九日の木曜日、ヴィルジュスト街に姿を現す。これらの令嬢たちはかなり保守的なので、ヴァレリーがドレフュス派ではなく、愛国主義者であることを知って喜ぶ。ヴァレリーは二月二十三日の木曜日にも姿を見せる。「ヴァレリーは二時間半の間、ほとんど休みなしに話しまくる。とても変わった人」。彼にとって、これらの訪問はどうでもいいものではなかった。彼の会話は少しばかり社交界の人間のような会話である。聞いている人を楽しませなければならないし、何食わぬ顔をしつつも知的なことを話さなければならない。しかし、彼がそこに姿を見せたのには、もっと個人的な理由があった。つまり、自分のことを知ってもらわねばならないのだ。「ヴァレリーはパリに来た最初の一年をどのように過ごしたかを話す。心をはずませて散歩したこと、読書することも、ものを書くことも忘れ、人と話しもせずに（ヴァレリーがこう言ったとき、ジャニーは驚いた様子を見せました）一年を過ごしたこと。こうしたことのすべてを、ヴァレリーは奇妙なまでの素朴さで語りました、たくさん勉強して、すごい頭脳の持ち主なのに。こうした彼の考えは小川の水のようによどみなく流れてくる。彼の言葉は優しい[26]」。

ヴァレリーはヴィルジュスト街の常連になる。彼らが作る小グループは、しばしば、ローマ街のマラルメ夫人のところに姿を現す。そうした人と人との出会いは、噂の種になる。四月、アンリ・ド・レニエはヴァレリーとジュヌヴィエーヴ・マラルメの結婚が間近に迫っているという愚かしくも、迷惑な噂を流す。心情の面から言えば、ジュヌヴィエーヴは、医者のボニオの方にますます引きつけられている。彼は、父親のマラルメをよく知っていただけでなく、小グループにしばしば加わってもいた人物である。結婚計画という観点からすると、ジュヌヴィエーヴは、父親が指名した人物のほうへとポールが向かうよう引き続き努力する。四月、ジュヌヴィエーヴはジュリーに計画の進展状況を報告してくる。それを記したジュリーの日記によると、ジュヌヴィエーヴがポールと結婚の話をしているとき、「彼女は彼に、〝あの三人のかわいい女友だちのうちの〟一人を結婚相手とする気はありませんか、と尋ねた。〝考えてないことはありません〟、と彼は答えた」。ジャニーの方はどうかというと、「ジャニーは彼のことをいい人だと思っているようだ[27]」。

この同じ四月、ヴァレリーは『メルキュール・ド・フランス』誌にH・G・ウェルズの『タイム・マシン』評の原稿を渡す。彼はこの英国作家を馬鹿げていると判断するが、要求された記事を一生懸命に執筆する。彼が「方法」欄に書くのは、これが最後となる。彼はその後、十年間、いっさい新しい文章を出版しない。さらに彼はルイスに、自らの作家としてのキャリアの最後をしるす出版の話もする。それは詩集の形をとるだろう。彼は「末尾の長々しい解題的な**注**」のなかで、その本の「死後出版[28]」的な性格を強調するつもりでいる。故ヴァレリー、詩人。計画は実現しない。

五月二十二日、月曜日、マラルメ夫人宅での昼食会が結婚問題を大いに進展させる。「ヴァレリーはバルコニーでタバコを吸っている。ジャニーは一人だけバルコニーに残って彼とおしゃべりしている。ジャニーが言ったことを聞いたヴァレリーの笑い方から判断すると、彼はジャニーに才気があると思っているようだ[29]」。すばらしいピアニストであるジャニーはシューマンの『ユーモレスク』を弾く——ジュリーは、ポールがジャニーのことをあまりほめないと思う。それはたいしたことではない。彼ら二人が少しの間、一対一になれる時間を皆で作ってくれたのだから。当時の習慣からすれば、そこには議論の余地のないほど重要な意味がある。結婚話は本物なのだ。

夏、マリー・ド・エレディアを愛していた（そして、今でも愛している）ピエール・ルイスはマリーの妹のルイーズと結婚する。独身者名簿に残っているのは、もはやヴァレリーの名前だけとなった。七月十四日と十五日の二日間、ヴァレリーはヴィルジュスト街の令嬢たちとヴァルヴァンで過ごすが、そこには田園風の魅力があった。「皆で少し木陰に行ったり、セーヌの岸辺で水彩画を描いた[30]」。とりどりの想いがヴァレリーの頭をよぎる。それをジッドと議論できたらいいのにと思う。彼は今、曲がり角に位置している。もう自分を詩人とも、文学者とも定義しないこと。ムッシュー・ヴァレリーになること。おまけで陸軍省勤めの事務職員になり、天職により怠惰と議論に運命づけられ、選択により思考の究極の言葉の探求に専心した者。夫婦生活というのは、結局のところ、これら三つの生き方を組織し調和させる理想の方式や手段になるかもしれない。

もう作家ではないのか？　七月、ポールはちょっとした嫉妬の発作に捉えられる。タデ・ナタンソンが編集長を務める『ラ・ルヴュ・ブランシュ』誌がとうとうマルドリュス改訂による『千夜一夜物語』を出版したのだ。めざましい成功を収めたので、ナタンソンは、出版前から、第二巻は一〇万から一五万フランの利益をもたらすだろうと予告する。そんなことがヴァレリーに起こる可能性はない。「ぼくが面白いと思うものは、どれもこれも例外なく一般の人をうんざりさせるし、ぼくが面白くないと思うものを、ぼく以上に下手にやるやつはだれもいない」。これこそ嘆かわしいことなのだ。金さえあれば、パリは申し分のない町だけになおさらである！　マルドリュスが金持ちになっている一方で、「ぼくは、古くなったロックフォール・チーズの一切れのような『ムッシュー・テスト』の一断章のせいでくすぶっている[31]」。問題になっているテクストは少し前に放棄されたテクスト「ヤ・リ」である。彼はそれを「中国のムッシュー・テスト」に変えようとしているのだが、このテクストは日の目を見ない。

そうした心配事をかかえてはいたが、彼は政治的な気晴らしをする。彼は空論家たちには我慢がならない。ある日、彼はバレスの「血のしたたる一切れの肉」を奮発して食べる。つまり、バレスと軽快に言い争いをする。「なんて政治の分からないやつ、なんて無知なやつなんだろう。それでいて、シーザー気取りなんだから、まったく！[32]」。ヴァレリーによれば、政治はその定義においては、単純な計算でできているし、その応用においては、様々なニュアンスでできている。政治は部分部分の目標に関しては正確な見通しが必要だし、最終目標に関しては沈黙を守らねばならない。統計学的な知識が若干でもある人間は、世界地図を見たり、英国の新聞を読んだりする。さらに、現在を判断し、それがどこに行こうとしているのかを観察し、必要な決断をするのに十分なだけの基本的な知識をもっている。

デストゥールネル・ド・コンスタンも出席するハーグでの世界軍縮会議がヴァレリーの関心を引き、楽しませる。「わたしは、皆そこで感動はするでしょうが、懐疑的な気持ちに襲われるのではないかと思います。こうした実験を支配している考えは明らかに、戦争は必然的現象か否か、わたしたちはそこで何かすることができるかどうか、というものです」。彼はこの会議で、「それぞれの国の国民性を性格としてもった登場人物たちによる政治劇」が見られるだろうと想像する。しかし、次のようにも付け加える。「皆が一番望んでいることは、結局のところ、卵の殻を割らずに中国を山分けすることなのです[33]」。問題を哲学的に考察するにせよ、作劇法の感覚を生かして会議を考察するにせよ、彼は会議で具体的に賭けられているものの性質を見誤ってはいない。こうした指摘は、若きヴァレリーの眼差しの鋭さ、彼の判断の驚異的な独立性を示している。政治は彼を熱狂させ、彼の分析ならびに総合の能力を刺激する。彼は諸々の情報を理解し、位置づけることができる。彼は関与者〔役者〕を識別し、利害関係を測定し、力関係を推測する。決して時間や空間、さらには、長期的な展望と戦略地勢学は忘れない。あらゆる出来事が、制度と法、メカニズムと拘束でできた緊密なネットワークのなかに組みこまれる。そうしたネットワークのなかでは、無視してもいい動きなどひとつもなく、偶然や古典的な因果関係は今や廃絶されようとしている。彼にとって、「有限世界の時間」——彼はそれについて三十年後話すことだろう——はすでに始まっている。

八月、モンペリエや、義姉の領地があるアヴェロン〔中央山地南西部〕で短い休暇を過ごすが、不安は鎮まらない。彼はあらゆる方向を向いたり、振りかえったりしている。仕事を変えなければならない。一人で何人分もの活動を強制されたり、消耗したり、途方にくれたりしなくてもいいようにしなければならない。九月、彼はオートゥイユやロンシャンで時間をつぶす。彼は競馬の雰囲気や観衆や賭けごとや娼婦たちが好きなのだ。しかし、倦怠が、永遠の倦怠が、日に日に彼の意図を凍りつかせ、彼の意志を去勢しようとする。彼は何者なのか？

> エレディアは、ぼくを怠け者と見ている。（よく言うよ！）非常に慧眼な、と言っても、せいぜい腰《ベルト》のあたりまでしか慧眼でない他の多くの人にとっては、ぼくは絶対に何もしそうにないムッシュー、あるいは錬金術師〔極めつきの抽象家〕、あるいは夭折した詩人、あるいはいんちき野郎、あるいは退屈な奴（こう思っている連中は間違ってない）。（…）で、このぼくが自分のことを本当はどう思ってるかだって？ヴァレリーは、むら気のある人間で、極度に繊細で、自分とは今ある自分にほかならないなどという考えに、絶対に慣れることなどない人間だ。そして、まだ自分の「最後の言葉」は吐いてないぞという耐えざる感覚のなかをずっと逃げまくっているんだ。[34]

彼は自分が変わり者で、分類不可能な人間であることは承知しているが、知的かつ文学的生活の基準に自分を合わせようなどという意志は持ち合わせていない——もはや、自分に「居心地のいい過去」を与えようとするような人間には我慢ができない。自分が不安定で、むら気のある人間であることを知っている。

「ぼくの能力は、そのときどきによって不思議なくらいに違う。ぼくは自分の肉体のなかに、そうした不連続性を再発見する」[35]。しかしながら、彼のおこなっている探求にはむら気はないし、堅固な土台の上に基づいている。つねに流れに逆らい、一貫して自分自身から外れている彼にできることといえば、欲望することだけである。しかし、そんな彼も平穏さにあこがれる。

一八九九年の末は、どたばたしていた。部屋の貸主で、あのお人よしのマントン夫人が皆を驚かせた。ポールは兄に次のように知らせる。彼女は「金を持ち逃げして、どこかに消えてしまった」。アンリ四世ホテルは閉鎖される。ポールはボーヌ街三番地のエリゼ・ホテルに一室を借りる。そこには数ヵ月しかとどまらない。十九世紀が終わろうとしている今、彼の気分は破裂寸前にある。彼はつらい神経痛に悩まされる。秋のことを考えて、絶望的なまでに積極的な政策に打って出る。「どうしたって、女の尻を追い回すというお定まりの話が、多くの夜会の上では飛び交うのさ。本当にすごい、悪魔のような女性問題のせいで、ぼくは今すりつぶされそうになっている。もうひとつ別のものもあって、そっちでは気づまりな想いをしている。まあ、一種の天国のようなところで、どんな〝所帯〟が可能なものとしてくっきり形を取ってくるか、分かりゃしない」[36]。彼の女性征服熱には、どこか独身男の生活を葬り去ろうとしているといったところがある。彼はきわめて複雑な恋愛話のなかで溺れかけ、あり得ないような情事を重ねる、あたかも、自分の人生にもう我慢がならないことを自分にたいして証明しようとするかのようだ。同じように、彼は毎朝、もし自分が奴隷仕事を余儀なくされていなかったなら、自分には『カイエ』での主張を発展させ、深化させるだけの十分な時間があるのに、と繰り返し独り言を言う。それから、夕方になるといつも、一日をつまらないことに使ってしまったと嘆く。彼はできたらすべてを投げ出したいと思う。生活を変えるべきときがやって来た。

9 身を固める

一九〇〇―一九〇六年

一九〇〇年二月、ポール・ヴァレリーは結婚の道を選ぶ。それは、いわゆる熟慮の末の決断というのでも、あふれるほどの情熱の結果というのでもない。彼はジャニーに言い寄る。結婚のイメージが彼に磁気を帯びさせる。しかし、彼の優柔不断が動きにブレーキをかける。確信を持てるまで待たなければならないとしたら、さらに数ヵ月は待たなければならないだろう。ということで、二人の出会いを仕組んだドガが、せきたてる。「彼のアトリエで、決定的な言葉が言われた[1]」。二人の婚約が正式に通知される。ポールはおそらく、愛してはいる。とにかく、魅惑されてはいる。だが、何よりも茫然としている。

いつものように、彼は自分の感動は自分だけのものと考えているので、それを他人にさらすようなことはしない。彼が人に見せるのは、結婚の社会的な側面に属しているものだけである。ジャニーはマネ＝モリゾ一族に属している。彼女は、彼にとって一番大事な人の意思によって指名された女性なのである。ヴァレリーの名前は、かつてグラッシ家の名前と結びつけられていたが、今後はマラルメに近い人たちの名前と結びつけられることになるだろう。ジャニーと結婚することによって、ポールはマラルメの環境に入っていく。そしてそうすることで、マラルメとの間にできあがっていた親密さをいわば公式のものとする。

こうした観点からすれば、ジャニーがポールの妻になるというよりは、ポールがジャニーの夫になると言った方が適切なのだろう。

社会的存在としての人間ヴァレリーは、このとき固定される。自分で自分をこんな人間だと見ているままに、そして、こうありたいと望んでいるままに。

> ぼくは三、四年ぐらい前まで人生の三分の二を友情の育成にかけてきたけれど、それを少しずつ断念しなければならなかった――そうした育成に我ながら満足してはいるのだけれど。(…)今のぼくは――生活条件以外に――きわめて特別なサークルに閉じこもりすぎている――少しずつ特殊な嗜好を自分のために練り上げてきた、(…)ぼくは世界をあまりにも自分なりの流儀で見るものだから――ぼくは人に伝達可能な特殊性をいっさい放棄してしまった――だれかがいると思うやいなや、ぼくは通常人を装うのだ。
>
> つまり、ぼくはもう友情関係は作らない。
>
> ぼくは結婚するよ。(2)

内なる特異性と、外なる順応主義。友情を弔い、結婚という殻に閉じこもろうとするヴァレリー。型にはまった地位が与えてくれる安全性のなかで、ポールは自らの運命の危険や絶対的な独創性に身を捧げる手段を見つけたいと願う。あらゆる愛情問題を超えたところで、この結婚は、ひとつの人生を再構成しようとする賭けであり、情動的な期待や満足の再分配の有効性にたいする賭けなのだ。ヴァレリーの選択のもっとも奥深いところを考えるなら、この結婚には、いわゆる打算的な結婚に通じるものがある。

しかしながら、そこで愛が一役演じたとあえて信じてみよう。外から見ている限り、本当にそのようであったと推定することは可能である。実際、ドガは二重の成功を収めた。ジャニーとジュリーという、離れ離れになることができない二人が、ポールとその友人のエルネスト・ルアールと、同じ時、同じ場所で結婚するというようにことが運ばれた。春は、こうした象徴的瞬間の長い準備のために過ぎていった。ポールは、こうした瞬間に可能なかぎりの輝きを与えるために、もっと裕福だったらいいのにと思う。二重の婚約披露の夕べが五月二十六日、ヴィルジュスト街のアパルトマンでおこなわれる。パブロ・カザルスとジュール・ブーシュリによる演奏が聴衆を魅了する。五月三十一日、二つの結婚式がサン・トノレ・デロー教会で執りおこなわれる。ポールは黒の礼服にシルクハット姿である。彼は一番大切な二人の友人に証人になってくれるよう依頼する。ジッドは区役所での結婚式の書類にサインをし、ルイスは教会での結婚式の方の書類を美しい文字で飾る。ヴァレリー家に代々伝わっている思い出によると、式の後のレセプションは楽しいものだったという。

　伝統にしたがって、新婚夫婦はその日の夕方新婚旅行に旅立つ。ベルギーとオランダで過ごした三週間はポールを熱狂させる。「コチラハ至福状態ダ（Sono felicissimo）」、と彼はジッドに書く。彼は妻のために――喜んで――明け方の儀式を取りやめる。しかし、今後二度と、彼は『カイエ』での訓練を意図的に中断することはないだろう。このうえない幸福に捉えられ、彼は、かつての恍惚とした状態に逆戻りするのではないかと感じる。もう一歩のところで、ふたたび馬鹿みたいになって、詩を書き始めるだろう。こうした状態が長くは続かないという確信が彼を安心させる……。幸い、彼にはいくつか心配の種がある。ファニーはもちろん結婚式に出席のためモンペリエからやって来たのだが、彼女はどうしてもパリに残ると言ってきかない。そして、食事つきの宿に独りとどまっている。それに加えて、また役所に戻らなければならないというつらい見通しや、落ち着くまで何度か引越しをしなければならないという心配がそれに加わる。

新婚旅行から帰ると、驚くべきことが事務職員を待ち受けていた。友人のアンドレ・ルベイが彼のための職を申し出てきたのだ。アンドレの伯父で、アヴァス通信社の重役会議の創始者であり議長でもあるエドゥアール・ルベイはパーキンソン病にかかっている。椅子にすわったままで身体を動かすことはできないし、たえず身体も震えている状態だが、知的能力は保たれていて、退職したにもかかわらず、通信社でかなり精力的に働き続けている。彼の弱った手や声の代わりになってくれるような信頼のおける人物、朗読係にも助言者にも私設秘書にもなってくれるような人物を彼は求めている。甥の勧めに応じて、彼はヴァレリーに六ヵ月間の雇用を提案する。その後のことは、そのときになってから考えよう、というのである。陸軍省はポールの休暇申請を承認する。ポールは早速仕事にかかる。

日曜日も含め毎日、午前中と午後の終わりの二回、合わせて四時間から五時間、彼はパトロンのところで過ごす。彼は金融市場について毎日報告書を準備し、ルベイの株注文や指示を通信社に伝え、手紙を書いて送り、ルベイが知りたいと思う新聞や本の朗読をしなければならない。陸軍省の仕事より拘束が少なく、かつ比較にならないほど面白い仕事をして、給料は陸軍省の二倍。もっけの幸いというものである。ポールが唯一躊躇する点があるとすれば、このポストが不安定だという点にある。エドゥアール・ルベイは年寄りではない——五十代——だが、いつ病気が高じるか分かったものではない。陸軍省なら、終身雇用である。八月の末、二人の男は、満足のいく仕事のリズムを見出した。そして、互いのことをよく理解しあっていると確認する。ポールは自分の新しい身分に満足する。そして、ますます「牢屋」に復帰するのを怖れるようになる。

若夫婦はヴィルジュスト街に居を定める予定である。一八八二年に建築されたその建物はジュリーならびにエルネスト・ルアール所有のものである。この二人は建物の五階を、ヴァレリー家は四階を占めることになる。ポールはジャニーの姉のポール・ゴビヤールが独りで住むのではなく、自分たち二人といっしょに住むよう強く主張する。しかし、建物の改修工事が必要で、それに時間がかかるため、当分の間、どこか住むところを探さなければならない。十月、この三人はヴィクトル・ユゴー大通り五七番地の建物の四階に引っ越す。ファニーは七十歳で、ほとんど目が見えないにもかかわらず、すこぶる元気である。次男が片づいたので、彼女は気ままに暮らしていける。彼女はパリにとどまる、もちろん、息子のところに。徐々に、彼女は時間を二人の息子の家庭の間で分けて暮らすようになる。セーヌ左岸の安い家具つき部屋で何年か過ごしたポールにしてみれば、こうした生活の変化は楽しみにあふれている。ブルジョワ生活には、彼のこれまでの生活と比較すると、汲みつくせない魅力があるように思われる。夫婦生活も気に入っているし、義姉とも理解しあっている。彼は近くに母親がいてくれて幸せである。実際の生活面のことで、彼がしなければならないことはなくなる。家の財政管理の問題はシャルロット・ルコックの手に委ねられている。彼女は、マラルメの隣人で長年来の友人だった農民の娘である——父親のルコックはマラルメが信頼していた人物で、詩人といっしょにセーヌ川に向かってパイプをふかしながら、夕陽の最後の輝きを眺める習慣があった。シャルロットは一八九六年以来、ヴィルジュスト街の令嬢たちに仕えた。今度はヴァレリー家が彼女を雇う。忠実で献身的で、皆から愛された彼女は、一九五六年に死ぬまでその職にとどまった。

精神の自由、時間があるという感覚、きちんとした生活のもたらす喜び、安定した愛情関係にたいする満足感、こうしたものがヴァレリーを刺激する。「わたしは自分に、自分を取り戻すという仕事を与えました[3]」、と彼はデストゥールネル・ド・コンスタンに書く。彼は『アガート』の草稿に再び手を入れるが、書く喜びは冷めてしまっている。主題を温め直そうと試みるが、たいした成果は得られない。ひとつの大計画が彼を揺り動かす。彼は『カイエ』の束を取り上げ、主題ごと、問題ごとに分類、組織する。そうすれば、ひょっとしたら、彼が永年熱望してきた方法の輪郭が素描されてくるかもしれない、あるいは、少なくとも、彼が過去におこなった考察のジャングル状態にある堆積のなかに一本の道筋をつけるような、部分的ではあるにせよ一貫した目的が現れてくるかもしれない。第一に、そしてこれがたいへんなのだが、清書の必要がある。彼はジャニーに助けを求め、夏になると、彼女にメモを口述し始める。だが、その仕事はすぐに中断される。ジャニーは「このごろひどい貧血を起こしたり、衰弱やら頭痛やらその他いろいろな病気の兆候が出ている。妻の病気が少しぼくにも作用したために、二人で看病しあっている[4]」。——彼ら二人の健康は、同じくらい「奇妙だ」とポールは確認する。いずれにせよ、秋にはヴィクトル・ユゴー大通りへの転居があるので、自由がきかない。何週間も、乱雑ながらくたのなかで仮住まいをしなければならないし、そこのテーブルや壁に慣れなければならないし、自分を再び見つけ出すよう努力しなければならない。

十月、ポールは友人たちのもとに再び姿を現す。彼はジッドに、二人の友情は一貫して続いているし、彼の愛情生活に変化があったにしても、友情を損なうことはないと言って安心させる。彼はルイスに会う。ルイスの意気消沈ぶりが彼を不安にする。ルイスの友情が彼には冷めているように思われる。ルイスの家でおこなわれたある昼食会のとき、彼はドビュッシーと、これといった筋書きのないバレエの計画をでっち上げる。楽器やダンサーたちの可能性が意味を与えるようなバレエである。これは実際に作られることはないが、彼はいつの日か、それを再び考えるだろう。アンリ・ド・レニエが重病にかかっているため、彼は心配する――かつて彼がつきあった詩人たちのなかで、レニエこそはヴァレリーの一番のお気に入りであり続けるし、「周りにいて大声で叫んだりする連中やつまらない奴らより感じがよく[5]」見える。彼はときどき、『メルキュール・ド・フランス』誌の事務所に顔を出しては、少し議論し、楽しみながら退屈し、退屈しながら楽しむ。そして、いつものように、一言聞いただけで、ある主題から別の主題に飛び移れるような、彼自身と同じくらい頭の回転の速い対話者がいないことを嘆く。その『メルキュール・ド・フランス』が、アドルフ・ヴァン・ブヴェールとポール・レオトーの編集によるアンソロジー『今日の詩人たち』を出版する。ヴァレリーのかつての詩、とりわけ「ナルシス語る」も収録される〔ヴァレリーの詩は全部で七編収録されている〕。このアンソロジーは二十世紀の最初の四半世紀の間、何度か再刊されたが、おかげでヴァレリーの名前と詩は数世代にわたる高等中学生たちに知られることになる。

　十二月、ポールは陸軍省に、六ヵ月間の無給休暇の延長を申請する。この間、彼はエドゥアール・ルベイのもとでの仕事を続けることになっている。ポールはルベイを今後、「パトロン」と呼ぶ。ポールの仕事にはあらゆる種類の利点があった。その仕事は、彼に時事的な問題に正確で詳細な情報をもたらすことで、彼の批評精神を養い、政治的な考えや判断を鋭くする機会を与えた。さらに、強い影響力を発揮している人物、特に財界人たちと彼との関係を作りもした。こうした人的接触は経済的な観点からも、社会的な観点からも、将来彼にとって有益になるだろう。ルベイの邸宅はボワ大通り（現在のフォシュ大通り）三八番地の二に位置している。つまり、ポールのアパルトマンから数分の距離である。通勤をかねた朝の散歩と午後の散歩、それは、散歩が大好きなポールには好都合だ。ルベイの方はどうかというと、彼はますますポールの分析の慧眼さ、慇懃さ、彼を困らせるようなものを取り扱うときの繊細な方法を高く評価するようになる。

ヴァレリー家は完璧に平穏で洗練された生活を送っている。彼らは文学や芸術の世界に属し、友人のほとんどは作家や画家だが、彼らの環境は相当なブルジョワである。ジャニーは、姉やジュリーといっしょに生活していた頃、木曜日に人を迎える習慣があった。この伝統は結婚後も維持される。一九〇一年四月二十一日、ポール・レオトーが夕食に招待される。そこには、ホストであるポールとジャニー、それからポール・ゴビヤールとファニーがいる。それに、オディロン・ルドン夫妻——彼らは、かつてベルト・モリゾの友人であったが、最近ではその姪たちの友人になり、今日ではヴァレリー夫妻の友人になっている——も同様に招待されている。ルドン夫妻は彼らの若い息子を同伴している。レオトーは、「これらの照明、これらの重苦しくない家具調度、これらの気取らない優雅な女性たち、こうした可憐なニュアンスのつけられた、きらきらした環境の全体[6]」を愛する。夜会はサロンで始まる。議論はルドンの貴重で綿密な話に支配されている。夕食準備完了との案内がなされる。食卓に移ろうとしたとき、画家はその腕をヴァレリーの母親に差し出す。ポールはルドン夫人に差し出す。レオトーは一瞬躊躇した後、ヴァレリー夫人の腕を取る。そして、ルドンの息子はゴビヤール嬢とともに最後尾をなす。食事中、あらゆること、どうでもいいことで話がはずむ。官展《サロン》が問題になっている。レオトーは気づまりで、退屈し、何も言わず、近くの人たちに飲み物をついでいる。再度、サロンに戻る、それぞれが、それぞれの相手の腕を取って。コーヒーを飲む。コーヒー茶碗を両手で持ったルドンが、ボルドーのブドウ畑の話をしたり、ヴァロトンと裕福な未亡人との結婚にまつわるゴシップをいくつか紹介する。解散。夜会は完璧だった。夕食の儀礼は、不協和音ひとつ立てることなく、うまく執りおこなわれた――おそらく、こうしたブルジョワの生活の儀式や堅苦しさにほとんど慣れていない、あの実直なレオトーの当惑したような沈黙だけは別だったが。

彼は結婚することによって、友人関係や人づきあいを広げていった。画家のなかでは、あいかわらずドガと頻繁につきあっているし、モネ家やルノワール家の人たちをときどき招待している。彼は文学の世界の人間とも接触を保っている。そして、ときどき、忠実なアンドレ・フォンテーナスや、ベルギーの詩人アルベール・モッケル、エレディア家の人たちやヴィエレ＝グリッファンに会っている。音楽関係では、よくクロード・ドビュッシーに会うし、ジャニーのピアノの先生ラウル・ピュニョと知り合いになる。近い取り巻きのなかには、あいかわらず、ジッド家の人たち、アンドレ・ルベイ、ルアール一族、ジュヌヴィエーヴ・マラルメが含まれている。ジュヌヴィエーヴは六月、エドモン・ボニオ夫人になる。ルイスと会うことは、ますます稀になる――彼は文学の世界から身を引き、しだいに孤独に閉じこもるようになる。

これまでになかったような自由を手にして、ヴァレリーは『カイエ』に没頭する。以前に書いたものを再度取り上げる代わりに、彼は前に進む決心をする。「ぼくは毎日、自分の背後に、たいがい二度とひっくり返してみることのない一ページを残していく(7)」。自分の計画が正当であることは、彼にはますます明白であるように思われる。彼はその正当性をことあるごとに実証する。意識の活動のなかで、精神に由来する部分と対象に起因する部分との区別が不在であることが彼をたえず驚かせる。彼の方法が完成すれば、考察のための貴重な道具となるだろう。その方法は、ともかく、どんな分野の話であれ、話をする人間に、自分がどのように話すべきなのか、何について話すべきなのかを分からせてくれるだろう。しかし、ポールは、こうした方法をどうような形で提示したらいいのか、まだ分かってはいない。そうした方法が何かに行き着くことがあるにしても、それは読者のいない一冊の本でしかないだろう、ということは確信している。

一九〇一年七月一日、最終的な決断がなされる。アヴァス通信社が自分を正式に雇うという約束と引き換えに、ポールは二度と役所には戻らないと通告し、退職する。こうして、将来の見込みのあったキャリアは中断された。実は、退職前、この事務職員には、くすぐったくなるような評価が下されていたのだ。「次長になれるし、ならねばならない[8]」、と彼の上司たちは話していた。役所にとっては残念——事態の滑稽さが見られなくてというのではないにしろ、次長になったヴァレリーの滑稽な姿が見られなくて残念——と言うべきか。ヴァレリーの方は、世の中で一番退屈な仕事をやめることができて満足している。そして、自分の要求にかなった身分を見つけることができて喜んでいる。三分の二世紀の後、娘のアガートは証言する。「ルベイのもとでの何とも定義不可能な仕事、これは職業とはいえない職業でしたが、父に自分の仕事をするためのたくさんの時間を残してくれました。しかし、彼を完全に解放してくれたわけではありませんでした。彼はおそらくそのことで愚痴を言っていました。でも、あのような機械のように変わることなく正確な生活のリズム以上に（…）、彼の個人的な訓練の必要性に合致していたものは他になかったのです[9]」。ヴァレリーは、どんな職業につこうが、出世する気などない。彼は自尊心をくすぐるような自分自身の社会的イメージを人に与えようなどとは思わないし、ムッシュー・ヴァレリーとして以外に自分を世間に認めさせたいとも思わない。名前をひとつ持っているというだけで、彼にとってはかなり空しい負担となっているのであって、彼はその負担に慣れるのにときどき苦労している。名前だけで彼には十分なのだ。彼の立場には、彼をして一種の「特性のない男」に作り上げるという利点がある、自分の個人的な属性にだけ還元され、多くの点で、エドモン・テストなる人物に似た「特性のない男」に。今後、彼は、二年前に決めたように、何も出版しないで沈黙を守ることも、『カイエ』のなかでノイズを日に日に生産し続けることも思いのままなのだ。彼はこのポストに二十年以上とどまる。

知らず知らずのうちに、秘書としての仕事は同伴者としての仕事に変化する。ヴァレリーはルベイのなかに、スタンダールが描いたルーヴェン親父のような人のいいところがあると思う。愛情と知的共犯との入り混じった関係が二人の男の間にできあがる。毎日、株式相場ならびに世界で起きた出来事の情報を頭に入れた後で、彼らは恍惚としながら、哲学や文学や宗教の世界に没入する。朗読者ヴァレリーはカントの『実践理性批判』――「邪悪な作品」を、なんとしてでも我慢して消化してしまわないといけない。それで、彼は、今度は自分の好きなジョゼフ・ド・メーストルのいくつかの作品をルベイに無理やり押しつけて復讐したり、『ユリイカ』を読んで、一人悦に入っている。『ユリイカ』は、ヴァレリーの目には、今もなおきわめてすぐれた作品に思われる――そして、エドガー・アラン・ポーについての論文を一本も書かなかったことを悔やむ。

朗読の後、長い議論が続く。使用人ヴァレリーの懐疑的な気質が、パトロンの精神のなかで驚くべき反応を見せる。うだるように暑い七月のある午後、ルベイはポールに、彼の批評精神のおかげで自分は宗教心を取り戻した、宗教のなかに心の平穏を見つけた、その件で彼には感謝していると告げる。「奇妙なことに、こういった椿事がぼくに起こるのは、これが初めてじゃないんだ。ぼくはなんて変てこな使徒ぶりを発揮してるんだろうね。ぼくが『教会』に熱中しているということは認めるよ。そこでは、螺子《ねじ》一本たりともおろそかには打ち込まれていないし、欠けているものなど何もないからね[10]」。これは神学の議論ではなく、政治学の議論なのだ。「教会」というヒエラルキーを持った偉大な機械仕掛けが、ヴァレリーにおける形の要求を十全に満足させる。同じ夏、同じ暑さのなか、通りを行く散歩者たちの立てる騒々しい音のせいで、ある日曜日のこと、彼は群衆にたいしていらいらする。「ぼくが先に進めば進むほど、この民衆は、つまり今日みたいな日はだれもかもが、ますますぼくを嫌悪させるんだ。彼らはもはや造形芸術の素材としては質が劣るからね。彼らは形がないまま、おめでたい状態で死ぬんだ[11]」。彼の審美的な趣向がトクヴィルの古いイメージを思い出させる。お馬鹿さんで、おめでたい民衆。これこそが民主主義の行き着く先だろうか？　ヴァレリーの精神のなかで、民主主義は形の不在という美にたいして犯しうるもっとも重い罪と結びついている。それに反して、「教会」は厳密さと品位を保証するのであって、この二つが美しい制度を作り上げ、その制度に偉大さと長寿とを確保する。このような建造物に栄誉を与えるのに、目に見えもしなければ証明のしようもない「神」などは必要ない。目で見ることができる強力な法王こそがふさわしいのだ。信仰心などほとんどなくても、たくさんの政治があればいい。宗教はこうあらねばならない。

　ヴァレリーのすべてがここにある。彼の観点は反世間的な態度をとる人間の観点ではない。彼がそうした態度を議論のなかに含めるとすれば、それは間接的な形で、しかも論理的な必然性があるときに限られている。まず、ヴァレリーにあるのは統合の意志である。それで彼は、人間の営為が生み出した様々な専門分野を考察対象として取り上げ、それらをお互いどうし比較することによって反響させる。こうして、美学が政治学と混ざり、政治学が神学と混ざる。こうしたやり方は、彼の計画の実質そのもの、核心部分を照らし出す。問題になっているのは、古びた観念論の支配に終止符を打ち、同時代の人間の精神の要求に応えることのできる世界の説明を作り上げることである。マラルメが後ろ盾としたヘーゲル的な伝統は、あらゆるものを語の集積に還元し、現実を現実の省略に取って代えることに帰着する。ヴァレリーは建造物の向きを再び正しい方向に修正しようと決心したのだ。彼は事物に事物本来の場所を返そうと願う、ただし、他方で、事物の存在と事物のなかにおける人間の位置に関しての全体的な説明の原則は保つ。彼は、精神にとっての昔からの神性――「神」「歴史」「観念」――などに頼ることを拒否しながら、かつ、現代科学から、そのもっとも繊細で的確な手続きを借り受けながら、どのような全体性が可能かを追い求める。こうした観点から、類推《アナロジー》が彼にとって比類のない作業道具となる。類推の助けを借りなかったとしたら、どうやって数学から詩へ、哲学から経済ならびに社会問題へと移ることが可能だというのだろう？　ヴァレリーの会話がたえずある対象から別の対象へと飛び移るように、彼の精神はある分野から別の分野へと跳躍し、比較を試み、異質な概念や方法の間に橋を架ける。もし『カイエ』が何らかの体系的な作品に行き着いたのなら、そして、もし彼がありとあらゆるものを捉え、それを世界の構造物のなかに含ませ、哲学的あるいは文学的建造物の完成した形のなかでそれを実現するところまで到達したのなら、彼は彼が親愛の念を抱いていたレオナルドよりも偉大と言えるだろう。そして、レオナルドを前もって役立たずのものとしたヴァレリーの記念碑的建造物にたいして時代は恩義を感じることだろう。しかし、ヴァレリーはたしかにプロメテウスのように火を盗みはしたが、火花をいくつかくすねただけなのだ。世界は彼に抵抗し、彼が解明しようとした謎は、そのまままるごと残った。

八月から九月初旬にかけて、ヴァレリー家はヴァカンスをとる。彼らはロワイヤン〔ボルドー北西〕近くのサン・ジョルジュ・ド・ディドンヌの水辺で数週間を過ごす。彼らはルドン家とともに一軒の別荘を借りた。ポール・ゴビヤールも同伴する。ファニーはモンペリエに帰って、そちらですばらしい季節を過ごすことにした。最初のうちは、散歩や水浴や議論をして過ごす。その後、ジャニーとポール・ゴビヤールが病気になる。二人を診察した医者は良心的で、感じのいい人間である。ヴァレリーはその医学的な知識に魅惑され、自分が医者でないことを後悔する。ヴァレリーは二人の女患者を観察し、医者と話し、症状の奇妙さに驚く。彼は医科学が「連結棒《ロッド》」とか「ピストン」といったレベルの領域にとどまり、人間機械、とりわけ、神経系のなかにまで深く入りこむことができていないという現状を知る。このように海で過ごしたり、医学のことを考えた日々の様子は、後年、ヴァレリーが書いたもののなかでもっとも自伝的な性格の強い『固定観念』に登場するだろう。

ルベイに呼び戻されたポールは、病人たちを残したまま、九月中旬にパリに帰る。彼女たちは数週間後、パリに戻ってくる。一九〇一年から翌年にかけての冬は穏やかで、たくさん仕事をすることができた。秋、ヴァレリーはグルックの『オルフェオとエウリディーチェ』を観て驚く。「それには、わたしのなかの、打ち捨てられたとっても古い岩を感動させるだけの才能がありました（…）。わたしは、叙情的な気分になって帰宅しました」。この複雑な構成をもつオペラのなかに、彼は自らの体質の複雑さを嗅ぎ取った。「なんて奇妙なオーケストラを、わたしは自分のなかに抱えているんでしょうね、そこには三つないし四つの主要テーマがあり、さらに特異な沈黙というもうひとつ別のテーマがあるといった状態です。今のわたしは、互いに同じ価値を持ったスナップショットの群れとしてしか、世界を捉えることができなくなっています[12]」。かつてなかったほど、彼という人物のなかの様々なレベルが、別々の人生を生きている。毎日の時間割がそれぞれのレベルに時間と場所を割り当てている。明け方と朝の始まりは、『カイエ』を書く人間用。その次に来るのは、使用人のレベル用。昼食後は、訪問したり、されたりといった友人としての時間。日没になると再び使用人用。夜は家族団欒の時間か社交界にいく時間。睡眠は、たいていの場合短すぎるか眠れないので、彼の時間とは言えないほどだ。もし、世界が多くのスナップショットでできているように彼に思われるとしたら、それはおそらく、こうした時間の切り分けに、つまり、毎日が、様々な活動と背景と存在方法の変化の連続でできていることに由来している。

彼は文壇の仲間と接触を保っている。レオトーは、毎週、彼がやって来るのを見る。「ポール・ヴァレリー、驚くべき話し上手。『メルキュール・ド・フランス』の事務所で、皆が彼の話を聞こうと、彼を取り囲む。きわめて独創的な見解の数々。文学的な事物を、可能なかぎり結合して、観察したり、定義したりするときの超・知的なやり方。ここで言う結合とは、ほとんど実験室で使うような意味だが（…）。推理や結論があまりにも洗練されているので、ついには、彼自身も話を続けられなくなって、〝まあ、お分かりでしょう……〟という逃げ道しか見つからなくなる始末。ヴァレットは彼を、決して終わることのない男、と呼び始める[13]」。

彼は、ますます、沈黙した詩人として評判が高くなる。彼のことを評価しない人たちは、皮肉を言い、ヴァレリーは今後何もしないだろうと予言しつつ、「落伍者」扱いしているふりをする。彼の詩を好きな人たちは、彼の沈黙を歎きつつ、沈黙するよう彼に命じた内部の声に従った勇気をたたえる。そして、いつの日か、彼が再びペンを取るのを期待する。もっとも若い人たちのなかに、彼を密かに敬い始めるものが出てくる。彼らは彼の詩を学び、入手不可能な詩の写しを探し求め、「興奮で顔を青ざめさせつつ[14]」朗読しては、尊敬の念をこめて彼の名前を口に出す。この時期以降、ヴァレリーという神話が練り上げられていく。その神話は、彼が文学の舞台へと復帰した後もなお生きながらえるだろう。

決して終わることのない男は、思いやりのある友人であり続ける。ラ・ロシュフーコー〔フランス西部のシャラント県〕で勤務しているフールマンは南フランスの高等中学校への転勤を望んでいる。彼はポールに、もし監督官庁の人間にコネがあるなら、いざというとき影響力を発揮してくれないかと依頼してくる。ヴァレリーはある人間に会いに行くが、成功しない。必要なだけの力がないことを残念がりながら、彼はフールマンに、パリでは、いろいろ人間関係を結ぶことはできるが、だからといって影響力を発揮できるわけではない、影響力というのは、タダなものが何もない市場なのだと手紙で書く。レオトーの方は、代訴士事務所での正体不明の仕事を失う。ヴァレリーは、友人として、どんな再就職先が考えられるかレオトーといっしょに検討する。そして、レオトーがいろいろなところと接触を取るのを助けたり、万一何も見つからない場合のため、レオトーが一、二ヵ月当座をしのげるような基金を集める用意があるという。彼はそうした状況を上手く利用して、レオトーに、もし木曜日の夕食会が退屈なら、何曜日でもいいから夕食の時間に来てくれたら歓迎すると伝える。

ドレフュス事件の頃、ヴァレリーは政治という機械を解体し、その歯車を明らかにするような論文を何本か書きたいと思っていた。当時の彼の身分ならびに時間不足のせいで、その種の活動をすることはできなかった。とはいえ、政治にたいする関心が薄れてしまったわけではないので、計画は再浮上する。ある日、彼はパリで最大の日刊紙のひとつの編集長に会いに行く。この社長とは何度か、きわめて微妙な政治問題について議論を交わしたことがあった。彼の訪問は「ある重要人物」によって根回しされていた。彼は「対外政策のいくつかの問題に関するシリーズもの」を書いて出版したいと考えている。あまり頭の切れない編集長は、新聞記者の才能を時間当たりの言葉数で判断するような人物だが、すぐに仕事にかかるようにヴァレリーに要求する。というのも、彼は二時間後にベネズエラ事件について二段抜きの記事が必要だったのだ。「ぼくは逃げたよ[15]」。

一九〇二年四月三十日、ヴァレリーはピエール・ルイスとともにドビュッシーの『ペレアスとメリザンド』の初演〔パリ、オペラ・コミック座〕を見に行く。このような上演の際、陰謀や嘲笑や口笛による野次を伴って、パリでは一騒動持ち上がるのだが、こうしたロマン主義時代の大スキャンダルの系譜に連なる騒動には、つねに愉快なものがある。あいかわらずワグナー熱に取りつかれているにもかかわらず、ヴァレリーは現代派の方に陣取る。それにひきかえ、あまり楽しくない義務が生じてくる。五月の末から四週間、予備役軍人としてモンペリエで兵役につかなければならないのだ。十八歳のときにいたことのある兵舎、青年時代を過ごした場所に戻って、また当時のような思いをするのかと考えて、彼は「有史前の状態」に落ち込む。ジャニーが彼に同道する。彼は彼女を植物園に連れて行き、かつての生活ぶりを話して聞かせる。彼は、かつて自分を熱狂させたものたちが、実際はどれほど貧しかったのかを理解する。「愚かな地方都市よ、万歳——空虚であればあるほど、街は充満しているのだ！　そこでは、ぼくたちの手元にあらゆる欠如がある。ぼくたちは欠如を満たそうとして、想像力を駆使してでっちあげるほかなかった」(16)。

一九〇二年七月、ヴィルジュスト街四〇番地のアパルトマンの準備ができあがる。若夫婦はそこに腰を落ち着ける。彼の存在は、長い目で見れば、この静かな幹線道路のアイデンティティに多大な影響を与えることになる。というのも、この通りは、彼の死後、ポール・ヴァレリー街と改名されるのだし、現在でもその名で知られているのだから。ポールは仕事場からすぐのところに居を構えることができて喜んでいる。エトワール地区とパッシー地区の間は、ほとんど田園地帯である。建物はまだ地面を覆いつくしてはいなかったし、庭園も多かった。四階からは、辻馬車の騒音や鞭の響き、舗道に木靴があたる音が聞こえる。ヴァレリー家のアパルトマンは、広さは中ぐらいで、エルネストとジュリーが引っ越してきた上の階ほどには絵が多くはない。とはいえ、その四階でも印象派やナビ派や象徴派の巨匠たちの絵の驚くべきコレクションを嘆賞することができる。それらの絵を描いた画家たちのほとんどは、今でも、そこに頻繁にやって来る。ヴァレリー家には、マネ家やモリゾ家の近親者ばかりでなく、モーリス・ドニやジョルジュ・デスパーニャやピエール・ラプラドやエドゥアール・ヴュイヤールが招かれる。絵の存在が日々の生活に深く入りこんでいる。絵は装飾の一部というだけでなく、ポール・ゴビヤールの主要な活動であるし、ヴァレリーの息抜きでもある。素描したり、絵の具をぬったり、削ったり、その道のプロと技術談義をしたり、アマチュアと芸術の話をしたり、展覧会や競売会やヴェルニサージュ〔絵画展開催日前の特別招待〕の情報を互いに教えあう。

無視できない地位が音楽に与えられている。ジャニーはしばしば鍵盤に向かう。夫の求めに応じて、彼女は何度もワグナーのアリアをピアノ譜に書き改めたものを弾く。ポールの一番のお気に入りは、『ワルキューレ』第三幕のヴォータンとブリュンヒルデの二重唱である。彼は指一本で鍵盤を弾いて、そのモチーフを再現してみたり、その場面の何らかの一節を歌ってみようとする——もちろんフランス語訳でだが。原作により忠実で完璧な印象を得ようとして、友人の女性歌手を自宅に招くこともある。彼女は画家のシャルル・ラコストの妻で、彼のためにジャニーの伴奏に合わせて場面全体を歌ってくれる。彼は、ワグナー的な偉大さとは正反対のイタリアのカンツォネッタも好きだ。彼は口ずさみ、正しい音を見つける能力がある。レパートリーには、かなりの数のオペレッタのアリアが含まれている。なかでも、シャルル・ルコック作曲の『アンゴ夫人の娘』が十八番である。

ヴィルジュスト街のアパルトマンは芸術に捧げられているのだが、少しも作家の住居といった雰囲気はない。文学にたいする称賛の念が唯一はっきりと分かる形で現れているものと言えば、上の階から、エルネスト・ルアールが、大きくて明瞭な声でラテン詩人の十二音節詩句《アレクサンドラン》や詩句を朗読するのがときどき聞こえてくるくらいのものである。ポールの仕事の方は、純粋に私的なものとなった。彼はアパルトマンのなかに書斎をしつらえる。起床するとそこに閉じこもり、だれも彼の邪魔をできないようにする。その書斎への入口こそは、空間的かつ心理的な境界線であって、その入口の向こう側で起こっていることはいっさい、こちら側には漏れてこない。

『カイエ』は足踏みして、進まなくなる。ヴァレリーはしばらくの間、エネルギーや、その損失ならびに変形の問題に関心を抱く。彼は、物理学によって練り上げられた概念を認識の領域に適用できたらいいと思う。次には、生理学の問題に没頭し、その基本的な所与の統合と図式化を図る。このように彼は自分の注意力をいろいろな分野に差し向けるが、とうとう疲れてしまう。「ぼくは一貫して続けているんだけれど、こんなふうに閉じこもってやっている冒険全体に大きな疑問を抱くときがあるんだよ[17]」。彼はそのことをルベイに話すし、また、ジッドに話したいと思う。だが、その勇気がない。彼は意気消沈する。一九〇二年の秋、彼は胃痛に苦しみ、眠れなくなる。衰弱し、憂鬱な気分になる。彼は自分が老いていくのを感じる。

友だちが彼を元気づけてくれる。何年も連絡の途絶えていたオージリオンが姿を現す。ドラギニャン〔南フランス・ヴァール県〕の哲学教師に任命されたフールマンはポールとともに互いの再接近を喜ぶ。かつての三人の共犯関係が復活する。それはヴァレリーに、マラルメの死によって閉じこめられていた内的な砂漠から抜け出るような印象を与えてくれる。「ぼくは仲間とか何人かの特別な人にたいする愛情が深くなるにつれて、公衆とか群衆とか人類なんてものを憎むようになる[18]」。彼は再度、複数の人間になる。ギュスターヴはポールにジャニーを連れて彼のところに休息しにくるよう提案する。何もかもが昔のまま、昨日のままだから、と言う。ポールの方は歳月が過ぎ去っていくのを感じているのだが、ギュスターヴの方は自分が変わっていないと思っている。ヴァレリー家はドラギニャンには行かない。

一九〇二年の終わりと翌年の初めは、ファニーの姉ヴィットーリア・カベッラがジェノヴァで死んだために、暗いものになる。冬の終わりまで、一族全体が多かれ少なかれ、「くたくた」で「へとへと」で、ヴァレリーと同じように、「何もしないで肘掛け椅子のうえでじっとしていたい[19]」気分になっていた。しかし、ジャニーが感じていた疲労や気分の悪さや障害は、ポールの気力のなさとは比べ物にならなかった。

彼女は妊娠しているのだ。虚弱体質で、健康が不安定な彼女は、あらゆることに注意して、可能な限り安静にしていなければならない。六月、天気のいいのを利用して、家族はル・メニルに出かける。それは、セーヌ・エ・オワーズ県のジュジエ近くに位置する十七世紀に建てられた瀟洒な館で、一八九一年にウジェーヌ・マネが取得したものだが、今はジュリーならびにエルネスト・ルアールのものになっている。二人は結婚後、館を修復し内装をほどこした。彼らは、それ以降、ル・メニルで一年のかなりの時間を過ごすことになる。ジャニーとポール・ゴビヤールはポールといっしょのときも、そうでないときもあるが、ほぼ毎年、夏になると必ずそこにやって来て、彼らと合流するようになる。

　ジャニーの妊娠で頭がいっぱいのヴァレリーは、どんなことにも注意を真剣に集中させることができない。彼もまた待機状態にあるのだ。彼は天文学がずっと好きだったが、これがすばらしい気分転換になってくれる。子どもの頃から、彼は星空を見て喜んだ。双眼鏡で月食を観察した後、複数のレンズを使って天体望遠鏡を自分で作ろうと試みる。彼がその注意力を地上に戻すやいなや、再び不安が彼を捉える。七月二十七日、彼はジッドに出産は明日かもしれないと告げる。彼はひどくいらだち、恐怖で死にそうになり、何をする気にもなれない。「妻はお腹のなかの住人とたえず闘っている。その住人は妻が消化したり、呼吸したり、動いたり等々するのを邪魔して楽しんでるんだ。妻が言うには、それはぼくのやり口とそっくりだとさ！」[20]。耐えられない恐怖は八月十四日まで続く。「夜中の十二時ごろ、男の子が生まれた。なかなかの難産だった。出産にいたるまで、どこまで続くかと思われるほどのつらい一日を過ごした」[21]。母子ともに健康である。父親は何を考えていいのか分からないので、何も考えないようにする。ヴァレリー家最初の子どもとなったクロードの食事の世話は乳母のル・バーユにまかされる。医者のジュリアによって推薦された彼女は、満足のいく働きぶりを示す。

秋、ポールは数週間の休暇を取る。彼は、あいかわらず有給の職を探しているレオトーに、彼が留守の間、ルベイのところで代理をするよう提案する。彼はファニーにルーアンの町を案内したり、様々な劇場で初演を観たり、日照時間不足の「アスパラガスのような色合い」を文学に見出したり、ジッドがビスクラから送り届けてくれたナツメヤシの実を妻といっしょにかじったりする。父親としてうれしいことに、『カイエ』の仕事と赤ん坊とが混じりあったような生活を送る。「わたしのところの『ネズミ小僧』も（歯はまだ生えていませんが）、成長しています。彼は形の定まらないお話をするようになりました。でも、それはわたしのことをよく知っているのです。形のないもの、というのはわたしの専門ですので。彼、つまり、子どもは、まず、わたしが頻繁に探しているものを声高に口に出すのです、文を殺したり、語を破壊したり、様々な器官の……すなわち事物のおしゃべりそのものを喚起しながら」[22]。事物の言語を話すというのは、精神の諸々の問題を解決するのに理想的ではあろうが、無理な話だろう。ヴァレリーは『カイエ』という迷宮のなかに、一本の糸が存在していることは知っている。彼はその糸を発見させてくれるようなランタンを探している。様々な結合が現れたり、関係が組織されたり、単純化が素描されたおかげで彼は絶望しないですむ。

一九〇四年、これまでの仕事をまとめようという計画に専念していた彼は、サントゥール賞懸賞論文の課題として人文・社会科学アカデミーが選んだテーマに関心を抱く。つまり、「注意力に関する覚書」を書くことが問題になってくる。彼はそのテーマを「新しい」と思い、それが提起する心理学の問題に関心を抱く。そして、執筆にとりかかるが、わけが分からなくなり、がっかりし、完成させることができない。

その草稿は、以後、驚くほどに膨れ上がる『カイエ』の量を、さらに膨らますことになる。同年七月、もうひとつ別のテクストが、彼の想像力を驚かせるようなやり方で再び姿を現す。マラルメ家のご婦人方のところでの夕食の最中、彼は自分の一番好きな詩人マラルメの話をたくさんする。そのとき、彼女たちは、これまで一度もしたことのないようなことをする。つまり、彼女たちは彼に、「とても古い手書き原稿、『イジチュール』」を見せたのだ。「それは、ある散文詩のための草稿、メモ、断片」だった。彼は、そこに、『骰子一擲』になったものの痕跡を発見する。特に、「より完成した断章『真夜中』」を前にして驚愕する。「この『真夜中』は、『アガート』と、『アガート』を作っているものと多くの接点がある。『アガート』同様、こちらも、いくつかの状態でできているし、繰り返し、加筆、さらなる繰り返し等々を伴っている。それに、こちらも暗黒と頭脳だ[23]」。ここでもまた、ヴァレリーはマラルメと出会ったのだ。示し合わせたわけではないのに、二人の研究は彼らを同じ方向へと導いたのだ、闇の方向、意識や感覚の喪失の方向、実質をなくした自我の絶望的な土地測量という方向へと。

一九〇四年初夏、ポールは、デストゥールネル・ド・コンスタンによって創設された「国際和解委員会」の第一回目の会合に参加する。上院議員に選出されたばかりのデストゥールネルの観点は、ハーグ会議の時代と同じままである。彼はフランスの利益や平和という大義を促進しようと願っている。彼の「委員会」は、国家間の理解と協調のために努力することをその使命としている。そのモデルになるのは、様々な国の実業家たちや商人たちや議員たちのあらゆる接触である。デストゥールネルは、彼の計画が広まり、類似の委員会が別の国々にも作られることを期待している。彼は、お互いが顔を合わせてひとつになろうという願いによって全面的に命が吹き込まれているような大規模な国際雑誌、情報局、数限りない接触、協力関係を作りあげたいと考えている。多数の名士たちが、その設立委員会に参加する。なかには法学部の教授や国会議員も含まれている。政治評論家という肩書きで紹介されたヴァレリーは発言を求める。彼は、人間は平和主義よりも遠いところまでいくことができる、そして、個人的な関係のネットワークを世界レベルで作り上げなければならないと主張する。友情には世界に平和をもたらす力があり、精神どうしは同意しあうことができると信じている。

　彼の懐疑主義は漠然とした抽象概念などには少しも信用をおいていない。人間性などというものは、彼には空虚な語ないし論拠にしか思われない。しかし、彼は個人には信用をおいている。人々は存在し、自分の意見を表明しあい、出会い、理解しあう。それは検証可能である。そうした事実の上になら、人は構築することができる。こうした観点からすると、現代世界は彼を悲しませる傾向にある。ヴァレリーは、個人が、日に日に、その活力や性格を失っているように感じている。才能は開花にいたらず、偉大さは減退し、スタイルは消滅する。独創性は順応主義に陥り、趣向の浅薄さや情熱の脆弱さが華々しさを絶滅させてしまった。ヴァレリーが頼りにする個人は、その道徳ならびにふるまいにおいて貴族であり、数や群衆に絶対的に対立するものである。彼の力は、流行に無関心であるということ、自分と違うわたしと関係を樹立させることができるということ、彼らと理解し合えるということ、いかなる分野においてであれ厳密さと明晰さとの関係を打ちたてることのなかにある。このような個人といっしょなら、政治をすることもできれば、平和を保証することもできる。

　ヴァレリー家は九月をキュヴェルヴィルのジッド家で過ごす。そこから、彼らはエトルタやル・アーヴルに海水浴に行く。ジャニーはジッドとピアノの連弾をする。ポールは庭を散歩する。樹木にたいする彼の愛には今もかわらぬ強いものがある。彼の目には、樹木こそは、田園地帯が行使することのできる最良の美的論拠となっている。樹木がなければ、田園地帯は魅力もなければ、どうしようもなく退屈なだけのように思われる。

ヴァレリーはカルチエ・ラタンで過ごした頃の習慣のいくつかをまだ保ち続けている。彼は詩人の友人たちと夕食をしたり、「オ・ヴァシェット」でレオトーやモレアスと夕べを過ごしたり、『西洋』誌の編集長アドリアン・ミトゥアール宅に招待される。一九〇五年の初め、彼はシュオッブの死に悲しい思いをする。彼とシュオッブとはドレフュス事件以来会っていなかった。彼はシュオッブの示してくれた友情とその比類のない文学的な繊細さとが失われてしまったことを残念に思う。彼はムッシュー街のベネディクト会修道士のもとで隠遁しているユイスマンスを訪ねる。ユイスマンスとは定期的に連絡を取っていた。文学界はルイスとレニエとの激しい喧嘩でもちきりだった〔レニエの妻マリーは一九〇三年に小説『移り気な女』を書いて、ルイスとの不倫関係を明らかにしていた〕。『メルキュール・ド・フランス』誌の火曜日の例会で、ヴァレリーは、悪しき文学を擁護しては意地の悪い喜びを味わっている。悪しき文学というのは、皆が思っている以上にこみいった「料理」の類に属していて、いざ作るとなると分量や味付けについての熟練した技がないとできないというのである。

画家たちがヴィルジュスト街のアパルトマンを支配している。常連客のドガには型破りのところがあったが、ある日のこと、彼が他の会食者を待たないで食卓についたため、ヴァレリー家の人たちは気分を害する。彼の権威は絶対である。おそらく、そうしたドガの権威は、ヴァレリーの精神のなかで、マラルメの権威に認めていたのと同じ位置を占めていたものと思われる。ドガは迷惑がられることなく、主人ヴァレリーの発声法の悪さを叱責までする。「はっきりと話せってば、口をもっと開けるんだよ！　とドガは腹を立てて言うのだった」[24]。ルノワールの方は、芸術は単純であるべきだ、不毛な凝りすぎで絵をごてごてにしてしまってはいけないと断言する。彼はジャニーの肖像画を描いて、彼女にプレゼントする。上品な帽子の下から、美しい卵型のとても若い女の顔、というか、若い娘のような顔が見えている。

　画家の他にも、ヴィルジュスト街のアパルトマンは昔からの友人を迎え入れる。ジッドとその妻は一番馴染みの客である。ヴァレリーは、互いの友情の性格を理解しようとして、それはあらゆる文学や嗜好の問題とは関係なく存在するし、かつ、それが、生命力のレベル、即座に互いを見抜きあう能力のレベルに属していると考える。その証拠として、彼は、彼が彼自身を扱うようにジッドを扱う、つまり、手ひどく扱うという事実をあげる。政治の世界に打って出て、インターナショナルのヴァール県連盟の機関紙『ヴァールの叫び』を創刊したばかりのフールマンは、以後、頻繁にパリを訪ねてくる。それは、オージリオンやその他のモンペリエの旧友と会う機会となる。そうした場で、政治議論が活発に交わされたことは想像に難くない。ピエール・フェリーヌは、フランスの植民地での仕事のため、めったにフランスにはいないが、パリに来るときは必ずヴィルジュスト街に立ち寄った。彼がヴァレリーのところに一週間泊まったこともあった。ヴァレリーは毎朝、自分の朝の仕事が終わった後で、フェリーヌを起こしにいく。そして、いっしょになって、かつての数学についての議論を再開するのだった。フェリーヌは、ヴァレリーがひっきりなしに自分の『カイエ』の将来について問いを発しているにもかかわらず、実際は、それがどのような運命になるのかなどほとんど気にかけておらず、「まったく自由に、自分の知的訓練を続けることができてうれしいという幸福感のなかで[25]」生きていると判断する。

しかし、どう見ても、全然そうではない。それどころか、ヴァレリーは、毎朝自分が書いているものから何を作りあげることができるのか、ますます心配でたまらなくなってきている。一九〇五年春、彼は「陳腐なこと」、つまり記憶力を研究するが、何も理解できない。彼は自分の試みの壮大さに怖気づき、自分が背負ってしまった鎖には病的なところがあるという気持ちをときどき抱く。できたらそうした重荷から解放されたいと思う。「どんなものかは知らないけれど、ぼくはメシアの到来を待っている[26]」。

永続的な不安が最終的に彼を打ち負かしてしまう。初夏、彼は重い病気にかかる。潰瘍になりかけているように思われる。医者は塩分抜きの食餌療法を命じる。「この心臓にせよ、肝臓にせよ、神経にせよ、脳にせよ、こんなものには一文の価値もない。つとめて水浴したり、寝たり、薬を飲み、時間をかけて、自分を修復してはいるけれど、そんなことをして効き目があるのか、あまり信じていない。それに、こうした不確かさ、自分にたいする不信感というのは、なかなかつらいものだ[27]」。八月、医者は、彼が計画していた海辺でのヴァカンスを禁じる。ポールはジッドに、彼とその「一族郎党」のためにノルマンディー地方にどこか適当な宿を見つけてくれるよう頼む。友だちの調査結果に従いつつ、ヴァレリー家は九月をオンフルールからほど近い、セーヌ・マリチム県のモンティヴィリエの農家で過ごす。ポールは快方に向かう。「ぼくは足で歩くことで時間を費やしている。脳はどこに行ったものやら。目まいがしたときだけ脳に再会するという始末[28]」。不潔ではあるが、海に面したル・アーヴルのホテルで一夜を過ごしたことがきっかけで、甘美な記憶を思い出す。ポールとジャニー――彼女は港のことはあまりよく知らない――は窓辺で港の光景を眺めながら一晩過ごす。

十月、病気から回復したヴァレリーは、ルベイ氏のもとに戻ってくる。彼は仕事と家族生活との変わることのないリズムを取り戻す。悲しい思いでジョゼ＝マリア・ド・エレディアの葬儀に出席する。詩人の美的・修辞的宇宙は彼には無縁のものになってしまっていた。結婚以来、彼と彼の昔の世界を隔てる距離は増大していた。多くの人と関係を保ったままではあったが、中身の一部がそこから消えていたし、単純に友情に関するものでないものは取り除かれてしまっていた。社交界人としてのヴァレリーは、なおもパリの舞台の上に存在したままであったが、作家ヴァレリーは過去の世界のものとなっていた。一九〇六年、ポール・フォールがその雑誌『詩句と韻文』で『ムッシュー・テスト』を再刊する。「糸を紡ぐ女」「ナルシス語る」「詩のアマチュア」を含む新しい『現代フランス詩人選集』がその数ヵ月後、G・ワルクにより出版される。ヴァレリーの同時代人にとって、これらの作品は共通の財産に属している。しかし、その作者にとって、それらは有史以前のものなのだ。

ジャニーが二度目の妊娠をする。一九〇六年三月七日、合併症もなく、彼女は女の子を出産する。乳児のファーストネームは、そのままひとつのプログラムとなる。つまり、そのファーストネームは、父親の関心が決定的に文学の領域から家族の領域に移動したということ、そして、今後、彼の愛情の対象は語ではなく肉でできているだろうということを示唆している。「小さなお嬢さん」はアガートと名づけられる。同名のお話《コント》は『脳味噌のなかから発見された手稿』というタイトルに変わる。ポーの亡霊も彼をこの難しい仕事から解放してはくれないだろう〔この新しいタイトルは、ポーの『瓶のなかから発見された手紙』にちなんでいる〕。ポールは、アガートというファーストネームを呼ぶとき、たちまちのうちに、つい最近までまつわりついていた茫漠とした人物を忘れ、実際に目にしている肉体のある娘のことしかもう考えないようになる。このようにして彼は一家の父親への変身をなしとげた。

10 その日その日を
一九〇六―一九一二年

アガートの誕生により、今後十年間登場することになるヴァレリー家の一族郎党は、これで全員出そろったことになる。ヴィルジュスト街での日々の生活は、規律正しく家庭的で、よきブルジョワ一家の生活そのものである。そこでは毎週木曜日に夕食会が開かれ、おおかたはしきたりや習慣に則って営まれているが、そこに、どの家でもそうであるように、数限りない小事件が起きて結局はたくさんの時間を奪ってしまうという状態だった。

家の主人が自宅に戻ってきたとき、彼は呼び鈴を鳴らす必要はない。シャルロット・ルコックが階段を昇ってくる彼の足音を聞きつけて、大急ぎでドアを開けに行き、彼が外出して以降の情報を逐一報告する――なぜなら、どうしても、話したり質問したりしなければならないことが何かしらあるからである。シャルロットが忙しいときは、ポリーヌが彼女の代わりを果たす。とはいえ、ポリーヌはヴァレリー家の人々の記憶のなかにシャルロットほどの痕跡を残してはいない。シャルロットが食事の準備をしているときは、ポリーヌが子どもたちの面倒を見ていた。その食事作りは簡単ではなかった。ヴァレリーはいつも出される料理に満足というわけではなかったのだ。彼の好きな料理は「ヴァレリー風子牛肉料理」(Veau Valéry)

である。そうネーミングされたわけは、それが何度も献立のなかに登場するからであった。食卓には、ポールとジャニーと子どもたちに加えて、ポール・ゴビヤール、さらに一年の半分はファニーもつくことになる。全部あわせると、夏は七人、冬は八人がヴィルジュスト街のアパルトマンに恒久的に生活している。アパルトマンは過密状態である。そこでは、動き、声、咳、呼吸のすべてが聞こえてしまう。それどころか、上の階のルアール家の行動も耳をすませれば分かってしまう。

ヴァレリー、明け方の思想家。もし彼の職業が何かということになったなら、その朝の活動だけを考えにいれるべきだろう。彼は、それこそが、自分の仕事、職、自分にできる本物で意義のある唯一の労働と考えている。それ以外は人生の偶発事、日々の泡にほかならない。しかし彼がその仕事をおこなううえでの物質的な条件は、嘆かわしいものだった。自分でしつらえた書斎は狭すぎた。机の大きさは仕事に不十分だった。書類がたまり、それが山のようになって、情け容赦なく、自由に使える机の面積を狭めていく。年がたつにつれて、ノートやメモ書きや本が積み重なり、ますます書斎の狭さが明白になってくる。そして、アパルトマン以外のどこかに書斎をおきたいという、たえず持ち出されては解決をみなかった問題がいっそう深刻味を増してくる。すでにヴァレリーは、最上階にある女中部屋を自分用に確保しようとしたことがあったが、皆から反対されて断念した経緯がある。女中部屋は女中に取られてしまった。

一九〇六年の夏、ヴァレリーは妻や子どもたちにほとんど会わない。六月、彼はまたもや、予備役軍人の義務を果たすべくモンペリエに呼び出された。その義務には、頭の一〇分の一しか使わなくてもできるという利点がある、と彼は言う。モンペリエから戻ってくるやいなや、彼は涼んでくるようにと家族をル・

メニルに送り出す。彼の方は、パリの猛暑のなかで過ごす。家族別れ別れの生活は二ヵ月続く。彼はときどき、短期間家族のもとを訪ねる。パリに戻るある朝のこと、小さなクロードがきわめて深い愛情のしるしを示したおかげで、彼はフランス語の文法を忘れてしまうほどだ。「キスをしてわたしから離れようとしない、うちのお馬鹿な息子のすべての愛撫に（こんなフランス語ってあったかな？）[1]」感激する。ジャニーは、「いつもにこにこ笑っている小さな娘[2]」といっしょに、数日間、パリにやって来る。ヴィルジュスト街には、ひとりシャルロットが残って、肘掛け椅子や長椅子にかぶせたカバーを注意深く監視している。

この年は、エドゥアール・ルベイの家族もパリを離れた。それで、パリに残ったヴァレリーとパトロンは共同生活をすることにする。ポールは一日をボワ大通りで過ごし、寝るときに自宅に帰る。友情をこめて、そして安心させようとして、彼はこの共同生活の様子をアンドレ・ルベイに書き送る。「わたしたち二人だけの小さな家庭の始まりですね、と君の伯父さんに言ってやった。（…）君はぼくのことを君の伯母さんだと考えてもいいよ[3]」。世間がごく小さく、不動のものになる。「紙巻タバコ、淡い欲望、独白、食事、睡眠、カフェオレ、紙巻タバコ……サイクルはこんなもの。そのなかで、ぼくの小さな宇宙、ぼくの密かな進路変更、ぼくのプロテウス〔ポセイドンの従者で変身能力をもつ〕、ぼくのナポレオン、ぼくの個人的な魂と豚を生き延びさせなければならない。なあに！　そんなことには慣れっこさ！　妻はぼくのことを、永遠の兵隊と呼んでいる。的を射てるよ[4]」。

この兵隊は、自分で自分に課した規律にうんざりしてしまうことがある。この同じルベイ宛の手紙は、不安が持続していることを証言している。「ぼくは大きなノートを一冊書き終えた。それをもう一度めくってみる。そこには、たえず取り上げ直されては、再びわけが分からないものにされ、さらに再びすっきりとしたものにされた、わたしのいつもの謎、わたしの解答が見つかる。それは、わたしの生の唯一の糸、唯一の信仰、唯一の道徳、唯一の贅沢、おそらく元金回収の見こみなしに投資された唯一の資本なのだ[5]」。夏は、一番自由な時間がもて、精神が好きなようにさまよい、夢想にひたれる季節なのだが、『カイエ』の仕事は進まない。だが、はたして彼は本当に自分が構築した迷宮のなかを前進したいとか、前進できると思っているのだろうか？　時間の破壊的な効果が感じられてくる。かつての彼の信仰の対象が徐々に解体する。「ぼくは、明晰さの『エデンの園』とか、純粋さの極限とか、かつてぼくがナルシスを感じ、最近ではわが親愛なるムッシュー・テストを感じていた論理的頭脳のハの音〔第一音〕などをもう信じることさえできない[6]」。彼は自らの偶像をさえ疑い、明晰さは芸術を抹殺するのではないかと考えるようになる。本物の芸術家には、インスピレーションを信じ、あたかも酔っぱらいのようにふるまうという勇気がある。「酔えないこと、いわばそれがぼくの欠陥だ[7]」。ヴァレリーは流されるがままの人生を夢見る。

いくつかの夜会のおかげで、彼に息苦しい思いをさせていた虚脱感、孤独感をしばし忘れる。彼はモンマルトルでルイスと楽しい時間を過ごす。そこでは、かつての『ラ・コンク』誌の時代に戻ったような気持ちになる。年のせいで「かなりまいってしまった」ドガに会って、彼と「最近の政治上のひどい事件[8]」についても話す。画家は彼を「天使さん《ムッシュー・アンジュ》」と呼ぶ習慣がある。天使であれ、兵隊であれ、結局たいした変わりはない。ヴァレリーは、厳密さにたいする配慮によって、そして彼自らが出した方針に同意しつつ、偶然になど身をまかせない明確な存在に自分をしようとして払う細心の注意によって、人に強い感動を与えたり、驚かせたりする。つまり、線〔方針〕の純粋さ、動きの習熟。天使も兵隊も同じ意志と同じ一貫性を持っている。こうしたイメージがヴァレリーを際立たせる。そうしたイメージはいくつかの点で、彼に気まずい思いをさせたり、嫌悪を催させたりもするが、彼を魅了し、元気づけることもある。彼にとって、天使は自分のものではない名前をつけられている。「マラルメと知り合いになったということ、それはわたしの偶然にとって名誉なことだ。そのマラルメと、つまり、天使であるマラルメとこのわたしがヤコブとして闘ったということ、それはわたしの法にとって名誉なことだ[9]」〔『創世記』第三二章に描かれたヤコブと神ないしは天使との戦いを念頭においた言い方〕、というメモを一九〇六年の秋に書く。とはいえ、彼はこの重荷を受け入れようとする。彼が書いた最後のテクストには、あらゆるものを理解しようと努力するが果たせず、自らの際限のない計画の未完成にたえず苦しめられる観念上の悲劇的な天使の姿が描き出されている。

　この長い夏の間、新しい楽しみが生活に入りこんでくる。自転車を手に入れたのだ。彼は今流行のこのスポーツをすでに体験し、大いに楽しんだことがあった。毎日、ブーローニュの森の並木道のなかを長時間遠出する。九月、家族と再会し、ルベイのところの仕事を別の人間に代わってもらい、皆でノルマンディー地方のフォントネーにヴァカンスに出かける。月末、パリに帰るために、二日間、ノルマンディー地方の田舎を自転車で駆け抜ける。彼はジッドのいるキュヴェルヴィルに立ち寄り、オンフルール、コードベック、タンカルヴィル、サン・ワンドリーユ、イヴトに足を止める。どしゃ降りの雨のなか、勇敢にペダルを踏んだり、きつい坂道をののしったりする。道中で交わしたいくつかの会話、美しい教会、おいしいパン屋に彼は喜ぶ。パリに戻り、十月の霧がたちこめるなかで、彼はランボーを再び手にする。「十年ぶりだ……。あいかわらず、びっくりしてしまう。ほんとうに、この野郎ときたら、今でも読者の上をいっている文学を見抜いて、創造しちゃったんだね[10]」。

　こういった熱狂はごく稀なものになってしまった。「天使」はかつてないほど、あらゆる文学活動から遠ざかってしまった。友だちのスペイン人画家のホセ＝マリア・セルトが、彼に書いたものを出版するようにと誘う。それは道徳的な義務だと言う。「おれたちはダンスのなかにいるんだ。ダンスをしなきゃいけないんだよ！[11]」。しかし、ヴァレリーはダンスのなかに入っていくのを拒否する。「未来とは、結局は死ということ」、とアンドレ・ルベイに言う。そして、そのことを忘れることのできる人は幸せな人だ。なぜなら、「権力や人気や富が微笑むのはそういう人に向かって」なのだから。残念ながら、彼自身はそのようなタイプの人間ではない。彼の「知的な絶望」は数学的な「阿片」で養われ、「歴史」のなかであまりにもしばしば耳にした繰り返し《リフレイン》から遠く離れたところへと彼を連れて行く。それは、「ぼくの虚無に映るぼくの観念の姿」であるナルシスが暗中模索する領域である。そこでは、出版するとか、成功を収めて満足するなどということは問題になり得ない。唯一大事なのは、仕事をすることなのだ。「探求しよう、つねに探求しよう[12]」。彼の精神は現実全体を覆う汚れを除去し、情け容赦なく、幻影のヴェールを引き裂く。一九〇七年二月九日、ヴァレリーとの三時間にわたる会話を終えた後で、ジッドは、自分のなかで立ったままでいるものはもはや何もないという苦々しい感情を抱く。信仰、行為、存在理由、ヴァレリーの攻撃に抵抗できるものは何もなかった。何もかもがひっくり返されてしまった。

　ユイスマンスが五月十二日に死去する。ヴァレリーは、老小説家の心をあまりにも深く捉えていた信仰を共有することはできない。しかし、本質的なものだけに集中した、質素なユイスマンスの生き方は、ヴァレリー自身の朝の時間が真似てみたいと思うようなモデルとなる。世間から遠く離れ、本質的な自我の近くで、沈黙と安らぎのなかで送られた生。そこでなら、その意味と威光とを、他人の目や虚栄心からではなく、自らの目的との絶対的な一致から、そして、ありのままの現実を語る自らの能力から引き出してくるような作品を作ることができるのではないか。

ブルジョワのような日常生活、貴族のような世俗的な生活、修道士のような瞑想的な生活、ヴァレリーはこうした三種類の生活を送っているので、娯楽にあてる時間などほとんど残っていない。この年の春、ヴァレリーはルーヴル美術館に展示されたマネの『オランピア』を鑑賞する。ドレフュス事件当時陸軍大臣だったメルシエ将軍と話をする。アンブロワーズ・ヴォラール宅で開かれた舞踏会に出席する。ピュニョとイザイが開いたコンサートに行く。ルアール家で、何度かジャンヴィエ神父に会う。ヴァレリーは、以前、この神父の説教をノートル゠ダム寺院に聴きに行ったことがあった。彼は神父と広大な宗教ならびに神学論争をして楽しむ。

夏は、昨年と同様、ジャニーや子どもたちやポール・ゴビヤールがル・メニルで腰を落ち着けている間、彼の方はパリで汗をかく。ルベイは自分の家族に面倒を見てもらっているので、昨年のような共同生活は今年はおこなわれない。九月のヴァカンスは、いつもと違ってノルマンディー地方には行かない。アガートがまだ幼いにもかかわらず、ヴァレリー家はアヴェロン〔中央山地南西部〕まで移動して、数週間をジュールとその妻の領地があるプレザンスで過ごす。ポールはアルビの町やその赤い大聖堂に強い感銘を受ける。

大雑把に言って、子どもたちの誕生から一九一二年までの期間のヴァレリーの生活はきわめて安定している。一九〇六年や翌年のような季節のリズムが規則的に繰り返されていく。毎日の呼吸も変わることなく一定している。友情や世俗的な生の偶然も同じ精神で続けられる。こうした生活に大事件が欠けていると言ったとすれば、それは観点の誤りというものだろう。たしかに、そこには何らびっくりさせるようなものはないし、特筆すべきものもほとんどない。しかし、この時期の冒険は、目には見えないながら、習慣的な動きそのもののなかで練り上げられている。

もちろん、精神の冒険はある。それは、規則的でつねに創意に富んだ明け方の仕事のなかに反映されている。ヴァレリーの不決断や試行錯誤に養分を送り込んでいるのは、彼の独白の多少なりとも確実な残余物である。彼は話し、様々な観念を抱き、それらを検証し、発展させ、それらを聞いた人がいたとすれば、その人の反応のなかにそれらの反響を聞き取り、最後に、それらを書くという試練にかける。そして、彼の独白自体は、日常生活の不確定部分、様々な出会い、読書や観劇、世間で起こった出来事によって養われている。しかし、ヴァレリーは特に自らの資本から養分をくみ上げる。その資本の中身は、友人と読書の二語に要約できる。彼は、たえず同じ工事現場に戻ってくる、休むことなく昔からの友情を耕すように。一八九〇年代に彼がきちんと表明し、結婚後、再度取り上げられた質問こそは、彼の知的活動の中心であり続ける。結局のところ、若いときに作りあげた問題のストックだけで、好奇心を満たし、疲れさせるには十分なのだ。

精神の冒険はパリの生活の冒険と切り離して考えることはできない。パリの生活は精神にとって刺激剤の役目を果たし、精神にその美的で道徳的な枠組みを与える。特に、精神に時宜にかなった気晴らしの種を提供する——パリの生活は、少しばかり、兵隊ヴァレリーを休息させてくれる。一九〇七年から翌年にかけてのシーズン、パリでは音楽が支配した。ヴァレリーはドビュッシーの『海』や、びっくりするようなフョードル・シャリアピンが歌った『ボリス・ゴドノフ』のコンサートに行く。『オイリアンテ』に感激したヴァレリーは、ウェーバーを、王位簒奪不可能なワグナーの下位ではあるが、グルックのように彼の大好きな作曲家と同レベルに位置づける。彼は彼を称賛するある人物の訪問を受ける。それはモーリス・ラヴェルで、彼は、『ムッシュー・テストと劇場で』を読んで「もっとも深い印象のうちのひとつ[13]」を抱いたと断言する。ヴァレリーは、彼が『ソナチネ』や『道化師の朝の歌』を演奏している間、その後姿をデッサンする。

一九〇八年三月、ある驚くべき発見により、精神の領域全体が数日間にわたって揺さぶられ、危機に陥る。ヴァレリーは自分自身の考えと思っていたものが他人の手ですでに書かれていることを発見する。「仕事の真最中に、もっとも貴重で、もっとも独創的で、もっとも中心的な二、三のアイデアが——ほぼそっくりそのまま他人によって発見され——大いに利用されていることに気づくということがどういうことか、想像してごらん。しかも、ここで問題になっているのは、ひとつの主題とか、文学上の細部といったものではなくて、主要なものなんだよ。ぼくみたいに、それに向かってすべてを刈り込み、自分の存在と可能性の剪定までしてきて——それで、自分のなかで、しかも、もっとも深いところで、他人に先を越されたと感じるとしたら——これ以上につらいことは他にない。あまりにも打ちのめされたので、そのことを妻にも話したくらいだ[14]」。彼はどのテクスト、どの思想家が彼の先を越したのか、いっさい語っていない。この、いわば憎らしい未知の兄弟はミシュレだろうと推定する人たちがいた。たしかに、ヴァレリーはミシュレを読んでいるし、好きではないと断言してはいるものの、ときどき読み直している。しかし、この仮定はまず考えられない。中核をなす考えの数々がヴァレリーのものと正反対に位置するようなミシュレによって彼が転倒させられるとは考えづらい。それに、ヴァレリーは、このがっかりさせるような発見の数ヵ月後に書いた手紙のなかで、ミシュレを抹殺している。もうひとつ別の仮説の方が、ずっと確実性が高いように思われる。オーストリアの哲学者で物理学者のエルンスト・マッハの主著『認識と錯誤』のフランス語訳が出版されたところであった。そこでは、その外側にはいかなる知性も構築できないような精神固有の範疇と手続きにかなりのページが割かれていた。この本が、つねに哲学ならびに科学の新刊書に注目しているヴァレリーの手にわたった可能性は大いにありうる。もしそうなら、彼が直観的に発見したものの主要な部分とマッハの手続きとの近さに、彼はただ驚嘆するしかなかっただろう（マッハは、他方で、ロベルト・ムジルやアルベルト・アインシュタインの思想に多大な影響を与えている）。こうした出会いからひとたび立ち直ると、ヴァレリーはそこには二度と立ち戻らない。そして、一度切れた自らの探求の糸を再度取り上げる。自らの探求の正当性が問題にされたわけではなく、反対に、正当性が確認されたのだ。彼自身の探求がこのエピソードのなかで失ったものがあるとすれば、それは、探求の絶対的な新しさということだけである。

　あまりにも打ちのめされたので、そのことを妻に話した、と彼は言う。この言葉は示唆的だ。仕事——もちろん、明け方のだが——と家族とは別々の宇宙に属している。彼は自分の近親者に、あまりにも小さな机の上に身をかがめて、さらには、彼の永遠の紙巻タバコを巻いたり吹かしたりしながら、さらには、書いたり素描したり、自分の思考に左手ないしは両足の連続的な動きでリズムを与えながら、いったい何をしているのかということは少しも言わない。その『カイエ』にたいしても同様で、彼はその書斎の敷居をひとたび越えたなら、自分の身に起こることなどはいっさいそこに書かない。いかなる自伝的な偶発事も、いかなる出来事も、いかなる気分も、きわめて稀な例外を除けば、純粋に抽象的な思考の生をかき乱しにやって来ることはない。

ジャニーは、結婚直後の数ヵ月間、『カイエ』に形を与えようという試みに短期間だけ参加して以来、この領域の外側にとどまっている。しかし、一九〇八年の夏、ポールは彼女に再度、この件で話をする。家族がル・メニルに滞在しているのを利用して、彼は再び書類を分類しようと考える。自分用に買ったオリヴァーのタイプライターのおかげで（以後、彼は、これでテクストを打ち出すことになる）、書類の束の清書にかかる時間は著しく短縮されるだろう。しかし、彼はもう、このように集められた膨大な量のメモ書きの内容に体系的な形を与えるのに、自分自身の力を当てにはしていない。彼の最初の分類分けの試みは、がっかりさせる結果に終わった。彼はタイプで打ったページを、「記憶力」「注意力」「夢」といったテーマを書き込んだ色ちがいの紙ばさみのなかにまとめる。彼は複写したものを訂正したり、それに補足したりする欲望にあらがうことができない。そして加筆しては後悔し、変形しては抹消する。計画は身動きがとれなくなる。「言葉という亡霊に取りつかれたこの砂漠の真ん中で、わたしはわたしのファウストを演じている」[15]。うんざりしたファウストは、新しいノートを買い、前進する。

この間、もうひとつ別の冒険、家庭生活という冒険が続けられる。春にジッドがジェノヴァに旅行したり、カベッラ家の従兄のひとりがパリを訪問したりしたために、今となってはすべてが喪と廃墟でしかないジェノヴァの、甘美で物悲しい数々のイメージが思い出されてくる。おそらく、この郷愁のひととき、彼は青春の思い出がつまったもうひとつの町ロンドンのことを考えたのではないだろうか。彼はジャニーを九月にロンドンに連れて行こうと計画し、うれしい気持ちになるが、旅行を準備するにはいたらない。このような旅行の夢想などを除くと、きわめて物質的で実質的なこと以外は何もヴァレリー家には伝わっていない。「ぼくは名づけようのない叫喚のさなかで書いている。奥の方からピアノが聞こえてくるし、通りでは怪物じみた車が激しい音をたててうなっているし[16]」。六月、エルネストとジュリー・ルアール夫妻の長男が伝染病にかかる。彼のまだ小さい弟とその乳母は、ヴァレリー一族とともにル・メニルに避難する、ヴァレリーとファニー、それに「いっぺんにあまりにも孤独になりたくないので手元に残したちっちゃなガトゥー〔長女アガートの愛称〕」は除いて。ヴァレリーは子どもたちがたてる騒音に苦しみながら耐える。しかし、子どもたちがいないと、もっと耐えられない思いをする。「結局のところ、我慢できない大騒ぎに取り巻かれて生きるか、空虚のなかで生きるかのどちらかだ。魂の方は、どこかよそのところに預けてね[17]」。

七月、彼が病気になる——あいかわらず潰瘍気味の胃が原因だ。たえず胃を気にしないと何もできない状態になる。九月、彼はヴァレリー家の「群れ」とル・メニルで合流し、そこからエルネスト・ルアールを従えて、自転車に乗って大がかりな遠出をする。彼らはノワヨン、ボーヴェ、サンリスの大聖堂を見学し、モネをそのジヴェルニーの領地に訪ねる。パリに戻ってくると、今度はジャニーが気がかりな症状を呈しはじめる。その症状は冬の間持続し、悪化する。一九〇九年六月、彼女は極度にやせ細り、衰弱したので、最良の医者のなかから選ばれた六人の医者の協力を仰いで診断してもらおうとするが、医学の無能ぶりが露呈しただけに終わった。彼女は大腸菌炎で苦しんでいるのだ。当時はまだ抗生物質がなかったので、この手の病気は、健康な食餌療法と穏やかな生活のリズムを続けながら、時間をかけて辛抱強く治すしかない。ヴァレリーは心配で気が滅入ってしまう。彼は生理学概論の本を買う。医学を理解し、研究し、治療法を見つけたいと思う。「もし、わたしが成功したら、これこそがわたしの作品、唯一の作品になるだろう[18]」。好不調を伴いながら、小康状態とぶり返しの時期を交互に経て、ジャニーは五年以上つらい年月を送ることになる。その後、桿菌は収まる。

一九〇八年から翌年にかけての冬は、ジャニーのことが気がかりで頭がいっぱいだったが、穏やかだった。ヴァレリーはマラルメを読み直す。そして、このような作品を可能にした文明は消えてしまい、思い出が過去を残骸の状態に還元するのと同じように、時間の経過はマラルメの作品の断片しか残さなかったと考えて嫌な気持ちになる。彼は写真に熱中する。写真の再現能力は叙述やレアリズムを無効にし、文学を抽象的かつ詩的という二重の天職へと連れ戻すと考える。そうは言っても、彼は画家のジョルジュ・デスパーニャのためにポーズをとることは拒まない。デスパーニャは、正確であると同時に少しも写真的ではない彼の肖像画を描き上げる。そこには、上品で若々しいシルエットをした人物が、チョッキを着て、折りカラーをつけ、上着の胸ポケットからハンカチをのぞかせている。密生した口ひげに、前髪が張り付くようにかかっている額。物腰や眼差しはよそよそしく、おそらく少しばかり皮肉っぽいといっていいかもしれない。しかし、顔立ちはやせこけている。春の終わり、これまで以上に衰弱したジャニーの手術が問題になる。彼女の病状が絶望的なので、医者たちは結局のところ手術を断念する。

ヴァレリーはアンドレ・ルベイ相手に興奮しながら長々と政治談議に花を咲かせる。ヴァレリーはルベイとしばしば会い、ルベイの仲間もヴァレリーの家族と顔なじみになる。彼は、現代における権力の行使において、長期的展望が欠如していると嘆く。すべてが人間生活の取るに足りない次元へと還元されてしまった。十九世紀における歴代政府の不安定さはそれが原因だ。実際、権力を握っている者に合法的な基盤を与えるような全員が共有する最小限の信仰、どんなものであれ全体的な確信がなかったならば、持続的な体制など存在するわけがないと考える。ヴァレリーはこうした議論が好きなのだが、ときどき、それは深刻なまでにいらだたせるような口論になってしまうこともあった。エドゥアール・ルベイの方は、あいかわらず感じのいい人間ではあるが、ときどき、彼と意思の疎通をするのが困難になってしまうこともある。日によって、話ができる状態でなくなってしまう。そうしたときルベイの傍にいる者は、本当に努力して、親切心と献身的態度を示さなければならない。秘書兼同伴者としてのヴァレリーは、しだいに看護人に似てくる。ドガもまた、老人臭く、過度にとげとげしく怒りっぽくなることがあった。

この一九〇九年は、生物学的な存在の重みがはっきりと感じられる一年だった。秋、ヴァレリーは十年来初めて、出版の目的をもってタイプライターに向かう。彼は『ＮＲＦ〔新フランス評論〕』誌のために記事を書いている。それは睡眠と夢に関するものだが、「研究」というひかえめなタイトルをつけられる。テーマは新しいものではない。そのテーマは、『アガート』や『カイエ』のなかで何度も扱ったものである。しかし、当時の重々しい雰囲気と強烈なコントラストをなすように、ヴァレリーが出版目的の記事を書く決心をしたということが、おそらくきわめて重要なことなのだ。彼は記事を仕上げ、ジッドが決めた日付までに渡す。『ＮＲＦ』誌はそれを十二月号に掲載する。このように周到に準備された形で彼が少しだけ再び雑誌に姿を現すということのなかには、自分自身への苦渋にみちた回帰という意味があった。はたして、すべてを知性という偶像のために犠牲にするだけの価値があったのだろうか？　ヴァレリーは失われてしまった単純さを懐かしむような詩をざっと書いてみる。再び感動の世界へと戻ること、感動が広がるがままにすること、自分に課している規律の体制に終止符を打つこと、それは、今のところ、彼にはできない。彼は書きかけの詩句を放棄する。

一九一〇年の冬と春は、いかなる神の配慮によるのか、きわめて重大な関心事に捧げられたように思われる。一月、ささやかなセレモニーがヴァルヴァンでおこなわれる。マラルメ家の壁に記念碑が据えられたのである。あたかも、ヴァレリーが数ヵ月前にマラルメの詩を読んで感じた思いを宗教裁判所が確認するかのようである。忘れられた意味や弱った記憶の断片以外に、いったい何が残るのだろう？　永遠性や不滅という観念が彼の精神から離れない。彼はそうした観念は馬鹿げていると思う。しかし、それらの観念に称賛に値する偉大さを見つけないではいられない。数ヵ月間、彼は聖トマス・アキナスの『対異教徒大全』についてのユルトー神父の講義を休まず聴きに行く。彼のなかには、つねに、そのもっとも懐疑的な言葉のなかにいたるまで、寝ずの番をしている形而上学者がいるし、今後も、いることだろう。ジャン・モレアスが三月末に死去するが、その死によって彼が自分の関心事から目をそらされるということはほとんどない。しかし、人間の死後の運命を気にかける彼の方法は、独自の様相を呈することになる。モレアスはペール・ラシェーズの墓地で荼毘にふされる。かつての栄光の日々を知る人たちがたくさん集まる。ヴァレリーはあちこちでおしゃべりしている。「突然、煙だ！　モレアスの煙だ！」。それは彼に衝撃を与える。「昨日の土曜日、北東の微風のなかで煙となって漂う彼をぼくが見るはめになろうとはね！　馬鹿げてる！」。純朴な心の持ち主ではないルイスのために、彼はぞっとするような一言をつけ加える。火葬というのは、「葉巻のように終わりになるということだ[19]」。

初夏、パリの社交界は沸き立つ。前年大成功を収めたロシア・バレエが今年もやって来るのだ。芸術や文学の世界の人間は熱狂する。幕間でお互いどうし顔を合わせ、チパ・ゴデブスキーとその妻が開いているアテネ街のサロンで再会するという状態。このサロンには、音楽家や詩人や画家たちが頻繁に出入りしている。ヴァレリーはそのサロンで、ルドン、ラヴェル、デオダ・ド・セヴラック、ヴュイヤール、マヌエル・ド・ファリャ、それに若い詩人ジャン・コクトーの顔を見かける。しかし、社交生活は長続きしない。ヴィルジュスト街の住民を百日咳が襲う。五階ではルアール家の子どもたちがかかってしまう。四階ではヴァレリーがかかってしまい、一ヵ月以上、床につくことになる。

八月なかば、体力は落ちたものの、少し調子が回復してきたので、彼は二週間の病後静養をジェノヴァのカベッラ家の従兄弟たちのもとで過ごしに行く。そこには母親のファニーが先に着いていた。残念ながら海に行ったり、海水浴をすることはできない。しかし、その点を除けば、彼は大喜びである。「太陽の一撃〔日射病〕という言い方があるように、記憶の一撃をくらったよ。ぼくは、ジェノヴァをたらふく食べた！」[20]。次から次と思い出がよみがえってくる。そして、たまたま行った場所で次々と目にしたオペラのようなシーンや、街の匂いや雰囲気など（こちらの方は、今回の訪問でも再発見するのだが）を思い出す。フィレンツェを訪ね、そのごてごてした宮殿を見学して、彼の青春時代の町ジェノヴァに匹敵するものはどこにもない、という想いを強くする。

ヴァレリーは九月にパリに戻ってくるが、まだ本調子ではないため、大事をとってル・メニルで療養する。「黴菌や体力を消耗させるひどい咳の発作とともに閉じこめられてしまったので、父は大いに退屈してしまいます。彼は黄色い壁の上にとまった蝿や蚊を追いかけて殺すのですが、そして、壁の上はそのようにして彼に殺された蝿や蚊の死体でいっぱいだったのですが、そんなことをしても、彼は自分が隔離状態にあるということを忘れることはできませんでした」。暇つぶしに、彼は造形用の蠟でマラルメとドガと小さなアガートの頭部を作る——それらの像を、ある日、子どもたちは遊びの最中、砲弾代わりに使うのだが。このように、強制的に、しかも身動きもできない状態で滞在させられたせいで、彼はル・メニルが嫌いになってしまう。ル・メニルがあまり快適ではないので、好きではないのだ。彼はもう二度とそこに行きたがらないだろう。もともと彼には、虫たちがきわめて特別な悪意をこめて彼を責めたてる田舎にたいする嫌悪感があったが、今回のル・メニル滞在で、そうした嫌悪感もまた強まってしまった。「自然はとってもきれいだよ。でも、いつも最後は、かゆくてむずむずしてくるんだよね[21]」、と彼は言う。

その後、徐々に「パトロン」のもとでの仕事に復帰する。しかし、百日咳は今でも大人にとって厄介な病気であるが、彼の身体に激しい打撃を与えた。そして、その後遺症がいつまでも残った。大のタバコ好きなヴァレリーは以前から咳払いをする習慣があったが、この後は慢性的な咳に悩まされる。そして、タバコが年々その症状を重くしていく。シャルロットは、ヴァレリーの足音を聞かなくても、彼のためにアパルトマンのドアを開けることができた——咳の発作が彼の存在を確実に示していたのである。

ヴァレリー家はどうしても病気と縁が切れない。一九一〇年の夏の終わり、今度はポール・ゴビヤールが体調を崩す。それが、冬の間もずっと続く。彼女はしばしば非常に激しい、そして苦しい発作に襲われる——その原因は知られていない、あるいは、忘れられた——そして、その発作は皆を狂乱させ、アパルトマン全体を大混乱に陥れる。ジャニーの病気が頻繁にぶり返すのに加えて、このような新たな苦労の種が生じたために、ポールはたえず不安な状態におかれる。二年前と同様、度重なる容体報告と医者の所見と予見しえず嫌悪すべき生理学的な事件に心奪われ、生きた心地がしない。

社交生活の気晴らしは後景へと退く。しかし、気分が陰鬱なだけに、そうした気晴らしは大歓迎ではあった。十二月、ヴァレリーはルイスの『女と人形』の初演〔フィルマン・ジェミエ演出によりアントワーヌ劇場で上演された〕を見に行く。彼には、それが、「純粋状態にあるオスとメスの闘争の一エピソード[22]」と映る。一九一一年の春、彼はロダンとともにヴィエレ＝グリッファンの家に招かれる。また、ラヴェルに招かれて、彼のオペラ『スペインの時』を聞きに行く。また、ポール・ゴビヤールや画家の友だちをともなって、「愛と友情」というテーマで討議がおこなわれたオディロン・ルドン宅での「金曜会」に何度か参加する。若いときからの好みに忠実な彼は、今でもゴシック芸術が好きである。セルチヤンジュ神父や版画家のジャック・ベルトランとともに、「大聖堂の友」の会を立ち上げようとする。特にゴデブスキー家の人間と結ばれ、頻繁に会う。チパ・ゴデブスキーは、『ラ・ルヴュ・ブランシュ』誌の編集長タデ・ナタンソンの妻であった有名なミシアの異母兄弟である。チパはマラルメをよく知っていたが、彼は、かつて象徴主義が詩と音楽と絵画の間に結んだ同盟関係を絶やしたくないと願っている。彼の家で、ヴァレリーは何度かラヴェルと会う。ラヴェルは、ある日ヴァレリーに、「サイレンや機械の騒音を音楽のなかに取り入れたい[23]」という欲望を語る。ヴァレリーはジョルジュ・ジャン＝オーブリーと知り合いになる。親英的なエッセイスト兼批評家だが、その彼に、ヴァレリーはメレディスに会ったときの様子やチャータード・カンパニーでの手柄話などを語って聞かせる。このジャン＝オーブリーは、将来、ヴァレリーの英国旅行の計画を立てることになる人物である。

かつての友人どうしが再接近する。フールマンはヴァール県選出の代議士になったところである。その彼は代議士として、パリに長期滞在を何度もするようになる。ポールとギュスターヴはオージリオンと会い、サルディヌー――「あの人のいい鰯《サルディーヌ》」と再び交際し始める。そして、皆で集まって中高生のときのような親密な昼食会を開く。ヴィルジュスト街でギュスターヴは高等中学時代のヴァレリーの思い出話をして大成功をとる。ヴァレリーは、正統な好奇心につき動かされて、「一度でいいから、『予算』と呼ばれているものを」見せてくれないかとギュスターヴに頼む。「報告書ではなくって、国家自体を見せてほしい、それが存在するとしての話だけど、そっけなくって、かつ操縦可能な国家を」。人は権力を手で触って、重さを量ることができるのだろうか？

それに反して、カルチエ・ラタンの友人たちはたがいに疎遠になっていく。ポールは社交的な場面にあいかわらず顔を見せてはいるものの、彼のアパルトマンは結婚直後のときほどは客に開かれていない。場所が相対的に狭いこと、子どもたちが生まれたこと、それにジャニーの健康状態が思わしくないことなどが、レセプションの数が徐々に減ってきたことをある程度は説明してくれるだろう。もしヴァレリーが訪ねていくサロンのあちこちで顔を会わせるという機会がなければ、かつての常連たちともつきあいが途絶えてしまうという状態である。こうして、一九〇六年頃までしばしば会っていたレオトーやヴァレットやその他多くの人たちは、ヴァレリーの世界から少しずつ姿を消していく。今も残っているのは、ジッド、ルイス、それにときどきフォンテーナス、ヴィエレ＝グリッファンである。こうしたつきあいの断絶の原因は、外的な原因にだけ由来するものではない。なぜなら、ヴァレリー家の画家仲間たちは、以前と変わりなく、たくさん出入りしているのだから。ヴァレリーは、文学から遠ざかったように、作家仲間から遠ざかったのだ。作家たちにたいする友情は、彼らの作品の威光と同じリズムで減少した。かつての文学者仲間にたまたま出会うと、彼は地下墓所から出てきた死者たちを見ているような印象を受ける。

数年間、彼の人生は、おそらく精神の冒険と同じくらい価値のある冒険に、そして間違いなく、パリの生活でおこなわれている様々な冒険より価値のある冒険に捧げられてきた。そして、その冒険は、健康面での連続した失望を埋め合わせるように、幸福をもたらしてくれた。その冒険とは、子どもたちの教育である。一九一一年、クロードは七歳、アガートは五歳。彼らはいろいろな事実を記憶にとどめておくことのできる年齢に達している。後年、彼らは自分たちの思い出を語るだろう。家族生活の様々なシーンを写した多数の写真や第三者の証言が残されているが、これらは彼ら子どもたちが語る父親のイメージと合致している。

ヴァレリーは大の子ども好きである。彼は愛情深く、注意深い。子どもたちを膝の上に乗せて跳ねあげたり、彼らの遊びに加わったり、冗談を言ったり、彼らが想像した笑い話をいっしょに笑ったり、お話をしてやったりする。自分は小説が大嫌いと断言し、どの小説も途中で投げ出してしまう彼だが、物語作家の魂を持っている。彼は毎日、短いお話をでっちあげる。ときどき、そうした話は少し長めのエピソードに発展する。それを彼は子どもと同じくらい楽しむ。何日もかけて子どもたちのためにちょっとしたお芝居をつくり、彼らを喜ばせる。彼は手作業が好きである。彼の芝居を期待する幼い観客たちは、この趣味を満足させる絶好の機会を提供する。クロードがもっと幼かったとき、影絵の芝居を見せたこともあった。そこには、「ナポレオンや法王の白いスリッパや悪魔とその角」[24]が次々と登場した。彼は自分で影絵をデッサンして、はさみで切り抜いたのだった。かつてジェノヴァで見に行った人形劇の思い出は、もっとも純粋な美的驚異として彼の心に強く残っていたのだが、それが彼を精巧な職人に変身させる。彼はクロードとアガートに、襞のあるカーテンとだまし絵の背景がついた小さな劇場をプレゼントする。その劇場のために、「登場人物の小集団」[25]を作ったのだが、そのなかには、悪魔が何体かとヴァレリーが子どもたちのために作ったお話に登場するバンデロックと名づけられた猿が含まれていた。舞台の裏に身をひそめた彼は、糸を操り、それぞれの登場人物の声音を変えながら、それらの人形を子どもたちの前で動かしてみせる。そして子どもたちにありとあらゆる波乱万丈な冒険譚を味わわせる。善き南フランス人として、サントン人形〔クリスマスのとき、キリスト生誕場面の模型に飾る土製の小さな人形〕を飾ることなしには、クリスマスは祝えない。毎年、紙とボール紙とはさみでキリストが誕生した馬小屋の模型を自分で作る。ある年のクリスマスなどは、壮大な装飾のおかげで、たいへんな様変わりだった。ヴァレリーはサントン人形に、ストラスブール大聖堂の豪華な背景を与えようと思ったのだ。それで、大聖堂の忠実な模型を作った。「尖塔の稜線はピンを使ってボール紙の上に引かれていたが、光を当てられると、くっきりと浮き出た」[26]。薔薇窓やステンドグラスの部分は難題だった。ヴァレリーは、数ヵ月前から、皆にボンボンを包んでいる色のついた紙を捨てずにとっておくようにと頼みこむ。集められ、一枚一枚貼りあわされた色紙は、適切な光を当てられることによって、ガラスでできたような魔法の建造物に変身した。

　ポーやワグナーに熱狂した彼は、必然的に幻想や魔法の領域が好きなのである。ヴァレリーは――自分の子どもたちにとっても、ルアール家の三人の子どもたちにとっても――まずは、魔法使いだった。彼らはヴァレリーを「ポムおじさん《オンクル・ポム》」と呼んでいた。何かにつけ、子どもたちを非現実的な世界へと連れていく。そんな世界を、唖然とするくらい簡単に作ったり、作り直したりする。「ほとんど毎日、父はわたしたちを散歩に連れ出しました。わたしたちは、早足で早口の彼についていこうとして、必死で彼の手にぶらさがっていました。しばしば、彼が散歩のときにはいつも腋の下に滑り込ませていたステッキで脅《おびやか》されることがありました。そのステッキがいきなり後ろからわたしたちをピシャリと叩くのです。だれが叩くかというと、それは不安にさせる人物、想像上の〝ムッシュー〟というわけなのですが、わたしの父は、自分で叩いているにもかかわらず、後ろを振り返っては、その想像上の人物に激しい非難の言葉を投げつけるのでした。こうした遊びは何度も繰り返されましたが、わたしたちを大いに楽しませてくれました[27]」。地下にある洞窟のような台所の採光換気窓の前に来て外気を吸っていた白いトック帽の料理人は、ヴァレリーの手にかかると、あり得ない調理法をする奇想天外な錬金術師に変身させられる。また、ル・メニルに不意に現れた彼は、突然、田園地帯を、「くるくる回転する多色の花火ならびにベンガル花火で[28]」輝かせては、皆を驚嘆させる。

　魔法使いは、重大だと考えられている問題にも関わりあう。彼は、子どもの頭を型通りの知識であふれたものにしなければならないなどとは考えていないし、徹底的な訓練によって善き礼儀作法を教えこむべきだとも考えてはいない。彼は決して権威主義的ではないし、説教するときも無理じいするのではなく、むしろ手本を示す。平手打ちはめったにしない。「父はわたしたちに決して命令はしません。まれに意見や助言をするくらいです。ただし、言葉の領域に関わらなければの話ですが[29]」。彼が唯一口うるさくなるのは、まさにこの言葉に関する点においてであった。彼は、子どもたちが豊富な語彙を持ち、複雑な文を構築できること、そして、音節や語の音楽的な価値の意味を習得することを願っている。こうした目的のために、子どもたちにいくつかの詩句や詩を教え——彼が課した唯一の束縛——、古典作家の読書を勧める。もちろん、そこには、彼の好きな作家たちが何人か含まれている。

彼は子どもたちに自分の好みを伝え、自分の称賛するものを子どもたちにも共有させようと努める。アガートが覚えている父親のイメージのなかで一番古いものは、海辺で過ごした青春時代の話をしたときのものである。「父はわたしたちに、かつての船舶の詩的な輪郭を描き出していたマストや構造物や帆の名前を教えるのです。美しい帆船の模型が（…）家具の上に飾られていたのですが、それが、わたしたち、兄とわたしに、たくさんの奇妙な語彙を覚えさせるのに役立ちました」[30]。散歩しながら、子どもたちに多くのことを示し、教える。「わたしたちは、たくさん、長時間、あまりにも早足で歩いたものです。しかし、ねをあげるくらいなら、黙ったまま、へとへとになる方を選びました」[31]。事実、しばしばヴァレリーは、自分の考えに迷いこむと、子どもを連れていることを忘れて、自分の思考の急速な歩みに合わせて早足で歩いてしまう癖があった。子どもたちが小さいうちは、散歩のゴールはもちろんブーローニュの森だった。そこに行くと、いつもきわめてパリ風の主題を探している画家のエルーや風刺画家のセムに会った。ゴールはそれだけでなく、トロカデロの水族館、バトー・ムーシュ〔セーヌ川の遊覧船〕、エッフェル塔のときもあった。もう少し後になると、彼は子どもたちを美術館にも連れて行く——クリュニー、芸術工芸、トロカデロ、ルーヴル等の美術館。いたるところで、人間の創造力にたいする称賛の念、そして、自分の環境や歴史にたいして働きかける人間の能力にたいする称賛の念を子どもたちに伝えようとする。だからこそ、彼が一番好きな散歩コースはどこかというと、彼の足を何度も何度も運ばせた廃兵院《レザンヴァリッド》であり、ナポレオンの墓なのである。

父親そして教育者としてのヴァレリーは、幸いにも完璧ではなかった。つねに不安にとりつかれる気質なため、どんなときでも最悪のことを予想し、つまらないことで取り乱してしまうところがあった。到着が遅れている人を待ちながら、何時間も窓辺で過ごしたり、その後で、階段を下りて行って、建物の入り口の前で見張っていることもあった。こうした悪癖は母親からの遺伝だが、たしかに、それは優しさの過剰を示しているにすぎないだろう。しかし、そうした癖があるために、すぐに狼狽するのではという不安が重くのしかかったり、あまりにも早く恐怖の念に捉えられてしまう自分に苛立ちをおぼえることがあった。もうひとつの欠点、それはときどき「短気」になることだった。特に、騒音に耐えられなくなると、突然、激しく、かっとなった。しかし、子どもたちは、彼の気分の動きが決して攻撃的なものではなかったことを強調している。最後に、多くの親と同じように、彼にはお気に入りがいた。小さなアガートがその役に結びついた特権を享受する。彼女は、自分にたいする父親の寛大さは、ときに、度を越して不当の域にまで達することもあった、と言う。

ある領域だけはヴァレリーに閉じられたままである。それは道徳の原則と宗教の戒律の領域であり、当時のブルジョワ文化は、その一方から他方を生じさせようとしていた。この点に関しては、ポールとジャニーにはいかなる共通点もない。子どもたちは、父親の知ろうとする意志と母親の信じる必要性との間のどこに自分を位置づけたらいいのか少し苦労する。こうした態度は、その知的な内容においては両立しえないが、実際の生活では必ずしも和解不可能というわけではない。実際、ポールは夫婦二人の間には衝突も競争もなく、一方には教義の不在が、他方にはその存在があるばかりと進んで認めている。ジャニーは子どもたちに彼女のカトリック信仰の内容を伝えることもできるわけだし、ポールはそれに口出しはしない——もし、彼のふるまいがキリスト教的な道徳の戒律と合致するようなことがあったとしても、それはそれで問題ない。夫婦の相互理解の強化に役立つというだけの話である。

　家庭の善き父親であるヴァレリーは、また、一人の夫でもある。彼はいつも極度に慎み深く、カップルの生活などと今日称しているものを口外することはいっさいない。彼は、そんなことは自分とジャニーにしか関係のないことであり、彼らの同時代人たち、ましていわんや、伝記作者が、その眼差しをそこに向ける必要はないと考えている。しかし、なんら無遠慮ではないあるデータには、注目しておく必要があるだろう。つまり、ヴァレリーの結婚は純粋に理性的な結婚だったということである。十八歳のときロヴィラ夫人にたいする気狂いじみた情念で大やけどをした彼は、あらゆる愛の幻想から自分を保護しようとする。そのことは、彼が反世間的な夫であるとか、結婚を功利主義的な取り決めと考えているということを意味してはいない。情念や、愛のもたらす無秩序や、感情過多にたいする防御体制、つまり、あまりにも頭ではよく分かっていて、異常だとか、病的だとまで自分で主張しているにもかかわらず、自分がそれに従属してしまうこともよく知っている情動的状態の少しばかり激しい表れにたいして彼が自分のなかに築いた防御体制は、その厳重さによって、理性による選択は体制順応の結果ではなく、延命のための手段であったということ、ジャニーと結婚することによって自分自身から自分を守ったということ、生きることが自分にとって可能なようにしたということ、自分の思うがままに呼吸し、思考し、愛することができることを確保したということを示しているのである。こうした意味で、彼はそのすべてをジャニーに負っているし——そのことを彼はよく知っていると断言することができる。

　彼ら二人の夫婦関係に関することで知られていることがきわめて少ないという事実そのものが、彼らの間に絶対的な信頼関係があったことを証明している。彼らは目には見えない様々な糸で互いに結ばれあっている。その結びつきは、社会上、道徳上の単に便宜的なつながりではない。それは、心理学的仕組みと肉体的存在とが複雑にからみあい混じりあった必然性という生命力のレベルにおける結びつきなのだ。ジャニーが病気になったときのポールの反応は、どんな理性的な計算にも先行する、いわば第一感覚に属する反応である。彼の気遣いはなんらかの義務の遂行ではなく、必要性への対応なのだ。ジャニーは彼にとって明白な存在となった。彼女は彼自身の生を推進する大事な一要素なのだ。こうした土台の上になら、どんな誤解や口論の原因や悲劇が雨のように降ってこようが、夫婦関係はびくともしない。この土台は磐石でどんな試練にも耐える。

　ヴァレリーが夫婦や家族の生活をだいじにし、そこに深く根をおろしている原因は、彼個人の心理的な特徴という以外に、家庭生活の価値を尊重する地中海人的な行動モデルを自分のものとしているというところにも、その一因がある。コルシカ式親族集団とイタリア式ファミリーの影響の間にある彼にとって、家族が聖なる性格をもっているというのは、議論の余地のないほど明らかな事実である。ポールがパリで生活し始めてまもなく二十年になる。だが、出生の地南フランスの影響はなおも生きている——それに、彼には軽い南フランスなまりも残っている。ラテン文化のもっとも古い層が、母親の存在を通して、彼の日常生活に存在し続けている。

「おおいなる情愛とおおいなる類似によって[32]」、彼は母親とひとつに結ばれている。子どものときと同様、彼女と話すときは、いつもイタリア語である。クロードとアガートには、父親と祖母との理解不能の、つねに明るくはずんだ会話が楽しいコメディーのように思われた。彼らは祖母のことをノンナと呼ぶ。八十歳の彼女は、ヴィルジュスト街を襲った様々な病気にも抵抗した。「黒いレースの下のノンナの顔は、白くて穏やかそのものでした。鼻は微妙にワシ鼻で、両のまぶたは閉じられて、しばらく前から光を失った目を覆っていました。眼差しがなくても、彼女の表情には優雅さや活力があふれていました。彼女は、何らかの英雄的行動にも似た叡智の力で、病気に耐えていました。そして、永遠に閉じこめられた夜のなかで、かつて目にしたもののイメージを思い浮かべては楽しむすべを知っていました。（…）。彼女はわたしたちに、彼女でないと使えない言語でそうしたもののことを話したものです[33]」。一八四〇年代や革命時代の英雄的な話ばかりでなく、ジェノヴァの従兄弟たちが年に一回送ってくる「大量の、びっくりするようなパネットーネ[34]〔果物の砂糖漬や干しぶどうを入れた、クリスマス用の円筒形のパン菓子〕」を通して、家庭生活のなかにイタリアは存在し続ける。そのパネットーネを薄く切って、皆で喜んで味わう。最後のパンくずがなくなるまで、数週間もその喜びを引き伸ばす。

一九一一年七月、一族がル・メニルに行っている間、ヴァレリーは暇な時間を自転車で散歩しながら過ごす。ブーローニュの森の芝生の上をスピード感に酔いしれながら走ってみたいと思う。それは当時の交通規則では明らかな違反行為であり、彼のスポーツ熱は調書ものである。それは、非合法という滑りやすい地面の上でヴァレリーが犯した唯一の逸脱行為のようにも思われる。もっと真面目な話をすると、ジッドはヴァレリーに彼が書いた散文作品のいくつかをもう一度出版してはどうかと持ちかける。「薄っぺらな本[35]」にしかならないとヴァレリーは思う。ジッドの提案に、ヴァレリーは応えない。しかし、その提案は深いところで進行していく。八月、ポールは息子のクロードを連れて、ブルターニュ地方カランテックのゴデブスキーのもとに海水浴をしに行く。秋、ジャニーの病気が再発したため、不安な気持ちでじっと待ち続けるような時間を過ごす。そのため、あらゆる精神の歩み、あらゆる具体的な企画は条件付きになり、二次的になる。

一九一二年一月二日、アンリ・ルアール――ヴァレリーが一八九〇年代の中ごろから知っていたルアール兄弟の父――が死に、家族は喪の悲しみに包まれる。アンリの四人の息子のうち、同じ建物のなかに住んでいるエルネストが地理的には一番ポールに近いのではあるが、ポールは兄弟のなかで最初に知り合いになったウジェーヌと密接な関係を保っている。そして、ポールとウジェーヌは今、いっしょに商売をしている。彼ら二人の共通の友人アンドレ・リュイテルスは、『ＮＲＦ』誌の創設にも関わった人物であるが、優秀な銀行家でもある。ウジェーヌとポールとジッドは、おそらくエドゥアール・ルベイの監督のもと、株に投資している。三月、ウジェーヌはその手下たちに「スズは消えた《エタンソンテタン》」が、「窒化物」のなかには買っておいた方が得なものがあると連絡する。ヴァレリーはそれを急いでリュイテルスに知らせる。数ヵ月後、「ラ・モトール」に出資するかどうかが問題になる。これらの出資者がその投資ゲームでどれだけ稼いだのかは分からない。大金を稼いだということはないが、その後も投資を続けるだけの儲けは確保したようである。

一九〇八年以来、アンドレ・ジッドとジャン・シュランベルジェと何人かの友人は、『ＮＲＦ』誌の制作と配給のために膨大なエネルギーを費やしている。ヴァレリーは、一九〇九年の秋に短い記事を載せているが、この『ＮＲＦ』誌は幸先のよい成功を収めていた。一九一一年の初め、雑誌の創刊者たちは、いざというときに身体を張って自腹を切ってくれるような有能な発行責任者を探していたのだが、彼らはガストン・ガリマールなる人物にその仕事を任せることにした。『ＮＲＦ』誌は成長し、出版社になる。闘志あふれるガリマールは出版すべきテクストや作家を、四方八方、丹念に探しまわる。一九一二年の初め、ガリマールはマラルメの詩集刊行を考える。ジッドは、ヴァレリーに頼めば、マラルメの娘ジュヌヴィエーヴ・ボニオに紹介してもらえるだろうとガリマールに言う。ジッドは前年夏の計画を再度持ち出しながら、仲介者のヴァレリーに旧作を取りまとめて出版するようガリマールの方から提案してはどうかと示唆する。ガリマールは一月十五日、ヴァレリーを訪問する。ヴァレリーはそのメッセージに応えない。三月十四日、彼はジッドに、まだガリマールをボニオ家に連れて行っていないと連絡する。それは、まもなくおこなわれる。そして、翌年、マラルメの『詩集』という形で計画は実現する。しかし、頑固なジッドは、彼の最初の考えに固執する。五月三十一日、彼はせきたてて、ポールに、散文であれ韻文であれ、これまで出版したものをすべてガリマールのところに届けるように要求する。ジッドは、そうして取りまとめられた一冊は、彼の友人の「全集」の「第一巻」になるだろうと予想する。彼の提案は、実のところ、単なる再刊の申し出以上のものだった。元詩人に全集の続巻に登場することになる作品を書くようほのめかすことによって、その申し出は、彼をかつて放棄した道に連れ戻そうとしているのである。結局は、こうした展開がヴァレリーの人生を大きく変えることになる。

第四部　作家

11 詩人の回帰

一九一二―一九一七年

ヴァレリーは動揺している。一九一二年の春、彼にはいくつか出版の考えがあった。それは、以前書いたものに関わるものではなく、ピエール・フェリーヌの求めに応じて楽しんで書いたある文章に関するものだった。フェリーヌは数年来、モロッコで勤務しているが、フランスの軍事作戦についてかなり専門的な本を書いた。それで、友人のポールに、その序文の手直しを依頼した。ヴァレリーは全面的にそれを書き直す。本気になって仕事をしているうちに、戦略的な問題にたいするかつての関心に再び火がつき、ついには、自分の書いた文章を『ＮＲＦ』誌が欲しいというのではないかと考えるようになる。しかし、そのことをピエール・フェリーヌに話す機会がなかったので、フェリーヌは自分の計画で満足し、ヴァレリーから渡された文章に自分なりに修正を加え、当初の打ち合わせ通り、自分自身の名前でその文章を出版してしまった。彼は、ヴァレリーがその文章の正式の生みの親という資格を保っていたいと考えていたなどとは、思いもしなかった。

『カイエ』を執筆する習慣のなかに含まれているはずのつねに新しさを求める態度から、昔の熱情の忘れられた果実へと回帰してくる道のりは長い。ヴァレリーは自分の過去の作品を過小評価してはいない。

たとえそれらが、本当に彼が自分のものとして署名したいと願うような作品の影のような存在にすぎないと考えているにしても、何度かそれらの再版を受け入れた以上、それなりの信頼をそれらの作品は得ていると考えられる。彼は若い詩人たちが自分の名前を知っていることを知っている。ジッドの要求がやって来る一週間前、彼は文学の世界にデビューしたばかりのアレクシス・レジェという青年の来訪を受けた。彼はまだ、ペンネームのサン＝ジョン・ペルスに見合うだけの力量はなかったが、ガリマール社から処女詩集を出版したところだった。「エドガー・アラン・ポーとあなたが、わたしが一番知りたいと思った二人の人物です[1]」、とこの訪問客は断言する。ヴァレリーは自分の質について自尊心をもっている。彼はうわべだけの謙遜を装いはしない。彼にためらいがあるとすれば、それは別なところにある。

七月、ジッドは再び催促し、ヴァレリーがなぜ躊躇するのか問いつめる。それはヴァレリーにとって釈明の機会となる。「ぼくの方はどうかというと、つまり、干からびたものの寄せ集めとか押し花集の話だけど、考えてはいるんだ。それで、引出しのなかをひっかきまわしてみたんだけれど、うんざりしてしまった――でも、その方がいいんだ――なぜって、もしぼくが後悔でもしたら、余分なことまでが生じてきて、神様、助けてということになってしまうだろう！　今のところ、その本がどんなものになるのか、ぼくには見えていない。その形も、内容も、その必然性も」。彼は、そうした本を出すことは、「望みもしないのに再び生き」、「元・わたしのソネに保証を与えること」になってしまうと感じる。より深刻な理由が彼を引きとどめる。「自分がかつて書いたものを出版するというのは、書いたものを放棄するにいたった理由そのものの放棄と破局を、逆に神聖化してしまうことではないだろうか？」。かつての選択を後悔するようなふるまいはしないこと、そうした決断へと彼を導いた苦しいいきさつを否認したり、裏切ったりしないこと。この二重のためらいは、単なる忠実さなどではない。彼は、自分の最初の文学上のキャリアにどれほどの価値があったのかを知っている。そして、彼が耐えなければならなかった苦痛をあてにするような態度を拒否する。「自分が苦しんだことを利用するというような話をする人たちというのは、単に十分に苦しまなかった人たちなんだ。（…）人間には、音楽の才能があるのと同じように、苦しむ才能というものもあるんだ。だれだって、音を聞くことはできる。でも、音を聞いて、お腹が痛くなる人っていうのは、ごく少数なんだ[2]」。

再版作業が進行中のマラルメの影が、ヴァレリーの気後れにつけ加わる。マラルメが勢いを得て戻ってきたのだ。六月、ローマ街の住居に記念のプレートが据えつけられる。少し前から『NRF』誌に定期的に記事を書いていた批評家のアルベール・チボーデが、一九一二年、エッセイ『ステファヌ・マラルメの詩』を完成させる。彼はヴァレリーに校正刷りを送ってくる。こうした死者との出会いは有益な結果をもたらす。マラルメが死んで十四年経って、ヴァレリーはその喪に終止符を打つ。チボーデ宛の二通の手紙が、彼の「密かな戦い、天使たちだけを相手にした戦い[3]」がどのようなものであったのかを伝えている。語り、思い出し、さらにもう一度理解しようと試みること、こうしたことがすべてもっとも忘れられていた深部で反響し、彼のなかに眠っていた感覚を目覚めさせる。ヴァレリーは、マラルメに「墓」を与えようと試みて詩と縁を切ったのであった。その詩に、彼は、一九一二年、「ある声についての詩編」（*Psaume sur une voix*）でマラルメの存在を喚起することによって戻ってくる。かつて自分を魅了した言葉を自分のなかで蘇らせることによって、彼はとうとう、詩人として、代父が影響を及ぼす領域から脱したところで、自分らしい調子や存在能力を発見する。彼はもはや模倣者ではない。ずっと前から、彼の散文はマラルメ的モデルから離脱していた。彼の詩もまた、過去の尊敬の念から解放されるだろう。

　こうして、同時に起こった二つの出来事が互いの効果を結び合わせる。ガリマールはヴァレリーが以前書いたものを出版したいと願う。そして、ヴァレリーの方は、詩句を作る力を取り戻す。こうした結合は彼を当惑させるような深淵へと沈める。いつものように、心の状態と肉体の状態は直接に彼の精神の緊張を反映する。「ぼくは自分の不安や野心を鎮める。つねに難しい睡眠、胃袋あるいは内部。もう数ヵ月も前から厄介払いできないでいる疲労感。頭脳は唖然として、（…）決してきちんと目覚めているということもなく、よく眠りこんでいるということもない[4]」。事実、出版するという恐怖は、それとは逆の恐怖でこんがらがってくる。ルベイ氏の調子が悪いのだ。彼はますます話すのに困難をおぼえる。いつなんどき、ヴァレリーは無職になるかもしれない。一冊本を出しておけば、役に立つかもしれない。

　彼は要求されたテクストの提示方法を考える。最初のうちは、詩と散文を混ぜるのがもっともいいやり方のように思われた。そうすれば彼が詩人と分類されなくてすむし、直接間接にテストの姿と結びつけた様々な散文を「いじくりまわす」こともできる。それは、『ムッシュー・テストと劇場で（その他）』というタイトルになるだろう。それからまた、詩だけに限定して、「きれいな本」を作りたいというアイデアも浮かぶ。結論が出るのを待ちながら、彼は自分の昔の詩に番号を打ち、ルイスに助言を求める。ルイスはアイデアに同意したうえで、別のタイトル『混淆集《メランジュ》』を提案してくる。七月末、ガリマールとの話し合いの後、決定が下される。どんな形にせよ、昔の作品を集めた本を作るという原則そのものが確実になる。

　秋の初め、計画は停滞するように思われる。ジャニーの健康状態が悪く、移動ができないため、ヴァレリーは子どもたちを連れて、ノルマンディー地方のグランヴィルで九月を過ごす。帰ってきてから、彼は詩だけを豪華な小冊子にまとめたらどうかという話をする。その考えを彼に吹き込んだのは、若い詩人で印刷工のアレクサンドル・ガスパール＝ミシェルだった。彼は活版印刷の魅力に取りつかれていて、数ヵ月前から、ヴァレリーに豪奢な作品集を出版する許可を求めていた。そうして刷られたうちの一部にはとてつもない値がつけられて売りに出され、残りは友人たちにプレゼントされるという計画。もし、ガリマールがその詩集の表紙に社名を入れるのを許してくれたなら、それは『混淆集』出版の妨げにはならないだろう。それどころか、『混淆集』を準備する呼び水になるだろう、とヴァレリーは考える。

　こうした見通しのもとで、ヴァレリーの詩のすべてがタイプで打たれる。かつて『ラ・コンク』誌やその他のいくつかの雑誌に掲載された詩を読み直して、その生みの親は刺激される。彼はそれらの詩を不完全と判断する。音楽的な実質の欠如、韻律法の欠陥、不適切なイメージ、これらのせいで若干の修正が必要と感じられる。彼はそれらの修正にかかる。年末近く、彼は自分の作った一番古いソネのひとつ「エレーヌ」を手直ししている。ノートの紙面の頭のところにタイトルを書く。それから、あちこちに、海、美、涙などを喚起する語、詩句、連続したイメージを書きつける。突然、アレクサンドランの一行が湧いてくる。「そこで泣いているのはだれ、こんな時刻、一陣の風でないとしたら?」。彼の栄光を作ることになる『若きパルク』の第一行目が、そっくりそのまま、あらゆる思惑から解放されたところから湧き出てきた——旋法や音色が作品の観念そのものに先行したのだ。

　十月、ヴァレリーはバルカン半島で勃発した戦争に心を奪われている。アヴァス通信社では、事態の成り行きを時々刻々と見守っている。不安が高まる。仏露同盟がその効果を表す。潜在的な詩人は、すでに厳しさをましてきた寒さのなかで震えている気の毒なブルガリアの兵士のことを思って、心を痛める。「疲れ果て」、「気持ちが萎えた」彼自身は、「部族」全体を「ル・メニルに[5]」送り出す。十二月、彼はアンリ・ルアールのコレクションの競売に立ち会うが、ドガの絵を落札できなくて悲しい思いをする。数ヵ月にわたって、ヴァレリー家のなかで悪性のインフルエンザが繰り返し猛威をふるい、ほとんど全員が順番に襲われる。ポールはクリスマス近くにかかってしまう。さらに、家のなかで工事がおこなわれる。職人たちがアパルトマンのなかを行ったり来たりする。作業に応じて、職人たちは住民を、ある部屋から別の部屋へと追い出したり、寝るのはあそことかここことかと強制してくる。

　出版計画は足踏みする。ヴァレリーは決断を下すことができない。一九一三年二月十八日、ジッドがヴァレリーに会いに来て、前年夏になされたガリマールとの契約を思い出させる。実のところ、ヴァレリーは怠けているわけではない。文学というゲームが、彼の心を捉えてしまったのだ。彼は単に以前書いた詩句を手直しするだけでなく、それらに新しい作品をつけ加えたいとも願う。「一九一三年、以前書いた詩句をまとめてはどうかという依頼を受けたのですが、その量の少なさに、そして、それ以上にその質の貧弱さに恥じいったわたしは、――三〇行から四〇行の作品を一編書こうと思いついたのです。わたしはグルック風のオペラのレチタティーヴォのようなもの、ほとんど、たったひとつの長いフレーズでできた、コントラルトに歌わせるようなものを考えていました[6]」。ヴァレリーは、美の象徴「エレーヌ」のテーマを再度取り上げることによって、「ナルシスを主題として、その一種の女性版変奏曲[7]」を作ろうと考える。下書きがたくさん書かれる。詩は「涙」と名づけられるだろう。急速に、涙と海の主題が、未完成に終わったマラルメの「墓」を書いていたときの草稿にあった詩句やイメージと混ざり合う。こうして、来るべき詩の感情に関わる要素の数々が提出されたことになる。

一九一三年春のパリは、シャンゼリゼ劇場のオープンという芸術上かつ社交上の事件が話題をさらう。ヴァレリーは、近いところから、その建築を見守った。というのも、建築家のオーギュスト・ペレも、天井の装飾を担当したモーリス・ドニも、ロビーのフレスコ画を制作したエドゥアール・ヴュイヤールも、皆彼の友人だからである。四月二日、フォーレ、ドビュッシー、ヴァンサン・ダンディが指揮をする劇場落成記念演奏会に行く。以後、彼はここで上演された初演には欠かさず出かけるようになる。ストラヴィンスキーの『春の祭典』の有名な初演〔五月二十九日。音楽もニジンスキー振付けのバレエも不評で、劇場は野次や怒号が飛び交った〕にも出かけた。六月、ストラヴィンスキーが数年後音楽の源に回帰するのを予見しながら、ヴァレリーはサン・ジェルマン・デ・プレ教会でおこなわれたベス神父によるグレゴリオ聖歌に関する講義を聞きにいく。

　ジャニーの病状はますます悪化する。ちょっとした移動でさえも彼女にとっては地獄の苦しみになってしまった。実際、彼女はミサに行くとき以外はめったに外出しない。旅行といえるような旅行はル・メニル行きぐらいで、ジャニーはそこで夏を過ごす。その間、ポールと子どもたちはペロス・ギレックの海岸〔砂浜の美しいことで知られるブルターニュ地方の海岸〕で楽しむ。「詩は動きません。砂に埋もれてしまいました。見直してもだめです。どうにもなりません。それに、ますます自分が変に感じられてきました……。自分の道がもう分からなくなってしまいました」、とポールはジャニーに手紙で書く。砂浜を歩いているうちに、いくつかアイデアが湧いてくる。「このあいだの夕方、岬の方で、波が寄せて来るたびに堆積した砂利がくずれる音がしたのですが、そうして与えられた音楽がどんなものか理解しようと努めてみました[8]」。彼は昔一生懸命やっていた音楽と再び手を結ぶ。とはいえ、その音楽は、今の彼にとって、かつてそこに抱いていた信仰心や情熱などの消えた抽象物になってしまっていた。かつての状態に戻ることなどできない相談だった。音楽を知っていると言えないことはないにしても、かつて彼を高揚させたオーケストラやその効果には関心がないのである。主題は昔と同じである。しかし、その扱い方や道具〔楽器〕が変化したのだ。「わたしは意志による作品を作りたかったのです[9]」、と後年、彼は自分の詩への復帰について語るだろう。

　ヴァレリーは四十二歳である。詩作をやめて以来、彼は仕事をし、変わった。『カイエ』という膨大な苦行は、一時的に開かれていたカッコなどではないし、今詩作に戻りつつあるからといって、そのカッコが閉じられてしまうということはない。反対に、『カイエ』のなかに蓄積された富こそが、その実質によって、これから湧き出てこようとしている詩句を豊かにする。そうした詩句は、精神が自分の力で捉えたものを、他人にも感じられるようにするという使命を持つことだろう。詩句の音楽、その情動的負荷、語やイメージの音響的官能性、それらはヴァレリーが創造しようとしている女性の登場人物に声と肉を与えなければならないし、内省する意識のなかの神秘的な作業を他人にも見えるようにしなければならない。詩は逆説的な命令に従わなければならない。つまり、イメージを使って抽象的なものを言わねばならないし、知的メカニズムを音楽やリズムに翻訳しなければならないという命令である。一九一三年の仕事は、二つの戦線で遂行される。ヴァレリーは詩の素描をいくつかおこなう。その結果、詩はすでにして長いものに発展する。序曲の部分はほとんどその決定的な形が見つかった。いくつかのモチーフに関しては今後一貫して発展させていかなければならないが、全部合わせると七〇行近くが集まった。こうした構成の作業のかたわらで、彼は、「三つの主要なテーマ――『蛇』『睡眠』『涙』[10]」をめぐって、抽象的なメモをたくさん書きつける。計画全体の考察をおこなった結果、詩の全体が姿を現す。さらに彼はその素材や形式上の原則を構想し、少しずつ骨組みを作っていく——とはいえ、その計画がどれほどの規模になるのかという予想はまだできていない。

ふつうヴァレリーは、計画中の作品ひとつあればそれで手一杯になる。決して終わらない男は、一九一三年の夏あるいは秋には仕事を中断し、彼が書いた下書きは、『アガート』の下書きと同様、個人的な地下墳墓で眠りについたように思われる。一九一三年から翌年にかけての冬は厳しかった。十二月、またもやインフルエンザのせいで、数週間ベッドに釘づけになる。『A・O・バルナブース全集』を読んだおかげで、一時、意気消沈の状態を脱する——彼はそのことでヴァレリー・ラルボーに心から感謝する。アンドレ・ルベイ宛の手紙からは、ヴァレリーがかなり憂慮すべき混乱状態にあったことが察せられる。「ぼくは過度な不安から抜け出て、今、かつてなかったほど深く打ちのめされている。ときどき狂気に陥るのじゃないかと思われるくらい不安になったとき、ぼくは戦いたいと思った。それで、強烈な注意力や激しい仕事を自分に無理強いした。でもぼくの身体《マシン》はそれ向きにはできてないんだ。今のぼくは、ゼロ以下。そして、その状態は、まだ続くよ」[11]。このような「内的破綻」の状態は、彼においては別に新しいことではない。彼には、どんなときであれ、何であれ、嘆き悲しむという強い傾向がある。彼の嘆きをあまり本気に受け取ってしまってはならないときもある。それは、たいていの場合、安心させてもらいたいという子どもじみた要求に由来している。ヴァレリーは愛されること、愛していると言ってくれることを期待している。彼のきわめて大きな友愛の能力も、彼の誘惑したいという永遠の欲望も、おそらくは似たような期待に基づいている。つまり、自分の存在が他人のもとに引き起こす愛情の念を他人がきちんと証明して見せてほしいという期待なのである。しかし、そうした嘆きはまた、彼をかつて狂気の淵にまで追いやったような眩暈が、彼のなかに今もなお存在しているということを明らかにしている。この狂気という言葉がルベイ宛の手紙のなかでヴァレリーのペン先から再び表れたという事実は、詩的表現の道を再発見しようとしている彼にとって、二十年前に構築した防衛体制がその存在理由を失ってはいなかったということを示している。彼は『若きパルク』の献辞のなかで、そこには練習しかないと書くだろう。それは、外的な規律がきちんと配置されていなかったならば、この詩の制作は実現不可能だったろうということを喚起するやり方なのだ。なぜなら、その詩の素材は、もしそれが未加工の状態にとどまったなら、彼にとって重大な危機となったはずだからである。つまり、思考能力の解体の危機、さらには、人格崩壊の危機を引き起こしかねなかったのである。

　ヴァレリーは、社会的な存在として、自分の感情をこれ見よがしに人前にさらすようなことは決してしない。心の深いところでどんなことが起ころうと、いつもの顔を保ち、同じ問題に没頭し、ときには、いつも同じ原因で腹を立てる。アンドレ・ルベイは選挙への立候補を準備している――彼は翌春、セーヌ・エ・オワーズ県選出の社会党の代議士になる。闘士《ミリタン》ルベイと分類不可能な政治愛好家ヴァレリーとの間の議論はかなり攻撃的なものになる。「ぼくはなれるものなら少しの間、『資本』や『教会』になってみたい――こうした役割は、たしかに、不可知論者と賃金生活者にとっては自尊心をくすぐるものだろうからね。でも、（…）君には正直に言うけど、ぼくの友情は、政治的な意見の違いにぶつかると不安におびえるんだ」。もちろん、ヴァレリーは右翼の人間のままである。しかし、彼にとって、どんなものであれ政党に加入するなどということはありえない。「ぼくもときには自分なりの政治的考えを持ったことはあるけれど、それにどんな価値があるかどうかなんて全然分からない。ぼくは、他の人たちが自分の考えの重要さに確信を持てるってことがいつも不思議でたまらないんだ[12]」。政治的な意見というのは、定義上、確信の領域に属している。つまり、検証不可能で不定形のものである。そんなもののために友だちどうしが引き裂かれるなんて馬鹿げている。政治屋の世界は、彼には、見せかけとだまし絵の舞台装置、あり得ないような出会いと信じられないような策略でできた幻想的な劇場に思われる。厳密な精神の持ち主は皆、そんなものに過大な重要性を与えないよう留意しなければならない、とヴァレリーは考える。

一九一四年三月七日、ヴァレリーは一編の詩が同封された手紙を受け取る。面会申し込みの手紙だった。一週間後、面会が実現する。十七歳の若きアンドレ・ブルトンはムッシュー・テストの創造者を崇拝している。「はじめて彼の家に入ろうとしていたときの自分の姿が今も思い出される（…）。このうえない優雅な態度でわたしを迎えたこの男――ほかならぬこの男であって、別人ではない――この男の方に、階段を昇りつつあったわたしは顔を向けることができないでいた。彼は、少し鋭いまぶたの下の、潮の引いた海のように透明な、とても美しい青い目でわたしをじっと見ていた」。ヴァレリーは青年の才能や精妙な知性を高く評価する。彼は青年を友として扱い、再度会い、激励する。「ヴァレリーはわたしに多くのことを教えてくれた。疲れを知らぬ辛抱強さで、何年間も、彼はわたしのあらゆる質問に答えてくれた。彼はわたしが自分自身にたいして気難しくなるようにした、さらに言えば、気難しくなるために必要なあらゆる労力をとってくれた。わたしは、いくつかの高度な学問分野にたいして今でも関心を抱いているが、それは彼のおかげだ。その一方で、いくつかの根本的な要求が損なわれていないかぎり、彼はわたしの自由にさせてくれた[13]」。数年間、彼は師匠であり友である人物に、書いた詩を送り続ける。師匠であり友である人物は、ときに共感しながら、ときに不安になりながら青年の成長を見守る。

　六月三十日火曜日、ヴァレリーはロワイヤル街でオージリオンとヴァール県の代議士に再選されたばかりのフールマンと昼食をともにする。その翌々日、彼はジッドに、東部ピレネー山中の湯治場ラ・プレストに二週間後に行くと知らせる。この滞在は医者がジャニーに勧めたものだった。子どもたちとポール・ゴビヤールも夫婦に同行する。それは、重い荷物の準備や厳しい予算のやりくりを必要とする文字通りの引越しだった。出発前、彼はブルジュレルの書いた戯曲〔『シテールへの船出』〕を読む。それはヴァレリーの後押しがあれば、ヴィユー・コロンビエ座の扉が開かれると期待して、著者本人がヴァレリーに判断を委ねてきたものだった。彼は劇場支配人のジャック・コポーに口をきいて役立ちたいという気持ちはあるのだが、この程度の知的訓練が生み出した作品など味わう気にはとてもなれない。今なおグラン・ギニョル座〔モンマルトルにあった残酷劇専門の劇場〕のような効果を使って、「お涙頂戴の仕事のために机に向かう」人間がいることを不思議に思う。ブールジェの小説〔『真昼の悪魔』〕を一瞥したことがきっかけで、「医学と神学とバルザックもどきとがごちゃまぜになった（…）みじめな作家[14]」にたいする嫌悪感を思い出す。

　七月二十二日、一族はラ・プレストに腰を落ち着ける。そこは訪れるのが難しい谷底にあった。「ぼくたちは十四日の夜、温度計が三八度を指している列車に乗って出発した」。彼らはモンペリエで数日間過ごす。ジャニーは医学部の医師の診察を受ける。ポールは郷愁を感じつつ街を散歩する。「パラヴァス。二回ほど、なつかしい思いをしながら水浴した。昔のようにね。でも、今回は子どもたちといっしょだったけれど」。彼はセットを惨めな町だと思う。しかし、「夾竹桃と糸杉のある墓地は、あいかわらず美しい、あいかわらず、ますます美しい」と思う。モンペリエから、「全員死にそうな道のり。三、四回、乗り換え。

しかも、妻や餓鬼どもを連れたうえに、荷物まで持って。暑さと埃《ホコリ》」。ラ・プレストには、温泉場とその付属建造物と硫黄を含んだ温泉と老人と雷雨しかない。ヴァレリーは無気力状態になる。「ぼくは表面でだけ存在している[15]」。それにひきかえ、ジャニーにとって、治療はすばらしい効果をあげる。その滞在期間中、彼女を長年苦しめてきた桿菌が永遠に消えたのである。

ラ・プレストと外部の世界とをつなぐものは新聞だけである。新聞は二時にやって来る。ヴァレリー家は、唯一、『ラ・デペシュ』紙に書いてあることだけを頼りに、七月末から八月初めにかけて、ぞっとするような日々を送る。不安な気持ちを抱え、高山と霧のなかで行き場を失った彼らは、下界で起こっている悲劇的な出来事を遠くから眺めていることしかできない。「このままいって、事態がもっとひどくなったら、三週間後には一〇〇〇万もの人が動員され、全面的な破滅が始まるのかと思うと異様な感じがします。だれにとっても、待ち受けるべき結果と、努力ないしは起こる可能性の高い破壊とが、解離してしまったのです[16]」。情報通のヴァレリーは、淡い幻想は抱いていない。激突しあう武器の凄まじさを測定する。二十年前、彼はドイツの軍事・産業機械が、どのように組織され機能するのかを示した。それ以降、彼がそこに書いた記述内容を否定するようなものは、何もない。

ただし、今は、ゆっくりと分析をしている時間ではない。「ぼくは軍人手帳を持たないでパリを出てきてしまった。動員された場合、どうやって入隊手続きをしたらいいものか分からない。憲兵のところに出頭しようと思う。彼らなら、おそらくぼくをどこに送ったらいいのか知っているだろうから。でも、ぼくを不安にしているのは、もし、何もかもが破裂したら、家族をどうしようということなんだ。ぼくは、うちの家族が、たくさん人が押しこめられて混雑した汽車に乗ってパリに帰るなんて姿は想像できない。それに、ぼくは、家族がパリにいない方がいいと思っている。パリでは、何が起こるか分かったものじゃないからね。でも、そうとすれば、どうやって彼らはやっていくんだろう。今ぼくに残っているわずかばかりのお金を彼らに渡すつもりではいるけれど。その後、どうなることか[17]」。宣戦布告。動員。ヴァレリー家は谷底で身動きがつかない。汽車は徴用されてしまった。数日間、何もすることができない。シャルロットが機転をきかせて主人に軍人手帳を送ってくる。おかげで、ヴァレリーは新たな命令を待たねばならないことが分かる。

家族はなんとか監禁状態を脱け出て、海岸に着く。だが、パリ行きの汽車もモンペリエ行きの汽車もない。幸いなことに、彫刻家のマイヨールがバニュルス・シュール・メールに別荘を持っていて、それをヴァレリー家の臨時放浪民に提供してくれる。皆でそこに仮住まいを始める。九月十九日、何も動かない。ポールは、戦争に関して、新聞に書いてあること以外は何も知らない。自分が役立たずだという思いがのしかかってくる。「一ヵ月ほど前、命令に従う用意があると徴兵司令官宛に手紙を書いたんだけれど、返事がない」。日常生活が困難になってくる。「深刻な財政逼迫。ここの人たちの不信感、さらには敵意（先日なんか、ぼくは、白い作業服を着て銃剣のついた鉄砲を持った二人の民兵に捕まって、役場の前庭まで引っ立てられた。義姉などは、水彩画を描いているせいで、毎日密告されている。彼女は絵を描くのをとうとう諦めてしまった、等々）」。このとき以来、紛争の性質についての彼の意見は決まった。「それに、ぼくは戦争が長期化すると思う。ヨーロッパの全面的解放がなされなければならない。もし、ぼくたちが途中でやめたいと思ったとしても、英国人たちは、英仏海峡のおかげでどんな論理もありの人たちだから、ぼくたちに最後までやるよう言ってくるだろう[18]」。

十月になってやっとヴァレリーはパリに戻る。そして動員命令を数ヵ月間待つが、やって来ない。ヴァレリーと同様に動員されなかったか、まだ動員されていない何人かの友人たちも、外国の町のようになってしまったパリで役に立ちたいと思う。ヴァレリーは戦争という強迫観念から精神をそらすために、『カイエ』に専心しようとする。彼は『カイエ』のあまりにも重く、集中力のいる研究課題に苦しみながら耐える。彼は修道士のような日々を過ごす。詩作を再開することによって時間を満たそうとする。おそらく、戦争がなかったなら、ジッドとガリマールによって三年前に始められた計画は、無関心と消極性のなかに沈んでしまったことだろう。暇をもてあましていること、持続的な作業の必要な仕事を試みるのが不可能なこと、それに加えて、戦況報告を今か今かと不安な気持ちで待ったり読んだりする状況から逃れられるということ、こうしたことのために、詩作は精神的に生きのびるためのすばらしい方法となった。詩作は、厳格な技術上の束縛や、巧みな連合や結合を見つけるための永続的な探求を要求してくる。つらい仕事でありかつゲームでもある詩作には、ヴァレリー自らの注意力を、努力すれば解決可能な諸問題に集中させておくことができるという利点、そして、そうすることで、気持ちが散漫になったり強度の抑圧を感じたりする状況を避けることができるという利点がある。「時局があまりにも緊迫していますので、息の長い努力が必要な仕事を続けることは不可能です。わたしが今、何をしているかご存知ですか？　以前書いた詩を修理し、ペンキを塗り直し、ニスを塗っているのです。こみいって、馬鹿げた仕事ですが、昔からやられていることです。恐ろしいことが人類を襲うたびに、部屋の片隅にすわって、自分の書いたものに手を入れ、真珠に糸を通しているような〔つまらないことをして時間つぶしをする喩え〕ムッシューの姿がいつも見かけられたものです……[19]」。

一九一五年春の終わり、ヴァレリーは、一八九六年に書いた『ドイツの制覇』を再度出版する。『メルキュール・ド・フランス』誌が、それを小冊子の形で出版したのである。この論文はさらに、デストゥールネル・ド・コンスタン――彼は一九〇九年にノーベル平和賞を受賞した――が発行している『国際和解会報』にも再録される。青年作家の驚異的なまでの明晰さが何人かの政治家に衝撃を与える。そのうちの一人カンボンは、称賛の念をヴァレリーに手紙で知らせてくる。こうした過去に遡っての成功は、フランス軍が現在陥っている災難に関する考察と結びついて、ヴァレリーに残念な想いをさせる。「数年前、わたしはフランスの軍隊をその根本から改革することを考えていました。（…）わたしは頭のなかで、職務が高度に組織化され、かつ職務に見事に適応した軍隊を考えていましたので、そうしたわたしの空想上の軍隊と現在の軍隊との関係は、現在の軍隊と烏合の衆との関係に等しいように思われたほどなのです[20]」。彼は、アメリカを席巻しているテーラー・システム〔アメリカのF・テーラーが提唱した、ノルマの設定や達成のための科学的な工場管理の方法〕が、産業のレベルで類似の成果を上げていることを最近知ったところである。「その当時、ぼくはそうした軍隊改造計画を書いたり、発表したりはしなかったけれど、今になって、それを後悔している。今日なら、ぼくの主張は分かってもらえると思う」。そして、ここで、ドイツにたいするフランスの弱さの根本原因が語られる。「現実問題に関することで何かを発議しようとしても、それが明らかに不可能だということ[21]」。

　戦争突入によって引き起こされた断絶、詩的行為の復活という革命、これらは深いところでヴァレリーを揺り動かす。彼は、一方で二十歳のときと同じように詩を推敲しているのに、自分がもう動員されない年齢に達したことを知る。このコントラストが彼を捉える。自分は何をしていたのか？　自分は何になったのか？　自分が老けつつあると感じて彼が苦しんでいるとは言えないだろう。なぜなら、そうした老いの感覚はだいぶ前から馴染みのものになっていたので、もうそれにあまり注意を払わなくなっていたほどなのだから。しかし、どれほど時間が流れ去ったかを考えながら、彼は自分自身にたいして、ある感慨を抱かずにはいられない。

> 繊細な人の歴史、あるいは年譜は次のように要約できるでしょう。先に進めば進むほど、彼はかつて自分を嫌悪させたものを欲しいと思う、あるいは惜しいと思う。
>
> ある年頃には——とても若い頃には——女性は彼に一種の嫌悪感を引き起こしました。愛は彼には不潔なものと思われたのです。
>
> 別の年頃には、金銭、金銭に関する人間や物は、彼には不快を催す観念でした。
>
> そして、あるときは、成功——たとえそれが栄光であったとしても——は、彼には恥辱に見えました、等々。
>
> しかし、彼に残されているもの——そうした副産物のすべてから解放された本質——は、あまりにも薄っぺらで、軽くて、取るに足りず、値段のつけようがないので、人生全体を芳香で満たすのに十分なものなど何もないのです。となると、残っているのは、反省、後悔、自分自身に対する悲劇的愚行や無能な復讐行為の逆流、理解されなかったり、雷を打たれたような人間特有の間抜け面、苦い想いをしているという渋面だけなのです。[22]

これは、少しばかり、二十年間にわたって自分自身の純粋な「本質」を養ってきた『カイエ』にたいする批判なのだ。彼は、今、この本質をあまりにも薄っぺらと考えている。『メルキュール・ド・フランス』誌から自分のかつての論文の再版を出す準備をしている最中、ヴァレリーはレオトーと再会する。九月十四日、ヴァレリーはレオトーを招く。彼らはいっしょに昼食をし、散歩し、長時間議論する。「わたしたちは、また、二人ともほんのわずかの仕事しかしなかったことや、自分たちの商売をして名声や勲章を手にいれたり、アカデミー・フランセーズの会員にまでなった何人かの話をした。ヴァレリーは、わたしと同じだ。彼は、そんなものを全然羨ましいとは思っていない。彼らの獲得したものが、わたしたちに幻想を抱かせることなどない」[23]。幻想を抱かせない、おそらくその通りだと思う。しかし、羨ましいと思わなかったかどうか、それは疑わしい。いずれにせよ、問題は提起された。厳密さにたいする気遣いは、ヴァレリーの目を愛、財産、栄光といった取るに足りないものからそむけさせた。今、そうしたものに少しだけ自分自身を捧げたとしても、彼は不満ではないだろう。

彼は一八九七年に自分を陸軍省に入省させ、その結果、「人生で一番大切な時間、様々な試行錯誤が終わって行動すべき時間[24]」を失わせる原因となった、食い扶持を稼がねばならないという必要性を、やや不当にも愚かしいものと攻撃する。生活費を稼ぐ義務は、たしかに、いつまでたっても彼に重くのしかかってくる。享受するに値していたはずの自由が自分から奪われたという思いが、彼を想像の世界へと追いやる。十分な金利収入があったなら、自分の幸福は完全なものだったろうと確信している。彼は十八世紀に郷愁を感じると言う。そうした夢には、実際に、態度の変化が伴ってくる。この時期以降、ヴァレリーは自分の作品を過小評価するのをやめる。いくつか発表した作品のおかげで、彼には自尊心をくすぐるような評価が連続して下されていたが、そうした評価が、しばらく前から、自分の作品の価値を彼に確信させることになったと考えられる。しかし、そうした明々白々な事実にもかかわらず、彼は長らく、自分の精神の作品を気休めで作ったものとしつつ、それにたいして王者然とした軽蔑的態度を誇示してきたのである。今後、ヴァレリーは自分の書くものを本気で書いたものと考えるようになる。たしかに彼は、あいかわらず、自分の文学活動の中心は、目立たないながら『カイエ』にあると主張し続ける。そして、自分の出版するものは、引きちぎられた断片だとか、断章だとか、単なる偶然と状況の産物にほかならないと、もったいぶった態度で強調もするだろう。しかし、自分の書いたものを人に知らせ、広め、可能とあらば、そこから何らかの物質的ないし象徴的利点を引き出そうと留意するようになるだろう。彼は、できるものなら、自分が明け方の時間を捧げた探求こそ、自己採点がもっともよく、もっとも高度なものであると信じ続けたいと願っているのではあるが、もはや、『カイエ』というあまりにも無償の行為の偉大さだけを頼りに生きていくことには同意できない。一言で言えば、彼はムッシュー・テストに似ることをやめる。

一九一五年、詩の制作が大いに進展する。ヴァレリーの頭にあるのは、あいかわらず、多少なりとも修正を加えた昔の詩作品に、新しい作品をいくつかつけ加えた作品集である。彼の注意力の大部分は、戦前にざっと構想を立てられた作品集の方を向いている。彼の『スティックスの神』(*Divinité du Styx*)〔『若きパルク』のためにヴァレリーが考えていたタイトルのひとつ。リュシー『ポール・ヴァレリーの若きパルクの生成』の二一ページ、六〇ページを参照のこと〕は数ヵ月のうちに、驚くほどの長さに達する。もともとあった核の部分は短調であったが、彼はそこに幸福や夏といった長調のテーマを加える——あたかも、戦争が彼に出発時の調子や配慮とは距離を取るよう拘束したかのように。様々な断章が現れる。ヴァレリーは当初、それらを別々の作品と考える。しだいに、それらがひとつの大きな詩の動きのなかに取り入れられていく。年末、この詩は五つの状態が継起するという体裁をとり、二三〇行以上にふくれあがる。著者はタイトルを考える。彼は『乙女座のアルファ』はどうかと考える。次に、『ある悲歌のための研究』を考える。最後に、パルクのイメージが彼の心を捉える。孤独で、不誠実で、見せかけだけで、旋律豊かで、若いパルクは、自殺や望ましい死の誘惑に結びつけられている。

　一九〇六年以降文学の世界から遠ざかっていたピエール・ルイスが、ヴァレリーとほぼ時を同じくして文学に戻って来る。妻と別れ、破産同然で、なかば目が見えず、孤独で、人づきあいを避けるようになった彼は、『詩学』を書きあげたところだった。そして、以前放棄した詩のいくつかに手を入れる。距離ができていた――暖かさが失われてしまったわけではなかったが――二人の男の関係が緊密さを取り戻す。ルイスはめったにしかヴィルジュスト街に姿を見せない。彼の存在は、彼の女中が届けさせる手紙によって注目をあびる。というのも、アラベスク模様のように曲がりくねった彼の字体が、ヴァレリーの子どもたちをびっくりさせたからである。

　家のなかには、何も変わったことはない。クロードはジャンソン＝ド＝サイイ高等中学校に通っているし、アガートは成長し、ジャニーは元気である。夕べは平穏である。「夕食をした。息子をきつくしかった。娘を夜具に包んだ。〝フランス語の練習問題〟に難儀する。やっと一人になれたが、今夜はきちんとした仕事はできそうにないので、いくつか奇妙な図形を描いた。横になって、十五分読書。お寝んね。夢を見た」[25]。夢のメカニズムが彼の関心をひく。目覚める瞬間に、消えつつある夢のイメージを固定しようと、言葉をいくつか紙の上に書きつける。それは何時間かの後、朝の仕事の際に彼の考察を養う。この冬、彼が繰り返した試行錯誤もまた時間の概念に関するものであった。彼はその基本要素を分離しようとする。朝の仕事の時間が過ぎると、いつものようにパトロンに会いに行く。彼の病状は回復しない。ますます身体を動かすことのできなくなったエドゥアール・ルベイは、もはや自分の財産や神にしか興味がないように思われる。忠実に彼に従うヴァレリーは、毎日、十六年前と同じ時刻に彼のもとに行き、彼の財産状態に関して安心させてやろうと試みたり、ときには、株式売買の指示を伝えたりしてから、宗教関連の本を彼のために朗読する。こうして、ヴァレリーはボシュエやブルダルーに関してかなりの知識を得たり、ブルダルーの完璧な文体――ときに陰鬱な文体――を大いに称賛した。戦争はどんな人々の精神のなかにも存在しているが、毎日の生活の儀式や動作のなかには、それほど影響を及ぼさなかった。一九一六年三月、ヴァレリーは自分がまもなく兵隊に取られると確信する。誤報だった。彼は今回も将来も動員されることはないだろう。彼がつき合っている人たちは、彼と同様、前線に送られるような年齢ではない。彼らの社会生活はほとんど正常通りである――もちろん、少しばかり停滞してはいるが、規則的に営まれている。死神は、あたかも大臣や将軍たちと合意したかのように、徴兵されない者たちの子どもや甥たちをなぎ倒すだけで満足している。

しかしながら、生は、このような不吉な文脈に抵抗する。アガートが生まれて十年後、ジャニーがまた妊娠する。ヴァレリーにとって、今回の懐妊は、自分の詩の懐妊をほとんどどうでもいいものとしてしまった。ジャニーの妊娠が前提とし明らかにする、奇妙にして抵抗しがたい力は、彼を深く困惑させる。「いや、何ものも、勝利も――熟したような紫色の輝きも、真昼の高い空も、作品も、すっかり完成した神々の光輝く神殿も（…）、何ひとつとして――快楽も、庭園も、しなやかな肉体も――母親の胎内の最初の瞬間、生命の徴、始まりに匹敵するものなどない」。このような、きわめて単純かつ衝撃的な事実によって引き起こされた驚きのなかに、精神は自らの絶対的な限界を見てしまう。「わたしはわたしの理性を通してわたしの狂気を感じる……。だが、それはわたしの狂気ではなく、事物の、そして現実の狂気なのだ……現実がもともと強力なまでに説明不可能なためにおこる狂気なのだ[26]」。

ルイスとの手紙のやり取りは、より情愛に満ちたもの、かつ、専門的なものになる。五月十二日、ヴァレリーはルイスに、三〇〇行近くに達した詩の朗読を彼の前でする用意があると知らせる。ヴァレリーは、すでにその詩をジッドに見せたのだが、ジッドはそれをまるごと全部いいと言って、けちをつけないので役に立たない。ヴァレリーとしては、ルイスにその詩を読んできかせて、難癖をつけてもらいたいのである。「ぼくたちふたつの惑星の会合がこんなに難しいなんて、残念！　ピエール、ぼくたちは接近して話をしないうちに、一生をだいなしにしていくね[27]」。これは救援要請だ。ヴァレリーは数ヵ月来、厳しい要求をつきつけては、ますますこみいってきたパルクとともに生きている。彼はもう限界まで来ている。彼には、第三者の目、過つことのない耳、批評精神が必要なのだ。それがあれば、彼は自分の生み出したものをもっとしっかりと掌握し、続行する勇気が与えられる。このような仕事を昔からの友人のためにしてくれるのは、ルイスをおいてほかにいない。なぜなら、彼こそは、ヴァレリーが今なおもっとも高い権威を認めた人物だからだし、彼の存在は、若いころ詩人だったときの状況をヴァレリーに思い出させてくれるので、安心感と保証をもたらしてくれるからなのである。

ピエールは理解する。彼はまもなく、ヴァレリーの詩を見たいと言う。そして、それを厳密に批評すると約束する。六月六日、ポールはルイスに詩を送る。ルイスは熱狂し、不安になる。彼はその詩を、「五十年来、フランスで作られたもっとも美しいもののひとつ」と判断する。しかし、彼は、ポールが飽き飽きし疲れきってこの詩を放棄してしまうのではないかと怖れる。彼はアンドレ・ルベイに手紙を書き、詩人が二ヵ月休暇を取れるようにその伯父に話をつけてくれるよう依頼する。ルイス自身はヴァレリーに物質的な援助をすることはほとんどできない――ルイスが所有しているすべてのものはすべて差し押さえられてしまったのだ。しかし、ルイスはヴァレリーに何かを贈りたいと思う。「この『若きパルク』は、もし、ぼくの次の小説のタイトルが十年前から『プシシェ』(*Psyché*)とすることに決まっているのでなかったら、『プシシェ』というタイトルになってもよかったものだと思う。(…)ぼくのために、ぼくは彼女にぼくのタイトルをあげるよ」[28]。この提案は六月二十六日におこなわれる。もちろん、ヴァレリーは受け取ることができない。そして、ルイスの小説は予定されていたタイトル通りに出版される。アンドレ・ルベイの方は、おそらく、伯父にいかなる働きかけもしなかったものと思われる。彼と伯父とは、彼の政治的な意見が原因で仲たがいしていたからである。

　しかしながら、あくまでも本質的なことは、ヴァレリーの詩の推敲にルイスが積極的に参加したということである。ルイスの評価やコメントは、ヴァレリーにとって貴重なものとなる。その繊細さや厳密さは、著者にとってひとつの試金石となる。もちろん、彼はルイスの意見を受け入れたり拒否したりする権利を留保してはいるが、そうしたルイスの意見を支えている彼の読みの緻密さは、彼に認められている批評家としての異論の余地のない有能ぶりといっしょになって、ヴァレリーに欠けていた土台を提供してくれる。ピエールからの手紙は長く、詳細にわたり、情け容赦なく詩句を分解する。ポールの返答は、彼の変わりやすい気分を示している。詩句が彼につきまとっている。「もう、うんざり。ぼくは次のようなやり方でそれらの詩句に執着することに決めた。つまり、ぼくはそれらを捨てられないし、捨てないでもいられない。こんなに長い年月が経った後で、また脚韻に戻って来るなんて……。ぼくには自分が嫌悪すべき老人に思われてくる、（…）それに、この詩を定義するとしたら、まさに色好みの老人というところだしね――支離滅裂のね[29]」。彼の気分が、これほど元気でないときもある。七月なかば、ピエールは自分の意見を送るのに手間取る。そのことにたいして、ポールは驚くべき激しさで反応する。「君はぼくの詩句にたいして親切じゃないね。最後に送ったものにたいする君の意見を、ぼくが今か今かと待っているってことくらい君は分からないのかい？（…）君にはほんとうにがっかりだ。ぼくには、君と、君の耳、君の趣味のよさ、君の経験、君の違いと類似性としかあてにできるものがないというのに[30]」。頼りにしている、とこれ以上はっきりと告白できないくらいの言い方だ。ルイスの支えがなかったら、詩はもう進まないだろう。ヴァレリーは、ルイスの批評を読んだときの感動や、二人の相互理解が一種の精神の「血の声」に属していると理解したときの感動を繰り返し強調する。ルイスはもはや弱気を見せることはないだろう。そして、ヴァレリーにその詩の出版まで――そして、それ以降も、同伴するだろう。

七月十七日、男の子が生まれ、フランソワと名づけられる。「母子ともに元気。父親は疲れ果て、光なく、呆然として、投げ出された書類の上にかがみこんでタバコをふかしている[31]」。夏の終わりと秋は、赤ん坊の泣き声と緩慢な詩句の行進との間で、時間も世界も存在しないかのように過ぎる。詩を構成する諸々の状態が次から次と作られ、最終的な形が少しずつ姿を現す。春まで、ヴァレリーは作品がたどった予想外の展開をだれにも教えていない。ルイスやフォンテーナスやジッドといった、ごく近しい友人だけが、その詩の存在を知っている。八月になると、彼は詩のことを第三者たちにも話すようになる。彼はアンドレ・ブルトンに打ち明ける。一度忘れたゲームに再び没頭するなんて自分でも驚きだと話す。そして、一九一五年に彼を相手におこなった解説をもう一度持ち出す。自分がこの詩を作ったのは、戦争によって、もっと真面目で持続的なあらゆる活動が不可能になったからだと。だが、ついでながら、しかもなんの解説もなしに、別の理由もいくつかあると付け加える。モーリス・ドニ宛の手紙が、こうした気持ちを明らかにしている。彼はそこで、自分の詩は「ヒドラ」になったのだとしつつ、その「ヒドラ」ぶりを次のように描いている。この名前もなければ年齢もない「怪物」は、「わたしという存在の長いトンネルから出てきた列車のようなものです、それには正直わたしも唖然としましたが。それは、いわば、トラックをたくさん連ねた蛇のようなもので、そのトラックには、わたしの二十数年に及ぶ節制とクソまじめな禁欲の最中には書けなかった、ありとあらゆる愚かしいことが満載されています[32]」。

ヴァレリーは、その後、その『若いやつ』制作に費やした数年間のことを、頻繁に、しかも、大量に語ることになる。彼はその作品を、技術的な観点からは、戦争によって生み出された過剰な緊張を精神から除去するのを目的とした練習問題、技能習練だと紹介するだろう。内容面では、ヴァレリーはそこに、フランスの国土のために戦えない代償としてのフランス語防衛の一方法を見るだろう。彼がこのように雄弁に語るということ自体、長期にわたったこの仕事が、彼にとってきわめて重要なものであるということを示唆している。詩への、そして詩的エクリチュールへの回帰は戦争開始前にさかのぼる。しかし、戦争は、すでに息切れ状態にあった彼の詩制作に活力を取り戻させた。戦争は、彼の詩制作が生きのびるための条件を作りあげた。だが、戦争が詩制作の牽引力だったわけではない。ヴァレリーは、その理性にもかかわらず、そして、知性が様々な障壁を作ったにもかかわらず、その唯一の職業、唯一の生きる可能性と再び関係を結んだのである。彼は自分が作家であることを認めた。しかもそれは、口先だけの言説においてではなく（言説は、こんな明らかなことにも抵抗し続けるだろうから）、その行為において認めた。文学の神話や幻想を放擲した以上、彼は自分がそんなものは厄介払いしたと信じたいのではあろう。書いているときどき退屈な気持ちになるし、たえず自分の作品を投げ出したい欲望に捉えられるので、文学など自分にとって何でもないと信じているのだ。このあまりにも考え抜かれた反発は、彼に膨大なエネルギーを浪費させる。書くことに罪を感じているかのように、彼はいつでも、文学など自分にはどうでもいい、すべては外部の状況ならびに介入によって説明されると証明しようとする。しかし、書くことは彼の仕事なのであり、この仕事は彼の歴史に密着し、彼を放すことなく、たえず追いかけていく。書くことと彼とがひとつになったとき、『若きパルク』の歴史が開始する。

『若きパルク』は、二度目の修行というよりは、再生なのだ。ここで、かつてのヴァレリーと今のヴァレリーとが出会う。精神の生との対立がなくなった詩句制作は、これまでになかった正統性を獲得する。こうした成り行きのなかに、ヴァレリーは熱狂させるものを感じないか、ほとんど感じない。ヴァレリーは青春期に戻るわけでも、二度目の思春期を生きるわけでもない。彼は自分の思考が、落下することなく、非概念的な形のなかに忍びこみ、イメージとなって受肉化したり、リズムや歌に変化することができるということを発見するだけなのである――しかも、しぶしぶという状態で。彼はずっと以前から自分のものであったにもかかわらず、二十年近く自分に禁じていた認識や表現の方法と再び手を結ぶ。この間、多くの遅れが蓄積された。長い間感受性の暗がりのなかに抑えられてきたたくさんのテーマ、色合い、動き、これらのものに、今、しかるべき場所を与え、光をあてなければならない。

だからこそ、「ヒドラ」は無限に成長できるのだろう。一九一六年末、詩には一一の状態が集まった。ヴァレリーは、彼に立ち戻ってくるありとあらゆる「愚かしいこと」を詩に注入し続ける。ルイスの貴重な援助と交換に、今度はヴァレリーの方が批評家になる。ルイスは昔書いていた詩『死の宵祭り〔通夜〕』(*Pervigilium Mortis*) の草稿を発見し、それにもう一度手を入れようと決心した。ルイスはヴァレリーに詩を送り、ヴァレリーはルイスに講評を送り返す。ヴァレリーはルイスと同じくらいに友好的ではあるが、彼ほど熱心ではない——十二月二十三日のヴァレリーの手紙が貸借対照表となっている。「親愛なるお客様。遺憾ながら、今月二十三日に差し押さえをいたしましたあなた様の批評口座の残高が、当行側の八四五行の貸付超過になっておりますことをお知らせいたします。戦時のため、二十日付の貴簡でご要望のありました新規こき下ろしの融資依頼はお引き受けいたしかねます」。ヴァレリーは、あいかわらず、『若きパルク』を古い詩の再版を補足するものと考えている。十二月初め、ルイスは、『若きパルク』だけを別に、小冊子の形で『メルキュール・ド・フランス』誌から出版してはどうかと示唆する——ルイスはガリマールが好きではない。作品の規模から考えて、答えは躊躇するまでもなくなる。ヴァレリーは『若きパルク』だけを別に出版する決心をする。だが、遠い昔に頻繁に出入りした雑誌には戻らないだろう。

毎日毎日、詩句の数は増えていく。機械は暴走気味で、完全に疲労困憊するまで回転し続けるかもしれない。しかし、ヴァレリーは恣意的に断固たる手を打つ決定をする。つまり、たとえ満足のいくものではないにしても、決められた日付までに得られた形でよしとするというものである。一九一七年一月十二日、彼はルイスに詩が完成したことを知らせる。一月二十二日には、ルイスに初めて詩を最初から最後まで読んで聞かせる。タイトルの問題がまだ残っている。「若きパルク」というタイトルにヴァレリーは満足していない。二人はその日の夜、凍りつくような寒さのなか、「食堂のストーヴのまわりで[33]」身を寄せ合いながらタイトルについて話し合う。ルイスから再度、「プシシェ」が提案されたようである、そして、再度、拒否されたようである。「島々」というタイトルはどうかということになる。しかし、結局、二人の友人は振り出しに戻る。パルクが勝利を収める。

ヴァレリーは作品をジッドに捧げる。それは、ヴァレリーが文学に戻り、詩が誕生するうえで果たしたジッドの決定的な役割にたいする正当な感謝の念となっている。しかし、それは、ルイスにたいしては、少し無礼な行為であった。ルイスの好意や苦労は、ほとんど報われてはいない。ヴァレリーは大いに躊躇したようである。そして、悩んだ末に、ミューズを囲い続けた人間よりも、ミューズを目覚めさせた人間の方に献辞を送ることに決断する。数ヵ月後、彼はこの悪気のない不公平を是正するために、ルイスに次の詩集を出すときには美しい献辞を捧げると約束する――しかし、これは実現しない。

前年の秋から、ガリマールはヴァレリーに早く原稿を渡すように催促していた。ヴァレリーは、せかされても、いつまでも終えることができない。彼は原稿に手を入れては、二〇行追加し、また手を入れては一〇行追加し、いくつかの節を磨き上げるというぐあいであった。三月十五日、原稿はついに出版社に届く。ガリマールは原稿をタイプで打たせる。二十六日、ヴァレリーは最終版を入手し、それに何箇所か修正を加える。印刷の準備には、ガリマールが注目すべき気配りを見せる。活字、紙、レイアウト、すべてのことが延々と議論される。四月二十日頃、信奉者で昔からの友人で、『ＮＲＦ』誌の寄稿者でもあるレオン＝ポール・ファルグが校正刷りに手を入れる。四月二十八日、初版六〇〇部が出版される。

12 真昼

一九一七―一九二〇年

ヴァレリーは無名の人間などではない。彼の小冊子には、新しい才能の持ち主を世間の人に知らしめることを目的とした最初の出版といったおもむきはない。評判の方が彼の今度の出版に先行している。『ムッシュー・テスト』の著者は忘れられてはいない。教養のある読者は、二十年来自らの精神の孤独のなかに閉じこもってしまった比類のない奇妙な才能を持った作家（当時は数学者と言っていたが）、その最後の作品が二世代にわたる人たちの夢のなかに深い痕跡を残した作家の新作を心待ちにしている。

それに、ヴァレリーはつねに、どちらかというと世俗的な生を送ってきた。たしかに、彼はもっとも格式の高いサロンや社交界には足を踏み入れてはいなかったが、文学や芸術関係のサークルにたくさん友人がいたし、学者や政治家のなかにも友人は何人かいた。彼は行く先々で、好感と友愛の痕跡を残した。『若きパルク』の出版は、社交界でのちょっとした事件になる。そして、戦時下の不安に満ちた日々の単調さを打ち破る格好の機会となる。今後、ヴァレリーは作家と社交界の人間という二つの人生を同時並行的に進めていく、一方を受け入れることが、他方にたいするもてなしを支援し、増大させるという形で。

話は詩が出版された翌日に始まる。四月二十九日、レオン＝ポール・ファルグが理工科大学《ポリテクニック》出で政府高官だったウジェーヌ・ルアールの伯父アルチュール・フォンテーヌ宅で『若きパルク』の朗読をおこなう。ヴァレリーは、作品が「耳で聞いてすぐ分かるには、あまりにも濃密過ぎる」(1)ことを知っているので、ひどく怖気づくが、そうした儀式を喜んで受け入れる。ジャニーが同席する。舞台裏に彼が身をひそめている間、彼女は朗読を注意深く聞き、高く評価する。実は、朗読会の何日か前、ファルグと批評家のフランシス・ド・ミオマンドルとの間でいさかいが持ち上がっていた。ミオマンドルは『若きパルク』の五一二行を暗記していたのだ。それで、彼は自分が朗読者になりたかった。しかし、ファルグの方が自分よりも好かれているので、ミオマンドルの怒りはおさまらない。遅れを取り戻そうと、ミオマンドルは豪華な絵入り雑誌『エクセルシオール』に、『若きパルク』の出版を予告しつつ、賛辞に満ちた記事を書く。ミオマンドルは繊細で若やいだ精神の持ち主で、かつて、ヴァレリーの若いときの詩に熱狂していた。彼はヴァレリーにそうした詩が一冊にまとめられる予定はあるのか、あるとしたらそれはいつか、と尋ねる。ヴァレリーは彼に、詩集は「いつかは出るだろう」(2)から、出たら一部を送ってあげると約束する――つまり、『若きパルク』が生まれるきっかけとなった計画は忘れられてはいないということである。その計画は、ヴァレリーの精神のなかで再び歩み始める。

　数週間の間、ヴァレリーは、四方八方を駆けずりまわる。皆が彼に来てほしい、知り合いになりたい、会いたいと言ってくる。また別の公開朗読会が、マダム街三五番地の『NRF』誌の本部でジャック・コポーによってなされる。そこには、『NRF』誌の三人の大黒柱ジッド、ガリマール、シュランベルジェも顔を見せる。郵便物が増え、招待状が大量に舞い込む。皆が皆、本を一部入手したいと願う。手元に献本用の本のなくなったヴァレリーは、微笑みながら、出版社に照会する。ヴァレリーは、自分の自由になる冊数が限られているにもかかわらず、二年以上会っていないフールマン、さらにはオージリオンにも本を届ける配慮を示す。外出許可をもらった一軍人が、二〇四番の番号がついた本を手に入れ、それに恭しい手紙を添えて、ヴィルジュスト街の門番のところに預けていく。ヴァレリーのサインが欲しいというのである。ヴァレリーは同意し、要求どおり、「モーリス・マルタン・デュ・ガール様へ」と記す。この二人は二年後、知り合いになる。奇妙な詩人であり思想家でもあるアンドレ・シュアレスが熱狂する。ヴァレリー・ラルボーはスペインのアリカンテ近くで作品を発見する。彼は自分の感動をどうしても伝えたくて、散文的なスペイン語に翻訳した詩を町の若いお嬢さんたちやご婦人方相手に朗読する。さらにスペインから、ヴァレリーは、本を一冊欲しいという詩人ポール＝ジャン・トゥーレの手紙を受け取る。この二人は戦前に短時間すれちがったことがあった。昔のことなど細かく覚えておかないことをよしとしているヴァレリーは、この「ちらりと見かけただけの、しかも、飛んでいるところをつかまえて、引きとめただけの男」の厚かましさに驚く。「彼のような人間は、不可解な心理的銃撃に打たれ、利益を敏感に察知し、密かな相関関係を利用しようとの勘がひらめく人間に属している[3]」。ともあれ、ヴァレリーは彼に一冊を送る。

　サロンを開いているパリの女性たちは、今流行の詩人を奪い合う。オーレル夫人は、夫のアルフレッド・モルチエとともに「木曜会」を開いていたが、そこでは詩の朗読や詩人たちの紹介などがおこなわれていた。その会合は、若い詩人には、有名になる足がかりとなっていた。しかし、この「木曜会」には、評価の高いサロンのようなシックさが欠けていた。オーレル夫人はヴァレリーに手紙を書き、ある週の「木曜会」を彼に捧げたいが、ジッドが朗読を引き受けてくれるだろうかと尋ねてくる。相談を受けたジッドは、あまり乗り気ではない。ヴァレリーはジッドの気持ちを察し、朗読者の任を免除する。そして、オーレル夫人には、だれか他の朗読者を探してくれるように依頼し、自分自身も朗読会には参加できないと書く。

ナタリー・クリフォード＝バーネイはパリの裕福なアメリカ人女性たちによって選ばれたクラブに属している。その彼女が金曜日のサロンにどうしてもヴァレリーに来てほしいという。彼女は、戦前、女流詩人ルネ・ヴィヴィアンを取り巻き、サッフォー信仰に共感した女性たちのグループ「アマゾンたち」のリーダーとして物騒な評判を立てていた。彼女は、『ムッシュー・テスト』を書いたすばらしい作家が、子ども以外のものを作ってうれしく思っている。ヴァレリーは彼女のサロンの常連の一人になる。彼女のきらきらと輝くような知性や、自由な物腰や、もてなしの気前のいい無秩序ぶりを彼は評価する。二人は完璧に理解しあう。つまり、議論はどこまでもわき道にずれ、語から観念へ、観念からイメージへと、つきることなく漂流する。

六月初め、アルチュール・フォンテーヌが、彼を比類のない人物ミュルフェルド夫人に紹介する。彼女は、一九〇二年に夫が急死して以来、パリの文学生活の重要な顔になっていた。ジョルジュ・ヴィル街三番地――ヴィルジュスト街のすぐ近く――で開かれる彼女のサロンには、作家、学者、外交官、大物政治家が出入りしていた。パリを旅行中の外国人たちも、何らかの分野で秀でていさえすれば、丁重なもてなしを受けた。ミュルフェルド夫人は二重の股関節痛をわずらっていたので、義兄弟のカピエッロが装飾した広くて黄色のサロンに敷かれた毛皮の上で横になった状態で招待客を迎えた。友人たちは、愛情を込めて彼女を「魔女」と呼んでいた。彼女の敵たちは「魔性の女《シレーヌ》」あるいは「美人のアシカ」と呼んでいた。彼女が客を迎えるのは、毎週日曜日が原則だったが、もっとも親しい人たちには、毎日、午後、その扉は開かれていた。ニューヨークのファンド・マネージャー、ジョージ・ブルメンタールとその妻のおかげで、夫の遺産は増えていたが、ミュルフェルド夫人は、そのサロンを類例のない有能さと才気煥発さで切り盛りする。そのレセプションは真心がこもっており、人と人との出会いは名人ともいうべき手さばきで準備がなされていた。そこでは、外交官のような戦略で仕組まれたチャンスと自然発生的な友愛とが、見分けがつかないほど一体となっていた。彼女のサロンの特別料理は、アカデミー・フランセーズ会員を「生み出す」ことだった。ベテランのなかでの頭目はマルセル・プレヴォーで、彼は一九〇九年にアカデミー・フランセーズ入りを果たしていた。「本日の定食」的な立場にあるのは、プレヴォーと同様、恋愛小説や心理小説を書いているルネ・ボワレーヴで、彼の案件は進展し、一九一九年にアカデミー・フランセーズ入りする。初心者はエドモン・ジャルーで、彼がアカデミー・フランセーズ入りに成功するのは一九三六年になってからのことである。こうした人物たちの文学活動のほとんどは、小説が嫌いで、「小説家のように馬鹿」という表現をしばしば使うヴァレリーに好みのものではない。しかし、彼は、自らの文学的な選択と、彼が出会う人たちについて抱く意見とを混同しないだけの精神を持ち合わせている。プレヴォーとジャルーは友人になる。ボワレーヴは親友になる。

ある土曜日、昼食に招かれたヴァレリーは、ジャルーを紹介したいので火曜日にまた来てほしいと言われる。火曜日、一九一〇年来そこの常連になっているジッドといっしょに、次の土曜日にまた来てはどうかと提案される。こうしたゲームを何週間か続けた後で、彼は少数の常連たちだけのグループの仲間入りをする。まもなく、ほとんど毎晩、ルベイ氏のところに数時間顔を出した後で、ジョルジュ・ヴィル街を訪ねることになる。それは彼の息抜きになる。まもなく、こうした訪問は彼にとって不可欠な習慣にまでなる。そこでは、にこやかな顔やしなやかな精神に出会う。そこにいると自分がベストの状態になると感じ、ふざけたり、無頓着で軽率きわまりないことを思う存分することができる。

彼はさらにマリー＝ルイーズ・ブスケ夫人のサロンにも出入りする。彼女は木曜日に客を迎える。フランス語版『ハーパーズ・バザー』誌〔一八六七年に創刊されたアメリカのファッション雑誌〕の編集長である彼女は、その活発さ、にこやかなコスモポリタニズム、予見しえない若々しい精神で客たちを魅了する。サロンが開かれるパレ・ブルボン広場の彼女の家では、ジョルジュ・ヴィル街の常連の何人かとも顔を合わせる。ここにもっとも忠実に出入りしているのはアンリ・ド・レニエで、彼女は彼のことを「わたしの大きなアスパラガス」と呼んでいる。彼女はミュルフェルド夫人同様、著名人を世の中に送り出したいという野望を抱いている。ボワレーヴがアカデミーに選ばれたのは、彼女の競争相手の功績であるのと同じくらい、彼女の功績でもある。ヴァレリーは不定期ではあるが、続けて顔を出す。そして、ミュルフェルド夫人のところに足繁く通っているのを許してもらう。彼の姿はマリー・シェイケヴィッチのところでも見ることができる。彼女のサロンは、アナトール・フランスが長い間主要な誉れとなっていたカイヤヴェ夫人のサロンを引き継いだものである。今、そこに顔を見せるのは、コクトー、ジャック・リヴィエール、クローデル、作曲家のレーナルド・アーン、アリスティッド・ブリアン、それに外科医で批評家のアンリ・モンドールなどである。モンドールはヴァレリーの最高の友人の一人になるだけでなく、後年には、その回想録作者になるだろう。

彼の家族にとって、特に、上の二人の子どもにとって、彼の周囲で起こっていること、度重なる彼の不在は、大きな変化と感じられる。ジャニーは例外的な催しのときでもないと夫に同伴することはない。彼女は、夫の成功を冷静に受け入れているようである。おそらく、彼女はそれを予見しえたこと、ごく当たり前のこととみなしているのかもしれない――つまり、彼女は夫の価値も夫のしていることの価値も信じている。おそらくまた、ポールの懐疑主義と自分自身のキリスト教信仰との二重の影響のもとで、彼女は夫の成功を、好ましくはあるが、取るに足りないこと、そして、相対的な価値しかないことと考えているのかもしれない。それにひきかえ、クロードとアガートにとって、事態は深刻だった。一九一七年まで、彼らは画家たちの環境のなかで生きてきた。彼らは、カンバスや筆が所狭しと並べられ、テレビン油の匂いがただよう環境に慣れていた。「わたしの父が、朝、自分の書斎に閉じこもり、紫煙に包まれながら、開かれたノートを前に瞑想しているとき、わたしたちは彼が何をしているのかまったく分かりませんでした。ですから、たとえ彼が錬金術師であれ、法学者であれ、贋金づくりであったにしても、わたしたちは何も知らなかったことでしょう[4]」。ヴァレリーは決して子どもたちに自分が以前書いたものの話はしなかった。彼らがジャニーやポール・ゴビヤールの記憶やお話を通してしか知らないマラルメのことを話題にしたことはなかった。彼の文学的熱狂は忘れられていたように思われる。子どもたちに読ませた唯一の作家はポーであった。またたく間に、彼らは自分たちが文学者の子どもであると知って唖然としているのである。十一歳のアガートは新しい状況にすばやく適応する。作家という姿が、彼女が以前父親について持っていたイメージのなかに、なんなく溶け込んでいく。十四歳のクロードにとって、衝撃は苦しいものだった。彼は自分の父親を失ったような気持ちになる。自分が見捨てられたと感じる。クロードからすれば、父親としてのヴァレリーは、「わたしが子どものとき彼から学んだものとは違った世界や言語のなかに[5]」巻き込まれてしまったのだ。クロードが父親の新しい顔に慣れ、父親の裏切りと感じたことで父親に厳しい態度をとらないようになるには、時間が必要になる。

緊密な協力関係を結んで数ヵ月間いっしょに仕事をしたルイスをヴァレリーは懐かしく想う。彼はルイスに、自分のような目立たない人生を送ってきた人間に急に光が当てられたため、自分が減退したような気がする、少し吐き気を感じると言う。「それは『永遠の青春』にたいする罪なのだ。君がおこなう行為のなかで、取り返しのつかないもの、挽回不可能なものはすべて——老化なのだ。おお！ 可逆性のなかにとどまること！……」[6]。それとは反対に、彼は様々な束縛をかかえながら仕事を最後までやり通せてよかったと喜ぶ。「ぼくは自分の好きなことを書く、すばやく書く、しかも印刷所なんて考えないで書くという幸福を再び発見しかけているところだ」[7]。ますます深い闇の世界に沈んでいくピエールの肉体的精神的状態がヴァレリーを不安にする。友人の目はほとんど見えなくなっている。四月、彼は、父であり、友人であり、支持者であり、打ち明け相手であった兄のジョルジュを失う。彼はその悲しみから立ち直ることができない。彼は麻薬に身を委ね、衰弱する。家に閉じこもり、朝の八時に寝て、夕方の六時に起きる生活を送る。唯一、彼には音楽だけが残される。彼はオルガンを弾いて、何時間も過ごす。

ヴァレリーは不幸なルイスの気を紛らそうと、詩に関する話で自分の意見をぶちまけているそぶりを見せながら、それとなくルイスが正気に戻るよう試みる。「たった一言、注意！ 音楽上の類推には気をつけること(…)。それから、ぼくたちが音楽には反対だってことを忘れないこと。ディオニュソスと戦うアポロン」。音楽とは何か？ 「海、森、山、夢想、風(…)、同じことを繰り返す権利、叩き、打ち破り、溺れさせ、奪い去り、いつまでも続け、溶解させる権利だ。わたしのうえに及ぼすあらゆる物理的かつ化学的権利だ。七人の悪魔たちの全能(…)、音楽とは、そういったことのすべてだ！」。音楽は、「夢そのものと同じくらい曖昧」なので、換言すれば、本質的な弱さで苦しんでいる。「もっとも激しいサイクロンでさえ手紙を開封することはできない。トラも、小さな糸の結び目をほどくことはできない」。ところが、詩にはこうした力がある。「詩句は人間の姿形なんだ。切り離されたひとつの音は衝撃にすぎない。でも、語は、ひとつだけ切り離されていても、すでに、ちょっとしたものなんだ。しかも、何というもんだろう」。興奮したヴァレリーは、奇妙で刺激的な歴史理論をルイスに提出する。どうして、古代文明は音楽を発展させなかったのか？「そうした輩は、口にしても恥ずかしくない喜び、つまり、上品で、最高の人たちに値するような喜びのなかに、足もとを救われるという喜びを入れてなかったんだ。奴らはとっても遠くから危険を感じ取っていた。彼らはアルコールや、神秘神学や、飛行機《アエロ》や、ペレアスや、アポリネールや、P・LやP・V等を予感してたんだ。そうしたことをつらつら考えてみると、奴らが創造したもの（…）なんて、奴らが窒息死させたものと比較したらゼロだってことが分かる。そうした彼らの抹殺行為は奇跡的だ。なぜって、一〇〇〇年間、奴らは黒人やロシア・バレエを殺してきたんだから。一〇〇〇年間、奴らはドイツ野郎《ボシュ》を森のなかに引きとどめてきたんだ……。おお、ヨハン＝セバスチャン〔バッハ〕、何をしてたんだ、間抜けめ！　キリストと『東洋』がついにやって来た、そして、過剰なものの『王国』も」。ワグナーの「膨大な知性」さえも、残念ながら、「見事にぼくたちの脳味噌を飛び散らせる」ことにしか役立たなかった。だからこそ、「ぼくは音楽を尊敬している以上に愛してるんだ[8]」と彼は結論する。

　ヴァレリーは楽しんでいる。そして、すぐに、こうしたことはみんなおふざけだと明言する。とはいえ、彼の文面のなかのユーモラスなさわりの部分には華麗ささえ備わっている。そこには、ロマン主義者や夢の愛好家と同時に、そして同じ動きのなかに、愛国主義者や伝統主義者のような側面が見える。彼は、当時の美学の戯画的な表現のなかに自分自身の姿をも含めているが、それは間違ったことではない。というのも、『若きパルク』は、アレクサンドランで織り上げられ、断固とした古典主義が浸透した作品ではあるが、なんらかのアポロン的な確信に満ちた穏やかな美を要約しているというよりは、むしろ、不確かさと無への郷愁を余儀なくされた現代精神の苦しみを語っているのだから。ヴァレリーは、この詩のなかに自伝的な特徴があることに詩を作った後で気づいたということを、この春書いた何通かの手紙で強調する。慎重な彼は、自伝とはいっても、形式上の自伝、あるいは知的な自伝であって、詩の内容はきわめて月並みなことだと正確を期す。しかし、たとえこうした留保をつけたとしても、彼の真実の存在が『若きパルク』のなかに表現されているということを隠すには十分ではないし、そのことを彼も知らないわけではない。制約の多い形式を練り上げていくこと、知的な発展を作品へと転換していくこと、こうした作業は彼という存在の外側ではできるわけがない。そうした作業をするには、自分のなかで自分を把握し、自分を投企するというように、自分の存在をまるごと差し出す必要がある。そうした作業は彼を投影するのではなく、表現するのである。

ヴァレリーにたいする友情が決して弱まることのないルイスは、『若きパルク』をほめたたえる批評を書くが、それを発表しない。その代わり、権威のある批評家ポール・スーデーに、傑作の出版を知らせる手紙を書く。それにたいするスーデーの反応は、六月二十八日の『ル・タン』紙に四段抜きの記事となって現れる。スーデーの称賛は、詩人ヴァレリーの名声を築くのに貢献する（とはいえ、ルイスがその手紙のなかで使った「傑作」という語は、スーデーにはややおおげさと思われたようだ）。以後、ヴァレリーの名は高まる。スーデーの権威は相当なものだったので、彼による保証がありさえすれば、なんぴともあえて反論することのできないような正当性を享受することができるのだった。彼の記事が、いわば、文人としてのヴァレリーの存在を公認する。

作家ヴァレリーは決して『カイエ』に没頭することをやめたわけではない。明け方は、今も、『カイエ』におおかた捧げられている。しかし『カイエ』は、数年間、戦争のせいで後景に退き、以前ほどの勢いはない。抽象的で時事的ではない領域で、連続的な頭脳活動を維持するのは不可能な状態が続いている。しかしヴァレリーは、このたえず大きくなっていく定義不可能な存在、インクでできた彼の分身をどうするかについて、いくつか考えを持っている。昔の書類を引っ張り出し、「これらすべてのメモ書きを活用する」[9]計画を立てる。『カイエ』でおこなった試みは、彼の目には、なおもその正当性と文句のつけようのない卓抜性があるように思われる。『カイエ』が希求している厳密な客観性と較べたなら、「文学は野生状態にある。(…)文学は、いまだ想像不可能な科学の一点に到達して、その後、消滅しなければならない」[10]。おそらく彼は自らの挑発趣味を発揮して――そして、野蛮な言動を続けようとして――ルイスに、「パスカルの『パンセ』を野蛮に酷評する指導原則」[11]を定めたと連絡する。パスカルにたいするヴァレリーの攻撃的な態度は、今に始まったことではない。むしろ慢性的な反感である。「無限の空間」ならびにその有名な沈黙にいらいらするというヴァレリーではあるが、夏の夜、天体望遠鏡から目を離さないで星空を凝視している彼の感受性は、彼がなぶりものにしようとしている知的なパスカルの感受性とあまりにも近いものがあるために、パスカルが信仰へと向かうことをどうしても許せない。

ヴァレリーは、文学やその他「曖昧なもの」に腹を立てたそぶりを見せてはいるが、実のところ、彼の全思考は詩へと向かっている。ガリマールにとって、豪華な小冊子で出版した『若きパルク』は、全集のなかの一冊となるべき本の準備をするための前菜にほかならなかった。それで、彼はヴァレリーに一九一七年の年頭から催促していたのである。昔作った詩を研磨する作業が再開する。しかし、この計画がきちんと固まる前に、ヴァレリーのさまよえる詩のミューズは、彼をすでに線引きされていた道の外側へと連れ出してしまったので、新しい詩が出現することになる。三月から五月にかけて、『若きパルク』のたどった航跡から直《じか》に「曙」と「棕櫚」が作られる。あたかも、詩への回帰によって解放された音の高らかに鳴り響く流れが、中断されるどころか、ほとばしり続け、二十年間差し押さえられていた宝物を引き渡しているかのようである。詩人は今、恩寵に包まれた状態にある。「どんな手段を使っても、『無限の繁殖力』という感情を、明確な、つまり決定的な観念で筆写することなどできない。そうした感情は、ときどき発生したかと思うと、数週間続いて、その後、際限なく消えてしまう。ペンは遅すぎ——言葉は無限に先を越されて種のようにばらまかれ、永遠に遅れた状態で、イメージ自体は引き離されてしまっている」[12]。いくつかの断章、そのなかには素描されただけの断章もあったが、それら『若きパルク』のなかには採られなかった断章が再度取り上げられ、新しい作品として発展させられていく。とりわけ、「夕暮の豪奢」は最終部の最初の数行までできあがるが、ヴァレリーは仕上げない。六月末、幸運な期間は突如終わりを告げる。詩句作成の次には、『カイエ』のなかで、詩に関する考察がおこなわれる。何ごとにも如才がないガリマールは、ヴァレリーに『ムッシュー・テスト』再版の話を持ちかける。単なる気分転換。この計画は、すぐには実現しない。

夏は、『若きパルク』生誕第一年目の過密スケージュールの流れに格好の中断をもたらす。七月二十日、ヴァレリーはキュヴェルヴィルのジッドの屋敷に行き、先に行っていた家族と合流する。彼は文字通りの空っぽの状態になっていて、何をすることもできない。ジッドと長時間にわたって議論したり――ジッドは『一粒の麦もし死なずば』にかかりっきりになっている――、散歩したり、大木が生い茂るなか、湿った草の上を朝歩くという快楽にふけったりする。ジッドが数日、留守にする。二人の対話は手紙のなかで続けられる。ヴァレリーは感動をジッドに伝える。「ぼくはさっき、『至上のぶなの樹』に裸足でお参りをしてきたところだ[13]」。この壮麗で巨大なぶなの樹は、ヴァレリーを圧倒し、つきまとう。彼はこのぶなの樹が、「木」そのものを体現し、力強いクレッシェンドのように震え、生きているのを、そして、一編の詩のような形を取りながら広がっていくのを感じている。滞在期間の終わり頃は雨が続く。彼は手に入るものを片っ端から読んで、雨の日を過ごす。ほとんど本を読まないと自慢気に語るヴァレリーは、彼に近づく人たちに、何でも読んでしまった人という印象を与える。ジッドがヴァレリーのやり口を話したことがある。ヴァレリーはある作家の目的や方法が分かってしまうやいなや、その作家を見捨てるというのである。ヴァレリーは、たとえ文学の仕掛けがすばらしかろうが楽しかろうが、それに支配されるのは拒否する。そのうえ、彼は、耳で音を聞いたり、声をたてずに唇で文を区切りながら読むのではなく、目と知性だけを使って読む。この手を使えば、すばやく本を読み終えることが可能になる。こうして、比類のない同化能力を持ち、精神を集中させた彼は、どんなにこみいった本でも数時間のうちに平らげることができる。

　キュヴェルヴィルでの生活は、つねに変わることのない儀式に従って展開していく。朝、子どもたちは、用意されたタルチネ〔バターやジャムなどを塗って食べるパン切れ〕の山を喜んでむさぼり食う。午後の初めは、家の周囲の砂利をきしらせるのは禁止された。ご主人様の昼寝の邪魔だからという理由で。朝から晩まで、地元の女性が、ジッド夫人の監視のもと、四つんばいになってタイルや床を磨く。ジッド夫人の異常なまでの几帳面さや潔癖性は、ヴァレリー家の人間を楽しませる。毎日、ジッドは小さなアガートにピアノのレッスンをする。そして、午後の終わりあるいは夜になると、彼は自分が選んだ作家の書いた数ページを朗読して聞かせる。そんなとき、彼はその奇妙で魅力的な声を強調しつつ、たえず高音域から中音域あるいは低音域へと飛び移るようにして読むのだった。

ある晩のこと、ジッドは、おそらく少し倒錯気味に、子どもたち相手に彼一流の悪戯をしかける。家族が集まったところで、彼は『アッシャー家の崩壊』を読む。彼はそこに必要な限りの悲壮感を注入し、劇的な雰囲気を作り上げる。ヴァレリーは皆から遠ざかる。ジッド夫人も自分の寝室に上がってしまった。ジッドは、二人がいないのをいいことに、ポーの話の終わりの部分をはしょって、ポケットから紙を一枚取り出し、子どもたちの前で奇妙な詩句を朗読し始める。彼らは面食らった顔をする。彼はクロードの方を向いて、その詩句をどう思うかと尋ねる。青年クロードはあまり理解できなかった。「でも、これ、だれの詩だと思う？——全然、見当がつきません！——君のお父さんのだよ！[14]」。『若きパルク』は子どもたちにとっては、見知らぬ女性のままだった。一月のある夕べ、彼らの父親がルイスにその詩を読んで聞かせたとき、彼らはすでに寝ていた。彼らは公開朗読会には行っていないし、詩集の小冊子は見ていない。見たとしても、開いてはいない。「アッシャー家の上に落ちる雷でさえも、わたしをあれ以上に驚かせはしなかったでしょう」、とクロードは語る。彼は母親に身をすりよせる。そして、このあまりにも若いパルクを、ひどい厚化粧の女と想像して、本能的に嫌悪する。「ほぼ身体的に、わたしは、パルクが父の愛人ではないかと感じたのです[15]」。クロードは父親の職業を知ったときに裏切られたという思いを抱いたが、そうした感情は、ひょっとしたらこの瞬間に生まれたのかもしれない。おそらく、彼の動揺は、キュヴェルヴィルにヴァカンスを過ごしに来ていたジッド夫人の姪に心を奪われていたという事実、そして、パルクのイメージが初恋の胸のときめきと混じりあっていたという事実によって増幅されていたとも考えられる。そうしたエピソードを伝え聞いたヴァレリーは、彼が解き放った暴風雨のことなど知るよしもない。だが、何かを嗅ぎつけている。「君の朗読会のこだまが、跳ね返ってぼくのところにまで戻ってきた。クロードは、赤くなったり、青くなったりして、父親の奇妙なところのなかで自分に理解可能な部分だけを理解している。彼は何を考えているんだろう??[16]」。彼は決してそれを知ることはないだろう。

ヴァレリーは八月中旬にパリに戻って来る。ガリマールはじりじりしている。彼はヴァレリーに高圧的な手紙を書き、二十年も待つ気はないこと、すぐに詩の決定稿が欲しいことを伝える。このやり方は奇跡的な成功を収める。ヴァレリーはエネルギーを取り戻して、一心不乱に仕事をする。数週間のうちに、手書き原稿を清書し、九月なかばにガリマールに渡す。昔書いた詩に手を入れる仕事が、さらにもう一度、彼の火をかきたてたのだ。新しい詩もいくつかはっきりとした姿をとった。それらが手書き原稿につけ加えられる。タイプ原稿がすぐに作られる。月末、発行人と詩人とは、活字の大きさや字体のことで話し合う。本は一〇〇ページほどで、十二月発行ということになる。しかしながら、出版計画は再度、停滞してしまう。ヴァレリーはミューズに引き立てられ、取りつかれ、書きまくる。驚くほど簡単に、詩の数が増え続ける。彼はこうしてできた新しい詩を準備中の本につけ加えたいと思う。そのうえ、ガリマールとヴァレリーは、二人を束縛する契約書の文言で一致できない。発行人は、ヴァレリーの作品全体にたいする権利を確保しようとするし、ルイスのアドバイスを受けたヴァレリーは、自分の独立性を確保しておきたいと思う。出版は無期限に延期される。ガリマールは十月末パリを離れる。彼はフランス文化のプロパガンダを目的とする一行に加わる。そのため、六ヵ月間、アメリカに留まらなければならない。

夏の終わり、ヴァレリーは、『メルキュール・ド・フランス』誌に掲載された陰険な批評を苦々しい思いで読む。その「代理」(Intérim) と署名された人物による批評は、ヴァレリーのマラルメにたいする忠誠心を皮肉たっぷりにほめたたえる言辞をぶちまけ、ヴァレリーは一八九〇年代に流行ったような美しい詩を作っている……と証明しようとしていた。ヴァレリーはそこに友人レオトーの筆遣いを認める。レオトーはレオトー自身の大好きな暗がりから、だれかほかの人間が出て行って脚光を浴びるのが嫌いなのだ。彼は自分が持っていないものにたいする嫉妬心から辛辣になる。そして、この件に関しては、嫌悪をもよおすほどに不当なふるまいをする。ヴァレリーはまた、自分にたいする「説明しようのない悪意に満ちた匂い[17]」が、雑誌自体からやって来ていることも嗅ぎつける。それでヴァレリーはヴァレットと連絡を取り、十月号に「曙」を掲載してくれるよう依頼する。そうすれば、死にかけていると雑誌が主張しているヴァレリーが、生き生きとしている証拠を示すことになると考えたのである。ヴァレリーの要求が満たされただけでなく、ヴァレットは、余白がたっぷりのレイアウトの抜き刷りを作って、ヴァレリーに届けることにも同意する。詩人は、韻を踏んだ献辞を添えて、それら五〇部の抜き刷りを、彼から見て本物の読者たち――いずれにせよ、詩的行為に社会的価値を付与することのできる読者たちにだけ贈る――彼がそうした認知を必要としているとしての話だが。

九月二十六日、エドガール・ドガが死ぬ。数年前から、「彼の称賛すべき知性は、文字通り、彼の身体のなかで寝入った」[18]状態だった。ヴァレリーにとって、画家にたいする喪は、戦前、彼が正気を失って以来始まっていた。自分のモデルであり続ける友人の精神にヴァレリーは忠実である。二十年前に構想されたドガの肖像を書こうという計画は忘れられてはいない。しかし、その計画が熟すまで、さらに同じだけの歳月が流れることだろう。

この一九一七年の秋、戦争は永遠に続きそうな気配を見せてくる。戦争は、毎日、銃後の世界に、死体の山、手足を失った者、無数の負傷者を送り返してくる。三年来陸軍に動員されていたエルネスト・ルアールは前線で毒ガスを浴びた。彼は、なかば手の施しようのない傷痍軍人の状態で戻って来る。ジュール・ヴァレリーの息子ジャンは十一月に動員される。ヴァレリーは甥に、「活気と諦観との矛盾に満ちた調合物というこの世で一番貴重なもの」を身につけるようにと勧める。戦争は、線的な歴史のなかで起こる単なる余談などではないことをヴァレリーは確信している。ひとつの文明が崩壊したのだ。「だれもわたしたちがどこに行くのかを知りません。しかもこうした無知は神々の賜物なのです。ずっと持続していた建物の正面や古来変化することのなかった外見をほとんど破壊してしまった今日のヨーロッパは、一個人の弱さのすべてを抱えているのです」[19]。外務省の事務局長で、ガリマールが参加したプロパガンダ目的のアメリカ歴訪を企画したフィリップ・ベルトロ宛の手紙の下書きで、彼は現代の悪夢の分析を試みる。

> わたしは、全ヨーロッパとともに、脱線した急行列車に乗っているような感じがしています。わたしたちの通常の判断の要素は変質してしまいました（…）。国境、政治体制、所有（理想）、社会的地位――これらはもう認識不可能になっています。政党も国家も、まだ自分たちが存在していると信じています。

ご存知のように、スピードがある限度を越えると、おそらくわたしたちのメカニズムは正しくなくなってしまうのです。過去にしがみついて、もう一回やり直すというナイーヴな考え。決定的な革新をするというこれまたナイーヴな考え。わたしたちは、ますます本質的なものから遠ざかって（…）生きています。わたしたちは、記号をそれが意味するものと取り違えます。ある意味では、戦争は良識の（現実の）反抗なのです[20]。

現実の喪失あるいは現実からの復讐？　戦争の地位は悲劇的なまでに捉えがたい。文明全体が戦争のなかで危険にさらされている。文明の実質そのものが、文明が密かに抱き続けた怪物によって暗黙のうちに批判され――判断されている。ヴァレリーは、戦後、精神が不安から解放されて、被害状況を測定することができるようになってから、自らの主張を展開するだろう。今は、八十六歳のファニーを慰める必要がある。彼女は、「イタリアを襲っている不幸な状況をほんの少し教えてあげただけですでに動揺している」[21]。

しかし、こうした不安も、ヴァレリーが秋の初め以来身をおいている恩寵の状態を断ち切ることはない。軽やかな脚韻や詩が多数作られる。彼はキュヴェルヴィルのジッド夫人に、至上のぶなの樹に捧げたオードを送る。ジッドにたいしては、ジェノヴァの揚げ物の匂いを喚起する四行詩をいくつか送ったり、翌日歯医者に行く予定のあることを一行六音綴の詩で説明したりしている。いくつかの詩が湧き出ては、成長し、形や生命を受ける。十月と十一月との間に、とりわけ、「秘密の歌」「アポロンの巫女」「柘榴」が生まれる。「海辺の墓地」の第一段階も完成する。

彼の友人たちは、彼らなりのやり方で、ヴァレリーの文学への復帰を祝う。ジッドは、おそらくヴァレリーを財政的に援助することになると考えて、ウォルト・ホイットマンの詩集のどれかを翻訳するよう提案する。それは、ホイットマンの『選集』出版をめざしての提案であったが、ヴァレリーによる翻訳は実現しない。『若きパルク』をほめたたえるジョン＝ミドルトン・マリーによる批評が英国の雑誌『エゴイスト』に掲載されるが、これはフランシス・ド・ミオマンドルの勧めに従って書かれたものだった。このミオマンドルはヴァレリーをクレルモン＝トネール公爵夫妻に紹介する。ヴァレリーの世俗的なつきあいは広がり、その社会学的な領域は変化する。現在も、それから将来も彼の姿を文人や芸術家のところで見かけるであろうが、貴族や政界――名声と権力――とのつながりが、今後、ますます重みを増していく。

十二月なかば、「ちっちゃな三番目」――フランソワ、一七ヵ月――はこのうえない元気ぶりを発揮する。「ひげをそっているとき、石鹸のついたひげそり用ブラシを持って彼のことを追いかけると、彼は、お花って言うんです！ それに彼は彼なりの語彙を持っていて、それがとても実践的なのです。何かを取って《プラン・モワ》と言うかわりに、――ティ・プルゥって言うんです。一《アン》、二《ドゥー》は歩くって意味なんです。もし、スープが気に入らないと、彼は一、二って命令する。まるで、わたしたちが、とっとと消えうせろ！ スープ！って言うみたいにね」。いじらしいパパの方は、息子ほど元気ではない。神経的に彼は限界に達している。彼の詩想が突然枯れてしまい、不機嫌な気分がそれに続く。「インフルエンザ、神経痛、ほんとにもう、冬は苦手だ。全体的な不安、併発する厄介ごと、こういったことがよってたかって、わたしを愚かにする」[22]。彼は、「ガウンを着て、肩掛けをかけ、毛布にくるまり、足温袋に足を入れ、赤いスカーフを口のまわりに巻きながら」[23]、だらだらとした日々を送る。彼はポーに関する論文の注文を受けたが、完成できず、契約を破棄する。アンドレ・ルベイの『詩選集』の序文執筆にも苦労する。結局のところこの詩集は一九二六年まで出版されない。

この厳しい冬の期間、戦争が非常に近くに感じられる。ヴァレリーは皆と同様に、爆弾が落ちるのを眺めることしかできない。一九一八年一月三十一日、彼は窓から「損害を与える星」がひとつ、隣家の庭めがけて急降下し、爆発し、煙と灰が雲のように広がり、最後には火薬の匂いが漂ってくるのを目撃する。「わたしは、こうした現象からそれぞれ違った距離だけ離れたところにいるわたしの子どもたちの消息を知りたいと思いました[24]」。三月、生命全体が凍りついてしまったように思われる。ビジネスだけがまだ動いている。ヴァレリーとジッドはリュイテルスの仲介で「グロング」(Grong)の株を買い、その後、転売した。グロングは明らかにノルウェーの会社である(ヴァレリーは間違ったのか、冗談のつもりなのか、「コング」Kongと書いている)。彼らは六割ほどの割増を払い戻す。きわめて控えめな資本家である詩人は、持ち株の五分の一に関してオプション取引をおこなう。こうして彼は二〇〇〇フランを手に入れることになる。当時としては、この金額はかなりのものだった、とジッドは記している。それ以外には、ヴァレリーは子どもの宿題をしたり、夢に関する本を書いてみたいと思ったり、それに取りかかるのが怖くなって、後ずさりし、何もしない状態に再び陥る。彼は「魔女」訪問も中断してしまう。

爆撃はすべてを混乱させる。誤報だと後で分かったのだが、地下蔵に避難しようと階段を下りる最中に、ジュリー・ルアールが足を捻挫させてしまうし、料理女は静脈瘤を破裂させてしまう。たえずおびえている子どもたちは、耐えがたい生活を強いられている。三月二十三日以降、「ベルタ」砲による恐るべき射撃によって状況は悪化する。四月、ポールは、「ルアール族とヴァレリー族」を、ジュリーの親戚の一人で、サルト県のヴァッセ城を所有しているジョルジュ・ド・ヴェシエールのもとに疎開させる。広い壁と壁の間で、女性たちは退屈し、大きい方の子どもたちはだらだら過ごし、おちびちゃんは風邪をひく。この疎開のために、クロードはジャンソン＝ド＝サイイ高等中学校を去らざるを得なかった。彼が学業を続けられるようなところに近づかなければならない。レンヌに高価だが快適な一軒家が見つかる。幸運にも、その家はリセも持っている。

髪の毛が白くなるほど三ヵ月間心配したあとで、ヴァレリーは一息つくことができるようになる。彼は食事をパトロンの家で取る。そのため、自宅の財産管理の問題をしなくてもすむようになる。夜は、ミュルフェルド夫人のところで過ごす習慣が復活する。彼は、ジッドの親友で画家のジャック＝エミール・ブランシュと頻繁に顔を合わせる。五月八日、ガリマールがアメリカから帰ってきたので、ヴァレリーは再び、頭のなかで少し詩のことを考え始める。彼は、前年秋に生まれた新しいナルシスのことを考えている。できたらそれの断章を出したいと思う。彼は無気力状態から脱する。「今朝、何をしたかって？　二ページほどノートに書いた。タバコを二本吸っている間、『精神』がぼくを訪れた」。長い冬の砂漠の後で、こうした精神の訪れは大歓迎である。それは、機械が動いているということを意味している。ヴァレリーは何冊か読書するが、それは文字で書かれた論文という形にはつながらず、全面的に頭のなかで組み立てられただけの論文にとどまる。それらを実際に書こうという考えが彼を訪れる。それは、かつて『メルキュール・ド・フランス』誌で担当していた「方法」欄に似てくるだろう。英独関係についてドイツの外交官が最近書いた本についての解説。機械論に関するガブリエル・ケーニクスの本の書評。さらに、だれも知らないけれど、自分は最近再読した（「少しだけ」、と明言してはいるが）という古典的作品、つまり、カール・マルクスの『資本論』についての注解。「このでかい本《ブック》にはとても注目すべきことがたくさん書いてある。(…) これは、かなり分厚い自尊心で書かれているんだ。厳密さの点からすると、ときどきかなり不十分な点が目立ったり、つまらないことできわめて衒学的だったりはするけれど、いくつかの分析にはびっくりさせられる。ぼくが言いたいのは、事物の捉え方が、ぼくが頻繁に使う方法と似ているということ、そして、かなりの程度彼の言葉遣いをぼくの言葉遣いに翻訳することが可能だってことなんだ。対象はなんでもいいんだ。結局は、同じことなんだから」[25]。しかし、こうした知的親和性だけでは、何であれ論文に形を与えるには十分ではない。別の人物たちが彼を包囲してしまった。

五月六日から八日にかけて、ドガのアトリエにあった作品の競売会が開かれる。ヴァレリーは、ドガの家族がアトリエにあった作品を無制限に全部出品してしまったことを、画家の遺志にたいする裏切りと考える。展示された作品のなかには、『町を建設するセミラミス』があった。これはドガが若いときに描いた大作で、ヴァレリーに「ジェノヴァの夜」当時の絶対的な野望や、世界を再構築したいというかつての思いを想起させるものだった。ヴァレリーは、ドガがヴァレリーのことを見ていたように自分のことを見る。つまり、純粋で透明な思考という距離をおいた地点からあらゆるものを捉える「天使」としての自分を見る。このような記憶への沈潜から一編の詩「セミラミスの歌」が湧き出てくる。数週間のうちに、「漕ぐ人」「帯」が続く。同じペースで、前年秋に素描されていた詩が再度取り上げられ、発展させられる。ヴァレリーは初めて、未発表の詩だけをまとめた一冊の本を出版することを考える。

フランスの戦闘は、大変動という様相を帯びる。ドイツ軍がパリに迫る。国全体が呼吸を停止する。六月初め、不安が極限に達する。「ぼくはもう眠れなくなってしまった。食べることもできない。口は苦い泥でいっぱい、喉は締めつけられて、ぼくは自分から遠く隔たったところで燃えつきていく」。この手紙を受け取ったルイスは、ただちに、断固とした返事をヴァレリーに送ってくる。「君は、君が死んでいなくなるという喜びをぼくに味わわせてくれるっていうのかい？」[26]。一九一四年来のヴァレリーの詩が力強さを発揮できたのは、かなりの部分、戦争の存在によって精神に課された怖れや拘束にたいする反発のおかげだった。六月初め、その圧力があまりにも重いものと感じられる。彼が経験していた創造的発熱の期間――この一年で三度目の――は現実の重みによって、突如終わりを告げる。ルベイ氏は、マンシュ県のサン・カンタン・フージュロル〔現サン・カンタン・シュール・ル・オム〕近くの領地、イール・マニエール城に隠遁する決定をくだす。ルベイは秘書のヴァレリーにレンヌに行ってから自分のもとに来るようにと要求する。そして、レンヌで、一〇〇万フランほどの価値の証券や手形を銀行に預けてくるよう言いつける。秘書は命じられたことを実行にうつす。彼は六月十一日の夜、パリを発つ。銀行に預ける貴重な書類とは別に、彼は自分のもっとも貴重でかけがえのない財産『カイエ』も運び出す。「これこそ、わたしの最良の年月の仕事なのです。仕事であって、作品ではありません。作品はそこに潜在的な状態で存在していますが、それを発見できるのは、わたしの目だけです。もし万一、この小さなストックをわたしが失うようなことがあれば、わたしは二度とそれを再構成することはできないでしょう」[27]。

レンヌで、ポールは家族の生活を取り戻し、モンペリエを思い出させる田舎の雰囲気を見出す。一族は快適な住居に住んでいて、戦争の存在は、ここでならまだ耐えることができる。なごんだ雰囲気が流れている。詩句が再び、あふれ出す。しかし、中断しなければならない。パトロンがヴァレリーを必要としている。六月二十五日、ヴァレリーは城に腰を落ち着ける。この城の建物自体は醜いが、すばらしい景色のなかに建っている。新しい住人は、これまで見たなかで一番美しい木々を発見する。「頭を少し持ち上げると、ぼくの窓からびっくりするほどの赤ぶなの木立が見える」[28]。何度かヴァレリーはアヴランシュへと息抜きに脱出したが、それを除けば、二人の男はほぼ一貫した孤絶状態のなかで生活する。まるで、二人はオアシスのなかにいるようだ。時間は停止し、戦争は抽象的なものになる。深い平和が生命や思考の全体に浸透する。状況が状況だけに修道士のような生活のリズムに従わなければならないヴァレリーは、再び、その豊かな詩想を見出す。

　彼は、春以降出現した詩全体に同時に磨きをかけ、そのうちのいくつかを最終的な状態まで持っていく一方で、別の詩も発展させていく。その間、新しい詩、「分点」(*Équinoxe*)「死を偽る女」「篠懸の樹に」が現れる。この最後の詩が十分にできあがったと判断したヴァレリーは、寄稿してくれるようかねてから要請のあった前衛雑誌『三本のバラ』の編集長にこの詩を送る。この詩は、『三本のバラ』誌第三号、八—九月号に、ブルトンやアラゴンの作品と並んで掲載される。ポールは定期的にジャニーに手紙を書き、自分の書いた作品の判断をあおぐ。夫に届ける返事のなかで、彼女は率直に自分の感想や、弱点と感じたり、成功していると判断したところなどを述べている。彼女の意見は、夫の目には確かな重要性を持ったものと映っている。彼は原則として、『カイエ』で提起する問題には彼女を巻きこまないが、自分の詩に関しては、その不十分な点や不均衡を見抜くために、彼女の耳や音楽的趣味の確実さを頼りにしている。彼自身は、奇妙なことに、自分の仕事を急いでやってしまった面があることを嘆いている。「アポロンの巫女」について語りながら、「もし最初からやり直さなければならないのなら、わたしはまったく別のものを作るでしょう。しかし、やっつけ仕事の時代が開始されたのです」[29]。やっつけ仕事？『若きパルク』作成時の長い辛苦と比較すれば、ひょっとしたらそういう言い方もあるかもしれない。しかし、実際は何も、だれも、ヴァレリーを急《せ》かせはしない。切迫した状態は彼のなかにしか存在しない。ヴァレリーは安易さを警戒している。そして、一気にできあがった形を不安なものとみなす。彼は、一息でできたような傑作より、未完に終わったにしても、よく練り上げられた作品の方が好きだと繰り返し言っている。彼自身の豊饒さが、一種の病気のように彼を不安にする。彼は自分から出てくるものをもはや支配していない。おそらく過剰なまでに粛清をかけた自我、しかしながら、思っていた以上に住民の多いことが判明した自我のなかのいったいどこから、それが表現となって出てくるのか、その場所を認識できないでいる。

しかし、彼はそのおしゃべりな自我に好きなようにしゃべらせておく。「ちょっとしたことが一編の美しい詩を難破させ、完成を危うくし、魅惑を断ち切ってしまいます。詩人の頭脳は、たくさんの船体が横になっている海底なのです」。魔術は嫌悪すべきものだが、意図的に魅惑の状態を断ち切るような者は気狂いだろう。ヴァレリーは詩的幸福に身をゆだねる。昨年夏のキュヴェルヴィルでのように、彼は毎朝、夜明け前に大庭園に降りていく。「わたしは非常に冷たい草の上を裸足で歩いたものです。一日の最初の瞬間がわたしの神経に奇妙な力を発揮します。そこには、悲しさ、魅惑、感動、そして、一種の苦しいまでの明晰さが混じっています。空が色づいてくるやいなや、わたしは清々しさと意志のせいでかなり陶然とした状態で帰り道をたどったものです。（…）そのとき、今日、一番欲しい財産のように思われる精神の活力を自分に感じていました」。「大木が草のように生え、（…）植物の力が無尽蔵な」土地が与えてくれる一貫した奇跡に高揚した彼は、詩が次々と花咲くままにしておく。「簡単にできるものは、わたしたちがいなくてもできあがる」[30]。少なくとも、一瞬だけ、彼はこうした断言にプラスの意味を与えたいと思う。そして、その一瞬後は、拒絶すると公言しているものの前で屈服し、ペテン師のでっち上げだと公式には彼が考えているもの、すなわちインスピレーションに身をまかせる。

『若きパルク』が完成して以来書き上げた詩のリストを作りながら、ヴァレリーはそれらの詩を昔の作品とは分離する決定をし、詩集にタイトルを与える。七月早々に選ばれた「魅惑」というタイトルは、語の語源的な意味で解釈されなければならない。ラテン語のcarmenは、呪文、歌、呪縛、詩といった語の意味論的な領域をほぼ覆っている。計画された本は「ポエジー」というタイトルでもいけるだろう。同じようなことを意味しているので――しかし、そうすると魔術が消えてしまうことになる。ヴァレリーはすでにその詩集の割り付けを考え、計画を準備する。彼に残っていることは、それが可能ならばの話だが、最終稿を仕上げることだけだろう。

八月の初め、ミューズが活力を失う。ヴァレリーはアレクサンドル・ガスパール゠ミシェルと何通か手紙を交わす。彼はもう少しで『若きパルク』の印刷者になるところだった人物だ。彼は、一九一二年来ヴァレリーの詩を出版しようと野望を抱いているので、定期的にヴァレリーの近況を入手している。しかし、今度ばかりは、彼の熱狂は詩人の熱狂を静める働きをする。現在の状況を考慮すると、詩集出版はアレクサンドルには困難なように思われる。ヴァレリーは、さしあたり、作品をいくつかの雑誌にばらばらに発表するだけで満足しなければならないだろう。

孤絶しているにもかかわらず、ヴァレリーは世の中との接触は保っている。彼は冷淡にアンドレ・ブルトンをしかりつける。ヴァレリーは数年来、前衛芸術家たちの空しさには用心するようにとブルトンにアドバイスしてきたのだが、ブルトンは前衛芸術の道に固執していた。最後通牒として、ヴァレリーはブルトンに、完璧な形式のソネを一編送ってくるようにと要求するが、ブルトンは拒否する。こうした行儀の悪い腕白小僧を前にして、ヴァレリーは、あたかも息子の悪い交友関係を心配する父親のように反応する。ヴァレリーは、もう一人の新人と知り合いになる。こちらの方との関係には、今後とも愛情が感じられないどころか、どことなく不信感のようなものがつきまとうだろう。とはいえ、この二人の関係は、ブルトンの場合以上に確実な知的類似性と相互の深い尊敬の念とに基づいている。この新人とは、マダガスカルから、そして戦争から帰ってきたジャン・ポーランで、彼はヴァレリーに『勤勉な兵士』を送り、ヴァレリーが二十年前に意味論について書いた論文に関していくつかの質問をする。ヴァレリーは、返答のなかで、彼の文学活動全体がまとった、そして、なおも保ち続けている練習問題（exercice）という性格を強調する。

このような責任の免れ方、自分の作品などは自分にとってあまり名誉にならないつまらないものだとほのめかすやり方、こうした手口が彼の評判に大いに関わってくる。それは、道を歩きながら拾い集めた語や観念と巧みに戯れる冷淡で魂のない作家というヴァレリーのイメージを正しいものとしかねない。おそらくこうしたやり方が、ポーランにヴァレリーは「修辞学者〔空疎な美文家〕」にほかならないという議論の余地のあるイメージを押しつけるのに貢献してしまうのだろう。実際はどうかというと、ヴァレリーは練習問題という語の意味で遊んでいるのだ。第三者にたいして、そして極度の恥じらいから、彼は自分の姿を一種の楽しい体操というイメージの背後に隠してしまうのだが、こうしたイメージにはあまり信用をおかないほうがいい。彼は何度も、自分を思考のスポーツマンだと紹介している。それにひきかえ、『カイエ』のなかの彼は、「練習問題」が、知性や感受性の全活動をカバーすることを明確に意図している。「詩句は精神の最高の練習問題である。ただし、それが唯一の練習問題ではないという条件でだが。詩句が最高であるのは、ほかの練習問題が詩句を支え、密かに高めるときだけである」[31]。『カイエ』は様々なパーツが製造される工房で、詩はそれらのパーツを組み立て、生き生きとさせ、それらがもっとも輝くように導く役目を負っている。これこそ、ヴァレリーが様々な生産部門に振り分けた仕事内容である。精神は、このように「複数の練習問題」を結合させることによって利益を得る。

八月なかば、ヴァレリーは、秘書と離れがたいと思っているルベイ氏から、家族のもとに行く許可をもらう。ジャニーと子どもたちは、学校が休みに入ってすぐレンヌを離れ、サン・ジャン・デュ・ドワに滞在している。そこはフィニステール〔地の果て〕県の海水浴場のある町で、彼らに近い一族、ルロル家やショーソン家の人たちが固まって避難生活をしていた。ルアール家やフォンテーヌ家と血縁関係にあるこれらの家の人たちは、友人であったり、いとこどうしであったりと、きわめて濃密な関係を作り上げている。そうした小さな社会を作っていた人たちの一部が、彼方、世界の果てまで避難して、戦争公報の発表を待ち、それを読むだけの生活を強いられていた。ヴァレリーは、イール・マニエールでの孤独の解毒剤となるような集団での生活をほとんど楽しむことができない。九月初めに電報が届いて、彼はイール・マニエールに呼び戻される。そこでまた、明け方の散歩を見出すが、もう何も書かない。ラ・フォンテーヌを読んで、空の中を流れゆく雲のような詩句、一見、何の技巧もなく作られているように見えながら、実は絶対的なまでに高度な技術に基づいている詩句を発見して、称賛する。土地の魅力、巨大な菩提樹の美しさがその効能を失ってしまった。倦怠、永遠の倦怠が再び現れる。

詩人はパリに帰りたいと思う。九月四日、マラルメの二十回忌の数日前、彼はジュヌヴィエーヴ・ボニオに手紙を書く。「わたしは別の時代のこと、ヴァルヴァン近辺での至上の散歩のこと、とてつもなく大きな感動のこと、無のことを考えています」。彼はどうしてパリが恋しいのかを自問する。彼がかつてパリに居を定めることになった理由は、マラルメやユイスマンスと近づきになるためだった。「わたしの人生のすべての小事件は、こうした欲望のうえで演じられてきました。今のわたしは、自分が何を望んでいるのか、ほんとうにもう分かりません。わたしの最初のテクストは、書き込み過ぎたために、こんがらがってしまいました。人間は、自分が作ったもの、作ろうなどと一度も考えてもいなかったのに作ってしまったものと結ばれているのです」[32]。彼の人生は宙吊り状態にある。数週間、彼は『カイエ』さえ忘れてしまう。そして、明け方に手紙を書くようなことさえ起こる。それは邪道なのだ。この時間にこのような活動をすることを、ずっと彼は自らに厳しく禁じてきたはずだ。昼になると、奇妙な虚脱感が彼を襲う。彼の神経、咳、胃、不機嫌、気力喪失、いらだちやけだるさを示すいつもの症状全体がお定まりのゲームを開始する。

　十月九日、彼は解放される。エドゥアール・ルベイはパリに戻る決心をする。ヴァレリー家の人間も疎開から戻り、ヴィルジュスト街に帰ってくるが、三人の子どもたちはインフルエンザのため、すぐに床につかなければならない。より動きがあり、解放された生活に復帰したことで刺激を受けたヴァレリーは、仕事を再開する。いくつかの詩に再度手をいれ、仕上げねばならない。さらにもう一度、仕事をすることによってインスピレーションが引き起こされる。「歩み」「哲学者」「精神の蜂」が数週間のうちに生まれる。もともとはルイスのための冗談に過ぎなかった「蛇の素描」が変身し、成長し、行数が増えていく。

　戦争の最後の日々には、非現実的な雰囲気が漂う。パリの空に飛行機が現れる。何もかもが待機状態にある。不安と希望が入り混じる。戦争がまもなく終わるという気持ち、普通の暮らしに戻れるという見通しのおかげで、人々は興奮し、これまでにない熱狂ぶりを示す。ヴァレリーはコンコルド広場を埋めつくす群衆を見て狂喜する。「道を行く大佐がその妻に言う――勝利の匂いがするね……。まさに、その通りなのだ。空はすばらしい、黒く、紺青で。そこには、豪奢にして暗い雲の装飾があって、太陽光線の筋がその上を通り過ぎていく[33]」。このようにすべてが突然可能なように思われてくる充満した日々、ヴァレリーの創造力も、それに感染したように増加する。十月二十八日、「群柱頌」の最初の状態が、軽快なペンの動きによって数時間のうちに形をなしてくる。

休戦協定が結ばれる。翌十一月十二日、ヴァレリーはルイスに手紙を書く。「奇妙な兆候。戦争のとき、ぼくは詩を書き始めたんだけれど、今朝、反対意見も、とまどいもなく、メモを書き始めたんだ、かつてのようにね、しかもかつてと同じタイプのね[34]」。戦争が作り出した永遠に待ち続けるという雰囲気によって支えられ、養われてきた詩の力は、まもなくその活動を終えようとしている。そうした詩の力の躍動に衝き動かされたヴァレリーは、すでに蓄積してきた詩のグループに新たに二つの詩を追加したり、ほかのいくつかの詩を完成させたり、発展させたりするだろう。しかし、そうしたことは、『若きパルク』の出版以来おこなってきた仕事と較べたなら、取るに足りない。そこには高揚感が欠けている。

平和の訪れとともに、社交界の生活も復活する。ヴァレリーは思う存分楽しむ。彼は戦前と同様、ひっぱりだこである。ご婦人方は、彼に会ったり、自分のサロンに引きつけたり、仲間の人間に紹介するのを喜びとしている。ミュルフェルド夫人宅訪問が再度、慣例となる。彼はルネ・ド・ブリモン男爵夫人のサロンに連れて行かれる。ラマルチーヌのきょうだいの孫にあたる彼女は、フォーレの恋人で、甘美な詩を書いたり、ラビンドラナート・タゴールを翻訳したりもしている。彼女のサロンでの接待には繊細にして心温まる魅力が漂っている。ヴァレリーは、そこの常連になる。彼女は彼に、作家で医者のルイ・パストゥール・ヴァレリー＝ラドを紹介する。彼は今後ずっとヴァレリーの友人であり続ける。ヴァレリーはまた、パリの社交界ではほとんど無名ではあったがレヴラン夫人の夜会も高く評価する。そこには、少数ではあるが熱烈な知識人や学者たちが出入りしている。ゴデブスキー家の夜会も復活する。ヴァレリーはそこで、エリック・サティの『ソクラテス』の演奏を聞く。

詩が一冊の本にまとめられるのを待ちながら、ヴァレリーはそれらの詩をひとつずつ様々な雑誌に掲載していく。『若きパルク』の成功のおかげで彼は自信がついた。今後、なんとしてでも書いたものを出版しようと願う。それに、そうしたチャンスにはこと欠かない。一九一九年二月の初め、彼はこうした精神状態をナタリー・クリフォード＝バーネイに伝えている。「詩はわたしを退屈させ始めました、（…）しかし、分析の特異な至福と厳密さの終わることのない操作に再び立ち戻る（…）勇気はありません」[35]。戦争という嵐が去った後、戦前に研究していた機能作用や、平衡や、野心に戻ることなど論外になるだろう。『カイエ』は、今も彼を引きとめ続けてはいるが、それだけでは、作家としての彼の欲望を満たすには十分ではない。彼は、『カイエ』とは別の食糧、別の充足を必要としている。書くこと、出版すること、認められること、これら三つの言葉は、以前なら個々ばらばらのものだったが、今や、それらは同じ方法に基づいた同時的なものとしてひとつに結びつけられる。

二度目の冬をアメリカ合衆国で過ごしたガリマールは、三月初めに帰ってくる。彼は再びヴァレリーと連絡を取り、ヴァレリーの仕事の進捗状況を知って、できるだけ早く彼の詩を出版したいと思う。刺激を受けたヴァレリーは、詩集を最初から作り直そうと試みる。彼は「アポロンの巫女」を『レ・ゼクリ・ヌーヴォー』誌に渡したところだった。「群柱頌」も仕上げる。この詩は、同じ三月、ブルトンやスーポーやその友人たちの手による『文学』誌の創刊号に掲載される。最近の師匠の詩に懐疑的なブルトンは、『アガート』に熱狂し、未完の状態のままで『アガート』を出版するようにと強く要求する。ヴァレリーは拒否する。この草稿は、ずっと彼の所有物、決定的にして完成不可能な秘密であり続けるだろう。二週間のうちに、詩人は『魅惑』に掲載予定の詩のほとんどのものを同時に手直しする。精神を高揚させてというよりは、強い決意をもって、彼は加筆し、訂正し、切り詰め、変形し、洗練する。こうして「海辺の墓地」はほぼ完成した。三月十五日以降は、インフルエンザと新しい注文のせいで、彼の断固とした態度は崩壊する。

　ヴァレリーはジョン＝ミドルトン・マリーと連絡を取り続けている。彼は、一九一七年、『タイムズ』紙に『若きパルク』をほめたたえる記事を書いた人物である。彼は、ロンドンでもっとも威厳のある雑誌のひとつ『アシニーアム』の編集長になったところだった。二月二十一日、この英国の批評家はヴァレリーに、月々二〇〇〇語程度の手紙という形で、ある欄を担当してくれるよう提案してくる。そこに、パリで起こっている芸術や文学上の出来事を要約して書いてほしいと言う。ヴァレリーはこのアイデアを受け入れる。三月二日、マリーはヴァレリーに三月二十日までに最初の手紙が欲しいと言う。手紙は期日までに引き渡される。三月二十九日、マリーは二番目の手紙は一二〇〇語を越えてはならないと明言する。今度の手紙も要求された条件に従って引き渡される。四月初め、マリーは三番目の手紙を要求する。ヴァレリーはもう手紙は書けないと言う。彼は神経的に限界に達していて、約束した欄をこれ以上担当することはできない。それに、ブルトン宛の手紙に明確に書いてあるように、この短期の仕事の報酬はよくなかった。こうした散文のテクストを書くために、「わたしは、(…)わたしの詩作工場を解体しなければならなかったのです」[36]。『魅惑』の工事現場は、暫定的に放棄されはしたが、まだ開いたままである。

二通の手紙は、『アシニーアム』誌に四月十一日と五月二日に掲載された。それらは八月、『NRF』誌に『精神の危機』のタイトルで再録される。ヴァレリーは、マリーが期待していたパリ風のおしゃべりの代わりに、交響楽的で幻視的な散文を渡したのだった。そこで、彼は、旧世界が崩壊した悲劇的な歳月の間に蓄えられた考察を総合している。ヨーロッパ的なものにたいする彼の確信が、可能なるものの定義を内容とする堂々としたエッセイのなかで明確に表明されている――どのようにヨーロッパは立ち直ることができるのか、そして自分自身であり続けることができるのか、その永遠の悪癖を繰り返すことなく、戦争という悲劇的な裏切りを継続することなしに?

彼が一九一七年に知り合いになった、小柄ながらびっくりするような女性、生粋のサヴォワ人で、熱心に文学に仕えようとする女性が、この年の春、もっとも友愛にみちて説得力のある主導者となる。彼女の名はアドリエンヌ・モニエといい、オデオン街七番地で「本の友の家」という小さな書店を経営していた。「そこは魔法の部屋だった。そこでは、ほとんど知られていない本が売られていたし、本を借りることもできた。また、彼女はグラシンペーパーで包んだ本を賃貸しもしていた。そこには、本屋としての商いの理想的な一面があった」[37]。文学生活の本質的なものが、何年もの間、大衆の知らないこのような店を経由して営まれていた。この店こそは、将来栄光をつかむ作家たちにとって、とてつもない共鳴箱になっていたのだ。「そこでは、友情が温室のような雰囲気のなかで育まれていた」[38]。しばしば丈の長い一種の僧服を着ていた女司祭の片腕として、パリのアメリカ人・シルヴィア・ビーチが働いていた。彼女たちは、二人力を合わせて、詩の朗読会やリサイタルを企画した。彼女たちに一番忠実だったのは、ポール・クローデル、レオン＝ポール・ファルグ、ヴァレリー・ラルボー、ジュール・ロマン、ポール・フォール、ジョルジュ・デュアメルなどであり、そこにヴァレリーが加わり、さらに、ブルトンやアラゴンやポーランも仲間入りした。そのグループのなかには、音楽家たちも何人かいた。エリック・サティ、ダリユス・ミヨー、フランシス・プーランク、フロラン・シュミット、ピアニストのリカルド・ヴィニエスなどであった。これら小グループは——ファルグが提案した——「ポタソン」という総称のもとで喜んで集まった。ポタソンになることは名誉なことであった。ポタソンになると、毎日——あるいは、ほとんど毎日——同じポタソンの資格ありと認められる仲間と同伴で気休めに本屋にひょいと立ち寄ることも、詩や音楽を祝福するあらゆる催し物に参加することも許されるのである。ポタソンの精神は、どうしようもないような子どもじみた悪戯さえも正当化する。豪華な芳名録にサインを依頼されたファルグとヴァレリーは、威厳たっぷりに、一言も発せず、それぞれ、「ボードレール」「ヴィクトル・ユゴー」と記す。

アドリエンヌ・モニエの書店は、比類のない交換の場だ。そこは、様々な理論や嗜好が交換され、傾向や運動が免税通過する一種の株式市場のように機能している。ラルボーはそこで皆にサミュエル・バトラーを発見させるし、ジョイスはそこでその回想録を読むし、音楽家たちはそこで自作を演奏するし、ポーラン、次にブルトンは、そこで聞いたこともないチューリッヒで発行された雑誌『ダダ』に出くわす、というぐあいである。ヴァレリーは、すでにある程度の知名度もあり、実力も認められていたが、彼の栄光はそこで築かれる。三月末になると、モニエ嬢とファルグが、ヴァレリーのための会合を準備する。日取りは、最初、四月二日ということになっていた。ところが、ヴァレリーがインフルエンザにかかり、動けなくなってしまう。「わたしの頭と腰が、（…）それぞれのやり方で、しかもそれぞれの性質に応じて、わたしに痛い思いをさせています[39]」。彼は夜会の延期を申し入れる。それで、四月十二日に夜会が開かれる。プログラムの冒頭はファルグによる口頭発表だった。次に、モニエ嬢が「曙」を、それからブルトンとジッドが、それぞれ、「艇を漕ぐ人」「惑わすもの」を朗読する。最後に、ファルグが『ムッシュー・テストと劇場で』を読む。聴衆の人選は会を計画したモニエによっておこなわれた。ヴァレリーには何枚かの招待状も渡されていた。

この種の催しは空しいものではない。これは、きわめて大事な宣伝なのだ。「本の友の家」書店が祝った作家は、噂するに値する、あるいは噂しなければならない人間なのだ。聴衆のサークルは、次々と波のように、彼の評判を教養ある人たち全体に広めていくだろう。ヴァレリーの作品を直接知らないにしても、その名前を知っているということは、このとき以来、事情通ぶりたい人間にとっては欠かせない義務となる。

毎日、詩人は十六時四十五分から十八時三十分ないしは十九時まで、ルベイ氏のところで仕事をする。早めに解放されると、ジョルジュ・ヴィル街に姿を現す。「魔女」は、物質の原子構造を明らかにした物理学者ジャン・ペランに彼を紹介する。ヴァレリーはこのパイオニアを大いに称賛し、彼の研究所を定期的に訪問するようになる。五月、彼はアンナ・ド・ノアイユに二度会う。ある日、彼女は、「あなたの目はびっくりしたルリヂシャのようですね」、と彼に言うだろう。彼の存在は、つねに驚くべき刺激剤となる。ファルグは語っている――「ヴァレリーがそこにいました。そして、彼の眼差しは、今でも、わたしに青いものの存在を考えさせます。それから、計器《メーター》の小さなのぞき窓のなかの感動的な電流の動きのことも考えさせます。そのとき、なにか問題が提出されていたのです（…）。居合わせた人たちは自分の意見を言い合っていました（…）。ヴァレリーは頭を振って、沈黙の層が広がるのを待っていました。そして、彼の魅力のすべてとも言える礼儀正しい態度で、腕を動かしながら、見事な介入をするのでした[40]」。彼の気取らない態度、鋭敏さ、独創性の混合物が威力を発揮する。皆が彼の言うことに耳を傾ける。なぜなら、それは何もかもが斬新で、常識をひっくり返し、知的習慣や論証する際の反射的態度を覆さずにはおかないからである。永年にわたる彼の朝の労苦が、ここで逆説的な実をつけたのだ。大いに自分の思考を磨き、精神を研ぎ澄ましたおかげで、彼は自分の話し言葉に恐るべき切れ味を与えた。彼は親切なので、その刃を乱用はしないし、対話の相手に気前よく利用させもする。食事仲間として、これ以上望ましい人物はいない。こうしたことがあるからこそ、たとえ彼が話をするとき、全然聞き取れないほど口のなかでぶつぶつ言ったり、話がまったくの独白に変化してしまうという傾向があいかわらずあるにしても、大目に見てもらえるのである。

五月二十五日、悲しい知らせがやって来る。ジュヌヴィエーヴ・ボニオが死んだのだ。ポールとジャニーは、悲しみに押しひしがれて、マラルメ家の墓のあるサモロまで出かける。そのほかの人たちとの友情も再開する。アンドレ・ルベイはセーヌ・エ・オワーズ県の社会党議員のポストを守る。彼のことを兄弟のように愛しているヴァレリーは、彼のジョレスにたいする称賛の念を皮肉る。ヴァレリー自身はジョレスを我慢がならない人物と思っていた。ジョレスの雄弁が、ヴァレリーには、つねにごまかしに見えて仕方がなかったのだ。ヴァレリーはしばしばヴァレリー・ラルボーに会い、二人でパリの町を長時間歩きまわる。何度も訪ねていったことのあるフランシス・ド・ミオマンドルは、彼に南アメリカの若い作家や芸術家グループを紹介する。ヴァレリーは彼らを幻惑し、彼らは彼を面白がらせる。彼らは皆で小さなレストランに行き、コーヒーを飲み終えても帰らずに、長居する。若返ったヴァレリーは、中学生のような気持ちになり、冗談や悪戯の能力のかぎりをつくす。あいかわらず熱狂的なミオマンドルの勧めで、『アメリカ・ラチナ』誌のある号がヴァレリーの肖像画を載せる。そこに見出すものは、「わたしのでかい頭、そして、正面にあるのは、その使い方[41]」、とヴァレリーは皮肉る。

『NRF』誌とその出版社とは、今後、兄弟関係にはあるが、別の組織ということになる。雑誌は五年間の中断の後、六月に再スタートする。編集長にはジャック・リヴィエールがつく。ヴァレリーの詩「棕櫚」が第一号に掲載される。出版社ガリマールは、公式には七月二十六日に設立されるが、ガリマール本人が指揮することになる。出版社は確実な資本金で支えられている。社長は、会社ができるだけ早く、その野望に値する作品目録と出版物を持つことを願っている。一九一二年以来の方針であったヴァレリーの作品を一冊にまとめるという案は捨てられ、個々別々に出版する決定がなされる。

ヴァレリーは、四月以来、仕事にかかっている。しかし、詩的インスピレーションからはほど遠い地点にいる。彼はきちんとした注文を受けたので、それを履行しようと努力する。彼の永遠の道連れ、ムッシュー・テストとレオナルドが再び本屋のショーウインドーに陳列されることになる。それが問題を提起することとなる。『レオナルド・ダ・ヴィンチの方法への序説』を再読したヴァレリーは、嫌な印象を受ける。若かった自分が、あまりにも大胆なことを書いたがために、かえって自分の弱さを見せてしまったのではないか、と考える。彼は、何としてでも、『序説』の前に読者への緒言を置きたいと思う。苦労しながら仕事をしている最中のルイスに宛てた手紙が、自分の活動にたいする意見を明らかにしている。「なんという散文だろう！　君がそれを万一目にしたら、君はそれを急いで流しに捨てに行くと思うよ(42)」。彼が没頭して書く散文は『覚書と余談』と名づけられる。この散文は、若いときに書いた散文を補完し、彼のレオナルドの抽象的な骨組みに肉の厚みを与えることになる。この散文が、まさにヴァレリー的な意味でのクラシックと即座に受け取られるだろうと言ったとしても、言いすぎたことにはならないだろう。『ムッシュー・テストと劇場で』の方は、反対に、彼の意見では、そのままの状態で出版が可能と判断される。『テスト』は八月末に出版される。緒言を付した『序説』の方は、十月に出版される。

　ガリマールは詩の作品に執着する。ヴァレリーは彼に、自分の「詩作工場」は操業停止状態にあると説明する。しかし、ガリマールは、それはたいした障害にはならない、いくつかの詩が印刷可能な状態にあると考える。それらを、本来予定されている詩集の一部ではあるが、プレ・オリジナル版として出版してはどうかという話が出てくる。そのタイトルは『オード集』(*Odes*)ということになる。五月、こうした計画は受け入れられ、版下が準備され、校正刷りも出ると予告される。ヴァレリーは友人のホセ＝マリア・セルトに依頼して、挿絵を入れてもらおうと思いつく。画家は感激し、何でもすると約束するが、結局は何もしない。八月、ひっきりなしに催促したにもかかわらず、画家は原版を一枚たりとも渡してくれない。十月に予定されていた出版は延期を余儀なくされる。

　九月、ヴァレリーは、ルアール兄弟の一人、アレクシスのいるランド地方でヴァカンスを過ごす。雨がひっきりなしに降る。彼は、ピレネー＝アトランチック地方のゲタリに住むポール＝ジャン・トゥーレを訪ねる。トゥーレは、重病にかかり、とてもやつれている。ヴァレリーは砂浜を散歩し、何度か海水浴をする。「わたしは砂の上で、波や、泡や、大海のあまりにも単調な多様性を大いに研究しています」[43]。彼は、疲れて、くたくたの状態だが、芯から休息することはできない。春の初めから、彼は連続的な緊張のなかで生きてきた。諸々の観念と形が次々と湧き出てきて、疲労困憊してしまった。彼はオリヴァーのタイプライターで、そうした観念や形が飛んでいるところを捉まえて活字にしようと試みたのだった。どこかに逃げ出したいという想いが訪れる。ウラジオストックに向かう途上のピエール・フェリーヌにまで、自分の自我や習慣を離れ、旅立つ話をする。幻想にすぎない、そんなことは知っている。決して彼は、悪態をついている自分の人生を、パリを、友人を、思考を離れることはない。何の留保もなく彼の同意を得ることのできる唯一の変化は、自分の財政状況が改善されたという点だろう。ところで、この問題が彼を不安にしている。パトロンはもう影のような存在にすぎない。「わたしの境遇は一本の糸にぶら下がった状況です」[44]、とヴァレリーはジャック＝エミール・ブランシュに伝える。

彼は何日かを、トゥーレーヌ地方のヴィエレ＝グリッファンのもとで過ごしたあと、十月なかば、パリに戻る。ヴァレリー家の人たちは、数日間不安な日々を送る。ジャニーが数年間苦しめられた大腸菌症が再発したように思われる。幸い、ぶり返しは長くは続かない。ヴァレリーはつねに、科学的精神と芸術の嗜好、技術の知識と美意識とを同時に持っている人たちを称賛してきた。彼は、六月に知り合いになった技術者であり実業家であるリュシアン・ファーブルの詩集『女神を知る』の序文を書くことに同意する。この序文執筆のおかげで、詩的創造を再び反省的に考察する機会が得られたので、それを利用して、彼が作家としての理想を自分にたいして作り上げた時代がどのような時代だったのかを喚起し、象徴主義こそ詩をもっとも高い地点まで到達させたと断言する。同時に彼は、あまり探求されていない領域にまで好奇心を示し、『アシニーアム』誌で読んだ記事をフランス語に翻訳する。それは、アインシュタインの発見によって重力理論にもたらされた変化に関する論文だった。翻訳は『ＮＲＦ』誌の十二月号に掲載される。物理学の世界で起こっている革命は彼を熱狂させる。もちろん、彼はそこに正確で厳密な新しいモデルを発見する。それは、二十五年来、彼が『カイエ』のなかで発展させている批評装置に栄養を与え、強化してくれるはずである。また、その革命が時間や空間の表現のなかにもたらした壊滅的な効果をも高く評価している。十九世紀の機械論的な宇宙は崩壊し、流動的で不確実な開かれた世界がそれに続く。ヴァレリーは、こうした変容によって出現するイメージやアナロジーの網の目を素早く把握し、自らの書くもののなかに登場させていくだろう。

　冬がインフルエンザとともにやって来る。冬は決してヴァレリーに思い通りの時間の使い方をさせてくれないので、冬が来ると、彼はますます冬眠しているような気分になる。彼は、いやいや詩作を再開する。『ＮＲＦ』誌が十二月に「蜜蜂」を掲載する。ブルトンは一九二〇年初頭に出版予定の『文学』誌第一二号のために「秘密の歌」が欲しいと言う。ヴァレリーを『ＮＲＦ』誌に結びつける決心をしたジャック・リヴィエールは、彼をせきたて、できる限り早い時期に「海辺の墓地」を渡すよう約束させる。一月、詩人は苦しい無気力状態になんとか気合いを入れて、マラルメの『骰子一擲』の舞台上演に反対したがために『レ・マルジュ』誌でヴァレリー自身とともに非難されたボニオ博士を擁護する。彼の返答は、同誌の次号に掲載される。三月、彼は『ＮＲＦ』誌の秘書になったポーランに短い手紙を送る。「一人の青年をどうか貴兄に紹介させてください。彼の今置かれている境遇がわたしの心を苦しめているのですが、貴兄でしたら、その青年がきわめて大きな困難から逃れる手段を与えられるのではないかと期待しております。

彼は医学部の学生で、熱烈に文学に没頭しています[45]」。青年とは、アンドレ・ブルトンである。彼は自分の唯一の情熱に打ち込むため学業を停止する決意をした。それで、父親が生活費の援助をストップしたのである。父親はヴァレリーと連絡を取った。ヴァレリーは父親をなだめようと努めた。そして、若い詩人の状況がはっきりするまで、なんとかやっていけるよう手助けしたいと思う。ポーランはブルトンを校正係として雇う。

初春、ヴァレリーは、彼を様々な招待やら会談などで圧倒するナタリー・クリフォード＝バーネイに『ムッシュー・テストと劇場で』の英訳を提案する。彼女はすぐにそれに取りかかり、ヴァレリーと緊密に協力しながら仕事をする。「翻訳が終わったので（…）、わたしはそれを渡そうとヴィルジュスト街の彼のところに行った。わたしたちは、ランプの下、戸口に置かれた書き物机のところに腰をおろした。二人の足元に、わたしが以前彼のために持っていった電気足温器をおき、校正刷りにお互い身を乗り出してのぞきこんでいた（…）。サロンの周りの閉じられたドア越しに、三世代の人間の咳の音が聞こえてきた。わたしたちの右手からは、だれか祖父母のような人が発作性の咳のため眠れなさそうにしている様子がうかがえた。傍では、男の子が目を覚まして、弱々しく泣いて、咳をして、また眠りに入った。正面からは、奥方の慎ましやかな咳がほんのわずか聞こえてきた。彼女は眠らずにいるのだ[46]」。彼女の翻訳原稿は認められ、一九二二年二月、ニューヨークでもっとも評判の高い『ダイアル』(*The Dial*) 誌に掲載される。それは、この雑誌のパリ通信員、詩人のエズラ・パウンドの力添えのおかげだった。

一九一八年秋以来、『魅惑』を構成することになる詩の約三分の一は雑誌に掲載された。そうした機会が訪れるたびに、ヴァレリーは、出版されるという観点から、テクストに修正を加えてきた。ところが、そうした仕事に再度彼は引きずりこまれてしまい、決して、仕上げることができない。三月と四月、ジャック・リヴィエールはたえず要求を繰り返してくる。彼は「海辺の墓地」が欲しい。それで、最終期限を決めてくる。だが、ヴァレリーがそれを守らないので彼はいらだつ。五月初め、彼は最後通牒を送る。万策尽きて、彼はヴィルジュスト街まで行って、手ぶらでは帰らないと決心する。この方法は成功し、『NRF』誌六月号は、リヴィエールが介入を決心した日に偶然にも入手できた原稿をそのまま掲載する。

　発行人たちは、ヴァレリーには一分たりとも休息を与えないようにしようと決断したように思われる。ヴァレリーに暇な時間ができたと知るやいなや、ガリマールは、前年の秋、ホセ＝マリア・セルトの怠惰のために挫折してしまった『オード集』出版の計画を再び持ち出してくる。今度、詩人は画家のポール・ヴェラに挿絵を依頼する。ヴェラは一続きの木版画を提供してくれる。ガリマールは、それだけでは満足できない。彼の創意に満ちた精神のなかに、大型で美しい装丁をほどこした「建築」シリーズの出版計画が芽生える。第一巻目は当然、ヴァレリーに序文を書いてもらわなければならない。ガリマールは、詩作工場が再度閉鎖されたことを知っているので、ヴァレリーに奇妙な提案をする。こうした大型本の場合、ページの組み付けの見積もりがミリ単位で計算されるので、それに載せる文章は、このうえなく厳密な形式上の要求に応えたものでなければならない。レイアウト、一字単位で計算された文字数といったものが、前もって決定される。ヴァレリーは提案を受け入れる。他方、詩人で小説家のジャン＝ルイ・ヴォードワイエ（彼は後に、コメディー・フランセーズの支配人になる）は、ラ・フォンテーヌの『アドニス』を再出版することによって、古典作品コレクションのプロモーションをはかる。彼には序文執筆者が必要になる。もちろんヴァレリーは、それにうってつけの人物だ。注文は聞き届けられる。

三年間で、ヴァレリーは驚くほど多方面の活躍をした。詩人、エッセイスト、社交界の人間としての彼の姿を、いたるところで目にすることができるようになった。戦後、彼の署名入りの本は二〇冊以上出版された。批評家たちは彼をほめそやす。一九二〇年春、ポール・スーデー、ダニエル・アレヴィー、シャルル・デュ・ボス、フランソワ・モーリヤックの論文が出版される。皆が彼の噂をし、彼を奪い合う。彼は、それは耐えがたい状況だが、自分で拒否することはできない、と断言する。しかし、これ以上、確かでないものはない。実のところ、彼はそうしたことが好きでたまらないのだ。六月初め、ナタリー・クリフォード＝バーネイは彼のためのレセプションを開く。翌日、新聞記者のアンドレ・ジェルマンが世俗的な雑誌に夜会の様子を書く。「今日もっとも偉大な詩人の名誉を称えるのに、(…)これ以上ふさわしい屋敷はあっただろうか？[47]」。ヴァレリーはまだ、フランス全土に広がる名声を博してはいない。彼の名前は、慣用的な表現を使えば、まだパリの内側にとどまっている。しかし、文学上の功績を商う株式市場では、ヴァレリー株は安全性の高い株になった。玄人筋は、彼の名声の値上がりを見越して思惑買いをする。

六月の終わり、小冊子『オード集』の準備が整う。そこに収録される詩のなかに「棕櫚」がある。この作品はジャニーに捧げられているが、詩人は、妻への献辞に、彼女に宛てた小さな詩をつけ加える。「わたしはジャニーのもの——日々の鎖が／わたしたちを結びつける(…)[48]」。『オード集』は七月三日に出版される。しかし、このときすでに、稲妻がこの夫婦の上に落ちていた。

13 天国と地獄

一九二〇―一九二二年

ルネ・ド・ブリモンが、六月十七日の夜八時にプラザ＝アテネ・ホテルで待ち合わせしようとヴァレリーを誘う。すでに彼も何度か会ったことのあるクレルモン＝トネール公爵夫人、通称クレルモン＝ブムブムも、女友だちを連れてやってくるという。カトリーヌ・ポッジという名のその女友だちは、今パリに一時滞在中で、プラザ＝アテネに宿泊しているが、その彼女を自分はどうしてもヴァレリーに紹介したい、四人で夕食をしましょうというのである。幸福な詩人はすばらしい女性たちに取り囲まれるだろう。彼は招かれた場所へと出かけていく。

夜八時、クレルモン＝トネール夫人から行けなくなったとの知らせが入る。ルネ・ド・ブリモンは約束の時間に遅れている。ポッジ夫人は電話をかけている。ヴァレリーは待ちながら、新聞をめくっている。夕食の時間がだらだらと続く。流行詩人はルネ・ド・ブリモンとばかりおしゃべりして、新来の女性には注意を向けない。デザートのとき、その女性が大胆にもある言葉を発する。彼女はカルノーの法則の可逆性について話したのだ。そうした概念が女性の口から飛び出してきたので、ヴァレリーはびっくりする。「彼は、今まで一度も目にしたことがないような驚くほどの速さと、巧妙さと、技量で反応する。金の糸でも捉えそう。あんな経験は、ほんとうに初めて」。二分後、ルネ・ド・ブリモンは忘れ去られる。二人の物理学愛好者は、時間に関するアインシュタインの理論の再現に没頭している。「わたしたちが話していると、ルネはいらいらして、十時十五分前くらいに帰ってしまった。それで、わたしたち、P・Vとわたしは、サロンのなかに入っていく、魅惑的な対話のなかをすでに激しい勢いで泳ぎながら[1]」。

二人は再会する。愛人関係が始まる。十日後、カトリーヌ・ポッジはパリを去り、オーヴェルニュ地方のラ・ブールブールに向かう。二人は互いに手紙を書く。「わたしは複数であることができるでしょうか？」、とヴァレリーは質問する。彼女は七月末に戻って来る。「最愛の人、それは、つまり、あなたの手からやって来た王様の賜物なのですね、いずれそうなるものなのですね？[2]」。ヴァレリーは動転している。今起こりつつあることは、彼の人生で初めてのことなのだ。彼が三十年前に経験した唯一の激しい恋情は想像上のものだった。今日、彼は彼女のなかに自分の姿を認めている、彼女が彼のなかに自分の姿を認めているのと同じように。彼は彼女を愛している。あり得ないことが起こったのだ。大恋愛、二人の人間の絶対的な一致、そうした神話やロマンチックな理想をヴァレリーはこれまで決して信じようとはしなかったし、そうしたものに彼はいつもエロスの単純さを対立させてきた。そんな彼の生に愛が突如侵入してきたのだ。他者、彼が遠ざけていた他者、思考しかつ生きる自我から意識と皮膚という越え難い障壁によって分離できたものと想像していた他者、その他者が突然、あたかも自分自身であるかのように、自分のなかに存在しているのを発見したのだ。

彼の情熱の炎の対象は、きわめて裕福な外科医で大学教授で政治家でもあるサミュエル・ポッジの娘である（青年マルセル・プルーストは自分の父親の同僚だったサミュエルとよく会っていた。彼の姿は、『失われた時を求めて』に登場するコタール医師のなかに認めることができる。かなり手厳しい描かれ方をしてはいるが)。一八八二年に生まれたカトリーヌは、青春時代をヴァンドーム広場の壮麗なアパルトマンで過ごした。その後、彼女はイエナ大通りの邸宅で大勢の使用人たちに囲まれて育った。彼女は、これ以上ないほどにシックな世界と交わってきた。彼女が父親の浮気を発見したとき、彼女が父親に抱いていた熱烈な称賛の念に憎悪が混じった。パリの善きブルジョワとして、サミュエル・ポッジは、女性たちを、いわゆる飾り物と考えていた。彼は娘にはいかなる教育も施さなかった。環境によって彼女にもたらされた唯一の利点は、スポーツの実践だった。意志が強く、頭のいい彼女は、自分に拒絶されたものを自力で習得しようと決心した。彼女はギリシャ語やラテン語を学び、数学や科学の諸分野の基礎を学び、哲学や神学にどっぷりと漬かり、オックスフォードのカレッジで半年学んでくる。このようにして自分を作り上げた人間は、ロマン主義と反世俗的態度、明晰さと自尊心、感受性と尊大さとが驚くほど混じりあった人間になった。

一九〇九年、カトリーヌ・ポッジはエドゥアール・ブルデと結婚した。彼は証券の公認仲買人だったが、数ヵ月のうちに、ヒット作を飛ばす劇作家に変身した。彼女は夫のブールヴァール演劇的で鈍重な軽薄さに我慢がならなかった。そのため、彼からできるかぎり離れて生活してきた。彼らの間には男の子が一人生まれた。名前はクロードといったが、彼女はあまり細やかな面倒は見ない。男の子のような感じのする、活発で独立精神旺盛な彼女は、一九一二年、自分が結核にかかっていることを知る。治療が連続的におこなわれる。小康状態を保つこともあるが、彼女は自分が長生きしないことを知る。以前つけていた日記を再びつけ始める。彼女は、一種の反・ポッジ、反・ブルデともいうべき男の親友を見つけたが、彼は一九一六年に死んでしまう。二年後、彼女の父親が暗殺される。それ以来、彼女は死者たちと話をするようになる。幻覚を見、霊的な世界と接触を持ち始める。しかし、彼女の精神は神秘主義的であると同じくらい実証主義的なので、信心に凝り固まったような説明だけでは満足できない。彼女の哲学的・神学的探求は、彼女を生物学や化学や物理学に興味を抱かせる。彼女は、聴講生として、モンペリエ大学に登録する――そこで、法学部長になったジュール・ヴァレリーを知る。彼女はジュールを心から嫌悪し、軽蔑すべき人間と思う。

彼女には何かを信じたいという想いや高揚した側面があって、それがヴァレリーの徹底的に疑いを投げかけるような冷淡さとあまり合致しない。しかし彼らには共通して、絶対的な要求と批評的な意志との結びつき、精神的な次元――あるいはレベル――での探求と合理的な方法との結びつきのようなものがある。二人とも、世界は単なる機械論的な物質性には還元できないし、精神が、もし世界を解く鍵を探したいのなら、自分の力を決して放棄せずに、そうした探求をすべきであると考えている。さらにカトリーヌ・ポッジは、自分の『日記』を彼女の哲学的作品を準備するための工房と考えていて、このことが、彼女を一気に、『カイエ』の著者の友愛に満ちた一種の分身へと仕立て上げる。

二人が出会ったとき、カトリーヌは、ブルデ夫人という亡霊を消し去るはずの離婚手続きの最終段階にきていた。彼女は、母親が住んでいるモンペリエと、家族の領地があるベルジュラック〔フランス南西部ドルドーニュ県〕近くのラ・グローレと、医師たちが彼女を向かわせる施設や保養地と、いくつかの超高級ホテルと、パリとの間を行き来している。彼女は、ブルジョワ的な下層民よりも、証明書つきの貴族街の人間と喜んでつきあう。膨大な資産がある彼女は、ありとあらゆる骨の折れる活動を多かれ少なかれ恥ずべき一種の病気とみなし、物質的な偶発事を超越したところへと自らの思考を高めようとする。彼女の極度の痩せ具合、上品で細長いシルエット、これらが彼女の精神の、どこかこの世離れした妖精のような性格を強調している。ある哲学研究がほとんど終わったところだった。「自由ニツイテ」（*De libertate*）と題されたその研究は、数限りない修正を施されて、『魂の肌』（*Peau d'âme*）となる。しかし、これが出版されるのは、彼女の死後のことである。

春の間の過酷な仕事のせいで再び憔悴し、おそらく奇妙な精神状態に落ちこんでしまったヴァレリーは、自分を意欲のわかない無気力な存在と感じている。夏の間ずっと、彼はヴァカンスの計画をいろいろ立てるが、どれも実現しない。「ぼくは、うんざりして、へとへとで、嫌悪と完璧なまでの憂鬱の餌食になっている。仕事をするのは無理」[3]。ジャック・リヴィエールは、熱狂して（その熱狂が他人を疲れさせるときがあるのだが）、ヴァレリーに次々と計画や提案を持ちかけてくる。八月末、熱烈な論評の数々で迎えられた『海辺の墓地』がエミール・ポール社から出版される。その数日後、アドリエンヌ・モニエはヴァレリーから友愛に満ちた約束を取りつける。彼女のところから彼の昔の詩を出版してもいいというのである。というのも、その再出版計画は、彼の最近の仕事のどさくさにまぎれて、多かれ少なかれ忘れられていたのだ。その後、彼はパリを離れる。今年は家族とル・メニルで合流することは問題外となる。彼はドルドーニュ県に向けて出発する。

カトリーヌ・ポッジは彼にラ・グローレで合流しようと提案したのだった。ヴァレリーは九月十四日に到着する。愛人として、また王様として迎えられた彼は、その土地の静寂な美しさに魅了され、満ち足りた気分になる。しかし、彼はジッドに、体調は最悪と告白する。「次のような変なことが続いている。突然、

カトリーヌ・ポッジの領地ラ・グローレの寝室。ヴァレリーにとって，寝室やベッドを描くことには，自画像を描くことと同じような意味がこめられていた。

自分は存在していないと深く感じたりとか、耐えられないほど両手が熱くほてったりとか、脈拍が速くなったりとか、虚脱感に捉えられたりとか。こういったことはすべて、惨憺たる胃袋と、ぼくのダダとも言うべき神経組織によって作られ、大々的に組織され、突然引き起こされているんだ。本当に調子が悪い、悪い」[4]。彼は、かなり嫌な思いをしながら、『アドニス』の序文を書くためのエネルギーを見つけ出す。

K《カー》、CK《セーカー》、カリン、ユーリディス、ロール、X《イクス》あるいはベアトリスと彼が呼ぶ女性と、彼は完璧な幸福のときを過ごす。自分の身に起こっていることが彼には奇跡のように思われる。乾燥したバラをまきちらした東屋で過ごした田園牧歌的な夕べが、至福のイメージそのものとして彼の記憶に刻まれる。明け方、『カイエ』のなかで、彼は愛について、情念について、肉体どうしの理解について考える。ふと、いつもの朝の生産とは明確な対照をなすアレクサンドランの詩句を作っている自分に気がつく。「おお、白日の力の後に生き残るなんという甘美さ／ついに太陽は沈み恋愛のバラとなる／なおも少し燃え、ますます疲れ、満たされて」〔『ナルシス断章』、四八―五〇行〕。これまでの彼の人生全体が一望の下に見えてくる。「わたしが持っていると信じていた確信、つまり、わたしにはありのままのわたしの精神しかないという確信が、これまでわたしにあらゆる外的な事物にたいして否定的な態度を取らせてきたのだ」[5]。彼は他者を自分のなかに受け入れた。彼はまもなく知ることになるが、今後は、何もかもが以前のままではなくなるだろう。

ヴァレリーは十月七日、パリに戻る。彼は、若い作家たちに奨学金を授与する目的で創設されたブルメンタール財団の委員会の一員になる。彼はブルトンを推す。プルーストとジッドはヴァレリーの意見を支持する。しかし、彼らの同僚たちは、おそらくブルトンがダダに接近していることに恐れをなして、ヴァレリーの意見を受け入れず――アンドレ・サルモンに投票する。ヴァレリーと『文学』誌チームとの関係には曖昧なものがある。彼は彼らの作品を評価することはできない。しかし、彼らの挑発的な態度は彼を楽しませる――彼は自分も『ダダ』的な神経を持ってみたいとも思っている。ときどき『文学』誌の事務所に顔を出し、ひとしきり冗談を話すのを楽しみにしている。もっと真面目なときには、彼らのリーダーであるブルトンに何らかの影響力を発揮しようと願っている。おそらく彼の頭のなかには、自らのマラルメにたいする、批判的ではあるが恭しい敬愛の念があるのだ。しかし、ブルトンは一貫して逃げまくり、そうした役割を演じることを拒む。そして、彼らの関係は、そのために被害をこうむる。愛情は一段と空回りの度を強める。

もうひとつの友情も瀕死の状態に陥る。ルイスはその兄の死による打撃から立ち直ることができない。少し前彼の財産が雲散霧消したように、今度は彼の人生が散り散りになる。フランスでもっとも美しいもののひとつとの評判を誇った彼の書斎の稀覯本の数々が競売に出されたのだ。一九一九年、彼は一八九〇年の自分の日記を見つける。彼はそれを『十九歳』というタイトルで出版したいと思い、日記を補完するために、その当時ルイスがヴァレリーに宛てた手紙を貸してくれるようヴァレリーに頼む。ヴァレリーは、自分の人生を導いたエピソードの貴重な痕跡のつまった手紙をとても大事にしていたので、しぶしぶ要求をのむ――その親切がかえってヴァレリーに禍いした。ヴァレリーは二度とその手紙を見ることはない。それらは、ルイスの遺産とともに分散してしまうことになる。一九一九年の夏以来、ルイスは驚くべきキャンペーンを始めていた。長年にわたる研究の結果、彼はモリエールの作品のほとんどがコルネイユによって書かれたと断言できると考える。批評家たちは怒りを爆発させる。一九二〇年の初め、彼はヴァレリーに態度を明らかにするよう懇願する。「ぼくの最後の手紙をもう一度読んでくれ。滑稽な手紙ではなかったはずだ。P・Vたるもの、身体の不自由なP・Lが六ヵ月来身を投じている戦争に中立の立場なんか取れないはずだ(…)。ぼくの主張に賛成か反対かを投じてくれ」。二ヵ月後、ルイスはさらに執拗になる。「文学史の面では、ぼくはほとんど何も出版しなかったけれど、多くのことを発見したんだ。そんなぼくは、君からうれしい知らせが届くのを待っている。つまり、ぼくが確かな判断をする能力のあることを君に信じてほしい」。最後に、十月九日、ラ・グローレから帰ってきたヴァレリーは悲壮な手紙を受け取る。

ポール、君はよく知っていたはずだ、ぼくたちが十九歳だった頃、ぼくという人間はそこまで徹底的にやるってことを。

そして、ぼくの作品や人生や名前を破壊するこの猛勉強が続けられ、あるいは、死に瀕しているときに、そして、ぼくの一方の目が死に、もう片方の目も永遠に曇ってしまったときに、君だけでも本能的に想像してはくれないのかい、ぼくがぼくの青春そのものを、君も知らないわけはない仕事のために犠牲にしているってことを？

本当にそうなのかい？　君はまずぼくが『十九歳』を書いてしまって、二人の関係がきちんとすることの方を望んでいるのかい？　そうしたら君はぼくの手紙を取り戻せるけど、だれも、アルセスト〔モリエールの『人間嫌い』の登場人物〕がコルネイユだってことを知らなくなってしまうんだぜ、それでも君は満足なのか？

そうなのか？

「そうじゃない」って、ぼくに書いてくれ。そして、自分は怪物だ、って一行書き加えるんだ。そして、はっきり読めるように「ポール・ヴァレリー」って、サインしてくれ。[6]

どう返事をしたものだろう？　ルイスの混乱した言葉は理性全体にたいする挑戦であり、理解しようとする望みをことごとく破壊してしまう。このルイスの呼びかけが、二人の間の最後の接触となった。彼らは以後、二度と顔を合わすことはない。ルイスは落ちぶれていく。まもなく、彼は精神病院にいるとき以外は、自宅のベッドに寝たきりになる。第二の天性のようなものになっていたこうした友情の解体によって引き起こされた悲しみとは別に、ルイスの零落の姿がヴァレリーの心を強く打つ。彼の零落は、ヴァレリーが公的に華々しい活躍をし始める時期に起こったのだ。たしかに、そうした零落は起こりうるひとつの姿ではあった。今消え去ろうとしている不幸なルイスとかつてあれほど近しい関係にあったヴァレリー自身、ルイスと同じ感情を抱き、同じ狂気と隣り合わせになったのではないだろうか？　P・LとP・V、彼らのイニシャルと彼らの存在の輪郭は、少なくともその始まりの頃は、交換が可能なほど似ていた。彼ら二人の運命は逆になっていたとしてもおかしくはなかった。

　ヴァレリーの気分はよくならない。十月末、彼は、シリア駐在のフェリーヌにこのことを打ち明ける。「パリに戻ってきて、吐き気を感じ、生きていくのが嫌になった、強制労働のせいで仕事する気が全然起こらない。ぼくはもう数学もしないし、詩も作らない。ぼくはうんざりするような仕事に鎖でつながれている。わずかばかりの収入を期待して、愚かにも引き受けてしまったんだ。状況はこんなところさ（…）。何度、ぼくはすべてを船の窓から投げ捨てて、どこかに別の運命を探しに行こうと願ったことだろう。あさって、ぼくは四十九になる。しかも、ぼくは自分という人間を暗記してしまっているんだ」[7]。恋愛状態にある男がこんなことを言うとは驚かされる。ヴァレリーの心理学的な気質は逆説に満ちている。心のなかの振り子のようなものが、最低と最高を両方とも彼に感じさせる。欲望が勝ちほこっているときに死を思い出させたり、愛情的に満たされていると感じている瞬間に彼を無へと引きずっていくというぐあいである。

　彼はそのことを知っている。「わたしは自分自身、可逆的な平衡のなかで生きていこうと願った。そして、二十年間、そのことに比較的成功してきたと思う」[8]。二十年間とは、彼の結婚期間である。結婚という防護柵はその機能を果たしたのである。その間、彼はいらいらしていたし、よく眠れなかった。今、彼は人生がもう好きではない、すべてを投げ出したいと思う。だが、ここには、なんら深刻なことなどない。調子が変わっただけで、ヴァレリーは確実にこれまで以上に、感じがいいし、輝いている――ミュルフェルド夫人のところで彼に会ったジッドは、彼がコクトーといっしょになって、おしゃべりしたり、ふざけたり、猥褻な話をするのを聞いていらいらしたほどである。しかし、こうした態度の変化こそはヴァレリーの心の中で起こった変動の症状なのであり、そうした変動の大きさがどれほどのものだったかを教えてくれる。困難――苦痛――は、落ち着いていられない、あるいは、自分自身の真ん中にじっとしていられないと彼が感じているところにある。彼は、たえず一方から他方へと揺れ動く。足をすくわれ、もうしがみつくものが何もない。想像もしていなかった幸福を発見して、彼はほとんど機械的に、幸福と同じ大きさの不幸を垣間見てしまう。言い換えれば、最初から、彼のカトリーヌ・ポッジへの情念には、憂慮すべき裏面が隠されていた。秋の終わり、ヴァレリーは修復不能の過ちを犯してしまったのではないかと自問する。

　若いときの詩を『旧詩帖』というタイトルで、一一五〇部印刷する決定がなされた。この部数はヴァレリーには、とてつもなく大きな数字のように思われる。十月に入ると、その出版が予告される。ガリマールがただちに反応する。「わたしはあなた様にたいしていかなる底意も抱いてはおりませんが、わたしがまもなく出版できるものと期待しておりましたそれらの詩が、別のところから出版されると聞きおよび、わたしどもが悲しい想いをしておりますことをどうかお知りおきください[9]」。作家と発行人との間にはいかなる契約も結ばれてはいない。しかし、この出版はヴァレリーとの合意のもとで構想されてきたのだし、道義的な契約が存在したことには間違いがない。ヴァレリーは、その態度によって、ルイスのアドバイスを忘れなかったということを示したのである。彼は独立したままでいるということを証明したいのだ。『旧詩帖』は、十二月二十一日、「本の友の家」書店から出版される。自分の引き起こした、このちょっとした騒乱を許してもらおうと、彼は「篠懸の樹に」を『ＮＲＦ』誌に渡す。この詩は『ＮＲＦ』誌一月号に掲載される。

カトリーヌ・ポッジはラ・グローレの滞在の後、モンペリエに戻り、勉強を再開する。しかし、十一月なかば、モンペリエでじっとしていられなくなって、彼女はパリへ、そして、ヴァレリーのもとへ戻って来る。彼らはウーディという婦人の家の一室を借り、午後にそこで会う。「四時、『幸福』さんは、雨が降っていたので、傘を持って『義務』へと戻っていきました。（…）わたしは、暖炉の火の燃える見知らぬ部屋に、あなたなしで一時間留まっていました」。ヴァレリーは心情を打ち明ける。「貴女がいないとき、わたしは不在です。わたしは不在で、わたし自身から切り離され、奇妙で、不完全で、別人になってしまいます。貴女を再び見出すと同時に、わたしはわたしのことも見出すのです[10]」。しかし、彼らの関係は、すぐに困難なものであることが明らかになる。彼女は独占欲が強く、愛人の精神のなかで場所を占めているものすべてに嫉妬する。家族、友人、社交界での生活、それらが彼女から「わたしのトリスタン」を奪い去るとき、それらは彼女にとって憎悪の対象になる。そんなものに心が奪われているヴァレリーを彼女は非難する。ヴァレリーの方は、複数であるという自由を守りたいと願う。彼は惜しみなく情念に身を捧げるが、その情念のために彼の人生の残りの部分を犠牲にするつもりはない。この愛は、彼ら自身に、彼らという存在を明らかにした。彼らは二人ともそのことを意識している。しかし、彼らはまた、この愛が脆いものであること、傷つくかもしれないこと、二人にとって重荷になるかもしれないことを感じ取る。「とても怖い思いをした後で再会したときのように、わたしたちはひとつに結ばれました」[11]、と、ある日彼女は記す。

クリスマスに、ヴァレリーは留め金のついたノートをポッジにプレゼントする、彼にたいするもっとも密かな考えや、もっとも情け容赦のない考えを書きつけるようにと。彼は彼女を『カイエ』の企ての協力者にしようとする。日に日に増殖していく『カイエ』を清書し、再編成し、構成するという昔の計画が再浮上してくる。彼の分身で、もう一人の自我である彼女は、理想的なパートナーになるかもしれない。彼女が彼の思考に先行し、それに深く入り込み、それにひとつの顔を与えるだろう。ヴァレリーは彼女に『カイエ』を贈るという話までした、と彼女は断言する、あたかも、彼女が彼自身の完成した形、極限的な完璧さであるかのように。

一九二一年一月、彼女は自分が妊娠しているものと思い込む。ほてり、脱力感、全体的に奇妙な、これまで経験したことのない状態などのために不安になる。しかし、妊娠したと考えることで、彼女は安心する。そうした状態は三月まで続く。ヴァレリー相手に、つらいゲームが開始される。彼女は彼が頻繁にミュルフェルド夫人のサロンに出入りすることを許さない。彼女はミュルフェルド夫人を「ガチョウ〔間抜け〕」と呼び（他にもいろいろな名前で呼んでいたが）、下品で出世欲の強いブルジョワ女だと思っている――とはいえ、そういう彼女も夫人の日曜日の会にはときどき出かけていくのだが。「奉仕を強制されてあんなところにいるなんて……。半分・神様、半分・召使い……」[12]。彼女はそれが品位を落とす行為だと考えている。彼女はそこに行く、彼女は彼を非難する、二日間彼と会うのを拒む、彼を呼び戻す、彼は駆けつける、彼女は彼を迎え入れる。「本当のところ、わたしはもうあなたのことを愛しているのかどうか分かりません。でも、あなたは泣いていますね。わたしの弟よ、泣くのならわたしの腕のなかにしなさい[13]」。会う約束が決められ、拒否され、延期され、愛は情熱的に論証され、次に、疑念という雷に打たれる。このようなはるか太古の昔から受け継がれてきた愛の常套手段によって、ヴァレリーは不意打ちを食らわされたようである。彼は今までこんな経験をしたことはない。それで、そうした手段に翻弄されるがまま、落胆したり、欲望を抱いたり、幸福になったりする。彼の心の中の振り子は、彼を陽気にしたかと思うと意気消沈させるというように、疲労困憊をもたらすこうした往復運動に忠実に従っている。ゲームの支配者はカリンなのだ。一月末、彼女はモンペリエに発つ。カップルは毎日手紙を書くという、より気の休まる態勢へと移行する。

ヴァレリーは、「建築」コレクションのための組み付け見積もりのなされた序文執筆に専念する。タイトルは決定された。それは『ユーパリノス』となるだろう。形式は見つかった。対話形式である。長さは、一一万五八〇〇文字と決められている。二月十二日、まだ七九九行を作らなければならない。三月四日、作品は準備が整った。それはカトリーヌ・ポッジに捧げられる。この執筆は、ヴァレリーにとって刺激的なゲームとなった。出版社から出された様々な束縛は、彼の想像力を強制し、その巧妙さを研ぎ澄ますことによって、彼を解放する役目を果した。同時に、この仕事は彼の遠い過去に浸ることでもあった。彼は「建築家に関する逆説」の時代のことや、ヴィオレ＝ル＝デュックにたいする称賛の念を思い出す。魚の骨や貝殻といった、かつてマグローヌ方面〔モンペリエ郊外〕の海岸で見つけた奇妙なものが彼の記憶から湧き出てきて、人間のもの作りに関する叙情的な考察のきっかけとなる。対話作品を書き上げるやいなや、ヴァレリーはいくつかの詩に修正を加える。そのうち、「ナルシス断章」はアンリ・マシスが編集長を務めている『ラ・ルヴュ・ユニヴェルセル』に、「蛇の素描」は『NRF』誌のためにジャック・リヴィエールに渡す。多くの雑誌編集長や発行者から、未発表の詩を要求される。それらにたいして、ヴァレリーは、判で押したように、すでに書き上げられたり、今書いている最中の詩はみな予約済みで、「貯蔵庫」は空っぽ、そこに再び詩が蓄えられるにはしばらく時間がかかると返答する。

彼の名声が高まってきたこともあって、この三月、ヴァレリーは馬鹿げた成功を収める。『コネッサンス』誌が読者を対象に、だれが最大の現代詩人かというアンケート調査をおこなったのである。三一四五人が彼を指名した。彼が最高の詩人というのである。彼の得票に近い得票だったのはクローデルだけだった。そんな「間抜けな国民投票」にいらだったヴァレリーは、日本に赴任しているクローデルに短い手紙を送る。そこで彼は、愚鈍な注釈者たちが彼ら二人を対立させ、彼らが競争するのを見たいと言っていることに苦痛を感じていると伝える。「たしかにわたしは懐疑に基づいており、あなたは信仰に基づいています。(…)しかし、幸いなことに、精神というものはその作品のなかに閉じこめられているわけではありませんし、作品によって十分に定義されるというものでさえありません。さらに、精神は、精神による推論が通常引き出してくる結論に還元されるというものでもありません」[14]。『文学』誌も同様なアンケートをおこなう。ブルトンとその仲間たちは何人かの作家の作品に点数をつける。彼らは年老いたアナトール・フランスには−一八点、ジッドには−一〇・八一点、ヴァレリーには＋一一・〇九点、マラルメには＋一二・六三点をつけた。ヴァレリーにたいして、ブルトンは＋一五点、アラゴンは＋一二点つけたが、エリュアールは−二〇点、ツァラは−二五点つけた。このようなちょっとしたお遊びには、『若きパルク』の著者をどう判断するかをめぐってシュールレアリストたちの意見が割れているというだけでなく、彼らの思考は排除によって進められる——つまり、彼らの思考方法は精妙ではない——ということも示してくれるという利点がある。

カトリーヌ・ポッジは三月なかばに戻って来る。彼女が妊娠によるものと思った症状は、実は貧血だった。再び結核が彼女を猛烈に攻め立てる。極度に衰えた彼女は、自分の愛人にどう対処していいのかもう分からない。「わたしはあなたのことをまだ愛しています、しかも、愛していません(15)」。病状が思わしくないにもかかわらず、彼女は彼の社交界でのつきあいや、ミュルフェルド夫人や、彼の家族にたいする攻撃力を取り戻す。彼女がデスム（Desum）——「わたしはいない」さん——と呼んでいる男は、彼女には、世の中のあらゆる醜悪さや下品さの犠牲になっているのだが、それに同意してもいる人間と思われる。彼の子ども時代は卑俗な環境のせいでだいなしになった。その感受性は田舎の凡庸さで傷つけられた。美しいものを見るために作られたはずの彼の目はおぞましいものしか眺めてこなかった。大人になった彼はそうしたものと妥協し、彼にふさわしくない苦労を引き受け、夫婦とか家族といったおぞましい重荷を背負わねばならなかった。ポッジはそう考える。「あなたがいつもわたしのところに持ち運んできたものは、これ。羊の囲い柵のなかに追い込まれた人生。疲労の臭いのしみついた、三世代の人間が眠る共同寝室。雑多な家族がうごめいて、あなた専用の一隅さえもない狭すぎるアパルトマン」。——こうした受難の真ん中で、彼は、「家畜が眠っている間、静かに仕事をするための二時間(16)」をかすめ取ることさえ難しい。この男は、彼女には、許しがたいまでにちっぽけで、卑怯な人間に見える。彼の人生はその作品には似つかわしくない。彼の精神の高みだけが、彼にたいする憐憫の情を正当化できる。できるものなら、彼女は彼を心から嫌悪したいと思う、あるいは、彼女の大きな愛で救済したいと思う。

三月末、彼らは二人とも、気も狂わんばかりの混乱のなかで身動きがつかない。優しさと攻撃的態度、欲望と反感とのあり得ない混交以外、彼らはもうお互いのことを何も知らない。彼らは口論し、そのたびごとに再会して仲直りする。ヴィルジュスト街に嫉妬した彼女は（ある日、彼は家族がいないとき、彼女をそこへ連れていった）、彼に妻とベッドを別にするよう要求する。四月、彼らはなんとか甘美な数日を過ごす。それから、再び、嵐が吹き荒れる。彼女はもう愛人ではいたくない。だが、彼女はまた愛人になる。彼女は彼を「狂乱した状態から限定された状態へと[17]」移動させる、と彼は言う。今や、彼女は、彼がエゴイストだと、彼女のことを見ていないと、彼女のなかに彼自身の理想的なイメージしか探していないと非難する。非難は正しい。だが、それ以外の何を彼女はしているというのだろう？　五月二日、ヴァレリーは手紙を書く。「わたしには貴女しかいません。そして、貴女にもわたししかいません[18]」。二人の愛のお話に絶望が入りこむ。

五月十八日、「本の友の家」書店で、彼のための朗読の夕べが催される。いくつかの詩に混じって、『ユーパリノス』の何ページかがそこで紹介される。その対話作品の出だしの部分は三月に『ＮＲＦ』誌に掲載されていた。予定されていた配置と大きさによる作品全編は、同じ出版社から九月に出るが、こちらの方は、巨大な一冊――全判の――となって、五〇〇部印刷される。「わたしは巨大な紙に印刷された校正刷りを受け取りましたが、それはわたしが十六世紀の書物を手にしていて、自分はもう四〇〇年も前から死んでいるという奇妙な印象を受けました[19]」。『ユーパリノス』を発見したリルケは、熱狂的に彼をほめたたえる。リルケは戦前長くパリに住んでいたが、一度もヴァレリーの噂を聞いたことはなかった。彼は驚嘆し、そのことを友人のジッドに知らせる。「建設現場を見てはいなかった都市のように、すっかり建造された作品、しかも、あたかもそれがずっと昔からそこにあったかのように、目には見えない精神の風景と同化するだけの時間がすでに過ぎた作品を発見するとは、なんという至上の喜びでしょう[20]」。同じリルケは、ある日、女友だち〔モニク・サン＝テリエ〕に次のように言うだろう。「わたしは独りでした。わたしは待っていました。心の底から待っていました。ある日、わたしはヴァレリーを読みました。わたしは、待つのはもう終わったと分かりました[21]」。ヴァレリーの詩を、リルケはあっという間に貪り読み、深い衝撃を受ける。彼は「海辺の墓地」をドイツ語に翻訳する。二人の男が実際に会って、交流を深める機会はあまりなかった〔ヴァレリーとリルケが会ったのは、一九二四年四月六日と一九二六年九月十七日の二回だけである〕。しかし、理性にたいする心情の称賛、手術用小型メスにたいする熱意の称賛は予想外のものだった。おそらく、リルケはヴァレリーのうちに不安におびえる兄弟を見出したのだ。ヴァレリーは驚く。たしかに、気分をよくしたではあろう。しかし、なぜリルケがこれほどまでに熱狂するのか、ヴァレリーにはほとんど理解できない。彼自身は、オーストリアの詩人の書いたものに、物珍しさ以上の関心を見せることはない。

『カイエ』の件は進展を見せる。カトリーヌ・ポッジは勉強した。彼女は錯綜した『カイエ』の世界を開拓した。そこで、二人は分類計画の話をした。『カイエ』をもとにしてできるかもしれない本の問題が再び提起される。「ぼくには、知的な意志を抱いて生きたかつてのぼくの人生を、そしてぼくの個人的な抵抗であったものを、一冊の本という形にまとめあげようと考えるのは難しいことなんだ。それが何にたいする抵抗だったかというと、現代人が送らなければならない生、大学、新聞、流行、気取り、過激主義者、日和見主義者、聖職者、芸術家、そして一般に信じこませようという人たち、あるいは信じている人たち、これらすべてがよってたかって現代人に行使する散漫化、痴呆化、無気力化、非常識化という作用に対しての抵抗だったわけだけれど」。万能研磨剤としてのヴァレリーは、はたして、年老いた反動主義者たちの種族に属しているのだろうか、あるいは、革命的な伊達男の種族に属しているのだろうか？　だれも彼を欺くことなどできないだろう。「ぼくは自分が何を考えているのかを考えようと努めたのだ(22)」、と彼は結論づける。実は、これほど難しいことはない。たしかに、彼がどんなに熱狂的な懐疑主義者であったとしても、ありふれた方法へと流されていくのを防ぐことはできない。統一された理論を作るだけでは十分ではない。しかし、懐疑主義は完璧に訓練され、どこまでもしなやかで、彼以前のだれよりも見事に対象やものや観念を捉え、それを見て理解し、かつ人に説明できるという精神の考え方や力とを彼に与えた。ときどきヴァレリーは、自分をスポーツ好きの哲学者だと紹介する。『カイエ』の分類上の見出しのひとつに「グラディアートル」があるが、これは一八九〇年代に大流行した華麗な技を披露した馬の名前に由来する。いくつかの点で、比類なきまでに訓練されたヴァレリーの思考能力は、ある熟練技術《メチエ》と完全な等価物なのだ。つまり、一種の能力《ノウハウ》、手際のよさ、それを身につけている者に社会的アイデンティティを与え、その者に、必要とあれば生計を立てることも可能にするようなものなのだ。

　愛人は彼と縁を切るというかと思えば、永遠の愛を誓ったりする。彼らの愛の逆説は悲劇的なまでに炸裂する。彼らは、二人の存在の一体性などという曖昧で危険なイメージから出発した。一方は他方のなかに自分の姿を認めていた。ヴァレリーはポッジのなかで生き、ポッジはヴァレリーのなかで生きていた。ところが今、彼女は、彼女が彼を無力にしたときだけ、彼が彼女のものになったときだけ、本当に彼のことを愛するのだ――彼女のものという意味は、もはや、彼女が自分自身のなかに見出す他者性という意味ではなく、彼女の絶対的な主張を前にして意気消沈した他者という意味においてである。ヴァレリーは自分の自尊心をすっかり忘れて、涙を流し、絶望し、うめき、ときどき際限のない幸福にどっぷりとつかる。六月中旬、彼の専制君主は（その専制君主にたいして、結核がもうひとつ別の形式の専制政治を押しつける）、治療のためにラ・ブールブールに出発する。「愛する人、わたしはあなたを失うでしょう。しかも二重に失うでしょう。なぜなら、わたしはあなたを手に入れはしなかったのですから[23]」。彼女の期待を満たすことのできる男など、この地上にいなかっただろう。この出発は別離を告げるようなものとなる。そして、非常につらい悲しみをヴァレリーに引き起こす。彼はジッドに、「二人で少し心穏やかに顔を会わせて、リラックスして、忘れたいものだね。何かにまた（…）興味を持ちたい[24]」、と語る。しかし、彼は愛を見限ってしまったわけではなく、その愛にたいして、迷いから覚めたような一種の信仰心のようなものを抱いている。「下品でない魂にとって、この世でたったひとつのことだけが重要だ。それは、魂が孤独でなく、自分の持っている一番貴重なものを、もうひとつ別の魂の一番貴重なものと本当に交換できると確信することだ[25]」。

社交界の生活のおかげで彼の気は紛れる。孤独になる危険性が回避できるので、どんなにつらい時間もつぶすことができる。ジッドは彼をマイリシュ・サン＝チュベール夫人に紹介する。彼女の夫は大実業家で、彼女はヴァレリーをルクセンブルグのコルパッハ城に滞在しに来るようにと誘う。その城ではフランスやドイツの作家や芸術家たちが顔を合わせるというのである。彼はジッドとミュルフェルド夫人を伴って、バシアーノ大公夫人の家で昼食をとる。そこはヴェルサイユにある、人を圧倒するようなイタリア風

「大邸宅《パラッツォ》」であった。つねに頭脳明晰で、片眼鏡をもてあそび——彼は片眼鏡を象徴派の時代から離さなかった——指にタバコをはさみ、地口や語韻転換韻《コントルペトリ》で話を陽気にする彼は、居合わせた人たちを楽しませるのが好きなのだ。彼はまたそうした人たちを、彼の眼差しと言葉の輝きによってうっとりさせるすべもわきまえている。そこが、生真面目な精神のせいで重苦しいジッドとヴァレリーの違いである。

ピカソが『若きパルク』の再版用にとヴァレリーの肖像画を作成する。ガリマールは、この機会を利用して、ヴァレリーに再度『魅惑』の話をする。ガリマールはなるべく早く詩集を出版したいと思っている。しかし、ヴァレリーは精神が大混乱に陥っているので、未完成の詩をいくつか仕上げたり、最終的な手書き原稿を作成するだけの気力がない。

七月、家族がル・メニルに行っている間、彼はパリの町を長時間散歩する。ある日、ノートル＝ダム寺院の暗がりのなかに入っていったとき、彼はかつて魅了された雰囲気や匂いを再発見して感動する。「わたしの好きな建造物に見られるこれら昔からのひび割れ……。祈りこそ、おそらく、宗教のなかで唯一本当のものだ[26]」。ヴァレリーは信仰者ではない。だが、彼は無神論者だと断言しても虚《むな》しいだけだろう。彼の「神」はひとつの場所を占めている。それは「不在者」という場所だ。三年前に書かれたある文章が彼の観点を定義している。

> 神は知られるのを望んでいない——したがって、あたかも神など存在しないかのようにしなければならない。服従するとはそういうことだ。彼の不在、彼の否認可能性、様々な証拠や本の愚かしさ——これらはすべて神の「おぼしめし」の明らかな徴だ。彼は自らの存在を本質的に否認可能にした。

彼はもっとも分厚いヴェールの数々で身を包んだ。（…）彼は信じがたい奇跡を起こして、自分を軽蔑させた。自らの存在についての間違ったイメージを増殖させた。彼を見ることのできない人間にだけ、その姿を現した。

しかし、彼がその全身を置いた場所は、認識の黒い中心の染みのなか、この思考しえず、様々な行為を発すると、必ずその行為の影響を被らないではいられないような思考の場所のなかなのだ。それは根本的で、機能的な、必要不可欠な無知にほかならず、それなしでは、認識——黒い空間に向かって輝く黒い身体——はないだろう。[27]

八月、家族でのヴァカンスが復活する。ヴァレリー家はペロス・ギレック〔ブルターニュ地方の漁港〕の砂浜で大いにはしゃぎまわる。隣の海岸に避暑に来ているモーリス・ドニとよく会う。彼らはいっしょにルナンが生まれたトレギエまで巡礼する。彼は、八年前、将来『若きパルク』となるものが生まれた別荘を再発見して感動する。パリに帰って数日後の九月のある日、アンドレ・ブルトンとシモーヌ・カーンの結婚式の証人になる。

ヴァレリーは気を紛らせることはできた。しかし、心は鎮まってはいない。カトリーヌ・ポッジは、今、ラ・グローレに滞在している。九月三十日、打ち捨てられた愛人はその精神状態をフランシス・ド・ミオマンドル宛の短い手紙に要約する。「出るのは、ため息ばかり」[28]。ヴァレリーはきちんとした仕事に自分をしがみつかせようと努める。そして、「ナルシス断章」に最終部をつけ加えようとする。『魅惑』にも修復の手を入れたいと思うが、それをするだけの力がないと感じる。愛人は、春よりも少し回復した状態にあるが、自分の家族が耐えられないとして、家族のもとを逃れる。彼女は冬を南フランスで過ごす予定だが、遠回りをして、パリ経由で南フランスに行こうと決心する。パリなら、彼女を慰めてくれるはずの腕が彼女を待っているだろう、と彼女は考える。彼女は十月十七日、プラザ＝アテネ・ホテルに身を落ち着ける。慰める人ヴァレリーは、数ヵ月ぶりに彼女の前に姿を現すが、遠く離れていたため、彼にあると彼女が思い描いていた長所は瞬時にして消え去る。彼女の目には、彼が年老いて、感じが悪く、つまらない人間、だらしない服装をして、不潔そうな人間に見える。彼女の欲望は消え去る。彼女はもうこの愛から何も期待しない。彼の方は、全身感激でこわばり、優柔不断のせいで、そしておそらくは恐怖のせいで凍りついてしまい、動作も言葉もぎこちなくなってしまう。彼は才能がきらきらと輝く自分を見せるべきか、愛情たっぷりの自分を見せるべきか、また優しい自分にすべきか楽しい自分にすべきか分からない。一週間にわたる勘違い、躊躇、混乱の連続は、十月二十三日、日曜日の夜の初め、みじめな形で決着がつく。カトリーヌ・ポッジが再び、旅立つ。彼らはホテルの入り口のところにいる。タクシーが待っている。彼女が乗り込む。彼が彼女のそばにすわる。彼女はパリ＝リヨン駅までついてきてくれるよう彼に頼む。彼は家で夕飯を食べることになっている。駅まで彼女を送れば、夕飯に遅れるだろう。彼女を駅まで送ることはできない。「じゃあ降りなさい、これが最後《アジュー》ね」。彼は降りる。しかし、またすぐに乗りこんできて、「途中までなら」いっしょに行けると提案してくる。彼女はそんな施しなどいらない。彼は再びタクシーから降りる。「彼は言う〝アジューじゃなくって、また会おう《オ・ルヴォワール》、オ・ルヴォワールだよ〟。彼は手を差し出すだろうか？　彼の目はどんなふうに見つめているのだろう？　そんなことわたしは分からないだろう。わたしは発車するタクシーのなかで身体を二つに折って、両手で顔を覆っている。わたしは、彼がタクシーの後を追いかけてくるだろうと思った[29]」。

卑劣さと自尊心、無理解と暗黙の脅しからなる、つらくて、馬鹿げた場面。悲劇的な場面。ヴァレリーは、こうしたメロドラマのような瞬間に、ひどい衝撃を受ける。彼はどんなときも、「信じないで行う」ことを望んでいた。だが、愛というものを信じないで、愛することが彼にできるのだろうか？　あるいは少なくとも、彼がカトリーヌ・ポッジに抱いているこの具体的で現実の愛を信じないで、愛することができるのだろうか？　このとき、彼は愛を信じるのをやめる、しかし、愛することはやめない。彼の存在は引き裂かれ、文字通り、生きていくのが不可能になる。ふつう人生のなかで起こった出来事の日付や日々の泡を毛嫌いする彼の記憶が、永遠に、この「呪われた二一年十月二十三日[30]」を記録する。それは、「ぞっとするほどに暗い『涙』の洞窟を横断した[31]」日なのである。彼は砕け散ってしまった。これに続く数ヵ月間、彼は人生で最悪の日々を送る。

三週間、彼は自宅に閉じこもる。人生からの撤退。自分のなかへの退却。おそらくは、避難所の、中心部の探求。とはいえ、その中心部も不安定なものになってしまったが。彼は自分の心の部屋に閉じこもる。存在したり呼吸したりすることを余儀なくされ、あたかも、諸々の出来事や事物が少しでも重要性を持っているかのようにふるまうことを強制された一人の人間であることに憤った彼は、自分が世界や存在の罠にかかってしまったと感じる。「『幸福』も『正義』もこの世のものではない。たまたまそれらがこの世界に入りこみ、横断することがあるにしても、それらは激しい恐怖をまきちらす怪物なのだ。なぜなら、怪物はこの世のものではないのだから[32]」。こうした推論は奇妙なものに聞こえる。それはほとんど純朴なロマン主義だ。まるで、十九世紀初めの感じやすい魂の声を聞いているようだ。ヴァレリーはここで、これまでになかった状況に直面している。彼は、青春時代、つまりボードレールに引き続いて「この世の外なら、どこへでも」逃げて行きたいと夢想した時代にさかのぼる様々な表現に救いを求める。おかげで、愛のために死に、理性を失い、事物や存在の冷酷な厚みを拒否する青年に戻ったような気になる。

孤独のなかで、彼は猛烈に仕事をし、外部からの規律で厳格に拘束することによって自分を支えようと努力する。彼は『ラ・ルヴュ・ミュジカル』誌十二月号のために依頼された会話形式の作品を仕上げる。重力から解放され、その旋回運動のなかで自らの芸術の神的な全体性を体現した完璧な踊り子アチクテの姿が、『魂と舞踏』の中心から光のように輝きわたる。「この常軌を逸したやつ[33]」を書きながら、彼は『神的なものに関する対話』のことを考える。この対話作品には、本格的に着手することはできない。今後、何度か繰り返し取り上げられるが、結局は、『カイエ』の主要なテーマのひとつとして、草稿の状態で残される。神々の住む天とアチクテの空気のように軽やかな世界との仲介者として、ヴァレリーの個人的な神話の中心人物が再登場する。こうした混乱と絶望の日々から、一編の散文詩が生まれ、発展する。それを彼は『天使』と名づけるが、未完のままにしておく。そこではナルシスの姿が純化され、涙やため息に入り混じる――「そこには『人間』の形をした『悲しみ』がいました。明るい空を見ても、彼はそこに自分の悲しみの原因を見つけることができないのです[34]」。彼がこの次に『天使』の草稿に手を入れるのは、その死に先立つ数週間前のことである。

ヴァレリーはつねに彼の複数の生を分離することに気を配ってきた。家庭の父親、社交界の人間、使用人、作家、明け方の思想家、そして、今度は、愛人、これらは入り混じってはならないのであり、たとえ入り混じるにしても、なるべく少なくしなければならない。これらのどこかの領域に何が起ころうと、それが他の領域に影響を及ぼすことを避けようと努力する。この一九二一年から二二年にかけての厳しい冬の間、少なくとも社交生活の面では、こうした努力はうまくいっていた。大成功を約束された週刊誌『レ・ヌーヴェル・リテレール』を創刊したばかりのモーリス・マルタン・デュ・ガールは、十二月ミュルフェルド夫人宅の日曜日の会で彼と会う。その夜会の最中、ヴァレリーはアンナ・ド・ノアイユと張り合う。ヴァレリーは新年最初の夜会を同じミュルフェルド夫人のサロンで過ごす。他の訪問客が帰ったあとも、彼はファルグやジッドとぐずぐずしていて、いつまでも帰らない。ジッドは、彼らが「それほど新しいとは言えないどうしようもなく猥褻なことをいつまでも話している[35]」のを聞いていて、不快な気分になる。一月中に、マルタン・デュ・ガールはヴィルジュスト街にヴァレリーを訪問する。彼は朝の終わりごろにやって来る。そして、ヴァレリーがその孤独な仕事をするために朝早起きする習慣をほめたたえる。「仕事が終わって出てきた幸せそうな彼を見る。どんな人間よりも自由そうだ。ときには、いたずらっ子に見えたり、猥褻に見えたりする[36]」。

　家族のなかで自分の足跡をかき消すのは、外の世界ほど簡単ではない。ヴァレリーはおそらく、家のなかの動作や、子どもや近しい人たちにたいする態度において、ポッジ以後の自分がかつての自分となんら変わりがないということを示そうとするだろう。ジャニーはいつカトリーヌ・ポッジの存在を知ったのだろう？　それは分からない。しかし、いずれにしても、彼女は知ってしまった。ヴァレリーの愛人は、十一月になると、彼をその妻にゆだねる、と彼に手紙で書いてくる。彼女は、ヴァレリーの妻の「忠実な優しさ」、彼女の沈黙、そして、「わたしが盲目的に絶対を探し求めたのが原因で彼女に味わわせてしまったあらゆる苦痛のために[37]」、彼女をすばらしいと思うと言う。

しかし、愛人ヴァレリーは、このまま夫婦生活に戻されたいとは思っていない。ヴァレリーは、ひっきりなしに手紙を書く、しかも、あらゆる調子の手紙を。一ヵ月間、受取人は彼の手紙を読まない。その後、彼女は譲歩し、一通を読み、二通を読み、返事を書く。彼女は彼を愛している。彼女は彼を必要としている。これは十二月初めのことである。月末、新たな豹変。彼女は彼女に恋する別の男を見つけた。彼女はその男を愛人にしようと考える。そしてそのことを元愛人に急ぎ知らせる——嫉妬した元愛人は彼女にひざまずくだろう、と考える。彼は一月六日、その手紙を受け取る。この日付は、彼の崩壊の年譜ともいうべきもののなかで、先の十月二十三日の次に書き加えられるだろう。ヴァレリーは数週間、打ちのめされ、打ち砕かれ、グロッキー状態になる。彼の身体は、お決まりの反応を示す。つまり、インフルエンザでベッドから起き上がれない状態になる。彼の精神の方は、もう反応しない。このときは、このときばかりは、彼が据えつけたすばらしい機械も応答しない。「夜想曲　二二年一月二十／二十一日。おお、独りだ。おお、このうえなく独りだ。あらゆるものがわたしを取り囲んでいる。しかし、わたしに触れてこない。わたしは見つめ、呼吸する。わたしは存在し、かつ存在しない。こうしたものの配置のなかで、わたしのための場所はもうない(38)」。彼は不幸のなかで堂々巡りをする。生は、もはや彼に何も与えることはできない。彼は無だけを熱望する。死こそはもっとも望ましい状態のように思われる。彼はそれを本気で長時間考える。

月末、我慢ができなくなって、彼は手紙を書く。「わたしは、貴女がお望みのことを何でもします」。危機の最悪の瞬間は過ぎた。「一月二十七日、金曜日。わたしは『地獄』から、『様々な地獄』から帰ってきた——わたしは、いたるところにいた(39)」。彼女は熱心に手紙を書いてくる。彼女は手紙が美しいことを願っている。「この手紙は彼をほとんど気狂いのようにするに違いない。彼は返事を書いてくるだろう、〝わたしの愛、わたしの善、わたしの必然性……」[40]。ヴァレリーは返信で、彼女のもとに行く許可を求めてくる。そんなことは問題外。彼はもう一度許可を求める――再度、拒絶。三度目の要求で、彼女は、自分がなんと言おうと、来たかったら来ればいいと許可しつつ、彼を迎える準備をする。ヴァレリーは汽車の切符を買い、二月中旬に行こうと考える。

だが、出発しそこなう。二月十四日、火曜日、ルベイ氏が死ぬ。「わたしの生活を支える主要な収入源だった『山親父』が死にました。この恐るべき出来事、そしてずっと恐れていた出来事は、よりにもよって最悪のときに起こってしまいました」。ヴァレリーは、「この先どうするかをめぐる無遠慮な質問」の耐え難い矢面に立たされている。「つまり、わたしは参っています。そして、人生をどう立て直すか考えています」[41]。二十年間の安定の後、不確かさの時代が戻ってきた。ヴァレリーはいつも「足りなくなる」かもしれない――絶対的な意味で――という恐れのなかで生きてきた。もちろん、お金や物質的な安全が足りないということもあるが、そればかりでなく、端的に足りない、足りない状態で生きる、欠如の感情がたえずよぎっていく人生を生きる、という形の「足りない」もあるのだ。こうした感情はほかの不安がたくさんあったために、一九〇〇年以来、周辺部に追いやられていたが、再び勢力を盛り返してやって来て、以後、二度と彼から離れることはない。「今のわたしは、わたしを売ります、あるいは、わたしを賃貸しますといった状態だ」、と彼は書く。パトロンの死によって、自分は一種の純粋に利潤追求目的の道具に変容させられるという思いが、抵抗しがたい力で彼を襲う。経済的に採算が取れることが求められているのだ。

実際はどうかというと、彼が置かれている状況は彼が言うほど壊滅的ではない。たしかにヴァレリーは家族を扶養しなければならない。上の二人の子どもは十六歳と十八歳で、学校に通っている。彼には、子どもたちが社会生活を送るうえで必要な費用を支払う義務がある。六歳のフランソワは、すべての子どもと同様、世話も愛情も必要としている。彼自身とジャニーの生活ぶりは質素で、義姉は控えめさそのものである。ファニーは頑強で、九十一歳を過ぎた。彼女は相変わらず、一年をモンペリエとパリの間で分けて生活している。老境のなかでずっと変わらずに固定してしまったような彼女、身体が縮まったために透明になった彼女は不滅の存在のようにも思われる。同じようにその献身的な態度が永遠に続くように思われるシャルロットは、彼女の王国――料理と財政管理――と一体化している。このように人数が多いにもかかわらず、一族は莫大な収入を必要とはしていない。アパルトマンにはたいした費用はかからない。二十年来、家具もついているし、装飾もされているし、十年前には、修復の手をいれた。それに、ヴァレリーは自分の日常生活の美的環境にはまったく鈍感なので、アパルトマンを改造しようとは考えていないし、今後も考えることは決してないだろう。

　それに、彼は一文無しというわけではない。株で資産を作ったし、詩や散文の出版ないし再版で印税を手にしている。しかも、売れた部数の数からしたら多めの金額がふつう支払われている。そのうえ、戦争終結以来、彼はたくさん本を出してきたが、それは彼にとって、「ルベイ後」に備える一手段だったのであり、その時期の到来がそれほど遠いことではないことを彼が知らなかったはずはない。最後に、彼のパトロンがヴァレリーの退職の準備をしていた。パトロンは、忠実な使用人にして友人であるヴァレリーに、ある程度の金額を残した。モーリス・マルタン・デュ・ガールの話では、ヴァレリーにお金を残すという考えは、一九一四年ごろ、甥のアンドレがルベイに吹きこんだものという。「山親父」は彼なりのやり方で、ヴァレリーに報いたものと思われる。彼は、「教会」やジョゼフ・ド・メーストルを称賛するヴァレリーに四万金フラン遺贈し、社会党の議員でジョレスの支持者であった甥からは相続権を奪った模様である。この話は検証不可能である。いずれにしても、アンドレ・ルベイとヴァレリーは、世界で最良の友だちどうしであり続ける。支払われたお金に関して言えば、支払われたことは間違いないように思われるが、その金額は不確かなままである。別の情報源によれば、詩人が受け取ったのは二万五〇〇〇フランということである。

もちろん、そうした遺贈を受けたからといって、ヴァレリーが金持ちになったわけではない。しかし、彼はパニックに陥らなくてもいいだけのお金を持っているのである。友人たちがそのことを確認する機会を持つことはほとんどないだろう。昔からの不安に心奪われた彼は、話を聞いてくれる人にはだれでも、自分が今壊滅的な状況にあって、もうすぐ一文無しになると言いまくる。それを聞いて、パリの名士たちは心を動かされる。二月二十三日のある晩餐会のとき、マルタン・デュ・ガールが彼にささやく。「ぼくはグラッセからの手紙を持っている——あなたにたいする提案が三ページにわたって書いてある、一〇万フランの年金の話だ[42]」。ナタリー・クリフォード＝バーネイの方は、独創的な企てを準備する。個人的な財産を持つという幸福に恵まれない作家たちは、大衆の要求するもの、すなわち最悪のものを大衆に与えるよう余儀なくされていると考えた彼女は、文学を熱狂的に愛するエリート集団を組織して、「選ばれるに値する作家のために働く集団的後援組織」を創設しようと提案する。提案内容は以下の通りである。会員たちはいわば、「ある頭脳の株主」となる。会員たちは、一株五〇〇フランの株を年間三〇株予約する約束をする。それで、年間一五〇〇〇フランが選ばれた作家に支払われる計算になる。それと交換に、作家は、「配当金代わりに、談話会を開くときは会員の前で最初におこない、書いたものも会員に真っ先に知らせる[43]」だけでなく、出版するときはいつでも、会員の個々の名前が印刷された抜き刷りを与える。そして、作品の手書き原稿は抽選で会員に与えられる、というものである。

資本主義経済の原則を精神による生産に適用するというアイデアは、ちょっとした関心をよぶ。エズラ・パウンドはこのアイデアを横取りし、それを同じやり方でアメリカの作家に適用しようと計画する――彼が考えているのはT・S・エリオットである。しかし、彼には、買い戻しの可能性がないまま資金が蕩尽され、しかも毎年継続的に資金を集めなければならないような団体が、モデルとした法人組織の体《てい》をなしているのかどうか確信がもてない……。こうした幸福な受益者の役を演じるのに最高のタイミングでやって来たヴァレリーも、だまされはしない。そこで問題になっているのが、庇護者《メセナ》の名前こそ出てはいないが、一種の庇護にほかならないことを、彼はよく知っている。「談話会というアイデアはとてもわたしの気に入っています」、でも、「純粋な寄付というのは、わたしにとってはむしろつらいものです[44]」、と彼は言う。

ともかく、アイデアは進展する。ヴァレリーを助けなければならない、これこそ、一九二二年春の合言葉だった。ナタリー・クリフォード＝バーネイは寄付金計画書を印刷し、大々的に配布する。ガリマールの支持を受けてアドリエンヌ・モニエがバーネイのアイデアを引き継ぎ、「アマゾン」の重荷を解放してやろうと提案する。それはおそらく、グラッセの計画がガリマールの耳にも達していたからだ。ガリマールにとっては、名高い作家が別の出版社のもとへと行ってしまうのを放っておくわけにはいかなかった。寄付申し込みの意向を打診された一人であるリュシアン・ファーブルをリーダーとする会合が、何度か、これまた計画に加担しているバシアーノ大公夫人のヴェルサイユにある邸宅でおこなわれた。協議を重ねた末、ナタリー・クリフォード＝バーネイはその計画を『ＮＲＦ』誌に委ねることにする。

こうしてバーネイの作戦から残ったものは、上場企業というよりは、精神的な契約といったものに似ている。十数人で、年間一万五〇〇〇フランを限度としてヴァレリーを助ける約束がなされた。こうした目的のために、彼らはヴァレリーの作品を出版し――これはガリマールの役目である――販売し、彼のために講演会を企画し、できるだけ彼の宣伝をしたり評判をたてたりする。こうしたことはすべて合意された金額を彼にもたらすのに役立つはずだ。結局のところ、彼に約束されたことは、組織的で持続的な商業上の支援ということになる。これはたいへんなことだ。ヴァレリーがこうしたゲームに同意したことにたいして、とやかく言う人たちがまもなく出てくるが、ここにはなんら恥ずべきことなどない。

新しい状況におかれたヴァレリーは、早期の出版を念頭に『魅惑』の仕事を再開する決心をする。決して終わることのないムッシューと言われた彼は、必要に迫られると、きわめて有効な働きをすることが明らかになる。三月十一日、彼は詩全体を修正し、目次を決定し、印刷業者と詩集の形式について議論する。『ル・ディヴァン』誌が、ジッド、アンナ・ド・ノアイユ、デュ・ボス、モーリヤック、ヴィエレ＝グリッファン、ミオマンドル、フォンテーナス、ルベイの協力を得て、ヴァレリー特集号を準備する。ルベイがヴァレリーの望むところを尋ねてくる。「ぼくのことを君が何て言ってくれたらいいとぼくが望んでいるかなんて、ぼくの口からはちょっと言えないよ。ぼくはたくさん悪いことを考えているんでね、わたしというこの大馬鹿野郎についてね。ぼくは自分にできるかぎりのことはやった、ぼくは懐疑主義を信仰してきたと言ってくれ」[45]。ヴァレリー特集号は五月に出る。それは、ヴァレリーを「理解されないという恐れと理解されてしまうという不安との」[46]入り混じった気分にする。

　はるか南フランスにいるカトリーヌ・ポッジは、ルベイの死について、かなり奇妙な解釈をくだす。彼女は、「召使の制服を脱ぎ捨てたので」、やっとこれでヴァレリーが一人前の人間になったと考える。ヴァレリーから遠く離れているので、一九二〇年の情念が彼女に戻って来る。彼女は、ただ、「卑屈な忍従」や「卑劣さ」[47]から解放された詩人が、もう彼女を必要としなくなるのではないかと恐れる。ところが実際は、彼女は心配する必要などない。解放されるやいなや、彼は駆けつけてくる——あるいは、そうしようとする。

　三月二十一日にパリを出発したヴァレリーは、二十二日、マルセイユに立ち寄り、二十三日、ニースのパリ・ホテルに投宿する。カトリーヌ・ポッジはヴァンスに滞在している。彼女は「小さな丘《ラ・コリネット》」という名前の別荘を買ったところである。ニースからヴァンスまでの距離は二〇キロ。ヴァレリーはこの距離を踏破することができない。彼の気分はずっと最低の状態にある。彼はジャン・ポーラン宛の手紙に次のように記す。「わたしはひどい状態にあります。不眠が続いて二週間目の暗い明け方に、今、この手紙を書いています。わたしの思考は思考自体のなかで、いわば手探りをしています。語は思考にとって、まるで死んだ指のようになっています」[48]。ニースには、彼を子どものように甘やかしてくれるルネ・ド・ブリモンがそばにいるので、彼は彼女に守られているという感情にひたる。ひょっとしたら彼は、今度はカリンが嫉妬の苦しみを味わうべきだと考えたのかもしれない。彼の部屋は女友だちの隣である。だが、おそらく、今の彼はそのような計算ができるような状態ではない。死ぬ考え、死にたいという欲望が、彼を追いかける。一月以来彼につきまとっている自殺のイメージは、彼のなかにしっかりと刻みこまれてしまった。ホテルのなかで身動きがつかなくなり、進退窮まって、愛人に再会すると考えてはぞっとし、もう会えないと思って不安になり、自分のことがもう何もかも分からなくなった彼は、ますます不安に取りつかれ、気狂いになるのではないかと思う。彼はパリに帰ることを考える。そうすれば悪夢ともおさらばだと思う。しかし、彼にはできない。

　四月一日、彼は彼の人生を脱線させた動きの限界にまで行こうと決心する。「彼女に会わないで出発するなんて無理だ。今晩、数時間後におれは凝固してしまうだろう。おれの心臓は血栓だ。おれは道行く人たちにぶつかる。カーニュで汽車が止まる前に汽車から飛び降りる（…）。おれの人生は、他人の指の間の小さな玉みたいなもんだ。おれはその玉をこねあげ、いつでもそれを投げつける用意ができている[49]」。彼は彼女のところで何を発見するのか分からない。もしかしたら、愛人？　後になってから、彼は言う、「わたしは武器を持っていました[50]」。彼は小刀を持っていったのだ。「ヴァンス。小雨。彼女はしたがって外出してはいないはずだ。それに、おれはとても早い時間に行くだろう。どんな禁止令でも突破してやる。おれを通させるためにほかの人間の名刺を持ってこなかったのは残念だ。力づくで入るつもりだ。今歩いているのは、もうおれという存在じゃない。二〇〇〇時間の地獄が作り上げた一種の力だ。全身憤り、全身嫌悪、全身黒い火となって（…）。あとでまた、おれはこの道を通るだろう、気狂いみたいに。明日の昼、おれはマントンにいるだろう。おそらく、最後に残った金をモンテ・カルロの博打で使うだろう」。そしてどうなったか？――何もなし。ヴァレリーと小刀は、「ラ・コリネット」に到着する、なかに入る、進む、無邪気にピアノの稽古をしている光景が飛びこんでくる。こうして、「魂と魂[51]」は互いを再び見出す。

　彼はそこに一ヵ月以上滞在する。議論、散歩、愛と優しさ、仕事、怠惰が、元気を回復させてくれるような平穏さのなかで交互にやって来る。ヴァレリーは絵を描いたり、デッサンをする。「彼はわたしを愛しているようだ」、と彼女は言う。アンドレ・ルベイは彼に幸せかどうか尋ねる。「ウィとも言えるし、ノンとも言える」[52]、と彼は慎重な答え方をする。『魅惑』の校正刷りが到着する。ひどい出来。最初からやり直さなければならない。それぞれの詩の印刷の順番がおかしくなっている。しかし、詩人には時間がない。彼は修正を加え、送られてきたものを受け入れる。五月五日、『魅惑』の作業の終わりを見届けたいと思ったヴァレリーは、パリに出発する。二〇〇〇部印刷された詩集は、六月二十五日に出版される。

　恐ろしい危機は去った。今回の危機は、「ジェノヴァの夜」に先行した危機と同じくらい深く、劇的なものだった。「自分を歴史的に観察してみると、わたしの密かな人生には、二つ、凄まじい出来事があることに気づく。一八九二年のクーデターと、一九二〇年の何か膨大で、際限がなくて、計り知れないもの。九二年のときは、わたしが自分の存在に雷を落とした。二十八年後、雷は――お前の唇から――わたしの上に落ちた」[53]。彼がかつて自分の研究領域から断固として遠ざけたものが、二年来、彼の存在と考察に侵入した。自分の姿を入念に作り上げては、それを世間や自分の鏡に提供してきたが、そうした時間のかかる膨大な仕事は砕かれてしまった。彼のアイデンティティはひっくり返ってしまった。ヴァレリーの存在がこのドラマのなかで演じられる。このドラマは彼を深淵の底へと突き落とす。かつては、精神の力だけで、その深淵の上に身を支えることができると信じていたのだが。何ヵ月もの間、彼は文字通り、自分の外で生きたのだ。

　一九二二年夏、生へ、そして自分本来の生へと戻ってきた彼は、精神の明晰さを再び取り戻す。しかし、平穏さを取り戻したわけではない。「仕事――ゼロ（…）。努力――ゼロ。睡眠――（八点満点中）三点。

食欲――（同じく八点満点中）四点。所見――自然より馬鹿な人物[54]」。彼は、ある日、どのようにして愛から回復したのかを語ることだろう。そのとき彼は、一八九二年と同じように行動したとほのめかすだろう。つまり、自分を見つめた。自分自身の眼差しのなかで自分を客観化した。そして、何度も死の苦しみを味わわされた愛の話を、その実際の大きさに還元した。愛の魅力を失わせることで、愛を消滅させた。かつて、ロヴィラ夫人のイメージを手品のように消してみせたように、と。だが、このシナリオは破綻している。なぜなら、彼の愛人は想像力が生み出した幻想ではないのだから。彼らの関係は、終息にいたるまでに、今後も数々の危機を経験するだろう。今終わったばかりの危機は、もっとも激しい危機だったというにすぎない。この危機は、一瞬彼が可能だと信じた絶対的な愛や全面的な融合の夢を打ち砕いた。しかし、それで二人の恋人たちの冒険に終止符が打たれたわけではない。「情熱的に愛すること、それは、一人の他者の魂の真の状態をめぐって、昼となく夜となく何度も何度も繰り返しおこなう地獄の賭けで生きて死ぬということなのです[55]」。ヴァレリーは治っていない。彼は今後数年間、賭け続けるだろう、愛がそこで精魂つき果て、死ぬまでずっと。

『魅惑』の出版は、ヴァレリーの詩人としてのキャリアの終わりを告げる。いくつかの例外を除けば、彼は二年来、すでに作った詩を手直しし補完することで満足してきた。今、彼は、自分で出版したばかりの詩、批評家たちがすでにほめそやし始めた詩を、自分はどうやって書くことができたのだろうと自問している。夏の終わり、ジャニーへの手紙のなかで、彼は詩の状態が彼から完全に消滅したことを書き記している。「詩に関して言うと、詩なんて今まで一度も作ったことがないような気持ちです。わたしにとって、詩以上に縁のないものはありません。なんて変な頭脳なんでしょうね……[56]」。

詩的インスピレーション、愛の情念。ヴァレリーはこうした恐ろしい言葉、そして望ましい言葉に自分の五年間を捧げたところである。それらの言葉は彼を栄光へ、幸福へ、そして絶望へと導いた。彼はこの五年のうちに、自分の快適な生活を築くうえでの芯となっていた職業を失い、これまでの生の安定した中心であり固い核であった夫婦関係の将来に深刻な打撃を与えた。今の彼は、自身のことであれ、生活条件のことであれ、何であれ、それを変更できる可能性について、また変更することで得られる利点について、いかなる幻想も抱いてはいない。しかし、それにもかかわらず、彼はすべてをやり直し、人生を再開しなければならない。「わたしは五十歳。（…）皆、頭がいいとわたしのことを言うけれど、わたしが自分に見出すものは、愚か者の生き方だ。そんなわたしは何を考えたらいいのか分からないし、自分のなかに発見するものと言えば、年老いた船乗りの野望だけ。古いノートや航海日誌や航海記をかかえて静かな片隅にすわった船乗りの野望。そう、その船乗りは、どの方位を見ても同じ船だけを見せてくれる望遠鏡も持っている。その船は『そんなことをして何になる？』号だ、それは『どこでもいい！』号の方に向かって漂流中だ[57]」。

第五部　旅する精神

14 時代のなかで

一九二二―一九二五年

一九二二年の夏は陰鬱で雨が多かった。ジャニーと子どもたちはル・メニルに行っている。カトリーヌ・ポッジは六月から九月にかけてパリに滞在する。ヴァレリーはポッジの仏頂面に苦しめられる。彼女は彼が欲しいと思うときもあれば、もう彼などいらないというときもあり、彼を好ましいと思うときもあれば、忌み嫌うときもある、というように、いつものゲームをリードしていく。彼もまた同様にいつものような反応を示す。つまり、病気になったり、なったと思ったりというしだいである。九月、彼女はラ・グロレに出発する。そこには、秋の終わりまで滞在の予定である。彼はしっかりと立ち直るために、ラ・グローレまで彼女について行く必要を感じる。田舎とその澄み切った空気は彼にすばらしい効果を発揮するにちがいない。ヴァレリーはまた、バシアーノ大公夫妻の招待を受けて、ドーヴィル近くのブロンヴィルにある彼らの領地で数日を過ごす。

愛人関係は以前と比べて落ち着いた段階に入った。二人は互いのことをよく認識するようになる。昨年の冬、度重なる苦しさに耐えぬいたことによって、ヴァレリーは抵抗力を増強させる一方で、彼女にたいする期待を低下させた。愛人のむら気は、彼にとってもはや驚きの対象ではなくなった。彼女に拒絶され、脆さをさらけ出し、苦しめ続けられることがあるにしても、そのために彼が崩壊状態に陥るという事態はもう起こらない。こうした体制の変化は、彼らの愛の話が今後も続くということを意味している。二人の愛の話は、最悪の事態にも抵抗することができた。嵐が吹き荒れたにもかかわらず、倒れないで残ったものがあったということだ。

十月、ヴァカンスを過ごしたおかげで元気を回復したヴァレリーは、新しい人生を発見しようとしている。これまでは、自宅のあるヴィルジュスト街と職場のあるボワ大通りとミュルフェルド夫人のサロンのあるジョルジュ・ヴィル街の間、つまり周辺数百メートルのなかで生活する定住者であった。その彼が遊牧民になる。以前の生活の枠組みが基地、母港となる。そして、彼の職場はヨーロッパになる。

このような転倒はかなり容易におこなわれた。ヴァレリーに物質的な援助を提供する約束をした友人たちは、彼のために有給の仕事を探し始める。ガリマールは出版部門の面倒を見る。ほかの人たちは、バシアーノ大公夫人やアルチュール・フォンテーヌに引きずられるかっこうで、コネをきかせ、ヴァレリーによるフランス内外での講演旅行を企画する。この秋の講演旅行は彼を英国とスイスへと連れていく。

ヴァレリーは十月二十七日にロンドンに出発する。この旅行を先導したのは、ジョルジュ・ジャン＝オーブリーである。彼は十二年前、チパ・ゴデブスキーのところでヴァレリーと知り合いになった。ロンドンに居を構えた彼は、かつてヴェルレーヌとランボーが住んだ家に記念のプレートを置く許可を得た。その除幕式のために、『若きパルク』の著者を呼ぶことを考えた。その式への出席のためだけにヴァレリーがわざわざロンドンまで来るということがないように、彼はコールファックス嬢宅での「談話会」を予定した。ロンドンに到着した詩人は、自分が奇妙な話に巻きこまれているのを感じる。「ほんの短期間の予定で英国に来ています。わたしはなんの準備もせずに、ここに奇妙なことをしに来ています、タバコを吸って、おしゃべりをするだけの能しかないわたしですが[1]」。彼の誕生日にあたる十月三十日、かつて二人の詩人が仲たがいをした家の玄関入り口の階段の前で、彼は現実とは思えない数分を過ごす。その日は、典型的に英国風の寒い日だった。大使閣下、領事、ジョルジュ・ジャン＝オーブリー、そして有名な招待客としてのヴァレリーが、寒さをものともしない少数の聴衆を前にスピーチをする。ヴァレリーは、ボードレールの三人の精神的息子——ヴェルレーヌ、ランボー、マラルメの生のなかで英国がどんな位置を占めているかを話す。大使館主催のパーティーで皆身体を温める。その席でヴァレリーは哲学者のレオン・ブランシュヴィックと知り合いになる。パスカルの校訂版を出した人間とパスカルを厳しく攻撃した人間とが互いをよく理解しあい、満足して別れる。翌日、一〇〇人ほどの聴衆を前におこなわれた「詩と言語」に関する即興的な談話は熱狂的な成功を収める。こうしたおしゃべりという練習問題をヴァレリーは「滑稽」と思う。この名演によって彼は二五ポンド受け取る。

ジョルジュ・ジャン＝オーブリーはヴァレリーをいたるところへと連れまわす。彼はヴァレリーをナショナル・ギャラリーやカンタベリー大聖堂に連れて行ったり、ロンドンの多くの有名人士に紹介する。彼らは一日をケント州のビショップスバーンで過ごす。そこはジョゼフ・コンラッドの隠遁の地であった（ジャン＝オーブリーとジッドはコンラッドの小説のいくつかを翻訳し、フランスで紹介した）。貨物船団のかつての船長は「きわめて親切で、愛情に満ちているといっていいほど」であった。文学的観点からすれば、ヴァレリーとコンラッドはまったく違った宇宙に生きている。そのことが彼ら二人の善き理解にとっては好都合に作用する。彼らは海や船の話をし、セットやモンペリエを想起する。ヴァレリーは次回のロンドン滞在のときに——すでに翌年の秋に予定されている——彼にまた会いに来るという約束をする。「できればロンドンに残りたかった。身体がひじょうにいい状態だった。二十六年前と同じような若やいだ気分になり、気持ちがいい。しかも英国人とつきあっていると自然と笑みがこぼれてくる。ロンドンはぼくをくすぐる(2)」。彼が満足するのも当然だった。新しい人生の最初のエピソードは完璧な成功を収めたのだ。課された義務もたいした重荷にはならなかった。皆で彼を祝福した。彼は若返った。

スーツケースの中身をほどいて、つめ直すためだけに自宅に立ち寄り、二度目の講演旅行に出発する。今回の旅行こそがヴァレリーの講演者としてのキャリアの本当の始まりであった。彼はこれまで一度も会ったことのない人たちに招かれて、見知らぬ国を訪れる。初めて、彼は自分の馴染みではない公衆の前で自分の考えを述べなければならない。「チューリッヒ大学がぼくに講演をしてくれと依頼してきた……。大学がぼくにお金を払ってくれる。ぼくは駆けつける！　ぼくは聴衆に何を言うのか自分でもよく分かっていない（…）。ぼくの声は弱すぎる。ぼくの経験はゼロだ。大いに不安を感じる。それに、テーマがとてもデリケートでね(3)」。

ヴァレリーのスイスでの講演旅行の皮切りはジュネーヴとローザンヌであった。彼をスイスによんだのは「文芸協会」である。この協会は彼に甘美な思い出を想起させる。一八九〇年にピエール・ルイスに会ったとき、彼はローザンヌからやって来た学生たちのグループと大議論をしているところだった。この学生たちは「文芸協会会員」の代表だったのだ。彼は代表団のなかの何人かと今でも連絡を取り合っていたし、協会のすべての会員にたいして基本的に情愛のようなものを感じていた。ジュネーヴでの講演では、ロンドンでの談話会のテーマが再度取り上げられた。ローザンヌでの講演会はマラルメに関するものだった。パーティーの席上、ヴァレリーは作曲家のアルチュール・オネゲルに紹介される。かつてドビュッシーと激しい議論の対象になったいくつかのアイデアが再び彼の心に戻って来る。オネゲルは興味を示し、二人で音楽作品を作ることが可能と判断する。協力計画が練り上げられ、またたくまに粗筋が書かれる――その計画は六年間棚上げされるが、忘れられることはない。

　彼はまた、ゲルマニストで、将来『エスプリ』誌の編集長になる若き日のアルベール・ベガンに会う。彼の眼差しがベガンを刺し貫く。「彼の目のことはだれもが記憶に留めていたと思いますが、それはなにか外的な対象を見るやいなや、ある光で輝くのです。わたしはそんな光を見たのは初めてでした。直前までくすんでいたような眼差しが、ひとつの形を正確に見つめていました。そのため、その形が永遠に彼の記憶のなかに入りこんだところだと考えることができたほどでした。しかし、とりわけ、彼の目の追いかけているものが、もはや形の生命ではないとき、彼が奇妙な目をすることがありました。突然、その目が内側に向けられたように思われました。というか、目自身のなかのどこかもっと深いところが照らされているように思われました。もし彼がその目を自分で見ることができたなら、おそらくそれを海にたとえたことでしょう。そうした目が、様々な問題にだけ注意力を差し向けたと考えるのは不可能です。というのも、その目は第二の視線とでもいうべきもの、つまり、神秘を瞑想する視線をはからずも明らかにしていたからです[4]」。

　十一月十五日、この講演旅行で最大の試練となるチューリッヒに到着する。彼はフランス領事に出迎えられる。壁に貼られたポスターを見て、彼が大学の「大ホール」で話すことになっているのを知る。不安になる。ポスターは彼のことを「教授・博士」と紹介している。恐怖にかられる。ヴァレリーはドイツ語を一言も理解しない。ドイツ語を話す人たちやその習慣が彼には理解しがたいように思われる。「夕方になって、わたしは際限のない不安に捉えられていました。厳粛な講壇に登り、厳格で危険なまでに注意深いとあらかじめ聞かされていた聴衆の前で話さなければならないと考えて、〝怖気づいて〟しまいました。（…）恐怖感は刻一刻と大きくなっていきました。とうとう運命の刻が鳴りました」。ホテルまで、人が迎えに来て、彼を責め苦の場所まで連れていく。「わたしたちが橋を渡ったとき、わたしはリムマット川に飛びこもうなどというとてつもないことを考えました。チューリッヒ大学は堂々とした建物です。高い階段をいくつもよじ登り、広々とした玄関をいくつも横切らなければなりませんでした……。とうとうわたしはホールに押し出されました。死刑台に上った気分でした」。最後の瞬間、領事からリンゴの詰まった籠を渡される。スイスに住んではいるが、講演会に来られなかったリルケが詫びの言葉を添えてそれを贈ったのであった。「ヨーロッパ人」と題された講演会は、「精神の危機」に関する一九一九年の論文を補足するものとなる。仕事を終えて生気を取り戻した講演者は、教授たちのグループによって感じのいい小さなカフェに連れて行かれる。「その夜の残りはうまいビールを飲んで過ごしました[5]」。

　チューリッヒをこわごわ訪問したヴァレリーは、この町に征服される。チューリッヒは二つの理由で彼の気にいる。アインシュタインが若い頃にここで勉強したということ、そして、ワグナーがそこに住んでいたということ。彼は、アインシュタインを教えた教授たちの一人で数学者のフラネルと長時間にわたって議論する。フラネルはヴァレリーの要求に応じて、翌日、彼を理工科大学に連れて行く、そこはヨーロッパにおける科学の一大中心地であった。こうした最初のコンタクトの最中に、実業家でメセナのマルチン・ボドマーを中心とする忠実な友人やファンたちのクラブができる。ボドマーはヴァレリーをその領地の「喜びの砦《フロイデンベルク》」に迎えるが、ヴァレリーは今後も彼と定期的に連絡を取り続ける。
ヴァレリーのスイスにおける講演旅行はヌーシャテルで終わりを迎える。そこでは十一月十八日にプルーストが急死したことを知らされる。ヴァレリーの講演は再度、マラルメに関するものだった。講演の最初に、彼はプルーストにたいして敬意の言葉を捧げる。ヴァレリーとプルーストの二人は、実を言えば、一度も接しあうことはなかった。ヴァレリーがパリの社交界から距離をおいていた時期に、プルーストも彼らとつきあうのをやめていた。お互い相手のしていることを噂では聞いていた。しかし、両者ともそれ以上のことを知ろうとは思わなかった。ヴァレリーはプルーストに『若きパルク』を献辞入りで一部贈ったが、プルーストの死後、彼の本棚からページの切られていない『若きパルク』が見つかった。ヴァレリーはプルーストから『失われた時を求めて』の各巻が出るたびに受け取ってはいた。彼は『スワンの恋』をちらりと見るだけで中は読まない。ヴァレリーは、プルーストの作品には、小説形式であるという過ち、そして、理解しがたい過去という概念の上に基づいているという過ちがあると思う。

チューリッヒにいるよりも、フランス語圏のヌーシャテルの方が、ヴァレリーには居心地がよく感じられる。講演の際、チューリッヒでのように怖気づいたりはしない。ヌーシャテルでヴァレリーを迎えた若い文学教授はうっとりとさせられる。「再度ヴァレリーに会う。彼は演壇に立ち、片眼鏡をもてあそび、手に持ったメモ書きにちらりと目をやる。彼には講演の専門家特有の巧妙さや仕掛けなど、いっさいない。存在全体を集中させ、抑えられてはいるが本物の感動がある。マラルメが、彼のもっとも忠実な弟子の一人が知り、愛したがままのマラルメが、講演を聞いているわたしたちの精神に蘇っていた[6]」。とはいえ、ヴァレリーは、講演の前に、彼を迎えてくれたこの文学教授に向かって、ユゴーの詩を称賛していたのであった。そして、自分は師匠だと思われているマラルメよりもユゴーの方に多くのものを負っているとほのめかしさえした。

　パリに戻ったヴァレリーは、再び、様々な書類や心配事を見出す。講演会の成功に気をよくしつつも、生活費を稼ぎ出さなければならないヴァレリーは、独創的な働きかけをおこなう。彼は首相のレーモン・ポワンカレに手紙を書いて、会談を申し込む。その手紙のなかで、彼は自分がおこなった講演旅行を、フランス思想普及のためのプロパガンダの努力だと紹介する。彼は、戦争によってフランスの創造力が変質してしまったわけではないことを示す類似の作戦をヨーロッパ全体で展開しなければならないと考える。彼は個々人の行動の重要性を強調し、それこそが、一人ひとりの心を捉えることを可能にすると言う。そして、こうした観点からすれば、芸術家や作家たちがフランスの最高の大使であると明言する。ヴァレリーの提案は、彼がフランス国の公式な代表者として信任され——お金を支払われる——ということがなかったという意味では公式な形では実現しなかった。しかし、彼の提案はおそらく興味深いものと判断されたように思われる。ヴァレリーは「外務省事業部の承認ないしは支援を受けて[7]」講演旅行をした、と彼の息子は語っている。

　六ヵ月間自宅から遠いところや空っぽのアパルトマンで過ごしたヴァレリーには、ヴィルジュスト街が狭く感じられる。上の子どもたちはもう子どもではない。彼らには広い空間が必要だ。詰めこまれた状態が苦痛になってくる。彼はゆったりと仕事ができて、『カイエ』を思う存分広げられるような場所を見つけたいと思う。「本当のわたしはここにある」。それ以外で、彼が幸せに思うことは、「へたな絵を描きなぐることと、裸体画や頭部を描くこと」[8]のように思われる。ヴァレリーは、ふつうは、どちらかというと風景画家である。しばしば、彼が過ごすことになる寝室や休息している田舎を描いたりしている。肖像画を描くときもある。しかし、これまで人体を描くことはなかった。このことは、今彼が経験している愛の冒険やそれに伴う官能上の幸福と関連づけて考えるべきだろう。

友人たちは、彼のために「地位」を見つけてあげたいという野望を抱き続けている。後宮に取り巻かれた「魔女」はそのことを考え、話題にもする。ガリマールにあるアイデアが浮かぶ。「わたしのために官能的な頭脳小説を一本書いてください、そうしたら、あなたを金で覆ってみせます」[9]。こうした展望を考えただけで、ヴァレリーは気が変になってしまう。それは、ヴァレリーが自分には詩の方が向いていると感じているという意味ではない。アドリエンヌ・モニエのところでヴァレリーと会った後で、ジッドはヴァレリーによる自分の現況に対するコメントを伝えている。「皆、ぼくがフランスの詩を代表することを願っている。皆がぼくを詩人扱いしている！　でも、ぼくは、詩なんてどうでもいいんだ！　詩がぼくの関心を引いているとしても、それは運よくそうなったというだけの話さ。ぼくはたまたま詩を書いたんだ。たとえぼくが詩を書かなかったとしても、ぼくは今の自分とまったく同じ自分になっていただろうと思う。（…）ぼくにとって重要なことを、ぼくは言いたいと思う。ぼくはそれを言うこともできたはずだし、もしぼくに時間の余裕と心の穏やかさとがあるなら、今でもそれを言うことができると思う」[10]。この点に関して、ヴァレリーは最後まで、自分にたいして嘘をつく。彼にとって重要なことは言い得ない。そして、彼の沈黙は、彼が自由に使える時間の量とは何ら関係がない。

『カイエ』の密かな目的は、彼が送っている人生の動きそのものと混同され、彼自身にも分からなくな

「決して心おだやかならず」。快刀乱麻を断つことは可能か……。

ってしまう。それはベガンが述べたような神秘の領域に属している。それは、自分の作ったものを、ことごとく、偶発的で逸話的なものとして、たえず彼に放擲させる内的瞑想——ないしは、内的観察の、肉眼では見ることのできない対象なのだ。形而上学的な語彙や信条をほとんど採用することのないヴァレリーは、その昔からの野望を守り続ける。「体系」の観念に立ち戻りながら、彼は自分の思考の歩みを要約してみせる。「わたしの目的は——意識のありとあらゆる非連続性や異質的なものの全体を受け入れ可能なひとつの形を探求することだ」[11]。たしかに、それは絶対の探求などではない。しかし、それに酷似している。若いときから彼につきまとって離れないこのような不可能な全体性の方を向いたヴァレリーは、決してひるまず、意地をとおし、しがみつく。彼の作品は、望ましいものと可能なものとを分離する空間のなかに、初めから決まっている終着点と無限に困難なそこへの歩みとを隔てる距離のなかに出現してくる。断片でできた彼の作品は、いかなる語も定義し得ず、絶対に不在としてしか存在しないような潜在的なものや実体の残りかすとしてのみ存在する。

フランスの詩の代表者という言い方は、大衆が彼に与えている身の丈と彼が自らに与えている身の丈とのずれのせいで、誤解のもととなった。一九二三年元旦。「十一時。ドアの呼び鈴がなる。ポール・デジャルダン氏が訪ねてきたと知らされる。わたしは彼のことなどほとんど知らないのに」。デジャルダンは一九一〇年、「ポンティニーの十日間」を創設した。それは年に一度、あるテーマをめぐって知識人や作家を集める会議だった。「失礼いたします。新年のご挨拶に参上いたしました。……わたしには毎年元旦にご挨拶にうかがう習慣がありまして、アンリ・ポワンカレのところに挨拶に行ったこともありますし、その前はルナンのところにも行きました。ラマルチーヌ（…）に会ったこともあります。ヴィクトル・ユゴーのところで昼食をとったこともあります」。ヴァレリーは面白がる。彼はこうしたことが大嫌いでもあり、大好きでもあるのだ。「わたしは、彼がわたしのことを偉人だと思っているのかどうかは知らない。だが、いずれにせよ、彼が偉人を必要とする人間だということはたしかだ[12]」。翌一月二日、ジッドが夕食に招かれ——いらいらする。ポールは、「ますます他人の言うことを聞いたり、自分の思考を中断するようなもののことを考慮できなくなってきている」、とジッドは『日記』に記す。ヴァレリーはジッドにその不快感、彼が生ノ嫌悪感と呼ぶもののことを話す。それは、「ときどき、肉体的苦痛、耐えられないほどひどい神経的かつ筋肉的な不安になる（…）。それこそ、彼が言うには、十日のうち九日、彼が身をおいている状態なのだ[13]」。一月三日、今度はヴァレリーが儀礼上の挨拶まわりをする。彼は年老いたアナトール・フランス——文学において、彼には一番無縁なものを体現している人物——を訪問する。二人はラシーヌやヴィニー、特にパスカルを話題にする。彼らは、パスカルを互いに意地悪にけなしあって喜び合う。

　偉人、憂鬱な人間、社交界の人間、ヴァレリーは彼の人生のこれら三つの側面をうまく結び合わせるのに苦労する。この時期まで、後の二つの関係は良好だった。それぞれの場所も時間も別々だったからである。最初の「偉人」が闖入してきたために、「憂鬱な人間」と「社交界の人間」との不安定な平衡関係が壊れてしまった。ある日、彼はメトロのヴィクトル・ユゴー駅の出入り口の前で、学校の友だちといっしょのフランソワと偶然すれちがう。その友だちはフランソワに父親の仕事を尋ねる。七歳のフランソワは、父親の活動をほとんど知らないので、「大佐」、と言い放つ。もし本当にそうだったなら、問題などなかっただろう。一義的で、一定で、一枚岩的で、自分の名前の上にこのような属性や分量を載せることができたなら、つねに自分から外れたところに自分がいるという苦しみをヴァレリーはもう味わわなくてすんだだろう。彼の顔をえぐり、老いを刻む緊張といらだちの仮面を、もうかぶらなくてもよくなるだろう。フランソワの友人は、その上品なムッシューの仕事を尋ねる前に、そのムッシューは彼のおじいさんなのかと尋ねていたのだった——事実、ヴァレリーの髪の毛は薄くなり、しかも白髪まじりになっていた。

カトリーヌ・ポッジと彼との関係は変化したものの、問題は何ひとつ解決されていない。彼女は冬をヴァンスで過ごす。遠くにいながら、彼女は彼にたいする不満の種をいろいろ見つけ、そのことを知らせてくる。彼女は、彼が自分のためにすべてを投げ出さなかったこと、年末の祝日に彼女のところに来なかったこと、社交界に出入りしていることなどを非難する。彼女は、単に、彼を意気地なし扱いしたり、金儲けの仕事をするたびに軽蔑するだけでは満足できず、今度は、彼が彼女の「自由ニツイテ」から剽窃したとか、彼は単なる気狂いだとか主張する。一言で言えば、彼女は彼を愛しているし、そのことを証明する。彼女は彼からの手紙を開封せずに送り返す。彼は、返事を葉書に書いて、封筒にいれずに送る。彼は絶望する、死にたいと思う、彼女を愛している。

もうひとつ別のけんか、もうひとつ別の激怒が、もうひとつ別の領域で現れる。アンドレ・ブルトンは、ヴァレリーがエドモン・テストでないことにこれ以上我慢できない。ブルトンは、様々な書き物や対談のなかで、ヴァレリーを激しく攻撃する。ブルトンはヴァレリーの最近の本の数々を害悪扱いし、ヴァレリーがなげやりになっていると非難する。そして、ヴァレリーにはもはやマラルメの弟子と名乗る権利などないと主張する。そのヴァレリーは、まさに、ジッドやヴィエレ＝グリッファンやかつての何人かの友人と「マラルメの会」創設に参加する。若き詩人は愚かしいまでにヴァレリーとの一体化を推し進めつつ、四月、近々自分は断筆すると予告する。その時期は差し迫っている。彼はただ、沈黙に入る前に、自分の行動の理由と方法を説明する時間を取りたいと願う。幸いなことに、彼の決定にはいかなる結果も伴わなかった。一年後、彼は元師匠に『シュルレアリズム宣言』を一部贈る。そこには残酷にして不当な献辞が書かれてあった。「ポール・ヴァレリーへ、一八七一年誕生―一九一七年死去」。

　二月中旬の数日をブリュッセルで過ごしたヴァレリーは、リラックスする。彼は「純粋詩」に関する講演と、ボードレールに関する講演をおこなう。この春、ビジネスの方は快調に進む。六年来、最高の社交界に出入りしていたヴァレリーは、もっとも名声の高いサロンにも招かれていた。「一昨日、彼はプールタレス家で昼食をとり、夕食はカステラーヌ家でとった。昨日はポリニャック家だった。明日はバシアーノ家だろう[14]」、とカトリーヌ・ポッジは『日記』に書く。彼は驚くほどの数のサロンの常連というにとどまらず、そこで家族扱いされているのである。彼は人間関係の網の目を貴族階級の方面へと広げ続ける。それを、冷酷にして非難すべき出世欲の一形態と考える人たちもなかにはいた。ヴァレリーは、自分がエリートにしか興味がないこと、哲学からテーブルスピーチへと軽やかに飛び移り、あらゆる質問をエスプリ豊かに取り上げることができるような、教養豊かで洗練された人とおしゃべりするのが好きなことを、一度も隠したことはなかった。「わたしたちが持っているもっとも深いもの――それは皮膚です[15]」、とこの年に書いたある手紙のなかで彼は述べている。彼が捜し求めている質は、なかなかブルジョワ社会のなかでは見つからない。ところが、貴族の世界にはそれが頻繁にあるのである。彼は自分の好みに従う。

それに反して、ヴァレリーが送る社会生活には、まったく奇妙な特質のあることがわかる。彼は女性たちの媒介によって救済されようとしているのだ。大公や公爵たちは彼に友愛の徴を示したいと願っている。しかし、彼が願い、獲得するのは、何よりも、大公夫人や公爵夫人たちの友愛なのだ。単に、彼女たちが彼を称賛し、迎え入れるだけでなく、彼女たちは彼を養い、彼の人生を企画し、指揮するのである。彼女たちのサロンに彼がいる目的は、世俗的な快楽のためばかりではない。それは、たいていの場合、彼にとって物質的な便宜や利点に近づくための手段になったのだ。彼女たちの多くが彼を援助しようと活発に動いている、彼に役立ちそうなしかじかの人物との間を取り持つだけというようなことがあるにしても。

彼にたいする女性たちの友愛と保護を目的としたサークルのなかには、もちろん、従来から彼を庇護してきたミュルフェルド夫人も、ナタリー・クリフォード＝バーネイも、バシアーノ大公夫人も、クレルモン＝トネール夫人もいる。ブスケ夫人やマリー・シェイケヴィッチがいる。さらに、『新ヨーロッパ』誌の編集長で、ヴァレリーが「わたしのかわいい岬」と呼び、彼のきわどい冗談を喜んで聞くルイーズ・ワイスや、彼がテイヤール・ド・シャルダン神父と親しくなるきっかけとなったサロンを開いているジョアシャン・ミュラ伯爵夫人や、女流作家で国際連盟の総会におけるルーマニア代表でもあるエレーヌ・ヴァカレスコと交際のあるル・シュヴレル嬢や、彼がそのヴァカレスコ夫人やアンナ・ド・ノアイユやルネ・ド・ブリモンと会うことができ、また談話会を催しもしたサロンを開いているエミール・アルフェン夫人などの名前がある。さらに、彼はレオン＝ポール・ファルグによって精神科医ルイ・ブールの妻ヴェラ・ブールに紹介される。フォシュ大通りの彼女の広大なサロンは、毎週、文人や、旅行中の外国人や、最良の世界の夫人たちを迎え入れる。そこでは、忠実に通ってくるジャン＝ルイ・ヴォードワイエやアベル・ボナールやピエール・ブノワと会うことができた。ヘルマン・フォン・カイザーリンク伯爵もそこにしばしば顔を見せる。ベルギーのエリザベート女王もそこを訪ねたことがある。おそらくヴァレリーは、ある日、サラザールという名のポルトガルの大学教授を見かけるだろう。

冬の終わり、彼の新しい人生に影響を与える二人の重要人物が姿を現す。その一人目はベアルン伯爵夫人のマルチーヌ・ド・ベアーグで、彼女はとてつもない資産家だった。ユニヴェルシテ街にある私邸は、もっとも豪華絢爛たる大邸宅のひとつに数えられている。中庭に向かってビザンチン様式の劇場（現存せず）がしつらえてあって、そこではもっとも偉大な出し物が演じられた。家具やきわめて稀なオブジェのほかに、彼女はティツィアーノやグアルディやワトーやフラゴナールの絵の収集もしていた。彼女の所有する図書室は比類のないものだった。ベアーグ夫人はヴァレリーに、その図書室の管理人になってくれるよう要請する。彼女は、自分の宝物を保存したり補充するのを彼が助けてくれたなら、その見返りに年額六〇〇〇フランを支払うという提案をしてくる。文学者は、一生懸命、所蔵作品の目録を作り、購入すべき書籍のアドバイスをおこなう。かつてエドゥアール・ルベイの秘書だった彼は、おそらく財産管理の方の仕事も若干おこなう。いずれにしても、この新しい仕事が彼を疲れさせる危険がないことは明らかである。時間があるとき、午前中の遅くにでかけていって、少し仕事をして、そのままそこで昼食に招かれ、その後、また帰っていくというぐあいである。この仕事だけでは食べていくのに十分ではないが、ある程度安心感のようなものを与えてくれる。

もうひとつ別の契約が二人目の人物エドモン・ド・ポリニャック大公夫人との間で交わされる。彼女はミシンを発明したアメリカの億万長者シンガーの娘である。アンリ・マルタン大通りにあるこのパイプオルガンの熱狂的な愛好者のサロンは、音楽学校そっくりである。彼女はそこで、コクトーやモランやファルグやコレットの前で、多くのコンサートを開催する。文学に興味をもち、同国人ナタリー・クリフォード゠バーネイの大の親友であった彼女は、一風変わった女性で、自分が住む階級の倫理的規範にはほとんど合致しないソローの『ウォールデン、森の生活』をフランス語に翻訳する。ヴァレリーの物質的に不安定な境遇が彼女の心を動かす。彼女は、ヴァレリーが自分のサロンで講演会を開いてくれたなら年間一万二〇〇〇フラン支払うと約束する。この提案は気前がいいどころの話ではない。このようにして彼に確約された年金は出演料というよりも、控えめながら庇護といったものに似ている。このときから、ヴァレリーは、エレガントな女性たちが居並ぶ客席を前に、自分の選んだ主題で談話会を多数開催することになる。

三月末、これら二つの契約が確実なものとなった。ヴァレリーはヴァンスに駆けつけ、花咲く四月を愛人のもとで過ごす。彼は絵筆を動かし、彼女はポーズをとる。彼は散歩し、大いに話し、彼女は彼を待ち、彼の言うことに耳を傾ける。彼は膨大な量の郵便物に目を通し、整理し、出版されたばかりの『ユーパリノス』と『魂と舞踏』が一冊におさまった普及版にたいする新聞や雑誌の多数の記事を読む。月末、パリに帰る途中で、彼はモンペリエに立ち寄り、兄ジュールのもとで数日を過ごす。ジュールはモンペリエの社会の上品で尊敬される一員となっていた。法学部長の彼は、法律関係の数多くの論文や著作を出版していた。そのなかには、『通信による契約論』（一八九五年）、『通信文論』（一九一二年）、『私的国際法の手引き』（一九一四年）のようなものがある。彼はエンリコ・ベンサの『中世における保険契約の歴史』を翻訳している。また、『金庫賃貸論』の準備をしている。彼は人文・社会科学アカデミーや、モンペリエ科学・文芸アカデミーの通信会員であり、レジオンドヌール賞の騎士章佩用者となるだろう。自らの義務を意識した名士として、地方や地域の利益となるあらゆる種類の集会にも参加する。実証的な精神の持ち主で、共和国的精神が生んだ完璧な人物としての彼の関心事は、弟の関心事とはかけ離れたものであり、おそらく彼は弟の書いたものやその成功をほとんど理解できない。とはいえ、二人が見せるコントラストは絶対的なものではない。生活の流儀、社会で演じるべき役割についての感覚、権威ある制度にたいする尊敬の念に関して、二人は似ている。もう少しすれば、一方の名誉アル一生は、他方のそれと兄弟のように似てくるだろう。二人の根底には両立の不可能なものが横たわってはいるが、相手に寄せる全面的な信頼感がそのために損なわれてしまうことはない。にもかかわらず、今回のポールの数日間のモンペリエ滞在は不愉快なもの、さらにはぎすぎすしたものになった。

　ヴァレリーがパリに帰ってまもなく、元外務大臣で、国際連盟のフランス代表を務める歴史家兼アカデミー・フランセーズ会員のガブリエル・アノトーがきわめて興味深い考えを打ち出す。彼はヴァレリーにアカデミー・フランセーズ入りを示唆する。アカデミー・フランセーズには詩人が欠けているので、『若きパルク』の作者は当然そこに迎え入れられてしかるべきだ、との主張である。ヴァレリーは熱狂する。アカデミー・フランセーズ会員になれるという見通しがあれば、それは彼の生キルコトノ嫌悪感にたいする有効な解毒剤になることが期待される。生きることの嫌悪感は、こうした冒険の前では、議論や社会生活のもつ魅力に屈服せざるをえない。ヴァレリーは大がかりで愉快な駆け引きのなかに身を投じるのを幸せと感じる。それは、自らの不安をかわし、自分のなかにもはや見つけることのできない上品さを自分に与えるための人工的な手段という意味で、積極的な現状脱出のための行動に似ている。

　五月の二十二、二十三、二十五日と、ヴィユー・コロンビエ座で一連の講演会をおこなう。最年少のフランソワもふくめて、ヴァレリー家の一族が総出で聞きに来る。パリで夏を過ごすことにしたカトリーヌ・ポッジもまたそこにやって来る。「わたしたちの不倫関係が、突然、わたしには、笑うべきもの、喜劇、錯誤のように思われてくる[16]」。かつての「家畜たち」は、いまや、彼女には、清らかで愛くるしい存在になったように見える。ヴァレリーはなんとしてでもその家族のものであるし、そうあらねばならない。彼女自身は、彼にとって、ひとつの幻影でしかありえないだろう、などと彼女は思う。しかし、こうした気持ちは長続きしない。彼女は、ヴィルジュスト街からほど遠くないところに滞在している。彼女は、仕事机から目線を通りへと下げていく。すると、毎日、午前の終わり頃に、彼女は小柄でやせこけたムッシューが歩道の上に現れるのを目撃する。彼は彼女に問いかけるようなサインを送る。そのサインにたいして、彼女は多少なりと気を引くようなサインを送り返して、階段を昇ってくるよう誘う。夫婦生活に見られるような一種の居心地のよさ、とはいえ、そこにはポッジの側の恨みや、ヴァレリーの側の不確実さや、両方のエゴイズムが入り混じり、絶交と再会とがいくつもちりばめられているのではあるが、そうした居心地のよさがかつての情念に取って代わる。ジャニーからすれば、これは重大な危機で、おそらく前回よりも深刻な事態である。夫の愛人が、今後は、彼女自身の領域にまで侵食を開始したのだ。

　六月十五日、ヴァレリーは「画家賞」を受賞する。この賞の審査員のなかには、賞を創設したアンブロワーズ・ヴォラールやセム、マチス、ルオー、マリー・ローランサン、そして友人のセルトなどがいた。

ヴァレリーの最大の競争相手はアンドレ・シュアレスだった。翌日の『ル・フィガロ』紙は、この褒賞はヴァレリーの「無私無欲の考察〔投機〕にたいする」愛情と、彼の「名声にたいする軽蔑」を称えてのものであると書く。与えられる賞金は一万五〇〇〇フランという大金である。それは望外の利益というものである。おかげで、一九二三年の収支はすばらしい結果になりそうだ。この春に応募がおこなわれていたもうひとつの事案の方は、六月二十八日、失敗する。ヴァレリーは「文学大賞」に立候補していたのだが、二四票中九票しか獲得できなかった。しかし、様々な恩恵や契約が滝のように降り注いだ後だったので、彼は大きな失望を感じなかった。

　こうした連続的な恩恵や契約を偶然の賜物と考えたなら、それは誤りであろう。ヴァレリーはチャンスが空から降ってくるのを待っているような人間ではない。彼はチャンスを要請する。彼の話を聞きたがり、かつ聞くことのできる人に向かって、今の自分の状況や、自分が何を必要としているのかを話すことによって、そして知らせることによって、チャンスを自分に引き寄せる。彼は何も要求はしない、しかしながら、彼の欲望に応えるようなものをほかの人間が彼に提案するようにふるまう。それこそ、自分の収入源や一族を養う手段を見つけるための、いささか回りくどいにせよ、彼が使う常套手段なのだ。彼には、自分のしたことが原因で自分の身に起こったことなど何もない、すべては他人や外的状況のおかげだと主張する習慣がある。そこには心理的に奇異な点がある。あたかも彼にやって来た滝のような恩恵や契約を獲得した自分に罪があると感じているかのように、彼は、その責任全体から逃れることを余儀なくされていると思いこんでいる。それで、必要もないのに無邪気さを装ったり、したがって、何かを隠したがっているという印象を他人に与えてしまう。こうした曖昧さが同時代人の多くをいらだたせることになった。彼らは、しまいには、ヴァレリーには打算的な魂胆があるのではないかと考え、彼が収めた一つひとつの成功の背後には、ヴァレリー側の秘められた利害とサロンの側からの裏工作との腹立たしい結託があったのではないかと思ってしまうのである。ここには、ヴァレリーと書くこととをめぐる曖昧な関係の問題が姿を変えて見られる。彼が自分自身や自分の活動について他人に押しつけようと願っているイメージは、彼を自らの人生の傍観者に見せたいというその意志によって、たえずねじ曲げられてしまう。

　アカデミー・フランセーズ会員になるための計画が彼の注意を引きつける。ヴァレリーはまだ立候補の書類を提出したわけではない。自分の味方と敵の数を数えるだけで満足している。彼は間接的な接触を取り、しかじかの「不滅の人」と親交のある人たちと議論し、リストを作り、票の集計を確認したりする。彼が選出されるかどうかは予想が難しい状況が続いている。友人のボワレーヴやアノトーは、もちろん彼に一票を投じるだろう。政治家のジュール・カンボンもこの二人の意見に従うだろう。彼のことを嫌いなバレスの同意は得られていない。どうしてもバレスを訪問しなければならない。バレスは面白がる。「学者さんだよ、ヴァレリーは！　単純で、こけおどしがなくって！　アカデミーの椅子だって？　もちろんOKさ。三、四年修行すれば、わけなく選ばれるさ[17]」。このまま放置しておいたほうがいい、ということで、計画は一時的に棚上げされる。

　ヴァレリーはパリの貴族社会のなかでもっとも閉ざされたサロンのひとつ、エドメ・ド・ラ・ロシュフーコー公爵夫人のサロンに入ることが許される。ポリニャック夫人のところで彼女に紹介されたのであった。アンナ・ド・ノアイユや友好的なミュニエ神父やどこにでも姿を見せるレオン＝ポール・ファルグたちは、砂糖精製で巨万の富を築いたルボディー家の相続人である彼女が人を迎え入れる豪華な部屋を自分たちの城にしていた。ラ・ロシュフーコー夫人はジルベール・モージュの名で何冊かの本を出していた。彼女は「フェミナ＝幸福な人生賞」を創設していた。女性の参政権のために戦い、一九三一年以降、女性の投票権獲得のための国民連合を主宰することになる。ヴァレリーを無条件に称賛する彼女は、最初から若干恩着せがましい女友だちではあったが、それにとどまらず、しだいに彼の作品の専門家になっていく。こうして、ヴァレリーの社交界の女性たちとの関係の扇にいわば新たな枝が一本付け加わり、ますます多忙になったが、彼は毎日アドリエンヌ・モニエやミュルフェルド夫人のもとに立ち寄り続けるし、社交界での様々な出来事には参加するし、流行のピアニスト、イグナチ・パデレフスキーのリサイタルを聞きに行くし、彼の肖像画を描くジャック＝エミール・ブランシュのところにポーズをしにいく。昔からの友情がその魅力を失うことはない。ピエール・フェリーヌとの手紙のやりとりは続いている。シャルル・オージリオンや一九二〇年にヴァール県の上院議員に選出されたギュスターヴ・フールマンは、ときどきヴィルジュスト街に夕食にやって来る。ヴァレリーの人間関係の網の目は互いに重なり合うにしても、決して互いを消しあうことはない――そのために、たいへんな量の郵便物が届くことになる。彼はかつてつねにそうであったように、忠実な友のままである。そして、自分自身のものを何も否認することはない。

　しかし、彼には演技の能力がある。フールマンは相当な人物になっていた。かつてヴァレリーは――うまくいかなかったが――フールマンのための口ききをしようと政府の高官に働きかけたことがあった。上院議員は六月、文部大臣のレオン・ベラールに面会を求めたとき、このときのエピソードが念頭にあったものと思われる。働きかけは、今回は無駄ではなかった。それは新たな栄誉へと結びついた。つまり、八月初め、ジャニーやフランソワとともにオーヴェルニュ地方のシャトーヌフ・レ・バン近くに住む友人レウゾン・ル・デュック家に滞在していたとき、ヴァレリーはレジオンドヌール賞の騎士賞を与えられることになったとの知らせを受ける。これまで彼はつねに政治家たちとかなりよく理解し合ってきた。こうして、今、国家が彼を認知し、彼に称賛の念を示そうとしているのだ。イデオロギー的に慎重な態度を見せるヴァレリーではあるが、権力やそれを行使する人たちにたいしては魅了されている。彼を第三共和制に結びつける勲章は、詩人の欲望と、権威ある諸機関が詩人に演じさせようと意図する役割との奇妙にして持続的な一致を承認する結果となる。

　八月を夫婦いっしょにオーヴェルニュ地方で過ごした後、ヴァレリーはラ・グローレで九月を過ごす。分裂した彼は、どちらの女性に身を捧げるべきなのか、もう分からない状態にある。カトリーヌ・ポッジはジャニーに手紙を送る。彼女は、愛人ヴァレリーを放棄する、彼を愛するとしても魂と魂の関係でしかないと語る。しかし、そう言いつつ、カトリーヌは、彼がもはやカトリーヌの家以外の家を持たないことも希望する。ジャニーはいらだつ。キリスト教徒としての感情は、許してあげてもいいという気分に彼女をすることもあるが、このような半・逃亡、半・夫婦、持続的な不確かさには耐えられない。おそらく、彼女はときどき別居を、さらには離婚をも考えたことだろう。おそらく、彼もまた同じことを考えたことだろう。しかし、双方とも、二人を結びつけている関係は比類なく堅固なものであることを知っている。自宅でのヴァレリーは、かつての彼と少しも違わない。夫、父、家長。愛人が大いに恨みにするところであるが、ヴァレリーはこれらの務めのそれぞれを十全なまでに果たし続ける。

　十月六日にパリに戻った彼は、二日後に一週間の予定でロンドンに出発する。今回の講演旅行もまた、前回同様、ジョルジュ・ジャン＝オーブリーによって企画されたものである。ヴァレリーはヴィクトル・ユゴーに関する講演をおこなう。彼はますますユゴーの形式上の力や、驚異的なまでの仕事をこなす能力を称賛するようになる。それからボードレールについての講演をおこなう。一時滞在のフランス人芸術家を泊める習慣のあるアルヴァール夫人宅に迎え入れられた彼の部屋は、ラヴェルの隣室になる。朝、「わたしの目の前でわたしの左手が語に服従している」のにたいし、作曲家は「隣の部屋で、ひげを剃りながら口笛を吹いている。彼は作曲しているのだろうか？[18]」。

豊饒というにとどまらない彼の社交界での生活は、彼の時間のかなりの部分を食いつくしてしまう。しかし、パリでも、田舎でも、講演旅行中でも、いかなる状況にあっても、彼は決して自分の朝の儀式を捨てることはない。『カイエ』は、戦争の期間や詩の制作に没頭していた期間は、若干脇に追いやられてはいたものの、再び、彼の知的行動の中心になる。この時期以降、『カイエ』はこれまでにない広がりを見せさえし始める。すでにしてかなりの量に達していた『カイエ』は、今後、加速度的に増大していく。年末、『カイエ』の宛先はだれにするかという問題が再浮上する。この時期においてもまた、ヴァレリーは、これまで書いてきたことの決算をしたいと考えていたので、この『カイエ』を託されるべき人物はカトリーヌ・ポッジであるべきだと考え続けている。もし彼が死んだなら、彼女が遺言執行人となって、まだ生きている彼自身がきちんと言い表したり、出版可能な形にするのに苦労しているものをまとめあげたうえで、出版の労を取ってくれるだろうと考える。彼は、「そこには、わたしの本当の作品になるような二、三冊の本が潜在的な形で眠っている[19]」と考える。ジッドやモーリヤックの『NRF』誌に近いところにいる批評家のシャルル・デュ・ボスが、彼に貴重な援助の手を差し伸べる。秘書をヴァレリーの思うように使わせてくれるのだ。その秘書は『カイエ』の束をすべてタイプで打ち出そうと試みる。それは、『カイエ』に潜む作品に一貫性を与えることはできないにしても、いわば鬱蒼とした『カイエ』の下草を刈り払い、体系的な分類分けの条件を作ることを可能にしてくれるはずである。

一九二四年の冬から春にかけて、ヴァレリーは連続興行状態である。一月五日、彼は地理学学会で中世人とルネッサンス人に関する講演をおこない、ルネッサンス人とともに、「ヨーロッパ人が始まる[20]」と言う。月末、彼はニーム、次にモンペリエで話す。モンペリエでは再び、つらい数日間を兄のもとで過ごす。彼は神経痛で耐えがたい痛みを味わう。その痛みも、モンペリエを離れると、まもなく消え去る。ヴァンスへ向かう途上、トゥーロンの町を発見する。トゥーロンの町は彼を魅了し、子ども時代を思い出させる。ここに住んだなら快適だろう、と想像する。彼は一ヵ月間、「ラ・コリネット」に滞在し、絵を描くことに大半の時間を費やし、最小限のものしか書かない。また、彼が初めて詩を作っていたころの仲間の一人、ピエール・ドゥヴォリュイと再会する。二月十九日、モナコ大公ピエールの求めに応じて、ロンドンでおこなったボードレールに関する講演内容をもう一度モンテ・カルロで話す。三月十日、カトリーヌ・ポッジとの別れ際になって、ヴァレリーは彼女から自分の身を引き離すことができない。「わたしたち二人は、こんなに近い存在なのですから、わたしたちはこれまで一度も離れ離れになったことはなかったのです[21]」、と彼女は断言する。しかし、彼らの同棲生活には、なんら田園恋愛詩のようなところはなかった。彼女は、彼が人を愛することのできない人間だと思う。自分のエゴにとりわけ没頭し、自分の永遠の痛みを気にして、人の言うことに耳をかしたり、自分以外のことに興味を持つことがほとんどできない人間のように思う。

三月十五日、パリに急いで戻った後で、ヴァレリーはレオナルド・ダ・ヴィンチについての講演をしにブリュッセルへ向かう。ブリュッセルには一週間滞在する。汽車のなかで会ったジャック・コポーが、「彼の劇場のために何かシェイクスピアを翻訳してくれるよう依頼する。〝マクベスにしよう〟、とヴァレリーは応じる」[22]。この計画は実現しない。四月初め、彼はパリを発って、地中海沿岸地方へ長期の講演旅行に向かう。手始めはアルプス地方になる。スイスを横断しながら、ヴァレリーは奇妙な場所で停止する。そこは彼のファンのなかでももっとも天才的な人間リルケが居を定めたところだった。リルケはヴァレ州の奥地、シエール高地に立つミュゾットの城館に避難所を見出していた。汽車から降りたヴァレリーは、その谷が与える人里離れた印象に感銘を受ける。

> わたしは通り過ぎようとしていました。そんなイタリアに向かう途上にあったわたしをあなたは引きとめ、数刻の歓談のためにわたしを迎え入れてくれました。非常に悲しげな山々の織りなす広漠とした風景のなかの恐ろしいまでに孤独なとても小さな城館。くすんだ色合いの家具が置かれ、明り取り窓の狭い、古代風の物思いにふけった部屋の数々、それらを見て、わたしは胸がしめつけられる思いがしました。(…)わたしは、こんなにも隔離された生き方を、沈黙と過剰なまでの親密さで過ごす永遠の冬を、(…)これまで思い描いたことなどありませんでした。純粋な時間のなかに閉じこめられているとばかりわたしに思われた親愛なるリルケよ、毎日毎日変わらない日々を通して、はっきりと死の姿を見せているあまりにも一様な生の透明さを、わたしはあなたのために心配していました。[23]

リルケは、古い館を改造した邸宅へとヴァレリーを案内する。数週間前、ヴァレリーは、リルケ自らがゴシック文字で書いた『魅惑』に収められた一六編の詩のドイツ語訳を受け取っていた。翻訳者はその贈り物に、アガートに捧げた一編の詩をさらに追加する。リルケは、この出会いの思い出に、一本の柳の木を庭に植える。

翌日、ヴァレリーはミラノに到着し、その地で、四月の九日と十一日、ボードレールとレオナルド・ダ・ヴィンチに関する講演をおこなう。彼の講演はフランス語でおこなわれたが、講演の後、母親の言語イタリア語で歓談する。彼はスカラ座で『ニュルンベルクのマイスタージンガー』を観る。ヴァレリーを「兄弟分」扱いする、あけっぴろげな性格のガブリエーレ・ダヌンツィオから電報が届き、彼の牙城ガルドネに寄っていくようにと誘われる。ヴァレリーはその提案を受け入れる。ダヌンツィオはミラノまでヴァレリーを迎えにやって来る。そして、彼を車に乗せ、時速一二〇キロで走っては、彼を驚かせ、怖がらせる。ヴァレリーは、ガルダ湖を望む彼の常軌を逸したヴィットリアーレ宮を前にして、しばらく呆然とする。そこには奇妙ながらくたや、装甲艦の残骸で装飾された庭園があった。ダヌンツィオは「このうえない友情を示してくれる。わたしにたくさんの写真や本や小冊子をくれただけでなく、アガート用にと大きな紙に書いたものをくれる。(…)わたしからは、わたしの書いたレオナルド論をお返しに贈る。それに、朝、即興で作った詩――イタリア語の四行詩とフランス語のものなどを添えた[24]」。ヴァレリーは、密やかな性格のリルケのところにいるよりは、落ち着きなく動きまわる、この感じのいい人物のところにいるほうが居心地よく感じられる。四月二十日、ローマから、感謝の言葉をダヌンツィオに送る。「わたしたちは、お互いの出会いに少し酔ってしまいました。(…)わたしがどれほど貴兄のもてなしや驚嘆すべき力、いわば際限のない貴兄の人柄が好きか、言葉では言い表せないくらいです[25]」。

ローマで、ヴァレリーはより繊細で自分によく似た、マラルメの忠実な弟子であり、かつポーランの友人でもあるジュゼッペ・ウンガレッティに迎えられる。それは復活祭の週だった。「昨日、サン・ピエトロ寺院で勤行を見た（…）。今朝、ムッソリーニを歓呼しにいくファシストたちの行進を見た。それから、河辺で人形劇を見た。これはとても面白かった（…）。これら三つがローマ全体を表現している。そしてローマは、人間喜劇と神の喜劇〔神曲〕のための格好の劇場だ[26]」。彼が「ローマ作家クラブ」でおこなった二つの講演のうちのひとつをイタリア王の妹が司会する。ヴァレリーの出自がイタリアであることにたいする敬意を示す形で、ムッソリーニ《ドゥーチェ》はヴァレリーと接見する。二人の間の話し合いの一部はイタリア語でおこなわれる。「わたしは彼とキージ宮の広々とした執務室で会いました。ムッソリーニ氏は大きな部屋の一隅に置かれたテーブルのところにいました。彼はこれ以上ないほどの愛想のいい態度でわたしの方にやって来ました。わたしたちの会話は主に文学に関するものでした」。ヴァレリーは、「詩の制作者たち」が出会う物質的な困難のことを話して、対話相手の注意を引く。ムッソリーニは、今は時代が悪い、家族どうしがなんとか互いを助けあっている、目下の重要問題は「バラックのぼろ家を支えていく[27]」ことだとヴァレリーに答える。さらにムッソリーニは、国家は詩人を援助するために最大限のことをしているし、今後もするつもりだとつけ加える。ムッソリーニはヴァレリーにダヌンツィオに関して質問し、ガルドネ訪問の様子を尋ねる。会談の後、ヴァレリーはムッソリーニを下品な人間だと思う。ムッソリーニとの会談で、ヴァレリーが自分の文学仲間たちの生活条件のことを話題にしたということは、開明的な専制君主や、彼らがひょっとしたら演じるかもしれない芸術の保護者としての役割にたいするヴァレリーの何らかの幻想や夢想の表れなのだろうか？　これ以上不確かなことはない。ヴァレリーは自らの質問に関して論評はしていないが、ファシスト体制の本質に関しては、いかなる幻想も抱いてはいないように思われる。たしかに、彼は民主主義に無限の信用をおいているわけではない。しかし、彼はそれ以上に、軍靴の騒音の方に不審の念を抱いている。壁に「信じよ、従え、戦え」というプロパガンダのポスターが貼られているのを見て、彼は曖昧さのいっさいない感想を述べる。「三大不条理」。

　ヴァレリーはローマからジェノヴァに向かう。一九一〇年来ひさしぶりに訪れたジェノヴァは、あいかわらず彼が好きな生き生きとして香りの高い町で感激する。四月二十六日にはヴァンスに到着し、五月二日、トゥーロンで講演、ヴァンスに戻ったあと、十一日にまた出発する。今度の行き先はスペイン。彼はマドリッドで哲学者のオルテガ・イ・ガセットに迎えられる。オルテガはヴァレリーに若いスペインの作家たち、彼らの言葉にたいする情熱、彼らの詩にたいする献身的な愛を発見させる。ヴァレリーは、当時、マドリッドの文化生活の中心地だった「学生寮」でボードレールに関する講演をおこなう。ヴァレリーはプラド美術館や、トレドや、アランフェスなどを案内してもらう。エル・エスコリアル〔フェリペ二世の命で十六世紀半ばに立てられた宮殿〕が彼に強い印象を残す。「明け方、壮麗な眺め。なんという広大な眺めだろう！　大理石と裸体の美しさ。並外れて、途方もない色合い。少しばかり悪魔を思わせる色合い。美しい絵のように、すべてが平らだ」[28]。プリモ・デ・リベラのところで、ヴァレリーが王に接見する手はずが整えられる。

　数日後、彼はバルセロナで講演する。このときばかりは、汽車を降りたヴァレリーを出迎えた人のなかに文学関係の著名人はだれもいなかった。つねに政治的な興奮状態にあるカタロニア地方は、一人の詩人を中心として和解しあうなどということはあり得ないことだった。「真っ向から対立しあうふたつの政治勢力が、それぞれの性質に応じて、わたしのためにとても親切で立派な歓迎会を開いてくれました。わたしは一方の人たちのために話したかと思うと、他方の人たちのためにも話すというありさまでした（…）。それは、いつでも簡単というわけにはいきませんでした」[29]。フランス思想の大使としてのヴァレリーは、完璧な外交官としてふるまう。彼はそうした歓迎会や、演説や、出会いや、多少なりとも強制された訪問といったゲームに熟練しつつある。彼はしだいに、自分のまわりに、型どおりの公的承認の波を引き起こす。これはひとつの指標である。つまり、一九二四年の講演旅行は彼の国際的な地位を確立したのだ。ヨーロッパは彼のなかにフランスの文学や精神の体現を見る。それはもちろん、ヴァレリーの個人的な観点からすれば、収入源そしておそらくは楽しみの源としての意味しか持ってはいない。しかし、それは、彼が公式の肩書きなど何もないにもかかわらず、公的な性格の責任を彼に負わせるということになる。そのことを意識しつつ、彼はすすんでその責任をまっとうしようとする。

　カタロニア地方を訪れたヴァレリーは、ワグナーが『パルジファル』の舞台制作のときに想を得た場所を忘れずに巡礼する。つまり、彼はモンセラートへと車で連れて行ってもらう。そこで彼は、神秘的というよりは、変わった一日を送る。彼のガイドが、情け容赦のないフランシスコ派修道士と、どちらが先にケーブルカーに乗るかをめぐって大げんかをする。さらに、山中で車が故障する。そして、旅行者ヴァレリーは枢機卿を務めるブルゴス大司教に救済されて驚く。ヴァレリーが自分の行動を語ることは稀である。彼がこの日にあったことを伝える方法は示唆的である。通常の観光旅行に伴うような感傷や感想はヴァレリーには無縁である。彼は自分の肉体的かつ精神的な自我の動きや要請に密着する。自分の注意力の場を横断するものを、何もつけ加えることなく記録する。彼は、彼という人間に触れるような、彼の皮膚と接触したり、彼の感受性と共鳴するような対象やことがらだけを知っているか、知りたいと思っているという意味では、全面的に主観的な人間である。いかなる感動も示さず、いかなる価値判断もおこなわずに、知覚したままのことがらや対象を描き出すという意味では、全面的に客観的な人間である。彼の欠点も美点もこうしたメカニズムのなかにある。そこには、自分に直接触れて来ないものにはしばしば無関心なエゴイストの姿が見えるが、同時に、語やイメージや前もってできあがった図式の不純物から現実を解き放つことのできる見者の姿もまた、見えてくるだろう。

四ヵ月の不在のあと、いいタイミングでパリに戻ってきたヴァレリーは、『ヴァリエテ』の製本作業を監督する。『ヴァリエテ』は六月二十日に出版される。彼はこの本で、これまでの論文や講演原稿をひとまとめにしたが、そこに、『覚書と余談』を伴った『レオナルド・ダ・ヴィンチの方法への序説』もつけ加えた。彼は毎日、カトリーヌ・ポッジと会う。六月十五日、日曜日、ポッジはあるお茶の会に行く。彼女は、自分の愛人が、そこにジャニーとポール・ゴビヤールを連れて来ていることをきちんと承知している。「わたしの妻と義姉です、と彼は喉を締めつけられたように言う。まるで、おそらく、ギロチンです、と言うときみたいに」。ポッジは、この前の冬のような、高ぶった感情は抱かない。招かれざる女は、ジャニーとポール・ゴビヤールのことを、「これら倦怠の泉、（…）これら二つの無[30]」と呼んだり、また別の棘のある言葉で攻撃したりする。戦争が準備される。

もし、ヴァレリーが選択を迫られたなら、そしてジャニーが離婚をちらつかせたなら、彼はどうするつもりだろう？　この年に書かれたあるメモに彼の不安が現れている。「どんな家族も、その家族特有の倦怠を内側で分泌している。それが、家族のメンバーの一人ひとりに、まだ生命力が残っているかぎりは、家族から逃げ出したいという気持ちを起こさせる。しかし、家族には、また、昔ながらの強力な美点があって、それは夕食のスープを囲んだときの一体感のなかにある。また、お互いが仲間で、堅苦しい礼儀などいらず、普段のままでいられるというところにある。――家族とは、お互いどうしがありのままでいられるような人たちの集団なのだ[31]」。ヴァレリーが妻のもとを去って、別の女のもとへ走ったと言ったなら、それは誤りだろう。彼は二人の女性、二つの愛、二つの生の間で分割されている。おそらく彼は、時期や居場所を変えながら、これまでのように、一方の女性から他方の女性へと、他方の女性から一方の女性へと移り続けることができたなら、それで満足なのだ。それは、家族生活から逃げたいという気持ちと、家族生活が与えてくれる親密さを愛する気持ちとを両立させる快適な方法かもしれない。もちろん、ジャニーはそのような生き方の原則を受け入れることなどできないだろう。しかし、彼女と夫とは、以前に変わらず、互いをよく理解しあっている。ヴィルジュスト街は地獄の結婚生活といった様相を呈しているわけではない。末っ子のフランソワは、毎日の生活が、「くつろいで、温かみがあって、しばしば、束縛や見せかけなどではあり得ない陽気さにあふれていた[32]」ことを覚えている。

　春の初めから、ヴァレリーはレオン＝ポール・ファルグやヴァレリー・ラルボーと、ある共同の計画をめぐって、頻繁に手紙をやりとりした。この件の主導権を握っているのはバシアーノ大公夫人である。彼女は彼らに『コメルス』という名の文芸雑誌の出版を構想し、編集するよう提案する。彼女は、単に出版の資金援助をするという約束だけではなく、雑誌に寄稿した作家には、かなりの報酬を支払うと予告する。

こうした計画は、ヴァレリーに一八九〇年代の心の高まりを想起させる。「わたしは、何も書くことがないような雑誌をわたしたちで創刊したいものだと思っていたのです」。それが不可能だったので、彼は遠い青春時代には、「二ページから四ページでできた、『要点』というタイトルの、二、三行、観念だけを書いた雑誌を作れ[33]」たらいいと思っていた。このような趣向は、『カイエ』やその不連続な性格に酷似しているとも言えるだろう。おそらく、『カイエ』がめざしている作品は、「体系」の取り得る様々な姿とは対蹠点にある警句集なのである。

真夏まで様々な考察や議論が続けられた結果、豪華で古典的な体裁の雑誌を三ヵ月ごとに出版すること、一六〇〇の印刷部数のすべてに通し番号を入れることが決定される。ヴァレリーにとってみれば、この雑誌は新たな、そして持続的な収入源であるにもかかわらず、彼はすぐに、この雑誌は退屈だと言いはじめる。実際のところ、バシアーノ大公夫人は最初から議論の余地のない女主人としてふるまい、編集委員会から表向きの特権さえも奪ってしまった。彼女は三人の創設者が提案した多くのテクストの出版を拒否し、特に、ヴァレリーが彼女に渡したカトリーヌ・ポッジの詩を拒絶した。とはいえ、大の親友のサン＝ジョン・ペルスのアドバイスを受け、アドリエンヌ・モニエやシルヴィア・ビーチ、さらにジャン・ポーランやベルンハルト・グレトゥイゼンに支えられた彼女は、『コメルス』を十年以上にわたって、当時の最良の雑誌のひとつ、そして、おそらく、外国文学にもっとも開かれた雑誌にすることに成功する。ジェイムス・ジョイスの『ユリシーズ』の抜粋は『コメルス』創刊号に掲載されたのだ。T・S・エリオットやウンガレッティやレオパルディやリルケの作品が、次号以降に掲載されるだろう。例外的な地位が、フランスの読者の知らないドイツ文学に捧げられる。とりわけ、ゲオルク・ビュヒナーの『レオンスとレーナ』

やマイスター・エックハルトの神秘主義的な書き物が掲載される。ヨーロッパレベルで果たすべき使命のあることを確認しつつ、『コメルス』誌は、チューリッヒ人マルチン・ボドマーが編集することになるドイツ語のライヴァル雑誌『コロナ』（*Corona*）の協力を得ることになる。以後、ヴァレリーの数多くのテクストが二つの雑誌に掲載される。とりわけ、『エミリー・テスト夫人の手紙』が『コメルス』誌第二号に掲載される。結局のところ、ヴァレリーは『コメルス』誌の編集長の肩書きとしてよりは、むしろ、とりわけ贔屓された作家として雑誌に登場する。

妻と愛人の戦争はおこなわれないだろう。カトリーヌ・ポッジは、春以来、結核性の膿瘍にまたも苦しめられている。彼女の医者たちが馬鹿げた治療をしたために、傷口が重複汚染をおこしてしまう。七月末、不幸なポッジは、いまわの際にある。病院に収容された彼女は、数ヵ月間、昏睡状態に陥る。ヴァレリーは毎日、彼女を見舞いに行く。八月末、彼はパリを、そして彼女の枕元を去って、数週間の予定でブロンヴィルのバシアーノ大公夫人のもとへ滞在しに行く。そこから帰ってくると、再び、ヴァレリーは毎日ポッジのもとを訪れる。その状態は翌年の二月まで続く。こうした劇的な状況はジャニーの立場を変えてしまう。彼女の敵はもはや、彼女に不安を起こさせることなどできない状態にある。ジャニーはカトリーヌを見舞い、情報を仕入れ、あきらかに慈悲の気持ちから、彼女に同情の念を示す。しかし、おそらく、そこにはジャニーの側の計算が働いていたと思われる。ジャニーにたいする恩義をカトリーヌに感じさせることによって、ジャニーは夫から彼女を遠ざけることが容易になるのだ。我に返ったカトリーヌは、ジャニーの親切心を許さない。そして、そうした親切心こそがカトリーヌをヴァレリーから永遠に引き離したと考えるだろう。

九月、最初にして最後となったが、明け方の仕事の抜粋が仕事場の外に出る。一九一〇年の『カイエB』がファクシミリ版によって印刷されることになったのだ。ブルトンは驚嘆して、「おそらく、これまでヴァレリーが出版したなかで、もっとも重要で意味のある作品[34]」、と書く。それは元師匠にたいするブルトンの最後の称賛となるだろう。ガリマールはヴァレリーの作品全体の出版を計画する。そのために、かつてナタリー・クリフォード＝バーネイが想像した集団的な後援計画にかなりよく似た出版出資金制度のようなものを組織する。ヴァレリーに近い二〇人の友人がそれに参加する。実際は、そうした作戦は計画したような出版の試みにはいたらなかったが、ヴァレリーに書く気を起こさせた。彼は、たくさん出版物を出すことによって、そして、当初の計画に従い、オリジナル版と豪華小冊子を届けることによって、自分を信頼してくれた人たちに謝意を表明したいと思う。以後、『ＮＲＦ』は、ヴァレリーの新作を印刷するたびに、出資者にだけ配られる非売品を二〇部印刷するようになる。非売品には、一冊ごとに出資者の名前が印刷されているばかりか、ヴァレリーの自筆サインのはいった一ページも含まれている。

　愛人が入院してしまったので、彼の情動生活の平衡がくずれてしまう。彼は途方にくれる。もたらされる様々な成功や、友情の証や、財政的支援などは、彼を両義的な状況におく。それらは彼に利益をもたらすし、安心させてくれるし、生活を助けてくれるのではあるが、彼の時間やエネルギーを抵当に入れてしまう。この秋、彼の気分は、その健康や計画と同様に、曇ったものになる。「わたしは様々な仕事や、厄介ごとや、考えや、神経や、その他いろいろな悪魔によって引き裂かれています。それらはすべて、馴染みのものばかりですが、そのどれひとつとして、わたしが飼いならしたものはありません」。様々な要求や注文の圧力に服従し、つねに論文や序文を書いて渡したり講演会をする用意ができているような、そして、他人が自分に示してくれた信用に報いたり、恥ずかしくない物質的条件で生きていけるようにすべてを受け入れる決意をしているような作家ヴァレリー、つまり、幸福であると同時に不幸で、満たされていると同時に欲求不満な作家は、以後、断片的な仕事や連続的な大量生産方式が作り出す切れ端や断片とか、手短な考察とか、はかない形式しかもはや作ることはできないと断言する。「わたしには、もう、自分が一生思い描いていた作品を作る可能性などないのです」。言い換えれば、彼は、自分の人生を食いつくしにやって来る名誉だとか、責任だとか、地位だとかといったものに、勇気を持って取り組む準備ができていると感じているのである。「善きにつけ悪しきにつけ、わたしは将来に関するあらゆる予想を運命の手にゆだねます。わたしは、瞬間々々を支えようと努めるだけで精一杯なのです[35]」。

ところで、実を言えば、今という瞬間は、彼にとって順風が吹き続けている瞬間なのである。死んだばかりのアナトール・フランスの後を継いで、彼は十月、ペン・クラブのフランス支部にあたる国際文芸サークルの会長になる。このきわめて英国風の機関は、一九二一年、ロンドンで創設された。戦争の引き起こした様々なおぞましい行為にたいする反発として生まれたこの機関の使命は、開かれた精神、寛容な精神を奨励することであり、そのために、互いに異なった文化を持った作家たちの連携を促進しようとする。この機関はひたすら文学的な機関であることをめざしている（ＰＥＮの頭文字はそれぞれ、劇作家、編集者、小説家をさす）。ペン・クラブの支部はパリ、ブリュッセル、ニューヨークで作られた後、オーストリアとドイツにも作られた。ペン・クラブ連盟は中央委員会によって調整が計られているが、その委員会の議長はジョン・ゴールズワージーが務めている。ジョルジュ・デュアメルがフランスを代表して中央委員会に出ている。ペン・クラブはひじょうに活動的で、可能なかぎり個人どうしの接触を多くしようとするし、また、翻訳の促進や国家主義的な反応との戦いを通じて、異なった文学どうしの相互浸透を容易にしようと努力する。ヴァレリーがフランス・ペン・クラブの会長に選ばれたということは、単なる世俗的な名誉のひとつではない。それは、ひとつの職務であり、ひとつの認知なのである。「世界作家同盟」と呼ばれているこの組織が、フランス文化の代表者としてのヴァレリーの地位を承認し、この組織が進める「国際主義的な」約束の実現に参加協力するよう彼に要求しているということなのである。翌春、ペン・クラブ会議はパリで開催される。ゴールズワージー、ヴァレリー、デュアメルの三人が、ハインリッヒ・マン、ピランデッロ、ジェイムス・ジョイス、ミゲル・デ・ウナムーノなどが出席するなかで司会を務める。

十一月二十一日、彼はアカデミー・フランセーズに向けての決定的な一歩を踏み出す。ドーソンヴィル伯爵の椅子が空いているのである。ヴァレリーは立候補の書類を提出する。彼にこうした決定をするよう勧め、今後、選挙運動を組織していくことになる支持者たちの中心になっているのは、ガブリエル・アノトー、ルネ・ボワレーヴ、アンリ・ド・レニエ、マルセル・プレヴォー、それにアンリ・ブレモン神父である。元イエズス会士で、世俗司祭、そして社交界好きのブレモン神父は、『フランスにおける宗教的感情の文学史』の著者である。彼はアカデミー・フランセーズに入ったばかりである。票の獲得運動が開始される。それは昔から変わらない儀式にのっとっておこなわれるが、ヴァレリーも喜んでそれに同意する。間接的な接触、調査、予備討論、戦術の選択がおこなわれた後で、潜在的な投票者一人ひとりを訪問するという避けては通れない手続きがやって来る。こうした駆け引きには時間がかかるが、慇懃な雰囲気のなかで作業は進められていく。そこには、基本的な議論、制度に関わる考察、共感などが入り混じっている。

アカデミー・フランセーズという権威ある制度にたいするヴァレリーの個人的な考えは、曖昧どころの話ではない。彼が「わたしは愚かしいことが得意ではない」で始まる『ムッシュー・テストと劇場で』を出版した頃、彼はアカデミー・フランセーズ会員にたいする意見を尋ねられたことがあった。そのときの返答は断定的だった。すなわち、「わたしはアカデミーが得意ではない」、である。今日でも、彼のアカデミー・フランセーズにたいする評価はほとんど上がってはいない。そこには興味ある思想家が三人しかいないと思っている。ベルクソンとフォシュと数学者エミール・ピカールの三人である。さらに、文学的な観点からすると、彼を支援してくれている人たちは、考えうるかぎり彼とは縁遠い人たちなのだ。キリスト教に誠実な人、小説家たち、さらに悪いことに、歴史家という構成である。つまり彼らは、ヴァレリーが一番アレルギー反応を示す文学形式の代表者たちなのだ。

にもかかわらず、彼はそこを目指す。彼は、アカデミー・フランセーズ会員たちの文学的資質の徴ないしは証のためにその一員になろうとしているのではないし、そこで自分の才能を認めてもらおうとしているのでもない。それにひきかえ、経済的・社会的な観点からすると、アカデミー・フランセーズは抗しがたい魅力を持っているように彼には見える。会員になれば、威厳は高まるし、収入も増える。ヴァレリーにとって、それはきわめて重要なことなのだ。威厳が高まることによって、ヴァレリーの人に愛されたいという願いは満足させられる。ときどき山ほど嫌なことが連続して起こるものと考えようとしていた有名人という身分も、嫌いではない。それは、不安に陥らなくてもよくしてくれるし、心の平穏と忘却とをもたらしてくれる。アカデミー・フランセーズの会員になることに付随してくる特権は好ましいものである。

会員であるということで言葉の重みが増すので、人を説得する必要性から解放されるだろうし、文学の世界における自分の地位を決定的に確立することができるだろう。アカデミー・フランセーズの椅子が保証してくれる収入はどうかというと、どう考えてみても、それを受け取る権利が彼にないとは思われない。

　情動的な観点からすると、彼は選挙運動を通してあらゆるものを自分の味方にしなければならない。将来自分の同僚になるかもしれない会員たちが、文学的に自分と同じ考えを持っていなくても、それは彼にとって重要なことではない。彼の考えでは、一人の人間とひとつの作品とは、完全に異なった二つのものなのであり、彼が作品にたいしてくだす判断は、彼と作者との人間関係とは別なものなのである。多くのアカデミー・フランセーズ会員がすでに彼の友人であり、知り合いになる会員たちも、彼に友好的である。おしゃべりをするために自分は生まれてきたと考えている人間は、アカデミー・フランセーズにおいて、汲みつくせない喜びの泉を見出すものと確信している。

　一九二五年一月、ヴァレリーは大発見をする。半世紀近く前から友人で兄弟も同然だったジッドが、同性愛者だったことを知る。彼はこれまで何も気づかなかったし、疑ったこともなかった。ヴァレリーの性道徳は同性愛的な感情とはほど遠いが、彼の道徳観は同性愛が原因で機嫌をそこねるということはない。この件で、彼はジッドと話をする。ジッドは、自分の妻にだけ捧げられた純粋な感情と、もっとも露骨な放蕩に没頭した性行為との間には根本的な対立があることをヴァレリーに向かって叙述する。ヴァレリーは自分の盲目ぶりに驚く。「何もかもが、ぼくたち二人では異なっている」[36]。しかし、それだけに、彼は二人の友情の堅固さを高く評価する。彼らは二人とも、動けなくなってしまう。ヴァレリーはかなり重いインフルエンザで、ジッドは虫垂炎で。ヴァレリーは回復期にあるジッドに友情を定義したものを提案する。

「友だちとは、人間どうしが分子的に衝突するという数多ある出会いの統計値のなかにそのまま埋没していったはずの取るに足りない一事実を、偶然と事故から救い上げた二人の人間ということになる（…）。こうした考えは、一八九一年、一九二五年、そしてまた別の年における『ぼくたち』のことを考えているとき、ぼくを訪れたものだ[37]」。

講演旅行の季節が戻って来る。二月初め、ヴァレリーはストラスブールに立ち寄り、リヨンで講演し、それから大好きな南フランスに向かい、ニースで講演をおこなう。その後、数週間、天国に腰を落ち着ける。この新しい保養地はベアーグ伯爵夫人の所有地で、ジアン半島の突端に位置している。「島や近くの小島の数々、それに水平線に見えるポルクロル島、それらが、この別荘の背後の丘以外にわたしたちの視界をさえぎるものが何もないほど広漠としたこの地に（…）ラ・ポリネジー《ポリネシア》という名前を与えたのだ」。「黄土色に塗られ、柱廊玄関《ペリスタイル》を模して円柱やどっしりとした柱が建物正面に二列に並んだ」海を臨む広壮な家は、毎年、少数の親友を迎え入れている。「建物本体と同一平面にあって、そこから少し離れたところに位置する」寝室が、ヴァレリーのいつも使う部屋になる。「平らなレンガでできた長い道」を少しずつ降りていくと、「小さな漁港、防潮壁の始まりの部分（…）、ギョリュウやイバラで囲まれ、銀色の海草が広々としたマットレスのように敷かれている浜辺[38]」に着く。ヴァレリーはくつろいだ気分になる。しかし、一日中何もしないでいることは不可能なので、定期的に、イエールやトゥーロンに出かけていく。アカデミー・フランセーズをめざしての競争も続けられなければならないので、彼は、三月二十四日、「ラ・ポリネジー」からほど遠くないところに別荘を持っているブールジェを訪ね、昼食をともにする。

数日後パリに戻ってきたヴァレリーは、腰を落ち着けるひまもなくブリュッセルに出発する。彼はこうした講演旅行をかなりうまく自分のものとし、プロとしての熟練を見せるようになる。もちろん、そうした講演によって奪われると考えられる時間を惜しいと思う。公衆の前で話すと考えただけで嫌な気持ちになるのはあいかわらずである。昼食会の後に講演が控えているようなときには、昼食会への招待を断る。胸が締めつけられるような不安な気持ちを抱いているときには、繊細な会話に参加することなどできないと考えているのである。彼は怖気づくたちなのだ。その後、そうした状態を克服したとはとても考えられない。こうした不都合がいろいろあるにもかかわらず、彼の新しい職業には魅力がないわけではないのである。フランソワは次のように書く。「こうした講演は、父にとって身体的な試練となっていましたが、一息をつくことのできる時間でしたし、結局のところ、いいタイミングでやってきた気分転換だったのです。彼はホテルの部屋、さらには、夜行列車のシングルルーム（彼が自分に許した、おそらく唯一の贅沢）の匿名性が気にいっていました。彼は、一本のペンと一冊の手帳がありさえすれば仕事ができたので、いついかなるときでも、毎朝の習慣に背かないですんだのです。一般的に、自分の生活を飾り立てることには奇妙なまでに無関心でした(39)」。

　年が明けて、カトリーヌ・ポッジの状態は少しずつよくなってくる。ヴァレリーはポッジの部屋のドアのところまで行くが、彼女は面会を拒む。彼は手紙を書く。手紙は開封されない。六月、回復期に入った彼女は、彼に会わずにヴァンスに向かう。ヴァレリーは離別に耐えられない。彼は愛している。つれない女だとはどうしても信じられない女に再会しなければならないという想いに取りつかれる。そして、彼女にうるさくつきまとい続ける。彼女の方は、おそらく、自分で言うほど、ヴァレリーから心が離れてしまったわけではない。彼女はまだ、至上の合一だとか、魂どうしの友愛などといったものを信じている。純粋な精神をもったヴァレリーなら、今でも彼女を魅惑することはできるだろう。しかし、彼女の意見は具体的な肉体をもった人間にたいしてなされているものであって、その人間を彼女は決定的に無価値だとみなしているのである。彼女の非難は、もはや、ミュルフェルド夫人のもとに忠実に通い続ける社交界の人間としてのヴァレリーに向けられているのではない。それは、夫、父親、賃金生活者、講演者としてのヴァレリーに向けられている。彼女は、何ごとにつけ彼を俗悪だと非難し、いたるところに彼の卑怯さを発見する。彼がすることは、遅かれ早かれ、どういう名目であれ、彼女の非難の対象になる。結局のところ、彼女からすれば、彼にはひとつの間違いしかないのである。それは生きているという間違いである。

　五月十五日、晴れやかな空のもと、ヴァレリーとジッドは若い映画監督マルク・アレグレと昼食をともにする。彼らはその後、リュクサンブール公園を散歩する。カメラは、彼らが歩いたり話したりする姿を捉える。その姿は、一九五〇年に封切られたニコル・ヴェドレスの映画『パリ　一九〇〇年』のなかでも再び見ることができる。そして、二人が数歩歩く場面が永遠の場面として見る者の心に刻まれるだろう。さらに、この場面は、同じアレグレが一九五二年にアンドレ・ジッドに捧げる長編映画のなかにも現れるだろう。この映像は、おそらくヴァレリーを楽しませたことだろう。しかし彼は、映画産業が制作し、大衆に押しつけるようなタイプの映画は大嫌いである。だれかが、ある日、ヴァレリーをチャーリー・チャップリンの『黄金狂時代《ゴールドラッシュ》』を見に連れていった。ところが、英国の映画監督のセンチメンタリズムに彼はうんざりしてしまう。彼はそれをあまりにも馬鹿げていて、ちぐはぐで、無内容と考えたので、以後、自分からすすんで映画館に行くことは二度となかった。

六月四日、大切な友が世を去る。ピエール・ルイスが絶対的な貧困と孤独のなかで、五十四歳で死んだのだ。晩年、彼は、失明に加え、身体の一部の麻痺にも苦しんでいた。近親者たちは、彼に残っていたわずかばかりの財産も彼から奪い取っていた。そのため、死の数ヵ月前、彼が借りていた家の持ち主は、もう少しのところで彼を路上に追い出すところだった。ヴァレリーはルイスの死に心を揺すぶられる。「昨日、彼の死を知らせる数語の電報文によって衝撃を受けたので、生の大きな断片がわたしからはがれ落ちてしまったように感じられました。そのため、ずきずきとうずく、なんとも言いようのない大きな傷口が、生々しく露出したままです」。こうした「考えることのできない出来事」に対抗して、彼の記憶全体が立ち上がる――「あたかも、わたしの魂が受けた損失を償い、絶望的なまでに過去を取り戻そうとするためであるかのように[40]」。

数ヵ月間、ヴァレリーはつらい時間を過ごす。愛の破綻と友だちの喪との間にあって、打ちひしがれ、無気力になる。フールマン宛のある手紙には、「錯乱したきみの昔からの友人」ヴァレリー、とサインしているが、きわめて正確な表現のように思われる。友人で数学者のエミール・ボレルは、政治の世界に乗り出してヴァレリーを驚かせたが、そのボレルが海軍大臣になって、艦隊とともに軍事演習に参加する装甲艦プロヴァンス号に乗って、地中海ならびに大西洋の海岸沿いをめぐる旅へと彼を招待する。即席の軍人になったヴァレリーは、六月十二日、トゥーロン港を出航する。彼は母親に旅の報告を書く。「わたしが見たものすべてを母さんに話すことはできません。少しだけ立ち寄ったバスチア、モンテ＝クリスト、ナポリ、アルジェ、それからわたしの海（…）。わたしは全行程、軍事演習についていくことができました（…）そして、しばしば、朝の五時には、もうデッキの上にいました。わたしたちはスペイン沖で二、三度、潜水艦によって沈没させられそうになりました。（…）軍隊的な儀式とともに海を生きるというのは、とても興味深いものです[41]」。この船旅はヴァレリーの子ども時代の夢を実現する。彼は幸せでうっとりとした気分になる。精神が解き放たれ、自分の時間がたっぷりとある彼は、全面的に自分の好きなことに没頭する、つまり、喫煙と会話とに。

彼はあまり下船しない——ポンペイに行くためにナポリで下船したのと、近隣の田舎でおこなわれる会合に招待されていたので、それに出席するためにアルジェで下船したくらいである。再び乗船しようとしていたとき、彼は馬のひづめで蹴られる。数日間、軽く足を引きずって歩く。あるイメージが彼をはっとさせる。ある朝、サン島〔ブルターニュ半島沖の島〕の沖で、霧のため艦隊は動けなくなってしまう。最新鋭の技術も、最先端の科学も、もっとも驚異に満ちた機械も、霧が少しかかっただけで全面的に不能な状態になってしまったのである。巡航と独白はブレストで終わりとなる。この船上で過ごした数週間は彼に元気を取り戻させる。それは、彼にとって、もっとも甘美な思い出のひとつになる。

春以来、彼は大きな機関の仕事に巻きこまれる。国際連盟（ＳＤＮ）の枠組みのなかで、一九二一年、現在のユネスコの前身にあたる国際知的協力委員会が創設された。この委員会は一五人で構成され、そのなかには、キュリー夫人、アルベルト・アインシュタイン、ポール・パンルヴェなどが名を連ねている。議長はアンリ・ベルクソンである。この委員会の仕事内容には、文献学的仕事の調整、諸科学の専門用語の統一、工業所有権の保護、大学間の連携促進などがある。この委員会は、国際連盟の加盟各国の知的性格を有する機関や、科学的、文学的、芸術的資産全体の目録を作成した。その後、加盟各国に国家レベルの委員会を次々に作った。フランスは、一九二四年、そうした国家レベルの委員会の活動の調整を目的とする国際知的協力研究所の創設と維持管理を申し出た。一九二五年四月、ヴァレリーは、おそらくはアノトーに勧められて、フランスの委員会のメンバーの前で、「これらの厳かな紳士たちを楽しませると思われる[42]」報告をおこなう。

国際的なレベルでは、知的協力委員会は、様々な活動分野における委員会の仕事を準備する役目を負った一連の小委員会を創設する。ある小委員会は、大学間の関係に関わり、また別な小委員会は科学や文献学に関わり、さらに別な小委員会は知的権利に関わるというぐあいである。一九二五年七月、そうした小委員会に、文学と芸術に関する小委員会が新たにつけ加えられることが決定する。そして、そのメンバーになるようにとの提案を受けたヴァレリーは、提案を受諾する。以後、ヴァレリーは年に一回、国際連盟の本部があるジュネーヴに行き、活発にその仕事に参加することになる。その仕事というのは、著作権に関する法体系の改善、国際美術館事務局の創設、民衆芸術の保護、音楽や文学上の国際関係の発展についてのものだった。ヴァレリーの同僚には、ベルギーのジュール・デストレ、アルゼンチンのL・ルゴネス、英国のギルバート・マーレイ、スイスのゴンザグ・ド・レイノルド、スペインのフリオ・カザレスなどがいて、彼らは全員、国際知的協力委員会のメンバーである。さらに、これらのメンバーに、ドイツのオーケストラ指揮者ワインガルトナー、ソルボンヌ大学教授のアンリ・フォシヨン、ヴァレリーの女友だちで、ルーマニア人のエレーヌ・ヴァカレスコ、そして、小説家で、元大使で、大臣で、スペインの国際連盟代表サルバドール・デ・マダリアガなどが加わった。たちまちのうちに、ヴァレリーはマダリアガにたいして全面的な信頼を寄せることになる。

十月、ブレモン神父は文学論争を開始する。ヴァレリーはそれに巻きこまれる。神父は友人ヴァレリーが使った表現を借りて、アカデミー・フランセーズの公開会議の場で、彼が「純粋詩」と呼ぶものについて発言し、注目を浴びた。詩的言語を、神秘的とはいわないまでも、ほとんど宗教的な認識方法とみなす彼の考えは、彼が証拠として取り上げた作品の著者であるヴァレリーの考えとは合致しないように思われる。ヴァレリーは、自分が「純粋詩」という表現の生みの親であることは否認しないが、その表現に付与された意味からは距離を取る。しかし、ヴァレリーは、混乱を引き起こした神父といっしょに、こうした友好的な論争のおかげで彼らに届けられた多数の郵便物を整理しながら楽しんでいる。そして、その一方で、近くおこなわれるアカデミー・フランセーズの選挙の見通しなども議論しあう。実際のところ、「純粋詩」をめぐる論争は、アカデミー・フランセーズにおける選挙の準備作戦といった性格をおびている。ブレモン神父は、立候補者ヴァレリーの一概念を、議論の余地のない価値をもった古典主義の言葉や問題群のなかに同化させることによって、同僚のアカデミー・フランセーズ会員たちの好みにヴァレリーを合致させ、あたかもヴァレリーの作品がジャン＝バチスト・ルソー——神父が言及する作家——の時代から存在しているかのように、彼の作品に彼らが近づけるように準備している。ヴァレリーは古典主義作家という地位を獲得する。そのうえ、ブレモン神父は、モーリス・マルタン・デュ・ガールの週刊誌『レ・ヌーヴェル・リテレール』のなかで、ヴァレリーの作品や「純粋詩」に関して、一連の長い印象的な論文を書くことによって、候補者ヴァレリーのために計り知れない宣伝をおこなうのである。この雑誌は、実際のところ、様々に立場を異にする「ヴァレリー主義者たち」の論壇になっていた。そこでは、ヴァレリーや、その作品や発言は永遠の市民権を得て、居心地がいいまでに、定期的に紹介され、論評され、称賛されている。その編集長であるフレデリック・ルフェーヴルは、数ヵ月後、ヴァレリーとの一連の「対話」を出版する。

アカデミー・フランセーズの投票は十一月十九日と決定される。三つの選挙がおこなわれなければならない。バレス（一九二三年十二月に死去）とドーソンヴィルとアナトール・フランスの椅子の後任が補充されなければならない。ヴァレリーは表敬訪問をおこなう。十一月初め、ヴァレリーが選挙で過半数を占める可能性がうすいことがわかる。美術史家のエミール・マールも、ヴァレリーと同じように、ドーソンヴィル伯爵の椅子の後任に立候補を出したのだ。ヴァレリーとマールの味方はほぼ同じ会員である。二人の票は割れて、二人とも落選する可能性がある。老戦略家のフォシュ元帥は、土壇場である作戦を提案する。つまり、立候補先を変え、アナトール・フランスの椅子に立候補すべきであるというのである。そうなると、ヴァレリーには二人の競争相手がいることになる。元文部大臣のレオン・ベラール（二年前、ヴァレリーにレジオンドヌール賞を授与したのは彼である）とギリシャ学者ヴィクトル・ベラールである。「二人のベラールの間隙を突きなさい[43]」、とフォシュは助言する。ブレモンとバルトゥーはその示唆を受け入れるようヴァレリーに強く勧める。彼は従う。

文学者ではないアカデミー・フランセーズ会員の多くはヴァレリーを支持する。彼は、ジョッフル元帥やフォシュ元帥の票や、政治家のレーモン・ポワンカレやジュール・カンボンやルイ・バルトゥーの票、数学者エミール・ピカールや中世研究家ジョゼフ・ベディエの票をあてにすることができる。文学者の陣営では、状況はより微妙なものになる。彼の友だちを核として、そのまわりにヴァレリーのアカデミー・フランセーズ入りに好意的な作家の集団が形成された。そのなかにいるのは、ウジェーヌ・ブリウー、ロベール・ド・フレール、エドゥアール・エストニエ、モーリス・ドネ、アンリ・ラヴダンなどである。しかし、敵対的な集団も形成されていて、それを率いているのはポール・ブールジェである。この春、地中海沿岸で二人が会ったことも、その後、ブールジェのパリの自宅を公式に訪問したことも、彼の偏見を打ち破るにはいたらなかったということである。ブールジェもヴァレリーも互いの作品を評価していない。ボードリヤール猊下の支持を受けたブールジェは、候補者ヴァレリーにかけられた神秘思想に対抗する伝統のスポークスマンとしての役割を演じる。

十一月十九日、ヴァレリーは過度の緊張状態にある。朝の二時半まで、彼は『若きパルク』再版のための校正刷りを修正する、あるいは、修正するふりをする。その後、セーヌ河岸を徘徊しにいく、フランス学士院からはかなりの距離を取りながら。その間、「不滅の人たち」は選挙をしている。ドーソンヴィル伯爵の後任はエミール・マールではなく、ラ・フォルス公爵になった。バレスの後任は歴史家のルイ・ベルトランになった。アナトール・フランスの椅子を占めることになる人間の名前を決めるのに、四回の投票が必要になる。一回目の投票で、レオン・ベラールがトップに来る。ヴィクトル・ベラールに行っていた票が、ヴァレリーに流れる。彼は一七票対一四票で選ばれる――彼と争ったベラールも二年後、アカデミー・フランセーズ入りを果す。会議が閉会するやいなや、友人たちは彼と合流しようとする。彼は自宅にはいない。ふらりと、歩いて出て行ったという。彼らはセーヌ河岸で彼を探し始める。マルタン・デュ・ガールが、その場を目撃していた。

ボワレーヴが河岸で男子用公衆トイレから出てきたヴァレリーを発見する。感動の場面。

――ボワレーヴさん、たまたま、わたしはここにいるんですよ。何も言わないでください。ラッキーだったなんてことはわたしの人生では一度もなかったのですから。まあ、そんな人生を受け入れるだけですよ。あなたはとても親切で、いい方だから、わたしが選ばれたなんて言いかねませんからね。

――でも、友よ、あなたは選ばれたのですよ！

ヴァレリーは彼の手を取った。彼は涙をこらえていた。[44]

数瞬間の後、マルタン・デュ・ガールは「いたずら小僧のような、魅力的で、おしゃべりで、軽薄そうな」ヴァレリーを目撃する。「彼はアカデミー・フランセーズの新しい同僚たちについて馬鹿な話をする、まるで高等中学校に入学したばかりのように[45]」。ヴァレリーにとって、この出来事は奇跡のようなものだった。一度だけなら許されるだろうが、ヴァレリーはこのとき、社会的な満足感のようなものを表に出してしまう。お祝いにかけつけたジャン・コクトーに向かって、彼は、「ぼくがアカデミー・フランセーズに入った以上、今度はお前みたいなごろつきでも入れてやるぞ！[46]」と言ったようである。数日後、彼はモンペリエの知人から、同郷人たちは彼の当選に「びっくり仰天している」という知らせを受けて、喜びを隠せない。「内緒だけど、それだけのことはあったんだよ[47]」、と彼はつけ加える。こうした言葉は人を楽しませるためのものではあるが、そこには重々しい響きがある。かつて、小さな田舎者だったヴァレリーは、パリのエリートの至聖所に入りこんでいく瞬間、自分の父親が、パリから遠く離れた辺鄙な町のしがない税関の役人だったということをおそらく思い出すだろう。アカデミー・フランセーズに入るとき、こうした田舎出身という素性は下品なものであることをやめる。それはむしろ例外的にすばらしいものと考えられるだろう。ヴァレリーはこれまでいかなる劣等意識も持ったことはない。しかし、彼が当選したことの社会的な意味は、客観的な語彙での評価が可能である。彼がそうした客観的な語彙を自らに禁じたり、まして、それを誇りに思わないとしたら、それは過ちというものだろう。もっと内的な感覚がおそらくそれにつけ加わる。モンペリエの人たちの驚きというのは、ヴァレリーの精神のなかでは、彼の兄の驚きとつながる。ポールが感じているのは、おそらく、長兄を超えた末っ子の満足感というものなのだ。ポールが選んだ道は、ジュールがたどった道とはあらゆる点において対立していた。しかも、そのポールは、自分の道が、その風変わりさと不確かさにもかかわらず、兄が選んだような、もっとも見事に組織された人生の道よりも遠くまで行くことができることを証明したところなのだ。

　祝福のメッセージが雨のように降ってくる。フランシス・ド・ミオマンドルのメッセージにはほろりとさせられる。「わたしは満足！　満足！　満足！　わたしはいたるところで『若きパルク』を歌っています。純粋詩万歳！　ポール・ヴァレリー万歳！」[48]。攻撃的態度や悪意はなりをひそめるが、消えたわけではない。レオトーは昔の友人の詩を「凝りすぎ」としつつ、「現今のヴァレリーの公的栄誉（…）という道化芝居」[49]を激しく攻撃する。

　二日後、新アカデミー・フランセーズ会員はまったく別の次元の儀式に参加して感激する。それはとても身近なところから彼を感動させるものであった。つまり、彼は息子を結婚させたのであった。「なんという一週間だろう！」と彼は手紙のなかでため息をつく。クロードは二十一歳。彼は女優のマドレーヌ・コッソンと聖クロチルド教会で式を挙げる。ポールとジャニーは熱狂してはいない。クロードはとても若い、おそらく若過ぎる。彼はまだ教育を終えていないし、社会的にも、職業的にも安定した地位をもっているわけではない。父親は、息子が結婚するよりは、より高度の教育を受けてほしいと願っている。若夫婦の生活の面倒を彼がみることになる可能性はかなり高いが、こうした見通しはうれしいものではない。このように、父親の方はこの結婚にためらいを感じているのではあるが、口出しをしようとは思わない。彼は子どもにたいして、これまで決して権威主義的ではなかったし、今後もそうではないだろう。もし息子が結婚したいのなら、それをさせるだけのことであって――父親としては、それがうれしかろうが、うれしくなかろうが、自分の社会的身分にともなう義務を果たす方を選ぶのである。

　この過密な日程に追いまくられた秋の後で、ポールとジャニーは少し休息を取る。彼は十二月にベルギーとオランダで続けて講演をしなければならない。初めて、ジャニーが夫の講演旅行に同伴する。この旅行は、彼ら二人が四半世紀前、ハネムーンを過ごした場所へと連れていく。

　エドゥアール・ルベイの死去、そして最初の大きな感情の危機の後、三年半のうちに、ヴァレリーは驚くべき道のりを走破した。彼は自分の生活を全面的に再構築したし、自分に欠けていた財政的な手段を確かなものとした。また、ヨーロッパの列強のもとで威厳のあるフランス文化大使になった。様々な栄誉を獲得し、国民的な著名人にもなった。彼が書いたものは、出版され、研究され、翻訳され、論評された。彼の情動生活は安定した。愛人との関係は中断された――たしかに、愛人の側の意志によってではあったが。こうしたことすべてを考えあわせると、一九二五年十二月七日、ジャニーとともに汽車に乗りこむことによって、ヴァレリーは二度目の新婚旅行を果たし、きわめて象徴的なやり方で、再出発の瞬間を刻印しているのだという仮定も出てくるかもしれない。ところが、実際は、そうではなかったのである。

15　栄光の騒音

一九二五―一九二八年

ヴァレリーのなかでは、何もかもが保存される。それが観念であれ、感情であれ、彼は、その喪に服するということがない。十一月、カトリーヌ・ポッジがパリに戻って来る。彼女は、かつて二人が初めて顔を合わせたプラザ＝アテネ・ホテルに滞在する。彼は彼女の部屋のドアのところまでやって来る。「あなたは震えていました」、と彼女は記す。彼は彼女に愛を語る。「石が落下するように[1]」、彼女のもとに自分はやって来た、と彼は言う。十二月、ベルギーやオランダから、彼は手紙を書く。今度は、彼女は手紙を読む。講演旅行から帰った彼は、二重生活を再開しようという気でいるようである。ジャニーが威厳をもって介入する。彼女はライヴァルのポッジに会い、二度と夫に会わないよう約束させる。ポッジはヴァンスに旅立つ。

　これで話は終わったように思われる。一九二六年の二月と三月、ヴァレリーは「ラ・ポリネジー」で数週間過ごす。そこで、インフルエンザと咳の発作と冬の神経過敏症の治療をする。その滞在期間中、モナコまでひと走りして、講演をし、有名な水族館を訪れ、ウツボを見て熱狂する。ロックブリュヌのガブリエル・アノトーの家も訪ねる。ポッジのいるヴァンスは遠くはない。しかし、そこには行かない。

月末、パリに帰る。それは『ロンブ』のオリジナル版を準備するためであり（ポール・ロベールの『フランス語アルファベット順・類語辞典』によれば、ロンブとは航海用語で、「羅針盤に描かれた三二方位中の隣り合う二方位にはさまれた角度のことで、一一度一五分に相当する」）、これはディヴァン社から出版される。この本の出版をもって、彼の『カイエ』が長い時間をかけて準備していたものが、やっとひとつの形を現したということになる。すなわち、短い、爆発したような形式の作品で、警句や短いエッセイや散文詩などが交互に現れる。ヴァレリーはたくさん本を出版する。詩や散文のテクストの再版が、しばしば美しいイラストが添えられて、時間をおかずに次々と印刷される。新しく書かれたテクストの多くは、選集などの形にまとめられる前に雑誌社に掲載が持ちかけられるが、雑誌社は、そうした新しいアカデミー・フランセーズ会員のサインの入ったテクストを奪い合うようにして掲載する。ヴァレリーにとってガリマールが特権的な出版社であることに変わりはないが、ガリマールは決してヴァレリーが書くものにたいする独占的な権利を持ってはいないし、今後も決して持つことはないだろう。たくさん出版することの利点は、もちろん、それらがもたらす収入にある。発行人のオーギュスト・ブレゾが、モーリス・ド・ゲランの詩集につけるための神話に関する序文を、一二〇〇から一五〇〇字で書くようにと提案してくる。ヴァレリーはこの提案を受け入れる。それは「神話に関する小さな手紙」となる。「わたしにたいする報酬の条件についてですが、本の販売価格×全発行部数の五パーセントという数字をご検討ください。それから、著者用の献本も二、三冊お願いしたいと思います」(2)。「評価が高い」とされる作家からの要求なので、これは不当なものとは思われない。

ヴァレリーの評価〔時価〕の話をすることは、なんら不当なことではない。息子のフランソワがそれについて証言している。「偉大な愛書家たちの損得の感情を超えた熱情以外に、その当時のインフレ的な雰囲気が、おそらくは作家や芸術家たちの物質的な生活を容易にしてくれたのです。そのころ文字通り大流行となった豪華版や限定版の出版部数が少ないように――質が量の埋め合わせをしていましたので――そうした人たちの数も少ないものではありましたが。ヴァレリーがそうした情勢をうまく利用したと言ったとしても、間違ったことを言ったことにはならないと思います」。つまり、一九二二年以来、彼の名前をめぐって、マーケットのようなものができていたのだ。ガリマールによって始められた出版出資金制度、いたるところから彼に寄せられた援助の手、これらが彼をきわめて特殊な状況のなかにおいた。彼は、こうした自分にたいする親切な行為が、最終的には採算の取れるものであると分かるようにしなければならないという義務を精神的に感じている。したがって、本を出版するたびに自分の保護者たちのためにとっておいた特別仕様の本は、商品価値がなければならないのであり、万一、それらが売りに出された場合でも、彼らが彼のために支払った犠牲と少なくとも同額で売られるようでなければならないのである。こうした目的のために、ヴァレリーは、エリートたちにたいする好みと彼らの判断にたいする信頼感とに合致した編集方針を取る。つまり、自分の書いたものを、可能な限り多くの、豪華で高価な小部数発行物のなかに分散させる。そうすることで、彼が書いたものは、たちまちのうちにコレクションの対象となって、皆が探し求め、高値で売ったり買い戻したりするようになるだろう、という作戦である。もちろん、彼の名声が上がり続けなければ――上場された株価のように――、そんな作戦が成功するわけがない。彼がアカデミー・フランセーズに立候補したこととこうした論理とは、おそらく無縁ではない。

あいかわらず『メルキュール・ド・フランス』で働いているレオトーには、ある気がかりがあったが、それは、ヴァレリーの名声が引き起こした投機的動きの大きさがどれほどのものであったのかを証言している。五月十九日、ヴァレリーとレオトーは、ガリマール社の事務所で会う。レオトーの考えをよく知っているヴァレリーは、彼と一五年以上会っていなかったにもかかわらず、あたかも前日会って別れたばかりというようにふるまう。レオトーはうっとりとする。「彼の物腰は変わっていなかった。昔と変わらない態度、昔と変わらない、話をしているときの顔の表情。昔みたいに、彼は笑い、冗談を言い、からかう」。彼らは再会を約束する。実のところ、レオトーはこの出会いに困惑してしまう。一ヵ月来、いつものように金策にかけずりまわっていた彼は、かつての友人の栄光から「利益を得」ようと考えたのだ。彼はヴァレリーの小部数発行の本や彼からの手紙の束を持っている。それらは高く売れるかもしれない。彼はそのことをある本屋に話す。本屋は彼に、「ヴァレリーの一ページはせいぜい五〇〇フランがいいところだ」と言う。しかし、レオトーにとって、それは宝の山なのだ。こうした条件のなかで、彼が居心地の悪い思いをするのは理解できる。「この出会いにわたしはうっとりとした気持ちになったのだが、わたしの持っている彼の本を売ろうという思いでわたしの心は燃え上がった」。ヴァレリーが自分の書いた手紙をめぐっておこなわれている取引のことを彼に話しただけに、彼は微妙な立場に立たされる。ヴァレリーがしばしばきわめて個人的な話をしたことのある友人たちが、彼から届いた手紙を本屋に売るなどということを思いついたのだ。特に、アンドレ・フォンテーナスは、ヴァレリーの結婚当時に交わされた一連の手紙を売りに出した。ヴァレリーが最初に書いたもののうちのいくつかを出版したアンリ・マゼルもまた、フォンテーナスのまねをした。さらに由々しいのは、ヴァレリーがルイスと交わした膨大な書簡が、ルイスの相続人たちによって最高入札者に売られてしまったために散逸し、今では、あちこちの本屋に陳列されていることであった。

後ろめたい気持ちもすぐに消え、レオトーは、アカデミーの演じる「道化芝居」に文句を言い続けながら、そして、親友に再会したことを率直に喜びながら――彼は矛盾など気にしないので――一連のあさましい交渉を開始する。本屋のテランが、レオトーが引き出しから見つけた七〇通のヴァレリーからの手紙と、何冊かのオリジナル版――このなかには『レオナルド・ダ・ヴィンチの方法への序説』も含まれる――の買い手を見つけてきたものと思われる。レオトーはページ数やお金の計算をする。足し算をし、平均値を出し、手数料に細かな口出しをする。六月八日、売買契約が成立する。レオトーは二万フランを手に入れる。「実際、わたしのしていることは、あんまりほめられたものじゃない。だから、何か本当の見返りがないとできないことだ。わたしがどうして売るかというと、それは、わたしがバラック小屋を建てるための資金難から救ってくれるほどに、提示された金額が今のわたしには大変な額だからにほかならない[3]」。レオトーは愉快な論法を使う。卑劣さが大きければ大きいほど、売値も上昇するにちがいない。ヴァレリーの作品は、こうして、郊外の一戸建て建設に一役買ったものと思われる。作品のオリジナルな栄誉と言うべきだ。

悪意と良心のやましさとが入り混じったレオトーの発言は、その透明さゆえに感じがいいとさえ言うこともできるだろうが、彼が根拠のない怪しげな陰口を広めておきながら、自分の身を隠そうとしているので、そうとも言えないのである。テランとの対談を報告しながら、彼は、結局のところ、ヴァレリーこそが、この種の投機の責任者とみなされなければならないとする。テランとは別の本屋が、ある言語道断な取引の証人だというのである。つまり、ヴァレリーは求めに応じて偽の手書き原稿を多数でっちあげるというのだ。『ユーパリノス』の手書き原稿に五〇〇〇フラン出すという提案がヴァレリーになされた。ヴァレリーはすぐにその作業に取りかかって、数日中に、まったく新品の、完璧に偽の美しい手書き原稿を渡したらしい。ヴァレリーは『若きパルク』でも同様のことをしたようだ、などという陰口をレオトーは広める。これは由々しい非難である。このように伝えられた話は、噂という想像界の古典的な現れともいうべきものである。ヴァレリーのように自分の作品の草稿の束を残しておいた人間が、わざわざそれを書き写して楽しんだだろうか。なぜなら、金が欲しければ、彼は保存しておいた草稿を適宜持っていきさえすればよかったはずではないか。数日後、自分には良心がたっぷりあると自負するレオトーは、ヴァレリーがいくつかの詩の再版に際して料金を要求したという理由で、大胆にも彼を下品なビジネスマン扱いする。ヴァレリーが要求しているのは、再版された詩一編につき……三〇フランというわずかな金額なのだが。

話はここで終わらない。レオトーは、ヴァレリーの手紙などを売却したことが表に出ないようにあらゆる手を使った。ヴァレリーは——二年後、と思われる——それを知ることになるが、親切な彼はそれで恨みをもつようなことはしない。それにひきかえ、レオトーの方は、テランがどんな愛好家に自分が売ったものを転売したかを正確に知ることはない。その愛好家とは、ヴァレリーがよく知る人物、友人で銀行家のジュリアン゠ピエール・モノだった。モノは、ヴァレリーが書いたもの、手紙や手書き原稿のうちで市場に出ているものを、徹底的に買い戻す計画を有効に、かつ、人目につかないように推し進める。モノはヴァレリーの貴重な支えとなる。マーケットを「洗浄」しつつ、モノはヴァレリーがある程度マーケットをコントロールできるようにしたり、書いたものの過度の散逸を防止したり、現在ジャック・ドゥーセ文芸文庫の「ヴァレリアノム」に保存されているコレクションの核になるものを収集する。一九二六年の春以降、彼はヴァレリーの「ペン大臣」の職責を果たすようになる。ヴァレリーは、彼に届く郵便物や注文の数々に圧倒されてしまい、もはや何がなんだか分からない状態にある。モノは、ヴァレリーのビジネス関連の手紙を自分が担当すると提案する。以後、講演旅行にしろ、出版の問題にしろ、印税にしろ、インタビューにしろ、執筆依頼にしろ、ヴァレリーにたいする質問に返事を書いたり、ヴァレリーの返事を伝達する仕事はモノがおこなうことになる。モノは、彼自身の活動が許すかぎり、パリであれ、フランス国内であれ、外国であれ、ヴァレリーの講演会に出席する。彼は、ヴァレリーの上に降り注ぐ仕事の量が多すぎるとして、そうしたオファーを断るようにしばしば勧めるのだが、あまり成功しない——度し難いヴァレリーは、すべて、あるいは、ほとんどすべてのオファーを引き受け続ける。

しかしながら、ヴァレリーは自分の生活方法を別のものに変えようとは思っていない。五月六日、ラ・ロシュフーコー夫人が彼に再度『ルヴュ・ド・パリ』誌の編集長になってくれるよう提案してくる。現編集長が引退したがっているというのがその理由である。ヴァレリーは提案を数日考え、躊躇し、最後は諦める。現在の不安定な身分を捨てて、報酬はいいが重責の定職につく気にはなれないのである。こうしたことから推定すれば、不平を述べたり不安に襲われたりもするものの、彼の置かれている立場は彼に満足と十分な収入を保証してくれていると言うことができるだろう。

五月、カトリーヌ・ポッジがパリに戻って来る。彼女は、駅から元愛人に手紙を送る。「わたしは今、パリに来ています」。彼は丁重だが、そっけない返事を書く。忙しすぎて時間がない、と。彼女は彼にうるさく迫る。一時間だけわたしにちょうだい、一時間だけでいいから、と。同じ日、彼は彼女の窓の下に姿を現す。約束など消えてなくなり、過去など忘れられて、話は再燃する。一九二〇年の秋以来、この夏ほど、ヴァレリーがポッジに心奪われたことはない。彼の愛人は驚く。彼はもはや彼女の記憶にある愛人ではない。彼女は彼を激しい、さらには、どぎついとさえ思う。存在間の合一とか魂どうしの一体感をめぐって、以前彼が抱いていたような夢は消えてしまった。彼にとって彼女は「体質的なもの」[4]、と彼は断言する。彼は朝、イエナ大通りにやって来る。午後に、再びやって来る。彼女はずっととどまるつもりで、パリに来たのだ。二人の間の関係は安定している。かつてのような幻想という重みがかかっていないだけに、気安いものとなった。ジャニーは何も知らない、何も知ってはならない。

夏、ヴァレリーはジュネーヴの国際連盟に行く。そこで、かなり象徴的な意味あいの強い出来事に遭遇する。ドイツ人たちが国際連盟の内部に入ってきたのだ——ドイツの国際連盟加盟直後のことだった。「自分の心に聞いてみるそのときどきで、何の印象も持たなかったり、すごい印象を持ったりする」[5]。知的協力委員会の文芸や芸術の小委員会での活動への参加は、彼が大事にしているものである。彼が擁護している考えは昔からのものである。それは、世紀が変わろうとしていた頃にデストゥールネル・ド・コンスタンと交わした書簡や、第一次世界大戦後に書いたヨーロッパに関する書き物や、彼の政治的考察全体で表明されているような方針のなかに位置づけられる。より一般的な次元で言えば、その考えは、雑誌『コメルス』の政策にも、講演旅行の精神にも、ペン・クラブの原則——彼は今、会長のジョン・ゴールズワージーの片腕として働いている——にも引き継がれている。国家間の平和は、それぞれの国家のエリートたちが接触や連携を深めていくことによってのみ実現可能となる。暴力と本能との支配に対抗して、国際連盟は合理性と良識を発展させるよう努力しなければならない。それこそが、対話と寛容へとつながるのである。国際連盟は、「精神連盟」にならなければならない、と彼は繰り返し言う。こうした条件の下でなら、国際連盟は国際関係の本質そのものを変容させ、過去に起こったような錯誤や悲劇の再発の可能性を少なくすることができるかもしれない。

八月、ヴァレリーはレジオンドヌール勲章のオフィシエ章（四等）を授与される。彼が共和国の信奉する価値のヒエラルキーを上っていくということと、フランスの文芸や精神の代表者としての経歴を積んでいくということとは並行している。結局のところ、国家はこうした勲章という手段を使うことによって、文化政策における彼の働きに、ほぼ公的な性格があることを認めるのである。ヴァレリーは単に公人、文学的栄光というだけではない。彼は、言葉の現実においてばかりではなく事物の現実においても行動する活動家、アリスティッド・ブリアンやその平和政策に近い活動家に変身したのである。

ヴァレリー家は、夏休みの期間、トノン近くのアンティにあるジュリアン＝ピエール・モノの領地に招待される。巨木が生い茂る大きな公園がジュネーヴ湖岸に広がっている。水浴びと水浴びの間の休憩時間を利用して、彫刻家のアンリ・ヴァレットが木陰でヴァレリーの胸像を一生懸命制作する。九月十三日、リルケが湖を渡って、仕上げたばかりの『ナルシス』の翻訳の話をしにやってくる。「わたしは、あんなに元気で陽気な彼をそれまで見たことがありませんでした（…）。木や草花の間をさまよったり、あちこちで葉をむしりながら、わたしたちは詩に関するわたしたちの思いをぶつけ合ったり、混ぜ合わせたり、区別しあったりしました」。ヴァレリーはモンペリエや女ナルシス《ナルキッサ》のことをリルケに話すとともに、自分にとってナルシスが、「一人の人間とその似姿との出会い」、有限の個人とその個人が向かう普遍性との出会いという意味を持っていることを明らかにする。まもなく訪れるリルケの死によって、二人で過ごしたこの優美な瞬間は、ヴァレリーの記憶のなかに深く刻まれることになる。「夕暮れ時に、リルケは湖を一周する小型の外輪船に乗った。わたしたちはお互いハンカチを振った。わたしには、今でも、あのときの外輪の下の泡や、煙や、白十字を染めぬいた美しい赤い旗や、友から引き離された友の姿や、突如、まったく別のものになってしまった風景や太陽のさまが、まざまざと眼に浮かんでくる。まもなく、ヴァルモンからの電報がわたしに彼の死を伝えたのだ(6)」。

急遽、パリに帰らなければならなくなる。ル・メニルで夏を過ごしていたファニーが病気になったのだ。九十五歳の彼女は病気に抵抗する。数日後、危険は去る。息子の方は、まごついてしまう。休みが終わって、彼はまた、いつもの習慣を見出す、愛人も、義務も、印刷屋も、社交界のご婦人方も。「ぼくは自分がだれなのか、今まで一度も知ったことがない、——でも、自分がだれでないのかはいつでも知っていた——それが誤りかどうかは知らないけれど。現在、ぼくは、ますます周囲の状況に巻きこまれている。ぼくの人生は糸かせのようなもので、そのうちの一本の糸が、あまりにも多様で多数の糸くずともつれてしまったので、そこのところで間違いを犯したり、混乱してしまったりというありさまなんだ。眠ってるときでもそうなんだ(7)」。しかし、ヴァレリーはパニックへの対応策を持っている。彼は逃げ出すことができるのだ。

この秋、彼の予定はぎっしり詰まっている。十月十九日、彼は中央ヨーロッパの征服に旅立つ。ウィーンとプラハで講演をする。ヴァレリーは観光客ではない。ウィーンは彼には活気がないように見える。プラハはあまりにも遠く、あまりにも自分の知っていることと違いすぎているので、プラハについて何かを考えることなどできない、と思う。「外国で、知らない言語のなかで、まごついてしまう。皆はお互いどうし理解しあい、人間なのに。お前は、そうじゃない、お前は、そうじゃない……」[8]。ベルリンは彼の講演旅行の最終目的地であり、存在理由である。彼は、パリ広場〔ブランデンブルク門のすぐ後ろ〕のド・マルジュリ氏の客となる。到着早々、講演の聴講希望者六〇〇人のリストを目にする。それはドイツ人とフランス人が半々のリストで、そのうちのほぼ三〇〇人が願いを聞き入れられる。「ヴァレリーはベルリンで成功を収める。彼は話す、（…）話しまくる、早口で、すこぶる早口で、生まれつきの雄弁さや思いつきや経験の過剰さから、そしてまた、臆病さから、そして、これで終わりにするという思いで、話しまくる。彼は食卓でも、大使館でも、いたるところで話す。皆、彼がフランス語で言うことに耳を傾け、理解しさえする。彼はヒンデンブルク元帥の姪にあたるノスチス男爵夫人のところで夕食をとる（…）。シュトレーゼマン夫人とお茶を飲む。社会主義者のリーダーで長身のブライチャドや、昼食に招いてくれた鉄鋼業の経営者たちをも魅了する」[9]。

ヴァレリーは、文学的な講話をするときには、ルイスやマラルメやユイスマンスやドガの思い出を話した。しかし、彼が、ペン・クラブの庇護を受けて、十一月七日にフランス大使館でおこなった講演は、明確に政治的な性格をもったものだった。会場には、複数の大臣、一部の外交団、ドイツ帝国議会議員、多数の高官、それに文学や芸術界のエリートたちがつめかけた。彼はヨーロッパという観念を擁護し、大陸を荒廃させたばかりの市民戦争を糾弾し、仏独接近を説く。知識人や政治の話をしつつ、思考することを職業としている人間の義務は、実践のなかに介入していくことではなく、自分たちのもっている最良のもの、たとえば厳密な批評精神を、政治的出来事の検証に適用することにあると主張する。パリに帰って、ブリアンに招かれたヴァレリーは、ベルリンでの発言内容を要約して話すことになる。「わたしはドイツで次のようにいいました。もしドイツが、ドイツは悪意を持ってはいないという気持ちをフランス国民に抱かせることに成功したら、たちまちのうちに世界の顔は変わったことでしょう、と[10]」。ヴァレリーの発言は、アカデミー・フランセーズの右翼陣営から非難を浴びることになる。彼らは外務省の政策に反対し、戦前の外交に執着している勢力である。

ベルリンの講演の際、会場の前から二列目にアルベルト・アインシュタインがすわっていることを知って、ヴァレリーはこのうえない満足感を味わっていた。アインシュタインがヴァレリーの考えに関心を示したので、ヴァレリーはこの年の末、アインシュタインに手紙を書いて、彼がアインシュタインを称賛する理由を明らかにする。「あなたは、物理的な法則の統一と内在的連携という傑作を世界に与えたのです。あなたは、より深淵で広範で大胆な手段を使うことによって、本質的に異なっている概念どうしが、どのようにひとつに合わさり、同一化するのかということを例示したのです」。ヴァレリー自身の願いは、まさしく、政治やその諸概念を、相対性理論を可能にしたのと同じ「厳密な再検討」にゆだねることであった。「初歩的ないし原始的な反応、盲目的な衝動、無制限の興奮と一貫性のない記憶、こうしたものをたくさん含んだ人間的な事物から政府を救出するために、可能なことを試みなければなりません[11]」。二人の間で手紙のやりとりがなされたきっかけは政治的意味あいの講演をヴァレリーがしたことであったが、そうした文脈を超えて、ヴァレリーが、アインシュタインの理論のもつ全体を統一化する力のなかに、彼が自らの「体系」や『カイエ』を通じて長年追い続けてきた夢を認めていたということは明らかである。

ヴァレリーはベルリンからまっすぐパリに帰ったのではなかった。スイスに立ち寄って、一週間、町から町を講演してまわる。チューリッヒでは、十一月八日と十日、ベルンでは九日、バーゼルでは十一日、ルツェルンでは十二日に講演をする。彼は三日間、マルチン・ボドマーのところで休暇をとる。ボドマーは一九二二年にも、ヴァレリーをチューリッヒ近くの彼の領地に迎えてくれたことがあった。最後の滞在地はローザンヌとなる。彼はそこで出版社を持つ実業家のアンリ＝ルイ・メルモに迎えられる。ローザンヌでは、ベルリンにおけるのと同じ、文学上の思い出に関する講演をおこなう。その報酬として、彼を招いた「文芸協会」に一二〇〇から一五〇〇フランを要求するとともに、旅費や滞在費の払戻しもあわせて要求する。

パリに帰るやいなや彼を待ちうけていた目のまわるような忙しさと較べたなら、数週間続いた講演旅行での移動や公的な生活など、気分転換と言えるものかもしれない。金銭問題、売りに出された手紙の話、出版に関する仕事などが山積し、重複しあい、混じりあう。ヴァレリー自身の手になるオリジナルのエッチングを添えた『海辺の墓地』の再版が十一月末に出版される。ヴァレリーはこの機会を利用して版画の技術を学ぶ。アドリエンヌ・モニエのところで知り合いになったダラニェスのアトリエに頻繁に通い、彼から版画の基本を教えてもらう。ジュリアン＝ピエール・モノは、ヴァレリーが一九一五年から一九一七年にかけてピエール・ルイスに宛てた手紙一五通を買い戻すことに成功し、それをヴァレリーのために特別に一冊の本にまとめて十二月にプレゼントする。

注文が押し寄せてくる。一九二七年の初め、ヴァレリーは徒刑囚のように働く。「オリヴァーのタイプライターを打つ、打ち続ける、『スタンダール』を打ち、『マラルメ』を打ち、『ヨーロッパ』を打ち、『ラ・

フォンテーヌ』を打ち、『パリ』を打ち、『アルファベ』を打ち、打って、打って、打ちまくる。さらに、金はせびられる。そのうえ、金は払ってもらえないときている！」[12]。それだけではない。この労苦に、さらに日々の昼食会や晩餐会、カトリーヌ・ポッジ宅訪問、あらゆる種類の会合や儀式への参加がつけ加わる。ヴァレリーはノーベル物理学賞を受賞したジャン・ペランの祝宴の司会を引き受ける。彼はこの仕事を重要視し、周到に準備する。そのために、彼はペランの研究所を訪ねたり、物理学的な理論の考察を再開したり、発展させたりする。数日後、ソルボンヌ大学で、スピノザに捧げられた儀式の司会をする。さらに彼はパリのコルシカ人祭りにも姿を見せる。その一〇〇〇人ほどの出席者を前にして、自分は父親の故郷を知らない、自分は確実にその強烈で健康な影響を受けたと思う、そこに休息に行けたらうれしいなどと言う……。彼の義務には、今後、あらたな一面が加わる。彼の作品についてなされるたくさんの注釈について、彼自身が注釈を加えてほしいという要求が出されてきたのだ。ポール・スーデーは、ヴァレリーが何かを出すたびに、記事を書いてそれを祝福してきたが、『ポール・ヴァレリー』という著作を準備している。それで、どうしても、自分の好きな作家とその件について話をしたいと思う。ジレ神父の方は、『ポール・ヴァレリーと形而上学』という本を出したところで、その主題で講演をおこなう。そのため、懐疑的形而上学者にさせられたヴァレリーは、どうしても釈明し、自分の考えを明らかにするか、正確にするかせざるを得なくなる。

一九二七年冬の数ヵ月間、彼の家庭生活は、クロードとその妻が直面する困難をどうするかで忙殺される。クロードが病気になり、医者が彼に田舎暮らしを勧めたのだ。クロードとその妻はランド地方〔フランス南西部の大西洋沿岸地帯〕にあるアレクシス・ルアールの領地に出発する。彼らの「安住」――ブルジョワの用語で言えば――には、まだ手間ひまがかかりそうで、そのための費用はヴァレリーが負担しなければならない。すべてが同時にやって来る。一月、アガートが結婚の意思を両親に伝える。相手は彼女が幼い頃から知っている青年である。それは、ポール・ルアールで、アレクシスの息子にほかならない。長男の結婚にたいしてあまり乗り気でなかったヴァレリーも、今度は、自分の友人たちに娘が結婚することを誇らしげに知らせ、結婚式――七月に予定されている――の準備に積極的に乗り出す。

講演でベルリンを訪れたことは政治にたいするヴァレリーの関心をいっそう強いものにした。ローマ法王ピウス一一世によるアクション・フランセーズ〔フランスの右翼団体。共和制の自由主義と民主主義を批難し、統合国家主義を唱える〕の弾劾は彼の興味をそそる。ヴァレリーはモーラスのことが好きではない、そして、モーラスもまたヴァレリーのことが好きではないのだが、左翼勢力とヴァチカンとの接近は用心してかからなければならないように思われる。国際関係の面では、ヴァレリーはますますブリアンの陣営に加担していく。アルチュール・フォンテーヌ宅でのルイ・バルトゥーとの会話のなかで、ヴァレリーはきわめて明確に自らの確信を要約してみせる。「ヨーロッパを作らないと、フランスは破滅する」[13]。この問題に関して、彼は自分が皆に理解されていないという気持ちを抱いている。彼には、ヨーロッパの団結は絶対に必要なことと思われるにもかかわらず、政治家たちは、失敗することが明白な野望や方式に囚われたままでいると不安げに語る。三月に出版された『ヨーロッパの盛衰に関する覚書』は、彼のペシミズムを語っている。「ヨーロッパは明らかにアメリカの一委員会に支配されることを熱望している。ヨーロッパの政治全体がそちらの方を向いている」[14]。

二月、カトリーヌ・ポッジは匿名で中編小説『アニェス』(*Agnès*) を出版する。ヴァレリーが『コメルス』誌に掲載を提案して拒否されたものを、『NRF』が引き取ったのであった。ヴァレリーがその小説を出してくれる出版社を探す仕事を引き受けたということから、その小説にヴァレリー自身の作風が認められると思っている人たちもいる。ポッジの方は、その小説を出版させたのは、本屋でそれがヴァレリーの名前で出版されているのを見たくないからだと主張する。彼女の言を信用するなら、彼女の愛人は、作品を書くために、彼女の書いたものから平気で着想を盗んでいくというのである。こうした糾弾は、彼にたいしてなされた長々とした不平不満のリストの一部だと考えなければならない。もちろん、そこには、昔からの非難も軽蔑の念も含まれているわけだが。

このリストのなかには、レオトーが吹聴してまわった、ヴァレリーが大量に作ったとされる偽手書き原稿についての話も含まれている。カトリーヌ・ポッジの愛の狂気には恐ろしいものがある。至高のものにたいする情熱ゆえに、彼女はいたるところに下劣さを見る。いかなる物質的な汚れもないヴァレリーと一体になりたいという欲望ゆえに、彼女は現実の男を泥まみれにしないと気がすまない。彼女の主張のほとんどには信憑性がない。彼女の『日記』は、きわめて単純な嘘や明白な悪意に満ちている。ヴァレリーの愛人の断言がレオトーの作り話に裏づけを与えてしまいかねないという事態には、困惑させられるものがある。金もうけのためだけにヴァレリーが本当にそのような不誠実な行いに加わったと証明しかねないからである。ところが、実際のところは、これまで、だれも何も証明していない。そしてレオトーの証言もポッジの証言もともにほとんど信用するに値しないために、二人のヴァレリーにたいする糾弾には一貫性が欠けている。そのうえ、カトリーヌ・ポッジの攻撃的な気分は、彼女がかつてジャニーと結んだヴァレリーとの関係は口外しないという約束によってたえず引き起こされる恨みの念からも来ている。二人の関係は、秘密のままである。こうした二重生活はおそらくヴァレリーの気持ちを楽にはしてくれない。彼はときどき、あまりの圧力を受け入れた自分の頭が破裂しそうだと思う。

　ヴァレリーがアカデミー・フランセーズに選ばれた頃から、ジョルジュ・ヴィル街は、彼が毎日立ち寄る場所ではなくなってしまった。ミュルフェルド夫人が海軍将校のピエール・ブランシュネイと再婚したのだ。彼らは一年の大部分をグラースの彼らの領地「小さな田舎《ラ・プチット・カンパーニュ》」で過ごす。ヴァレリーは、しばしば、そこまで彼らに会いに行く。夫人のパリのサロンはもはや間歇的にしか開かれなくなり、一九三〇年以降は閉ざされてしまう。長い間夫人の競争相手だったマリー＝ルイーズ・ブスケが後任となる。彼女は毎週木曜日、パレ・ブルボン広場で、それまで「魔女」のもとに通っていて、行き場を失った一群を迎え入れることになる。三月、フランソワ・モーリヤックと、その『テレーズ・デスケィルー』をこきおろしたばかりのポール・スーデーとの間で激しい口論が持ち上がる。ヴァレリーは二人の間に入って、モーリヤックをなだめ、なぐさめる。ブスケ夫人にとって、こうした口論は大歓迎だった――というのも、この種の波乱に満ちた出来事をとおして、自分のサロンの評判を上げることができるからである。

　アカデミー・フランセーズの会員たちはヴァレリーの入会式がいつまでもおこなわれないので、いらいらし始めている。というのも、その会員に選ばれることは、取るに足りないことで、そこに迎え入れられる必要があるのだ。ヴァレリーは衣装を縫ってもらわなければならないし、剣も身につけなければならない。一月、剣の準備ができる。彼は剣のデザインを自分でおこなった。剣の柄のまわりに蛇がとぐろを巻いているデザインである。それは、彼の日記帳の多くを飾るとともに――ひとつの鍵を包みこむ蛇の動き

――、彼が自らの探求の紋章とみなしている蛇の姿を単純化して表現したものである。ランヴァンがデザインし制作した衣装は、ほぼ準備ができた。その衣装は七〇〇〇フランもする。まだ、演説を書く仕事が残っている。それが一番の難題だ。数ヵ月来、ヴァレリーは演説を書こうと努力してはいるが、いっこうに進まない。新しく選ばれた会員は、前任者をほめたたえるような演説をするのが慣わしとなっている。ヴァレリーはアナトール・フランスと一度対談しただけであるし、彼の作品をほとんど評価していない。儀式は春の終わりに予定されている。三月、彼は我慢の限界に達する。「自分が知りもしなかった人間の肖像を、その人のことを暗記しているような人たちの前で描き出すなんて、考えてみただけでもぞっとするね！　それに、ぼくは、彼の作品をたくさん読んだなんてことは、一度もなかったんだからね。ぼくは、ロックブリュヌのアノトーのところに行くよ。答辞の演説をすることになっている彼の方も、準備が大いに遅れているのでね。彼ならぼくに秘密の情報を教えてくれるだろうから[15]」。

歴史家アノトーの人を暖かく迎え入れる赤い別荘「ヴィリュラ」は、山腹にあって、レモンの木々や花々で囲まれている。階段を下りていくと海である。毎朝、ヴァレリーは海岸を散歩し、その後で、アノトーといっしょになり、仕事にかかり、それから、一時滞在中の訪問客たちと昼食をともにする。何度か、フランシス・ド・ミオマンドルと会う。彼は、近くに滞在しているのだ。ヴァレリーは、マリオネット代わりの二本の指のまわりにハンカチを巻いて、『アタリー』〔ラシーヌの聖史悲劇〕の一場面を演じては観客を笑わせる。ヴァレリーは、マントンで、聖週間のミサを注意深く見守る。それは、「恩寵の神秘について即興的な作品を作る喜びのため[16]」だ、とミオマンドルは主張する。ヴァレリーをほかの「不滅の人たち」に紹介する義務のあるアノトーの求めに応じて、彼は簡潔な自伝を書く。ブランシュネイ家のいるグラースとモンペリエとの二箇所に立ち寄った後で、ほとんど仕上がった入会演説を手にパリに帰る。

　ヴァンスには行かなかった。ヴァンスには、カトリーヌ・ポッジがパリを発った直後に行っていたのだが。ヴァンスに行ってしまえば、公にしてはならないことが、公になってしまうだろう。ポッジが後日語ったところによると、彼女は、彼女がジャニーと交わした約束から自分を解放してくれるよう、ジャニーのもとに介入してくれないかとミュニエ神父に依頼したのだが、打診を受けた神父は動かなかったもようである。たとえそのような手続きを取ったとしても、それが二人の関係の劇的な公認といった状態にでもいたらないかぎり、愛人関係が疎遠になっているようだという事実を、おそらくいささかも変えることはなかっただろう。ヴァレリーは、忙しいので立ち寄る時間はない、と知らせることがますます多くなる。しかし、不意に訪ねていく時間ができたようなときには、決してその機会を逃さない。彼はまだ愛人を愛している。彼女に会わないでいるというのは、二人の関係の冷却化の指標というよりは、むしろ、その方が安らいでいられるということ、そしてそれが習慣になってしまったということの結果というべきである。しかし、このように会わないでいる状態は、ますます辛辣な言葉で解釈されるようになる。そうした言葉は、互いが相手に向ける眼差しのなかに断絶が広がっていることを示している。

　五月十八日、ファニーがモンペリエで息を引き取る。九十六歳であった。次男の成功と栄光は、彼の関心事や書いたものと同じくらい、彼女にとって神秘的なものだった――しかし、彼女は息子とともに、その成功も栄光も喜んだ。危篤状態に陥った夜も、彼女は「第二帝政の時代に彼女が生きたきらきらと輝いて楽しかった生活や、彼女をセットの地まで連れてくることになる運命を奇妙なまでに方向づけた祖国イタリアの独立戦争の様々なエピソードといった昔のことを思い浮かべては気晴らしをする[17]」すべを心得ていた、と孫娘のアガートは語る。ヴァレリーはただちにモンペリエに向かう。一ヵ月前にもモンペリエに行って、衰弱した彼女の姿を眼にしていたところだった。「ぼくは、彼女に関するささやかな文集を書いてみたい、ぼく一人のためだけに」[18]。彼女はセットの海辺の墓地にあるグラッシ家の地下墓所に埋葬される。ヴァレリーは、ジッドが彼に送った悔やみの言葉にたいする返礼の手紙を書くが、彼はこれを投函せず、保存しておく。

今のぼくがあるのは、そのほとんどすべては、ぼくの友人たちのおかげなのだ。彼らは自分自身を信じていないぼくを信じてくれた。ぼくがそんな人間なのにもかかわらず、彼らは彼らの友情や資質や才能に値する一人の人物をぼくのために描き出し、形作ってくれた。（…）

ぼくの誇りは、彼らの多大にして評価しようのない関心を、ぼくの上に引きつけたということ。（…）

今、（…）ぼくはもう自分自身を見出せない。ぼくは五時と六時の間に起きる。ぼくは、義務としてしなければならないこと、約束はしたものの期限が来てしまっている馬鹿なことがらの混沌とした山を見出す。そして、そうした倦怠を催すだけの注文作品を作ろうとあくせく働くのだけれど、解決策が見つからない。八時には、いまいましい郵便配達人がやって来る。そして、大臣並みに大量の郵便物をおいていく（…）。十時になると、訪問客がやって来はじめる。一時まで、彼らを迎え入れて、話して、話して、話しまくらなければならない。昼食の時間には、ぼくはもう死んでいるんだ。その後で、駆けずりまわらないといけない——〝生きて〟いかないといけないのでね——そして、出版社や図書館などの間を飛びまわる。そのときには、ぼくはもうできあがってしまっている。ぼくが〝社交界〟に行くなんてことは、たいした意味のあることじゃないんだ。夜になれば、もうそれ以外のことは何もできなくなっているんだから。

講演旅行に出かけるのは、ぼくの役に立っている、逃げ出すのに、疲労の種類を変えるのにね。[19]

友人たちの重要性と過重な労働とは同じ問題に属している。ヴァレリーは自分を空洞のあいた人間と感じている。彼は積極的な生を望まない。なぜなら、そのようなものは幻影と愚かしさにほかならないことを知っているからである。彼は自らの意志による作品を望まない、自由に生きられる日々を望まないのと同じように。もちろん、それを欲望すると口では言う。しかし、彼はそれを獲得するために決して何もしていないし、今後もしないだろう。彼の誇りは、自分が友人たちによって形作られたことにある、と彼は言う。それは、結局のところ、自分自身から行動したり書いたりすることには執着しないと断言しているようなものだ。彼には中心もなければ、固有の衝動もない。彼は他人の意志が自分を横断するのを望んでいる。だからこそ、彼は作家としての自分を奇妙なやり方で提示する。自分で立てた計画に必死にしがみついている彼の姿など、見たことがない。他人や状況によって割り当てられた多様な仕事のなかにしか、あるいはそれによってしか彼は存在しない。様々な前衛運動が時代遅れになり始めたこの戦後期にあって、彼はいかなる形式も、いかなる文学ジャンルをも自分の力で吹き飛ばしてしまおうなどとはしない。彼にあっては、その作品全体、人間全体、個人、人柄、仮面などが吹き飛び、千の断片になって散乱している――それらの一貫性は、永遠に、構築そして再構築すべきものとして未完のままとどまる。

このように、彼のなかには統一された人柄はないが、少なくとも、面白がり、自分の価値を認めさせることのできる登場人物が一人はいる。その人物は、マルタン・デュ・ガール相手に黄禍に関して預言者的な説明をして面白がる。「ワイシャツが一ダースで五〇サンチームだ。これじゃ、ぼくたちの国の工場主は自殺するしかなくなるよ」[20]。六月二十三日、アカデミー・フランセーズ入会の日、彼は自分の価値を認めさせる。すごい人だかりができる。たくさんのエレガントな女性たち、それにたくさんの若者。かわいらしい一人の若い娘が潜りこもうとする。彼女は、皆が彼女のために通路をあけてくれるのを期待して、「わたしはポール・ヴァレリーの娘なんです」、と遠慮がちにささやく。「彼女たちはみんな同じ手を使ってるよ！」と守衛の一人は答える。ポール・スーデーの方は、だいぶ前から会場に来ている。彼は、ほかの人が確実に自分の存在に気づくようにと帽子をかぶったままでいる。皆、一時間待たされる。太鼓が連打される。アカデミー・フランセーズの会員たちが前後密接して入場し、着席する。蒼ざめたヴァレリーが、二人の推薦者、大使のジュール・カンボンと旧友のアンリ・ド・レニエにはさまれて登場する。娘のアガートは、当然ながら、父親を申し分ないと思う。「とてもくっきりとした彼のシルエット、動作の正確さとすばやさが、緑の衣装に、これまた軍隊風の、そして、若々しくてエレガントな風貌を与えていました。彼は、襟が大きく開いて白い胸あてがはっきりと見える、柔らかで穏やかな緑の刺繍がはいった衣装を選んだのでした」[21]。

ヴァレリーが話し始める。彼には、どんなときでも、どこかおどけたところと、辛辣なところとが同居している。彼は、自分をアカデミー・フランセーズ会員に就任させるこのような行為のなかにおいてすら、ちょっとしたスキャンダルを引き起こすことに成功する、しかも、完璧に礼儀にかなったやり方で。彼は、前任者のアナトール・フランスにたいして遺恨を抱いていた。それは文学的なけんかでも、個人的な争いごとでもなかった。話は、彼がまだ子どもだった頃にさかのぼる。アナトール・フランスは、一八七六年、マラルメやその「半獣神の午後」にたいして『現代高踏詩集』の扉を開けることを拒否したのだ。今日、ヴァレリーは自分の師匠のための復讐をする。彼が称賛することになっているアナトール・フランスの名前を、演説のなかに一度たりとも出さない。きわめて「ルイ一四世時代風」の文体を、以後、彼のトレードマークの一部となる、早口で分かりづらい話し方で読み上げながら、彼は懐疑主義を称賛する。彼のこのアカデミー・フランセーズ入り演説は十分間にわたって拍手喝采を浴びる。終身書記のルネ・ドゥーミックは、冷たい表情を保ったまま、ガブリエル・アノトーに発言を促す。アノトーは、新参者の詩を勇敢にもいくつか解釈してみせる。

その後、ヴァレリーは学士院の中庭に出て、写真のためにポーズを取り、微笑み、あいさつし、握手し、最後に群衆のなかに行く。儀式の進行は完璧だった。アカデミー・フランセーズの会員になるということは、ある程度の数の任務を引き受けることを前提とする。そのなかには、有名な木曜日の作業会への出席も含まれている。「結局のところ、ヴァレリーはかなりアカデミーが好きだったのです。ありのままのアカデミーが好きでしたし、アカデミーがアカデミーであるからこそ好きだったのです。彼はそこに漂っていた仲間意識のようなものを高く評価していました。辞書作りの仕事は、彼の目には追究不足と映っていましたが、それでも彼を十分に刺激しました。彼は綴り字を単純化しようとする意見や、疑わしい語源に由来する本来あってはならない文字——たとえば、posthume のなかの h——を削除しようという意見を弁護していました。そうしたことは、(…) ルネ・ドゥーミックをかなりいらだたせました」[22]。ヴァレリーが出席した最初の例会で、偶然にも、ジュリエット・アダン夫人に賞を与えることが可決される(「挙手で決めるんだ、とっても愉快だろう！　子どもみたいだね！」）。「なんという偶然のめぐり合わせだろう！

わたしが精神を働かせて最初に稼いだお金は、アダン夫人がくれたものなんだよ、『レオナルド・ダ・ヴィンチの方法への序説』執筆のお礼にね[23]」。

決して自分たちの考えを交換しあうことがない、と彼が考える人たちのなかにいて、彼は居心地がいいと感じる。皆、仕事をし、冗談を言い、少し才気のあるところを見せるにしても、自分の個人的な研究の報告書を他人に押しつけるようなことをする会員はいない。こうしたなかで、ヴァレリーの子どもっぽい気分は花開く。アカデミー・フランセーズのムッシューたちは楽しむ。ある木曜日のこと、「機関銃」という語が議事日程に入っていた。その定義をしなければならない。毎回欠かさず出席してはいるが、年老いてしまったジョッフル元帥は、半分だけ目をさまして言う。「それは大砲じゃない。それは、パン、パン、パン、パン、って鳴るんだ……[24]」。こうした雰囲気はヴァレリーにぴったりなのである。もちろん、こうした雰囲気にもかかわらず、ヴァレリーが熱心に自分の職務を果たすことにかわりはない。熱心すぎて、アカデミー・フランセーズの平安をかき乱すこともあったが。翌年の初め、トマス・ハーディの死に際して、彼はアカデミー・フランセーズが意見表明をすべきだと提案して、ちょっとした事件を引き起こす。小説嫌いのヴァレリーから出たハーディへの称賛の念は、彼にある程度の共感能力があることを示している。苦労はしたが、彼は自分の提案を認めさせるのに成功する。

ヴァレリーのアカデミー・フランセーズ入りは、その作品や名前を売り込む格好の機会となる。入会直後、『レ・ヌーヴェル・リテレール』誌は、彼の入会演説原稿を掲載し、「注や未刊のエッセイも合わせて収録した、詩ならびに詩人たちに関するポール・ヴァレリーの著作を集めたオリジナル版」という本の予約申し込みを開始する。人工的に作り上げた一巻にたいして「オリジナル版」という名称を使うのは、誤用気味ではあるが。印刷された三三〇部全部に、ヴァレリー自身が通し番号を手で書きこむ。そのあるものは四四五フラン、またあるものは八九五フランの値段がつけられる。また、古い和紙に印刷された五部だけは、さらに値段が上がって、一三四五フランで売られた。数年来のインフレで貨幣価値が少し下がったことは事実だが、この時期、ヴァレリー産業は順調で、このような「チャンス」もあって、ビジネスが大繁盛だったということは明らかである。

　旧敵たちは、こうした事実を指摘し、ヴァレリーを非難するチャンスを逃さない。おそらくヴァレリーが心の底から大嫌いな唯一の男、小説家で批評家のアンドレ・ルヴェールが、『メルキュール・ド・フランス』誌、次に『ル・クラプイヨ』（*le Crapouillot*）誌で、激しくヴァレリーを攻撃する。醜聞専門の『ル・クラプイヨ』誌の編集長ジャン・ガルチエ＝ボワシエールがルヴェールの後ろ盾となって、一号全体を「ポール・ヴァレリー氏の商才」にあてる。それは、もっともらしい書き方はしているものの、陰口と事実とを巧みに織り交ぜながら、明らかにヴァレリーを傷つけることをねらった記事である。

　こうした反ヴァレリー・キャンペーンのなかにも、それからヴァレリーをめぐって何度も蒸し返される批判においても、一貫しているデータがある。つまり、皆、彼が同僚たち全体と同じように行動していると彼を非難しているのだ。たとえば、自分のペンを売り物にして金もうけをしていると非難するのである。彼と彼の同僚のほとんど唯一の相違点は、彼が豪華本しか出版しようとしないという点にある。しかしながら、このヴァレリーの選択は、もっとよく考えてみると、正当なものであることが分かる。というのも、廉価版のヴァレリーの作品は売れないと思われるからである。彼は難解な作家であり、ポール・ブールジエやジョルジュ・デュアメルの作品のような大部数の売り上げを期待できるはずがないのである。ある日、彼は、あまりにも明白にシニックな調子で、自分の方法をレオトーに語ったことがある。「豪華な紙を一枚取り出して、そこに何か書く。印刷部数をごく少数にして、可能な限り高く売る[25]」。このような調子でヴァレリーが言ったのだとすれば、そして、もしそれがレオトーの単なるでっち上げでないとしたら、彼はそれを面白がって言っただけの話である。レオトーの伝える話の内容は、暮らしの糧である商売を露骨なまでに定義している。こうしたことのすべてが表しているのは、ヴァレリーには確実な現実主義があるということ、そして、自分の対話相手が好意的だと馬鹿正直に信じすぎているということである。要するに、ヴァレリーの犯した過ちは、とりわけ、他人なら知らないふりをすることまで口に出して言ってしまったということにある。

アンドレ・ブルトンは、新しい「不滅の人」にたいする非難の気持ちを象徴的な態度で示す。「わたしは、彼のアカデミー・フランセーズ入会の日を、彼からの手紙を処分する日と決めたのです。かねてから、ある本屋がその手紙を欲しいと言っていたのです。たしかに、わたしも弱気になって、売る前に手紙の写しをとりはしました。というのも、オリジナルの方にたいして、ずっとそれまでわたしは強く執着し続けていたのですから」。以後、ヴァレリーは、ときどき、シュルレアリストたちがデビューしたての頃、彼らにたいして懐疑心の入り混じった友情を抱いたことを話すだろう。グルネル街の彼らの研究所を何度か訪ねたことも語るだろう。しかし、彼は決して、ブルトンにたいする愛情を喚起することはないだろう。ブルトンの態度は彼を苦しめた。彼にとって、友情は文学理論よりも大切なのであり、かつて彼が擁護したブルトンの離反やけんか腰の態度は理解できないのである。

七月十六日、アガートの結婚式がおこなわれる。式はジュジエ教会で催され、ミュニエ神父が式を執りおこなう。夏の間、ヴァレリー一族はル・メニルにとどまる。結婚式の後、まもなく、ヴァレリーはソレムの僧院のベネディクト会修道士たちと数日間をともにする。彼は礼拝に参加し、「神父たちと話し合い、食堂で修道士たちといっしょに食事をする」[26]。孤独と休息の必要、知的好奇心、美をめぐる無意識的記憶、倫理的魅力、こうしたものが、おそらく、この経験のなかには混ざり合っている。還俗した彼は、都会と田舎の間を放浪する。これまで、彼は永続的な緊張状態のなかで生きてきた。今は、自由に呼吸することができる。ラ・ロシュフーコー公爵夫妻の豪華なモンミライユ城（マルヌ県）に何度か滞在する。そこでは、とりわけ、アンドレ・モーロワ、ギー・ド・プールタレス、ポール・モランとその妻エレーヌに会う。

数ヵ月来、彼とカトリーヌ・ポッジとの関係は明確に改善している。一方は攻撃性を弱め、他方は自由のきく時間が多くなったことで、彼らはますます、自分たちが双子ではないかと思うほどになる。彼女はいつもの攻撃の手をゆるめ、彼は細かな気配りで彼女の気持ちをなだめる。しかし、晴れ間は長続きしない。十月十一日、彼女は気送速達便〔地下の圧縮空気管を使って送った速達便〕を送ってくる。「お別れです、わたしは旅立ちます、叡智へ、あるいは、別のものへ」[27]。それから、彼女は行く先も知らせずに出かけてしまう。実は、ストラスブールにバカロレアを受けにいったのだ。彼女は合格する。十日後パリに帰ってくるが、ヴァレリーはパリにはいない。彼は英国に行っていて、ロンドンやオックスフォードやケンブリッジで講演旅行をすることになっている。彼女は理学部に登録する。彼が帰ってくる。二人は再会する。「あなたはいつでもわたしのもとへ帰ってくるのね」、と彼女は『日記』に記す。「ぼくは貴女を愛しているってことに今気づきました！」[28]、と彼が言う。彼らの精神、彼らの体内時計は完全に同調している。一九二〇年のように、あるいは、一九二〇年のとき以上に、愛し合い、一体になっている。それは、二人の愛にとどめの一撃となって作用する。これまで、二人の関係は、様々な非難や不和を乗り越えて続いてきた。しかし、今回の関係修復以降、彼らの関係は二度と立ち直りを見せることはない。

ヴァレリーはいくつか講演をおこなう。サン・セヴラン公園でのエミール・ヴェルハーレンの記念碑除幕式で講演をする。エレーヌ・ヴァカレスコといっしょに、ユニヴェルシテ・デ・ザナルで「文学的な思い出」を語る。クロードの健康状態に心を砕き、彼を南フランスのアゲイの太陽のもとで治療させる。クロードは、妻とともに、翌年の春までそこに滞在する。「ぼくは首までどっぷり不可能につかりきっている。苦しいし、へとへとだし、四つ裂きだし、消耗している[29]」。滑稽な寸劇のような事件が起こって、彼を元気づける。バレスを大いに称賛するアンリ・ド・モンテルランがバレスに関して書いた文章が、バレスの未亡人や息子には冒瀆に思われたのだ。父親の名誉を守るために自分の命を危険にさらすこともいとわないフィリップ・バレスは記事を書いたモンテルランのもとに証人を向かわせる。彼は、一五歩離れたところで打ち合うピストルによる決闘を望む。決闘は、どちらか一人が戦闘不能になるまで続くものとする。モンテルランはマルタン・デュ・ガールとヴァレリーに証人になってくれるよう依頼してくる。証人どうしできわめて真剣な協議がおこなわれる。一夜限りの敵が慎重に選んだ言葉で書いた手紙をバレスが受け入れ、決闘は中止になる。

一九二八年一月二十四日、午前の遅くに、ヴァレリーはいつものようにカトリーヌ・ポッジのもとに姿を現す。昼に、彼女は、もう二度と会いたくないと彼に告げ、「永遠に立ち去って[30]」ほしいと懇願する。ポッジは、ヴァレリーの家庭生活が離別の原因だと言う。彼女は妻のもとに夫を返す、というのである。実は、彼女は自分の人生を再編したのだ。バカロレアや大学を軸にして、新たな内的平衡を作り上げた。数ヵ月来、ポッジがヴァレリーにたいする攻撃をゆるめていたのは、彼女が徐々にヴァレリーから遠ざかっていたことを反映している。そのうえ、彼女は、ヴァレリーより少しばかり年上だが売れっ子の男性にかなり熱を入れあげている。その名はジュリアン・バンダ。彼は『聖職者たちの裏切り』を出版したところであった。今度ばかりは、絶交は決定的で――覆ることはない。

ヴァレリーは絶交を受け入れることができない。彼は愛している。彼は自分が追放されたと思う。最悪の方法で裏切られたと感じる。彼のなかのすべてが、事実の受け入れを拒む。朝となく午後となく、彼は通りに出て、元愛人の窓の下にやって来る。彼はそこに数分間立ち止まり、かつて彼を迎え入れてくれた場所をじっと見つめる、そして待つ。彼女はそこにいるが、動かない、彼を招き入れることはしない、合図も送らない。ヴァレリーは、これまで、この重々しい愛の話の劇的な瞬間の数々や体制の変化や不安定さに耐えてきたが、今度は、その終わりに耐えなければならない。愛の不幸は彼を無防備状態におく。正面から激しく殴られ、苦しみに侵略され、気力がうせ、絶望にたいして答えを見出せない彼は、人生で苦痛というものを経験したことがない子どものような態度を見せる。

推論や判断の能力を失っているわけではない。一九二一年から翌年にかけての冬のときのような大きな危機は起こらない。今回は、狂気も深刻な脅迫のようなものもない。ただ、麻酔にかけられたように無気力になる。もはや本心をいつわることができない。社交界に出ていても、自分を複数の存在に分割する彼特有の比類のない能力を失ってしまう。スーデーはあるサロンで意気消沈したヴァレリーに会い、心配する。「いったい、ポール・ヴァレリーはどうしてしまったんだろう？　彼は暖炉のすみで震えている……、病気のようだ……」[31]。彼はいつものように行動する。つまり、課せられた仕事を履行する。絶交して四日後、彼は哲学学会で「芸術的創造」に関する講演をおこなう。しかし、二本の深い皺が刻まれた彼の顔の表情は、うつろで、ぼんやりしている。アンドレ・フォンテーナス宛の手紙で、彼は自意識を育てていた頃が懐かしいと書く。かつて若かった頃は、「苦しむとしても、自分のことだけで苦しんだものです。それこそ、一人の人間が望みうる最高のことです」[32]。数日後、彼は立ち直り、いつもの表情を取り戻す。彼は再び、生きることのできる状態、あるいは、生きているふりをすることのできる状態に戻る。

両義的でない感情はない。ヴァレリーの喪の作業は数ヵ月、あるいは数年続く。夏の初め、彼はなおも、愛する女の窓の下に現れる、なかば期待から、なかば挑戦的な気持ちから。筆跡をいつわって彼女に手紙を送り続ける、そのほうが、確実に彼女が開封すると信じて。様々なイメージや後悔の念が一九三〇年代の初めまでつきまとう。しかし、この絶交は解放でもあったのだ。一九二〇年以来味わわされた苦しみや辱めは、彼のなかに深い恨みの気持ちを作り出していた。彼はそんな恨みにほとんど気づいていなかったし、それを大きく拡大することもなかったし、愛し合っているという確信のもとに隠し通してきた。その恨みが今になって現れてくる。四月、彼は「お互いを必要不可欠と思っていた」二人の人間が、どのように愛しあったのか、そして憎しみあうようになるのかを短編小説で描いてみたいと思う。「別れ別れになっても、二人の人間の主要な点は分割不能である。彼らは、お互いを許しあうことも、忘れることもできなくてひどく苦しむ。彼らは二人とも、自分を死なせたがっている。お互いが相手に取りつかれている。

彼らはお互いを殺しあう[33]」。

公人としてのヴァレリーは、喜んで迎えられる。二月十七日、ブリュッセルを講演のために訪れた彼を、ベルギーのエリザベート女王がラーケンの王宮に招く。「重装備の車がわたしを迎えに来る。（…）夜も遅くに、ラーケンに到着。庭にいる歩哨たちの銃剣」。彼は、花が飾られ、暖炉の熱い光で照らされた広大なサロンで女王に拝謁する。一時間、文学や、自分自身のことや、ワグナー――その自伝を読んだばかりだった――のことなどを話す。作家ヴァレリーは元気を取り戻す。彼は女王が「怖気づいているようだ[34]」と思う。彼の作品に関する講演がたくさんおこなわれる。神学者、文学専門の大学教授、作家たちによる称賛や分析が増える。生きたまま解剖されているような不思議な気分になる。

私人としてのヴァレリーは回復期に入る。彼はリヨンで講演し、その後、南フランスに向かう。三月十七日から五月十日まで、たくさんの友だちのいるところ、特に、トゥーロンやジアンに滞在する。ジャニーやフランソワはアゲイのクロードと合流する。クロードはアゲイで完全に健康を回復する。家族の生活のことを考えたり心配したりすることが、自分を取り戻すうえでヴァレリーの助けとなる。そうしたことが、注意を紛らしたり、時間を使ったり、精神を実際上のこまごましたことで満たすからである。「ラ・ポリネジー」で、彼は帆船や海や水平線を描いたり、デッサンしたり、理解する。自分を空っぽにして、休息する。

パリに戻ってきて数週間後、友人で医者のモンドールが彼を哲学者のアランに紹介する。彼らは「ラペルーズ」で昼食をとる。アランは初めてヴァレリーを見たときのことを忘れない。「この小柄な男は、注意力と軽蔑する力ゆえに恐るべき頭を持っているが、その頭はまた、底抜けの陽気さと比類のない悲劇的な表現力ゆえに注目すべきでもある。これほどまでに強烈な顔をわたしはほかに知らない。その表情には友情のようなものが漂っている。それに、（自分でも言うように）心ここにあらずといったようなところ、あるいは、（皆が言うように）不注意そうなところがある、いずれにしても、身の毛のよだつような」[35]。ヴァレリーは、すべてを手に入れ、すべてを失った。人生においても、思考においても、まだ彼が知らないことなど、もう何も起こりようがない。無頓着にして自由な彼は、今や、自分の行為のなかに消え去ることもできる。動きに身をゆだねて、連れ去られるがままにすることもできる。彼の存在は自由に処分できる状態にある。

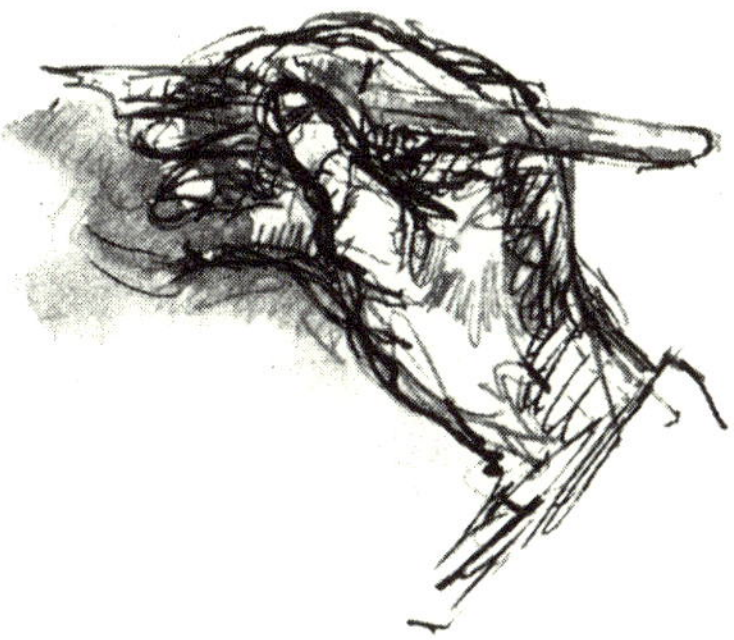

16 波に乗って

一九二八—一九三三年

ヴァレリーは確固とした基盤を築きあげた。その収入源はしっかりしているし、活動や責務は今後とも持続するものと決定しているし、愛情生活も安定した。家族の住むアパルトマンも以前ほど人員過剰ではなくなった。上の子どもたちが出ていったことと、一月にポッジと絶交したこととが、ヴァレリーをジャニーに近づけることになる。数年間にわたって、二人を結びつける信頼関係は、かつてのような重要性を失っていた。その信頼関係が、今、確実さと力とを取り戻し、ヴァレリーの心的生活の中心にその場所を再発見する。以後、ほぼ十年近くにわたって、彼の生活の組織と体制は、若干の変動はあるにせよ、今固定されたばかりの状態で続くことになる。

ヴァレリーは、知性とその厳密さとに捧げた散文を数年にわたって制作した後、今、彼のなかにおける詩人の基礎を構成している音楽にたいして、再び関心をもつようになる。それは偶然に起こったことではない。語や響きやリズムにたいする趣向こそは、おそらく、つい最近まで、愛する想いが豊富に彼に提供してくれていたものを再発見する方法のようなものなのだ。かなり昔のアイデアが脳裏に再浮上してくる。それは、「音とイメージと意味との分割不可能な建造物[1]」といった形を取る作品のアイデアである。彼は十九世紀の終わりに、このアイデアをドビュッシーに話したことがある。六年前、アルチュール・オネゲルといっしょに粗筋も書いた。計画が発展する。いつものように昔の愛情に忠実なヴァレリーは、『アンフィオン』という名の楽劇《メロドラマ》を考える。それは、ワグナーのオペラと礼拝の儀式からインスピレーションを受けたものであった。彼はアルチュール・オネゲルと連絡を取る。彼は六月二十六日にヴァレリーに会いに来る。音楽家は挑戦に応じる。彼は、演劇のようであり、バレエのようであり、かつ、オラトリオのようであり、オペラのようでもあるようなものを書くと約束する。そのうえ、彼の作曲は、音楽の不在から音楽の勝利へと向かう知的な進行を中心に組み立てられなければならないだろう。彼らは、最近『ボレロ』を創作したばかりのダンサーでありかつメセナでもあるイダ・ルービンシュタインと意見が一致する。彼女はこの企て全体の資金提供に同意し、作品を舞台にのせる約束もしてくれる。八月末、ヴァレリーは、「音楽家こそがこの作品の統率者です(2)」、と明言しながら劇のテクストをオネゲルに送る。オネゲルは小さな修正点をいくつか提案した後、仕事に取りかかる。

ヴァレリーは孤独に耐えられない。独りになるやいなや、悲しみや、メランコリーや、もはや存在しないものの嫌悪すべき思い出に襲われ、苦悩が再燃する。「肉体はどんなことも忘れない(3)」。逃げた方がいいのだ。彼の科学的好奇心が、精神の一部を占有する。彼はキュリー夫人の研究所を訪問する——彼女のことを趣味も情けもない人と判断する。生物学者のモーリス・コールリー相手に顕微鏡とその欠陥について議論する。しばしばムードン天文台を訪れ、そこで、夜空を見るのを楽しむ。これは、科学的というよりは、哲学的な喜びのためであった。幸いにも、仕事のスケジュールはぎっしり詰まっている。しばらく前から、同時にいくつかの仕事をする習慣がついていた。七月、『アンフィオン』の執筆を中断してジュネーヴに向かう。そこで彼は、名誉なことに、知的協力委員会の会議を司会する。この年は翻訳の問題が議題になっていた。「わたしはそっけない議長だったようだ[4]」、と『カイエ』に記す。ロビンソンのイメージが彼を魅了する。彼は、自分が島でありたい、自分自身の唯一の占拠者でありたい、自分の領土にだれも浸入させたくないと思う。そこからなら、つまり、そのだれにも触れられない内部の場所からなら、超然とした態度ですべてのものが見えるだろうし、説明できるだろうと思う。そうした態度こそが唯一の叡智と思われる。そこからなら、情動によって不純物を混ぜられることがないので、知性は知性のあるべき仕事を完成させることができるだろう。

　ブーローニュ・シュール・メール〔英仏海峡に臨む漁港〕に行ったり、モンミライユを何度か訪れたり、ビアリッツ近くのゲタリで家族で海水浴をしてヴァカンスを楽しむことによって、ロビンソンの気は紛れるが、彼を厭世的な気分から引き出すことはできない。仕事をする明け方だけが、一日で唯一、人の住んでいる時刻となる。「ゲタリの朝。鶏鳴。充足感――孤独のなか、涼しくもあり生暖かくもあり、黒い青が溶解するなかで、数は少ないが、成熟した大きな星が輝く。今のこの瞬間、音を立てない歌がひとつある。平穏さは、まだ、どっしりとしてある。汽車や灯台は、そのうなり声や夜のまばゆい輝きをなおも保っている。一対一。敵の女はどこかで眠っている[5]」。

　今、ヴァレリーという機械を永続的に動かすエネルギーを送り続けているのは、彼自身の名声である。講演のために数年にわたってヨーロッパ中をさまよった後、彼はそんな旅行を中断し、パリやフランスに引きこもる。いたるところから、彼に会いに人が訪ねてくるし、ユニヴェルシテ・デ・ザナルや大学や哲学学会で話してくれるよう求められる。彼に序文を書いてほしいという依頼が次々と舞い込む。彼はすでに数十本も序文を書いている。それでも、まだ彼は休みなく書き続ける。「出版の目的で書くということ、それはわたしにとっては、その他のものを調整する技術なのだ(6)」。年末、ジッドが彼に会えないと嘆く。「仕事中の君や休息しようとしている君の迷惑にあまりならないで、いつ一人でいる君に会えるのか分かるといいんだけれど……」。ヴァレリーは、彼もまた自分自身に会わなくなってしまった、と返事を書く。「根底は変わっていない。君も知ってのとおり、それはごく単純なものだ。ただ、『自我』*Moi* と自我 *moi* の間に、いろんなものや他人が珊瑚の輪を築きあげてしまった。ぼくは『環礁』なんだ」。公人としての彼は、今や、自分に属しているものと第三者に属しているものとをはっきりと区別する。「他人の権利がおよぶのは、ぼくたちがぼくたち自身にとって他人であるような領域だけだ(7)」。

こうした区別は、ヴァレリーによって意図的に強調されたものであるが、彼を馬鹿げたまでに過激な行為に走らせる。一九二九年二月、ニューヨークの雑誌『フォーラム』が彼に自叙伝を書いてくれるよう依頼してきたとき、彼は、自分の人生の二大事件は、生まれたこととアカデミー・フランセーズ会員に選出されたこと、さらにその二つに、「ジェノヴァの夜」の決定を加えるのもいいかもしれない、「そのほかの一切は沈黙です」、と断言する。この言葉のなかには皮肉が混じっている。しかし、彼が『フォーラム』誌の読者のために書いたのは、実際にこれだけなのである――主要作品のリストも加えられはしたが、少なすぎるというものである。彼は、作品などの形で一般の人に与えている言説の形成の背後に、自分の姿を消そう、消え去ろうとしている。自分の身を守ろうとするこうした彼の意志は、強迫観念に変化する。自分のなかから排出し終えようとしているポッジとの愛の話が、ここでは、彼に敵対的に作用している。

その話は、役にも立たない厳格さで、彼が、あらゆる情愛深い存在や、あらゆる感動や、他者と出会うあらゆる可能性に対抗するようにしむける。当時の彼の『カイエ』からは、ムッシュー・テストのような人物に戻って懐かしんでいる様子や、模範的なまでに孤絶し、魂やその諸状態を拒否した昔に立ち戻った様子がうかがえる。彼が明け方に解き放つ純粋理性の自我が舞台を支配し、その言説を押しつけ、何があろうと、手綱を放すのを拒否する。ヴァレリーは一八九二年のときと、かなり似通った状況にいる。苦しみを再び活発化しかねない心の乱れの回帰に対抗するために、彼は規律と分析という名の壁を打ち立てる。

一九二九年は、年初からつらい思いをする。ヴァレリー一族をインフルエンザが襲う。ヴァレリーはどうしても治らない。医者の指示で、二月の末と三月の初めを「ラ・ポリネジー」で過ごす。そこで、彼はホラティウスを読む。一月から六月までのうち、二、三ヵ月間は寝室に引きこもらざるを得なくなる。彼はアカデミー・フランセーズの同僚とともに、フォシュ元帥の病気の推移を不安げに見守っている。老軍人は三月二十日に死去する。その後継の問題が出てくる。五月二日、アカデミー・フランセーズ会員たちは、ペタン元帥の立候補を受け入れる期待を表明する。もしペタンが選ばれたならば、アカデミー・フランセーズの総会で彼を迎え入れる役目はヴァレリーがおこなうということになる。こうした見通しは、ヴァレリーの心をわくわくさせるとともに、恐ろしくも感じさせる。バルトゥーがヴァレリーの代わりにその役を引き受けてもいいと提案してくる。ヴァレリーは、ペタン自身の支持を受けて、その申し出を丁重に断る。

対談相手の顔ぶれの多様さが、ときどき彼を驚嘆させる。五月十六日。「大臣二人、元帥、ダンサー、大使、神父、警視総監、最高裁判事、様々な作曲家、残酷な言葉を放つ挿絵画家によって飾られた一日[8]」。

彼らは、社交界の人間や芸術家がつきあう人たちである。ヴァレリーの社会生活は少しずつ変化する。あいかわらず、彼は広く方々に顔を出し、引っ張りだこではあるが、若干、サロンでの生活のリズムをゆったりとしたものにする。彼はナタリー・クリフォード＝バーネイから遠ざかった。彼女は彼が異常なまでに自分自身に没頭していると考える。彼は、かつてミュルフェルド夫人に近づいたほどには、ブスケ夫人に近づかない。今、彼が一番定期的に通い続けているサロンは、ラ・ロシュフーコー公爵夫人のサロンである。

こうした体制の変化の原因は、第一に、こうした社交の形態が急速に崩壊したことに由来している。サロンの数が減少し、サロンをリードしていたご婦人方が老齢化して引退し、その後を引き継ぐ人が稀だったということである。次に、栄達をきわめたヴァレリーが、もはやだれかの「秘蔵っ子」である必要などないので、そうした老齢の女主人の仲介などなくてもいいという事実にも、その原因がある。最後に、日課の問題も、そこに関わっているだろう。つまり、ヴァレリーには、自分の好きなことに没頭する時間が欠けているのである。なぜなら、彼のアパルトマンは、朝から晩まで訪問客に占領されるからである。彼は、娘のアガートが言うように、社会福祉事務所を経営しているようなものなのだ。役所のあるポストにつきたいということでヴァレリーに口利きを求めにくる人もいれば、勲章をもらえるように彼の推薦を依頼してくる人もいれば、死後の生や、世の中の流れのことや、パリ・マレー地区の建造物取り壊しの問題で彼の意見をききにくる人もいるというありさまである。もちろん、訪問客のなかには、数多くの友人もいれば、数え切れないほどの知人もいれば、出版社も、印刷屋もいる。さらに、ジャーナリストもいれば、栄光に輝いているような気になっている大詩人もいれば、アイデアを求めてやって来る高等中学の生徒もいれば、不安げな司祭もいれば、無遠慮な野次馬もいれば、熱狂的な読者もいる。丁重にして無頓着なヴァレリーは、返答し、メモを取り、鼻持ちならない人間は追い返す。アンドレ・ブルトンの離反はヴァレリーの警戒心を強くした。彼に会いにやってくる若い作家たちが目の前に見出すのは、注意深く話を聞いて、いい助言をしてくれる人間であることにまちがいはないが、師匠とか友人といったタイプの人間ではない。

アルチュール・オネゲルが『アンフィオン』の作曲を終える。七月初め、ピアノの連弾と四声で、その最初の読み合わせがおこなわれる。「わたしには判断能力などありませんが、オネゲルは難しい仕事をうまく切り抜けたように思います」。ヴァレリーは九月中にメロドラマが上演されることを期待する。もし上演が成功したら、彼は「無言劇やダンスや歌やオーケストラからなる骨董品的作品をほかにもいくつか[9]」書こうと考えている。しかし、イダ・ルービンシュタインには約束があって、オランダ領インド〔現インドネシア〕やオーストラリアに出発しなければならない。計画は彼女が帰ってきてからに延期される。台本作者としてのヴァレリーは出発前の彼女に会う。彼女に会って、彼のなかに、様々なイメージや語が喚起される。彼はそれを『カイエ』に書きつけ、結論を引き出してくる。「イダ。脚。長さ。ダンスは分割する傾向がある……。ダンスの分析――(…)。デッサン(…)。デッサンを描く人間は動きを求める[10]」。こうしたメモ書きの上に、彼は、「ドガ、ダンスそしてデッサン」となぐり書きする。ダンスの優雅さによって、ドガ論を書こうという昔の計画が、今、再浮上したのである。

ポール・スーデーが七月七日に死去する。その年の春、ヴァレリーはスーデーとブレモン神父を和解させようとしたことがあった。二人は理解しあうことはなかった、理解しあえなかった。そして、ヴァレリーの試みは失敗していた――「司祭に福音を説くなんてできない」[11]。スーデーの死去は、ヴァレリーにとって、一九一七年以来、『ル・タン』紙が彼にたいし一貫して示してきた無条件的支持の姿勢に終止符が打たれたということを意味している。

七月、ジュネーヴで、知的協力委員会の例会が開かれる。街は楽しい気分で浮かれている。「花火（…）。空と湖面の織りなす壮麗な黒い色が、上昇しては叫び声のような音をたて、盛んに身振りをし、身をよじり、壮麗さの果てに死んでいく、とても美しい打ち上げ花火によって、思いがけないときに引き裂かれ、目くらましにあっていた」[12]。ヴァレリーは、その後、コンスタンス湖畔へ、そしてチューリッヒへと向かう。チューリッヒで、ヴァレリーはマチルデ・ヴェーゼンドンクの住まいを訪ねる。彼女がいなければ、ワグナーは『トリスタンとイゾルデ』を書かなかっただろうと思われる、そんな女性である。この年、ヴァレリーのワグナー熱は、『神々の黄昏』と、飛びぬけて一番大好きなオペラ『ワルキューレ』を観ることで燃やされ続ける。

パリで、アンナ・ド・ノアイユが彼にカトリーヌ・ポッジのことを話題にする。彼は無意識の記憶の回帰に耐えがたい思いをする。記憶は肉体の苦痛を急速に消し去るのに、その同じ記憶は、精神の苦悩をゆっくりとしか追放できない、と彼は思う。あるイメージや言葉や匂いが傷に触れるやいなや、その傷はきわめて身近なところにずっとあったのだということが分かり、悲しい思いをする。

八月十五日、出発。ヴァレリーは、ベアーグ伯爵夫人から、彼女の所有するヨット「テナックス」号に乗って、地中海周遊の旅に誘われる。彼女とはバルセロナで合流する。同様に招待を受けていたモーリス・ユトリロと、乗船する日を待ちながら、バルセロナの街を三日間散歩する。アンチーブの後、ヨットはカルヴィ、アジャクシオ、ボニファシオで停泊する。「お前はコルシカにいるのだ」。山中を散歩して、すばらしい風景を発見するが、町々は不潔で面白みがないように思われる。バスチアはほかの町よりはましなように思われる。ヴァレリーはバスチアに不思議な魅力があると感じる。ヴァレリーは先祖の家に案内されたり、縁続きの人たちに紹介される。そのうちの一人は、住民の四分の三がヴァレリーという苗字をもつ小部落の話をする。カザノヴァ夫人、この人ももちろんヴァレリーの遠縁にあたる婦人なのだが、彼女は彼に地元の特産品を食べさせる。以後、数年間、新年になると、コルシカ島のハム・ソーセージの包みが届いて、ヴィルジュスト街をいい匂いで満たし、ヴァレリー家の人間は舌鼓をうつ。しかし、そうした食べる喜びを別にすれば、祖先の土地がヴァレリーを熱狂させるとは言いがたい。ヨットとそのエンジン、船上での小さな出来事、夜明けの風、船長や操縦士や見習い水夫たちとの議論、こうしたものこそが彼を楽しませ、退屈させないものなのである。船上の生活は至福である。「何もしないうちに時間が過ぎ去る。観念はひとつとしてなし。出発、きれいな空気のみ。地上では、無気力状態[13]」。

八月三十一日、ヨットは、チヴィタヴェッキアに到着する。ヴァレリーはローマで二日間過ごす。ヴァチカン市やその図書館やそこのきちんと考えて整理された索引カードが、廃墟や七つの丘よりもずっと彼を楽しませる。ピンチョの丘からのながめも、モンペリエのペイルーや、マルセイユのノートル＝ダム・ド・ラ・ガルドや、パリのモンマルトルほどではないように思われる。「豊かだが、ぶよぶよのローマ[14]」。ヴァレリーは観察する。「ファシズム。行政機関と議会政治とが、最悪の生産性という結果が生じるような形で最終的に理解しあう——あるいは、配置されるということは、確実だし、大いにあり得ることだ[15]」。再び、出発。少しばかり、サルデーニャ島の沿岸航行をおこなう。オリスターノの近くで、ヴァレリーたち一行は祭りに加わる。伝統衣装、農民の女たちの美しさと高貴さ、清潔さ、おいしい料理、プレゼントの交換。ヴァレリーはうっとりする。さらに、カリャリで停泊する。少し悪天候気味。海上で夜を過ごす。ハヴロック・エリスの作品について皆で意見を交わす。その作品が馬鹿げているということで意見が一致する。彼らはナポリとその火山、島々を発見する。彼らを乗せた汽車は九月二十三日にパリに到着する。

　ヴァレリーが、毎年風邪をひく季節がやってくる。彼はその伝統にそむかない。旅行から戻ってきた数週間後に、ジャニーが病気になる。彼女は腹部の激痛に襲われる。かかりつけの医師マルテル——彼は、例の偽決闘事件の際、バレスが送りつけてきたバレス側の証人である——は、彼女にありきたりの治療をする。痛みはおさまらない。十月二十二日、彼女は緊急で病院に運ばれる。外科手術（虫垂炎と思われる）がおこなわれ、無事成功する。ヴァレリーは、数日間、『カイエ』にジャニーの容体報告しか書けなかったほど、不安な気持ちになる。危険が去って、彼はいつもの気分を取り戻す。十月二十七日、彼は数日来寝たきりになっているジッドを見舞う。二人でいろいろなことを議論する。会話の最中、ジッドがふと自己犠牲という言葉を口にする。「この自己犠牲という言葉を聞いて、ヴァレリーは耳をそばだて、彼がすわっていた肘掛け椅子からわたしの枕元までおどけたかっこうで飛んできて、廊下のドアまで走っていって、外に身を乗り出しながら、叫ぶ。『氷だ、おーい、氷を持ってきてくれ！　病人がわけが分からんことを言ってる……。自己犠牲するそうだ！[16]』」。ジャニーは回復期に入る。ヴァレリーは、一人で、あるいは、子どものうちのだれかといっしょに、ピッチーニ街の病院に見舞う。近くの病室にベルクソンがいると教えられる——それは、延々と友愛に満ちた会話の声を響かせることによって、病院を哲学サロンに変えるチャンスになる。

この年の秋、パリでは科学が語られ、思考される。アインシュタインが、十一月の九日と十二日、パリで講演する。「最初は、何も難しいものはなし。次に——ほとんどの人は理解できなくなる——彼は自分の意図を語る。自然の一体性。もっとも単純な法則を発見すること[17]」。ヴァレリーの目には、こうした野望こそは、講演者を科学者にするだけでなく、同時に大芸術家にもするように思われる。あえてコメントをするまでもない事件が起こって、彼は気分を悪くする。アインシュタインが科学アカデミーに立ち寄ったとき、エミール・ピカールはアインシュタインがドイツ国籍だという理由で、紹介されるのを拒否したのである。ヴァレリーはこうした態度を情けないと思う。

『コメルス』誌が、ついで、アドリエンヌ・モニエが夏の終わりに『文学』を出版する。十二月、『NRF』から『ヴァリエテII』が出版される。この巻は、春にはすでに準備ができていたが、出版が延期されていた。そこには、一九二四年以来おこなわれたほとんどの講演の原稿が収録されている。内容的には、哲学関係が少しと文学関係がたくさんというぐあいである。ヴァレリーはそこで、何度もマラルメの姿を喚起する。彼は記憶に蘇ってきたマラルメのイメージや言葉を、繰り返し、互いに補足しあういくつかのテクストに書く。それは、理論的な言説と個人的な証言とが交錯したテクストとなっている。ガリマール自身は近づきやすい人間というわけではないが、彼はヴァレリーといると、きわめて快適な生キザマ(modus vivendi) を見出すのであった。ガリマールは、「あまりにも知的」に思われるジッドを怖いと思うのであるが、ヴァレリーのことは大好きなのである。「ときどき、暖房の話とか、ソーセージの話とか、雨傘の話とかをする[18]」からというのがその理由である。

ヴァレリーは、ある種の作品なら、あっという間に仕上げる。ピエール・フェリーヌはその仕事の関係上、一年のうちの何ヵ月間かはパリで生活していたが、彼は青春時代の友人のもとを訪れては、ヴァレリーがある種の記事などを書いて、注文主に渡すときのすばやさと、自分にとって決定的な重要性を帯びた仕事をするときの用意周到な緩慢さとのコントラストに驚く。アカデミー・フランセーズへのペタンの入会が問題になって以来、ヴァレリーはたえず答辞の演説のことを考えていた。彼は元帥に会い、戦争が彼に提起した戦略上の諸問題について長時間彼と話し合い、何人もの将軍や大臣にも質問する。軍事上の問題について昔抱いていた関心が蘇ったのだ。彼は、理論的かつ歴史的な図式化という観点から、かつて自らがおこなった考察の統合をしたいと考えている。十二月の初めにペタンと会い、大晦日に彼と昼食をともにし、一九三〇年三月十四日、シャンティイーの彼の自宅を訪問する。ペタンは自分自身の入会演説を準備しなければならない。彼らは互いに助け合う。「デュエット、書類とにらめっこ[19]」。

　ヴァレリーの公的な経歴には、ある有名な機構の名前がひとつ欠けている。つまり、ノーベル文学賞である。それこそは、ヴァレリーの才能にたいする最終的な公認となるだろう。一九三〇年の初め、彼の名前がストックホルムの審査委員会に提案される。友人や崇拝者や作家や大学人やパリの著名人たちからなるグループが、こうした要求のイニシアチヴを取った。彼らを率いているのはエドメ・ド・ラ・ロシュフーコーだったが、彼らはフランスの大学長たちの支持も取りつけていた。ヴァレリーはスウェーデンから受賞決定の知らせを待っている。ある日、息子のフランソワが一人だけ家にいて、宿題をしている。「電話が鳴った。こちらストックホルムですが、ポール・ヴァレリー氏を電話口までお願いします。――八時ごろ、また電話してください。父が夕飯に帰宅したとき、わたしは彼に言いました。父さんにスウェーデンから電話があったよ。また、かけてくるって。父は、その電話が、受賞を知らせるためのものだと考えないではいられませんでした。二度目の電話がかかってきました。受話器の向こうにいるのは、先ほどと同じスウェーデンの女性です。ムッシュー・ヴァレリー、あなたは女性の選挙権についてどのようにお考えでしょうか、お教え願えませんか？（…）わたしはその場に居合わせました。父は顔色ひとつ変えませんでした」[20]。もちろん、女性の選挙権の問題は彼の関心を引いてはいる。ラ・ロシュフーコー夫人は精力的な闘士で、「女性選挙権のための国民連合」を主導している。そういうことなので、彼女はヴァレリーから、若干からかい気味の同意を得てはいる。しかし、公爵夫人の支持や人間関係の広がりが突拍子もないインタビューなどではなくて、彼が欲しがっていた賞をもたらすなら、それは彼にとって、より芳しく香る幸福にもなるだろう。ヴァレリーは今後とも、ノーベル賞を受賞することはない。審査員たちは、社会問題にたいする彼のある種の無関心な態度を非難したようである。

　パリの生活には、パリ特有の楽しみがある。三月二十六日。「モラン宅で、コクトーやフィリップ・ド・ロットシルトと昼食」。ギリシャ風のファースト・ネームをもった二人の女性が食卓の席を飾る。彼女たちの資質は申し分がなかった。彼女たちは、ミス・ヨーロッパとその姉〔ディプロラコス姉妹〕なのだ。美の女王は有名な銀のドレスを羽織っている。それは、「彼女の体の線をくっきりと出し、肉体の極限的な美をあらわにする」ドレスだった。それは裸体モデル《アカデミー》と呼ばれるものである。ヴァレリーはその道に通じている。「神々しいまでのプロポーション。上半身も脚も腕も、驚くほどに完璧な形でしなやかだ。彼女は魅力的だ」[21]。

　翌日は、もっと真面目な一日となる。ポーランド大使館での昼食の後、「ペタンのことで、リオティ元帥と会談。最後は口論になる。彼はわたしにペタンを評したフォシュの言葉を伝える……。臆病なまでに慎重な人間、二歩前進して、三歩後退するような[22]」。こうした情報をヴァレリーは信頼のおける筋からじかに得てきている。権力の中枢に近い人たちとのつきあいが――もちろん、ヴァレリーが口外しないという条件でだが――現在進行中の出来事や議論について直接的な手がかりを得ることを彼に可能としている。目下、老兵士たちを熱狂させているのは、ブリアンの平和政策の勝利を示すものと考えられるラインラントからのフランス軍撤兵問題で、事実、この問題は、年老いた排他的愛国主義を信奉する右翼勢力の熱意を刺激している。

数日後、レーモン・ポワンカレがヴァレリーとの対談に応じ、それが二時間続く。「アンリ・ポワンカレや――フォシュや――ペタンや――クレマンソー、それにモナコ大公の話をする[23]」。ヴァレリーがフランスの国を指揮したり、管理している人間と近しい関係にあるため、彼には左翼の人間という評判ができる。国家主義的な右翼が激しく彼を非難する。最初に彼を攻撃してくるのは、かつての友人レオン・ドーデである。ドーデは、その年出版された誹謗文集のなかで、ヴァレリーは「とても親切なやつ」だが、「二流の思想家」で「装飾過剰な精神の持ち主」だ、と言う。この判断は文学的な性格のものではない。それは、イデオロギー的な糾弾である。ドーデは、「われらが善良なヴァレリーが仏独接近を提唱する思想家」に、つまり「ブリアンのルームボーイ[24]」になってしまったのは嘆かわしいことだと言う。こうした非難は、根底的な問題をまったく理解しない的外れなもので、不当なものである。ヴァレリーが講演旅行をしなくなってから、まもなく三年になる。その間の彼の出版物は、文学や哲学の問題に関するものだった。彼の関心事は音楽や科学だった。彼の内部において、「ブリアン的」な政治の退潮は、現実の政治の歴史で起こるよりも早い時期に始まっていたのだ。戦闘的右翼の攻撃的態度は、まもなく、ヴァレリーを政治問題へと連れ戻すのに貢献する。

ヴィルジュスト街のヴァレリーのアパルトマンにも、現代世界のいくつかの小道具が登場していた。古いオリヴァーのタイプライターはその役目を終えた。ヴァレリーはそれをレミントンのものに買い換える。それだと、指を軽快に動かすことができるのである。数年前から、建物内部に電話が敷かれていた。ラジオが日々の生活に同伴する。ヴァレリーには、「朝のかなり早い時間からラジオをつける習慣がありました。ラジオは彼の机から手が届く近いところにありましたが、あたかも、それをつけているのを忘れたかのように、大音量で鳴らしっぱなしにするのです。通りで手回しオルガンが鳴っていると神経をいらだたせた彼が、ラジオの音が迷惑だというようすは見せないのでした[25]」、と息子のフランソワは語る。ラジオはコンサートの模様を放送する。それは、ときには、ワグナーのオペラを再び耳にする機会になる。四月、頑強なワグナー崇拝者が、ワグナーとは別の音楽に心を動かされる――一度だけなら、大目に見てあげよう。彼が受けた印象の分析ならびにそこから引き出した逆説的な結論のなかには、純粋音楽と純粋快楽の理論の萌芽が含まれている。自我の確認からその消失にまでいたる彼の思考の動きそのものが、彼という存在を要約している。

> バッハの奇跡的なニ長調組曲。称賛に値する範例。そこでわたしの耳に聞こえてくるのは、歌《メロス》でも悲壮感《パトス》でもない。……現実でないようなものは何も聞こえてこない。自分のなかだけで展開し、わたしのことなど見もせずに、自らのすべての相貌をさらけだしているものだけが聞こえてくる。純粋なもの

の強靭さ。心情や幸運な偶然や自我や過去から借りてきたものなどない。何という「現在」！　称賛に値する範例。あらゆる目的などといったものから無限に離れ、魂胆などいっさいない行為それ自体、孤立した意志、純粋な行為。わたしを知らず、しかも、わたしを幻惑する――そのため、それに聞き入っているわたしは、結局のところ、わたしの聴覚とわたしの存在によって、この現象に存在を与え、自分のことを偶発的と感じるほどだ。わたしの感覚は……、わたしなしですますことも可能なのだろう。[26]

月末、ヴァレリーはグラースに行って、ブランシュネイ家のもとで数週間過ごす。近くの別荘に来ているハーバート・ジョージ・ウェルズに何度か出会う。ペタンはヴィルヌーヴ・ルーベ近くの領地「レルミタージュ」に引きこもった。ペタンは未来の同僚をときどき車で迎えにやって来ては、アカデミー・フランセーズの入会演説の最終稿を読んできかせたり、「貴婦人たちの道」〔第一次世界大戦時の激戦地のひとつ〕の戦闘の話をしたり、フランス文学はラシーヌやボワローとともに死んだなどと主張して彼をいらだたせたり、彼を車に乗せて道なき道を運転しては、アルプス山中に埋もれたどこかの国境地帯の視察に連れ出す。七月十八日、ヴァレリーは雨のため灰色になったジュネーヴで、知的協力委員会の同僚に再会する。「知的協力委員会の議長をわたしに引き受けさせようとの陰謀（…）。パンルヴェが――少し言葉を交わしただけだが――漠然とその職の話をほのめかす。出発」[27]。実際、国際連盟の組織そのものが変容し、翌年には、その地位の問題が別の観点から提起されてくるだろう。

「風邪をひいて、短コートを羽織るはめになった冬のような夏のパリに」戻った彼は、だらだらと時間を過ごし、現在という時の単調さを嘆く。「愚直さが勢力を伸ばしています。ヴォルテールは瀕死の状態です」[28]。しばらく前から、彼は、密かに、しかし、執拗に一八九〇年から九五年のことを懐かしく思い出している。それらの年月が、彼には、知性と繊細さそのものであったように思われる。そうした至福の時代に較べると、現在は生きるのがつらい時代になっている。「現在……、それは、希望がもう外部にしかない時代ということだ[29]」。このあまりにも俗物的な世界の無味乾燥さは、経済危機による馬鹿げた荒廃によって、いっそうひどくなっている。マザリーヌ図書館でたまたま会ったマルタン・デュ・ガールを相手に、彼は現代の逆説の数々を前にした狼狽ぶりを語る。「いたるところで過剰生産、そして、いたるところで貧窮した生活。資本主義は発狂する。カール・マルクスはあざ笑う（…）。人間がこれほど馬鹿な時代はかつてなかった[30]」。

現在の空虚さに抗して、ヴァレリーは自分の夢を探り、ダンスに関する考察を再開し、重力を逃れるもののイメージや密かな美を探究する。こうした陰鬱さと待機との混合物が、ある朝、爆発する。「夏の強風。雨ばかり降って、なかったも同然の夏のなかでの（…）純粋なものの暴力。だが、突然訪れた、この恐ろしいまでに美しい日。すでにして秋。大木たちの大いなる苦悩。個人的な悲嘆の高まり。失われた森の思い出――心引き裂く愚かしさ――お前のことなら知っているぞ、嚙み傷よ、失われた顔よ[31]」。消えてしまった楽園、情熱、嵐。ロマン主義者ヴァレリーの機械が彼自身の中心にあって、それが一撃の下で表面に姿を現す。そして、古傷や、あまりにも知りすぎている激しい苦痛のように、彼を彼自身から、現在から、この世で生きていく可能性から引き離す。この引き裂くような突然の苦しみ、存在全体を襲う生理的とも言えるような状態、これは長続きしない。彼はすぐに自分を取り戻し、古典主義者ヴァレリーの組織をもとの場所に戻し、現在へと帰ってくる。

『言わないでおいたこと』（*Choses tues*）、『海、海洋画、水夫』（*Mer, marines, marins*）が出版されたところである。『続集』（*Suite*）が十月に出版される。出版社をガリマールに限らずに、いろいろと変えようと配慮しているヴァレリーは、不愉快な驚きにぶつかることがときどきある。『言わないでおいたこと』は、ひどい仕上がりぐあいだった。これらの版はプレ・オリジナルとなるものだが、ガリマールはそうした小冊子をいつも最終的にはヴァレリーから引き取り、以後有名になる表紙で装丁して基準となる版〔いわゆるエディション・ブランシュ〕を作り上げる。アカデミー・フランセーズに入会以来、ヴァレリーの評価は伸び悩んでいた。彼の商業的な価値は、一九二七年―二八年の投機的な動きによる最高値にまで再上昇するということはない。手紙や手書き原稿やオリジナル版の売買の動きは以前よりも鈍くなった。昔からの友人や知人たちが、かつてのヴァレリーとの人間関係を利用して商売をするような時代は終わったように思われる。ヴァレリーはあいかわらず、豪華で高価な本を出版する政策を取り続けてはいるが、以前と較べたらひかえめな大きさの本にするよう政策を手直ししている。値段もまた、通常のレベルに戻される。彼の名前もまた一般にかなり広まったので、これまでの豪華版に加えて、ずっと発行部数の多い普及版が投入されることになる。こうして、全体としてみれば、彼がペンで稼ぎ出す収入は減らないということになる。

　九月の終わりから十一月の初めにかけて、ヴァレリーはまた南フランスに滞在する。場所は、グラースとヴィルヌーヴ・ルーベの間、ブランシュネイ家の「ラ・プチット・カンパーニュ」とペタンの「レルミタージュ」の間ということになる。彼はフールマンと会い、戦艦の上で昼食をともにし、リヨンで二日間過ごし、ギリシャ独立百周年記念を祝う式典の席で、ギリシャ救世主二等勲章の授与を受ける日に合わせてパリに帰る。ギリシャ大使館が彼を受勲の対象に選んだのは親切なことだった。しかし、そこには、ある誤解のあることが分かる。すばらしいものであるには違いないが、間違ったイメージが広がってしまったのだ。つまり、ヴァレリーは共和国フランスを体現している人間だというのである。精神や正確さに没頭してきた彼が、彼にとってはどうでもいい平等や、彼が曖昧と判断する自由などといった共和国の原則の公式の象徴になったというのである。奇妙な逆説である。しかし、この逆説を、世俗的なものにたいする彼の趣向が彼に引き受けさせる。たしかに、ヴァレリーはあるフランスを体現してはいる。しかし、それは、デカルトのフランス、現実に光を当てる精神や、選別し理解し構築する知性のフランスである。統一性を探求する彼の精神の考え方と、一貫して普遍的なものを熱望するフランス精神の思いとは、おそらく深いところで一致している。が、だからと言って、彼とフランス第三共和制とが本質的に結びついているということではない。実際、彼が第三共和制と出会ったのは偶然の賜物なのだ、というのも、彼の生没年がたまたまその期間と一致したというだけの話なのだから。——こうしたギャップがあるのを知ったうえで、彼は第三共和制からの賛辞を受け入れ、それを享受する。

　年末は緊張した時間を過ごす。ヴァレリーはペタンの入会演説への答辞を仕上げるために、連続的に逆上したような状態で仕事をする。世の中で起こっていることさえ後景に退く。十二月、タルジュー内閣が崩壊した翌日、彼はブリアン宅で昼食をとる。彼にとって幸いなことに、会話は鱒釣りをめぐってのものだった……。あたかも、今精神につきまとっているつらい仕事から精神を逸らそうとするかのように、彼は『カイエ』のなかに「ファウスト第三部」に関するメモをいくつか書きつけ、メフィストフェレスの野望について考える。一九三一年一月七日、彼は、ノートル＝ダム寺院でおこなわれたジョッフル元帥の国葬の模様をラジオで聴く。

運命の日がとうとうやって来る。会議は、一月二十二日におこなわれる。ペタンはひどく感激している。「わたしはかなり神経質になって自分の番を待っている。喉が締めつけられる。だが、わたしは、話し始める。自分で思っていたよりも強い声。つまらないくだりはわたし自身を退屈させる。効果を狙ったくだりは、うまく作用する。最終部分はうまくいって、皆を驚かす。たくさんのほめ言葉。へとへとに疲れる」[32]。ルネ・バザンは演説家を芸術家扱いする。手の不自由なグーロー将軍は、力いっぱいヴァレリーを祝福する。健常な方の手で、彼の手の指がつぶれるほど強く握る。ジッドはうっとりとしている。「ヴァレリーの注目すべき演説。見事なまでの重厚さと、豊かさと、厳かさのある演説。誇張したところは少しもなく、きわめて私的な言葉、しかし、そのために、非個性化しそうなまでに高貴で美しい言葉で書かれた演説。今日書かれているものすべてのはるか上をいく演説[33]」。

ヴァレリーの長い準備、緊張、恐怖は、ただ単に厳粛な雰囲気、あるいは、そうした雰囲気のなかで話すことの名誉と責任にのみ由来しているのではない。彼は、自分が数年来出版してきた作品のなかで逃れてきたものをこの演説のなかで試みようとしたのだ。彼の作品のなかで、この演説と同じくらい長くて見事な構築がなされているものはあまりない。そこには歴史や理論的考察が入り混じっていて、その演説に、ヴァレリーにおいては例外的にアカデミックという形容が可能なほどの骨組みと厳密さとを与えている。フォシュやペタンへの称賛の念、過去半世紀における戦争の変容の分析、第一次世界大戦の軍事作戦の研究、ヨーロッパの現状の透徹した提示。この演説は、特にヴァレリーの全集という観点から読んでみると、彼が構築を夢見た「体系」の、唯一、実際に書かれた一章を構成しているのである。

演説の重荷から解放されたヴァレリーは、自分が身軽で自由になったのを感じる。彼はエリゼ宮の儀式に招待され（再び、グーローに手の骨をつぶされる）、国立図書館でコローについて語る（「またもや、グーロー！」）。彼は二月二十四日から二十六日までル・クルーゾ〔ブルゴーニュ地方の工業都市〕に行って、ピラネージの『牢獄』を思わせる建物や溶鉄炉や仕事場の奇妙さや、施設を守る軍事防衛システムに強い印象を受ける。ジッドは三月の初めにヴァレリーに会う。「ヴァレリー再見。数ヵ月、数年ぶりに疲れていない、仕事でいらだっていない、自分を完全に制御した、自分の理想を達成したとでも言えるような、彼らしさであふれんばかりのヴァレリー」[34]。ジッドは、ヴァレリーがずっと自分にたいして間違ったイメージを持ち続けていると確認し、残念に思う。実際、ヴァレリーは二人の距離を測っている。「ジッドの（関心を引いているもののうちの）四分の三は、わたしには理解不可能だ」[35]、と数ヵ月前、彼は書いていた。友情の真ん中に、相手をますます不可解と思う気持ちが入りこんだのだ。ジッドがヴァレリー以上に相手を理解しているということはない。彼の方がより攻撃的な態度を示している。彼はヴァレリーのアカデミー・フランセーズ入会後、その『日記』に、ヴァレリーは巧妙なチェスの試合のように自分の人生を組み立ててきたと書く。「彼はとても上手にゲームを展開したので、わたしのゲームなどは、それと較べたなら、もはやみじめな失策の連続にしか見えないほどだ」[36]。こうした言葉は完全に不当なものである。こうした状況のなかにあってもっとも注目すべき事実は、彼らの友情が永続しているということである。ありとあらゆる底意にもかかわらず、あらゆる偏見に抗いながら、二人の友情は破壊されず、それぞれの歴史にしっかりと根を張って、いささかも損なわれることがない。

三月二十五日、英国大使館での昼食会に招かれたヴァレリーは、墺独関税同盟の計画について、深く傷ついて不安げなブリアンと議論する。これが締結されると、ブリアンが推し進めてきた平和政策が大失敗であったことが明らかになるとともに、ヨーロッパにおける勢力の均衡が崩れる可能性があった。翌日、ヴァレリーはエリゼ宮に遅刻しそうになる。彼はベルギー王のパリ訪問を祝して催された昼食会に招待されていた。ベルギー王はヴァレリーとの間にちょっとした紛争の種をかかえていた。彼はヴァレリーの一月二十二日の演説のなかに不正確な点が一点あることに気がついたのである。それは戦争中のあるエピソードに関するもので、ヴァレリーがあるフランスの将軍が決定したとしたものを、ベルギー王は自分が決定したのだと主張したのであった。にわか作りの歴史家ヴァレリーは、その文面を正確にし、訂正した。アルベール一世は満足の意を表明する。

ペタン元帥の入会演説にたいする『答辞』と同時に三月に出版される『芸術論集』で、ヴァレリーは彼のいつもの出版形態を取り戻す。そこには一連の論文や講演が収録される。芸術に関する考察の大部分に見られる教科書風の歴史や批評が性にあわず、かつ、哲学者たちが適切な美学を練り上げる能力にも懐疑的なヴァレリーは、この分野に関するものはほとんど書いていないし、出版したものはさらに少ない。芸術――自分自身の力だけで、そして自分自身だけで完結していると考えられるもの――の問題に取り組むこと自体が、彼には一種の陵辱行為に思われる。それで、彼は技術の話をしたり、手段を議論したり、手続きを紹介したり、方法に関心を抱いたりすることで、この問題を切り抜ける。彼は彫刻や焼き物や刺繍やフレスコ画などの論文を集める。彼は詩や音楽や、朗読の難しさや、ベルト・モリゾに立ち返って『芸術論集』をまとめあげる。

しかしながら、彼には理論ではないにしても、少なくとも観点はある。ヴァレリーは、自分の目の前を次々と通り過ぎていった数多くの前衛運動に関心を持たなかった、とはよく言われることである。一九一五年、ブルトンの厳命に折れて、彼はキュビズムの展覧会を見に行った。展示されていた作品は、彼には、互いに交換が可能なもの——したがって、恣意的でどうでもいいもののように思われた。彼の優しさは、三十年来、その日々の生活に同伴している印象派の絵画に向けられる。しかし、称賛は別の方向へと向かう。彼はそのコロー論で、風景画の勝利がいかに趣向を変質させてしまったかを示している。「たちまちのうちに、それまで一手段でしかなかった自然模写が、芸術の目的そのものになる。〝真理〟がドグマになる。それから、〝印象〟がドグマになる。もう、構成はおこなわれなくなる、元来構成などしない自然と同じくらいに。『真理』は、形が定かではない」[37]。このように、流行や瞬間的な効果、すなわち、大雑把さや、性格の不在や、商売の支配する時代にいたってしまったのである。大芸術は、熟練、労働、入念な作成とともに始まる。それは描写するだけでは満足せず、構築する。もっとも高度な作品とは、絵画のあらゆる問題が一堂に会し、調整され、解決されているような作品のことである。それは、序列化された広大な全体である。現代人の目は、もはや、そうした大がかりな構成物を引き受けることはできないし、目自身もそのことを知っている。

この春、ヴァレリーは、精力的に動き回る。「ラ・ポリネジー」で数週間休息した後、五月一日、講演旅行を再開する。今回はスカンジナヴィアへの旅である。ヴァレリーが、これほどまでエキゾチックな地方に足をのばしたのは今回が初めてだった。デンマークが彼を魅了する。彼は、「自らの小ささを享受しているこれらの国々」を高く評価する。そこには安寧があり親切心があった。そこでは、過酷さや下品さまでもが成功していた。「訓練された野蛮さとでもいうようなところがある。それに、彼らは、ここでは、何も信じてなどいない」。これこそ、ヴァレリーの気にいる点である。小さな国々の政治組織は、彼には、考えられるかぎりで最良のもののように思われる。「利害関係の直接評価。レフェランダム。そこを越えてしまうと、政治的な形而上学――政党が開始する」[38]。彼は物理学者のニールス・ボーアや言語学者のヴィーゴ・ブレンデールと会う。ブレンデールの唱える説は彼にはきわめて重要なものに思われる。彼は、以後、何度も、ブレンデールを知的協力委員会の会議に招待する。エルシノーア《ヘルシンオア》〔『ハムレット』の舞台になったクロンボー城がある〕を一瞥し、ヨーロッパ的なハムレットに思いをはせた後、ヴァレリーはノルウェーの平原を発見する。おかしな国。「三二年五月十日、日曜日。オスロ。グランド・ホテル、四一九号室。朝、小ぶりの葉巻を吸う。きつくて、北欧風。（…）野蛮さへの回帰――（…）すべての人間が好戦的――（…）儀式や形式の終わり。ホーコン七世が市電に乗り、だれも彼に席を譲らないことに気づく」[39]。方々の宮廷に出入りしている一フランス人にとって、この種のエピソードは驚くに値する。人間は野蛮さから抜け出るのか、そこに戻るのか？　ヴァレリーは少し面食らっている。

　ストックホルムが事物を正常な位置に置き直してくれる。五月十二日、彼はグスタフ五世に拝謁する。王は貫禄のある人物だったが、「赤と白のかなりの馬面」をしていた。みな、無駄話をしている。ヴァレリーは信任状を得て派遣された外交官ではない。彼の仕事は対談ではなく、講演である。講演はオイゲン大公臨席のもと、満員の会場でおこなわれる。夜、講演者は簡潔に要約する。「いつもの話。終わりに文化」。いつもの話とは、もちろんヨーロッパやその運命、戦争という悪魔との戦いのことである。悪魔に関して言うなら、ヴァレリーは女性やセックスという名のよく知られた悪魔の一変種にもいささか心を奪われている。スウェーデン人たちは彼を感動的なまでの熱狂ぶりで迎えてくれた。「女性は皆、あなたに夢中です」、とある婦人が彼に指摘する。ある女性歌手が彼に「度を越した親切」をする。夜食の最中、彼のそばにいたのは、「モンペリエで学生生活を送ったことのある――かなり刺激的な」人物だった。賓客としてのヴァレリーは、「タク」(Tak) と言うのを学ぶ。この響きのいい語は、ありがとうとか、ほらねとか、文脈が示唆するようなことをすべて表現できる語である。彼は「感じが悪くはないブロンド女性」に、それから、「別のご婦人方たち」に紹介される。舞踏会で、彼のまわりを女性たちが蝶のように飛びまわる。「とうとう百日咳にかかってしまった!――タク!――タク!」[40]。スウェーデンは心地よい国である。それで、彼もまた、心地よく大いに楽しむ。彼はこのことを、不穏当な箇所を削除したうえで、友人のフールマンに知らせる。「たくさんしゃべったり、旅行したりでへとへとだ。でも、今回まわった三つの王国ではすばらしい歓迎を受けた――幸せだ!」[41]。幸せなどという言葉がヴァレリーのペン先から生まれるのは珍しい。注目に値しよう。

　アカデミー・フランセーズでのペタンへの答辞、スカンジナヴィア三国への長旅、これらが政治にたいするヴァレリーの関心を前面へと連れ戻す。パリに帰ってきて数日後、彼はアカデミー・フランセーズの同僚とともにエリゼ宮に招かれる。ガストン・ドゥーメルグ大統領は彼らの前で、キリスト教と共産主義との間の宗教戦争に明け暮れる現代世界の広大な描写をしてみせる。そうした見方に真っ向から対立するヴァレリーは、諸概念の汚れを落とし、政治的な言説や信念の支離滅裂さを糾弾し、既成の観念を解体しようと努力する。彼は、イデオロギー分析などはほとんどしない。力関係、文明どうしを比較することで分かる互いの状況、文化の重み、経済の圧力、これらがそれぞれ独自の論理を持っているとヴァレリーは考える。それらにレトリックの衣を着せたところで、こうした必然的な力学が大きく変わるわけでもない。六月に出版される『現代世界の考察』（*Regard sur le monde actuel*）のなかで、彼は、今やお馴染みとなったヨーロッパや戦争や歴史に関する観念に、一連のフランスに関する考察や西洋と東洋との関係に関する考察をつけ加える。彼の平和のためのアンガージュマンは、今後、ヨーロッパの国々の政治の進展とは逆行することになる。このような傾向の逆転が、おそらく彼を再び公的な場面に戻って、機会あるごとに介入するようしむけたものと思われる。六月十一日、彼はペン・クラブ委員会および大会の議長を務める。それは、作家たちの団体の内部において、彼が自らのペシミズムを乗り越えて、平和の概念に与えたいと願う具体的な意味を断言するための方法なのである。

五月の末以来、彼は『アンフィオン』のリハーサルに立ち会っているが、意気消沈している。『コメルス』誌がこのメロドラマのテクストを出版したところである。イダ・ルービンシュタインとそのバレエ団は、とうとうこの作品の練習を本格化させた。ところが、すぐに、脚本作家や作曲家の意志に反して、演出と振り付けが奇抜な効果を随所で狙っていることが判明する。初演は六月二十三日に決まる。ヴァレリーはそれには立ち会わない。

その晩、彼はパリにはいなかった。オックスフォードに行っていたのである。彼に名誉博士号が授与されることになったのだ。熱烈な歓迎を受けた彼は、彼を迎えてくれた同業者たちによる数限りない儀式に喜んで従いつつ、自身の奇妙なテーブルマナーを観察したり、名誉博士の服を着た自分の姿を「クロッキーで描い」たり、彼を迎えいれてくれた主の家で球技をしたりする。儀式はシェルドニアン劇場で、これ以上ないほど見事におこなわれる。新しく名誉博士になった人たちが、次々に現れ、着席し、互いの演説に聞き入る。ヴァレリーは、ブックマスター卿の完璧な声と朗読法を称賛する。翌日は四時に起きる。「あわただしい出発。汽車のなかはこごえそうに寒かった。この英国人たちは狂っている。すきま風がずっと吹いていた[42]」。ロンドンで汽車を降り、アルヴァール嬢のところに少しだけ顔を出し、再び汽車にもどって寒い思いをし、荒れた海にもかかわらず船に乗り、吐き気や風に耐え、ヴィルジュスト街に到着し、夕食を食べている暇がないので、着替えて、ジャニーといっしょにオペラ座に急ぎかけつけ、一七番の桟敷席にくずれるように倒れこむ。

オックスフォード大学で名誉博士号を授与されるヴァレリー。

『アンフィオン』はだいなしになっていた。「わたしの意図したものは何も残っていない[43]」。「わたしが考えていたのは一種の宗教儀式でしたが、実際に目にしたのはロシア・バレエのようなものでしたので、困ってしまいました[44]」。とはいえ、彼は上演後、イダ・ルービンシュタインとオネゲルと並んで舞台であいさつする。「舞台の上から見ると、このオペラ座の満員の会場は赤く熱せられたようで、なんて美しいんだろう」。このささやかな喜びのなかには、虚栄心の罪が密かに入りこんでいる。そのことをヴァレリーは見抜いている。「かわいそうな、ミスター・テスト！[45]」、と幸せな犯人は自分を非難する。彼のメロドラマは二年後、ニースで、そしてチューリッヒで、再演される。作品がほとんど成功しなかったことに失望したオネゲルは、その楽譜からオーケストラのための組曲を作り上げる。それは、一九四八年に初演される。ヴァレリーの方は、二日後、グルックの『タウリスのイフィゲニア』を聴いて自分をなぐさめる。「これこそ、純粋状態の美だ[46]」。

知的協力委員会はその組織を変更する。その仕事の準備をしていた小委員会が常任の委員会になる。ヴァレリーが加わっていた文芸・芸術小委員会は、芸術・文芸常任委員会となる。ヴァレリーは、七月六日に始まるその最初の会議の司会を引き受ける。「わたしは知的なことを――盲目的に――話すことによって、一種の成功を収めた。午後は、また最初から。演説家のようなことをしている自分に、わたしはいつも驚く――わたしは全然、そんなことに向いてはいないのに[47]」。そこにはトーマス・マンが出席している。自分の職に忠実なエレーヌ・ヴァカレスコはヴァレリーの司会ぶりを称賛する。「ええ、ヴァレリーは司会をするのが好きでした（…）。彼の感知能力の素早さには信じられないほどのものがありました。知的協力委員会が提案してくるプログラムを吸収するのに、わたしたちは全員、何時間も、しばしば、何晩もかける必要があったのですが、彼ときたら、あっという間に内容を吸収して、与えられたデータに乗って、あたかもレーシングカーのように、目にもとまらぬ速さで、彼に馴染みの明晰な発見のためのコースに飛び出していったものでした。彼は同僚たちに好きなだけ話をさせておきましたが、そこにはしばしば共犯者的な寛大さがありました[48]」。彼はここで、毎朝の一貫した訓練と弁論術の習得とのおかげでもたらされた投資収益を帳簿に記載しているようなものである。彼には思考するすべがあるし、その思考を表現するすべもある。比類のない抽象能力をもった彼は、作品の核心に向かうように問題の核心にまっすぐに向かい、そのメカニズムや目には見えない神経を捉え、次に、それを他人にも見えるようにし、自らの厳密な批評精神が命じる様々な質問を提起することができる。

夕方、ヴァレリーはゴンザグ・ド・レイノルドと夕食をともにする。六年来、二人は七月に開かれる会議で顔を合わせていたが、彼らの間には、密かな共感のようなものができあがっていた。レイノルドはガリマールから詩集を出版したところだった。彼はそれを同僚にして友人のヴァレリーに捧げる。「わたしたちは、ある賢人会議で出会いました。会議の最中、より多く人間味があり、より少なく謹厳な知性の持ち主であるわたしたち二人は、他の委員たちが話をしているときに、微笑んだり、気晴らしをしていました。それを見て、彼らは眉をしかめたものです。彼らの目の前に置いてあったものは、書類と規則書と報告書でした。(…)わたしたちの方は、デッサンを描いたり、詩を作ったりしていました[49]」。実を言えば、彼らが書いていては交換していた小さな詩は、彼らの同僚の何人かを赤面させるような類のものである。それこそヴァレリーの魅力なのだ。どんなに大真面目なときでも、中高生的なふざけた側面を見せてしまうのが彼なのだ。注意の集中は移り気を排除しない。むしろ、注意の集中は移り気を糧とする。退屈したある夕べ、小説の敵ヴァレリーは、その種の文学ジャンルの愛好家だと彼が知っている同僚に、「推理小説」を貸してくれないかと頼む。厳密さは若干の急激な変化を禁じはしない。

この夏、ヴァレリーは共和国の栄光のヒエラルキーをまた一段上る。レジオンドヌール三等勲章の「綬」を受け取ったのである。九月八日、廃兵院《レザンヴァリッド》でおこなわれた厳かな儀式の最中、ペタンがヴェルダンの戦功で得た自らの三等勲章の綬をヴァレリーの首にかける。こうした受勲につながる働きかけは、ヴァール県出身の上院議員フールマンによって企てられた。「ぼくは、君をお香で焚きしめ、君への称賛の念を歌うよ[50]」、と三等受勲者はフールマンに書く。芸術・文芸常任委員会のメンバーとして、歴史建造物の修復に関する会議に出席するため十月にアテネに行くことが予定される。このことを念頭において、彼はセメントや金属に対抗する石の高貴さを擁護しつつ、建築について若干の考察を再開する。ギリシャ旅行の計画は失敗する。考察はその段階でストップする。

数週間来、ヴァレリーは仕事がほとんどできない状態にある。彼は自分の胸像制作に励む有名な女流彫刻家ルネ・ヴォーチェのためにポーズをとっている。モデルは、作品の美しさよりも、彫刻家本人の美しさの方に強く反応する。彼は六十歳ちょうどである。彼はこの年齢の区切り目の通過を独創的な方法で祝福する。つまり、彼は恋に落ちる。

叙勲の数時間後、彼は自分が「みじめな」状態になっているのに気づく。待機、神経過敏、おそらく希望。「秋の鋭い時節、緊張し、感情が妄想を起こした状態。（…）涙の臨界点」。翌日、彼は被害の規模を確認し、自分の状態に驚嘆する。「また、お前はこんなことになってしまった、偶然の一致。存在の精妙な捩れと緊張。奇妙な嫉妬、陶酔、エネルギー、偶像崇拝、情愛と意志——要するに——『創造』ということ」。[51] 今始まろうとしている情事は、彼を枯渇させることはない。秋の間ずっと、彼は『ストラトニス』という題の悲劇を書こうとして、メモを取ったり、いくつかの場面や会話部分を書いている。この作品は、古代の恐るべき愛を演出しようとする試みであるが、完成することはない。初めのうち、彼の精気は心地よくかき乱されている。愛する女性の存在が、彼を刺激し、熱狂させ、幸福と不安の状態に陥れる。「わたしはまだとても興奮していますので、書くことができません」、と彼はある日、手紙に書くが、この手紙は投函されない。彼は、彼女の前で、まばゆいばかりに秀でた姿ばかりでなく、動揺した、奇妙な姿も見せてしまったところなのだ。

わたしは、いったい、何を飲んでしまったのでしょう？――あなたは知っているはず、とても甘美な「泉」よ……。わたしの内部には、もう力が残っていませんでした……。わたしは自分のなかで何が溶け出したのか――そして、わたしのなかに何が広がったのか分かりません――まるで、神経のための香りのようです――優しさの溜まっていた袋のようなものが魂のなかで破裂したのでしょうか……（…）。いいえ、あなたに言いたいとも思いませんし、言うことはできません、『わたし』などという、自分でさえ何がなんだか分からなくなってしまっているもののなかで起こっていること、あふれかえり、おののいているもののすべてなど……（…）。**正午**でした。あなたはすべてを蒼ざめさせてしまいました。[52]

ヴァレリーは愛する状態がもたらす甘美な拷問に抵抗しようとはしない。だが、彼は自らの狂気には用心する。魂と魂の共生という幻想のなかに彼をかつて巻きこんだ「巡りあわせ」をヴォーチェとの間に再び見出したということが、彼に警戒心を抱かせる。

最初のうち、彼は身をゆだねる。二人は南フランスのアゲイで一ヵ月間過ごす。「生まれつつある愛は、自分が自分自身から異なり始める――自分が他人のように思われるという喜びを与えてくれる」[53]。ヴァレリーは、死んだ後、また生きかえって自分に戻るという悪夢を続けざまに見る。ある夜の夢では、彼は自宅のアパルトマンを去って、幻影のような、不安をかきたてる界隈に居を定める。また別の夜の夢では、粘着性の腐敗物が彼の手にへばりついて離れなくなる。三番目の夜の眠りは、首吊りの夢で突然中断される、というぐあいである。ヴァレリーは、たとえ汗びっしょりで夢から目覚めたとしても、それで自分が壊れてしまうような人間ではない。彼は分析する。しかし、彼が理にかなった堅固な考察をするにしても、このように夜連続して奇妙な悪夢を見るということは、心の中に混乱したものがあるということなのだ。心理的基盤が危険にさらされている。

　彼は自分の状態に不安になる。「杭につながれた心臓の周りを観念という人食い人種が踊っている」。十月なかばにパリに戻ってきた彼は、落ち着きを取り戻そうと決心する。彼は距離を取ろうとする。「愛というつながりは弱すぎて、持続したり――存在や好みやあらゆるものの変動に抵抗することができない。――だからこそ、共通の利害――金、野心、子ども――といったものが、その弱さを補強しようと介入してくる」。これこそ、賢明な考えというものである。状況を別の観点から考察しながら、彼はまた、「どんな極限的な愛も自己暗示のたまものだ[54]」と自分に言う。自分は夢を見ていた、それだけの話だ、というのである。

　しかし、このように単純な自発的治療行為だけでは、十分とは思われない。二週間後、彼はショック療法を試みる。一八九二年の処方箋を再度使用するのである。「一方には、対象、対象のイメージ、熱狂と感動、『愛《アモール》』という大がかりな駆け引きのあらゆる効果がある。他方には、永続的な危機や、たえず再生するか切迫した激しい痛みと共存する、こうした病の馬鹿げたメカニズムにたいする鮮明な意識がある。ということなので、だれが一番自分自身なのか?――だれが主人なのか? が問題になるだろう[55]」。もちろん、ヴァレリーはこうした問題に答えるのにやぶさかではない。愛の病は彼を彼の外へと連れ出すが、精神は彼を彼自身へと連れ戻す。精神が主人にとどまらなければならない。今回は――少なくとも部分的には――治療が効果をあげたように思われる。ヴァレリーは彼自らの心とその情動的状態とを再び掌握する。彼は、「ネエール」(Néère、ルネのアナグラム)と呼んだり、「NR」というイニシャルで書き表す女性に恋心を燃やし続ける。しかし、とろ火で、である。彼は愛する男、幸せな愛人にはなるだろうが、取りつかれた男にはならないだろう。

ヴァレリーはいつものリズムで生活する。しばしば昔からの友人ピエール・ド・モナコに会う。十一月二十三日、国立自然史博物館を訪れて異常な感覚を味わう。「デカルトの頭蓋骨をじっくりと手にとってみた」[56]。十二月、フランス南西地域に講演旅行をおこなう。アングーレーム、ボルドー、ポー、ビアリッツと回り、それぞれの町で講演をおこない、そのあとにサイン会も開く。ルルドに案内される。この巡礼の地から醸し出される「強制された愚かしさ」という印象は、どちらかというと彼にいやな思いをさせる――彼をそんなところに連れていくというアイデア自体が奇妙と言わなければならないだろう。ヴァレリーは、人が心を乱したいと思うような自由思想家の類ではないし、強烈な印象を与えたいと思うような人類学者の類でもない。一九三二年一月四日、彼はシュテファン・ツヴァイクと夕食をともにする。翌日、ジッドに最近の仕事の成果を読んで聞かせる。

彼は二ヵ月で『固定観念あるいは海に落ちた二人の男』というきわめて自伝的性格の強い対話作品を書きあげ、あたかも下剤をかけるように自分から自分の愛の話を排除し、心のなかに再び安定した土台を築きあげた。これは医師会の会員向けに書いた作品で、アンリ・モンドール教授に捧げられている。これは、愛によって引き起こされた無秩序を表面から治療しようとする試みという意味で、反・精神分析なのである。「わたしには自分が見えるんだ……。小柄なおっさんが一人いて、駆け出したり、行ったり来たりしては、なぐり書きをしたり、咀嚼したり、服を脱いだり、寝たり、また服を着たり、駆け出したり……以下同様ってな感じをしている様子が――しかも、手帳片手にね……」[57]。無意識の観念に、ヴァレリーは錯綜体という観念を対立させる。それは、一個人のなかに含まれた潜在的可能性の総体のようなもの、可能性の蓄積とでも言うべきもので、どの人間も自分の人生を組織し指揮するときに頼りとするものである。「わたしの方法、それこそわたしだ。だが、それは再検討され、確認されたわたしである[58]」、と彼は数ヵ月前に書いている。『固定観念』は、そうした自らの再検討であるし、また、発見不可能な彼の体系の基本要素を報告しようとした唯一の試みでもある。ヴァレリーには、フロイトの魂もヘーゲルの魂も自分にあるようには感じられない。自我のレベルのことであれ、体系のレベルのことであれ、ヴァレリーは結論づけることをしない。「わたしたちの身体のなかの単純な機械を操作している糸の先には、考えもつかないものがあるというわけさ。明確なものが不明確なものにつながったり、不明確なものが明確なものを先導するというようにね[59]」。

　自分の書いたものをジッドに読んで聞かせることによって、ヴァレリーは再びジッドに近づく。「わたしたちは、再び、三十五年前の親密な状態に戻る[60]」。彼らは頻繁に会い、仕事の話をしたり、政治問題を議論する。ヴァレリーはゲーテに関する講演の準備をしているが、その件で彼は大いに頭を痛めている。彼はゲーテの作品をほとんど知らないのである。それで、友人たち、特に、ジッドやシャルル・デュ・ボスとの会話を通して、ゲーテを理解しようと努める。政治のことがジッドの念頭から離れない。彼なりの流儀で一九三〇年代の知的崩壊に立ち会ったジッドは、勇気のある人間は自分の陣営を選ばなければならないと公言して、スターリン主義を選んだ。彼はヴァレリーもそうした問題に参加し、著名人をかき集め、呼びかけを出してくれたらいいと願っている――「だれに？　何に？」、とヴァレリーは反論する。「わたしは彼に、アインシュタインが（わたしはひどく驚いたのだが）国家に反対すると言明したと伝える。――

それは、わたしの気に入っている。というのも、国家とは、結局のところ、数人のことであって、わたしたちが選ぶものなどでは全然ないからだ。わたしは彼に、彼が考えているような政治的な意見表明などをしても空しいだけだと言う。わたしとしては、わたしがしていること——つまり、緩慢な反政治的行為——以外のことをすることは不可能だ[61]」。

戦闘的な社会参加や論点先取りの虚偽が流行している時代である。ヴァレリーは二月四日、『新ヨーロッパ』誌の社屋で講演をし、精神の政治に関する主張を展開する。大学人でヨーロッパ人のジャン・ゲーノが、ヴァレリーが平和のための社会参加をしないとしてその評論のなかで彼を批判する。彼のゲーノにたいする返事が、彼の言う「緩慢な反政治的行為」の意味を明らかにしている。

> 精神は、それ自体では、戦争に賛成でも反対でもありません。(…)
>
> 勇気、信仰、熱狂なども また、必ずしも平和に奉仕するわけではありません。どの陣営にもそれらは見つかりますので。
>
> 以上のことから、わたしのように、何にもまして精神を大切にする人間、そして、他方で、戦争を忌み嫌う人間は、精神という手段で戦争に反対しなければならないということになります。精神という手段で戦争に反対するという意味は、演説や激越な熱弁やミーティングの決議や誓約等に訴えるという意味ではありません。なぜなら、それらは暴力行為であり、戦争を糾弾しているように見えて、実は戦争の魂を排除してはいないからです。戦争は政治から生まれます。どんな政治であれ、政治は、その目的達成のために、人々の信じやすさ、興奮しやすさ、感動しやすさを必要とします。政治には、憤慨や憎

悪や信用や幻想がなくてはなりません。――これらはすべて人間を戦う動物に変える手段なのです。人間の獣性を深部において除去しようと努めないかぎり、戦争廃止を考えても役には立たないでしょう。[62]

ヴァレリーはつらい春を過ごす。いつもの風邪やインフルエンザがなかなか治らない。彼の気分は全面的に揺れ動いている。愛の危機は、ヴァレリーが危惧していたような激しい形にはならなかったが、深いところでは持続している。「ネエール」がいるか、いないかで、味気ない日になったり、輝くような日になったりする。三月二十八日、愛のためにふさぎこんだ男は憤慨する。「何もかもが、わたしがわたし自身でないように拘束する。家族、立場、すべてが、……わたしとは逆の方向にわたしを試練にかける」。すべてを投げ出して、ロマンスに身を捧げる？ そんな無邪気な行動に身をゆだねることなどできないだろう。二行後で、彼は自分を取り戻す。「わたしたちは、また、契約や取り決めの問題にぶつかる。身分。責任[63]」。ジャニーは何も心配などしていない。ヴァレリーはだいぶ前に自分の選択を終えたのだ。しかし、倦怠と愛情たっぷりの幕間との交互の出現は、彼にはつらく感じられる。そのため、愛が晴れやかにしてくれるわけではない仕事の数々をヴァレリーは重苦しいものと感じる。

多数の契約を同時に果たさなければならないだけに、いっそう彼は自分が周囲の状況によって拷問にかけられていると感じている。三月には、講演旅行でリヨン、グルノーブル、マルセイユに行く。マルセイユではマラルメの話をしたり、彼が後援しているコルシカ文化協会「カリステ」の会合に参加したりする。その後、モンペリエとニームに向かう。ニームの会場には、前大統領ドゥーメルグや高等中学のときの仲間アルシッド・ブラヴェが来ていた。途中、「ラ・ポリネジー」に立ち寄り、凍りつくような水に足をひたし、とりどりに変化する海の色を見て楽しむことによって、疲労させる旅を、幸いなことに一時中断することができた。

四月はゲーテに関する講演の準備にかかりきりになる。「最後の一週間——五時から二十時まで——休みなし！」[64]。『ゲーテ頌』は、四月三十日、ゲーテの死後百周年を記念してソルボンヌの大講堂で読まれる。現職の大統領ポール・ドゥメール（彼は一週間後、暗殺される）を初め、一階後部席には多数の大臣や将軍や外交官などがつめかけていた。「わたしはどう考えても一種の欽定詩人なのだ」、と講演者は心に思う。その彼は、会場の割れるような拍手にもかかわらず、「会場の四分の三は（…）聴いていない」[65]、と確認する。そこに居合わせたレオトーもこの事実を追認し、ヴァレリーが「立ったまま、不動の姿勢を保ち、動作もつけず、ぱっとしない様子で、原稿を一枚一枚最後まで、不明確な声で三十分以上にわたって棒読みしているムッシュー」であることに満足していると嘆く。レオトーは、講演者が「ひじょうに老けた」と思う。「白い口髭、ほとんど真っ白な頭髪。大きく禿げた部分を、少し長めの髪で覆っている」[66]。

疲れているにもかかわらず、走りまわって、話さなければならない。五月十八日、ヴァレリーはウィーンに姿を現す。一九二六年にウィーンに来たとき、彼は街にはほとんど注意をはらわなかった。今日、彼は、宮廷からコンサート・ホールへ、王子のもとから大公のもとへと連れまわされ、「驚くべく甘美な夜」を味わう。彼の愛人も同伴する。旅人の感覚を彼女と分かち合うという単純な喜びを発見する。「だが、自分が何かを見たとしても、それを他の人にも見せなかったなら、それはたいしたことではないし、見知らぬ街でたくさんの人と軽く触れ合ったとしても、存在しているのはたった一人の人で、その人の腕を握りしめているのだと思わないとしたら、それは何の役に立つというのだろう？」。彼は二日後、「ぞっとするような恐怖の念」[67]に捉えられながら講演をおこなう。会場にあったラウドスピーカーにも助けられて講演は成功する。五月二十五日には、チューリッヒでゲーテに関する話を再びおこなう。彼は幸福にも絶望にも浸りきっている。「打ちひしがれた。NR——幸せ！」対立しあう魂の状態の永続的な交錯に、耐えられなくなる。翌朝は、窓から雨や風が木々に打ちつける様子を見つめる。「そして、わたしは——決心する——心のなかで涙を流し、いっさいのものを破棄し、わたしの頭を、そのあらゆる愚かしさと偶像と苦痛とともに、外界の混沌へと投げ出す」[68]。自分の感情に戦いを挑む決心をしたのだ。六月七日、パリに帰った彼は、ジッドに「一年近く前から、痙攣状態にある」[69]ことを知らせる。

こうした点からすると、公的な義務や儀式がたくさんあるということには、気が紛れるという利点のあることが分かる。彼は国立美術館委員会の委員に任ぜられる。美術館そのものが嫌いで、文化の集積や展示を耐えがたいと思い、芸術家の名前も教育的な案内もいっさいつけられていない数点の作品だけが展示されているような場所を夢見るそんな彼にも、このような機構のなかに彼に似合いの地位が見つかるということである。彼は機構のなかに疑念をもたらし、想像力を強調し、質問を提出し、現状に満足しきった機構の運営をかき乱す。しばしば国立図書館にも姿を見せる。図書館長のジュリアン・カンが彼を好意的に迎えてくれて、図書館の様々な秘密を発見させてくれる。六月四日、彼はエリゼ宮で昼食する。その席には、とりわけ、パデレフスキーや文部大臣のアナトール・ド・モンジやベルギーのエリザベート女王がいた。数日後、オランジュリ美術館で開かれるマネ展の特別招待に出席する——彼はそのカタログに序文「「マネの勝利」」を寄せていた。七月、彼はサン・ドニの「レジオンドヌール教育の家」賞の授与式や、息子のフランソワがバカロレアの準備をしているジャンソン＝ド＝サイイ校での授与式で議長を務める。いくつかの成功が彼を楽しませたり、好奇心をくすぐる。二月、彼はある講演のなかで、「わたしたちは、後ずさりしながら、未来へと向かう[70]」と発言した。この一句が評判になり、政治学院《シャンス・ポ》、次に外務省の選抜試験の問題に出題される。ヴァレリーは受験生たちが、そこからどのような考えを引き出したのか知りたいと思う。

彼の栄誉をたたえるのはフランスだけではない。七月と九月の間に、イサベル・ラ・カトリック勲章グラントフィシエ章、回復ポーランド勲章グラントフィシエ章、それにヒンデンブルクのサインとともにゲーテ記念賞などが、次々と彼のもとに届けられる。ゲーテ記念賞の方は、エドゥアール・エリオやジッドにも授与される。

このような勲章を授与されるようなことが起きても、日々の仕事は中断されることなく続けられる。ヴァレリーは、アカデミー・フランセーズの木曜日の例会には欠かさず出席する。彼はマルタン・デュ・ガールに次のように言う。「アカデミー・フランセーズは、市議会みたいなものさ。学士院の別の部門、たとえば、科学アカデミーとか、碑文・文芸アカデミーとかでは、仕事の話をするのに、(…)ここでは、全然そういう話は出ないんだ。ドゥーミックが到着して、静まり返ったなかで、立候補の手紙を何通か読み上げて、未亡人X…の五〇〇フランの遺贈を家政婦たちのために五十年間に均等割りして使う計画が示されて、その後で、辞書の話に入る、というぐあいさ[71]」。彼はレオトーに再会する。恨む気持ちなど持ち合わせていないヴァレリーは、親切にも、永遠の文無しに、その『文学日記』をもっともいい値段でジャック・ドゥーセに売るための手助けを申し出る。七月二十七日、重病のアンナ・ド・ノアイユに最後の訪問をする。彼女は以後、長い苦しみの床につく。

何度か、イダ・ルービンシュタインやオネゲルと会っているうちに、また三人でメロドラマを作ろうという方向で話がまとまる。ヴァレリーは夏に入ると一生懸命に『セミラミス』の仕事をする。オネゲルがそれに音楽をつけ、イダが踊る約束をする。今回は、前回のような最初の計画の精神に反するような過剰な演出を避けようということになる。

このようにあふれるほどの仕事をすることで、ヴァレリーは、喜びを味わうというよりは、その結果を恐れる気持ちの方が強い彫刻家との関係と距離をとることができた。彼には「ネエール」とかなりつらいもめごとがあったと思われる。夏、愛人関係は中断される。ヴァレリーは「ラ・ポリネジー」の平穏さのなかで八月を過ごす。日の出や、一時逗留中の客たちとの議論を楽しむ。絵を描いたり、散歩したり、「波との肉体関係[72]」に没頭する。しかし、病気を厄介払いするようには愛を厄介払いすることはできないことを彼は認めざるをえない。「愛の過剰によって引き起こされた無秩序の根底にあるのは（…）機械的自動性なのだ。ただ、そうしたメカニズムを意識したとしても、その行為を取り除くことはできない[73]」。不在は、忘却を引き起こすのに十分ではない。

ヴァレリーは、フランス南西部のポー、バイヨンヌ、サン・ジャン・ド・リューズをまわって、次にスペインに向かう。彼はサン・セバスチアン地方の小旅行だけで満足する。そこでは、娘のアガートとその夫、友人のホセ＝マリア・セルトに会う。十月初めにパリに帰り、深刻な問題に直面する。情動的な危機に、外部からの危機、つまり経済危機がつけ加わる。彼の本は、三、四年前と較べると、ずっと少ない収入しかもたらさなくなっていたのだ。出版社も印刷屋も、在庫が足りなくなっても、増刷の部数を減らし、なかなかお金を払ってくれない。昨年の秋から講演旅行が増えたのは、このように本が保証してくれない収入を確保する必要性と密接に結びついている。こうした幕間の出し物的講演は、あいかわらず高く評価されはするが、疲れさせる。ヴァレリーは六十一歳になった。彼は概して健康であるが、今まで以上に咳がひどくなる。起きてから寝るときまでタバコを吸い続ける。彼の喉はしばしば炎症を起こす。医者は心配な傷口を焼灼しなければならなかった。そして、彼はヴァレリーにどんな治療もだいなしにする「カポラル」〔フランスの二級タバコ〕を禁じる。しかし、禁煙は彼の力の及ばないところということで、比較的おだやかな「メリーランド」〔アメリカ・メリーランド州産のタバコ〕を吸い始める。夜は頻繁に激しい咳の発作で眠りを中断され、不眠症が悪化する。彼はもう、ヴィルジュスト街の四階の自宅アパルトマンに帰るのに、各階の踊り場で息を整えながらでないと、三つの階段を昇ることはできない。こうした状況であれば、注文や仕事を少し減らして、活動のペースを遅くすることが必要不可欠なのだが、思うにまかせない。

パリに昔からあって、権威ある機関という様相を呈していた隔週開催の「エルヴュー昼食会」は、毎回、多くの政治家や文学者たちを集めていた。ヴァレリーはそこの常連になった。彼は、そこでペタンやバルトゥーやポワンカレやブリアンやブルムやウェイガンやモンジやポール・レイノーやエリオその他多くの人たちと交わる。政治階級が彼を受け入れたのである。そこで出会う高位高官たちの数の多さに彼はしばしば驚かされる。あまり彼らの信念や対立抗争などを真面目には受け取らないが、彼らと話をするのが大好きで、彼らから一般には知られていない事実を教えてもらったり、何らかの陰謀に加担させられたりしたときほど、うれしくなることはなかった。これらの友人たちに、彼は自分の心配事を伝え、少しでも安心できるような収入源を見つけたいと言う。彼らはそれを考慮する。

短期の講演旅行で、十一月二十七日から十二月一日までベルギーに行く。講演、ペン・クラブでの夕食会、ブリュッセルの多くの友人たちとの議論、これらが、びっしりと続く。出発前日、国王夫妻からレーケンの王宮の夕食会に招待される。「王妃はまたお会いしたいと言う[74]」。彼は、実際、翌年の一月二十七日、あたかも常連のように、再び王宮に招かれる。

十二月、彼はユニヴェルシテ・デ・ザナルで講演する。そこでは、『精神の政治学』の考えを繰り返しつつ、発展させる。その前に、「ポルトガルの家」に行って「詩とポルトガル」というテーマで話してくる。ある友人が彼をセーヴル焼きの工場に連れて行く。手仕事、形なき粘土のオブジェへの変化が彼を魅了する。彼はすでに、いくつか作業所や工場を訪ねたことがあった。一九三三年一月の初旬には、再度ル・クルーゾを訪ねる。そこで、人間と材料とを結びつける関係のやさしさに驚く。彼には、あらためて、作る能力こそが人間の大いなる成功を導いたものと思われる――そのような造化の神のような力と較べると、政治の世界はいかにも滑稽な人形芝居の劇場のように見えてくる。

ヴァレリーが何かを考えると、そのおりおりに「NR」の姿が現れる。「……自分の思考からだれかある人を締め出そうとしておこなう努力――何に由来しているのか知らないが、……〝心情のレベル〟に属している力のひとつを廃止しようとする努力――つまり、そうした力は、〝わたし〟が単に蒙るだけでなく、働きかけることもできるような領域の手前側に確立された力なのだ[75]」。二人は、どうやら不定期に会い続けているようである。意識の作業は予想以上に緩慢であることが分かる。たしかにヴァレリーは大嵐からは避難した。しかし、彼の思いとは裏腹に、あらゆる情動的な熱狂から解放されたわけではなかった。彼女に心を奪われているかぎり、彼は自分の意志を自分の感動に、自分の知性を自分の感情に対抗させるべく張りつめなければならないだろう。

彼が自分自身にたいして行使するこのような永続的暴力は、その関心事のなかにも反映してくる。彼は進行中の『カイエ』のなかで、第二の誕生の四十周年を祝う。「一八九二年—一九三二年——証言（Testificatio）（…）わたしの体系そして体系の不在——決して公にされたことがなく、国家機密として——弱点として、かつ武器として守られてきたもの。（…）要するに、**わたし**とは、一八九二年に発見された、あるいは形成された、恐ろしいまでに単純な体系にほかならない、（…）それが自我・ナンバー・ツーに刺激を加えた」[76]。こうした同一化のなかには、明晰さと虚偽とが混じっている。ヴァレリーの体系は、結局のところ、彼が決して書くことはないだろうし、だれも書くことができなかったであろうようなマラルメ的な「本」の近親者とも言うべき、神々しいまでに巨大な「作品」ではない、というのは真実である。彼の体系、それは彼自身である。それもまた真実である。

しかし、ムッシュー・テストの現実離れした姿の表現しているものが、このヴァレリー「ナンバー・ツー」である、というのは嘘である。自分のなかの「マリオネットを殺し」たと主張し、純粋精神としてふるまいたいと願っているのがこのヴァレリー「ナンバー・ツー」である、というのは嘘である。ヴァレリーの体系はヴァレリーという人間全体を包含しているのであり、そこには、彼の多様な顔も含まれているし、ロマン主義と古典主義、世俗的なせわしなさと朝の黙想、感動しやすさと理性との間の、ときに熱狂的になることもある変動もまた含まれている。「Testificatio」、証言、と彼は言う。この語は正しいが、不安な気持ちにもさせる。ヴァレリーは、一八九一年—一八九二年の深淵に落ちたり、一九二一年—一九二二年の苦痛を再体験することを恐れるあまり、ひとつのイメージに似ようと、彼自身の知性が生み出したものの大きさに自分を還元しようと必死なのだ。

17 歴史の重み

一九三三―一九三六年

政治家も役に立つことがある。一九三三年一月十二日、アナトール・ド・モンジが、民族学者で国立美術館の責任者の一人であるポール・リヴェに、ポール・ヴァレリーをプチ・パレの館長に任命する意思のあることを伝える。こうした計画はヴァレリーを喜ばせるが、実現にはいたらない。その後まもなくして、よりしっかりした計画書が出され、それが確実味を帯びる。モンジは、地中海世界の研究を目的とする大学研究機関を設立したいと願っている。それは、独立した専門機関となる予定である。彼はニース市長で代議士のジャン・メドサンと連絡をとる。メドサンは自分の町にそのような機関が設置されることに関心を示す。二月十八日、公式決定がなされる。地中海大学センター（CUM）が創設される。

センターの設置場所がニースに決められたのは、偶然ではない。モンジは、「自分の関心を引くのは、外交の側面であると説明する」[1]。彼はムッソリーニのイタリアを念頭においている。文化的な歩み寄りをすること、仏伊国境のほど近くに国益の中心を創設すること、接触を増大させること、これらは両国の良好な隣人関係を促進するばかりでなく、うまくいけば、ほかの国々が及ぼそうとしている影響とも競合が可能と期待される。ローマ大使アンリ・ド・ジューヴネルは意見を求められる。ニースをピエモンテ州（イタリア北西部〕とみなすという考え方が明確に出される。新しい施設には所長が必要である。半分イタリア人のヴァレリーは、この状況にうってつけの人物というわけである。モンジがヴァレリーを推薦する。ニース市長は彼を受け入れる。彼は、今使われている表現によれば、前もって意向を打診された所長のように思われる。

　ヴァレリーはどんなに真面目で心配事があったとしても、何ごとにも興味を抱いて、楽しもうという気持ちを失うことはない。彼は数週間前、「冬のサーカス《シルク・ディヴェール》」で、その空中ブランコ乗りやピエロを見て熱狂した。今は、現在の単調な生活に潤いを与えてくれたり、数々の国際的な大事件が引き起こした全体的に混乱した雰囲気を少しでも軽くしてくれるような人たちと会うのを楽しみにしている。彼は、二月二日にはシャルコーと、九日にはサン＝テグジュペリと昼食をともにする。サン＝テグジュペリは、遠い国々での冒険の話をして彼を喜ばせる。しかし、ヒトラーが権力を奪取したばかりのドイツが、彼の気がかりの中心となる。また別の昼食会のとき、ジロドゥーは、今後、あちらでは何が起こっても不思議ではない、と断言する。ナチの体制は、またたく間に、自分たちが何をすることができるか、世界中に知らしめる。四月十六日、ヴァレリーはアインシュタインに手紙を書く。

　新聞で、あなたが常軌を逸した獣のような政治によってどのような仕打ちを受けたのかを知って、悲しさと嫌悪の気持ちを抱きました。わたしたちの時代のもっとも強力な精神にして、もっとも高貴でもっとも飾り気のないお人柄のあなたが、講壇からも家からも追い払われ、仕事の果実を剝奪されるなどということは、そんなことが起こりうるという可能性だけで、すでに一時代を糾弾し、品位を落とさせるのに十分な大事件なのです。
あなたは思考する世界にとっての誇りなのですから、あなたの運命は行動する世界にとっての恥辱なのです(2)。

ヴァレリーは新たな講演旅行を試みる。三月四日、彼はマルセイユでゲーテの話をする。そこで、うれしいことに偶然ジッドに会って、いっしょに、旧港地区のレストランで有名なブイヤベースを食べる。翌日、サン・レモに行って、おいしいトラットリアで夕食を楽しみ、ロワイヤル・ホテルの豪華な部屋に喜ぶ。講演は成功を博す。明け方、奇妙な発作が彼を襲う。「六時、まだ暗い夜。それから、ぞっとするような瞬間……。絶望――一分――夜が明ける(3)」。八日、ニースのネグレスコ・ホテルに宿泊する。彼は市長に会い、オゾン処理工場を訪問する。女性の匂いが染みこんだ部屋の豪華さが彼を息苦しくする。「化粧台の引き出しが心の中の地獄をぶちまける(4)」。彼はそこで、孤独で悲しいと感じる。十六日、カンヌに立ち寄り、『セミラミス』の話をする。その台本は昨年の秋にすでにできあがっていた。翌朝、新たな警戒警報。「ひどい目覚め――ぞっとするような。起き上がろうと思うのだが(…)、すべてがひっくり返ってしまう。(…)わたしはしがみつく、叫ぶ――極度の不安、ただそれだけ(5)」。二日後、ブランシュネイ家が彼を迎えてくれたグラースでも、めまいは続く。それは、起き上がったり、身体の位置を変えようとするときに襲ってくる。耳鳴りや、船酔いのような感じや、「空間的な嘔吐感(6)」がめまいにともなう。診察した医者は、何も発見できない。めまいは、やって来たときと同じように、すっと消えてしまう。

五月二日、また出発する。ヴァレリーは、ランジュヴァン、キュリー夫人、エレーヌ・ヴァカレスコ、ジュール・ロマン夫妻とともにパリから汽車に乗る。彼らはマドリッドに向かう。そこでは、同僚のサルバドール・デ・マダリアガとグレゴリオ・マラニョンの出迎えを受ける。ヴァレリーが芸術・文芸常任委員会の枠組みのなかで打ち出した「精神連盟」の考えが、前進したのである。様々に異なった文化や知識をもった名士どうしの書簡集の出版が計画された。その第一巻目が出版されたところで、そこには、芸術・文芸常任委員会委員の一連の手紙が収録された。彼らはそこで、国際的な知的秩序がどのようなものでありうるのか、自分たちの考えを披露している。第二巻は、フロイトとアインシュタインの間で交わされた書簡にあてられることになる。委員会はまた、ある主題をめぐって、何人かの名士をよんで「対談」させる催しも組織した。この対談は、多少なりとも定期的に、いろいろな都市でおこなわれる。今年は、マリー・キュリーの司会で、「文化の未来」に関する一連の議論がマドリッドでおこなわれる。雰囲気は緊迫している。イタリアやドイツの代表は、いくつかの発言を聞きたくないと思う。ヴァレリーは、自分たちの考えをどうしても知らせようと決意したウナムーノやジュール・ロマンやマダリアガをなだめる役にまわる。

　マラニョン宅での夕食の席に来ていた二人の歌手とギタリストにヴァレリーは驚かされる。「ときどき、(…) 純粋状態の悲嘆、もう助からない存在。細部はなし。自分に付き添うものとして、自分の声、声の持続しかない孤独な男の比類のない努力によって表現された永遠の沈黙」(7)。五月七日、ヴァレリーはバルセロナに行き、そこで、文学コンクールに出席したり、『アンフィオン』と『セミラミス』について講演した後、マシア大統領を訪問する――彼は、「わたしの講演を何も理解していないようだ」(8)。

　フランス精神の代表としてのヴァレリーは、近いうちに就任することになっている地中海大学センター所長の責務が必要とする人間関係を準備したり発展させつつ、地中海地方の講演旅行を続ける。彼の政治家の友人たちからすれば、その素性と栄光との結合によって、彼という存在はイタリア向けの完璧な輸出品なのだ。五月十五日、ジェノヴァ大学に着いた彼は、盛大に出迎えられる。「近くには沈黙、遠くには騒音がある――それは子どものとき聞いたのと同じ鐘の音だ[9]」。十七日にはミラノ、十八日にはフィレンツェに行く。フィレンツェには数日間滞在する。これまでヴァレリーはフィレンツェが嫌いだったが、やすやすと誘惑される。彼はあたかも国民的英雄のような扱いを受ける。領事のコロンナがヴァレリーの滞在を見事に計画したのだ。王侯が泊まるような部屋、もっとも高貴な家系の代表者たちとの出会い、もっとも気高い宮殿でのレセプション、様々な称賛の言葉、こうしたことはすべて、皆がヴァレリーのことを愛している、彼を必要としている、彼の偉大さはイタリアを明るくしているということを証明しようとするためになされている。ヴェッキオ宮〔フィレンツェ市庁舎〕での講演の前に、ピエモンテ大公夫人がわざわざ彼の話を聞くためにフィレンツェに来たとの知らせをうける。通りには花が飾られている。群衆がひしめいている。こうした称賛の表れは、その効果を生み出す。四日目の明け方、英雄は自分の精神の力を完璧に掌握していると感じる。「昨日もすでに感じていたが、自分がガリレイやダ・ヴィンチのように明晰だという印象を受ける[10]」。

五月二十四日、彼はローマに到着する。そこで、ジャニーと娘婿とが合流する。彼らは、ファルネージ宮のきわめて公式の賓客なのである。ヴァレリーは『アンフィオン』に関する講演をおこなうが、訪問の第一の目的は外交である。著名な賓客として、彼はファシズムの栄光を称える壮大な展覧会に案内される。二十六日、ムッソリーニに招かれたヴァレリーは、彼に迎えられる。「彼はわたしに、今、何をしているのかと尋ねる。わたしは生活費をかせいでいると答える」。今回の話し合いは、最初のうち、九年前におこなわれたものと似ている。ヴァレリーは知識人たちのおかれている状況を話す。しかし、今回、ヴァレリーの言葉には、前回と較べて具体的な内容が多く含まれている。彼は、七年間、ファシズム体制により牢獄に入れられているアントーニオ・グラムシの立場を弁護する。それから、二人で、個人と国家との関係について少し言葉を交わす。ムッソリーニはその際に、自分の理論を展開する。ヴァレリーはムッソリーニに自分の懸念を表明する。「イタリアが国家の利益のために個人の価値を低く見ていると思われないよう、彼には気をつける義務がある、とわたしは彼に伝える」[11]。ヴァレリーは少しばかり精神の政治学についても話を進める。対談は終わる。

この二人の意見交換は、アンリ・ド・ジューヴネルによって準備されたものだったが、これは――地中海大学センターの創設と同様に――、フランス、英国、ドイツ、イタリアとの間で七月十四日にローマでおこなわれることになる四カ国条約の調印を準備するための外交的な駆け引きの一環として実現されたものだった。フランスにとっては、ヒトラーのドイツを無力化することが問題であった。仏伊接近は、フランス外務省が推し進める政策の要であった。ヴァレリーはこうしたゲームのなかで、すすんで文化的な歩《ポーン》の駒という地味な役を演じる。彼に求められていることが、信じることではなく、行動することになったとき以来、政治のビッグ・ゲームに参加するということのなかに、おそらく彼は陶然とさせるような魅力を見出したのだ。詩人、明け方の思想家、それは自分の内面にこもった人間の姿そのものだった。彼は自分のなかで、何人かの選ばれた人たちだけのために、そのときそのときの社会や状況を超越した領域で働いてきた。彼は本質的に自分の生きる時代に合わない人間だった。しかし、一九三三年の旅人は、現在のなかで、現在とともに仕事をする。彼は歴史とともに生きる。その動作や発言は、その内容と無関係に、彼個人の人柄がもつ意味を超越した意味を帯びる。このような観点の転倒は、彼にぴったりなのである。彼は自分の役割を無条件に支持する——しかも、幻想は抱かずに。ヴァレリーは、独裁者ムッソリーニを、「皇帝のようにふるまってはいるが、硬直化して、ぎこちない[12]」と密かに判断する。

彼はひとつ夜会に出席して一泊する予定でナポリにやって来る。ナポリに着くやいなや、講演内容が『アンフィオン』についてではなく、「音楽と詩」についてでなければならないことが分かる。その後、ローマで、ジャニーとともに、カトリーヌ・ラブレの列福式に出席する。「法王の入場」。ピウス一一世が「わたしたちから、二〇歩のところでひざまずこうとしている。聡明そうな顔、法学者[13]」。五月二十九日、フォロ・ロマーノとパラチヌスの丘を訪問し、チヴォリやそのハドリアヌスの別荘を散歩する。その後、出発。ジャニーはまっすぐパリに帰る。ポールは、再度、ジェノヴァに立ち寄る、ただし、今度は私的な用で。彼は子ども時代に通った小道を散歩し、迷い込み、匂いや叫び声や奥まった隅々を再び発見する。今回が彼の最後のジェノヴァ訪問になる。講演旅行の最終地はニースだった。ニースでは、地中海大学センター創設の準備が入念に進められていた。

パリに帰ると、ヴァレリーは机の上に立派な『クラルテ派の努力』誌がおかれているのを発見する。そこには驚くべきものがあった。ゴドショなる陸軍大佐による「ポール・ヴァレリーの『海辺の墓地』のフランス韻文訳試作」が掲載されていたのだ。それはたいへんな贈り物だった。大佐は、自分の好きな作家の書いた奇妙な作品を正気に戻そうと腐心して、どんな犠牲をもいとわなかったのだ。「神々の静寂さの上に向けられたゆったりとした眼差し／おお、思索の後のなんという褒美か！」とヴァレリーは書いていた。それが、大佐の修正を経ると、「ああ、なんという幸せ！　わたしの思考の緊張を緩めるとは／神々みたいに穏やかな、この絵のような光景のなかで！[14]」となっていた。たしかに、明快ではある。ヴァレリーは大いに楽しんで、大佐に手紙を書き、熱く礼を言う。彼は、次号で、二つのヴァージョンのテクストを二段抜きで出版したいという大佐の計画にも許可を与える。「読者は比較しながら読むでしょうね」、と彼は明言する。大佐に皮肉は通じない。自分の成功が自慢でならない大佐は、本当にそれを実行に移してしまう。

　ヴァレリーは「ネエール」に再会する。「情事において、人間は、しばしば、相手に関する意見を一日に四回も変えるよう駆りたてられるものだ[15]」。七月十八日の明け方、長時間にわたって、法悦的なまでの一続きの感動を味わう。彼はその前夜、『マイスタージンガー』のレコードを聴いていた。ワグナーの登場人物たちが、「わたしの『愛―知性』を――目覚めたわたしの遠方とわたしの無限を――かきたてた。わたしには、はっきりとものが見えるので、自分が狂っているのが分かるほどだ。幸福と悲しさと力と偉大さと無の瞬間（…）。疲労困憊しているが、幸せだ」。「愛」と「知性」、競合しあう偶像どうしが激突して互いにのめりこみ、文法を消滅させ、ヴァレリーを自分たちの足下にひざまずかせる。愛のイメージそのものになったネエールは、その現実から遊離し、愛の魔術的魅力の主題へと変身した。「ネエールに向けて、魂は――その歌を――書きたいと願う[16]」。ヴァレリーは、決して、ムッシュー・テストにはならないだろう。ヴァレリーは自分自身に激しく襲いかかるが、そんなことをしても無駄なのである。彼は自分が愛する男になることを禁じることなどできない。そうなることで、自分が幸せにもなり、苦しむようになるが、それも禁じることはできない。しかし、彼は努力して、情念による狂気のめまいや深淵から自分の身を守った。二人の間で今なお続いている関係は、ポッジとのときとは違って、劇的な事件が定期的にやって来るわけではなく、安定しているように思われる。

六、七月、ヴァレリーは、地中海に捧げられたセンターに何ができ、何をしなければならないのかを定義するため懸命に働く。彼はそうした点をモンジと議論し、ニースとつねに接触を取り続ける。ニースでは、彼の提案を聞く理事会の人間たちと会わなければならない。ニースでの人間関係を築くための準備をしているとき、彼は南フランスで一番影響力のあるマルセイユの雑誌『カイエ・デュ・シュッド〔南方手帖〕』の編集長ジャン・バラールと知り合いになる。七月なかば、省令によって、ヴァレリーは地中海大学センターの理事長に任命される。将来のセンター本部――「英国人たちの散歩道」に面している――に行き、組織の配備や、その政策ならびに活動の基本路線の準備に協力する。彼が理事会に提出した書類は、センターで予定されている教育に彼がどんな内容を与えたいと願っているのかを体系的に定義している。そのなかで、地中海は、現在のわたしたちならエコシステムと呼ぶような相のもとで現れてくる。ただし、この語は、そのすべての次元と質において理解される必要がある。地質学と海洋学、地理学と自然人類学、気候学と生物学、これらの分析が、文学的、法的、民族誌的、歴史的、宗教史的探求を準備し、支えなければならないのである。ヴァレリーの指導概念は、現代政治全体に関する彼のヴィジョンと一致している。彼は、地中海の諸文明がヨーロッパ精神ならびにその地球的規模における冒険を作り出したということを示したいのである。

ヨーロッパは、現代世界に関する彼の考察の基礎でありかつ源泉――究極の理性（*ultima ratio*）と素材――として現れる。現実に起こっていることが、彼の政治にたいする懐疑主義をいっそう強固なものにした。八月に過激な新聞『意志』に書いた記事のなかで、彼は現在広くいきわたっている信条や方法の無気力さを糾弾している。「現在の政治構造全体にしても、その構造が押しつけている政治行動の方法にしても、文明化した人間の現状や、わたしたちの文明が自らについて考えうる観念や、文明の持つ行動手段の完全な使用には、ほとんど適応していない(17)」。ヴァレリーは、さまざまな機構・制度を動かしている概念を一から作り直すことを夢見る。彼は一度も、民主主義や議会主義に多大な信用をおいたことはなかった。それらが現在見せている無能ぶりも優柔不断ぶりも、それらにたいする冷え切った彼の見方を変えることはできない。しかし、だからといって、彼が何らかの体制が好きだと断言することもできない。彼が推し進める「精神連盟」は、何らかの体制を選択することとは正反対の立場にあるが、その目的は、政治の思考装置を更新し、現在の未曾有の大混乱に適応した斬新な返答の出現を可能にすることにある。このような不確実さと祈りとの連続のさなかにあって、ヴァレリーが確信しているのは、ただひとつのことだけである。それは、政治思考を国民国家の境界線のなかに閉じこめることは、もう不可能だということだ。旧大陸の国々は事実上の相互依存のなかで生きているのであり、政治にはそれを同化する義務がある。こうした国々の未来はヨーロッパにしかない。ヴァレリーの態度や手続きは、地中海大学センターであれ、国際連盟であれ、彼が唯一正しいと断言しているように思われるものと一致している。

　八月、ニースから目と鼻の先の距離にある「ラ・ポリネジー」が彼を迎える。ジャニーとフランソワも合流する。ベアーグ夫人のところで過ごす夏休みは、いつにかわらず至福の喜びである。ヴァレリーはいつものリズムと儀式を取り戻す。明け方、彼はパジャマの上にガウンをはおり、海を称えるために階段を下りていく。息子はその様子を語る。「水のなかを苦労して歩き、（…）小石を拾っては、投げ返し、（…）

珍しい貝殻のひとつを指の間で回転させながら調べ、（…）イカの骨を、何に使うのか分かりませんが、ポケットに入れる父の姿が、今でも目に浮かぶようです[18]」。彼はそのあと、息を整えるために途中ベンチで一休みしながら、階段を昇って戻って来る。そして、ベアーグ夫人と顔を合わせる。彼女もまた、早起きなのである。濃いコーヒーを飲んだ後、彼は部屋に行って、仕事を開始する。

　ぐうたらは彼の得意とするところではない。彼にとって、休暇中であるということは、結局のところ、自分の好きな仕事に没頭できるということを意味する。行政上かつ外交上の責務を忘れて、この夏、彼は、しばらく前から温めてきたドガ論に没頭する。論全体が出版されるのは一九三六年だが、そのほとんどの章は、この数週間の休みのうちに首尾よく書き上げられる。それらは、いくつかの雑誌に少しずつ分けて出版される。作品全体はベアーグ夫人に捧げられるが、それは『ドガ・ダンス・デッサン』がどのように誕生したのかを想起させる。「あなたの家の瓦葺の屋根の下で、あなたの松林や、岩や、花が咲き乱れるテラスに囲まれて、わたしは、この夏、あなたもご存知だった一人の大芸術家についての思い出をいくつか書いてみました（…）。そこで過ごしたすばらしい天気の日々も、パリにいると皆が寄ってたかってわたしから奪い去るので、あなたしかわたしに与えることができない仕事のためのゆったりとした時間も、ともにあなたのお陰です[19]」。

　彼の机は窓際におかれている。海の上に何かが見えると、すぐにテラスに飛んでいき、仕事中の彼の注意をそらせた物に大きな望遠鏡を向ける。それから、また、仕事に戻る。お昼頃になると、皆が海水浴のために海岸に集まる。ヴァレリーは水泳が得意だが、あいかわらず心配性なので、これまた水泳が得意のフランソワが少しでも遠ざかると、すぐに度を失ったようになってしまう。その後で、彼はギョリュウの木影に腰をおろして、ほかの招待客たちと議論する。イダ・ルービンシュタインが、『セミラミス』のことで彼と話し合うために会いにやってくる。彼女は、『セミラミス』を秋に上演したいと思っている。午後は昼寝（彼は、あまり好きではない）をしたり、「断崖絶壁の縁や谷間のブドウ畑や潅木密生地帯や松林を突っ切って」[20]散歩したり、トゥーロンを訪れたりして過ごす。トゥーロンには、都会の雰囲気と同時に港特有の喧騒があるのでヴァレリーは好きなのである。夕食のときは、全員きちんとした服装になる。ある日、夕食時には変装すべし、という合言葉が皆に回される。ヴァレリーは、ストライプの入っただぶだぶのバーヌース〔頭巾付袖なしマント〕を来て、カラブリア〔イタリア半島南端に位置する州〕の強盗に変装する。夜会は暗がりと沈黙のなか、広大なテラスでおこなわれた。ヴァレリーは望遠鏡を持ち出して、火星や、金星や、お気に入りの土星を見つけ出す。そんなおり、彼は自分が出会った現代の偉大な物理学者たちの話をする。ときどき、皆でラジオに耳を傾けて、ザルツブルグやバイロイトのオペラ上演の様子に聴き入る。

秋や冬は、行政上ならびに政治上の問題に没頭させられる。ヴァレリーは、「ヨーロッパ精神の未来」というテーマで芸術・文芸常任委員会がパリで企画した新シリーズの「対談」を司会する。十二月一日、彼は地中海大学センター理事長としての職務を開始する。この新しい機関の組織は独創的である。指導体制が二系統あるのだ。理事長は計画を作成し、推進し、アイデアや計画書を出す。彼は常時ニースにいる必要はない。ヴァレリーは定期的にニースに行くが、数日以上、そこに滞在することは稀である。日常の業務、様々な活動の運営や企画は所長のモーリス・ミニョンの責任でおこなわれる。二人は同時に職務につく。彼らはお互いを理解しあい、有効な協力関係を築く。ヴァレリーはニースから遠く離れたパリに住んではいるが、単に定期的にニースに姿を見せたり、ミニョンと長時間にわたる対談をすることによってばかりではなく、数多くの伝言を送ることによって、積極的にセンターの良好な運営のために努力する。彼はそうした伝言のなかで、状況を解明したり、未解決の問題を議論したり、新たな示唆を打ち出したりする。

コレージュ・ド・フランスにならって、センターは免状を出さない。そこでおこなわれる講演会は、すべての人に開かれているし、そこでは、会議も各種開催される。現在、学際性と呼ばれているものが、この規則なのである。知識のあらゆる領域が提出されているという意味で、学際性は遵守される。そこで開催された討論などでの多くの発言は、ヴァレリーがしばらく前から出入りしていたパリの学術書専門の出版社エルマンから出される。二人の経営者の野望は、「科学的な検査に準拠し得る純粋で明解で自由なあらゆる声や、あらゆる結果や、あらゆる主張や仮説[21]」を集めることなのである。彼らはたったひとつだけ反対にあう。それは大学からの反対で、大学は、自律的な一機関がアカデミックな問題に首をつっこむのをあまり喜ばない。

ヴァレリーは政治的な考察を再開する。彼は「エルヴュー昼食会」に参加し、そこで、彼の好きな対話相手、すなわち軍人たちに問いかける。ペタンやリオティらは、戦争における大きな話も小さな話もしてくれる。彼は、ロンドン駐在のフランス大使館つき陸軍武官と議論する。政治家たちには、彼らなりの持ち分がある。ヴァレリーはポワンカレと昼食をともにし、アンリ・ド・ジューヴネルと対談し、ポール・リヴェ、あるいは、ヒトラーがフランスに犯させようとする戦争の危険性を休みなく告発するジョルジュ・マンデルと夕食をともにする。ヴァレリーのこうした人間関係ならびに友情の輪のなかには、右翼の人間も左翼の人間もいる。一九三四年一月、彼はサラザールに捧げられた本〔アントーニオ・フェルロ著『サラザール、ポルトガルとその首領』〕のために「独裁の観念」という序文を書く。同じテーマで、三月、彼はゲントで講演をおこない、春、共同執筆の著作『独裁と独裁者たち』に序文〔「独裁について」〕を寄せる。「かつて自由がそうであったように、現在、独裁がいたるところに感染しているのは、注目に値することであります(22)」、と彼は書く。

ヴァレリーがいいと確信しているものがヨーロッパ的な価値しかない以上、彼は政治の問題にせよ、イデオロギーの問題にせよ、自分の立場を公にすることはできない。彼は自分のことを、「本能的には右、精神では左、左の人間のなかでは右、右の人間のなかでは左。こちらでは、観念が、あちらでは、人種がわたしに嫌悪を催させるといったぐあい(23)」、と判断している。ピエール・フェリーヌに宛てた手紙のなかで、右の人間としての「本能」の根拠を開陳している。「驚くほど、いたるところに愚かしさが広がっている。フランス人の懐疑主義は、ぼくたちの『東』に位置する国の人たちの軽信と同じくらい(極限においては)愚かしい。実際、皆が皆、懐疑主義の権利を持っているわけではない。これが第一の点。第二の点、それは、ふつうの人ではない人たち、そうであってはならない人たちは、軽信の権利を持ってはいない、という点。その結果、物事や人間の道理でもあり、社会したがって政治の宿命的な根拠でもある不平等の体系に大混乱が起きている(24)」。

独裁に関するヴァレリーの意見は、様々な主義主張の均衡のなかで定義される。彼は、理性を装いつつ、独裁はあらゆる政治のごく当たり前の傾向だと言う――それに反して、現実の民主主義は、個人や社会の直接の反射的行動から最大限遠ざかっていると考える。そのうえ、ふつう独裁の概念と対立させられている自由の概念は、個人の存在が歴史上のどの時代よりも個人を越えた決定機関によって限定され、規制され、統制されているような世界では罠にほかならないと彼は確信している。そうした点に、立派な働きぶりをしたクロムウェルやボナパルトといった独裁者たちの記憶をつけ加えるならば、独裁の観念にたいするヴァレリーの比較的好意的なアプローチがはっきりと姿を見せてくるだろう。ヴァレリーは、ある状況のもとでは、論理的に、このような独裁体制がしかれるのはもっともだと思っている。彼は、明らかに、サラザールにたいして称賛の念を抱いている――これこそが、彼の考察の口実になっているわけだが。こうした感情は、青春時代にしみこんだナポレオン信奉の傾向の遠い影響かもしれない。

　しかし、こうした感情だけでは、彼の考察を十分に解き明かすことはではない。ヴァレリーは、独裁が、ただ一人の人間に権力全体を集中させることによって、その他のすべての人間を一政治の道具の状態におとしめてしまうと考える。独裁には自分を維持するための選択肢は二つしかない。自分の権力を脅かす他の精神が出現しないよう永続的に圧力を強化するか、自分の権力の確立を可能ならしめた不安や不均衡の条件を再び作り出すか、のどちらかである。言い換えれば、独裁は全体主義か、戦争かのどちらかに向かうしかない。だからこそヴァレリーは、結局のところ、民主主義も独裁主義もともに追い払い、「緩慢な反政治」という自らの選択で満足する。二月六日、暴動が起きて通りが血で染まっている間〔反議会主義的な右翼勢力と警察とがコンコルド広場で衝突した〕、彼は耳をそばだて、奇妙な雰囲気を注意深く聴き、記録し、政府の混乱ぶりを確認し、噂や電話の重要性に言及する。しかし、彼の考察の筋道はいささかも変動しない。突発的な出来事に惑わされることはない。

　彼の生活が、全面的に政治や政府および外交関係上の友情に捧げられているわけではない。この冬、ヴァレリーはナジア・ブーランジェとイゴール・ストラヴィンスキーと知り合いになる。彼らがポリニャック夫人やモナコ大公といっしょにいるところで何度か会ったのである。ロシアの音楽家の神秘主義がヴァレリーを驚かす。もし「神」が存在するなら、「神」は、自分の偉大さに何もつけ加えることなどできない称賛の念を人類から捧げられて満足するよりは、自分が人類に与えた能力を彼らが最大限に利用したり、彼らの意識の領域拡大に一生懸命になっている姿を見て喜ぶにちがいない、とストラヴィンスキーはヴァレリーにほのめかす。

　ニースと南フランスに短期間滞在した後、一九三四年五月十一日、彼は『セミラミス』の初演を観る。今回は、三年前の『アンフィオン』のときのような失望感はなかった。しかし、彼が熱狂していないということは、明白すぎるほどだった。オネゲルはオーケストラに初めて「オンド・マルトノ」――最初の電子音響楽器――を導入したが、その音楽はヴァレリーの気にいった。彼ら二人の協力関係は模範的なもののように彼には思われる。演出、振り付け、解釈などは申し分なく、あれこれ言うほどのものではなかった――ただし、発声法に若干問題があったので、これは二回目の上演以降修正されることになる。しかし、ヴァレリーは満足していない。おそらく、ヴァレリーは作品には霊感が欠けていて、その抽象的で図式的な性格が作品を損なっていると感じている。自分のメロドラマにたいする考えに忠実なヴァレリーは、『セミラミス』を形式上の実験ととらえていた。しかし、それだけでは傑作は生まれない。おそらく、この半分失敗、あるいは、半分成功という意識が、その数週間前、ジッドを驚かすような一言を彼に言わせたように思われる。「ぼくたちの年になると、人間は他人が作った傑作を甘受せざるを得ないものさ[25]」。発言の真意を問われたヴァレリーは、自分の底意を明らかにする。「ぼくはジッドに説明する。ぼくが羨ましいと思った人間はワグナーだということ、そして、それは、彼がその偉大な音楽機械を構築し、結合し、組み立てるときに感じたはずの(…)喜びにたいしてにほかならないと[26]」。

二週間後、彼はアカデミー・フランセーズの会合を司会する。空席になった三つの席——そのなかには、数ヵ月前に死んだブレモン神父の席も含まれている——の更新手続きを進める必要があった。六十三歳のヴァレリーは、その尊敬すべき同僚の何人かと較べると、まだ少年のように見える。病気のポワンカレが到着する。「人に支えられている(…)。彼はわたしに手を差しのべて、ごきげんよう、と言う、血走った目つきで」。階段の上で、「(出席簿に)サインしている最中のブールジェに会う。すごく老けている」。この会議の持つ例外的な性格ゆえに、会員のほぼ全員が出席している。「ドゥーミック、顔が引きつっている」。ヴァレリーは、「机の上に置かれたカウベル」を勢いよく鳴らす。会議が始まる。何度も投票がおこなわれる。会議には溌剌とした会員がまだたくさんいて、全然意見がまとまらない。ひとつの席だけ後任が決まる。それはモーリス・ド・ブロイに与えられる。三日後、ヴァレリーは慣例に則り、名誉なことに、新しく選出された会員名を共和国大統領に知らせに行く。ヴァレリーは十八時十五分、エリゼ宮の執務室に通される。アルベール・ルブランが迎える。「わたしは彼に一言話す」。その後、数分間、とりとめのない話をする。「わたしは灰色の手袋をつけて、その場を去る……。アーメン[27]」。

ヴァレリーは自らの精神の「内的上級評議会あるいは私的アカデミー[28]」と議論しながら、いくつかの考えに身をまかせている。彼は人や事物をみつめ、空想する。六月のある朝、まばゆいばかりの日差しのもとカルーセル広場を横切っているとき、満足感で輝くばかりの若い女性が通っていくのを見て、彼はうっとりとする。彼女がすばらしい「青い目をもった体系[29]」をなし、文字通り、魅惑されているように見える。

ある晩、大使たちによる舞踏会で、踊っているカップルが旋回のとき彼のいるテーブルに軽く触れるたびごとに、彼は何かロマンスや恋愛事件を想像する。六月二十三日、ニースに向かう途中、マルセイユとトゥーロンの間で、彼の眼差しは、汽車の窓から、過ぎ去ってゆく建物の一部や散歩者、それに「窓の下枠の上の女の腕」を捉える。彼はなおも空想する。「眼差しを投げかけるたびに、小説の一要素がかき立てられる」[30]。実際のところ、彼はそこで、最悪の罪を犯しているのである。自分のさまよえる霊魂が、本質的でないもの、つかの間のもの、偶発的なものに向かって徘徊するがままにしている。変わりやすいものが復活したのだ。彼は小説についてしっかりとした考察をおこなう。そして、小説などという言語道断なジャンルは、決してひとつの全体を作ることができないくだらないものに基づいていることを証明しようとする。しかし、こうした批判をどのように力説しようと、その激しさを増そうと、まったく無駄なのである。彼の眼差し、存在を感じたり触れたりする方法などは、彼が小説家の霊感をもっていることを示している。かつて、彼は子どもたちに不思議なお話をいろいろと聞かせていた。今は、そうしたお話が想像力のなかで自由気ままに発展していく喜びに抵抗しなければならない――ある日、わたしたちにとって幸せなことに、彼は、そうした抵抗がほころぶ気弱な一瞬を見せてしまうだろう。

ニース。ネグレスコ・ホテル。「哲学的なところのほとんどないわたしのような人間でも、ホテルの部屋にいると、ある程度の一般性をもって物事を考えざるを得ないということを身をもって感じます。ホテルの部屋というのは、抽象的な場で、あらゆる『自我』に適しています。ここの窓からは、現在目にしているものとはまったく違ったものが見えてくるかもしれないなどと漠然と感じられます。ここでは、今、海が見えていますが――明日の朝になったら、サレーヴ山〔スイス国境付近の山〕が、あるいは環状道路《リング》や海岸《シュトラント》が、〝外部世界〟の輝ける職務を満たしにやってくるかもしれません――そして、その正面に来るのは、ホテル産業が、ほぼいたるところでわたしたちに提供するこの一般化した〝内界〟ということになります[31]」。ここにこそ、我に返り、極度に洗練されたヴァレリーの姿が見られる。この夏、彼は、非人称的な自我、とはいえ、彼のものでしかない自我のなかを延々と踏破することに没頭していた。そして、その自我を厳密に調査し、その構造を言葉という光のもとに連れ戻し、さらけ出そうと試みる。

　七月は、パリや、絶対的な静かさがヴァレリーをぞっとさせるほどのモンミライユで過ごすが、社交生活はほどほどにおさえられる。新しい外務大臣バルトゥー宅で、あるいは、新しい陸軍大臣ペタンと昼食をともにする。パリの社交界で、ヴァレリーは、しばしば「文芸元帥」と呼ばれていた。ヴァレリーをアカデミー・フランセーズの親友ペタンと結びつけたうえでの命名であるが、ヴァレリーにとって、ペタンは単に友人であるだけでなく、戦争に関する無尽蔵の逸話の提供者でもあった。そうした逸話は、戦略的な問題にたいする彼の昔からの関心をはぐくむとともに、何らかの政治問題を前にしたとき、対峙している軍の力量の評価こそは、真剣な考察をするうえで必要不可欠な前提条件であることを決して彼に忘れないようにする働きがあった。ヴァレリーがこれほどまで権力に近づいたことは、かつてなかった。彼の目下の関心事にそのことが感じられる。彼が話し、人が彼に話し、彼は緊張や心配を共有する、という状態である。しかし、彼の天性は黒幕を演じることではない。国家秘密を知らされたわけではないし、問題の裏側を知っているわけでもない。政治家たちにとって、彼は取りとめのない話をする相手にすぎないのであって、たとえその明晰な知性や批評する際の距離の取り方が高く評価されていたにしても、政策決定にまで加わるよう依頼されていたわけではなかった。おそらく、彼がそうしたいと言えば、それも可能ではあっただろう。しかし、彼にはそんなことを考えた節はないように思われる、少なくともこの時代は。

八月は「ラ・ポリネジー」で過ごすが、その彼を、ロシア皇帝治下最後のフランス大使を務めていたもうひとりのアカデミー・フランセーズ会員、モーリス・パレオローグが訪ねてくる。「パレオは、ドイツ＝ポーランドの魂胆を開陳する。ポーランドはバルト海沿岸地方をドイツに割譲し、実質的にオデッサ、ベッサラビアを含めたウクライナを手に入れる。こうしたことのすべてが可能になったわけは、日本との戦争でロシアが混乱に陥ったからだ。その日本は、バイカル湖やレナ河にまでいたるシベリア東部全体とモンゴル全土を奪取しようとしている。見事な計画……」[32]。文が途中で皮肉っぽく中断しているのは、ヴァレリーがこのような予言をあまり信用していないということの表れとみることもできるだろうが、その結論部分は、ソヴィエト連邦消失という観念が、ヴァレリーにとってどれほど甘美なものと思われているかを示している。

ボルシェヴィキが九月十八日に国際連盟に加盟したことにたいして、ヴァレリーは懐疑的な気持ちを抱く。その週のアカデミー・フランセーズの会議は、死去したばかりのリオティの椅子の後任決定と辞書編纂が主な議題であった。「『糞尿趣味の《スカトロジック》』という語の定義に話が到る。すばらしい冗談を言い合う機会になる――当然のことながら」[33]。しかし、この大真面目でうぶな会員たちは、とりわけ現下の政治問題に没頭する。会員のなかには、同僚のバルトゥーが推進するソ連への接近政策に反発するものがいた。また他の会員たちは、このような問題に判断を下すのは困難と考えていた。パレオローグが日本やポーランドに関する迷論を再び持ち出す。ヴァレリーはヒトラーを完璧に無能と考えている。そして、ソ連が大いに障害となりうると考えている。ドイツとソ連のどちらが、平和を乱す最大の敵なのかを言わねばならないとしたら、おそらくヴァレリーも困惑したのではないだろうか。

十月九日、バルトゥーがユーゴスラヴィア国王のアレクサンダル一世とともにマルセイユで暗殺される。ヴァレリーは打ちのめされる。「先週の木曜日、いつもの昼食会のとき、近い将来のことを話題にしながら、わたしは彼に質問した。結局、あなたは将来が暗いと考えているんですね！——赤いんです、と彼はわたしに答えた（彼に説明を求めたとき、彼は内戦のことを考えていたのだ。彼は繰り返した——赤ですよ）」[34]。十日後、ポワンカレが死ぬ。アカデミー・フランセーズで追悼演説がなされた後、会員たちは、ヒトラーがザクセン＝コーブルク＝ゴータ公国公爵夫人と結婚し、自分をドイツ公爵と宣言しようとしているという噂についておしゃべりしあう。十一月七日、ドゥーメルグ内閣は総辞職する。翌日、ペタンはヴァレリーと昼食をともにする。ペタンはヴァレリーに辞任の話をする。彼は、「大統領が涙を流して、内閣に残ってくれと懇願しながら、彼の前でひざまずいたとわたしに言う」[35]。権力がヴァレリーから遠ざかる。彼は、今後、自分の家に入るような気軽さで外務省や陸軍省に入っていくことはもうないだろう。

文学は、気の滅入るような心配事から遠く離れたところで、平和のうちにやすらっている。ヴァレリーはもはや文学のために時間を割くことはほとんどできない。書斎の床の上には、彼が受け取った多数の本が乱雑に山積みされている。そのほとんどは一度たりとも開かれていない。ヴァレリーは中味に一瞥を与えると、著者を「薄のろ」扱いして、その本をそれ以前に届けられた本たちがうずたかく積まれた山の上へと正確な動作で厄介払いする。本の堆積が場所をふさぐようになってくると、アガートがやって来て、自宅に引き取っていく。このような文学の小世界にたいする嫌悪感にもかかわらず、ヴァレリーは、しばしばしば、明け方に文学の方へと回り道をする。ある朝などは、『ストラトニス』がヴァレリーを召還する。しかし、それには一時的にしか注意を向けない。数年来考察していたファウストのテーマが、何度か『カイエ』に登場する。構成の悪魔はしつこく彼の眠りを見張る。ある夜、「たったひとつの分割不可能な動作で読まれ、作られる奇跡的な本の夢[36]」を見る。人は、これ以上に充実して絶対的な欲望を抱くことができるものではない。ヴァレリーはだめになってはいない。

日常生活のなかで、文学は特に、アカデミーにおける義務、娯楽、心配といった相貌を帯びる。アカデミー・フランセーズのいくつかの空席を埋めなければならない。いろいろな駆け引きがおこなわれている最中で、ヴァレリーは立候補者たちの訪問を受ける。そのなかには、ジョルジュ・デュアメルやポール・クローデルがいて、彼らはヴィルジュスト街のヴァレリーのアパルトマンにいたる階段を交互に昇ることになる。デュアメルは一九三五年に願いがかなうが、クローデルは十年以上待たねばならない。

十一月十八日、ヴァレリーは英国に出発する。深い霧が彼を迎える。ロンドンの名士たちがこぞって彼を受け入れ、面会し、言葉を交わしたがる。フランス大使館が彼のために祝宴を催す。クラリッジでの宴会で、彼は「きわめてフランス的で精力的な」チェンバレンの後で少しスピーチをする。それから、本の市に連れて行かれたり、夢について話すよう求められたり、いろいろなサロンに引き回されたりする。英仏学院では一回、キングズ・カレッジでは二回講演をする。それから、「あいかわらず滑稽な」バッキンガム宮殿の衛兵の交代を見物し、ナショナル・ギャラリーやテイト・ギャラリーに少しだけ立ち寄り、大英博物館も見学する。大英博物館は、彼にとっては「もの悲しい場所」で、ギリシャの彫像やフリーズを前に退屈する。また、「ロンドン塔のまわりを一周[37]」する。イタリア大使館がピランデッロやその他数人の名士とともにヴァレリーを昼食会に招く。友人たちの招待で『ハムレット』を観たが、彼はそれを凡庸であるばかりか、馬鹿げていると判断する。また、何度か、それよりもずっと面白い民営の小劇場マーキュリー座に連れて行かれる。そこでは、魅惑的なホワード嬢が刺激的なサイレン《シレーヌ》のバレエを見せてくれる。二十七日、昼食でスクランブルエッグを食べた後、フランスに帰ってくる。

ニースの定宿のひとつリュル・ホテルで描かれた自画像（1934 年 12 月 4 日）。

一週間後、彼はニースに行く。十二月四日の夜をグラースのブランシュネイ家のもとで過ごす。翌朝、電話で、カトリーヌ・ポッジの死を知らされる。「昨日、わたしは『魔女』と、日向で、CKの話をしたところだった――何ヲ感ジタライイノカ分カラナイ。シカモ、イロイロナコトヲ何モカモ感ジル。最初ニ死ンダ方ガ、生キ残ッタ方ニ合図ヲ送ルコトニナッテイタノヲ思イ出ス」[38]。ヴァレリーがイタリア語で書いているのは、動揺の徴である。ヴァレリーは論評などしないし、じたばたしないが、衝撃を受けている。死者が生者に合図を送るなどというアイデアは、彼の感受性にとってまったく無縁のものだが、そのようなアイデアが彼の精神を訪れたとすれば、それは、彼の存在全体に密着した、恐ろしいまでに真実で強烈な愛の存在があった

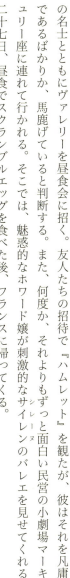

からにほかならない。ヴァレリーは、しばしば、彼の人生のこのエピソードのことを考えた。彼が見たり、愛人が彼に見せたもの、それは、女性たちやその愚かしさや知性や彼女たちの感受性のなさや彼女たちの持続の感覚に関して、半ば魅惑されながら、そして半ばいらだちながら、彼が辛辣な論評をはぐくむうえで大いに貢献した。ネエールとの間でなおも続いている関係は、表向き友好的な合意へと向かっている。そうした関係と、愛と憎しみの混じりあったポッジとの関係とは少しも似ていない。

一九三五年は、生物学的な大事件で年が明ける。ヴァレリーがおじいちゃんになったのだ。アガートが、「赤くて、泣き叫ぶ製品（…）」を生んだ。「大きな頭。湿った赤い口、皺だらけの小さい手。（…）まだ半分うとうとしているアガートがわたしに微笑みかける[39]」。その製品はマルティーヌと名づけられる。感動し、おそらくは、びっくりした祖父は、穏やかに彼の新しい経歴を開始する。彼は喜んで、「ヴィクトル・ユゴーであることなしに、祖父であることの技[40]」を学ぶ。

夏まで、ヴァレリーは汽車からホテルへ、講演から祝宴へと駆けずりまわる。一月と三月と七月にはブリュッセルに、二月と七月にはモンペリエとセットとカルカソンヌとトゥールーズに、四月にはニースに行っている。そのたびごとに、彼は話し、たくさんの友人、関係者、野次馬に会い、著書にサインし、しかじかの機関や権威筋が催す祝宴の名誉席にすわり、楽しみ、退屈し、疲れ果てる。しばしば、思いもかけない出会いや、実りの多い出会いに感動する。心なごむ夕べをある弁護士と食堂車のなかで過ごす。この弁護士は彼が誰か分かり、彼のいたテーブルにやって来て腰をおろしたのだ。ブリュッセルでは、彼の作品の専門家エミリー・ヌーレと何度か会う。ヴァレリーとヌーレとの間には、数年来、信頼にもとづいた友愛関係が成立していた。カルカソンヌでは、小間使が彼のスーツケースのなかにアカデミー・フランセーズ会員のコスチュームを発見し、彼を俳優だと思う。トゥールーズでは、寒くて震えあがるが、どうしても冷えた身体が温まらない。しかも、謝礼の金額もひどいものだった。

　セット訪問には、ほかの町を訪問する以上の意味がある。自分の生まれた町で名誉を称えられるのは嫌ではない。「セット。二月六日。夜、市役所に到着。市役所前に人だかり。警察が彼らを押しとどめている。かなり混乱してしまう。入場。(…)上の階。テーブル、お偉方、握手しなければならないたくさんの手。県知事。たくさんのスピーチ。グランド・ホテルでのささやかな祝宴[41]」。友人のデュグリップがスピーチをする。翌朝、公立中学で講演。彼は、夢見ることを学んだ世界の匂いやざらつきを再発見する。七月十三日にもここに戻ってきて、学年末の賞品授与式のホスト役を務めるだろう。彼は生徒たちを前に、現代世界に影響を及ぼし、世界を彼の子ども時代よりも不確実で厳しいものにしている諸々の変容について話をする。

　政治問題に関する心配が以前ほど差し迫ったものではなくなる。そのため、この一年ずっと彼の心をかき乱していた考察からある程度の距離を取り、政治問題を、くだらない安物専用の収納棚に追いやることが可能になる。「政治的なものは、すべてが子どもっぽい[42]」。一九三五年のヴァレリーの春は、地中海が主調となる。彼はプチ・パレで開催されるイタリア美術展のカタログに序文を寄せる。教皇大使やチャノ伯爵が特別招待に姿を現す。ソルボンヌでは、ロペ・デ・ベガについて講演し、その機会に、イサベル・ラ・カトリック大綬章をカルデナス大使から授与される。数日後、彼はリスボン科学アカデミー会員に任命される。しかし、彼にとって重要な出来事は、芸術・文芸常任委員会が「近代人の形成」というテーマでニースで開催した「対談」であった。彼はこの「対談」を、地中海大学センターの活動の一環として開催するよう計画を進めたのであった。ホストでもあり参加者でもあるヴァレリーは、アンリ・ド・ジューヴネルやサルバドール・デ・マダリアガなどが列席するなか、開会式の司会をおこなう。世界の報道機関の注目を集めたこの出来事を記念するために、ニース市は、完成したばかりの「地中海宮殿」〔ニースのカジノのこと〕で豪華な晩餐会を開催する。オペラ座に招かれたヴァレリーは、『トリスタンとイゾルデ』の第三幕を観る――この作品を観て、「ほとんど泣きそうになった[43]」。

ほんのしばらくの間だけパリに戻ってくる彼は、その間にいつもの仕事や気分のペースを取り戻す。『カイエ』は生活の変わることのない中心であり続けている。「五時前に起きた。八時には、もう、精神を働かせて一日全部を生きたので、夜まで馬鹿でいられる権利を獲得したような気持ちになる[44]」。朝の仕事が生み出す『カイエ』の堆積は、いつものリズムで増え続ける。その年、ヴァレリーは昔の悪魔に再び取りつかれる。つまり、彼は『カイエ』の堆積を選別し、タイプに打ち、そこから何かを作り上げたいと思う。これまでの何度かの試みは、ことごとく失敗に終わっていた。しかし、それは、いわば地ならしのような役には立った。数年来、ヴァレリーは、『カイエ』のそれぞれの記述の冒頭に、テーマごとに文字や記号をつけて、考察内容に応じたグループ別分類の作業をおこなっている。分類される要素は、したがって、『カイエ』のページをめくるにつれて現れてくる。国立図書館館長のジュリアン・カンとその妻リュシエンヌは、ヴァレリーの大の親友である。カン夫人は、少しばかり軽率にも、親切心から、『カイエ』の整理の仕事をヴァレリーに申し出る。ヴァレリーは大喜びでそれを受け入れる。彼女は仕事にとりかかり、かなりの数のノートをタイプで打つ。すでに起こったこと――避けようのないこと――が今回も起こる。カン夫人から受け取った『カイエ』の紙束に目を通したヴァレリーは、それに大いに興味を引かれて、手直ししたらもっといいものができると考える。彼は昔書いたメモを再度取り上げ、注をつけ、続きを書く。新しい見出しを加え、昔の見出しは移動させ、そこには別な内容のものを盛りこむ。一言で言うと、彼は新しい秘書が仕事をできないようにしてしまう。それでも、彼女は粘って、一九四四年までその仕事を続ける――彼女は、自分に渡される「マグマ」――ヴァレリー自身の言によれば――を整理したとしても、そこから何か明確な輪郭をもった作品が出てくるなどとは、おそらく期待などしていなかったはずだ。このように変形作業を持続することはできなかったが、彼女が仕事をしてくれたおかげで、ヴァレリーは直接に原料を利用することが容易になった。ヴァレリーは本を作るとき、どの紙束にどんな内容の考察が入っているか前もって知っているので、今後、そうした紙束から着想を得ることができるのである。こうしたことが、ヴァレリーが箴言や余談を集めた本を作る傾向を強めるきっかけになったと考えられる。

彼は、発見不可能な体系を空しく追い求めることから免れるために、自分のメモを一番単純な順番、つまりアルファベット順に並べることをしばしば夢想した――これこそ、おそらく、フランス共和国が掲げる平等思想にたいするヴァレリーの唯一の敬意の表れかもしれない。このような選別方法は、扱ったテーマに序列をつけて構成するという問題を一挙に解決してくれるはずである。こうすれば、すべてのテーマは、そのまま同列のものとみなされ、各分類の見出しの数だけが思考の進展に応じて増加していくというようになるだろう。この計画そのものは実現しなかったが、夏の初め、ヴァレリーは、アルファベットのそれぞれの文字で始まる一続きの散文詩を構想するようになる。普段使われないKとWを除外することによって、彼は一日の二十四時間に対応する二十四の一連のテクストを獲得することになる。七月初め、A

(睡眠)、B(目覚め)、C(日中)、D(水浴)が出来上がる。Iは昼食に、Lは読書に、夜を表現するR、S、Tの文字は愛に捧げようと計画する。彼の『アルファベ』は未完成のまま残される。

九月十八日、「ラ・ポリネジー」で数週間過ごした後、ヴァレリーはチューリッヒに向かう。そこでは友人のマルチン・ボドマーに迎えられる。何度訪れても、ボドマーの「喜びの砦」の庭や壮大な木々はヴァレリーをうっとりとさせる。彼は理工科大学の流体力学実験所を訪ねる。科学的な情熱が刺激される。「こういったことすべてが、わたしは好きだ」。突如、別な気分が目覚める。「昔、文学にたいして抱いていたわたしの嫌悪感――わたしは文学をエンジニアリングの一分野にしようと試みたものだ[45]」。

ヴァレリーは自分の心に聞き耳をたてる。彼の気分は、意志とは独立して、明らかな理由もなく変化する。「今夜、わたしは、孤独の極限、陰鬱さの極限、悲しさの極限にいるような気分だ。そうした気分は、八時ごろ、霧が急に海の上に降りてくるように、魂の上に突然降りてきた[46]」。より稀なことだが、逆の状態が彼を捉えることもある。「リヨンで、完璧な幸福の瞬間をしばし味わう(…)。たくさんのアイデアであふれかえる――昔の精神状態が解明される。昔からの制動装置。見られることのなかった自明の理[47]」。彼の自我は、話したり行動する人間とは切り離された人物で、彼にはかなり不可思議なものに思われる。彼はそのメカニズムや目的を理解しようと努める。年の初め、ベルクソンが、「ヴァレリーがしたことは、試みられてしかるべきだった」、と言ったらしいと人づてに聞く。彼はこのベルクソンの言葉を採用する。その通り、彼の人生は一種の実験なのだ。その通り、彼は未知の大地を冒険して、そこからあらゆるものも、役に立たないものも持ち帰ったのだ。あり得ないような産物、目もくらむような快挙、不確かなもの、質問、これらはすべて彼の書いた本や、『カイエ』や、永遠に続く議論のなかに乱雑に投げ入れられた、世間の評価に挑戦するかのように。彼の試みは、明らかなものや容易なものを放擲し、感受性や悟性におのずと提供されてくるものを否認することにある。「わたしはモノに手紙を書く。わたしのなかには、つねに、解決を望まないものがあると。否定的な結論をともなう豊饒さというのは、豊饒さの特異な一形態なのだ（…）。わたしの存在とは、存在しているものとは全然ちがうという存在だ。わたしは『すべて』を拒否する」[48]。こうした冒険がどれだけ高くつくかは分かっている。「デカルトは、われ苦しむ、ゆえにわれあり、と書いた方がよかったのに」[49]。

十一月三十日、ヴァレリーは、六十年間、彼と行動をともにしてきたものを失う。それは一本の歯で、彼はそれを指でつまんで、ハムレットを真似しつつ、いくつか問いかけるような言葉を歯に向かって言う。「こうしてみると、お前は、わたしの人生の排出物みたいだね。わたしの方だろうか、それともお前の方だろうか、相手に、さらば、と言うのは」[50]。数日後、ヴァレリーは、そっけない線で自画像を描く。その後で、彼はペンをとって、密集した、規則正しい大きな線で、顔の半分を消す。陽がさんさんと当たるヴァレリーのかたわらに、もう一人、隠れて、はっきりと見分けがたいが、潜在的な状態で存在するヴァレリーがいる。ヴァレリーは間違っていない。こうした方が、自画像としては完全だ。

十一月、知的協力委員会は、一九三七年の万国博覧会を視野に、予定された催し物への参加計画を担当する統合委員会を発足させる。ヴァレリーがその委員長に任命される。この枠組みで、彼は「思想の表現」と名づけられたグループの議事の司会を務める。このような祝祭を迎え入れるために、国はシャイヨー宮全体の建設に着手する。多数の画家や彫刻家が動員される。「第三共和制のボシュエ」[51]たるヴァレリーは、建物正面に施す四つの碑文の作成を依頼される。ヴァレリーは、語や語の配置にたいする造形的な注意力が要求されるこの仕事を、体制側に与した精神にふさわしい真面目な気持ちで仕上げる。ノーベル賞の選考委員だけが、ヴァレリーの存在を無視し続ける。デンマーク人のヴィーゴ・ブレンデールがヴァレリーを推薦するが、失敗に終わる。

十二月なかば、ヴァレリーは、ニースで仕事漬けの数日を送る。ニースでヴァレリーが宿泊するホテルは、もはやネグレスコ・ホテルではなく、リュル・ホテルになっている。彼はメーテルランクに会う。メーテルランクは「彼の神秘的かつ粗野な本で気狂いじみた大金を手にしたにちがいない」。メーテルランクは、巨費を投じ、海辺のカジノを常軌を逸した宮殿へと改修して「オルラモンド」と名づけていた。そこを訪れたヴァレリーは、こんなところに自分は住めないと感じる。ブランシュネイ家に立ち寄ったときに少し雪がちらつく。こちらの方が、メーテルランクの宮殿よりも強烈な効果をヴァレリーにもたらす。「わたしのなかに、子どものときの感覚が残っている。興奮とメランコリーの混淆[52]」。

一九三六年一月、ヴァレリーは『ヴァリエテIII』を出版する。ここには、ユニヴェルシテ・デ・ザナルでのいくつかの講演や何本かの序文が収録されている。『ヴァリエテ』のIやIIと同様、出版社はガリマールである。一ヵ月後、アンブロワーズ・ヴォラールが『ドガ・ダンス・デッサン』のオリジナル版を出版する。そこには、ドガの版画が数葉挿入されている。作品の一部だけの出版、プレ・オリジナル版、オリジナル版、普及版といった多様な出版形態のせいでヴァレリーが非難されることはもうない。今、ヴァレリーが非難されているのは、彼が体制の側の人間になってしまったという点である。かつて、彼は相場師扱いされたが、今や、フランス国の「大聖職者」なのだ。ヴァレリーは、なるべく疲れず、なるべく報酬の高い仕事を探したり——見つけたり——、礼金目当てに公的なパーティーに顔を出したりして時間を費やしているという非難である。馬鹿げた邪険な態度を執拗にとるレオン・ドーデが、ヴァレリー攻撃の急先鋒となる。しかし、ドーデの攻撃はほとんど反響をよばない。新聞の編集者たちは、ドーデに従う決断がつかないでいる。二月、プレス・キャンペーンのようなものがおこなわれるが、戦闘員不足のせいで、またたくまに身動きがつかなくなる。

春、ヴァレリーは講演旅行を再開する。四月二十日、パリを発ち、翌日、マルセイユで「アルジェの町」号に乗る。彼はタラップの上を散歩したり、目にとまった機械の機能を説明してもらったり、船長や何人かの士官たちと昼食や夕食をともにする。よく眠れないので、さらに散歩をしたりもする。やっと、「白い町」が見えてくる。彼にとって、今回が二度目のアルジェ訪問である。数日間、彼は現地のフランス人社会の生活に巻きこまれる。アルジェリア作家協会の昼食会に参加する。「地中海の印象」についての講演は、かなりうまくいく。「会場は満員――わたしの話は聞こえたのだろうか？[53]」。講演者ヴァレリーの名声のなかには、なにやら魔術的なものがある。彼がそこにいるというだけで、聴衆には十分なのである。現地のフランス人有力者たちが、彼を歓迎してくれたり、散歩に連れ出してくれたり、アルジェリアの様々な問題について教えてくれる。

ヴァレリーは、無関心と無邪気さと残酷さの入り混じった眼差しで原住民の生活を見つめる。哀れな群衆が、彼には、「フランス人と較べて、より家畜に近く、より畜生からは遠い」ように思われる。さらに、「より下劣さも少なく[54]」――より高貴なように思われる。高貴さというのは、「金なしでも生きていくすべを知っている」ということであり、また、「必要なものの言うなりにはならない[55]」ということでもあるのだ。ここでは、金が人々の精神を支配する程度はフランスより低く、信仰や習慣の重みの方が重要であり続けていると感じられる。彼は情報や観念によって汚染されていない社会、そして、それゆえに自然状態に近い社会を想像する。しかし、そうした社会は必ずしも彼の理想ではない。植民地化、フランスがアルジェリアに存在していることの正当性と意味、こういった問題でヴァレリーが心を痛めることはない。原則的な問題は関心を引かない。彼はながめるだけで満足する。しかも、ヨーロッパ人の彼にとって、彼が見るものは二次的な関心しか引き起こさない。いわば自然科学の講義を受けにきたようなものなのだ。

おそらく、アルジェの街並みの異国情緒に接した反動で、彼は心の中でヨーロッパの不確かさのさなかへと連れ戻される。四月二十三日、朝の十時、彼は小さな手帖を開いて、タイトルを記す。理論的アナーキー原理。そして、詳述する。「これらの原理は、わたしがアルジェの太陽に身体をさらしていたとき、哀れな犬が泣いていたとき、元気のない棕櫚が一面に生え、梢まで真っ黒い松で覆われた公園で子どもたちが笑い興じていたときに、きらきらと輝きながらわたしの精神を訪れたものだ[56]」。この手帖は、二年間、彼に同伴する。そこには、政治ならびに政治の根底となる信託に基づいた価値にたいする体系的な批評が書きつけられる。彼はそこで、あらゆる信仰や信用をなしですませることのできるような考察の基礎を作ろうと努める。主権という虚構に対抗して、厳密な代償がなければ何も要求されず、何も与えられることのない国家、交換される項目どうしが平等であるような国家を夢想する。「アナーキーとは、検証不能なものに基づいた命令にたいするいかなる服従も拒絶しようとする、個々人の試みのことである[57]」。こうした言葉は、市民的不服従への呼びかけにも似ている。

アナーキストは、アルジェからチュニスに向かう。四月二十八日、雨の降るなか、チュニスに到着する。ある本屋の主がヴァレリーを市場《スーク》に案内する。「とても面白かった。こうした気晴らしの嫌なところは、文学がその下に秘められているということ――『描写』！」。愛情深い祖父として、彼は人形をひとつ買い求める。ブリック〔卵と小麦粉を混ぜて薄く揚げたチュニジア料理〕やクスクスや美味なお菓子を味わう。「わたしはここで診察をくだしてばかりいる」[58]。ある婦人が、死んだ男の友人から受け取った手紙をどうしたらいいかと彼に尋ねてくる。いいかげんなシュルレアリストが彼のアドバイスを求めにやって来る。うっとうしい男が彼に詩を読んでくれと要求する、といったぐあいである。チュニスで講演、ル・ベイ家に引き止められたために総督はいなかったが、ビゼルトで講演。ヴァレリーは疲れている。彼は市場に戻る。入り組んだ小道で迷う。部屋の敷居のうえで客待ち顔の売春婦たちが彼にいい印象を与える――かわいらしく、清潔。シディ・ブー・サイドを案内される。その刺繍のような建築にうっとりとさせられる。ミナレットの高いところから落ちてくるムアッジン〔メッカの方に向かって祈りの時を告げる係〕の歌が彼を驚かす――「言葉」の力に想いをはせる。

チュニジアの名士たちとの話し合いにも招かれる。「正直言うと、わたしはかなり興奮していた。わたしはお互いどうし理解しあうことを望んでいた」。大いに驚いたことに、通訳が彼にムッシュー・テストに関する質問を伝えてくる。「結局のところ、とわたしは考えた。もし、ムッシュー・テストが自分に似合いの場所や芸術を選ばなければならなかったとしたら、彼が、このような詩や天上の美女や代数学やチエスの愛好家たちの間で生きる決心をしたということも、あながちありえないことではない[59]」。五月二日、ヴァレリーはアフリカを去る。出帆間際に騎兵隊の士官がやって来て、彼に「ニーシャム・イフティカールからの夢のような勲章！」[60]（グラントフィシエの星章）を渡す。「ティムガッド」号では、豪華な部屋を与えられる。一等航海士がユトランド半島での戦争の惨禍を語る。ヴァレリーはマルセイユで下船し、そこから、ニースへ、仕事へと向かう。

十二日後、地球旅行家《グローブ・トロッター》たるヴァレリーは、リエージュのスウェーデン・ホテルに投宿する。リエージュでは、友人のアルベール・モッケルが企画した象徴主義五十周年記念の儀式に参加する。その機会におこなわれた展覧会には、ヴァレリーに捧げられたショーウィンドーがあった。感激したヴァレリーは、モッケルに「綬」をあげてはどうかと領事にほのめかす。モッケルの方は、ヴァレリーの作品を顕彰するだけでは飽き足らず、彼の作品を昔から知っていて、高く評価している作家で医者のジョルジュ・マーローや、ヴァレリーの作品のファンや専門家のグループと一体となって、ブレンデールの試みのときよりも大挙して、力を合わせて、ノーベル文学賞選考委員のもとに新たな働きかけをする。しかし、今回も失敗に終わる。ヴァレリーは二十八日に講演し、二十九日にブリュッセルに移動し、そこで手短な話をし、パリに戻り、また、六月三日にはチューリッヒに向けて出発する。チューリッヒでは、「喜びの砦」でいつものアパルトマンを見出す。天気はひどく、彼はくたくたに疲れている。理工科大学の「大講義室」での講演――かつて恐怖にかられながら、講演者としての経歴をここで始めたのだった――は、すごい競争相手がいたにもかかわらず成功する。というのも、同夜、同じ理工科大学でマックス・プランクが講演したのだった。ヴァレリーはその講演が聞けなかったことを大いに残念がる。

六月五日十六時、ヴァレリーはチューリッヒを発つ。偶然にも、トーマス・マン夫妻と同じ車両に乗り合わせ、いっしょに夕食をとる。翌朝、ウィーンに着いて、汽車を乗り換える。彼は旅を続ける。旅の目的地ブダペストにぎりぎりの時間に着く。大急ぎで着替えて、コンセルヴァトワールの会場まで案内される。そこでは象徴主義の話をする。このようにたえず動いている間じゅう、彼はフランスにとりつかれている。というのも、フランスから何の知らせもなかったからである。ストライキのせいで国中の身動きがつかなくなり、「ブルムの実験」と呼ばれることになるものが開始する。ブルムが『ラ・コンク』誌の遠い時代の友人だったなどということは、何の役にも立たない。ヴァレリーは不安になる。疲労にいらだちがつけ加わる。

その後の十日間は、何も考える時間がなくなるほど忙しくなる。彼は、芸術・文芸常任委員会によって企画された新しい「対談」シリーズの司会をする。サルバドール・デ・マダリアガ、エレーヌ・ヴァカレスコ、ジョルジュ・デュアメル、知的協力学院の院長アンリ・ボネなどが出席する。テーマは「新しいヒューマニズムの探求」である。六月八日月曜日の開会式で、「わたしは最初、大臣に、次に殿下に発言権を与え、――その後でわたしが話す」。ヨーゼフ大公が彼を「親切に迎え、二人で取るに足りないことを話す」。マダリアガとヴァレリーは摂政のホルティに招待される。かつての王宮に強い印象を受ける。「宮殿は巨大なスフレのようだ。扉のところには、奇妙な衛兵＝従僕。（…）自分の相手が将軍なのか、召使いなのか絶対に分からない。こうしたことのすべてが軍隊的に動かされる。話し方も同じく軍隊風。ブーツとブーツをぶつけ合う――等」。二人は広大な階段をよじ登らされたり、暗い通路を延々と歩かされる。ある扉の前に、「ひじょうに高い円錐形の兜をかぶった風変わりな衛兵――羽根、毛皮、金泥、赤」が立っている。彼らは、「豪華ホテルの類」のサロンに通される。「奥の扉から提督ホルティが現れる。皆、着席する。（…）会話が気象学の方へと向かう。ホルティは、あるオーストリア人が考え出した途方もない理論を展開する。そこでは、月が突飛な役割を演じている」。そこでもまた、水晶やアトランチスが問題になる。「このまったく得体の知れない説明を聞いて唖然としてしまった」[61]。二人はそこから退出する。旧体制が生き残っているのは、装飾や物腰のなかだけではないように思われる。

ヴァレリーやその友人たちのガイドをしてくれたテレキ伯爵は、彼らを古代の帝国の貴族生活のどまんなかへと連れていく。彼らは土地でもっとも美しい領地に迎えられる。ダヌーブ河の眺めがすばらしいと評判の丘の頂上に案内される。ヴァレリーはそんな風景は見もしないで、デュアメルの腕を取り、次のように言いながら、皆から遠ざかる。「あのね、わたしは旅行なんかしたって仕方がないんだよ、なぜって、いたるところで同じような風景を見せられているんだから」[62]。彼の最大の喜びは、ブダペストの驚くべき温泉に飛びこむことである。作業会の最中、彼は大公と親密になる。彼は大公のことを、「とってもいい人で、お人よし」[63]と判断する。六月十二日、閉会式がおこなわれる。十五日、ヴァレリーはチューリッヒに戻って来る。「ランチの後で、眠気と疲労で死んだように倒れこむ」[64]。チューリッヒには数日間滞在し、少し観光したり、ライン川の滝の雪のような泡を前にしてヘラクレスのことを考えたり、山に登ったり（結局、彼はそれにうんざりするのだが）した後、パリに帰る。

責務や契約がたくさん重なったために、ヴァレリーは殺人的なリズムで生きなければならない。七月十二日、ヴィシーで講演。その後、ジュネーヴに行って、芸術・文芸常任委員会の会議のためエリオに会う。八月と九月の初めは、休息したい、つまり、仕事をしたいという期待をもって、「ラ・ポリネジー」に引きこもる。ある日、彼にとってこれまでなかったような信じられないことが起こる。朝の九時まで、寝すごしてしまったのだ。『カイエ』のページは数週間来、貝殻のデッサンで覆われている。彼は『人と貝殻』のために一生懸命仕事をする。これは、時間ならびに人間の行為に関する瞑想で、翌年二月一日号の『NRF』誌に掲載される。このテーマは青春時代から彼のなかにあったものだった。彼の思考は、考察したいと願うオブジェに一種の官能的な態度で密着する。知的なオブジェを前にしたとき、ふつう、彼の思考は、それを破裂させ、それに結びついている諸々の先入見を排除し、それをその本質的な要素に還元しようと努力する。物質的なオブジェを前にしたとき、その思考は、最初、身を縮め、集中するが、その後で、オブジェから引き出されてくる——発散してくる、とも言えるだろうが——意味作用の全体を包みこみ、抱懐し、発展させる運動となって、少しずつ展開していく。ヴァレリーは貝殻からその中身を引き出すと、それを投げ返す。

パリに帰ってまもなくのこと、ヴァレリーは、『NRF』誌の社屋でジッドと会う。一年来、二人には会う時間がほとんどなかった。スターリン体制を支持していたジッドはソヴィエトから帰ってきたところだった。「ロシアを旅行して彼は失望しているようだった」、とヴァレリーは記す。ジッドはヴァレリーに、数週間前、夢のなかでヴァレリーを見たという。「わたしはベッドの上にいた——おそらくは死の床だ。そして、わたしはだれかに話している、口述している——その人物はクロードか、あるいはクロードになる人物だ。その人物に近づいてみると、彼はその人物が、口述内容を書くかわりに、鉛筆を削っているのが分かる。それで、彼自身が奇妙な文をすばやい動きで次から次と書き始める。彼にはそのうちの最後の一文だけが記憶に残っている。まだ一人にだけは時間がある、そしてわたしたちは文学的な絞首刑者になるだろう」[65]。絞首刑者ヴァレリーは、その同じ日、ほかの人間たちが彼を死人扱いしているのを知る。数年来視力を失っていたアンドレ・ルベイがヴァレリーからの手紙を売りに出す。それらの手紙は、それを買い取った人間からヴァレリーに戻される。

十月末、彼はスーツケースをもって汽車に乗る生活を再開する。行き先はワルシャワ。「十月二十七日、目覚めるとプロシアだった。雨。凡庸さ[66]」。カバノキの林が彼を退屈させるし、土地が貧しいように思われる。翌朝到着して、彼はフランス学院で歓迎を受ける。アカデミーで演説し、ペン・クラブに招かれ、大使館で夕食をし、名前を覚えてはいないが、「わたしと同様年配の」婦人宅で昼食をする。そして、「廃墟と息絶えようとしている秋の田園地帯」の泥だらけの道を散歩に連れて行かれる。十一月一日、彼はあいかわらず雨が降るなかを、再び汽車に乗り、夜遅くクラクフに着く。駅で出迎える人はだれもいない。ホテルを見つけるが、彼を迎えたのは「石頭の管理人」だった。クラクフの町は、彼には退屈な劇場のセットのように思われる。つまり、彼は満足していない。そして、そのことを独り言で言う。「ヨーロッパの中央や北は、全体として、本当の馬鹿だ――あちこちに驚異的な人間が何人かいるにしても。隷属の大地（…）。汚い空。霧[67]」。翌日は気持ちのいい歓迎を受けたので、彼は元気を回復する。驚異的なまでに博識の神父と議論してうれしい気持ちになる。その神父は、彼を「シラミだらけの」ユダヤ人街に案内する。

十一月四日、再び汽車に乗って出発。途中、ウィーンに立ち寄る。ウィーンでは、大使館が親切にも彼のために車を待たせていた。さらに、ザルツブルグに立ち寄る。すばらしいと思う。その後で、ミュンヘンに到着する。ナチの陳腐な趣向のもつ「粗野な様式」が彼の神経を逆なでする。朝から晩まで、街中のどこに行っても、長靴をはいた軍隊や黒い制服のＳＳ、「残虐で子どもじみた雰囲気」にしか出会わない。「街灯のように街全体に据えつけられた拡声器が、音楽や演説をうるさい音で流している。信じられないことだ。こんな手段が作られ、政治権力が生み出されるなどと、一体だれが予想したことだろうか？[68]」。総統の到着が告げられる。街全体が大喜びし、人だかりができ、軍隊が行進する。ヴァレリーは、何人か感じのいい対話相手に出会い、いくつかビヤホールを発見し、ドイツ博物館を見学し、講演をして、立ち去る。ミュンヘンの雰囲気は彼に強い印象を与えた。パリに帰って数日後、彼はひどい夢を見る。「わたしは、、、、ヒトラーに敬礼しに行って、彼の閲兵を受けることになっている分遣隊を指揮していた（…）。わたしは家の外に出て、自分の世界を取り戻すために、『集合！』と叫ぶ。――ヒトラーがそこにいた、わたしの部隊の真ん中に」[69]。伍長ヴァレリーは、決して規則どおりにその部隊を行進させることなどできないだろう。秩序〔命令〕は彼の得意とするところではない、無秩序と同じくらいに。

一九三六年は講演旅行が多かった。それらは、疲れたし、いくつかの観点からすれば、がっかりさせられた。たしかに、彼はいたるところで熱狂的に、しかも、比類のない人物として迎えられた――クラクフでだけは短時間そうでないこともあったが。皆が祝ってくれたし、話も聞いてくれたし、すばらしい人物たちと会う機会にも恵まれた。しかし、彼の存在からは、彼が三年前まではもっていた公的な性格がなくなっていた。アルジェやチュニスでも、ワルシャワやクラクフでも、フランス精神の大使というよりは、むしろ大作家とみなされたのである。ブダペストでは、国際連盟の一委員会の長として意見を表明したのであり、そういう資格のもとで、公的人物の扱いを受けたにすぎない。政治の風向きが変わったのだ。精神の政治学の話をすることは、理屈のうえでは、これまで以上に喫緊の問題である。ところが実際は、それに興味を持ってくれそうな人たちは舞台から姿を消してしまった。平和の政策という概念は、そのすべての意味を失ってしまった。ヴァレリーが同時代の世界に投げかける眼差しは、様々な体制や政治の論理ともはや一致していない。

十二月初め、彼はストラスブールに行き、大学で講演をし、大聖堂や美術館を訪れる。そこからまっすぐニースに向かう。ニースでは、公的な性格をもった仕事が彼を待ち受けている。「岸辺に打ち寄せる弱い波がたてるゆったりと喘ぐような声に沿って歩く。砂利に近づく。歩行と思考。思考が歩みを早める。立ち止まる。また歩き出す[70]」。ヴァレリーはうんざりしている。ホテルやその非人称的な性格が好きな彼は、定宿となっていたホテル〔リュル・ホテル〕に反旗をひるがえす。装飾や人間やレストランまでが華美で、悲しく、嘘っぽいそのホテルが、彼には、「すべてが馬鹿げた愚かさの宮殿」のように思われる。「何もかもが偽造される時代[71]」が始まったのだ。

ワルシャワでの講演の冒頭、彼は腰をおろし、懐中時計を取り出し、数秒待ってから、皆に告げた。「ちょうど六十五年前の今ごろ、ポール・ヴァレリーが生まれようとしていました[72]」。ヴァレリーは、ふつうの人なら退職を考える年齢に達した。ところが彼は、安定した仕事を見つけたいと願っている。

第六部

師匠とその分身

18 教授

一九三七―一九三九年

ヴァレリーはヴィヨンに関する講演の準備をしている。彼は、詩句や、創造や、書く行為《エクリチュール》をめぐる問題に専念する。そして、広く一般に受け入れられている信仰の数々を攻撃しながら、新年を祝う。「三七年元旦。インスピレーションという観念を、どうして俗人はありがたがり、それに刺激されてしまうのだろう？　つまり、俗人は、インスピレーションというと、金を払わずにものを受け取る人間の幸福を夢想してしまうのだ。しかし、そんなすばらしいものを受け取ったとしても、空のもっとも高いところからでないと、それを維持することは不可能なのだ[1]」。インスピレーション信仰が体現しているような諸々の神話や魔法めいた態度に対抗して、文学にたいする明晰なアプローチを組織しなければならない。ヴァレリーは、詩とは何かを理解し、それを人に伝えようと試みる。文学史や、詩的テクストの構造や、詩句や、作品や、さらには音声学の諸問題が、確認や考察の網の目を構成し、少しずつ「詩学」という観念のまわりに密接に連結する。

ある新聞が、ある地方詩人を祝福するためということで、ヴァレリーに短い記事の執筆を依頼してくる。あいかわらずどんな注文でも断らない主義のヴァレリーは、その詩人の紹介をしながら、「精神のありとあらゆる事物が深刻なまでに脅かされ、危機と不安が全体に広がった現在」の話をする。記事のもっと先の方で、彼は、どんなに遠い植民地においても詩人が生まれ、以後、「フランスの詩が全領土を占拠する[2]」のを確認して喜んでいる。こうした事実が本当かどうかさだかではないが、このとき、ヴァレリーの意識の全領土を詩が占拠していたことだけは明らかである。政治がもはや精神を必要としていないので、彼は精神を詩へと向けるのである。

　ヴァレリーは、コレージュ・ド・フランスの教授ポストに立候補する。一月五日、彼はコレージュ・ド・フランスの教授団のもとで一連の手続きを開始する。十日、「エドゥアール・ル・ロワを訪問する。(…)彼はわたしの代弁者になることを引き受けてくれる[3]」。アカデミー・フランセーズと同様、志願者は選挙にゆだねられる。彼は将来自分の同僚になるかもしれない教授たちのもとを訪ねて、自分に投票してくれるよう説得しなければならない。ヴァレリーはあるテクストを書いて、皆に読んでもらう。そのテクストのなかで、彼はコレージュ・ド・フランスでしようと思う教育の大綱を示す。詩学講義をするつもりなのだ。しかし、コレージュ・ド・フランスには、詩学講座は存在しない。ヴァレリーが教授に選ばれるということは、コレージュ・ド・フランスがその内部に新しい学問分野の創設を認めたということを意味する。三月七日の午後の終わり、ヴァレリーの立候補の案件が教授会に付される。ル・ロワがヴァレリーを紹介するレポートを読み上げる。レポートの内容をル・ロワから知らされたヴァレリーは、「自分がなれると約束できる以上に哲学的な人間」として自分が描かれていると思う。エチエンヌ・ジルソンやポール・アザールはヴァレリーに投票する。リュシアン・フェーヴルが反対派の音頭をとる。彼は、ヴァレリーがこれまで歴史にたいしておこなってきた発言も、彼が配布したテクストも評価していない。「彼はわたしに不利な発言を徹底的に展開したようだ」。歴史家フェーヴルの過激な発言や興奮に直面したル・ロワは優秀な弁護士ぶりを発揮する。ヴァレリーは二二対一七で選出される。「とげとげしいものがあった。わたしは、自分が書いた覚書きが堅苦しいものだとは思っていた。しかし、そうする必要があったのだ」[4]。もう、ヴァレリーは安堵していい。省令によって彼が任命されるには、もはや手続き上の問題しか残っていない。

三月十八日、パリを発って、講演旅行に出発する。ローマは彼を友好的に迎える。かつてのマラテスタ宮殿でおこなった講演会には、マリア・ディ・サヴォイア王女が出席する。彼はオランダのユリアナ王女と夫のリッペ＝ビーステルフェルト公ベルンハルトと夕食をともにする。ヴィラ・メディチ〔ローマのアカデミー・ド・フランスが置かれている〕で、ジャック・イベール夫妻といっしょのオネゲルと再会する。彼の部屋のテラスは、ヴィットーリオ・エマヌエーレ二世記念堂とカンピドリオの丘の両方に面している。そのため、運の悪いことに、彼は歴史で飽和した空気を吸わざるを得ない。何人かの知識人たちとすばらしい議論をする。彼らは、ムッソリーニの威力が若干弱まったので、政治的な議題を避けさえすれば自由に話ができると断言する。「わたしの人柄は、わたしが書いたものの著者としての人柄なのだ」、と対話相手たちが彼に気づかせる。それは彼を面白がらせる。「そうかもしれない。わたしの人柄が、そうなってしまったということもあり得る。（…）結局のところ、わたしの人柄なんて、きちんと定義されたもののようには思われない――〝自我〟の目には、ひとつの可能性にとどまっている――あるいは、外的な必要性にすぎない[5]」。

ムッシュー・テスト、レオナルド、若きパルク、それらがヴァレリーを作り出したのだ。おそらく、それは部分的には当たっている。しかし、ムッシュー・ヴァレリーは、潜在的な状態に還元されはしない。

彼には、すばらしい抵抗能力があるし、彼の持つ側面のいくつかに関しては文句のつけようのない独占権を確保している。つねにそうであったように、今でも愛情たっぷりの父親であるし、不安に捉えられた人間である。ローマから彼はフランソワを祝福する。「お前のお母さんがお前の成績と席次を知らせてきたよ。お父さんはとても満足している。〝親〟というこの神話は、自分の生み出したものが一等賞をとるとうれしいものだというけれど、そうした慣例に、お父さんも喜んで従うよ」。父親は満足している。しかし、安心はしていない。「お前は咳をしているのにル・トゥーケ〔フランス北部パ・ド・カレー県〕に行きたいって言っているようだね。それはお父さんには矛盾にさえ思われるよ。治らないうちは、出発しないように——どこに行くにしても、行く前に、季節を考えるものだよ。自宅にいた方が、咳をしても平気だし、ル・トゥーケの空気はお父さんには心配だな（…）。とにかく、寒くて、雨が降っているところには行かないこと[6]」。

　ローマで、彼は聖週間の豪華な催し物に招待される。退屈なので、抜け出そうとするが、それでも、復活祭の日の法王のミサには出席する。廃墟を避けることは、彼にはいっそう困難であった。廃墟は昔と同様、今もなお退屈なものと感じられる。「円柱などは安らかに死滅させたらいい[7]」。最後に、ファシストたちの集会にも立ち会うはめになる。それは、ヴァレリーに、前年秋のミュンヘンの光景を思いおこさせる。四月一日、ヴァレリーはローマを発ち、ボローニャに着く。この町の魅力が彼の気持ちを新鮮にする。大学で講演するが、不眠症のため、ひどい神経過敏の状態に陥る。やっとのことで汽車の席を見つけて、パリに帰ってくる。

　彼は今後もこうした旅行をするにはするが、今回のような、様々な人と会ったり拘束されたりすることの多い、長期にわたる過重な旅行はこれが最後になる。この種の試練のなかでは、不確実な瞬間に捉えられることはどうしても避けようがないが、そんなときに、ヴァレリーはますます柔軟な態度を取ることができなくなってきている。それは、おそらく、彼がこうした仕事に食傷していること、そして、疲労し、年をとったということが重なったためなのだ。これまでは、よく眠れなくても汽車の旅を愛していたが、今では、それは退屈な義務と化していた。コレージュ・ド・フランスの教授になったとしても、彼が神経質になる度合いが減るわけではないが、少なくとも、移動して、絶えず場所や対話の相手を代えなければならないという緊張感をもたなくてもすむようになるだろう。

とはいえ、こうしたヴァレリーの擬似・外交官的な仕事の終焉は、彼が公的な世界と断絶したという意味ではない。大詩人、大作家、思想家、ヨーロッパ人、社交家という彼の地位は、どんなときでも、どんなところでも、彼を必要な存在としている。彼は、大学の場では文学を代表し、省庁や大使館では精神を代表し、いたるところで知性を代表している。彼という存在は、安心して招待できる存在であるし、勲章の授与に適した確かな価値をもった存在なのだ。四月十七日、スウェーデン王のフランス訪問の際、彼はジョリオ＝キュリーとともにエリゼ宮の昼食会に招かれる。五月四日、コインブラ大学から名誉博士号を授与される。この年、「われわれの運命と文芸」というテーマで、パリでおこなわれた芸術・文芸常任委員会の「対談」の司会をする。一九三七年は万国博覧会の年である。彼が注文を受けて作成した警句はシャイヨー宮の前面に黄金の文字となって輝く。もちろん博物館の建物の落成式に参加し、万国博覧会のカタログに寄稿する。

五月末、ブリュッセルを短期間訪れた後、六月の初め、大統領のアルベール・ルブランも出席する儀式にあわせてニースに向かい、三日間過ごす。六月二十五日、彼の手紙の束がドゥルオ館で売りに出される。ルイスと彼との書簡の一部がモノによって取り戻された――九五〇〇フランの値がついた。遠い過去の友だちも、近い過去の友だちも、まだ生きている。ピエール・フェリーヌはモロッコに派遣されていて、そこで『魂と舞踏』を主題とした舞台を企画する。彼はそれを教養のある人たちに知ってほしいと願っている。だが、この計画はダンサー不足でお流れになる。ヴァレリーはもう、あまりサロンには出入りしない――それに、サロンの数自体がだいぶ減ってしまっていた。彼は、彼の詩が好きで、彼のために何度か講演会を企画したことのあるロベール・ド・ビイーに会ったり、エドメ・ド・ラ・ロシュフーコーとしばしば落ち合ったり、政治やスペインについて、驚くべきアンドレ・マルローと話したり、アンリ・ミショーとすれちがったりする。ジュリー・ルアールとエルネスト・ルアールの息子ジュリアンは、ヴァレリーのアドバイスを受けて医学の世界に進んだが、その後、精神医学を選択していた。彼はヴィルジュスト街に学友の一人を連れてくる。ヴァレリーはその学友の凍りつくような知性に興味を引かれる。青年の名前はジャック・ラカンといった。ラカンはヴァレリーにその博士論文を捧げる。ヴァレリーの方は、また、アカデミー・フランセーズに欠かさず出席して楽しんでくる。彼は、辞書に掲載する語の新たな定義を同僚たちが提案するたびに、驚いて飛び上がったり、抗議したりするのだった――同僚たちが提案する概念は、定義すべき語に決してぴたりと合致していないと彼には思われるのだった。

普遍性を示す必要から、第九回国際哲学大会がパリで開催される。開会式は、三〇〇年前に『方法序説』を書いたデカルトを称賛することから始めなければならない。そのような仕事を引き受けることのできるフランス人は二人しかいない。ベルクソンとヴァレリーである。ところが、ベルクソンが病気なので、ヴァレリーが、七月三十一日、アカデミー・フランセーズを代表して、共和国大統領や大臣や、多数の外国からの代表者の前で講演をおこなう。彼が語る『デカルト』は、彼とこの哲学者との長いつきあいを反映している。デカルトを知的英雄と考えているヴァレリーは、デカルトの思想から決して離れることがなかった。デカルトにたいするヴァレリーの見方は、斬新で現代的である。ヴァレリーの講演のなかで、デカルトは、「すべてが数学で表現された宇宙」[8]を最初に考えた人間として登場する。この意味で、デカルトはマクスウェルや現代科学を予告している――このような言い方は、哲学者たちには意地の悪い言い方に聞こえるだろうが――、とヴァレリーは考える。

ヴァレリーは、つねに同じものを追い求めている。彼はダ・ヴィンチやワグナーのもとで称賛しているものと同じ力をデカルトのもとでも見つけ出している。つまり構築力である。どの分野の人間であれ、偉大な人間で、建築家でないような人間はいない。しかし、ヴァレリーには、デカルトにたいして個人的な愛情を抱くいくつかの理由がある。彼のコギト、それに「わたしは」(Je)や「わたし」(Moi)の使い方は、あらゆる信念を一掃し、自らの思考をそれ自体のなかに立脚させ、こうしてよけいなものを取り除いた後になおも残っているものを探求するという勇気があることを意味している。ヴァレリーはデカルトを自分の兄弟だと思っている。

ヴァレリーは「ラ・ポリネジー」に迎えられ、八月中旬から九月中旬まで、そこで休息する。以前と同様、彼はそこで快適な時間を過ごすが、ときどき退屈もする。これまで孤独はつねに恐怖感を彼に吹き込んできたが、その恐怖感が増大する傾向を見せる。「わたしには、時間が無限に思われる。あまりにも多くのコーヒー、あまりにも多くのタバコ、あまりにも多くの北風《ミストラル》、あまりにも多くのわたし――それにひきかえ、十分とはいえない君は（tu）、と、君（toi）」[9]。彼はよく眠れない。睡眠は、彼にとって、ひとつの冒険だ。彼の睡眠は、たいていの場合短く、しかも疲れさせる。彼は一日のうちのどんな時間であれ、もう一度寝なおす。昼食や夕食の後、人前で居眠りすることがある。夢、そして悪夢――この夏は、悪夢が多かった――が彼を魅了し続ける。精神分析のいう「夢の鍵」を拒否しつつも、彼は夜に自らが作り上げたものの痕跡を追い、その始まりと組成と終わりを表現しようと努めるし、覚醒時に属するものと睡眠時に属するものとを分離しようと試みる。一八九四年ごろ、彼がその最初期の『カイエ』によって開始した様々な問題のなかで、この夢をめぐる問題こそは、おそらく彼が一番執拗に提起する問題である。

不眠症にもかかわらず、ヴァレリーは活力と論争好きなところを取り戻す。ある夜、彼は四時に目覚め、満月の光景に見入る。「わたしはコーヒーを飲み、精神が快活で――迅速なのを感じる。すばやい動きで多数のものに軽く触れ、目を通すような感じ（…）。これほど神がかり的な軽やかさはしばらくぶりだ」[10]。

錨と蛇。ヴァレリーのデッサンの好みの主題のひとつ。

このような状態は、パリに帰ってからも持続する。十月十九日、彼は公式にコレージュ・ド・フランスの詩学講義の正教授に任命される。「年間一〇回の講義で七万五〇〇〇フラン」[11]、とレオトーは断言するが、彼の情報源は全然信用できない。ヴァレリーは、恐れを抱きながらも、集中して教授就任記念講義の準備をする。十一月十一日、「今朝は、様々な観念で頭が破裂しそうだ。もう、これ以上は、無理だ――わたしはありとあらゆる紙の切れ端やカードの裏になぐり書きをする」。圧迫感で耐え切れず、窒息しそうになる。「観念という悪魔」[12]が彼を捉え、引きずり回し、攻め、狩り立てる。文学的なものへの回帰が彼を刺激する。長年にわたって『カイエ』のなかで蓄積されてきた多くの考察が、今、やっと統合の試みのなかで再度取り上げられようとしている。「体系」の観点からすると、「詩学」講義は望外の幸運なのだ。

とはいえ、問題を前もってはっきりとさせておくことが必要になる。しばらく前から、ヴァレリーは、だれかれかまわず彼の話を聞きたがっている人に向かって断言しているし、『カイエ』のなかでずっと自分に向かって繰り返し述べている、自分は文学を嫌悪していると。実際、ヴァレリーの本心が分かるには、次のような発言が理解されれば十分だろう。

告白：

わたしは自分が罪を犯したことを認めます——

わたしは自分が、文学を空しい目的ではなく、手段だと理解するという罪を犯したことを認めます。

技術、すなわち、作ること、言語の操作において——形式の概念の拡張と倒錯によって。そして、この〝文学的〟行為をその外部への適用から解放することによって、わたしはそこに発見の道具を見ました——代数学のような。代数学は、あるときは自らの特性や可能性を発見し、あるときは事物どうしの関係を発見します。そうした事物には、物理学やその他の定義ないしは取り決めによって、代数学の文字が関係づけられているのです。[13]

政治屋的な政治が嫌いな人たちがいるように、彼は文学的な文学には耐えられない。現代人たちは、本が虚構や感動や快楽と一揃いのものと考え、文学の惑星では、何かは必ず何らかの価値があり、そのまた逆も成り立つので、想像上の領域のなかで自転さえしていれば文学はこと足りると信じる傾向が強すぎる。そのような根拠のない先入観から程遠いヴァレリーは、文学に科学と同じような位置を与える。文学は明るみに出さなければならない。文学は世界を拡大しなければならない。だからこそ、彼は実際にポイエチックの講義をするのである。つまり、そこでは、詩について語るのではなく、制作方法や現実の十全な行為を理解することが問題になる。そして、その行為の目的は何かといえば、わたしたちのこの世における存在を正当化する唯一のチャンス、と今でも彼の目に映っている人間の意識の増大にほかならない。

　第一回目の講義は十二月十日におこなわれる。会場に入ろうとして人々が喧嘩をするほどであった。親戚、友人、同僚、社交界のご婦人方、ファン、物見高い人、スノッブ、あらゆる人たちが偉大な人間の話を聞きたいと思う。最初の頃、ヴァレリーの講義は、アカデミックな人たちというよりは、むしろ世俗的な、雑多な人たちを引きつける。しだいに、彼の話すテーマに直接関心がない人たちは消えていく。忠実な聴講者たちを中心とするグループができあがり、そこに、生きながらにして真価を認められ、学校の教材に取り上げられる古典作家《クラシック》の小世界に仲間入りするという栄誉に浴した稀な作家の一人の話を聞きたいと願う若者たちが加わる。そうした若者の数はしだいに増えていく。講演者ヴァレリーは、落ち着かない気分でいる。彼は自分の声がよくないこと、そして、自分には教師としての魂もなければ、そのための訓練を受けたこともないことを知っている。彼は恐怖感を支配しはするが、それが彼を離れることはなく、以後、毎週金曜と土曜の十一時、十二月から一月と、二月から三月のそれぞれ一〇回ずつの講義の間じゅう、ずっと彼につきまとうことになる。

ヴァレリーは、コレージュ・ド・フランス教授という新しい地位が大いに気に入っている。十二月二十六日から三十日まで、彼はチューリッヒの「喜びの砦」に滞在する。荒涼とした広大な庭園、木々のもつれあったシルエットが彼を魅了する――ノートのなかで、その繊細な線を鉛筆で表現しようとするが、なかなかうまくいかない。「喜びの砦」には憂愁を帯びたところがあるが、彼の高揚した気分が損なわれることはない。「ほとんどの時間、わたしは仕事をしている。(…)そんな気はないのに、どうしても講義のことを考えてしまう。おかげで、講義の輪郭ははっきりと見えてきた[14]」、と彼はジャニー宛の手紙で書く。彼はチューリッヒの小道を散歩し、ピエール・ド・モナコをボドマーに紹介する。ボドマーは二人をヴェーゼンドンクの家に案内する――ヴァレリーはすでに数年前、ここを訪れていた。ヴァレリーは、モナコとボドマーの二人の「接触はうまくいった[15]」、と確認して喜ぶ。

ヴァレリーは子どものように喜んでいる。彼は人生を変えたし、生活態度も変え、若返った。いたるところで、年老いたムッシューは若々しい教授に変身したところだと吹聴する。しかし、彼はこうした変化が、単にコレージュ・ド・フランスのおかげによるものばかりでないことを明確にはしない。十月、若い教授は、あらゆる欠点をかき集めたようなある女性の家に招待される。彼女は、生粋の地中海人の伝統的な好みにはほとんど合致しないような、独立して「芸術家的な」タイプの生活を送っている。彼女は精神分析に興味をもっている。それは、ひじょうに不安にさせる点である。さらに悪いことに、彼女はジャン・ヴォワリエという男性名で小説を書いたり、出版したりしている。ここには、ヴァレリーを逃げさせるに足るものがある。しかし、彼は逃げない。この年の終わり、彼は狂ったように愛している。

一九三八年の一月と二月、彼の注意力は講義に集中的に向けられる。規則的なリズムを維持しつつ、自らの考察に体系的とは言わないまでも一貫した性格を与えるといった義務に、彼は慣れていない。過酷な仕事である。そうした仕事に、理工科大学での講演や、時事的なテーマに関する多かれ少なかれ即興的な性格の討論での発言や談話がつけ加わる。永遠の道連れ、疲労が彼の精神や気分に再びその影響を及ぼし始める。彼は、一連の講義のために、三月二十八日から四月一日までブリュッセルに行く。彼はそこで兄ジュール死去の知らせを受ける。四月二日にモンペリエに到着して、大学当局や有力政治家たちが準備した豪華な葬儀に参列する。ポールは、そうした式にたいする自分の考えを口にはしない。それ以上に、彼をさいなむ感情を表には出さない。ジュールは彼より八歳年上だった。ポールは、若い教師で駆け出しの愛人という今の彼の地位も、年齢を無にすることがないことをよく知っている。四月二日、彼の個人的なメモ書きには、ある断絶が見られる。取り乱した文字で――それは汽車の振動のためか、なんらかの内心の揺らぎのためか？――彼は次のように記す。「とろける――空と大地の間に向けられた眼差しの影のなかで、何らかの閃きと内的な言葉の待機のなかで[16]」。

彼は、ヴォワリエ夫人に手紙を書く。「結局のところ、わたしはだれなのでしょう？ わたしは、ある人や、また別の人にわたしが及ぼす効果なのです。わたしは、わたしが自分のために作る効果なのです（…）。わたしは、知的な人間だと思われていますが――そうでないことをわたしは知っています。わたしは（ある無邪気さから）特異で、かなり創意に富んだ人間にすぎません[17]」。ヴァレリーは自分が知的ではないというが、はたしてそうなのだろうか。そうした情報は彼自身のもとからやって来るばかりで、議論の余地があるようだ。彼は生活が変化し、恋愛状態にあるため、距離をおいて自分を見つめている。彼には自分の探求の限界が分かっている。考察のなかには疑念のようなものが忍び込むことがある。彼が長年追い求めている全体には、彼の存在の一部分しか包含されていないという欠点がある。彼がほのめかした知性の欠如とは、おそらく、こうした点の忘却、すなわち、自らの存在の主要部分を言葉に表現されない領域へと追いやっている点にある。注意力は示唆的なイメージの前で立ち止まる。乱れたベッドが彼に「形の定かでないものをデッサンする[18]」ように暗示する。

愛に捉えられ、征服欲に燃えた知識人は、再び詩を作り始める。彼がヴォワリエ夫人に送る手紙には、軽やかな詩や、脚韻を踏んで、しばしばデッサンで飾られた即興的な作品が多数添えられている。五十歳のときの錯乱も、六十歳のときの戦いも忘れられている。彼は自らのおかれている状態を謙虚に受け入れる。「わたしが無限の優しさを必要としていることなど、貴女には考えることなどできないのでしょうね。わたしが貴女に与えることができないもの、貴女がわたしを愛することで貴女が自らに禁じなければならないもののことを、わたしが全面的に意識していること、しかも、苦しい気持ちで意識しているということなど、貴女には考えることなどできないのでしょうね[19]」。愛し、かつ愛されたいという必要性、誘惑し、かつ誘惑されたいという快楽、魅惑し、心を熱くする存在の与えてくれる性的快楽、こうしたことはみな、ありきたりな感動の領域に属するものにほかならない。こうした単純きわまりないものに、ヴァレリーはまたもや自分の身をゆだねようとする。二人の年齢差（ヴォワリエ夫人は彼よりだいぶ年下である）や彼の妻帯者という身分（彼女は離婚している、そして再婚を願っているのかもしれない）が、問題を複雑にしている。二人とも、こうした問題が存在していることを知りながら、問題をひとまず脇にのけて、二人の間にできあがってしまった関係を続けようとする。ヴォワリエ夫人はオートゥイユの聖母被昇天《アソンプション》街にある魅力たっぷりの一軒家に住んでいる。ヴァレリーは毎日、そこに出かけて、花々に囲まれて仕事をするのが習慣になる。彼は改名して「聖母被昇天修道会会員《アソンプショニスト》」と名乗るまでになる。

　彼は五月を南フランスで過ごす。「ラ・ポリネジー」に滞在した後、ブランシュネイ家に立ち寄る。彼らはヴァレリーを近くに住むジェルメーヌ・タユフェールに紹介する。彼女は、芸術・文芸常任委員会から、「とりわけ、カンタータ様式の」歌曲制作の依頼の手紙を受け取ったところだった。台本や協力者の選択は彼女に任されていた。彼女はその話をする。ヴァレリーは思わぬ幸運に飛びつき、台本を書くことになる。「わたしは、ずっと長い間、新しいナルシスを書いて、それにグルック風のカンタータ形式の音楽をつけてみたいと思っていた[20]」。タユフェールが作曲をして、礼金は二人で分け合うことにする。翌日、二人はオリーブ畑を散歩する。その間、ヴァレリーは、自分の計画を説明したり、いくつかの場面を展開してみせたり、これまでの彼の作品中に現れた様々なナルシスを検討したりする。二人は意見の一致を見る。彼は仕事に取りかかる。

　彼はグラースからカシスに向かう。カシスでは、ジャン・バラールがヴァレリーを友人で文芸庇護者でもあるイポリット・エブラール夫妻のもとに招待する。エブラール夫妻の邸には「天のバラ」という名前がついている。ヴァレリーはそこに数日間滞在し、『ムッシュー・ニコラ』を読む。彼は自分がレチフ・ド・ラ・ブルトンヌに熱狂的な称賛の念を抱いているのに気づく。レチフは、ヴァレリーには、スタンダールより間違いなく「心の糧になり」、かつ「味わい深い[21]」作家に思われる。彼は仕事をし、砂浜の上を散歩し、エブラール夫人の姉妹のマルグリット・フールニエと友情を結ぶ。彼女は彼をマルセイユの自宅に招く。それは、旧港を望む一軒家だった。そのテラスの上で、埠頭から立ち上ってくる騒音を聞きながら、ヴァレリーは女主人の得意料理、「黄金のスープ」ことブイヤベースを陶然とした気持ちで味わうのだった。

五月二十六日、午後の終わり、彼は感動をこめて友人たちに別れの挨拶をする。そして、客室に落ち着いて、フールニエ嬢に贈られたアンナ＝マグダレーナ・バッハの『小年代記』を読む。その本は、本を読んでめったに感動することのない彼の心を大きく揺さぶる。ヴァレリーがこれほど情にもろいところを見せたことはこれまでなかった。彼がときに一連の文字で、ときに「J」の文字（彼女のファースト・ネームのジャンヌを意味するJ）で呼んでいる女性への手紙が、間違いなく、こうした状態の原因となっている。「今日のこの日を、ほんの少しでもいいからJなしで終わらせることなど不可能だ、Jに手紙を書くことによってJを自分のものにすることができるのだ」。彼はもちろんのこと、彼女に自分の疲労状態を伝える。「頭は木のようです。精神はマッチの燃えさしのようです。魂は変調をきたしています。身体はコート掛けに吊るされています」。こうした状態にもかかわらず、ヴァレリーは「ある散文詩[22]」を始めたかと思うと、最終的には焼き捨てたり、いくつかの夜想曲を仕上げては意中の女性に送ったり、彼女が書き終えたばかりで、彼が魅力的と判断した小説の校正刷りを読んでは修正の手を入れたり、手紙にプラタナスの柔らかい葉を忍び込ませたりするのである。

六月は多忙な日々を過ごす。トロカデロの人類学博物館で開催されるポリネシア関連のコレクション展のためのカタログの序文を書かなければならないし、詩学講義に関する報告書を準備しなければならないし、次の講義の準備を開始しなければならないし、七月に英国王夫妻〔ジョージ六世と王妃エリザベス〕がパリを訪れた際にプレゼントされる予定のアルバムのためにフランス文学に関する文章を大急ぎで書かなければならない。それに、多数のコンクールの審査員、奨学金や賞を授与する役目の委員会、あらゆる種類の機関の会議などの仕事がつけ加わる。ヴァレリーは仕事が迅速である。彼は時間を無駄に使わないし、作品や報告書を斜めに読むし、すばやく書類を吸収する。だが、彼はその数に圧倒される。とはいえ、結局のところ、それは彼には見事なくらいにぴったりなのである。これ以上考えられないほどに様々な仕事が蓄積されることによって、ある主題や対話者から別の主題や対話者へと素早く飛び移り、連合や、突合せや、異質な領域や問題間の類似によって、難なく切り抜けて前進したいという彼の精神が抱く必要性に答えることができるのだ。

　ある書類が、他の書類以上にとりわけ彼を引きとめる。シャルル・モーラスがアカデミー・フランセーズの椅子に立候補したのだ。ことは政治的事件であり、アカデミー・フランセーズは熟考する。モーラスは六月四日、ヴァレリーを訪ねてくる。二人の人間は互いを嫌悪しあっている。「わたしは彼をわたしのそばに座らせる（…）。わたしは彼の右耳に向かって、わたしたちが抱いている不平不満を叫ぶ」（モーラスは耳が聞こえない）。レオン・ドーデはヴァレリーを攻撃し続けている。ドーデはヴァレリーの開講講義を道化芝居のように叙述する。そうしたことは、『アクション・フランセーズ』紙上でおこなわれるが、モーラスはそれには反応を示さない。ヴァレリーはその点について、彼に少し話をする。「彼は、内部の人間どうしは独立しているからと弁解する」。ヴァレリーはモーラスにたいする意見を変えない。「この男には、少しも深いところがない。勇気、性格、熱心さ。頑固、あるいは、そうありたいと願っている。倒錯した悪魔主義。（…）彼は事物にたいしてありきたりの見方をする」[23]。しかし、モーラスは選ばれる。フランス政府は、大統領による承認の慣行を廃止することによって、アカデミー・フランセーズの決定に反対する立場を取るかどうか躊躇するが、結局は屈服する。選挙の晩、ヴァレリーは友人宅で「ひじょうに変わった魚料理」を、同じくらい変わっているサルバドール・ダリといっしょに食べながら、気分を変える。

ヴァレリーはアンリ・モンドールとともにフランス外科医学会の準備をする。十月に開催されるその会合の名誉会長になることになっているのだ。開会の演説をしなければならない。選んだテーマが彼を熱狂させる。彼は手についての概論を書いてみたいと思っている。モンドールは『人と貝殻』の再版のために絵を描いたところだった。この新作のために何枚かのデッサンを提供することができるだろう。ヴァレリーは、ヴィルジュスト街のアパルトマンで昼食を終えた後、モンドールを自分の仕事部屋に連れて行く。彼には、どんなときにでも、少しきわどいところがあった。ヴォワリエ夫人との情事のおかげで、彼は若々しさを取り戻していた。「彼はわたしに七、八編の詩、すべて未発表のソネを読んで聞かせてくれた。それらに関しては、新版の『サチュロス的〔卑猥な〕高踏派詩集（*Parnasse satyrique*）』（ここでは、satyrique のyが大事なのだ）〔satiriqueとすると同音だが「皮肉な」の意味になってしまう〕などというものが出たとしたら、それらの詩は注目に値する詩となっただろうとだけ言うにとどめておこう。そのうちの一編は、最高の瞬間を迎えている人間のカップルに関するものだが、わたしにはとても美しい詩に思われた[24]」。

世俗的な生活には、いい面もある。六月二十六日、ヴァレリーはヴェルサイユ宮殿の庭園で開かれた祭典に出席する。彼は、英国王夫妻のための催し物に招待される——夫妻を迎える寝室には、ベルト・モリゾの『揺りかご』の絵が掛けられている。それは、ジャニーの叔母の代表作だ。世俗的な生活には、欠点もある。七月三日、ヴァレリーは、クレマンチーヌ・ボナパルトに紹介される。「あなたは魅力的な詩人ですね。わたしはあなたの詩を『両世界評論』で読んでいます」、と彼女は言う。しかし、ヴァレリーは、この雑誌に一行も書いたことはない。「いい始まり方だ」、と彼は独り言を言う。彼には、皇太子は無能に見える、「今まで見たほかの皇太子たちと同様に無能に見える。こうした人たちを見ていると、彼らが不幸だということが分かるし、同意もできる[25]」。

　ヴァレリーは、自尊心というものは、もしそれが実際上の価値にたいする正確な意識を表しているのなら、美徳でもあり得ると考えている。だれかが何かを作ったとして、それを立派に作ったのなら、その人はそれを誇りに思う権利があるし、それを示す権利もある。しかし、自己満足や愚かしさや嘘の混じった虚栄心には我慢がならない。彼は決して虚栄の人ではなかった。彼が得た栄光も彼の自意識を狂わせはしなかったし、彼の行動を変化させはしなかった。しかし、彼は自分にたいする他人の無関心にたいして、過剰なまでに反応し始める。彼自身、他人を認識しないということもある。ある日、一人の詩人が、少なくともヴァレリーに七回は紹介されているのに、ヴァレリーは自分のことを覚えていてくれないと嘆く。ヴァレリーは彼の存在など気にもとめなかったのだ。それにひきかえ、彼は自分が他人に認識されない状況に我慢ができなくなる。他人が彼にたいして興味を示さないと、彼は耐えられない。これまで、彼のエゴイズムは、彼が他者に圧倒されるのを防いでくれたし、自分のなかに、そして自分の上に集中し続けることを可能としたし、例外的なまでの辛抱強さで明け方の探求を続行し、思考のメカニズムに関する研究をたえず深化させるのを可能としてくれたのだが、それが今、彼の言うことを聞かなくなってしまった。彼は称賛されることに慣れてしまった。称賛の不在は彼には侮辱に思われる。ちょっとした不都合な事態、軽い失策――クレマンチーヌ・ボナパルトのような失策――、短い待ち時間、こうしたものが、彼に屈辱感を与え、不安にさせ、いらだたせ、常軌を逸した反応を引き起こす。おそらく、こうした虚栄心の罪へと彼を向かわせるのは、その老齢のせいだ。老齢が、彼の性格上の皺を際立たせているのだ。

七月十一日から十五日まで、彼はジュネーヴの国際連盟にいる。「小さな部屋―風呂。これで十分。醜くて単純。わたしはわたしなりのやり方で腰を落ち着ける。それから、少しばかり『ナルシス交声曲』をいじくりまわす！」[26]。国際連盟という制度が、彼には間抜けに思われる。会議の合間に、議論をする。理学部長や女性冒険家エラ・マヤールと夕食をともにする。その彼らに、二日後、田舎のホテルで再会する。二人を前にして、彼は真面目に自分の作品を攻撃する。「ヴァレリーには戯曲や小説を書くことなど不可能だろう。彼は国際哲学会議でのデカルトに関する自分の演説を悔やんでいる。準備不足でまずく語ったと恥じている」[27]。つまり、ヴァレリーのなかには、虚栄心へと向かう自分の傾向を自ら解毒する作用があるということだ。彼は自分の作品を歴史建造物にはしない。そして、自分の発言に、自らの厳密さの要求が与えることのできた以上の信頼を寄せはしない。

「こうした長談義が何日も続くと、ついには疲れてくる。わたしは日本人男性〔姉崎正治と思われる〕とポルトガル人女性の間に席を占める。わたしは、ときどき言葉を交わす。しまいには、自分がバベルの塔の人間ではないかという印象を持つようになる」[28]。彼は科学的対話委員会の作業に参加させられる。明らかに、全員が興奮している。ヴァレリーはプラハのアッシリア学者と無駄話をしたり、中国代表団のパーティーに行ったり、ソヴィエト代表団のメンバーのひとり、ソコーリン宅で夕食をとったりする。ソコーリンは、「感じがよくて、頭がいい。夕食後、政治の話をする――ほとんど気が休まらないような内容。それから、レコードで軍歌を聴く――その後、ラジオ・モスクワやインターナショナルを聴く。わたしは、自分の知っているフランスのブルジョワたち――アカデミー、人文科学の連中――が、ちっぽけで、彼らの知性など三文の価値しかないという考えに捉えられるのを感じる[29]」。

ドイツとオーストリアの併合以来、残念なことに、再び政治問題が前面に出てくる。ヴァレリーは、永遠の気がかりの引力に抵抗しようとした。「突如、わたしは気がつく、自分が政治のことを考えている最中なのに――態度の決定等をしようとしていることに。わたしは、たちまち、出口のない、可能なるものの減少と対比的で、それに抵抗するような状態に自分をおく。だが、どうしてわたしは、このような精神の道のなかに入りこんでしまったのだろう？――まるで、夢のなかにいるようだ……。したがって、わたしは自我を変えたのだ[30]」。不安に抵抗するにはどうしたらいいのだろう？　政治的な自我がとうとう反撃を開始する。夏、ヴァレリーは「自由に関する変動」を発表する。これは自由意志の問題を提起する。「わたしは、口火を切ったのが哲学なのか、それとも警察なのか知らない」。彼の論文は、あらゆる政治、あらゆる国家を、本来的に自由を抹殺するものと叙述する。あるがままの世界――すなわち、耐えられない世界にたいする徹底的な拒否の態度のなかには、ペシミズムや不安が反映されている。「国家が強いと、それはわたしたちを押しつぶす。国家が弱いと、わたしたちは滅びる[31]」。絶望的な総括である。

ヴァレリーは、『理論的アナーキー原理』のための手帖にメモを書き続ける。決定論や束縛に抗して、そして世界に抗して、彼は手帖で、あるべき政治の諸要素を提起しようと努力する。方法論的な自我中心主義に忠実な彼は、その外側に行ってしまったならば考察も実践も彷徨せざるを得なくなるような場所から出発する。「考えられうる唯一の体制、それは自我から出発する体制だ[32]」。自我――精神や意識――を基盤とする政治は、ついには、人間の人間性に同意することだろう。人間は、あるがままのものと受け取られるだろう。「人間、この冒険するもの。人間は、ほとんど冒険そのものだ。人間を神秘主義者の目で見ようが、あるいは教条主義者や合理主義者の目で見ようが、人間は冒険なのだ。（…）人間は、試み、勝負、企て――可能性、等々。冒険[33]」。

ヴァレリーの言うアナーキーは、いわゆる無政府状態でもないし、ましていわんや無政府主義でもない。人間の冒険は、社会秩序や価値や権力の何らかの転倒などよりも、『骰子一擲』や相対性理論の冒険に似ている。ある体制の代わりに別の体制をおくことが問題なのではない。ヴァレリーの目的は行動することではない。彼は、知識人と活動家との機能を分離するという原則を維持する。しかし、可能なものの表現がないままでとどまっているわけではない。社会や権力は、普遍的で必然的と彼には思われる構成原理に呼応している。「実際のところ、唯一可能な――観察可能な体制の名前は、貴族政治である[34]」。もちろん、この貴族政治という語は、その伝統的で、世襲的な意味ではなく、その原義で理解されなければならない。ヴァレリーはまた、「極度の貴族」（aristarchie）という言い方もする。ヒエラルキーのない社会も政治もない。上と下、少数と多数のないヒエラルキーなどない。民主主義のなかで生きようが、専制政治のなかで生きようが、事実は同じであり、どのような教義もそれがそうなることを妨げることなどできない。こうした観点からすると、民主主義の唯一の長所は、民主主義を指揮する貴族主義を連続的に出現させたり、形成したりする能力ということになる。

ヴァレリーの貴族主義的なアナーキズムは珍品である。それは、きわめて自由な分析に支えられ、既存のイデオロギーや観念を軽蔑し、考察の進め方もなんら先行研究に負うもののない独自のものである。同時に、そのアナーキズムには、精神のもっとも深いところに定着し、何があっても侵すことのできない反射のなかでそうしたアナーキズムを表明するヴァレリー自身の姿が色濃く反映されている。つまり、個人的生活での自我中心主義と、社会生活でのエリート好きである。

そのような思考は、それを生み出した文脈から断固として超然としているので、日々の生活にはなんの影響力もない。ヴァレリーも皆と同じ共通の条件に従って生きている。そして、皆と同じように、不安にみちた待機の状態で夏を過ごす。

> 三八年七月二十六日、火曜日。いつもより早く目が覚める。まだ雲に覆われていて暗い。コーヒー――タバコ。少しだけ、短波放送を聞く。アメリカのジャズの波がうねる。つまみを回してあらゆる周波数を試していると、かなり不吉な印象を受ける。うなり声や、口笛を吹くような声。電信による「世界」――そして「世界」。夜行列車のような印象。それが〝地球〟なのだ――ほんのわずかとすべて。すべて＝ほんのわずか。わたしのなかの「天使」が、すべてから、そして自己から、身を引き離す。やせ細り、歯の抜けた小柄な老人を押し返す。（…）わたしは、自分の書類とわたし自身の無秩序の前に腰をおろす。沈黙の、思考の可能性の想像上の王。[35]

思考は世界を制御しようと努めることはできるが、それは、虚無に捧げられた孤独な行為にとどまっている。しかし、続けなければならない。八月、それに九月の初め、ヴァレリーは「ラ・ポリネジー」で『ナルシス交声曲』を仕上げる作業に入る。それは「ジャン・ヴォワリエに」捧げられることになるが、仕事はなかなかはかどらず、ヴァレリーはいらだち、「うまく行かないこのナルシスのc……」[36]〔cはcantate「交声曲」の略とも、con「間抜け」の略とも考えられる〕に腹を立てる。やっとのことで仕上がった台本をヴァレリーから受け取ったジェルメーヌ・タユフェールは作曲にとりかかる。一年の間、ヴァレリーは南フランスに行く機会があると、必ず彼女のもとに立ち寄っては完成した部分を聞き、それについて議論し、韻律法にたいする厳密で一貫した配慮から作曲家にいろいろな箇所の修正を要求する。この作品は、ソプラノ、バリトン、女声コーラス、弦楽合奏団、ティンパニー、打楽器といった、独創的な構成による演奏のために書かれる。

「ラ・ポリネジー」では、非現実的な雰囲気が支配している。恋人から遠く離れて、ヴァレリーは退屈している。ある夕べ、ラジオから『神々の黄昏』が流れてくる。「何てすばらしい音楽でしょう！　こんな音楽を生み出した国民があんな輩たちの言いなりになるなんて！」[37]、とマルチーヌ・ド・ベアーグは抗議の声をあげる。ヴァレリーは押しつぶされたような気持ちになっている。「世界の重み全体がわたしを打ちひしぐ。（…）ここだけでなく、いたるところで、皆がとても不安な気持ちになっている。ヨーロッパというこのあばずれ女は、死にたくて死にたくてしょうがないのだ」。ヴァレリーは、やせこけてしまう。「小柄な老人」は、もはや五六キロしかない。肉に反抗し、やせ細った彼は、もはやほとんど存在していない。「哀れと思ってください（…）。わたしはまだ、今自分がどこにいるのか分かりません。わたしは、自分がだれなのか、だれだったのか、だれになり得るのか、まだはっきりと区別できないのです……。神々よ、わたしは、存在していることの、そして存在していないことの倦怠全体を感じています……」[38]。

九月八日、彼はパリに戻って来る。ヴォワリエ夫人は病気のため、パリにはいない。彼自身も健康上の問題を抱えている。「ラ・ポリネジー」滞在の最後の方で、「ちょっとしたカタストロフ」が彼の身に起こった。彼はそれをだれにも話さないでいた。しかし、パリに戻ってすぐ、彼の医者は手術が必要と判断する。手術後、ヴァレリーは数日間、マルメゾンで静養する。

> わたしにはここの天気がとても寒く感じられます、暗いし、ひどい冬のようです。半・孤独のなかにいるとき以上に、外の世界の不安が重くのしかかってきます（…）。いたるところで、胸が締めつけられます！　どこを見ても、不安と影。人々は話したり、歩いたり、しかるべき動作をしてはいます――でも、彼らを見ていると、空っぽのもの――人間の形をしてはいるけれど中身のない外皮のような印象を受けます。わたしは、ときどき、そうしたことを、わたし自身を通して感じるのです。生は全面撤退しました。生は縮こまり、自分のなかに身を隠しています[39]。

ミュンヘン会談の前の週、だれもかもが息をひそめている。「三八年九月二十三日。不安の日々（…）。二十四日。今日も同じく不安な日を過ごす。重くのしかかる。（…）二十六―二十七日。途方もない日々(Tremendous days)[40]」。九月三十日、合意が成立し、チェコスロヴァキアがヒトラーの手に引き渡され、こうした緊張状態に終止符が打たれる。ヴァレリーにとっても、その同胞のほとんどにとっても、それはほっとする出来事であった。しかし、彼は最終的に『理論的アナーキー原理』を中断する、まるで、政治にたいする関心をいっさいなくしたかのように。その後、彼は再びしっかりして、いつもの仕事に復帰できるようになる。

十月十七日、ヴァレリーは外科医学会開会式で「外科医たちへの演説」を読み上げる。十月二十八日、彼はニースにいる。またネグレスコ・ホテルに宿泊し、芸術・文芸常設委員会の議論を司会し、ジャン・ヴォワリエの最新の小説がフェミナ賞を獲れるようにエレーヌ・ヴァカレスコと陰謀をたくらんだり、スペインのハムの品質に関してマダリアガと興味深い議論のやりとりをする。十一月、『ヴァリエテⅣ』が出版される。そこには、彼のもっとも重要な演説の数々（「アカデミー・フランセーズへの謝辞」、「ペタン元帥への答辞」、「ゲーテ頌」、「デカルト」、等）が収録されている。分析哲学をフランスに導入した出版社エルマンの社長E・フライマンとともに、美学のためのコレクションを作り、その指揮を執ろうとする。この計画は政治的な出来事による圧力のせいで立ち往生してしまう。同様に、ロベール・ド・ビイーは、南米での大講演旅行計画のために熱心に活動する。ヴァレリーはパストゥール号に乗船するはずだったが、その船は海軍に徴用され、作家を運ぶ代わりに、軍隊を運ぶことになってしまう。

十一月二十二日、彼はレジオンドヌール勲章グラントフィシエ章に昇級する。こうして、フランス共和国が授与するあらゆる称号や肩書きの最高位にまで上りつめたことになる。翌年の三月十三日、廃兵院《レザンヴァリッド》で簡素な式がおこなわれ、証人のガムラン将軍立会いの下で、勲章が授与される。彼は、しばしばジッドと会う。ジッドの妻マドレーヌは四月に死去していた。「昨日、ヴァレリー家で。美味で感じのいい昼食。ポールとの会話で受ける被害を限定することができるようになってから、彼といっしょにいて、以前よりずっと居心地がよくなった[41]」。レオトーとの議論の最中、悔い改めたレオトーは、友人の慧眼さを称賛する。文学に関して、レオトーは、ヴァレリーが「いつでも正しかった」、と断言する。政治に関しても、同様に、「彼はわたしより賢かった。そこでもまた、正しかったのは彼の方だ[42]」、と書く。三ヵ月後、ヴァレリーはジッドの『日記』を読む。彼は、彼自身のことや、彼の経歴について下すジッドの判断の不当さや無理解に嫌悪感をおぼえる。そうした判断が過去のものであり、今またジッドとの関係が安定してきたことを考慮のうえ、彼はこうしたいざこざを水に流すことにする。十二月二日、ヴァレリー教授は、またコレージュ・ド・フランスに通い始める。この冬の初めは凍るような冷たさだったが、可能なかぎり歩いて出講する。それがかなわぬときは、暖房のききすぎたメトロに乗り込む。

何十年間も待ち続けていたチャンスが、やっと到来する。年末、医師のブールが、フォシュ大通りに持っている彼のビルの一室を、ヴァレリーが自由に使えるようにしてくれたのだ。こうして、『カイエ』の書類が工事現場に変身する。ヴァレリーはその部屋に金属製の書棚を組み立てさせ、整理棚も置く。架台の上には長い板を置く。こうして、この場所は選別センターとなる。彼は板の上に、タイプに打ち出した『カイエ』のメモ書きを並べ、再読し、テーマごとに分類し、最終的にはそれに対応した整理棚へとしまう。

カン夫人は、『カイエ』のメモ書きのタイプ打ちというたいへんな仕事を続けて、彼に数万ページにもわたる打ち出し原稿を渡す。それらは、束ごと、項目ごとに取りまとめられることになる。これらの項目はたえず変化するが、そのなかには、ずっと以前から決定していて、不動のものになり固定したものが多数ある。そうした項目は、いわばヴァレリーの宇宙論を表現する内的秩序の鍵を提供している。「我」「もの書く我」「グラディアートル」といった項目のもとに、ヴァレリー自身が対象となっているテクストが集められているが、そこには、行動し思考する自我、書く行為と文学との関係、知的訓練という側面での考察が見られる。一連の具体的なテーマのなかに取りまとめられているのは、人間やその組織、機能作用に関する考察である。「感性」「夢」「意識」「記憶」「時間」「注意力」「自我と個性」「情動性」「エロス」

といった項目がそれにあたる。最後のシリーズは、より抽象的でアカデミックなもので、人間の思考や知性の伝統的な領野に関わるテクストを集めている。「言語」「哲学」「心理学」「数学」「科学」「文学」「詩」「詩学」「芸術と美学」「歴史・政治」などの項目がそれである。

　自我から出発して段階的に世界へと広がっていくこうした同心円的な配置は、ヴァレリーのなかにつねに住んでいるロビンソンの姿と呼応している。「我＝ロビンソン」。わたしは、これまで、自分自身という道を通ることによってしか、何ものをも学ぶことはできなかった。わたしは、必要による再発明という手段による以外、何も理解することはできない。そのときだけ、獲得された結果がわたしを照らし出し、わたしの役に立つ、あたかも、わたしのもとでは、すべての道が中心を通っているか、さもないと、どこにも到達しないかのようだ。このことは、説明しがたいし、表現しがたい。わたしは、おそろしいまでに中心化されている[43]」。結局のところ、ヴァレリーは完璧な独学者なのだ。学校の勉強に身が入らずに物思いにふけったり、公教育システムにたいして持続的にアレルギー反応を示すといった態度は、自ら欲望し、自分自身の手段を使って探求し同化したもの以外は吸収を拒むという姿勢を、多少なりとも意識的に表現している。彼は、自分自身の手で再創造した世界のなかで生きているのであり、そこ以外では生きたいと思わないのだ。「お前が知っているものを、お前がどう知っていたかを知るために、そして、お前の知るということがどういうことなのかを知るために、お前の知っていることを知らないという状態に自分の身を置き直してみよ[44]」。

　自らの規則を適用しながら、ヴァレリーは昔からの自分の愛情に立ち戻る。一九三九年一月、彼はある講義をエドガー・アラン・ポーに捧げ、写真術発明百年祭記念式の折にソルボンヌで講演する。二十四日、彼はブリュッセルに向かう。「エグモント宮で講演。ブリュッセル大学同窓会のために文芸と人生（！）という題で話す」。その後に開かれたレセプションの最中、彼はポール＝アンリ・スパークと国家の概念について長時間話し合う。ある熱狂的な女性が彼の手相を鑑定して、「三つの連続的な運命」と「無数の」女性たちの存在が見えると言う。――「わたしは彼女に、それはオーバーだ、と答える」[45]。押しつけられた講演のテーマが馬鹿げたものであったにもかかわらず、彼はそれに当惑することはない。彼の気分は、愛する男の気分なのだ。「今日はとりわけ感動したので、わたしは馬鹿みたいに自分が若々しく感じられました[46]」。

二日後、パリに戻った彼は、マルチーヌ・ド・ベアーグの死を知らされる。老いとそのイメージの回帰。ヴァレリーは鏡を避ける。レオトーは昼食を食べているとき、彼に出会う。「ヴァレリーは、あいかわらず魅力的だ。（…）だが、なんて年老いたムッシューになってしまったことか、なんとまあ皺だらけの、破壊された顔になってしまったことか！　ときどき、頭をこっくりこっくりさせさえする」[47]。ヴァレリーは、昔の友人を「スタンダール化した門番」扱いする。その門番によると、ヴァレリーの老化の原因は糖尿病のせいらしい。ル・サヴルー医師（この医師のところで二人は顔を合わせるのだが）は、彼に注射を打つ準備をしているとのことである。しかし、そうした噂はレオトーの『日記』のなかでしか聞こえてこない。

しかし、二、三年来、ヴァレリーが老けたというのは事実である。彼の顔は皺だらけになり、落ちくぼみ、やせ細ってしまった。眼鏡の分厚いレンズが、彼の苦行者のような性格を強調する。しかし、彼は衰弱したわけでも、影が薄くなってしまったわけでもない。彼の存在は、これまで以上に強い印象を与える。グループのなかにいても、彼の姿は小柄ながらよく目立つ。その表情、鋭利な眼差し、王侯のような立ち居ふるまいなどは、人の注意を引く輝きがある。アカデミー・フランセーズでヴァレリーの隣の椅子に座っているジョルジュ・デュアメルは、彼のあり方や彼から立ち上ってくるイメージを次のように叙述する。「彼には晩年になっても、古老ぶったところはありませんでした。彼には、年取ったお師匠様といったところはありませんでした（…）。この点に関して言えば、彼は奇跡的なまでに若々しいままでした。彼は、いつでも、本当の貴族は全面的な単純さを前提にしていることを示していました。わたしは、彼の態度、ものの進め方、自らの栄光の担い方が好きでした。彼は、結局のところ、小柄でほっそりしていて、中学生のようなところがありました。彼は少しも背中が曲がってはいませんでした」[48]。レオトーのどぎつい眼差しによるものと、デュアメルの愛情に満ちた眼差しによるものとでは、描き出されるヴァレリーの肖像は全然違う。老人が若者になってしまう。要するに、第三者がヴァレリーに向ける眼差しは、ヴァレリー自身の眼差しと同じように、そのもっている調性の内部で変化するということである。

三月初め、ヴァレリーは講演者として英国で何日かを過ごす。モードリン《マグダレナ》・カレッジ〔ケンブリッジ大学を構成するカレッジのうちのひとつ〕における彼の講演は、抽象的思考と詩に関するものだった。名誉博士として、正規の衣装をまとい、頭には、有名な四角の帽子モルタルをかぶる。帽子の絹の房飾りが眉をくすぐるので嫌な思いをする。一日中、カレッジからカレッジへと連れまわされる。銃眼のある壁は彼を退屈させ、通気のせいで気分が悪くなる。彼はエクサターに立ち寄る。「コーンウォール州〔イングランド南西部〕の端、アーサー王の城と考えられているところに案内される――ひどい場所だ――叙述はしませんが。わたしは叙述というものを憎んでいますので！　でも、ここはトリスタンとイゾルデの場所……。海がすごい。ワグナーはここに一度も来たことがありません。でも、彼の音楽の舞台はここなのです」。このようにワグナーの記憶の方は蘇るが、英国の持つ魔法はもはや効果を発揮しない。「少しも英国が楽しくありません――かつては、あんなに精神にとって刺激的で、滑稽だったのに！」。彼は、いわば「当惑し、呆然としている」自分を感じている。「魂が抜け落ちた肉体」になり、「観念の宮殿や寺院、さらにはあふれるような生と優しさの泉」を奪われ、どうでもいいものや無意味なものに没頭させられて、もう彼自身ではなくなっている。「わたしは、幸せではありません――魂が寒いのです――自分が『馬鹿』に感じられます。知性の極北を観念が通っていきます――わたしには、それらの観念が見えています、でも、去るがままにしています――そんなこと、どうでもいいのです[49]」。

三月十五日、ハンガリー軍とドイツ軍がチェコスロヴァキアを占領したことを知る。「ここでは、一日が重くのしかかってきます。政府は、この状況をきわめて由々しいものだと感じています。わたしは、政府のかなり直接的な反応を入手してきたところです。わたしは、もう、英国《ブリタニア》で何をしてきたのか、ほとんど忘れてしまいました[50]」。その後、彼は短期間、コルマール〔アルザス地方〕に旅行し、避けて通れない講演をしたり、大聖堂を見学する。また、シュークルート《ザウアークラウト》を食べるが、なかなか消化できない。彼は、『ル・フィガロ』紙のために一連の記事を書いたり、ユニヴェルシテ・デ・ザナルで話したり、ラシーヌの祝賀準備委員会への参加に同意し、いくつかの公式晩餐会に出席する。そのうちのひとつの夕食会は、ウィンザー家や何人かのアラブの国々の首長も臨席するレストラン「アンバサドゥール」でのものだった。緊迫した雰囲気が張りつめている。外交上の駆け引きがフル回転している。フランス政府が、何らかの非公式な接触をしてくれるようにとヴァレリーを晩餐会に招いたというのも、考えられないことではない。彼はたくさんの人を知っているし、彼の住所録が無視できない切り札となる可能性もあるのだ。彼が一九三六年にブダペストでつきあったことのあるテレキ伯爵は、現在、首相に就任している。彼は少しプロシアの貴族階級を知っている。ヴァレリーは、何人かのドイツの要人と会う。おそらく、彼らの話題は文学以外のものだったと思われる。四月、状況はあいかわらず不安に満ちている。「ここには、陰鬱な観念があるばかりです――アルバニア事件は、ロンドンにたいする挑戦であり、屈辱ですが、事態を爆発するところまで持っていこうとする決然とした意思を表しています――状況が九月よりずっと悪化しているのは明白です[51]」。

　五月半ばから六月半ばにかけて、ヴァレリーは南フランスに滞在する。彼はある金曜日の午後の早い時間に出発し、何時間かディジョンに立ち寄り、講演をし、サイン会に参加する。その間、風邪をひいてしまう。ニースには土曜の朝に到着し、着替えをして、昼食をとり、地中海大学センターで、「ひじょうに重要で長時間にわたる」会議に参加し、それから、レセプションと晩餐会に出席し、眠ることができない。「日曜日。一日中、とても調子が悪い」。火曜日、調子は回復しない。「何日も、昼となく夜となく、つらい思いをする。何年来忘れていたひどい咳が出る[52]」。薬は効かない。「それに、いろいろなニュースがやって来る。毎日毎日、国家の尻に足蹴りをくわせるようなニュース――このいまいましい国家たるや、世界で一番馬鹿な国家なのです――何でも持っているのに、そのすべてを失うことしかできなかったのですから（…）。今や、フランスは花束みたいなものです（…）。花束の花を、わたしたちは、あの間抜けの英国人たちと分け合っているのです。こんな言い方を許してください……。わたしは常軌を逸しています。極度の疲労、憤り、結局のところ、恥辱のためなのです[53]」。彼は、ヨーロッパを去り、アルゼンチンのブエノスアイレスに避難することさえ考える。友人のヴィクトリア・オカンポが、ヴァレリー家全体をブエノスアイレスで迎え入れてくれるものと思われる。

　ヴァレリーは、自分がゼロになったような気分になる。『カイエ』の仕事を始める勇気が湧いてこない朝もある。不眠症のせいで、彼は疲労困憊する。「最後には喉や顔全体にまでおよぶ痙攣に発展する、引き裂くような咳のため、ひどい夜を過ごしました[54]」。さらに、こうした病状に、昼と夜の区別のない精神朦朧の状態が付け加わる。頭が空っぽになる――すこしもアイデアが浮かんでこない。奇妙な郷愁の念が、狼狽や現在の崩壊感から湧きあがってくる。ヴァレリーは、自分が政治家や活動家になることもできただろうと考える。「わたしの感受性というやつは（…）、わたしの人生の間抜けな痛恨の念のひとつになるでしょう。そして、政治制度の性質そのものも（…）、この世界の事件のなかで、わたしが何らかの現実的な役割を演じることを妨げたのです。（…）しかし、第一に、わたし自身の限界という問題がありました。それにまた、あまりにも見事に（おそらく、あまりにも合理的に）個人的な無能を組織する体制もありました[55]」。政治家や活動家になろうとする夢は昔からのものであり、こうした苦い気持ちは確実に一時的なものにすぎない。

　彼はグラースの「ラ・プチット・カンパーニュ」で休養しようとする。しかし、ここに来ても、夜は眠れない。「不安と咳が交互に訪れる（…）。深く呼吸することができない[56]」。活字にできる原稿を書ける状態にはないので、ヴァレリーは手当たりしだい、連続的に、何時間も本を読み始め、それに身をまかす。そうしたことは、青年時以来、ついになかったことだった。彼はサント＝ブーヴの『月曜閑談』にまで没頭し、面白いとさえ思う。病状が少しずつ回復に向かう。数日間、カシスのエブラール家で、次に、マルセイユのマルグリット・フールニエ宅で、病後静養をする。疲れきった彼は、遠いところから戻って、再び自分を発見したような気分になる。しかし、自我は全面的に衰弱しきっている。

七月、能力が回復し、ヴァレリーはジュネーヴに向かう。「一日中、書類を作成したり、発表したり、議論したりします。それから、もちろん、昼食も夕食もありますが、これらには食べる以外の複数の機能があるのです。わたしは、米語、英語、中国語、スペイン語、ポルトガル語（…）を話しています。わたしは、現在の脅威が若者たちの上にどれほど重くのしかかっているかを喚起したところです（…）。そこへ、アンリオがわたしを探しにやって来ました[57]」。パリに戻った彼は、長時間散歩する。「昨日、フォンテーヌ街やその他のところで、金髪の爆弾のような頭、船体のようにたくましい腰つきをした驚くべき売春婦たちを見ました――それに彼女たちの情夫たちも――というのも、五時頃だったのですが――それは、夜の仕事に取りかかる前のひもたちがいる時間でしたので。それにジプシーも乞食たちもいました。本当に、こんな風景は前代未聞です[58]」。ヴァレリーには、恋をすると複雑になるという厄介な癖がある。そんなときの彼は、自分に可能なすべてのもの、自分に可能なすべての極端に同時になるのである。「J」や、そのオートゥイユの家や、愛のもたらす快楽や慰安を再び見出したヴァレリーだが、自分の存在の奥底から、彼を圧倒し否認する波が出現してくるのを妨げることができない。七月二十二日の『カイエ』には、次のように記されている。「もう存在していないという感覚が、ますます大きくなり、冷たい思いをする。（…）破産した賭博師が迎える明け方の感覚……あるいは、海に打ち捨てられた船の感覚。もう、どうすることもできない。鮮明にして冷たい絶望。沈黙。わたしの実質から、わたしはなんと離れてしまったことか！

この生きた人間のなかで、生が歌を歌うことなどもう二度とない[59]」。

ヴァレリーは、『散文と韻文の混交』（*Mélange de prose et de poësie*）に最後の修正の手を入れる。それは、九月末に出版される〔フランス自動車クラブ愛書家連合刊〕。いろいろな時代に作った短い話、考察、対話、散文詩や韻文詩からなる文集は、百部印刷され、彼の手になるエッチングで飾られている。エッチングのない増補普及版は一九四一年に出版される。年初から、現在の孤独の状態に反発したヴァレリーは、『神的なることがらに関する対話』（*Dialogue des choses divines*）を再度取り上げ、発展させるが、それに満足のいく形を与えることはできない。地上のことがらが、まもなく彼をその無秩序へと呼び戻す。

友人で医者のルイ・パストゥール・ヴァレリー＝ラドが、ブルゴーニュ地方モルヴァン県のマローの領地にヴァカンスを過ごしに来るようとヴァレリーを招待する。彼は、八月四日にそこに向かう。仕事、散歩、いくつかの城の見学、倦怠。「午前の終わりは、池でボートを漕いだり、スイレンを採取したりしました。午後になると、いつでも彼は一番近い町、アヴァロンに行きたがりました[60]」。愛する男は、ふざけてボシュエとサインして「性愛の禁欲のための説教」を愛人に送って楽しむ。「我がいと親愛なる兄弟たちよ、自由で、財産があり、美しく、そして美しいと同じくらいに大胆な現代の女性たちは、見事なまでに彼女たちのために作られ、彼女たちを鎖から解放した時代のなかにあって、自分たちの車のスピードに酔い、自らの欲望の多様さに酔い、その欲望を満たす安易さに酔っているが、これほどまでに女性のおかれている条件が彼女たちに好都合で、心地よい時代はかつてなかったということを、きちんと認めなければならない。しかし、この時代は、彼女たちが駆りたてる称賛の念と、彼女たちとを再びつなぎ合わせることはしなかった[61]」。

八月十八日、彼はスイスのジュネーヴとプランジャン＝ニオンを駆け足で訪れる。いっとき彼から遠ざかっていた不安が、再び勢力を盛り返す。ヴァレリーは、いざ戦争が勃発したとき、四半世紀前にそうであったように、遠い田舎に閉じこめられるのは避けたいと思う。「もっと由々しい知らせが届きました。わたしは荷造りをして、今日の午後、パリに帰ります（…）それでも、この手紙を投函しておきます。これは取るに足りないものですが、たくさんの優しさと思い出と不安と引き裂くような生のためのものです」[62]。一年後、彼はこの悲しい日の前日に描き始められた水彩画をヴァレリー＝ラド夫人に送る。それは、「戦争によって中断されたサロン…」と題されていた。

二十七日、ヴァレリーはルーヴェシエンヌ〔イヴリン県〕のカン家に行き、そこで、世界を退廃させている三人の独裁者の伝記を出したばかりのヒトラー体制への反対者エミール・ルートヴィヒに出会う。数日のうちに、言葉がまだ持っていたわずかばかりの意味が、ついに消え去る。破滅への歩みが終局にいたったのである。

> この月曜日、九月三日、戦争状態のなかで目が覚める。諸々の存在や感受性や論理やイメージの調整。
> 人間は人類の敵なのだ。
> ――こうしたことのすべて――ヨーロッパ――は、ついには錯乱するか、全面的な軟化症になって果てるのではないかと考える。
> ただ今より「四秒後」に〔フランスの時報の定型表現〕、……ひとつの「世界」の終わりの時報をお知らせいたします[63]。

19 反逆者

一九三九―一九四二年

家族の願いを聞き入れて、ヴァレリーはル・メニルに腰を落ち着ける。幸いなことに、そこに行って孤独に苦しめられるということはない。ナジア・ブーランジェが近くに住んでいる。彼女の家にはストラヴィンスキーが泊まっている。ストラヴィンスキーは、ハーヴァード大学でおこなう予定の、詩学と題された一連の講義の準備をしている。それが、ヴァレリーに、コレージュ・ド・フランスでおこなう彼の講義の主導概念を思いおこさせる。二人の間で、慇懃で、ほっとさせてくれるようなやりとりがなされ、言葉が交わされるが、それさえも、心の中にできた恐るべき虚無を満たすにはいたらない。九月五日、ヴァレリーはヴォワリエ夫人に手紙を書く。「わたしは、内側も外側もとても寒い思いをしています。人間の愚かさがわたしを殺すのです。（…）わたしが称賛し、望み、生への意味として与えたもののすべてが、今、全速力で、見分けがつかないものへ向かいつつあるのを強く感じています。わたしは、ヨーロッパや精神や形にたいする神的な感覚（あるいは、そのなかで今でも残っているもの）が落下していこうとしている深淵のおおよその深さ全体を測定しています。（…）それに、わたしは、まだ若い、あの気の毒な人たちのために涙しています。戦争から戻ってきたとき、彼らはいったいどうなってしまうのでしょう。（…）

貴女は考えたことがありますか、未来に思いをはせることが一切禁じられている若者たちのことを。それは、身の毛もよだつことです」。開始した戦争の彼方を見つめながら、彼は「ロシア人たちがヨーロッパに入ってきたときの結果」(1)を想像している。どんなことでも、本当にどんなことでも起こりうるのであり、だれも、何も、予想することなどできないのだ。

　ヴァレリーは、彼なりのやり方で、戦時下の努力に参加する。新しい状況は即座にある結果を生む。彼は自由主義的な民主主義に関する考えを改める。「人々が自由な国々に関して考えうる悪全体は、こうした光をあてることによって消えてしまう。その光は、きわめて単純な次のような真理を照らし出す。すなわち、平和か戦争かといった大事なことが、たった一人の人間の気分や理想や神経だけに左右されるなどということは、自由な国々では不可能だということです」(2)、と彼はフレデリック・ルフェーヴルに書く。九月十二日、彼はラジオで談話を読むが、この種の参加に妥当性があるなどとは確信していない。彼の言葉は反ドイツではなく、反ヒトラーである。「告白しなければなりません。わたしたちはドイツ人のことが全然理解できないのです。この偉大な国民は、なんて奇妙な国民でしょう！　ドイツ国民は、すばらしい普遍性のある作品をたくさん生み出してきました。それなのに、今、彼らは思想の迫害者に身をゆだねているのです」。彼は、「従順な魂をもったドイツの民衆たち」を嫌悪する以上に、彼らを憐れに思う。始まった戦争は、「あらゆる思考の抑圧にたいする精神の」戦いなのだが、この戦争の「目的とするところが、敵国を解放することにある」、という意味で、不思議なものに思われる。こうした発言のせいで、ヴァレリーは誹謗中傷の手紙の山を受け取り続けることになる。

　九月十六日、フランソワが入隊する。不安にかられた父親は、タクシーのところまで息子を見送り、抱擁する。その帰りがけ、彼は「ポタン」の店に立ち寄り、まぐろのマリネの缶詰を買っていると、半透明なシルエットのイダ・ルービンシュタインとすれちがう。非現実的な雰囲気が漂うなかでは、ありきたりの動作さえもが奇妙に思われるし、人々が影のように見える。翌日、彼はル・メニルに戻る。結局のところ数ヵ月も前から懸念していた出来事が実際におこったために自分が深く動揺していることに彼は驚く。その後の数週間、何度も彼はパリにやって来て、他の作家や思想家たちとともに「人間の意味」について話をするラジオのシリーズものに参加する。「戦争と戦う詩」に捧げられたコメディー・フランセーズでのマチネーの冒頭で、彼は「式辞」を読む。そのなかで、戦争とは、精神とそれを否認する力との対立だとする考えを再び取り上げる。

　アガートとその娘はノルマンディー地方のディエップに住んでいる。特に危険な海岸の近くに住んでいるのが、ヴァレリーには気になってしかたがない。十月、軍当局から二人を迎えに行く許可を得る。ル・メニルでは、彼は修道士のような気分になっている。「暗がりのなかで起床——石油ランプ。おおかた抽象的なことに関する仕事。何かまだ具体的なことを考えることができるとすれば、それは戦争のことと J のことだけです[3]」。彼はこれまでになく感傷的になっている。おそらくは、戦争があらゆるものの上に漂わせている不確かさが、それにたいする生の反射を引き起こして、彼の感情や、その感情に賦与される重要性をいや増すのにあずかっているものと思われる。「情動に関わる感受性を取り除いてみたまえ、そうしたら、もう何もなくなるから——諸々の価値は死滅する。感受性を作動させてみたまえ、そうしたら、すべてが生きるから。感受性とは何だろう？　取るに足りないもの——化学や死が消滅させる、あるもの[4]」。

　十二月、フランスは、ジャン・ラシーヌの生誕三百年祭を祝福する。政治の責任者たちは、フランス精神の偉大な時を喚起するような敬意の念を詩人に捧げる決定を下す。ジュネーヴで、国際連盟の重要にして劇的な総会が開催される。二つの出来事を連動させながら、ヴァレリーは、十二月九日から十六日まで、「スイスでの講演旅行―任務」を果たす。「ある人からこの仕事を受け入れてくれるよう懇願されました。とても重要な仕事のようです[5]」。彼はバーゼルとジュネーヴでラシーヌの話をし、ローザンヌでヴィヨンとヴェルレーヌの話をする。その「人」がヴァレリーの滞在に与えている重要性は、おそらく、彼の講演というよりは、国際連盟のロビーでの彼の存在と深く関わっているものと思われる。しかし、ヴァレリーの任務の目的は知られていない。ヴァレリーは、彼がスイスに行く理由が何であったにせよ、それに必要以上の注意を向けることはしない。国際連盟のヘッドレターの入った便箋に、彼は「J」に捧げる詩を書きつける。「遠くにいるわたしの優しい女《ひと》、／おお、逃げてしまった喜びよ、／今日は、どこで飲もう／わたしの泉の水を？／かつてわたしのものだった／あの多くの財宝は、今、どこにある？／わたしの『生』の庭、／そのバラ、その果実、／そのささやき、それから／優しくたどった／井戸端の道はどこ？／貴女の言葉、／貴女の子どもっぽい目、／そして、ある花冠に向けられた／ある繊細なサテンはどこ？／不在の貴女の心を思いながら／わたしは涙を流します[6]」。

愛の熱狂さえも、始まった冬の凍りつくような厳しい寒さを穏やかにはしてくれない。ヴァレリーは、自分が打ちのめされ、ぐったりしているのを感じる。彼には、長年、目覚めると同時に起き上がる習慣があった。今、彼は苦しみ、ベッドのぬくもりのなかで、ぐずぐずする。一九四〇年一月五日に、コレージュ・ド・フランスの講義が再開されるので、それが励みになって元気になる。彼は、フランスの責任を強調しながら、「戦争と精神」について話す。フランスが、精神の活力のあるところを示す必要があると考えるのである。翌日は、十字架の聖ヨハネ《サン・ジャン・ド・ラ・クロワ》の『霊的讃歌』を一六四一年に翻訳したシプリアン神父についての講義をする。彼はこの『霊的讃歌』の詩句を完璧な詩の例として紹介する。十九日は、「言語と詩」に関する見解を展開する。いくつかの講義には、即興の部分が多く含まれている。そのため、彼は、自分の観念の貯蔵庫を探らねばならなくなったが、おかげで、自らの「詩学」体系の全体をよりよく知覚できるようになったという印象を受ける。コレージュ・ド・フランスやラジオで、彼はレオナルド・ダ・ヴィンチを紹介する（「わたしは、彼らの脳味噌にしこたま叩きこんでやりました……」[7]）。

　社交生活が再開される。ヴァレリーはアランにばったり出会い、レオン・ブルムには繰り返し会い――ブルムは、一八九三年のときと変わらず能力に乏しいように思われる――、ド・ラ・ロシュフーコー夫人と昼食をし、エミール・ボレルとお茶を飲み、アカデミー・フランセーズの仕事に参加する。「奇妙な戦争」が特殊な精神状態を作り出す。外的な生活ではほとんど通常の状態が戻ってきたが、心の内部は氷塊そのものである。ヴァレリーは息子たちのことが心配であったが、「清澄で、分別のある心的活動の数日間」[8]をなんとか過ごす。フランソワは軍事訓練に耐えきれなかった。四週間で八キロもやせたのである。彼は非戦闘任務に配属され、ディエップで通訳をする。同じく動員されたクロードは、東部で経理少尉をしている。さらに、ヴァレリー自身の健康問題が彼に深刻な気がかりを作り出す。「この秋と冬、ぼくはかなり体調不良だった。幸いなことに、最近の分析結果によると、血液中の尿素窒素が著しく減少し、同じ血液中の糖の値も少し下がった……。何もかも禁じられていたんだ。肉、乳製品、パン、砂糖、麺類、でんぷん質食品――それに、ナツメまで！」[9]。

　二月十八日、彼はニースに向かう。ネグレスコ・ホテルの窓から、覚めた目で、悲しい椰子の木や、凪《な》いだ海や、ありきたりのカモメの飛翔風景を見つめる。地中海大学センターは海岸防御線と同様、うまくいっていない。その存在理由は崩壊してしまった。前年夏、四カ国協定の再活性化の試みがなされたにもかかわらず――イタリアとの接近政策は失敗に終わっていた。地中海大学センターは、数年間、活発に活動し成功を収めたが、危機的状況に入る。本来の目的から外れた講座がいくつか作られたり、作られようとしている。様々な計画は無期限に延期され、現在残っているものを保持し続行していくための手段が、もはや確保されていない。ヴァレリーは、行政上ならびに財政上の混迷状態を打開しようと努力したり、人々に冷静さを取り戻させようとする。二月二十三日、地中海大学センター再開の折に、ダ・ヴィンチについての講演をする。彼は状況を正常化できないままニースを後にする――以後、交渉は文部省で続行される。

　ヴァレリーはマルセイユで一休みして、ブランシュネイ家の人たちやマルグリット・フールニエと会った後でパリに帰る。あらゆるものが、彼には不吉に見える。「雨、心配事、ふさぎの虫、糞のつまった魂、これが今日の定食の中味さ！[10]」。パリに戻った翌日、首都の眠りは警戒警報によって中断される。「寝ているところを起こされて、避難場所に連れて行かれたわたしの孫娘は、怒って、ドイツ人を全員殺したいと言いました。それは、とってもすばらしいアイデアです！……[11]」。彼は、再び病気になる。三月五日に病床につく。一週間以上、咳や痛みないし激しい苦痛で、一分たりとも休息できない。何も呑み込むことができない。たしかに、彼はいつでも、痛い、痛い、と音をあげてきた。しかし、今度ばかりは、彼にはうめき、絶望するに十分なだけの理由がある。「もし、二、三のちょっとしたことが解決されたなら、わたしは生きた人間のところをもう訪問しなくてもいいということに、利点しか感じられないだろう[12]」。何もかもが、彼には、どうでもいいことに思われる。病気のもっとも激しい段階が過ぎるやいなや、医者は彼をリュエイユ＝マルメゾンの療養所に送る。彼の考えはまたもとの正常な状態に戻る。「これは、わたしの病気の始まりなのだと思います。わたしはこれまで高温の発熱を経験したことはありませんでした。とりわけ、極度の衰弱に見舞われたことはありませんでした(13)」。四月初め、彼は短い手紙を書くだけの力を取り戻す。エミリー・ヌーレがメキシコに出発すると知らせてきていたので、彼は、その野蛮な国は彼に恐怖感を引き起こす、と彼女に言った後で、「今後は、何もかもがヨーロッパよりも勝るようになるでしょう。高級な文化は、これでおしまいです。物質生活は、現在のモスクワ並みになるでしょう(14)」。彼は立っているのがやっとの状態である。毎日、少しの間だけ、散歩に連れ出される。書くことができないので、読書する。バルザックの小説をかなり読み終えた後で、彼は『失われた時を求めて』を本気で非難する。彼はどうしても、この小説に慣れることができない。「なんという饒舌！　なんてばらばらなんだろう！　それに、いたるところ、ゴンクール的なものが見えてしかたがない(15)」。自らの情熱に忠実な彼は、ポーを喚起し、記憶力によって、数世紀も前と彼には思われる一時代にまで遡り、それから再び彼とマラルメの関係に戻って来る。「わたしは、隠しごとのない対談の瞬間を漠然とながら考えていました、そんなとき、マラルメが死んだのです(16)」。奇妙なことが起こる。ジョルジュ・デュアメルがヴァレリーをリュエィユに見舞う。デュアメルは「顎鬚を長くのばし、肘掛け椅子に腰をおろしたヴァレリーが落ちこんでいる」ように思う。その後、デュアメルはレオトーにこのときの様子を語りながら、自分はしばらく茫然自失してしまったという。「ヴァレリーはマラルメに似ていた(17)」、というのである。

鬚をのばした彼の方は、自分が山賊か、有機化学のノーベル賞受賞者のような様子をしていると思う。

四月十日、彼は、彼の病気のせいで悲嘆にくれているヴォワリエ夫人に短い手紙を書く。「愛する女《ひと》、様々な出来事がたて続けに起こって、いやな結果を生み出しています。わたしたちは、どこに行くのでしょう、貴女やわたしや皆は？　序幕は終わりました。これから大芝居が始まります。（…）ああ、わたしの愛する女――こんな時代には、生きるなどということが馬鹿げた仕事に見えます。わたしはとても強烈に感じています、神々は死んだのだと……」[18]。回復期のヴァレリーは、ときどきパリに行く許可をもらって、いくつかの催し物や作業部会に参加する。デュアメルやジュール・ロマンやルイ・パストゥール・ヴァレリー＝ラドやカンやジロドゥーらとともに、情報会議のメンバーになる。この会議は、戦時中という現在の状況では、きわめて重要な役目を帯びる。ヴァレリーはゲームを演じ、長話をし、下された決定に同調する。しかし、彼はもはや、どんな機関にたいしても少しの信用もおいてはいない。

五月十日、ヒトラーの軍隊による西部地域の攻撃が開始する。「四〇年五月十五日、マルメゾン。六時半のラジオ。この平和な庭。大砲の音、武装したオランダが陥落したという知らせ。射撃音。美しい空。穏やかな日差し。彼方で戦闘をしている子どもたち。どんな物音も心臓を停止させる」[19]。翌日、ヴァレリーは自宅に帰ってもよいことになる。まだ弱々しいし、活力がないが、回復はしている。二十三日、彼は家族とともにパリを去り、ディナール〔ブルターニュ地方の温泉地〕に向かう。彼の子どもたちは、パリを脱出するよう執拗に勧めていたのだが、これまでヴァレリーはそれを拒んでいたのだった。「ひじょうに印象深い行程……。道路は避難する人たちで混雑しています。ベルギーやアルトワ地方〔フランス北部〕やノール県は、車両や二輪車や自動車であふれかえっています。パニックが進行しているといった様子。（…）

南の方の道路もすべて、少なくとも同程度には混乱しているはずです。わたしは、パリを離れたということにがっかりしながら、この道をたどってきました（…）。わたしは、まだ疲れきっています……でも、特に魂が困惑し、精神が崩壊状態にあります」[20]。彼は『カイエ』をジュリアン＝ピエール・モノに預ける。モノは、それを布と革でできた大きなかばんにぎっしりと詰めて、オーヴェルニュ地方まで持っていく（従来、ヴァレリー夫人の証言を基に、『カイエ』はモノの隠棲したクレルモンフェランに持っていかれたと考えられていたが、実際は、パリのプロヴァンス街五六番地の銀行の貸金庫に保管されていた）。

ヴァレリーは、思考することを自らに禁じる。六月十日、イタリアの宣戦布告が全体の崩壊に「下劣さ」を付け加える。六月十五日、彼は戦いが終わったこと、そして、フランスが武器を捨てねばならないことを知る。「フランスは、今のフランスがこのような状態であるということの罪を償うのだ。わたしは、できることなら、今日のこの日まで生きていたくはなかった。しかし、わたしは、どうしても、明日やそのまた明日のことを考えないではいられない。作り直すこと。（若者のために、小さな本、「再生」という本を書くこと）[21]」。ヴァレリーは、自分の国や、そのちっぽけな野心や、偽の価値や、金銭崇拝や、無能を糾弾する。六月十七日、ペタンの演説を聞いた後、彼はヴォワリエ夫人に悲嘆にくれた手紙を書く。「わたしたちは、失墜してしまいました。先ほどペタンの演説を聞きながら、わたしは号泣せざるを得ませんでした[22]」。

惨状の規模を測定したところで何の役にも立たないだろう。倒れずに残ったものなど、何もないのだ。深淵の底では、通常の基準など無効になってしまっている。すべてを失ってしまった人間は、すべてを恐れるかもしれないし、そうであるにちがいない。予想は不可能になり、あり得ないものがあり得るようになる。しかし、彼はまた、すべてを期待することもできる、なぜなら、もはや彼から奪われているものは何もないからである。それこそが、今のフランスの状況である。ドイツの方は、力を独占的かつ普遍的に使用することによって、そして、この力を「唯一の価値、**黄金**[23]」にすることによって、前例のない体系の範例を示した。フランスでは、そんなものは見たことがなかった。フランスは、昔ながらの反応を忘れることができなかった。フランスは不適応の代価を支払う。「破滅。五月―六月……。砲撃のない日はない。どの砲撃も恐ろしい。どの砲撃も不測のものだ。前代未聞の連続[24]」。ヴァレリーの戦争に関する視点は、ところを変えた。ドイツ軍がフランスに入ってくる以前の彼は、戦争を抽象的な言葉で観察していた。それは、精神に対する野蛮さの戦争だった。彼のなかで反抗をおこしていたのは精神だった。今や、それは、ある国民の別のある国民にたいする戦争と考えられるようになった。攻撃は身体的なのである。ヴァレリーという人間全体が絶望し、反抗する。もはや、ドイツ人と彼らの専制君主とを区別することなど問題外である。六月二十二日、ドイツ軍がディナールに入ってくる。「わたしは思考する、ゆえに、わたしは苦しむ……。存在するものを思考すると、わたしの見ているものが毒を盛られる。太陽や海の美しさは苦しめる――なぜなら、苦しまなければならないのだから――そして、美もまた、そこで作用しているにちがいない……[25]」。

ペタンが権力の座についても、ヴァレリーはほとんど安心した気分にはなれない。ペタンに友情を抱いてはいても、それで明晰さが失われてしまうというものではない。彼はペタンという人間の弱さを知っているし、犯罪者たちを名指しし彼らを世論に非難させるというような、ヴィシーが即座に実行に移した政治的な駆け引きなど信用できないと思っている。「敗北の後。人々に責任を負わせ、責任を喚起し、『もし……ならば』をやたらに振りまく方が――救済策を講じたり、支えうるものを支えたり、救済に専心するよりも、簡単だ（そして、狡猾だ）[26]」。

ヴァレリーは行動したいと願う。そして、彼のペタンにたいする友情が、若干のためらいはあるものの、ある底意のようなものを彼に抱かせる。「わたしが生粋のガリアの地にいたのだったら、わたしの著名な友は、何らかの仕事をわたしに委ねたことでしょう。わたしには、そのことを残念がる必要があるのかどうか分かりません。本当に分かりません。わたしには、なすべきことがたくさん見えるのです[27]」。このように意気消沈していた日々、彼の主導概念は、再構築しなければならない、というよりはむしろ、構築しなければならないということだった。旧世界は破産した。新世界は、それ自らの方式を新たに生み出さなければならない。仮に、彼が自由なフランスのなかで生きていたとしたなら、ヴァレリーはいったい何をしたことだろう、人々は彼に何をさせておいたことだろう？　彼には、だれも未来のことを検討したり、計画や予想を新たに表明しようという勇気がないように思われる。彼の存在、彼の精神の力、彼の名声、公式・非公式な働き、こうしたものは何らかの決定を生み出したり、何らかの行為を示唆するなどということがあっただろうか？　もちろん、こうした問いに答えは得られないだろう。しかし、ヴァレリーは、自分の意図したわけではない隠遁生活を送りながら、そうした問いを自らに課す。

ディナールでは、ヴァレリー家はある下宿屋で数日を過ごす。その後、妊娠中のアガートや、その娘マルチーヌともども、大西洋やサン＝マロの町が見おろせる別荘を借りて腰を落ち着ける。彼らは、軍靴の音や連続的な1、2、1、2（*einzwei*）にどうしても慣れることができない。この夏の天気はすばらしい。しかし、その光は状況の悲惨さをかえって浮き彫りにする。一ヵ月間以上、ヴァレリーは何もできない。「わたしは、何も考えることができないし、奉仕することもできない[28]」。彼は息子たちや娘婿の消息が得られない。不安にさいなまれながら、彼は待つ。七月十二日、ポール・ルアールから手紙が届いて、三人とも無事であることを知らされる。父親ヴァレリーは胸をなでおろし、作家ヴァレリーは仕事を開始する。

八月末、彼は、自分がヴィシーにいなかったことをもはや後悔しないと断言する。数週間のうちに、彼は何冊かのノートをぎっしりと書いたメモで覆いつくしていた。これらのメモは、とりわけ、「HP」（歴史と政治）というテーマに関するものだった。歴史家たちの敵ヴァレリーが資料編纂官に変身する。彼は一世紀半にわたるフランスの変遷を復元しようとする。彼のアプローチ方法は、出来事や大事件に重要性をおかないという点で、古典的な説明とは違っている。ヴァレリーは、繰り返し、そうした出来事や大事件は泡沫に過ぎず、自分の注意力は機能作用へと直接に向かうと言明する。彼は、たとえば、歴史家たちが現代史の推進力のひとつである株式にしかるべき注意を払わなかったと残念がる。重々しく混沌とした歴史的な素材の手前で、彼は、どうして人間が現在のような状況に立ち至ったのかということを理解しようとするのではなく、現在において、そして、現在を出発点として、何らかの行為がどのように、そして、どのような面でまだ可能なのかを探求する。

しかし、これは前菜にすぎない。彼は熱狂的に「ファウスト第三部」に取り組んでいる。数年来、彼の『カイエ』には、これをテーマとするメモがたくさん書き込まれている。最初の二幕が完成し、八月中に第三幕目に取りかかる。「夜遅くまで、父のタイプライターのピシッピシッという音が沈黙を刻んでいました。そして、わたしが、その音におびえたような様子を見せると、神経質だね、病的だよ、などと父は答えるのでした[29]」、と娘は回顧する。「わたしは気晴らしをするように、大いに仕事をしました。そうでもしないと、怒りと絶望で死んでしまったと思います」[30]、とルイ・パストゥール・ヴァレリー＝ラドに書く。ある夜、二人の武器をもったドイツ兵が、激しくドアをノックする。おびえる家族を前に、彼らはヴァレリーの腕をつかみ、彼を庭に連れて行く。そこで、彼らはヴァレリーに、消灯時間を越えてともされていた彼のランプの光が外にもれているのを示す……。日中、彼は仕事を中断して、短時間散歩をする。孫娘といっしょに海辺に下りて、彼女にいろいろなお話をしながら、岩の間を案内する。

彼の『ファウスト』には不在がたくさんつまっている。それが、戦争による以上に、昼や夜をより長く、より重々しいものと感じさせている。彼には、「J」が欠けているのだ。彼女は、彼にはどうしても必要な存在になっていた。三つの幕は『ルストあるいは水晶嬢』と名づけられた。ルストは、ドイツ語で欲望を意味している。この登場人物は、ゲーテのマルガレーテとは少しも共通点がない。ルストは、生それ自体のもつ直接性と人を引きつける力とをもって、ゲーテとメフィストフェレスの対話に口出しする。このコメディーの内容以上に虚構性の低いものはない。ヴァレリーは自分自身と対話をしているのだ。そこに登場する博士と悪魔は精神の二つの態度であるし、彼自身の二つの側面である――教授と『カイエ』の著者、断言する師匠と熟考する懐疑主義者。彼ら二人は、大昔からの共犯者どうしのように互いのことを理解しあう。二人のゲームのなかにルストが引き起こす混乱は、ヴォワリエ夫人がヴァレリーの精神に滑りこませた混乱の反響である。この混乱した対話の一種の対位法を想像しながら、ヴァレリーはもうひとつ別のドラマ『孤独者』を書こうと試みる。彼は、こちらの作品を、広大なファウスト円環のようなもののなかに挿入しようと計画したが、そこでは、純化された自我の消失とその再生の演出がはかられている。ヴァレリーは、素描されている計画の規模がますます大きくなっているにもかかわらず、今のところ、舞台で上演も可能なこの作品を締めくくろうとは考えていない。彼がこの作品のなかに書いているものは、むしろ心情の吐露なのであって、自分に適切と思われるあらゆる形式に訴えかけながら、自分の思いのままにそれを自由にリードしたいと願っている。そして、それが彼にとってもう不可欠のものではなくなったなら、すぐにそれを放棄してもかまわないと思っている。

九月二十一日、ヴァレリー家はパリに戻る。十月一日、ヴァレリー家に孫が生まれ、ヴァンサンと名づけられる。占領されたパリの街で、仕事が再開される。この年、コレージュ・ド・フランスの講義は十月四日に開始される。春にかかった病気や、政治的な出来事、そして、おそらく、二ヵ月来のつらい仕事のせいで、ヴァレリーは疲労を感じている。しかし、講義をしなければならないという拘束が、ある点では、彼を奮い立たせる。立て続けに様々なアイデアを生み出すように強制された彼の精神は、彼の意志からの要請にたいし、見事なまでの有効さで答える。十一月八日、彼は文法とその第一段階である感嘆についての話をする。翌日、彼は制作する「わたし」と統制する「わたし」に関する理論を展開する。二日後、ルイ・パストゥール・ヴァレリー＝ラド宅に集まった何人かの友人を前に、『我がファウスト』を朗読する。その背景音として、シャンゼリゼ方向から銃撃の音が聞こえてくる。

ヴァレリーは、ペタンの友人ではあるが、ヴィシー体制への最初の反対者たちの仲間に加わる。十月二十四日、モントワールの合意による調印がなされて、ペタン元帥はヒトラーと協力する約束をするが、これがアカデミー・フランセーズ内部に危機的状況を生み出す。翌日、一〇人の会員しか出席しなかった会合を司会したアベル・ボナールは、ペタンに祝福のメッセージを送る提案をする。ヴァレリーは立ち上がり、激しく抗議し、提案を拒否する。戦争期間中、以後、だれもアカデミー・フランセーズにたいして対独協力政策に好意的立場をとるようにと要求してくることはなくなる。

十一月に入ると、ヴァレリーは、秘密結社の会員名簿を回覧させているヴィシー政府によって嫌疑をかけられる。彼の名前が、フリーメーソンの会員名簿に載っていたのだ。そうした嘘が広まる。なかには、そんな噂をいたるところにばらまいて喜ぶ人間も出てくる。レオトーは、もちろんのこと、こうした噂を大いに楽しみの種にする。ヴァレリー自身の明確な立場、そして、彼にたいするヴィシー政府の警戒心にもかかわらず、ヴァレリーはペタン元帥にたいする称賛の念を保ち続ける。元帥は、十二月にパリに来ることになっている。彼は子鷲〔ナポレオン二世〕の遺灰を拾うことになっている。パリ市は、このときのための演説をヴァレリーに書くよう依頼してくる。しかし、ペタンはやって来ない。この旅行は、ラヴァルによって仕掛けられた罠だったのだ。ラヴァルは罷免される。しかし、演説は書かれ、注文主に渡される。ヴァレリーはそこで、ヴィシー政府にたいしていかなる判断も下していない。彼はそのなかで、彼とペタンが二人してアカデミー・フランセーズ入会のための演説を準備していた時代の思い出を語り、指導者たちの心理学に関する彼の見解を展開したり、最後に、「類を見ない無秩序と荒廃のさなかにあって、統一性を、すなわち、国家の存在を維持するために己自らを捧げた人間」の偉大さを強調している[31]。

十二月初め、彼は彼のもっとも昔からの友人、ギュスターヴ・フールマンが死んだことを知る。いろいろな思い出があふれてくる。ヴァレリーは、いつでも、こまごまとした出来事の記憶など自分にはないと言い続けてきた。しかし、年齢を重ねるにつれて、青年の頃や子どもの頃の様々な瞬間や状況を思い出させる匂いや雰囲気や対象などを再発見することが起こる。彼は、そうした思い出を遠ざけはしない。

『我がファウスト』を想起するデッサン。ヴァレリーにとって欲望の結節点とされた女性の首筋に伸ばされた手が蛇のように描かれている（1940年12月）。

一月五日、午後の終わり、「断片状態のファウスト」に手を入れることに彼はかかりきりになっている。そのとき、電話がかかってきて、ベルクソンの死が知らされる。翌日、お悔やみに出かける。「わたしがアカデミー・フランセーズを代表する」。一月九日、彼はアカデミー・フランセーズでベルクソンを称える演説をおこなう。第一次世界大戦の間、フランス政府はベルクソンとその文句のつけようのない権威に訴えかけながら、ドイツの犯罪性を明らかにしようとした。ヴァレリーは、このエピソードを忘れてはいなかった。「あなたがたが覚えておいでだとわたしが確信しております状況のなかで、フランスは、彼の名前に、彼の権威に訴えかけたのです」。検閲制度があるなか、後で厄介な問題に巻きこまれることなく、これ以上明確に自分の意見を言うことなどできないだろう。ヴァレリーの演説は、数部タイプで打たれ、回覧される。この演説は、「密かに外国にも渡り、特に英国で、それは信条表明、そして勇気ある行為と受け取られる」[32]。一九四二年、ルイ・ジューヴェがボゴタの劇場でこの演説を朗読する。観客は立ち上がってこれを聞き、喝采の声で迎える。

日々の生活、そして物資の欠乏が長期化してくる。しかし、ヴァレリーは恵まれた人たちに属している。幸いなことに、彼には数多くの友人がいる。毎週木曜日、アカデミー・フランセーズの会合で、ル・マン司教グラント猊下が彼に本物のバターの小さな包みをくれる。彼はそれを「司教用帽子の下に隠して」持ってきてくれたのだった。会議の後、食いしん坊のヴァレリーは、貴重な女友だちが住んでいるパンテオン近くの通りへと寄り道する。彼女は彼にココアを飲ませてくれる。彼がコーヒーやタバコを大好きなのは、有名だった。いたるところから、ときには、遠い国々から、彼のファンが小包を送り届けた。彼は「緑色のコーヒー豆の入った袋」を受け取り、それを「シャルロットが、家中にいい香りを漂わせながら焙煎する」[33]こともあった。

ヴォワリエ夫人に会ったときに感じる若やいだ幸福感に較べると、何もかもが灰色に見える。「聖母被《アソン》昇天修道会会員《プショニスト》」は、感動と感謝の発作に捉えられるときがある。「貴女は、わたしの人生のなかで、もっとも全面的に優美で完璧な時間を与えてくれました。わたしは、何らかの調和的呼応関係の奇跡のようなものが二人の間で明らかにされたように思いました。これは、とても稀なことです。しかもそれは、ますます強くなって、魂と魂、精神と精神、肉体と肉体の間で同一の振動を起こしています。そして実際のところ、わたしたちが出会って以来、わたしはこの比類のない和音が、わたしの生の実質そのもののなかでますます強く響き渡るのを感じています……」[34]。彼は、彼女宛のたくさんの手紙を、色っぽく優しさたっぷりの詩で飾る。彼は『我がファウスト』第三幕を書き、彼ら二人にだけ属し、いかなる叙情的表現にもまして愛を定義できるような言語を発明しようと夢見る。彼女は彼のエネルギー源なのだ、と彼は言う。彼女は、彼に行動し思考する力を与える。

ヴァレリーは、もはや、ニースから何の連絡も受けていない。ある女友だちが、彼のために調べてくれる。「わたしが依頼した使命を果たしてくれた女性から、ニースの知らせが報告される。すでに解雇された文部大臣のリペールが、去年の十一月に、地中海大学センター理事長のわたしの任期を更新しないよう決定したことを知る。ということで、生活状況は余裕のないものに、さらには危機的なものになるだろう[35]」。この決定は、ヴァレリーには通知されず、情報は非公式のままだった。どう考えてみても、ヴィシー政府はヴァレリーが嫌いなのである。様々な機関が配置されるやいなや、彼は遠ざけられた。一九四〇年夏にヴァレリーが抱いていた下心のようなものは、たとえ彼がヴィシーに直接乗りこんでいったとしても、何らかの具体的なものに行きつくチャンスなど全然なかったものと思われる。ヴァレリーを警戒していたのは、ヴィシー政府だけではなかった。四月、モンジはヴァレリーに、あるドイツ人がヴァレリーは本気なのかと彼に尋ねてきたと語る。ドイツ人たちのなかには、ヴァレリーが昔書いた論文『方法的制覇』（最初のタイトルは『ドイツの制覇』）を覚えているものもいて、彼らはこの論文を反・ゲルマン的な誹謗文書と考えているのだ。

金銭的な不安が胸にのしかかってくる。三月、地中海大学センターからの収入が途絶える。国際連盟での活動による収入も消え去る。収入源で残っているのは、付属的な仕事によるもの、とりわけ、国立美術館委員会——この委員会に、ヴァレリーはきわめて活動的に参加し続けていた——とコレージュ・ド・フランスだった。ここでもまた、彼の運命は先行きが不確かになる。というのも、彼は少し前に決められた定年の七十歳に近づいているからだった。彼は詩学講座のポストが更新されるかどうか確信がもてない。ヴァレリーのこうした物質的な問題にジッドは憤慨する。ジッドは、生涯を通して熱心に仕事をしてきた友人が物質的不如意に陥りかねない状況は、恥ずべきことだと考える。ヴァレリーを助けようと決心したジッドは、ヴァレリーに詩学講義の出版を提案したり、スイスでの講演旅行をするように強く勧める——それは、疲れさせないし、大金をもたらすだろう。ジッドはヴァレリーにリスボンとコインブラで三つの講演をするよう提案する。そうすれば、少なくとも六万フラン手に入る。しかし、これらはどれも実現しない。幸いなことに、夏になって、コレージュ・ド・フランスの問題の方は、一部解決されて、安心することができた。省令によって、彼の講義が次の冬にもまた開講されることが決まったのである。

おそらくは、減少した収入を補おうとして、彼はいろいろなものを出版する。五月、昔の文集をまとめた『テルケル』第一巻目のオリジナル版が出版される。彼は、彼にとって心にかかるテクスト、十字架の聖ヨハネの『霊的讃歌』の翻訳を出版し、それに序文を寄せる。六月初め、オランジュリ美術館で開催されるベルト・モリゾ展のための序文を書く。ヴァレリー自身のデッサンが入った『我がファウストのためのエチュード』が、ルネ・ド・ブリモンの指導する女性愛書家協会「一〇一」によって、一〇一部、豪華本の形で出版される。八月、未完のままの文集『邪念その他』が、パリのジョゼ・コルチ社とマルセイユの『カイエ・デュ・シュッド』誌との共同出版の形で発売される。

七月二十二日、すばらしい一日。ヴァレリーはマドレーヌ広場のレストラン「カルトン゠リュカ」に、モンドールやコレットなどとともに昼食に招待される。「司厨長が見事な大きさの〝分厚いヒレ肉ステーキ《シャトーブリアン》〟を運んできて、それを持ったまま、あたかもヴィクトリーランのようにテーブルを一周する。みな、びっくりする。〝ああ、なんてすばらしいの！〟、とコレットが叫ぶ。ヴァレリーが、それに続いて、〝ありがたいことに、通りすぎてゆくのは天使じゃなくて、牛肉だね！　時節柄、わたしはこっちの方が好きだな〟[36]〔「天使が通る」は、対話が一瞬途切れたときの常套句〕」。この種の集まりのとき、ヴァレリーは深刻な話題を避ける。ドイツ人や戦争や占領といった問題に、彼の精神がなるべく少ししか奪われないように努める。彼の内的領域は、それらのものではないのである。彼は、空しい推量や無駄な不平不満に時間を浪費するのは嫌いで、たとえ短い時間でも、取るに足りない議論——ときには、猥雑な冗談がまじった——をする喜びに没頭する方が好きなのである。

　友人のロベール・ド・ビイーと妻のイヴォンヌとが、アヴェロン県〔フランス南部〕のモンロジエ城に数日間滞在しに来るようヴァレリーを招待する。彼は非占領地区に行く許可を取り、八月四日、パリを離れる。ヴィシーに立ち寄り、ペタンと昼食するが、いらいらさせるほどの追従屋たちに彼が囲まれているのを見て驚く。対談やヴィシーの雰囲気は、ヴァレリーには非現実的なものに思われる。そのうえ、彼自身の問題は解決されない。地中海大学センター理事長の職を解任されたとヴァレリーに断言する人もいるが、彼の件を再検討するという話が出たり、漠然とした約束が彼になされたようでもある——それで十分と考えたヴァレリーは、パリに戻るときにまたヴィシーにやって来る決心をする。

　再び旅を続けるヴァレリーはサン・セレに立ち寄り、そこにあるモンタル城の天蓋付きベッドのある巨大な寝室で一夜を過ごす。その寝室で、彼は美術館にいるような印象を受ける。次いで、フィジャックに近い村ベデュエに立ち止まる。イヴォンヌ・ド・ビイーの父親は、かつてそこに一軒の家を持っていたのだが、彼はその家をジャン・ヴォワリエ夫人の父親に売ったのである。ヴォワリエ夫人は、喜んでヴァレリーを迎え入れる。十二日に着いた彼は、二十六日まで、そこに滞在する。その後、彼は旅を続ける。悪天候――突風、叩きつけるような雨、いてつく寒さ――のなかモンロジエに到着する。翌朝、寝室で一人きりのヴァレリーは、火をたいて、別れてきたばかりの女性に宛てて長い手紙を書く。

> 火をたくことには、たくさんの観念が詰まっています（…）。小枝の、そして枝の細さによって定義される必然的な始まりの持つ、きわめて雄弁な役割……。愛――戦時の、そして革命時の精神――信仰の普及――すべては、このぱっと燃え上がる、取るに足りないものたちから始まるのです。――昨日、（…）とうとうわたしは仕事を開始しました（…）。ああ！ 貴女がわたしの仕事のすぐ近いところに、わたしがする種類の仕事のすぐ近いところに、いつもいてくれたら、とどれだけわたしは願ったことでしょう――仕事というのは、適切な言い方ではありません。それは、自分を作るための努力と言うべきです――そうです、発生状態の観念、それに、つねに発生し、かつ再生する状態にある愛にほかならない優しさ、これら二つの結びつきこそは、それを考えるわたしに狂おしい想いをさせます……。それと較べたら、人々に高く評価されているようなその他の価値は、悲惨なまでの欺瞞にしか見えません……。だからこそ、もっとも激しい愛の情念やもっとも深遠な理論的・技術的考察の虜《とりこ》になりながら『トリスタン』を作曲したと言った人間のことを、わたしはだれよりも羨ましく思うとこんなにもしばしば言うのです。（…）

お分かりですか？……お分かりですか、貴女は、わたしにとって……作品であると同時に作品の源泉であるということが……[37]？

観念や作品や創造の表現のなかに愛の状態が出現するということは、これまでのヴァレリーにはなかったことだった。この燃え上がる火、それはどの分野でも同じものだが、その火はこれまでヴァレリーのイメージのレパートリーのなかには入っていなかった。非人称的な「わたし」からペンの下で噴出するテクストへと向かう手続きのなかに、はじめて親密さが入ることを許されたのだ。彼の最後の愛は、何かを変えた。少し前から、おそらくヴァレリーのなかで、悔恨の調子が響いている。半世紀前に彼が打ち立てた検閲制度は、切断という形をとった。かつて、彼は自らを「『優しさ』の敵」にすることによって、自分が思考や意識の可能な泉のそばを通り過ぎるよう余儀なくしたのであり、また、精神が試練にあい、自己を発見し理解するのに役立つはずの道のひとつを閉ざすように自分を余儀なくしたのでもあった。謹厳なヴァレリー教授という外見の下に、炎を燃え上がらせ興奮していたかつての青年の姿が再び現れる。彼には、かつてのような無邪気さはない。自分を失う危険はもうない。愛は、もはや自分の外に投影された「偶像」ではなく、優しさと信頼感との経験である。彼は危険を犯すことなく、愛を同化したり、自らの考察の本体に愛を合体させることができる、あたかも、人生において愛を飼いならしてきたかのように。

　こうした変化は内的な障壁を消失させた。ヴァレリーはけっして小説の悪口を言うのをやめはしないだろう。しかし、彼には、いろいろなお話をするのが好きという生来の傾向に身をゆだねることがある。『カイエ』のなかで、ときどき、彼は虚構の話を書き始めたかと思うと、中断する。その後で、再度、その話に戻っては、話を展開させる。こうして、「ラシェル」や「クシフォス島あるいはアセム」が書かれた。そこには、わたしたちの世界よりも事物や存在が本質的で透明であるような、ある別世界の奇妙な概略が描かれている。『未完の物語』という題でヴァレリーの死後出版されるもののほとんどの部分は、この時期に現れた。

　モンロジエに着いて二日後、ヴァレリーは病床につく。激しい胃痛に襲われ、なかば失神状態に陥ったために、彼を招待したビイー夫妻は、夜通し駆けずりまわる。朝、近隣の町に医者を探しに行く。胃腸障害、とヴァレリーは言う。それは潰瘍だった。彼は二、三日の休養を考えていたようだが、少なくとも一週間はベッドに横になっていなければならなくなる。厳しい食餌療法を命じられる。彼は皆から面倒をみてもらい、甘やかされ、野菜のブイヨンを作ってもらう。イヴォンヌ・ド・ビイーは愛情たっぷりに世話をする。彼女の友だちで隣人のオデット・ペレールが協力して、病人の世話をしたり、気晴らしをしてくれる。彼らは互いに、いろいろな話をしあったり、馬鹿なことを言いあったりして楽しむ。夜、この女性たちは、彼のベッドの足もとで縫い物をする。ヴァレリーはその地を「ご婦人方のいる修道院」と改名させる。彼は自分が居心地のいい捕虜の生活をしているように感じ、モンテーニュやバルザックやディドロを読書したり、ヴィエル＝カステルの『回想録』を発見したり、彼を取り巻く人たちの友情に感激したりする。この地の人気《ひとけ》のなさ、野蛮さは、本来なら死ぬほど退屈させて、彼は逃げ出してしまうところなのだが、あまりにも居心地がいいので、すべてを忘れてしまう。「ひとつの正確な音が与えてくれるような印象を与えてくれる瞬間が人生にはあるものです[38]」。九月七日、起きてもいいという許可がおりる。数日間の回復期を、議論したり田舎を散歩して過ごす。彼は自分が書いた『ファウスト』の数場面を読む。ひょっとしたらこれを舞台にのせることができるかもしれないと考える。そして、不安げに、イヴォンヌ・ド・ビイーに、彼のテクストが「舞台向き」かどうかを尋ねる。彼女の答えは明快で、有無を言わせぬものだった。ノン、というのである。こうした瞬間の単純さは、彼がジッドに書いているように、このときの彼の精神状態に正確に呼応している。「ぼくはもう、友情や、さらには優しさがなければ、生きてはいけないと感じている。なぜなら、ぼくはもう自分のことを暗記しているのだし、わたしはわたしをうんざりさせるのだから[39]」。

九月十三日、まだ衰弱しているが、彼はモンロジエを去り、モンペリエに到着する。甥のジャンは、捕虜生活から戻った後、入院していた。彼は父親のジュールがかつて買った「ガーゴイル〔怪獣をかたどった雨水の吐水口〕のある古い家」に帰ってきたばかりだった。ヴァレリーは、甥がする戦争やドイツの話に耳を傾ける。夜、彼らは家族の書類を調べる。日曜日、ヴァレリーはマルセイユに到着し、友人のバラールとマルグリット・フールニエに再会する。疲れきったヴァレリーはフールニエ宅に腰を落ちつける。「食事の後、わたしたち二人だけになると、彼は書斎で休息するのが好きでした。彼はおいしそうにタバコを吸いながら、ふかふかの肘掛け椅子のなかに埋もれ、ほとんど姿を消してしまいました――小柄でしたので。(…)ときどき、彼は読書していましたし、ときどき、うとうとしていました。また、別のときは、鼻歌を歌っているのが聞こえました[40]」。次の金曜日、ヴァレリーは彼のナルシスシリーズについて講演する。夜、「歯」。土曜日、「災厄。きりきりする痛み――赤痢のぶり返し」。月曜日、「歯医者」。火曜日、健康診断。気の毒なことにヴァレリーは、もう、移動や食べ物の変化に身体がついていかないのだ。彼の歯は、少しばかり規則的に、一本一本と抜け落ちていく――まもなく、彼は入れ歯をはめることになる。しかし、旅を続けなければならない。九月二十四日、水曜日、マルセイユを発つ。駅で外套を盗まれる。車掌は、ほかの乗客はスーツケースを盗まれたといって彼をなぐさめる……。リヨンで列車の乗り換え。ヴィシー行きの汽車はあふれんばかりである。「呪われた旅行[41]」。彼は、夜遅くになってやっと、疲れ果て、腹をすかせて到着する。どこもかしこもが閉まっている。幸いなことに、一人の友人が、コーヒーの入った魔法瓶を持って彼を待っていてくれた。

彼はヴィシーで二日間過ごす。ペタンには会わないが、彼の官房長が、ヴァレリーの件はすでに決着済みであると断言する。文部大臣のカルコピーノが、ヴァレリーの地中海大学センターへの復帰に好意的なジャン・メドサンの手紙を彼に見せる。しかし、何もなされなかった。そして、明らかに、だれも何かをしようという意図はなかった。一九四〇年の決定は生きていた。九月二十七日、ヴァレリーは再び境界線を越え、占領下のパリに戻る。

七十歳になったとき、ヴァレリーはマルグリット・フールニエに、毛糸の手袋を、もし可能ならミトンを探して送ってくれるようにと依頼する。手袋はパリでは発見不能で、寒い。冬は厳しくなりそうだし、暖房も十分にはできそうにない。そして、彼の手はつねにかじかんでいる。ヴァレリーは老人なのだ。二年来、物資制限や寒さのせいで、彼は大いに苦しんだ。病気が情け容赦なく、次々に彼を襲った。そして彼は、めったなときにしか、数多くの仕事を仕上げることができる状態にあるとは感じられなくなってきた。「わたしの麻痺状態（…）に匹敵するものなど、何もありません。わたしは、使用済みのオルフェウスです。観念のかすかな欲望とか、永遠の疲労感とか、すべてのものやわたし自身にたいする奇妙ないらだちや不寛容しか自分に感じられなくなって、ほんとうにうんざりしています。こうしたことは、おそらく、食糧事情の悪さや年齢、つまり『地球全体』に原因があるのでしょう。人々が芸術のなかの効果を憎むように、わたしはいつでも出来事を憎んでいたのですからね、驚いてしまいます！」とジャック＝エミール・ブランシュに書く。現在は、あらゆる形において、彼に嫌悪感を引き起こす。単に政治的なことがらばかりでなく、文明の状態全体が彼に嫌悪感を呼び起こす。「二十世紀の劇作法全体がこれほどまでに不可思議なものになっている原因の多くは、大衆のあらゆる領域への侵入がもたらした五感や頭脳の怠惰ないしは不透明感にあるとわたしは確信しています」(42)。心の中で、ヴァレリーは引退し、時代から距離をとり、再び、精神生活初期の頃のような態度に戻る。彼は一八九二年に下した決断のことを考える。それは、彼にはときに純朴そのもののようにも見えるが、根底においてつねに正当なのである。彼は、fiducia、つまり、社会成員相互の取り決めによる、交換可能で空しくもある信用に基づいた関係の網の目という社会活動全体を統制しているものについての理論を発展させる。それは彼に吐き気を催させる。彼は孫娘といるときの方がずっと楽しめる。彼女は、彼の心を和らげてくれるので、議論などいっさいしないで、その言うことに従う。

とはいえ、象牙の塔に引きこもることなど、問題外である。十一月二十四日、レオトーは、アカデミー・フランセーズ会員たちの政治的な親近性について自問する。「聞いたところによると、アカデミー・フランセーズには〝ド・ゴール派《ゴーリスト》〟が三人いるそうだ。デュアメル、ヴァレリー、それにもう一人、こちらの方の名前は、わたしに話をした人がその名前を思い出すことができなかった。その他の会員は、かなり対独協力に賛成の側についているらしい」(43)。ド・ゴール派というのは、おそらく適切な形容詞ではない。ヴァレリーは、何らかの党の人間であったことは一度もないし、何らかの政治集団や系列に明白に属する気などさらさらない。それに、一九四一年十月の時点で、ド・ゴールの名前がヴァレリーにとってそれほど重大な意味を持っていたかどうか定かではない。「しかし、彼の心や知性は、まさにそちらの方面にあったのです[44]」、と息子のフランソワは断言する。ヴァレリーが戦争開始のときから示している倫理的な厳格さとド・ゴール的な断固とした態度との間には、明らかに親近性がある。それに、ヴァレリーは、ヴィシー政府がまきちらすモーラス的な悪臭の匂う不透明なナショナリズムに味方することなどできるわけがない。それにひきかえ、ド・ゴール将軍のナショナリズムは、彼自身の感性や政治的な考察にかなりの部分で呼応しあう。

十二月五日、コレージュ・ド・フランスの講義が再開される。ヴァレリーは政治的語彙や戦略上の語彙を使って作品の概念を定義しようと試みたり、精神の冒険を擁護したり、人間活動の実際上の種類ないしは潜在的な種類の体系的分類の仮説を喚起したりする。一九四二年一月八日、ベルギーにおけるフランスの存在を強化したいと願うベルギーの出版者たちの求めに応じて、彼はブリュッセルに向かう。八時間の行程が、いつまでも続くように感じられる。この訪問は彼を不安な気持ちにさせる。しかし、芸術宮での彼の講演は大成功だった。翌日、モンスで話をしてから、パリに戻る。占領体制がいたるところに顔を出し、何をするにしてももつねに許可が必要という義務のせいで、彼はいらいらのしどおしである。それにやはり一月十九日におこなわれるラジオ＝パリ・オーケストラによる『ナルシス交声曲』の初演を見にマルセイユに行けないのを残念に思う（南フランスに「閉じこもった」オーケストラ）。

冬はとりわけ厳しいものになる。ヴァレリーは寒さとインフルエンザで苦しめられる。「腿の筋肉に激痛が走る。背中や腰がパンパンに張って、痛みを感じやすくなっている。喉が引き裂かれ、頭は火のようだ。病人用のやわらかい多色の服を着て、鬚は伸ばし放題、髪は死んだように鼻の上に垂れ下がって、わたしは打ちのめされています[45]」。幸いなことに、彼は電気毛布を贈られる。そのなかに丸くなり、すっぽり包まれた状態で、仕事机の前にすわる。フールニエ嬢から鮮やかな赤い色の毛糸の手袋が届くが、彼を寒さから守るには十分ではない。この問題を大いに考えたらしいジッドは、温かい風呂には入らないほうがいいとさかんに忠告してくる。かじかんだ手足の先を暖め、しびれを取るためには、熱くした砂風呂にまさるものはないと断言する。机の前でじっとしているのは簡単ではない、特に、ヴァレリーが仕事をする習慣のある明け方の時間には。しかしながら、外の世界で起こっていることと比較したら、それは快楽そのものである。二月のある夜、真夜中、モンドールがヴィルジュスト街までヴァレリーを送り届ける。そして、数分間、彼とまだおしゃべりをする。「この強制的な夜というのは、いいもんだよ！　通りで見たらぞっとするような輩《やから》を、わたしたちの目から隠してくれるんだからね。わたしの住んでいるこの通りは、日中、占領者たちであふれかえっているんだ。彼らはそこで軍事訓練をしている。まるで、彼らの方はそうした訓練をして大喜びし、わたしたちの方はそれにうんざりしていることを、わたしたちにもっと周知させないと気がすまないかのようにね」、とヴァレリーはモンドールに言う。「だが、そうした騒音や喧騒や軍人やその他の者たち、それに彼らの野獣性をきっぱりと切り捨ててしまうことが、彼が机に向かって仕事をするときの第一の楽しみなのだ[46]」、とモンドールはつけ加える。

　ヴァレリーは、ある人たちにとっては、何もかもがずっと困難なことを知っている。彼は『カイエ』の束をリュシエンヌ・カンに転送させる。彼女は、地下生活に入ったのだ。ジュリアン・カンはブーヘンヴアルトの強制収容所に送られることになる——そして、そこから生還する。この冬、「人種差別による抑留者」の最初の輸送列車がフランス本土から出発する。ヴァレリーは、体制側が次々に打ち出す反ユダヤ人政策を不公平で愚かしいものと判断する。かつて彼は、野蛮なナチがアインシュタインに亡命を余儀なくさせたとき、反発したことがあった。今、彼は、有能な人たちが皆から引き離され、不可触賤民のように扱われているのを見て憤慨する。しかし、強制収容所やフランス国内においてさえもおこなわれている犯罪の存在について、彼は他の人以上に何かを知っているわけではないようである。

　こうした朝の考察をしていたある日のこと、ヴァレリーは、今日、一人の詩人に何ができ、何をしなければならないのか、と自問する。「わたしはテラスにのぼった、わたしの精神の住まいのもっとも高いところに」。言語の諸法則が君臨し、精神の最高度に完璧な作品だけが流通しているところで、突然、彼は彼の質問が「一羽の大きな鳥のように」、自らの上に舞い降りるのを感じる。この瞬間、ヴァレリーは、内的空の高みから、世界における彼の存在よりも広大な光輝く意味の統一性のなかで、あたかも神秘主義者が自分を見つめるように自分を見つめている。

> そして、（鳥）はわたしを奪い取りました、わたしとわたしの七十歳を、わたしとわたしの思い出を、わたしの考察や、わたしの好みやわたしの本質的不公平さを。そして、とりわけ、わたしは、自分が作りはしなかったあらゆるものの価値や美しさのすべてを、優秀さのすべてを知りました。——これこそ、お前の作品だ、とある声がわたしに言いました。そして、わたしは、自分が作らなかったあらゆるものを見ました。そして、わたしには、ますますよく分かってきました、わたしという人間は、自分が作っ

たものを作った人間ではなく、わたしが作らなかったものを作らなかった人間であることを。——わたしが作らなかったものは、したがって、完璧に美しく、それを作ることの不可能さと完璧に一致していました（…）[47]。

おそらく、このテクストは、『カイエ』が本質的に不完全であるということをヴァレリーが受け入れた瞬間を示している。『カイエ』とは、不在の「作品」が現実の世界のなかで宿した影のような存在なのだ。その存在は、部分的で、夢のように流動的で、よく動き、捉えがたいものでしかありようがない。それが決定的な形をとることはない。しかし、その影から、あらゆる現存の作品——わたしたちが読むことのできる作品が出現したのだ。こうして、『カイエ』は、ずっと以前から夢見られ欲望された「絶対的作品」と、ヴァレリーが偶発的で部分的だと判断する現実の作品との仲介者としての姿を現す。こうした資格で、『カイエ』は、創造の過程に関する比類のない証言となっている。それは、本質的な謙虚さを、つまり、訓練のおかげで非人称的になった「わたし」の非人間性のなかで自分を忘れ、休むことなく言語の限界を後退させ、一語一語、虚無を征服することに専念する一人の人間の謙虚さを明かしている。創造行為は、まずは、世界を開き、拡大し、不可能なものを作成可能なものに変化させることによって、その不可能なものを世界のなかで正当なものとして流布させることにある——これこそ、詩の条件であり、出発点である。こうした試みのなかで、ヴァレリーは自らの魂を質《しち》に入れたのだ——これは、その他のあらゆる形のアンガージュマンと同じだけの価値がある。創造行為は、創造者なしでは起こりえない。そして、その創造者は自分が作ったもののなかでしか、かつ、それによってしか、自分を知ることができない。先に引用したテクスト――おそらく、遺言と言わなければならないだろうが――は次のように続けられる。

お前が望むなら、わたしの「理性」よ、わたしは次のように言うだろう（お前はわたしが好きなように言わせておいてくれるだろうね）――わたしの「魂」、これはお前の魂でもあるのだが、その魂は自分のことを、ある宝石箱の窪んだ形、あるいは鋳型の窪みのようなものと感じていたんだ。そしてこの虚無は、見事なものを――存在することなどあり得ない一種の物質的配偶者――を待っている自分を実感していたんだ――というのも、この神々しい形、この完全な不在、「非・在」でしかあり得ない「存在」、そして、いわば、「存在」し得ないものの「存在」――は、まさに、不可能な材料を要求していたからなのだ。そして、この形の生きた窪みは、こうした物質が、物体――や行為の世界には欠けていること、そして、永遠に欠けるであろうことを知っていたのだ。[48]

ヴァレリーは、つねに、自分の名前で窮屈な思いをしてきた。おそらく、彼は今、『カイエ』の不完全さとともに、彼の存在そのものの不完全さをも受け入れている。彼の存在論的な地位――窪んだ形そして待機――が、彼の気分や、人々がまさに気の迷いと呼んでいるものの間歇的な性格をアポステリオリに説明し正当化している。つまり、彼が独占的にポール・ヴァレリーだったことは一度もないのだ。彼は、ヴァレリー＝マラルメだったし、ヴァレリー＝ダ・ヴィンチだったし、ヴァレリー＝ワグナーだったし、ヴァレリー＝デカルトだった。彼は、ヴァレリー＝テストでさえあった。彼は、時に応じ、必要に応じ、あちらの人物とこちらの人物のどちらに同一化した方が妥当性が大きいかという点に応じて、そうした人物のいずれかの権威の下に自分の身を位置づけてきた。そうした名前は、彼にとって「守護聖人《パトロン》」であり、彼がたえず理解し、同等になろうと望んだモデルなのだ。彼の多様な存在は、このようにして、一瞬ごとに、自分がそうではないものに向かって開かれ、彼がなろうとしたすべてのもののおかげで大きく生長するという傾向があった。

ヴァレリーは、それで決着をつけたわけではない。魂〔気〕から出発した彼は、自らの歴史的かつ倫理的厚みをもった個別的な「わたし」に到達する。彼は人生の決算書を作成する。

> 苦労、苦痛、出来事、ひとつの人生の甘美さと剣、とりわけ希望、しかしまた絶望、眠れない夜、魅力的な友人たち、現実の女性たち、時間、日々（…）ああ、――こうしたもののすべて、そして多くの歳月――それが必要だった――こうしたすべてが必要だったのだ、そして嫌悪あるいは軽蔑あるいは後悔あるいは悔恨、そしてこうしたことすべての混淆と拒絶が必要だったのだ、存在や、混合しひとつに溶けあった諸々の経験の塊のなかに――この核が、奇跡が、度重なる否定に打たれ続けてついに、耐えがたいほどの――傑作になったものが、つまり純粋な不可能の勝利が、窪みとなって穿たれるためには！……[49]。

受肉のない存在はない。かつて、魂の不滅性という観念を批評することによって、そして、実存のない存在にいったいどんな意義があるのかと自問することによって神学者たちを挑発したことのあるヴァレリーは、もし自分が世界の厚みや眼差しの力を獲得したのでなかったなら、自分は文字通り無であろうということをずっと以前から知っている。彼は長く困難な現実の横断を経験することによって、今の彼になったのである。その懐疑主義、取り決めに基づく価値や言説にたいする全面的な拒否の態度は、遠ざけ、決着をつけ、道を切り開き、明るみに出すための道具だった。彼が純粋精神であったことなど一度もない。天使とナルシスの二重の顔は、彼の人生においては、モデルの役割を果たしはしない。二重の顔は、彼のなかでは、その始まりのところに位置している。それは、いわば神経組織のようなもので——動きを決定づける。愛でありかつ苦しみであり、知ろうとする意志でありかつ理解することの不能であるその二重の顔は、水準を設け、彼の冒険の調子を決める。それは、選別と公式化の作業の間、ずっと彼を駆り立て続けるが、その作業は、様々な事物の間を彼がついに遍歴し終えたとき、その歴史の不可能な核を彼が指摘することができるようにと導く。

「作ること、それは自分を作ることだ」、とヴァレリーは結論づける。こうしたメモを書きつけたとき、彼は二度目の誕生を迎えたのである。彼は、あたかも自分を虚無から奪い取ってきた一編の詩のように見つめる。それは、その人生の出来事や友情や愛を通して、青春時代の絶望的な眩暈から、すべての人間が秘めている豊饒な深淵のなかへの統制のとれた潜航にいたるまで彼を導いた緊張と運動とが作り出した詩である。一言で言えば、自らの人間性が成就できるものを成就したという気持ちを彼は抱いている。それは、半世紀前のムッシュー・テストのプログラムだった。ヴァレリーは死を正面から見る準備ができている、死が顔を持っているとしての話だが。

20 働く

一九四二－一九四四年

決算書を作成したからといって、それで活動が停止するわけではない。一九四二年の初め、ヴァレリーはフランス作家会議の設立式に参加する。四月、『ＮＲＦ』誌が騒然とした状態に陥る。一九四〇年来編集長を務めてきたドリュ・ラ・ロシェルが、身を引く意向を示す。ポーランは、彼の昔からの雑誌を対独協力派の手から解放したいと願う。ドリュ・ラ・ロシェルに代わって、編集をジッド、クローデル、モンテルラン、モーリヤック、ジオノ、ジュアンドー、ファルグ、それにヴァレリーを含む一種の賢人会に任せることが問題になる。四月二十八日、ヴァレリーはジッドに手紙を書く。「『ＮＲＦ』誌の件では、ぼくとクローデルは電話で話して合意に達した。ぼくたちは頑張っている。あるいは、ぼくたち、そして、ぼくたちだけ、あるいはゼロ。ぼくたち、というのは、君とぼくと彼とモーリヤックとファルグのような人たちのことだ。結局、受け入れ可能な人たちということになる。ぼくは一〇回も説明したんだ、こういう人たちやああいう人たちを混ぜると、皆を溺れさせてしまうって」。ああいう人たちの方が、勝利を収めることになる。いかなる合意にも達しなかったので、ドリュは編集長に留まる。二ヵ月後、ヴァレリーのもう一通の手紙が損害の大きさを物語っている。「『ＮＲＦ』誌の方は、何も進展なし。心の流出による断末魔の苦しみが続いている」[1]。「ああいう人たち」は、六月に、『元帥のいるパリ』のような本を——二〇〇部——印刷することまでするだろう。その本のなかに、ああいう人たちは、ヴァレリーの許可を得ずに、ペタンのパリ訪問が問題になっていた一九四〇年十二月に彼が書いたテクストを載せてしまう。
ときどき、空を英国の飛行機が横切っていく。ヴァレリーは聞き耳を立てる。大砲、ロケット弾、射撃などが、見事なまでの馬鹿げた喧騒を作り上げる。彼は、こうした喧騒を作り上げるのに貢献している個人たちや無数の取るに足りないものたちに思いをはせる。人々が歴史と呼んでいるものはこういうものなのだと考えて彼は楽しむ。こうした騒音に対抗すべく、彼は自分のなかに不可侵の空間を取っておく。ある晩、夕食の最中、彼は、五十年前に彼の記憶に永遠に刻み込まれた『半獣神の午後』を最初から最後まで暗誦する。

四月二十四日、彼はパリを発って、再び境界線を越え、リヨンに到着する。ホテルで彼を迎えたのは、解体したこの時代を象徴するもの、「死んだネズミの臭い[2]」だった。こうした不幸な日々を象徴するもうひとつの出来事が起こる。それは、講演会で熱狂的な聴衆が彼を待ち受けていたのだ。「昨夜は本当の『勝利』でした。（…）われらが師匠は、性格が冷淡で控えめな聴衆の心を捉えました。講演後、舞台の上に群衆が押し寄せました[3]」、と彼は語る（「われらが師匠」というのは、ヴァレリー＝テストのことである）。彼はヴィシーに立ち寄るのを躊躇する。それから、何もしないでおく決心をする。「もうそれをする理由がありません。それをしない理由はありますが」。ニースの件は進展がない。ヴァレリーは、自分のためにペタンが何もしてくれないだろうという思いをますます強くする。それに、講演旅行を再開したことで、地中海大学センターから追放されたことによってこうむった儲け損ないの金額を一部ながら埋め合わせることができるようになっていた。そのうえ、ヴィシーは、彼の目にはあまり出入りしない方がいい町になってしまったように思われた。

彼はマルセイユの友人たちのもとで三日間過ごす。ジッドも来ている。ジッドはフランスを発って、チュニジアに向かう。二人は長時間話し合う。ジッドの乗船直前にも会う——彼らは、自分たちが年をとったことを知っている。明日どうなるか分からない二人が交わす「さようなら」には、「今生の別れ」といった空気が漂う。ヴァレリーには地中海的な雰囲気があるにもかかわらず、ゲルマン文化を思い切ることができない。彼が小刻みな足取りでマルセイユの旧港を散歩していたある夕方、一人のドイツ兵が彼を追い抜いていく。ヴァレリーの声が聞こえないほど遠くにドイツ兵が行ってしまうやいなや、ヴァレリーは『ワルキューレの騎行』を歌い出す。それから、彼といっしょにいた婦人の方に身を傾けながら、次のように言う。「こんなこと、彼の前ではもちろん言えませんが、(…)それにしても、なんて美しいんでしょうね[4]！」。

マルセイユからモンペリエに向かう。彼は——何年ぶりだろうか？——ファーブル美術館を訪れる。ここに所蔵されているスルバランの描く『聖アガート』の切られた両の乳房が、彼の青春時代を惑乱させたのだった。講演は、ここでも成功だった。同様に、翌日はセットで、それからロデスで講演をする。「事物のおかれている悲惨な状態、フランスの分断、こうしたことが、かえって、わたしの〝名声〟を高めるのに一役買ったということを、わたしの虚栄心は発見しています[5]」。ヴァレリーが教養ある人たちの上に及ぼす魅惑には、おそらく現在の状況が大いに関わっているに違いない。彼の厳密さや見識の高さが、ヴィシー風の不透明なスープからも、ナチの恐ろしい愚行からも、彼らの気を紛らすことができるのだ。おそらくそこに、パリから突然遠く離れたということによって強固にされたひとつの事実を付け加えなければならないだろう。つまり、ヴァレリーは、一種の国家的建造物になったのだ。彼の発言内容が何であれ、彼が発言するという事実そのものが事件になるのであり、物見高い群衆を引きつけるには十分なのである。

いろいろ頑張ったご褒美で、彼はモンロジエの近くに来ている。そこに二週間滞在し、『フェードル』のための序文執筆に精を出す。疲れはて、多少なりとも病気の状態で到着したヴァレリーは、元気溌剌となり、上々の気分でそこから出発する。五月二十一日、イヴォンヌ・ド・ビイーが作ってくれたサンドイッチをもって、リモージュ行きの単線の汽車に乗る。彼は急いでイヴォンヌに一言書き送る。「モンロジエの嫌なところは、そこを離れなければならない、ということなんですよね」。彼の客室には、彼以外には、「美しい赤毛の女」一人しか乗っていない。彼女は、ゆで卵を食べて時間をつぶしている。「列車は進む、あるいは進むふりをしている。ほんとうにどうかしている。こんな箱のような客室に入れられ、しかも、その箱があまりにもガタガタいうものだから、そこにいる穏やかで物静かな人間も、いたるところ蜜のように甘い輩になってしまう。こうしたことは、何もかも馬鹿げている。〝グラマ到着〟だって？　そんなことどうでもいい、とわたしはこのアナウンスに答えてしまう。しかしそれにしても、わたしがどうでもよくないものって何だろう？　ああ、残念ながら、そんなものはほとんどない！（…）今のわたしのような高齢に達すると、そして、十分の七世紀にわたる知的放蕩生活の後では、ある優しい陶酔感だけしか、思考すべきことが悲しいことにほんのわずかしか残っていないことを覆い隠してはくれない」。ロカマドゥール到着。赤毛の女は、「再びかばんのなかをひっかき回し始める！　このあま、ソーセージまで持っていやがった[6]」。

ヴァレリーは、女友だちに、こうした「馬鹿なこと」は彼女の胸に秘めておいてくれるようにと頼んでから、リモージュで汽車を降り、郵便ポストに手紙を投函する。彼は町の医者の家に迎えられる。この医者は、ヴァレリーの「名だたる神経質な胃」のレントゲン写真を撮り、うれしいことに、秋までには新しい靴を彼のために調達してくれると約束する（靴はパリでは見つからなくなっていた。ヴァレリーが手に入れた最後の靴は、ブエノスアイレスから送り届けられたものだった）。「講演の方は、いつものできでした。劇場が満員になりました[7]」。五月二十三日、パリに戻る。

いくつかのアカデミーにおける彼の同僚たちは、ヴァレリーが地中海大学センターの職を失ったことを知っている。彼が、前年のように、コレージュ・ド・フランスのポストを更新してもらえない可能性がある——あいかわらず、定年制のせいで——ことも彼らは知っている。「アカデミー・フランセーズばかりでなく、フランス学士院をも指導し、古い平底船の舵を取っている[8]」デュアメルのイニシアチヴで、ヴァレリーがオシリス賞とルイ・バルトゥー賞に推薦される。これらの賞を受賞すると、かなりの金額が手に入ることになるのだが、それらが、六月十八日、ヴァレリーに授与される。「ヴァレリーは、文学が彼に何ももたらしはしなかった、などとは言えなくなるだろう[9]」、とレオトーはコメントする。

ヴァレリーは感謝し、そうした優しい配慮に感動する。そして、どれほど人々がずっと彼にたいして好意的で献身的であったかを、ざっと書き留める。しかし、彼はこの金額はたいした意味を持たないと考える。それで彼の生活条件が現実に変わるわけではないからである。彼の昔からの恐怖——「足りなくなる」は、歳を取るとともに拡大し、極度のつましさへと変化するきらいがある。ヴァレリーの財政上の心配は現実のものである。彼が書いたものや様々な活動は、彼につねに十分な収入をもたらしはしたが、財産を築くところまではいかなかった。彼が自分の子どもたちに贈ることになる遺産も、彼の栄光の大きさから考えれば、きわめて控えめなものである。失職したために、高齢にもかかわらず、実際に生き延びるための新しい手段を見つけなければならない。しかし、彼には、少しばかりやり過ぎるという傾向がある。小銭を貯めておくぐらいの機会ならいくらでもありそうなものなのに、彼はますます出費にこだわるようになる。彼の『カイエ』の欄外には、こうした変化が反映されている。そこには、数字を書いた欄が見られ、しかじかの場所に滞在したときの出費や、レストランの支払い――ふつう、この後に、苦悩に満ちた感嘆符が付け加えられる――などが書かれている。モンロジエに、彼は古くなった二つの替え襟を忘れてくる。彼はそれを自分のところに送り返してくれと要求する。手紙がやりとりされる。しかし、替え襟は放置されたままである。モノがヴィシーに立ち寄る。彼は手紙を書いて、替え襟を自分のところに届けてくれるよう提案する。替え襟はモノのもとに送られる。こうして、やっとそれは所有者のもとに戻ってくる。ヴァレリーの友人たちは、おそらく、新品の替え襟の値段以上の郵便料金を払い、面倒な思いをさせられたはずだ。

　彼の栄光は、女性たちのもとでの予想外の成功をもたらした。彼はそのことを決して語ったことはないが、モンロジエを出発した後にスイスからモンロジエに届いた手紙について述べながら、たまたまその話をしている。「手紙を開封して、どうぞ内容を葉書で知らせてくれませんか。(…)もし、それが恋文だったら、判断はお任せします！　わたしは、ある日、ローザンヌから手紙を受け取ったことがあります。見知らぬ女性からのもので、かの地では知られた姓をもつ女性で、住所も書いてありました。力のある、単刀直入な手紙でした！　その件はそれで立ち消えになりました。その他にも、様々な発展段階の手紙がありました」[10]。彼のように放浪者のような生活をしていると、いろいろな出会いや、偶然や、さらには、心のときめきや一時の感情の燃え上がる機会には事欠かず、驚かされる場面も多々あったものと想像される。その驚きが味わい深いものだったか、不愉快なものだったかは、場合によりけりだったと思われるが。

出会いという点からすると、この春の放浪者のエピソードは失望させるものだった。ヴァレリーがベデュエの近くにいたとき、ヴォワリエ夫人はそこにいなかった。彼がパリに帰る頃になって、彼女はそこにやって来る。彼には彼女が欠けている。数ヵ月来、彼は彼女のために働いている。彼女はその小説のひとつ『無防備都市』をリトグラフで飾ろうと願ったのだが、その制作をヴァレリーが引き受けたのであった。彼はデッサンし、版刻し、何時間もモンマルトルの友人ダラニェスのアトリエで過ごす。

七月、『邪念その他』の増補版の印刷準備ができあがる。占領軍当局が必要な紙の支給を拒否する。「どうして彼はいい観念の方を書かないのだ？」と、きわめて軍人らしいユーモアで軍当局は尋ねてくる。ヴァレリーはド・ゴール派で英国の味方とみなされているのだ。ヴァレリーは、数ヵ月前から、ジュネーヴの出版社アルベール・スキラとコンタクトを取っている。彼はここから、歴史や科学や法律や文学や哲学の価値を比較するような本を出そうと考えている。彼は『邪念その他』をスイスで印刷すると軍当局を脅す。ドイツ人たちは決定を翻し、本は九月に出版される。

一九四〇年の秋以来、ヴァレリーは、正確には、アカデミー・フランセーズの同僚アベル・ボナールの友人ではない。ボナールは、占領者の命により、文部大臣に就任したところである。七月初め、ヴァレリーは、ある死刑宣告に抗議する手紙をボナールに送る。アカデミー・フランセーズも彼の行動を支持する――効果はなかったようだが。以後、ボナールは、地中海大学センターでも、コレージュ・ド・フランスでも、ヴァレリーの「領主」となる。ニースの件が再浮上する。「ニース市議会が満場一致でわたしを要求しました！」[11]。彼を地中海大学センターの理事長に復職させるべきだとの圧力が強まる。しかし、ヴァレリーはいかなる幻想も抱いてはいない。そんなことが起こるためには、少なくとも、ペタンが彼に力添えをする必要があるだろう。一九四一年の夏に会談して以来、彼と昔の友との連絡は途絶えていた。どう考えてみても、ヴァレリーがペタンに期待をすることなど無理に思われた。「ペタンは、わたしを微妙な含みを持った知識人だと非難するのです。(…)彼は、彼を称賛するという役目に関しては、わたしがほかの人より適任と考えたのです。今日になってみると、彼という人間には天才が欠如し無気力なことが今後ますます明確になってくるように思われます。今後、彼には限定された力しかありません。彼は大将というよりも農民なのです。彼という人間は、神が存在するかどうかは知らないけれど、神が役に立つことを知らないわけではない人たちの一人なのです[12]」。

ボナールの方は、自分が好きではない人間のために、わざわざ急いで役に立とうなどとはしない。彼はヴァレリーに出頭を求める。「**彼**はわたしに電話してきて、彼の執務室に来いと言うのです。地中海の件です……。彼はわたしにふたつ質問しました。信用……に関わるふたつの質問。わたしは、それらの質問に、いっさい約束はできないと言いながら返答しました。(…)わたしとしては、何も要求したくないし、要求させたくもないのです。さらに、任命されるのが恐ろしく感じられさえしてきました。彼がわたしに押しつけようとした条件といったら！」。[13] この手紙は、「自由フランス」と言われた地域に住む人に宛てて書かれている。この手紙は境界線を――そして、検閲を越えなければならない。しかし、手紙の内容はこれ以上あり得ないほど明確である。十五ヵ月後、ヴァレリーはボナールとの会談の様子をモンドールに話して聞かせる。「文部省から彼に会いに行くようにとの依頼がわたしにありました。あなたにふたつ質問があります、と彼はにこりともしないでわたしに言いました。あなたは政府にたいしてどんな感情を抱いていますか？――本当のことを言って、わたしはどんな感情も抱いていません、とわたしは答えました。――ニースでは、ドイツ人と緊密に協力する必要がありますよ！――わたしはドイツ人を知りません。今のようなドイツ人を、どのようにわたしが選んだらいいというのでしょう？――わたしたちが、あなたのために選んであげます。――わたしは管理されるよりは、管理者である方が好きなのですが」。[14] これは、純然たる脅しである。この件は、これ以上の進展をみせない。秋、ヴァレリーは彼の任期が終わったことを正式に知らされる。彼の後任はジャーナリストのマルセル・リュカンとなる。「解放」までニースの問題は棚上げされる。

もしかすると失業するかもしれないと考えたヴァレリーは、あらゆる種類の注文を引き受ける。そして再度、序文や記事を集中的に生産する態勢をとる。そのうえ、八月には、娘のアガートが病気になり、外科手術を受けなければならなくなる。彼女はアンジェの病院に入院していて、二週間はパリに連れてくることができない。父親は心配し、知らせを求めたり、待ったり、堂々めぐりをする。そのこうするうちに、今度はジャニーが転んで、上腕骨の先端部を骨折する――「何もかも、最悪」。

こうしたことのすべては、耐えがたい混乱状態を作り上げるが、ヴァレリーはかえってそれに刺激される。彼は、アカデミー・フランセーズをはじめとする諸機関や家庭に由来する仕事や悩み事をたくさんかかえているが、アイデアにあふれている。「わたしはしばらく前から、ひどく神経質になっています――全体的ないらだち、それには、観念が過剰なまでに生産されるという奇妙な心的効果がついてきていますし、睡眠の量および質の著しい減少も伴っています――鋭い精神的作業をおこなっている不眠症。(…)こうした状態は、様々な見解や詳細な説明や観点にあふれているのですが、そのせいでかえって、正規の作品制作が一歩ごとに進行を阻まれているような感じになってしまうのです。わたしは自分を使い果たしています[15]」。

彼は各種の作業部会から会合の場所へ、様々な問題に関する討議へと駆けつける。あるラジオの放送を作家レオナルド・ダ・ヴィンチにあてる。法律についてのある論文が彼を熱狂させる。それは、信用に基づいた価値に関する彼の理論の主要部分全体を再度取り上げる機会となる。ときどき、疲労が両肩にのしかかってきたり身体が震えたりするので、医者と話をするが、具合の悪さを忘れて、また出発していく。パリの端から端まで、彼はときにはメトロで移動することもあるが、たいがいは歩く。彼を打ちのめす運命や、彼をさいなむ倦怠や、こうした困難な時代の生という毎日の不運にたいして、ときどき激しい怒りに捉えられる。ロベール・ド・ビイーが二度にわたって、彼の女友だちのアルレッティとともに昼食に来るよう彼を招待する。ある愛書家協会「スクリプタ・エ・ピクタ」の会長のアレクサンドル・ルディネスコという名の医者から届いた手紙には、驚くべき提案が含まれていた。「ウェルギリウスの『田園詩』をフランス語の韻文詩に移し変えることに同意いただけるでしょうか?」。彼の翻訳は、ジャック・ヴィヨンの挿絵入りで出版されることになる。ヴァレリーは自分がラテン文学者ではないと指摘する。そのうえで、彼は試み、意地になり、受け入れ、もう一度それに取りかかる。そしてまた、彼はフランス学士院に今もなお出入りしている稀なアカデミー・フランセーズの会員たちとともに、語彙の問題をめぐって楽しみ続ける。

友人のドゥレタン・タルディフ夫妻といっしょに、ある夕べ、彼はアマール・サーカスを見物に行く。道化師たちは滑稽で、象たちはすばらしく、ヴァレリーの幻想は興味深い。「嵐のせいでその晩いらいらしていたトラたちが、ヴァレリーを少し不安な気持ちにしていました。緊張をほぐそうとして彼は、『……トラの代わりに、檻のなかに裸の女性たちを入れるべきなんだ、鞭があるんだからね！』と言って、縁なし帽の下で笑うのでした[16]」。彼のもとを頻繁に訪れるヤネット・ドゥレタン・タルディフといっしょにいると、彼は子どもに戻る。電話で声を変えて話して彼女をからかったり、凱旋門の下を通るとき、少し勢いをつけて、彼のステッキの鎖や帽子や七十一歳の身を軽快に弾ませる。

八月の初め以来、彼は新しい通行許可証《アウスヴァイス》を手に入れるために全力を傾ける。彼はベデュエとモンロジエでヴァカンスを過ごしたいと願っている。出発は何度も延期された。九月二日、「この旅行は、あいかわらず、混乱しています！　ジャン・ヴォワリエ夫人はとても疲れているので、七日から十五日までベデュエでわたしを迎えることはできません。他方、こちらの妻も娘も健康状態がすぐれないというありさまです」。彼自身も、病のつらい兆候に見舞われる。十二日から十三日にかけての夜、激しい「胃腸の嵐」に襲われる。ベッドの足もとに転げ落ち、廊下、それから玄関まではっていく。ひどい不安。「わたしはへとへとになって、絨毯の上に釘付けにされていました[17]」。彼のうめき声で目を覚ましたジャニーとポールが駆けつけてきて、彼を起こし、再び寝かせつける。翌日、彼は打ちひしがれている。

月末、やっとのことで出発が可能になる。彼は数週間、アヴェロン県で過ごす。バターが足りない。「凶暴な風が神経の上で悪魔のソナタを演奏する」(18)。いい知らせが届けられる。関係省庁からの提案に基づき、彼のコレージュ・ド・フランスのポストは一年間延長されることになる。それは、大急ぎで講義の準備をしなければならないということを意味する。すでに『田園詩』の翻訳やその他の注文が入っているので、これはかなりの負担増ということになる。ウェルギリウスを翻訳しながら、彼は、中心人物たちが一本の木の栄光を歌い上げるような田園風景のアイデアを思いつく。彼は『樹についての対話』を書き始める。仕事ははかどるが、再び、疲労が勝利を収める。彼の健康はあいかわらず安定しない。前の発作ほど激しくはないが、新たな発作がときどき彼の目を覚ます。医者は彼に、気持ちを落ち着かせる——あるいは、痛みを鎮める乳清を処方する。

リヨンのセレスタン劇場の支配人ガンティヨン氏が、ヴァレリーにその劇場で講演をするようにと提案してくる。ヴァレリーは残念な思いをしながら、申し出を辞退する。ガンティヨンはまた、『ナルシス交声曲』の上演も考える。フールニエ嬢の方は、コルシカ島での講演旅行を計画したいと考える。こうした計画は、ヴァレリーの疲労感や健康問題、さらには戦争のせいで実現しないか、延期される。ヴァレリーの通行許可証は十月末に有効期限が切れる。政治的・軍事的状況が変化しているので、今後、移動は以前よりずっと困難になるのではないかと予想される。どんなものであれ、計画の準備はしばらく中断される。

友人たちといっしょにいると、ヴァレリーは陽気な調子を保つことができる。彼をパリへと連れ戻す汽車がリモージュに停車する。ホームの上で、春に彼を自宅に迎えてくれた医者が、約束していた靴を彼に渡す。その後は、寝台車のなかで夜を過ごす。「三対の鼻孔が、すきま風の吹かない環境のなかで、お眠《ドド》りハ短調『夜想曲』をカノンで演奏していた[19]」。しかし、外見から判断するかぎり、彼の気質は変化した。十一月初め、彼は自分が衰えたのを感じ、悲しくなり、吐き気を催す。義務から嫌な仕事へと、情けない状態で、自分の身を引きずっているような印象を受けている。十二月二十六日、コメディー・フランセーズが、そのマチネーをポール・フォールとクローデルとヴァレリーに捧げる。彼は朗読者たちに稽古をつけ、よくできていると判断して、もう関心がなくなってしまう。皆が彼を祝福し、彼に喝采を送るのだが、彼にはもはや何をする勇気もない。朝、起床するのがつらく感じられ、だらだらとして、意気消沈している。昼と夜の時間の区別がつかなくなる。彼は夜眠らず、会食者や会話や夕食の騒音のなかで眠りに落ちる。

　何かがうまくいっていない。数ヵ月来、彼とヴォワリエ夫人との関係が困難な状況に陥ったように思われる。彼女がベデュエから戻ったあと、二人は、夏、会っている。今、二人は顔を合わせてはいる。しかし、彼女は明らかにためらいがちである。彼らは今後、互いに出会うことなく、すれ違いの多い生活を送るようになる。彼らの間には、おそらく何らかのもめ事があったのだ。「わたしは、檻のなかの動物のように、わたしの頭のなかで、貴女とわたしの間を行ったり来たりしています[20]」。深い悲しみや、彼が今陥っている気力や心理の面で解体した状態というのは、おそらく、恋人と遠ざかっているということとも関連して、目には見えないドラマ、見捨てられたという内的な苦しい思いと呼応している。彼女は、今や彼にとって、呼吸と同じようになくてはならない存在になっていた。

　毎年冬はそうだが、気管支炎が介入してくる。一九四三年の年頭、ぞっとするような咳の発作が彼を襲い、数時間にわたって身体を揺り動かし続けたため、失神しそうになる。それに、あいかわらず激しい胃潰瘍による痛みが加わる。彼には医者の友人がたくさんいるにもかかわらず、だれ一人として、彼の症例に十分満足のいく診断を下すことができない。彼は、医者たちが人体の全体像をもてないという不能さや、病名のついていないものは存在しないと信じたがる傾向にたいして腹を立てる。彼の気力はゼロに低下する。占領者の連続した不吉な存在も彼の気分にとっては都合が悪い。彼の住む界隈は閑散としている。ドイツ兵たちが完全に包囲しているのである。目に見え、耳に聞こえてくるのは、彼らだけだ。彼の精神のなかで唯一形を取る可能性のあるものは、「愚行論」のようなものだけである――これは書かれたなら、たいへんな本になっただろう。一月十四日、「こうした瞬間、わたしは根底に触れている。しかも、この根底は虚無なのだ。(…)わたしは崩壊し――解体している。もはや自分の無の重さだけしか自分に見出せない、ぽっきり折れた高い幹のイメージ」。彼は、この無から「美と確信」とを引き出すことを唯一可能とする「野性の力、動物的生命の奔流[21]」をもう二度と持てないことを残念に思う。

　月末、ヴァレリーは最悪の状態を脱する。「純粋状態にある可能性の感覚[22]」が彼に戻ってきた。そして、コレージュ・ド・フランスでの講義が再開される。講義では科学の問題を取り扱う。ヴォワリエ夫人との関係は、著しく改善される。彼女のために『コロナ』というタイトルの詩集を準備する。それにペンや筆でデッサンや装飾を入れ、その限定一部の本を彼女に贈る。「既存の愛の叙情性を脱し、模倣不可能な結合を定義することが問題なのです……。貴女は同時にミューズであり、大衆であり、モデルであり、テーマであり、……ご褒美でもあるのです[23]」。

　三月、彼は再び、狂ったように愛にとりつかれている。「わたしは、馬鹿になったみたいに、貴女のことを愛しています」[24]。彼は心情と詩のことを話す――このふたつの取り合わせは、彼においては突飛なことである。知性という偶像が否認されたわけではない。知性に恐るべき競争相手が出現したというわけである。「あらゆるものの根底にあるのは、どんな人間にとっても同じで、感受性と名づけられたものだ。その名前が適切かどうかはともかく、それこそが支配者の名前だ」[25]。ヴァレリーは同様の発言をドゥレタン・タルディフ夫人にたいしてもしている。「お分かりですか、たったひとつのことが驚かせるのです、たったひとつのことが重要なのです、たったひとつのことがわたしたちを作るのです。それは……感じるということです。感じる、というのは大いなる神秘です。説明不能です。点xです……」[26]。彼においては、ずっと以前から感受性がきわめて重要な役割を果していたのだから、べつに革命が起こったとは言えない。かつて、クローデルはヴァレリーのことを好色な人間と言っていた。しかし、こうした事実を今頃になって認識したということは、最近のヴァレリーが、愛に基づく親密さと創作表現とを同化しているということに直接関わっている。精神の外にあって精神を養うもの、それは今後、彼の知的方法の重要な要素になってくる。ヴァレリーの領域は、以前と変わってはいない。しかし、その観点が移動したのだ。

『ＮＲＦ』誌の運命は、ますます不確かになる。ドリュ・ラ・ロシェルは風向きが変化したと感じ、雑誌の編集長をやめると予告する。彼は、レストラン「ラペルーズ」で、ヴァレリーやポーランやガリマールやゲルハルト・ヘラー――検閲担当のドイツ人中尉――などと昼食をとる。再び、編集委員会を設置する計画が話し合われる。しかし、お互いの要求は両立し得ない。いかなる合意も得られないまま、六月一日、『ＮＲＦ』誌は休刊する。

この春、ガリマールはコンサートの主催者に変身するという思いがけないアイデアを思いつく。彼は「プレイヤードのコンサート」と銘打ったフランス人作曲家による作品の演奏会を上品なギャルリー・シャルパンチエで開き、社交界のエリートたちを招待する。ヴァレリーは何度か、少しだけ顔を出す。多かれ少なかれ月並みな一連のコンサート――フォーレ、ラモー――に出席した後、彼は、五月十日、『アーメンの幻影』の初演を聴く。それはオリヴィエ・メシアンという聞いたことのない作曲家の作品だった。

週に一、二度、ロベール・ド・ビイーとモンドールと何人かの常連たちが、グラモン街のレストラン「ナヴェル」で昼食をとる。ヴァレリーは、ほとんど欠かさずそこに来ている。五月十日、メシアンのコンサートに行く前に、彼はそこで友人たちと会っていた。招かれていたコレットが、裸足でやって来て皆を喜ばせる。食事の最中、突然、ヴァレリーは眩暈がして、気分が悪くなる。皆で彼を長椅子に寝かせる。会食はひっそりと続けられるが、その間、ヴァレリーは顔色もよくなり、勇猛さも戻って来る。「ご心配、ご無用です。こうしたことは、よくあるのです。だいぶ前から、胃袋とタバコが衝突しあっているのです。おそらくそれらが原因でしょう」、とヴァレリーは言う。彼は、胃袋とタバコが引き起こす被害と戦うために、頑強な味方を頼りにする。「脈拍は申し分ありませんね」、と会食者の一人が彼に言う。すると、「ポール・ヴァレリーは（心臓の上に手をおきながら）、――その通りですよ、なんとかもっていますよ、この昔からの共犯者は！」[27]と答える。この種の偶発事はますます頻繁に起こるようになる。占領による物資の不足が、疑いもなく、彼の身体につらい試練を課している。

数日前、ヴァレリーは政治学院で法に関する講演をおこなった。「ああ！ わたしは一時間半にわたって、彼らにかなりの難題を押しつけたのです。わたしを面白がらせたのは、最前列に、G・R（リペール）の豚野郎、ヴィシー政府の大臣で、わたしをニースから更迭した奴が座っていたということです[28]」。講演の後、彼は敵の手を握るのを拒否して、これ見よがしに、彼に背を向ける。昨年の秋以来、軍事作戦は、ヴィシー体制にたいするあらゆる問いかけを空しいものにしてしまった。どう考えても、この体制が正当性をもち、人々の関心を引きつけることなど、もはやありえない状態だった。人々は戦争の成り行きを見守っている。それこそが、唯一、何らかの意味を持ち続けていることなのだ。フランソワ・ヴァレリーは、父親が、「夕食後、ラジオに身をかがめながら、受信妨害をかいくぐって聞こえてくる『自由フランス』の声を聞いていた」のを覚えている。「彼は北アフリカの地図や、ソヴィエト連邦の地図を手にいれていました。そこに敵方の位置を鉛筆で記していました。たしか、オレル《オリョール》〔モスクワの南西約三五〇キロにある町〕という町があったと思います。この町は何度も奪ったり、奪い返されたりしたものですから、鉛筆で地図に穴があいてしまったほどです[29]」。ヴァレリーは、イタリア大使が参加している社交界のパーティーに招かれて行ったが、彼に言葉をかけないよう、大いに注意する。

　しかし彼は、かつて自分が擁護したものの運命について、もう幻想を抱いてはいない。ヨーロッパ、いずれにせよ彼のヨーロッパは、死んだ。混沌のさなかから、彼はそのヨーロッパに向けて、批判的な称賛の言葉を送る。「ヨーロッパは、その驚くべき、輝かしい、そして嘆かわしい経歴を終え、世界のために、すなわち、地上に生きる人間のために、実証『科学』のもたらした不吉な贈り物と、富を優先させるという悲しき範例とを遺産としてのこしていく。富を優先させるということが、生活慣習やあらゆるものの上にこれほどまで絶対的な形で確立されたことなど世界中どこを見渡してみてもなかった」。ヴァレリーは、ヨーロッパが「作ること」と「行動すること」に専門化したこと、「感知可能で測定可能な現象の生産」

に専念したことを非難する。キリスト生誕前の六世紀とその後の二十世紀の間に、「行動力が知性の領域を征服し、精神の一方向的な生産に沈黙を課す」ようになった。精神はこみいった物質的世界を生み出し、養い続けてきた。しかし、自らの領域のなかでも、精神はついて来なかった。「それが原因で、現在の火山期が生じた。新しい武器で武装してはいるが、原始的な情動的習慣を保ち続けている精神は、生に、おのれ自らの流儀、速度、絶対と理想とを押しつけ——物理的自然を作るように、生を力ずくで変容させる傾向がある[30]」。

六月十五日、ヴァレリーは数日間の予定でリヨンに向かう。昨年秋の計画が具体化したのだ。彼は講演をふたつこなした後、『ナルシス交声曲』の上演を観る。演劇的な演出をすることは不可能だった。ジェルメーヌ・タユフェールが唯一の総スコアをアメリカに持っていってしまったので、苦労して再構成した楽譜をもとに、コンサート版で作品が上演された。春、ヴァレリーは、ラジオ＝パリの電波にその『ナルシス交声曲』の演奏を乗せるという提案を冷たく断っていた——ラジオ＝パリはドイツ軍の統制下にあったのである。

彼は自分を若いなどとは感じることができない。「哀れな小さい老人、なんとまあ、彼は耄碌してしまったこと！[31]」、と自らを皮肉る。彼とすれ違ったり、彼が話しているのを聞く人たちは、彼をますます過ぎ去った時代の生き残りと見るようになる。彼らが彼に捧げる称賛の念が感動的な色合いを帯びる。コレージュ・ド・フランスでの最終講義のとき、とりわけ多く入った聴衆から、「最後に、花束とお定まりの言葉とともにちょっとした喝采を受ける[32]」。若い女性ピアニストとその夫からリサイタルに招待された彼は、夫妻が彼のおかげでとても幸せそうな態度を見せ、彼に称賛の気持ちを示したので、深く感動する。彼は、初めて、自分の栄光は自分がしたことの正しさの証明のようなものだという気持ちになる。「彼らが『若きパルク』のことをわたしに話してきたので、わたしは次のように独り言を言ってしまいました。『ということは、それはやるだけの価値はあったってことだ！……』と。わたしは、いろいろなもので償ってもらったような気分になりました[33]」。ポール・ヴァレリー賞のようなものさえ、「フランス学生協同組合」によって創設される。それは、死人扱いされているという明確で不愉快な印象を彼に与える。彼は自分が幽霊になるのを感じる、と言う。また別な形の栄光（それについては、彼はまだ何も知らないのだが）が彼の名前を包みこむ。六月二十五日、アルジェで、ジッドはド・ゴール将軍と会う。ジッドは将軍に、「パリでのレジスタンス運動のこと、とりわけ、ペタン元帥に祝福の言葉を送ろうという何人かの会員から出された提案にヴァレリーが反対したアカデミー・フランセーズでの会議のことを話す。将軍は、その点について、知らないものは何もなかった[34]」。

八月十一日、ヴァレリーはモンロジエに来ている。実は、この旅には、少しばかり挑戦という意味合いがあった。彼は、これほどまで車両に人があふれ、定刻に遅れ、快適ではない旅になるだろうとは予想ができなかった。それに、移動は苦痛の種になっていた。しかし、彼は、こうした長旅に彼が耐えられないだろうと予言した人たちの鼻をあかしたいと思っただけでなく、大いに甘やかされたいとも望んだのだ。モンロジエからは大喜びで帰るだろう。「わたしは三週間滞在しましたが、このうえなく大事にされ、面倒をみてもらいました。わたしは牛乳をたくさん飲みました、わたしの好きな本物の牛乳です。わたしは顔色もいいようです……それに、太りました」[35]。十八日から十九日にかけての夜、彼は奇妙な夢を見る。医者が、彼にまもなく死ぬだろうと通告する。だれもそれに心を動かされていないように思われる。人々が寝室のなかに、丈夫な紙で包装した棺をいくつも積み上げる。それにもかかわらず、彼は書類かばんを取って、講義に出かけ、ある本屋で立ち止まる。皆に向かって、彼は自分の死を知らせる。だれも反応しない。たまたま出会ったルイ・ド・ブロイが、セットの公立中学校にいたる通りにも似た通りに沿って、彼をある公共の建物のなかへと連れて行く。それから、何もかもがぼやけて来る。ヴァレリーは目覚め、その後、再び眠りにつく。結局のところ、彼の夜は悪い夜ではなかった。しばらく前から、不眠症対策として、彼はアスピリン一錠とガルデナール半錠を飲んでいる。

ヴァレリーの研究書を準備しているアンドレ・ベルヌ゠ジョフロワの求めに応じて、彼は『己を語る』(*Propos me concernant*)を書く。これは、知的自画像の試みであるが、その大部分は『カイエ』からの引用で、「我」の項目に収められているものが使われた（本は、翌年初めに出版される）。昔からの友人リュシアン・ファーブルがある午後を彼といっしょに過ごす。落ち着いて、内省的な仕事に没頭したヴァレリーは、安心した気持ちになっている。彼は話をする。「わたしが言語にたいして抱いている嗜好というのは、知的レベルにはとどまりませんし、それ以上にひどいものです。わたしの嗜好は心情のレベルに属しています。様々な無秩序やそれに伴う感情をもたらすのは、情動であり、情熱でさえあります」。「松明リレー」の愚かしさに対抗して、彼は袋小路を称賛する。本物の詩人には皆、固有の音色がある。彼が彼自身に近づけば近づくほど、彼は伝達不可能で孤独になる。彼は彼自らの道を掘る。彼の後では、だれもその道を通ることはできない。だからこそ、後継者を持つという考えは彼に嫌悪感を引き起こす。ヴァレリーに向かって、後継者と認めてくれるように要求してきたある詩人に、彼は次のように答えた。「人間が嫡出子と認めるのは非嫡出子だけです。それにわたしは、非嫡出子を作ったことなど一度もありません」[36]。予想通り、ヴァレリーは文学史が好きではない。ひとつの作品は、それを比類のないものとする何ものかによって生きるのであり、それを別の作品に結びつけるものによって生きるわけではない。だからこそ、彼は子孫などいらないのである。

九月六日にはモンロジエを去る。パリへ帰る途中、彼は一週間、ベデュエのヴォワリエ夫人のもとで過ごす。彼は愛の栄光を歌う。彼には、愛が双頭の神話的存在のように思われる。納得できるたった二つだけの生きる理由、つまり「愛と作品」に関するテーマを再度取り上げる。彼は、どのように「愛」が「作品」を生み出すのか、どのように「愛」が成就の手段、つまり、創造行為のなかで姿を明かす不可視の形であるのかを示したいと思っている。ふつうの人間は繰り返しだらけの人生を送っている。彼、ヴァレリーは、他人が大昔からやっていることをやり直すだけでは満足がいかない。何も繰り返されることのない、一瞬一瞬が発明されるような領域のなかで、愛のテーマをその可能性のもっとも高いところで響かせたいと願う。現代人たちがまごついて身動きが取れなくなっている無意味な確信や空しい反射といった不純物から愛のテーマを解放したいのである。言い換えれば、彼は「精神」の領域のなかで作り上げた手続きを「愛」にも適用しようというのである。

この秋、希望の風がパリに吹き渡る。戦争の知らせがもたらされて、再び未来が現れる可能性や、様々な計画が生まれる可能性を信じられるような気運が広がる。ヴァレリーは懐疑的な気持ちのままである。十月十一日のジロドゥーの『ソドムとゴモラ』〔ジェラール・フィリップが天使役で出演している〕の初演の後、彼は作品の絶対的な無意味さと演出の下らなさに腹を立てる。「それは失敗作〔敗北〕です(37)」。しかし、それが精神の武器を捨てる理由にはならない。彼は仕事を再開する。アカデミー・フランセーズ、国立美術館委員会、コレージュ・ド・フランス――この年は、表向き何の問題もなく契約が更新された――の講義の準備。彼のエッチングの展覧会が、十月二十二日、ロワイヤル街の「クリストッフル」で開催される。これは、彼に大きな喜びをもたらす。人々が彼のことを第二の職業で認知してくれることは、彼という存在を大きくする、と考える。三日後、フランス学士院の五つのアカデミーの年次総会で、完成した『樹についての対話』を朗読する。

「四三年十月三十一日。わたしは七十二歳になった。二、三日前の明け方から、わたしは自分を要約しているような気持ちになっている(38)」。政治関連の情報が彼を不安にする。ドイツとの戦争が終われば英国とアメリカはヨーロッパには関わらないという約束を、ロシアはこれら双方の国から得たようだとヴァレリーは聞かされる。彼は、未来がソヴィエト的になるのではないかと不安になる。しかし、ある確信が彼を少しだけ安心させる。それは、後世の人間のことなど、わざわざ苦労して考えてやる必要などないという確信であった。「わたしの叡智は知っています、後世の人間はわたしたちと同じくらい阿呆だということを、わたしたちよりひどいということを――それは確実です！　分かりきったことです……(39)」。コクトーの『永劫回帰』〔邦題『悲恋』。ジャン・ドラノワ監督。ジャン・マレーとマドレーヌ・ソローニュが、それぞれ、トリスタンとイゾルデの役を演じる〕が封切られたので、それを映画館で見るが、彼のいらだちは少しも鎮まらない。十一月二十六日には、コメディー・フランセーズで『繻子の靴』の初演〔ジャン＝ルイ・バロー演出〕を観る。彼はクローデルの後ろの席に座っている。彼はとうとうクローデルにたいして愛情のようなものを抱くようになる。クローデルと自分は、フランス文学において、終身にわたり身分保障された双子の大建造物的存在になったという気持ちがヴァレリーを数年前からクローデルと結びつけていたのだった。しかし、アカデミー・フランセーズの同僚の作品にたいするヴァレリーのアレルギーが治ったわけではない。彼は芝居を途中で抜け出す。

ヴァレリーを、過去の名において未来を拒絶するような気難しい老人と考えたなら、間違いであろう。彼は、現在のなかにあって、彼自身の要求したレベルにまで達していないものは、つねに拒否してきた。しかし、そうした要求の源は、今や時間の彼方に遠ざかってしまった。そのことは、当然ながら、近い過去あるいは遠い過去よりも、現在を遠いものと彼に感じさせてしまう傾向がある。自分を作り上げた感動に執着しているヴァレリーは、自分を新たに感動させてくれるものを探すよりも、ワグナーやマラルメにたいして、なぜ自分が称賛の気持ちを抱くのか、その理由を深く掘り下げようとする。彼は、新しいものを、新しいからという理由ですばらしいと思ったことは一度もない。そして、二十世紀は、彼の目には、彼にとっての巨匠たちがその傑作を書いた時代と比較すると、後退した時代のように見え続ける。

彼は、いつもそうであったように、忠実な人間であり続ける。数世紀を横断してきたような気持ちになっているが、そのそれぞれの世紀が彼にもたらしたものを、きちんと保存している。彼の机こそは、そうした長く不動の歴史の証人である。「机の風景はかなり興味深いものでした」、と娘は語る。そこには、「絵筆や鉛筆がさされてある陶器の壺、磁石、非常に長い紙切りはさみ、人に問いかけるような片眼鏡と交互に使われた眼鏡(…)、きわめて神秘的で念入りに加工された貝殻、らせん状の筋がはいった構造のために彼が愛した、筋肉質の手で固く握り締めるのが好きだった鋼鉄製の太綱の切れ端、蔵書印として使われた中国の印章、関節のところで動くように作られた木製の蛇、彼愛用のメリーランドの包みが、紙巻タバコになり、煙になり、渦巻きになり、夢になるのを待ちうけていた雪花石膏の鉢[40]があった。小さめで、ごく質素な机は、さらに、乱雑な書類の山や、今書きかけのページを開けたノートや、タイプライターをも載せている。

ヤネット・ドゥレタン・タルディフは、それに加えて、デ・ゼッサントや象徴派的な古道具を直接に想起させるようなものを発見して驚く。ヴァレリーは珍しいエッセンスの匂いを捜し求めているのだ。「松脂は好きですか？　みんな松脂の効用を知らなさ過ぎます……。と彼はわたしに尋ねました。他方で彼は、紙巻用のタバコに、お香のかけらや、なかなか見つからない安息香のチンキを混ぜ合わせていました。わたしがときどきチンキの小瓶を彼のために見つけてきてあげると、彼は大満足の様子でした[41]」。

外見からそうは見えないが、ヴァレリーは家族の歴史に忠実である。彼はあいかわらず注意深い夫であるし、愛情深い父であり祖父である。彼がジャニーに抱いている絶対的な信頼感は、まるごと、変わることなく保たれている。つねに彼の一番お気に入りの「子ども」であるアガートは、子どもたちを連れて頻繁に顔を出す。その子どもたちは祖父母たちを喜ばせる。フランソワは英語の大学教授資格試験の準備をしている。イポリット・エブラールからスポーツ新聞の編集長を任されたクロードだけが、ヴィルジュスト街の温かな家庭から遠ざかった。日曜日になると、盛大な昼食会が開かれて、来られる人間は定期的に姿を見せる。シャルロットが料理をつかさどる。彼女が手近な材料で準備する料理は、いつでも成功を収める。この年のクリスマス、彼女は、イヴォンヌ・ド・ビイーがモンロジエから送ってくれた七面鳥をふるまうという幸せまで手に入れる。

ヴァレリーは、神経病理学の専門家ルリシュ教授と友だちになる。彼はルリシュと、パリあるいはカシスにある二人の共通の友人エブラールの家でときどき会う――作家と医者の会話はエブラールを熱狂させる。ルリシュはアルフレッド・コルトーの友人である。コルトーの家でルリシュは、ある日、ヴァレリーと夕食をともにする。ピアニスト兼オーケストラの指揮者であるコルトーは、『ナルシス交声曲』に興味を示す。一九四四年一月十四日、コルトーはパリ音楽院がおこなうコンサートのなかでこれを指揮する。三月二十日、ヴァレリーは『ヴァリエテV』を出版する。この新しい選集には、身体や手や医学や一連の文学や哲学のエッセイ（フェードル、フローベールやデカルト）や、彼自らの詩的創造に関するエッセイ、さらには、コレージュ・ド・フランスの開講講義が含まれている。校正刷りの修正が終わるやいなや、彼は少しばかり放っておいた彼の『ファウスト』を再び取り上げ、一群の悪魔をそこに導入して楽しみ、第三幕を終えようと試みる。

一九四四年の冬と春は、軍事作戦の進展に心が奪われる。占領下の生活はこれまで以上につらいものになり、制限も厳格になる。しかし、希望が実現するかもしれないという可能性が徐々に高まってくる。何らかの名目で参戦していない人たちにとっては、ひたすら待機することしかできない。

ヴァレリーには、ときどき電話がかかってくる。ルノワール氏が会いにいってもいいかとか、――アパルトマンには邪魔者がいないかとか訊いてくる。ヴァレリーは、ルノワール氏をお待ちしてます、と伝言させる。こうして、一九四三年の九月以来地下生活に入っていたパストゥール・ヴァレリー＝ラドが、いっときヴァレリーと議論をしにやって来て、議論がすむと、また、来たときと同じように、ふらりと去っていく。四月一日、もっと不安な気持ちにさせる電話がかかってくる。「二十二時二十五分。電話。ポール・ヴァレリーさんですか？　はい……。警告しておくが、気をつけた方がいいぞ……。この三、四日間は十分に気をつけるんだな。わたしの名前は言えない[42]」。ヴァレリーは、こうした事実を何のコメントもつけずに記している。しかし、彼には、脅迫されていると感じるだけの理由がいくつもあった。彼は、パリの対独協力者たち（こういう輩は珍しくなかった）が、彼を嫌っていること、そして、しばらく前から、彼を警戒していることを知っていた。

そうした人間のうちの何人かが、おそらく、こうした腹黒く嫌悪すべき画策の張本人と思われる。五月末、ペタンがパリにやって来る。政府当局者たちは彼に称賛の意を示す。次から次と似たりよったりの演説がなされる。ある人間が、一九四〇年十二月にヴァレリーが書いた賛辞を再び取り上げ、ヴァレリーの許可も受けずに朗読してしまう――許可を求めてきたら、明らかに、ヴァレリーはそんな茶番に同意しなかっただろう。その文章の内容さえ、具体的な状況のなかで、つまり、一九四〇年五月―六月のフランス崩壊という事態のなかで書かれたものなので、あらゆる現実味を失っていた。一九四八年、ペタンの弁護人たちは、ヴァレリーの書いた文章を、再審請求のための書類の一部とすることによって、この不幸な三ページの文章をさらにもう一度役立てようとする。おそらく、対独協力者たちは、ヴァレリーの信用に傷をつけようとすることによって、あるいは少なくとも、彼の評判に疑念を抱かせようとすることによって、悪意に満ちた喜びを味わっていたにちがいない。

ヴァレリーの道徳的な清廉潔癖さはどこをとっても完璧なので、彼はそのような下劣さを気にかけない。

彼は別なことに注意を集中させる。『カイエ』は、三年来、かつてなかったほどに、ぎっしりと書かれ、量も増えた。彼がそれに関してどんなことを言おうとも、講演や記事や序文の注文数が戦前と較べると減少したことは事実である。朝の時間は、何の干渉も恐れることなく、自分の好きな領域に傾けることができる。彼の精神は、休むことなく、かつて提起した問題を深化させ続けている。彼は、ページが進むにつれて、また年が経つにつれて、一種の体系、あるいは体系の観念に似た何かが現れてきたはずだと、ときどき独り言を言う。『カイエ』全体が不完全であるということは、既成の事実である。しかし、彼は、それが進化していく機械、正確でありかつ変化する機械仕掛けであることを見抜いている。それは、自らの自己同一性をもちつつ、有機的な生を生き、発展し、広がっていくような機械仕掛けである。彼の『カイエ』は、彼と同様に、大建造物になった。『カイエ』を最初から最後までつなぐと、二万八〇〇〇ページにもなる。

コレージュ・ド・フランスにおける講義は、彼の歩みの連続性を反映している。五月、彼は創造やリズムや作品の運命について語る。ある日、コレージュ・ド・フランスとは何かと尋ねたドイツ人士官にたいして、彼は、「それは、何を話しても許される家です[43]」、と答える。彼は、自らが与えた定義に矛盾しないよう、そして、現実に起こっていることに圧倒されないように気をつける。ヴァレリーは、どんなときでも、人が彼を待っているところにいることはいる。しかし、そこで必ずしも人が予見していたことを言うわけではない。「貴女には想像できないでしょう、どれほど貴女がわたしを変えたのかということを。奇妙なことです。これまでわたしの精神を引き留めてきたもの、占有してきたものにたいして、わたしはもう興味が持てないのです[44]」、と六月、ヴォワリエ夫人宛の手紙に書く。

六月六日、彼はある昼食会に息せき切ってやってくる。パリの街中を六キロ歩いてやって来たのだ。その日のニュースを聞いて、彼は、彼の子どもたちが「歩兵の歩み」と呼んでいる彼特有の歩みを取り戻したのだ。連合軍の軍隊が上陸し、作戦が成功しそうだということを皆知っている。皆大喜びし、不安になり、いたるところから情報を拾い集めてくる。不安といらだちがしみこんだこの夏の始まりの期間、ヴァレリーは奇妙な精神状態にある。そして、そのことに彼自身驚きを隠さない。彼は極度の神経過敏になっている。「存在のなかで顫音《トリル》、不安を作る息切れが起こっている[45]」。こうした緊張は精神のなかに反響する。六月二十二日。「わたしは、奇妙なひととき、神経が倍音のように覚醒するという意味でまったく音楽的なひとときにひたっています……。わたしは、奇妙な軽やかさを感じています、何もかもを、優しい友愛、愛、観念、笑いと叫び……を同時にやりたいという欲望を感じています。わたしは、愛の喜びの過剰へと、この黄金の瞬間へと、存在の諸価値の実現の瞬間へと立ち戻ります。わたしはそれを、その他すべてのものの彼方に、そして上位に位置づけます[46]」。六月三十日、神経を鎮めることができない彼は、針治療に興味を持つ。

欲望に燃えた精神は反抗する。「わたしは一年とその季節のいらだたせるような連続が大嫌いだ（…）。わたしは、肉体〔物体〕の機械的な論理や、壊れるものや、激しく扉を打ちつける風や、ぐらぐらするテーブルのたてる音が大嫌いだ[47]」。セットの少年とその過敏な神経は、今もヴァレリーのなかに生きている。繰り返しと断絶は、同じ理由で彼を傷つける。それらは、世界の愚かしさと根本的な無関心さの姿そのもので、人間のなかにあって一番人間的なものを窒息させる。人間は、時間の経過とか持続していたものの一貫した消滅といった、世界の愚かしさや無関心を表す存在やそれらのもっとも大きな被害をもたらす行為に対抗することによってはじめて、開花し、自由に呼吸ができる。老人であると同時に子どもでもあるヴァレリーは、瞬間を捕らえ、生を捉まえ、それらをひとつの語、ひとつの文、ひとつのイメージのなかでしっかり握りしめていたいと思う。だからこそ彼は、意識してはいないが、絶望的なまでの気持ちで、ヴォワリエ夫人との関係や完璧な理解という幻想にしがみつくのである。

　八月一日、アソンプション街のヴォワリエ夫人の家の庭で、彼は『我がファウスト』の朗読会を開く。ルイ・ド・ブロイ、エドゥアール・ブルデ、ガリマール、デュアメル、ルリシュ、モーリス・テスカ、アルマン・サラクルー、そして、もちろんのこと、何人かの社交界のご婦人方などが出席した。「まるでシエイクスピアみたいね」、とご婦人方の一人が、こらえきれなくなって一言発する。儀式は、お菓子や冷たいものがところ狭しと並べられたテーブルの前で続けられている。ガリマールは退屈する。彼はテスカと議論する。「ヴァレリーは偉大な失敗者ですよ……。彼自身、そのことを知っています。彼が書いたもののなかの何が残るのでしょう、有名な『カイエ』の山のなかのほんの数ページだけだと思います。彼が計画していた偉大な作品は、今となっては、それを実現することはできないでしょう……。でも、ヴァレリーには好感の持てるところがあります。それは、彼がプレイヤーだということ、しかも潔く負けを認めるプレイヤーだということです。何物をもってしても、彼の気分を害することなどできないのです……[48]」。

　こうした判断は、表向き残酷にも聞こえるが、逆説的に、ヴァレリーの勝利を物語っているのだ。ヴァレリーの権威はたいへんなものなので、彼が断言することをあえて疑うような人間はいない。彼は、自分の作品は、自分が書かなかったもののなかにあると考え、そう言う。ガリマールから、後にやって来る数世代にわたる批評家たちにいたるまで、皆が皆彼の真似をする。ヴァレリーは、書かないために書いた。ヴァレリーは書く行為のもつ中身を空っぽにし、それを無に導くために書いた。そして、そうした無において、書く行為は、十全に自分自身であり、その神々しい不在のなかで存在している、などと考える。それは、ヴァレリーの考えを生真面目に尊敬しようとする態度の表れである。しかし、こうした空虚へと向かう動きが言い表されているのは、実際にわたしたちが読むことのできるテクスト、世界におけるその存在が可視的で解読可能なテクストのなかにおいてなのだ。空虚な中心とか、すべてのものがそこから出てくるゼロなどというものは居住可能な場所ではない。それらは、それらの不明瞭さへと送り返す諸々の形象を通して、わずかに垣間見られるにすぎない。人間の眼差しがそれらに気づくとしたら、それは光り輝く恩寵、ひとつの形の強烈な輝きによってだけなのである。

『我がファウスト』の舞台の構想のひとつか？

そして、こうした形とは、具体的な詩であり、散文であり、それらの美しさであり、響きであり、構造であり、音楽なのである。ヴァレリーが何と言おうと、わたしたちは、こうした複雑ではあるが議論の余地なく明らかな点をきちんと認めなければならない。つまり、彼はわたしたちにひとつの作品を遺贈した。そして、その作品は、彼が書かなかったものではなく、実際に彼が書いたもののなかに存在していると。

21

息をする

一九四四―一九四五年

一九四四年八月は、おそらく、かつてパリの町が経験したもっとも非現実的な瞬間のひとつである。ヴァレリーは彼の家の窓から、占領者を捉えている不安や希望や熱気の広がりを測ることができる。ある朝、ついに、解放の知らせがやって来る。「今日、四四年八月十七日、木曜日。このノートの最後のページ。ドイツ人たちの大出発、彼らは手当たりしだい、なんでも持っていく。家具、家庭用道具、ドアノブ、シャンペン、それに囚人[1]」。それに続く日々の不安、砲撃の応酬、対独協力派たちの抵抗、待ち伏せしている射手、蜂起と歓喜との間で揺れ動く群衆、火事によるほのかな明かり、パニック、感情の爆発、こうしたことはすべて、解放という巨大な激変へ向かって突進し、解決される。二十五日、ヴァレリーは波に連れ去られる。「わたしは、いたるところで、そして、我に帰りながら観察していました、強烈な感動がいかに人間を平等にするか、年齢や文化や条件の違いをいかに取り除くかを。皆が軽やかになり、同じ息吹で持ち上げられていました。そして、**全員一致**《ユナニム》という語がプラスの意味を帯びていました[2]」。今、人々が吸っている空気は、もはや以前の空気ではない。

翌日、彼はシャンゼリゼのロン・ポワン《ロータリー》にある『ル・フィガロ』紙の建物のバルコニーに陣取って、ド・

ゴール将軍の到着に立ち会う。一瞬、砲火が鳴り響いて、群衆を散らす。彼には、異様な雰囲気が感じられる。彼は戦車が通過するのを観察し、三色旗が再び現れるのを喜びで身体を震わせながら見、囚人たちの縦隊を注視し、机に戻り、すわり、考察する。「わたしは再び仕事に取りかかりました。そして、書きかけのページを、よく見ることもなく眺めていたとき、不意にわたしを笑いが襲いました。それは、放心という無防備な道を通って、わたしの底意からやって来た笑いでした。そして、その笑いとは、『出て行った、やつらは出て行った』、というものでした[3]」。

九月二日、『ル・フィガロ』紙は、ヴァレリーの短いテクスト「息をする」を掲載する。それは、ドイツの巨大な組織の崩壊によって生み出された軽やかな気分の印象を要約するものだった。しかし、ヴァレリーは、今現在の精神の果たすべき義務は、「瞬間に身をゆだね、自分の喜びに全面的に没頭することではない[4]」と喚起することも忘れはしない。歴史の「教訓」などと言われるものは、何の役にも立たない――フランスが一九一四年と一九四〇年に経験したことは、そういうことだった。精神は、その明晰さを発揮し、現在を分析し、未来が過去のようにならないための諸条件を準備しなければならない。一言で言えば、精神はこれまでにない世界を発明する必要がある。ヴァレリーが言っていることは、彼が一九四〇年に記したことである。すなわち、フランスを再構築することが問題なのではない。フランスを一から構築することが必要とされているのだ。

心の底では、ヴァレリーはむしろ不安な気持ちでいる。ヴァレリーは、パリ・コミューンの巻き添えによる諸々の事件が収まって間もない頃に生まれた。彼は第一次世界大戦後の失敗続きの日々を経験した。第二次世界大戦後の日々がそれよりもましだと保証してくれるものなど、何もない。しかし、混乱と不確かさとの最中で、ヴァレリーは希望を持てる理由がひとつあることに気づく。彼はそのことを厚生大臣に就任したルイ・パストゥール・ヴァレリー＝ラドに伝える。「問題山積の明日がやって来るでしょう……！　とはいえ、わたしたちには一人の人間がいます。それは、これほど多くの無を経験した後では途轍もないことです！」[5]。ド・ゴールがヴァレリーのかつてのボナパルト的な琴線をふるわせている。

ド・ゴール将軍は九月初め、陸軍省に腰を落ち着ける。将軍が面会した最初の人間のうちの一人がヴァレリーだった。九月四日、「昨日、ド・ゴールに夕食に招待された。予期していないことだった」。一台の車が彼を迎えに来る。「マッシグリに出迎えられる。会食者は八人。(…) 音もなく、将軍が入ってくる。驚くほどの長身。星二つ。ひじょうに強そうな鼻。栗色の髪の長頭。かなり強烈で重そうな眼差し。思っていたよりずっと彼は愛想がよかった。わたしに会えてうれしい、と彼は言った。いろいろなことについて、わたしたちよりずっと多くの情報を持っているという感じではなかった。それに、政治的なことに関しては、きわめて慎重だった。(…) 夕食後（おいしかった）、彼はわたしを、彼のそばのソファーにすわらせた。そして、二人でおしゃべりをした――わたしは彼にジャーナリズム――等――のことを話す。(…) 二十二時三十分、彼は暇乞いをする。わたしもそれに乗じて退出する。わたしは、将軍にたいしてまだ明確な考えを持ってはいない。彼には、かなり謎めいたところがある。人間と軍人と政治家とを識別するような化学分析を将軍にたいしてするのは難しい。しかし、彼はわたしには、もっとも複雑なゲームをする人間特有の集中力を持っているように思われる。現在おこなわれているゲームのなかには、たくさんのカードがあるのだ[6]」。

ド・ゴールの人柄にヴァレリーは魅了されている。その点に間違いはない。二日後、彼は電話でモンドールに、ド・ゴールのことを偉大だと思った、自分には偉大すぎると思った、そして、ド・ゴールがいろいろな人物を試している最中だと思う、と話す。彼は、五年の亡命生活の後に再会したエレーヌ・ヴァカレスコにむかって、ド・ゴールの神秘が彼に働きかける魅力のことを話す。謎、神秘、これら二つの語は偶然に発せられたわけではない。ド・ゴールの人柄がヴァレリーの目には透明ではないということ、彼が、自らの存在を一瞥でよく見え、理解できるようにはしていないということは、むしろ、ヴァレリーの気に入る。彼自らの道具を創造し、現在の複雑さに有無を言わせぬ斬新な答えをもたらすような本物の政治の要素を、彼はすべて兼ね備えているように思われる。権力にたいするヴァレリーの関心は、おかげで倍増する。彼はフランス内外でおこるニュースを熱心に仕入れる。赤軍の成功は彼に強い印象を与え、不安な気持ちにする。中国での様々な出来事が、とりわけ彼の好奇心を刺激する。活動に関して言うと、彼は無関心のままでいるわけでも、不活発なままでいるわけでもない。九月十四日、アカデミー・フランセーズの会合で発言を求め、対独協力派たちの立候補を取り上げない旨の動議を提出する。動議は全会一致で認められる。

九月十七日、アンジェで、アガートがサビーヌを出産する。移動が不可能かそれに近い状態なので、祖父は新しく生まれた孫娘に会いに行くことはできない。生まれつつある独創的なパリが彼を驚かす。自転車や、ごくふつうに女性たちを両腕に引き連れたアメリカ人たちが増えて、彼は不思議な感じがする。しかしながら、この新しい街は、解放の翌日、あらゆる派閥の違いを超えてヴァレリーに比類のない地位を認める。ヴァレリーは、マルセル・カシャンが『ユマニテ』紙上で、世界には二人の精神的権威がいる、ローマ教皇とヴァレリーだと書いたと知って、自尊心をくすぐられる。自尊心をもってごく当然ではあるが、だからといって、彼のユーモアが失われてしまうわけではない。『ヴァレリー案内』と題された本を準備中のポリーヌ・マスカーニに向かって、彼は、皮肉を込めて、ヴァレリーってだれか早く知りたくってたまらない、と言う。「あなたのムッシュー・ポール・ヴァレリーに関する説明を読みたくて興味津々です。彼はまだ、わたしにとって、とても難解なままなのです。ずっと昔から、彼のことを研究しているのですが。しかし、わたしが理解したと思った瞬間、ガチャン！　突然、わたしはもう何もかも分からなくなってしまうのです。(…)　どうかこいつをわたしのために明るみに出してください！　急いでくださいね、わたしたちはすごい老人ですから、彼もわたしも！[7]」。

十月二十七日、彼はコメディー・フランセーズでの詩の朗読会を、大統領専用のボックス席で聞くようにとド・ゴールから招待される。彼を迎えに来るはずの車の到着が遅れる。「わたしの椅子は、ド・ゴールの左で待ち受けていた」。デュアメル、シュランベルジェ、新文部大臣ルネ・カピタンなども同様にその場に居合わせた。英国の小説家チャールズ・モーガンが自作の「フランスへのオード」を、ジャン＝ルイ・バローがクローデルの詩を朗読する。「最後に四つの国歌。全員、起立する。われらがマルセイエーズの番になったとき、会場が歌いだす、そしてわたしたちも将軍とともにボックス席のなかで歌いだす[8]」。数日後、ヴァレリーはド・ゴールから謝意を表す短い手紙を受け取る。ヴァレリーは、ド・ゴールに『若きパルク』を一部送り届けていたのだった。「この偉大な指導者の筆跡は女性的と言ってもいいくらいだとは思いませんか？　それにひきかえ、いかにも好戦的な様子を漂わせていた人間の何人かは、勇敢に戦うなんてことはほとんどしませんでしたよね？[9]」、とモンドールに指摘する。

ヴァレリーは自分の年齢をだしに気障なことを言う。「わたしは七十三歳になりました！　これ以上自慢のできることはありません。わたしたちは、橋の上にいて、客車や寝台車やトロッコの数を数えながら、人生という名の汽車が通り過ぎていくのをながめています……」[10]。それは、完全に真実というわけではない。「解放」のおかげで、ヴァレリーにはとりわけ隠居しようなどという気はおこらない。彼はまだ汽車のなかにとどまっている。かつてのような公的な世界と彼との接近が、再び、ごく自然な成り行きで戻って来る。再生しつつある諸々の機関を合法的なものとするために、公的な世界は、彼、彼の権威、彼の名声を頼りとする。とはいえ、彼の存在は政治的な連続や断絶を意味するためのものではない。彼はフランス共和国であれ何であれ、何らかの体制を体現するのではない。

　彼はフランスのイメージそのものなのだ。彼は、フランス精神の力とその倫理的な徳とを同時に具現している。ヴァレリーは、今や、かつての思想家としての名声に、道を踏み外すことのなかった知識人という影響力をつけ加える。彼は自分の評判を落とすようなことにはいっさい関わらなかったし、状況の力に負けて堕落させられるがままになることを拒絶した。彼は、単に、公然とレジスタンス運動をおこなったというだけでなく、占領軍やヴィシー体制にたいして、彼らの圧力を無視するような仕事を毅然とした態度で続けた。彼は、物質的に可能なかぎり、あたかも彼らが存在しないかのようにふるまった。これ以上純粋な軽蔑の態度をほかに見つけることはできないだろう。フランス人たちは、彼と同一化することができる。フランス人たちは、彼の顔を見ると、良心の普遍性にたいする彼らの昔ながらの信仰を見出すことができるのだ。

十一月、彼はフランス作家会議で話したり、ペン・クラブ再開の際の会議の司会を務める。コレージュ・ド・フランスにおける彼の講義は継続される。ルイ・パストゥール・ヴァレリー＝ラドが、過去六十年間における生物学の分野でのフランス人による大発見に関する連続講演会を彼の病院で開催するので、その冒頭を飾って話してくれるようヴァレリーに依頼してくる。こうして、十一月二十九日、彼は、ビシャ病院で、医者の卵を前に生理学に関する彼の観点を展開する。この種の実演をヴァレリーは嫌いではない。こうした実演は、若い世代との接触が保たれているという気持ちを彼に与えてくれるし、高齢や疲労や病にもかかわらず、自らの永遠の仕事を続行するうえでの助けにもなってくれる。

十二月八日、『ナルシス交声曲』がシャンゼリゼ劇場で上演される。ヴァレリーは彼の印象を、そっけなく要約する。「ひどい朗読」。二日後、彼は勝利を収める。ソルボンヌの大階段教室で、ヴォルテール生誕二五〇周年を記念して、厳かな儀式がおこなわれる。演説を読む栄誉がヴァレリーにまわってくる。「神経質にはなったが、うまく読めた[11]」。

この瞬間は、彼にとって重要な瞬間である。ヴァレリーは再び、公人となったのだ。彼の演説は非人称的でなければならない。「それは、わたしがヴォルテールについて考えていることではなく、状況から判断して、わたしが言わなければならないとわたしが考えたものなのです[12]」。――そして、それは疑いもなく、彼が現在について、政治の現在の路線について、粛正の行き過ぎについて考えていることなのである。「罰自らが罪になることがあります」。ヴァレリーは、ヴォルテールが拷問の使用に抗議しつつ、普遍的な感情に訴えかけている点を想起する。「彼は理性に助けを求めますが、彼は心情をめがけて射るのです。真理と憐憫との連合に抵抗できるものなど、何かあるでしょうか？[13]」。一九四四年十二月、それは政治的な立場の表明なのだ。ヴァレリーは寛大さを要求する。彼があまり読んだことのなかったヴォルテールとの出会いは、さらに個人的な理由でも彼を感動させる。哲学者はヴァレリーを幻惑し、魅惑する。ヴォルテールの何巻もの『書簡集』が彼の枕元におかれ、以後、そこを去ることがなくなる。

　ヴァレリーのヴォルテールに関する演説について、そのすぐ後に流行した表現を使いつつ、参加の文学の弁護となっているという言い方がなされた。しかし、そのような発言は冒瀆となるだろう。ヴァレリーは精神を明晰なままで保つ。そして、どんなときでも截然と区別しようと努力してきたものを混同しようなどとはしない。彼のヴォルテールに関する演説は、ヴァレリーの『作品集』の「文学研究」のなかに収録されているが、本来なら「ほぼ政治的なエッセイ」のなかに入れるべきである。それは、現代世界やその怪物じみた歴史を前にしたときのヴァレリーのペシミズムを表していると同時に、また、彼の唯一の希望をも語っている。ここで言う希望とは、経済・政治制度の論理そのものが最近起こった罪や大混乱を不可能にしてしまうような、そんな制度を発明したいという希望のことである。「ハーグの条約や取り決めや臆病な試み、調停裁判の機構や条項はどうなってしまったのでしょう?」[14]。もし世界が、残虐さと文明との、そして戦争と平和との地獄のような円環の外へと出たいのなら、世界が頼りにできるのは、そこへの回帰をもう二度とあり得ないものにする手段をもった国際的な決定機関の創設以外に手はない。

　ヴァレリーは、活発な政治活動を考えているのだろうか? 一九四五年一月、彼のもとに控えめな提案が届く。ヴァレリーと定期的に会っているアンドレ・ベルヌ゠ジョフロワが、そのことを簡潔にほのめかしている。「ある偉大な政治家と『現代世界の考察』の著者ヴァレリーとの仲介者になろうと申し出ているある友人から命を受けたわたしは、ヴァレリーに、彼の意見がどれほど上層部の人たちに喜んで受け入れられることになるかを知らせる必要がありました」[15]。そうした提案はもっとも高いところから、つまりド・ゴールその人からしか来ようがなかった。ヴァレリー、君主の助言者……。それは、かつてチャータード・カンパニーのロンドン事務室で抱かれた昔の夢である。しかし、もう遅すぎる。それは詩人の手にあまる仕事です、と彼は拒否の意思を伝えてくれるようにと友人に依頼する。

彼の政治活動は、結局のところ、対独協力のせいで告訴されている作家たちのために、将軍のもとに介入することである。一月十三日。「わたしは昨日、シャルル・ド・ゴールに手紙を書いて、ベローの恩赦を要求した。わたしは、今朝、彼が銃殺されたものと思っていた」。しかし、彼は、この『グランゴワール』紙の論説記者には恩赦が与えられたことを知る。「わたしの手紙のおかげだろうか？　そんなことは、どうでもいい。要するに、この男は救われた――もし、それがわたしによって救われたのだとしても、それは、この種のもの書きが嫌いなもう一人の人間によって救われたということだ」[16]。ヴァレリーは、一度しか会ったことのないブラジャックのためにも手紙を書く（この若い作家は、一九三二年、「戦後の終わり」について、ヴァレリーにインタビューしたことがあった）。さらには、よく知っているモーラスのためにも手紙を書く。前者は処刑され、後者は終身刑を宣告される。

ヴァレリーは疲れている。彼は戦争のせいで会えなかった何人かの友人に再会する。彼らは、ヴァレリーが目に見えて老けこんだと思う。顔の皺は深くなり、ひどく痩せてしまった。背筋はあいかわらず伸びてはいるが、身体が縮んでしまった。もともと小柄だった彼は、話し相手の目を見つめるとき、顔を上に向けなければならなくなった。それにひきかえ、彼の目はその鋭さとその強烈な存在感を少しも失ってはいない。彼の全体的な身のこなしは素早いままである。そして、今でもエレガントである——痩身のため、上着がぶかぶかに見えることが多くなってはきたが。一般的に、眼鏡が片眼鏡を追放したように、ネクタイが蝶ネクタイに取って代わった。しかし、少し時代遅れの優雅な装飾品を再び身につけることもあった。より稀ではあるが、胸ポケットから象徴的なスカーフが顔をのぞかせ、彼が芸術家であることを喚起していた。

一月十九日と二十日、コレージュ・ド・フランスでの講義を再開する。彼は雪のなかを歩いて行った。それが好きなのである、しかし、彼の身体はそれを嫌がる。友人たちが相談して、今後は可能なかぎり車で彼をコレージュ・ド・フランスまで送ろうということになる。彼には、ほとんど講義の準備をする時間がない。彼は、『カイエ』に書いた無尽蔵の観念の貯蔵庫から必要なものを取り出して、即興的な講義をする。彼の気分も冬用の気分になっている。「大海へ向かって、わたしは五十二年間泳いでいます……。でも、わたしは、自分がそこに行きつかないだろうということ、あいかわらず、つまらない作品や、もううんざりな、くだらない序文やエッセイを生産し続ける必要があることも知っています。それに、健康が、並以下と苦痛との間で振動し、ぐらつき、ふらついています」[17]。彼は『我がファウスト』を再度取り上げ、戦争開始の時点から考えていた『ルスト』第四幕を書こうと試みる。大変な努力が必要になる。自分の体力にはもはや自信が持てない。「身体とは未知なるもので、精神は身体のすべてのことを恐れていますし、そこから何かを期待してもいます。そういう理由で、わたしは第四幕を絶対にやり遂げることはできないと思います」[18]。彼は仕事に取りかかり、数場面の執筆を開始するが、そのどれも完成させることができない。綿密な労役を辛抱して持続するだけの気力が彼には欠けている。「ああ！　不幸よ！　語がわたしを困らせる！[19]」。

二月の末、彼の状態が思わしくないので、コレージュ・ド・フランスでの講義を一時、中断せざるを得なくなる。彼は咳きこみ、極度の疲労状態に達し、ほとんど寝ることができない。二十五日、彼は、赤軍を称えるパーティーの席で、アカデミー・フランセーズを代表して発言することを引き受ける。しかし、演説をするにはあまりにも衰弱してしまったので、デュアメルに代読を依頼する。三月一日、思いがけない知らせが彼のもとに届けられる。暫定政府がニースの地中海大学センターの理事長職にヴァレリーを復帰させたのだ。一週間後、彼は回復し、講義を再開する。ヴァレリーの状態を心配していたジュリアン・モノは、彼のためにスイスのエンガディン地方の山岳地帯での保養を計画する。それによれば、ヴァレリーは六月、そこで過ごすことになる。この計画をヴァレリーは歓迎する。

決して絵を描くことをやめなかったポール・ゴビヤールは、その作品の展覧会をフォブール・モンマルトルの画廊で開く。特別招待が三月十六日におこなわれる。そこには、小ぶりの風景画が多く出品される。彼女のスタイルやタッチは、家族に伝わる遺産ともいうべき印象派のそれで、ヴィルジュスト街のアパルトマンの装飾や雰囲気を今でも支配し続けている。さらには、一連のヴァレリーの肖像画も出品される――コレージュ・ド・フランスやアカデミー・フランセーズ、それにユニヴェルシテ・デ・ザナルでの講演の際の姿。四半世紀前から、ポールは義理の弟の驚くべき経歴を、称賛の念をもって見つめ続けてきた。彼女の人生は、ジャニーの生活と同じく、パリとル・メニルとの間で、規則正しく展開している。ヴァレリーより年上ではあるが、彼女はかくしゃくとしている。彼女は、一九四六年、七十九歳でこの世を去る。

ヴァレリーは、ゆったりとしたペースで、社交生活に参加する。三月十六日、彼はチャールズ・モーガンを称えるパーティーに出かける。モーガンの友人たちが彼を招いたのだった。彼は外食し、おしゃべりし、タバコを吸う。しかし、疲れきって帰宅する。元気そうに見せてはいるが、病状を覆いかくすことはできない。三月二十五日、彼はもうどうしようもなくなる。コレージュ・ド・フランスの聴衆に向かって、今日の講義が最後になると伝える。彼はもう、アカデミー・フランセーズの例会には出席しない。数ヵ月来、国立美術館委員会への出席もやめていた。しかし、十一月、アンリ・モンドールは、ヴァレリーと道でばったりはちあわせすることがあった。彼は、ヴァレリーがとても変わってしまったと思う。ジュリアン・モノは、ヴァレリーの友人のなかで、一番、彼と定期的に会う人間である。彼は日曜日の午前の終わり頃にやって来るし、可能なら、ウィークデーのうちに一回姿を現す。モノは、訪問を重ねるたびに、ヴァレリーがますます悲しげで、打ちのめされているのを見て、心を痛める。

四月十七日、コメディー・フランセーズが『我がファウスト』の『孤独者』を上演する。「病気のせいで、すでにとても苦しそうでしたが……、自分の書いたテクストが読まれるのにいらいらしだした父は、タバコを吸いに行きたくなって、座席でじっとしていられないために、おしゃべりし、批評しだしました。近くのボックス席から彼をどなりつける声が聞こえてきます！　父が劇場へ連れていくことを願った孫娘が彼に懇願して言います――おじいちゃん、おとなしく聞きなさい！」[20]。この種の称賛は彼をいらいらさせるのだ。彼の名誉のために大々的な集会を開くことが問題になっている。ヴァレリーは、そんな話は聞きたくもないと思っている。彼はモノにこの件の処理をまかせ、できることなら、そうした試みを失敗させてくれるよう依頼する。

ヴァレリーという機械は、七三年にわたる誠実な貢献を果たした今、もう働きたくないと思っている。四月二十五日の手紙。「ごぞんじですか、わたしは今やばらばらに解体した人間です。こんなに体力が落ちた今となっては、コレージュ・ド・フランスでの講義を続けることはできません。実際、もうできません。十一月は、とても調子がよかったのですが、一月以来、そして、とりわけ、この四月以来、もうどうにもなりません。精神的にも、肉体的にも、知的にも。睡眠、食欲、生きる喜び、仕事、何もかもがうまくいきません(21)」。

五月の初め、現実の世界が彼に新たなエネルギーを吹き込む。彼は自分が知った世界の終焉を考察し判断する力を取り戻す。「ドイツが息絶える。そして、ドイツとともに、ヨーロッパも——なぜなら、大国は非・ヨーロッパの国々ばかりだから。クセルクセス一世以来、こんなことは一度もなかった(22)」。勝利は、彼には、埋葬に酷似しているように思われる。なぜなら、二〇〇〇年にわたる努力が破壊されたからである。しかし、その勝利は再生を予告することも可能なのだろう——とはいえ、ヴァレリーはあまりそれを信じてはいない。彼は最後の序文を書く。そのなかで、歴史は現在を理解するうえで何の助けにもならない、と言う。「明日の世界が均衡のとれた世界になるための条件が何なのか、今のところ想像することはできません」。彼はこの序文を、皆に警戒するよう勧めながら締めくくる。「わたしたちフランス人は、何世紀にもわたる探求と不幸と偉大さとによって作り上げられてきたもの、それにもかかわらず、今日、多数派そして最大多数派の法則が支配する時代にあって、きわめて大きな危険を犯しているものが死滅するのを望んではいません(23)」。短いテクスト、彼が出版する最後のテクスト〔「最後の言葉」〕が、彼の希望を要約する。「この勝利の日の思い出が苦渋をもたらし、現在の喜びに不吉にも回帰させるような日は、永遠に来ませんように。今日という日を再び生きながら、決して汝の精神をあの重々しい言葉がかすめることなどありませんように、そんなことをして何になる？ という例の言葉が[24]」。

五月九日、群衆が街頭で大騒ぎをしているとき、ヴァレリーは地獄のような午前中を過ごす。正午、彼はジッドが戻ってきたと知って、驚き、喜ぶ。翌日、彼は幸福な気分で目覚める。彼はそれを友の存在のおかげと思う。ジッドはヴァレリーの生きる苦しみをやわらげてくれる。「五時半、起床。冷たい牛乳をごくりと飲む。わたしにとって、牛乳は何という喜びだろう！ わたしはこれまできちんと読んでいなかったヴィクトル・ユゴーの『神』を開いていた。視力が弱ってよく見えないが、すばらしい出来事を含んだ（…）これらの常軌を逸した詩句はわたしを興奮させる」。彼はヴォルテールの手紙を何通か読む――「それにしても、何て元気なんだろう――わたしと同じ年で！ しかも、彼は笑うと言っている……[25]」。T・S・エリオットが数日間パリにやって来る。エリオットのためにいくつか催し物が開催される。ヴァレリーもそれに参加する。五月十一日、彼は詩人の講演の紹介をする。しかし、このようなちょっとした話をするだけでも、彼にはたいへんな努力が必要になる。五月十四日、五時に起床した彼は真夜中まで、いろいろな人――エリオット、コクトー、バロー、ジューヴェ――と会ったり、議論したりする。彼は、彼自身やジッドやコクトーといった、旧体制を代表するような人たちの集まりを組織しようと考える。しかし、苦痛が彼をさいなみ続ける。

数ヵ月の間に、ヴァレリーは壊れてしまった。何かが彼を壊してしまった。ヴォワリエ夫人は彼から遠ざかる。二人の関係は、冷却化してしまった。「わたしが前に進めば進むほど、わたしは優しさを必要とします。結局のところ、この世にはもはやそれしかないのです[26]」。この手紙は一月に書かれたものである。これは現状認識というよりは、すでに要求である。やむをえない事情があって、二人はめったに会うことがなくなった。病気のせいで彼が家に閉じこもらなければならなくなると、必ず彼は手紙で愛する女性に自分の気持ちを打ち明ける。「わたしは胸に重くのしかかるものを感じています。そのせいで、十分に呼吸ができません。窒息しそうな感覚と感覚の間を、思考が孔をうがって、なんとか通過していきます。(…)人生でわたしを大きく誘惑したものは、何かを汲みつくすこと、感じたり思考するわたしの可能性を汲みつくすことであって、通常の意味での作品を作ることではなかったような気がします……。こうしたことはすべて、これを限りに一度だけという感覚、ものを理解した人生の成就という比類のない感覚を与えてくれました[27]」。終わらなければならないのなら、すべての点で終わらなければならない。愛情の冒険の終わりは、精神の冒険の完遂と一致する。ヴァレリーはもはやこの二つを引き離そうとは思わない。「わたしは、精神の創造において絶対的愛が演じることのできる尋常ならざる役割をだれよりも深く考えることができると思います[28]」。

絶対的愛――十九世紀、理想主義、モンペリエの若い詩人、こうしたものがこの断言のなかには蘇ってきている。半世紀前に放擲された偶像が、執拗に残っていることが明らかになる。しかし、ヴァレリーがこの偶像に称賛の念を抱いても、その偶像の競争相手、つまり知性という偶像の力を危険に陥れることはない。愛という偶像は知性という偶像を支え、そのうえ、それにもたらす感覚と肉によってそれを豊かにする。「ジェノヴァの夜」の時代、ヴァレリーは自分のなかに検閲の態勢をしいた。そうした検閲は、今は、取り除いてもさしつかえがない。古典主義者とロマン主義者、社交界の人間と謎めいた人間、これらはすべていっしょになることができるのであり、もう互いの足を引っ張ることはない。それらは仲良くする。

　こうした内的再会は、残念ながら、勝利ではない。そこには敗北が伴っている。ヴォワリエ夫人はヴァレリーと別れる決心をする。四月、五月は、彼にとって打撃の連続だった。しかも、その打撃は次から次とその激しさを増した。それは断絶の苦しい瞬間であったが、彼はその情け容赦のない進行の痛手を、身動きできないまま、絶望のなかで味わわされた。モンドールとすれ違ったとき、ヴァレリーは彼にすべてを打ち明けた。「帰ったら横になります。もう街頭でわたしと会うことはないでしょう。生の顔を見るためにわたしが起き上がるほどの価値は、もう生にはないのです。もう十分です。うんざりです。——それでは、朝はどうなってしまうんです、あなたがあんなに愛した朝は？——もう、朝はないでしょう。それはたしかです」[29]。これはほとんど真実である。彼は、あと何回か外出し、『カイエ』にあと何ページか書きこむだろう。しかし、それでもうおしまいになる。

　ヴァレリーは、五月なかば、活発に動きまわるが、疲労困憊してしまい、その後、アパルトマンに閉じこもりがちになる。五月十九日、彼は孫娘マルチーヌの初の聖体拝領に立ちあう。それが彼の最後の外出になる。二十一日、友人のピエール・ド・モナコの訪問を受ける。ヴァレリーはモナコのために、彼が書いた最後のページ、散文詩の『天使』を朗読する。この作品は、一九二一年に絶望的な状況のなかで生まれたが、悲劇的なまでに似通った状況のなかで、再度取り上げられたものだった。ヴァレリーがなくした愛は、それを生きる可能性さえあるものと彼が期待していたものだったが、その愛をなくした後、彼は自分のなかに閉じこもり、日に日に少しずつ実質を失っていくこの自我のなかのもっとも純粋なものと対話を交わす。

翌五月二十一日、彼はとどめの一撃を受ける。ヴォワリエ夫人が男友だち〔出版社経営のロベール・ドゥノエル。一九四五年十二月、暗殺される〕と同棲すると知らせてきたのだ。彼は、それが彼にとってどんな意味を持つのかを即座に理解する。「貴女が死とわたしとの間にいて、わたしを死から守ってくれたということを、貴女はよく知っているはずです。けれども、残念なことに、わたしは生と貴女との間にいて、貴女が生きる邪魔をしていたようです」[30]。今後、彼を生に引きとどめるものは何もなくなる。

五月二十三日、彼は新しいノートを使い始める。そして、そのノートを「苦しみの徴のもとに」おく。数日間、彼はそこで朝の考察の糸をたどり続ける。病気のため、彼はたえず自らの生理学的な機械がきちんと作動するかどうかを検証する。彼はルネ・グトマン医師の治療を受ける。グトマンはヴァレリーに蒼鉛《ビスマス》、ベラドンナ、それにありとあらゆる種類の錠剤を飲ませる。彼はほとんど床につきっきりになる。三十日、彼はノートを開ける。

わたしは自分の人生が最後まで来たという感じがしている――つまり、明日を必要とするものが、今のわたしには何もない。まだわたしに生きるべく残されているものは、今後は無駄に使われる時間ということになるだろう。結局のところ、わたしは自分のできることをした。わたしは知っている

一、かなりのところ、わたしの精神を。――わたしが発見した重要なもの――わたしはそれに価値があることを確信しているが――それを、わたしのメモ書きから解読するのは簡単ではないと思う――まあ、そんなことはどうでもいいことだ――。

二、わたしはわたしの心情《マイ・ハート》のことも知っている。それは大勝利を収める。どんなものより強い、精神

よりも、生体組織よりも強い。――これが事実なのだ……。事実のなかでも、もっとも分かりづらいもの。生きようとする意志よりも、理解する能力よりも強い[31]。

その後に、いくつかのメモやコメントが続く。それらはその後の時間や日々のなかで、そこに投げ出されたものである。不確かな手で書かれた鉛筆書きの二つの文が残される。「過ちを犯すありとあらゆる可能性。それよりひどいのは、悪趣味や下品な安易さに陥るありとあらゆる可能性が、憎しみを抱く人間とともにあるということだ。『愛』という語が神の名前と結びつけられたのは、キリスト以来のことだ[32]」。これらが、最後のノートに書かれた最後の言葉である。ヴァレリーは彼の人生をかけた試みに決着をつけた。三十一日、「彼は床について、もう二度と起き上がることはない[33]」。彼には、もはや少しの息が残っているだけである。これから後に彼が話すことは、残された彼の生命力が語る言葉にほかならない。

友人たちがあいついで枕元にかけつける。素人たちの診断や愛情に満ちた言葉に、こうした状況ではどうしても避けられない不手際が入り混じる。馬鹿者たち、そして彼らのスポークスマンであるレオトーは、ヴァレリーの病気は癌で、それは恥ずべき病気だと言う。グトマン医師は、ずっと後になって、しかもヴァレリーの相続人たちの同意を得たうえで彼の診断を伝える。「ヴァレリーは、出血性の執拗にして苦痛を伴う胃の疾患に苦しんでいました」。グトマンは手術をためらう。彼は何度も手術のことをモンドールと話す。二人とも、手術は無理と判断する。「胸膜―肺の状態が、悲劇的なまでに、そして、何回にもわたって、あらゆる外科手術の可能性を排除しました[34]」。ヴァレリーが受けた試練は苦しいものだった。六月十一日、ポーランは、「ポール・ヴァレリーの状態が悪化する。回復の見込みのない複雑な胃の潰瘍。

ジッドは、ヴィルジュスト街から打ちのめされて帰ってきた[35]」、と書く。

苦痛は押し寄せては引いていくという周期を描き、ヴァレリーを疲労困憊させる。出血の後、彼は輸血をしてもらったが、輸血をすると一時的によくなった。そんなときの彼は、勇気いっぱいのところを見せた。その後で、再び苦しみが戻ってきて、彼を捉え、息をするのがやっとの状態になる。それが過ぎると、また彼は元気を取り戻し、話をし、自分の状態についてときどき皮肉を言うようになる。「発作が起きているとき、父は、もうだめだ、と言うことがありました。しかし、痛みがおさまっているときや、よくなったように見えるときはいつでも、彼は病後静養期の可能性や、これまでとは違った落ち着いた生活を送る可能性のことも考えていました[36]」、とフランソワは伝えている。ジュリアン・モノはほとんど毎日見舞いに来る。彼は友人が一貫して明晰であることに驚く。ヴァレリーは、しばしば自分が作った詩に立ち戻って、それらを引用したり、朗読したりする。

彼はペニシリンを投与された。当時ペニシリンは入手困難な薬だったが、ド・ゴールや英国大使館やアメリカ合衆国大使館が入手に協力してくれた。「従順で信頼感にみちた」病人であるヴァレリーは、ある朝、医者のいつもの質問にたいして、堅固な抵抗能力がまだ残っていることを示すような答えを返す。「状況は未決。素早い攻撃。右端〔極右〕？　左端〔極左〕？　いいえ、真ん中の調子が悪いのです」。彼は自分の胃を「わたしの存在」と呼ぶ。七月の初めまで、病状が好転する可能性もないではなかった。だが、その後は、鎮痛剤と励ましだけが問題になる。グトマン医師はその患者の態度に強い印象を受ける。「ヴァレリーは精神的に自分の病気を支配していました。ただ死だけが、最後には勝ったのです[37]」。

こうした悲劇的な数週間の間、家族の輪がヴァレリーの地平線になる。彼の作品や行動という建造物の基礎を作り強固にした幼少時に受けた愛情は、変わることなく彼を支えてきた。もちろん、子どもたちは、この場に集まっている。特に、ジャニーは、休むことなく夫に付き添っている。「彼女が称賛し、尊敬し、そして、どうして言っていけないことがあるでしょう、愛していた一人の男の苦しみとたえず一体となることが、あたかも彼女にとって、彼女がいつも日々の生活のなかで大きな部分を与えていた慈悲の行為に取って代わったかのようでした[38]」。ジャニーは一九七〇年、九十三歳でこの世を去る。

ある人たちは——ジッドもその一人だが——若干くだらない疑問を抱いた。ヴァレリーは、最後の瞬間、宗教的な改心をさせられたのだろうか、という疑問である。こうした仮説は少しもキリスト教的とは思われない。ジャニーは、おそらく、自分の夫がそのような軟弱な人間だったとは絶対に思っていないはずである。「わたしは、何の心配もしておりません。神様は彼のことを分かってくださいますよ。毎日、あんなに仕事をした彼なんですから[39]」、と彼女はアンリ・モンドールに言う。フランソワの証言によれば、さほど重要ではない理由で——看護婦の問題で——フランソワがあるイエズス会士と短時間会談したとのことである。おそらく、こうした瞬間につきものの見分けの定かでない境界線には、ちょっとした曖昧さがあるものだ。「司祭はせいぜい数分間しか寝室にはいませんでした。母は、司祭が病人に『和解の接吻』をしているのを見て驚きました。父は母に尋ねます。『この司祭さんはどなたかな?』。そして、母の伝えるところでは、『あまり強情を張ってもいけないからね……』、とつけ加えたそうです[40]」。

七月十八日、病人の枕元にやって来た瞬間、モンドールは病人の顔を見て驚く。休息し、突然、表情がゆるみ、極度の蒼白さで皺が消えたようになったヴァレリーは、マラルメに似ているのだ。数年前、デュアメルはすでに、この驚くべき擬態《ミメチスム》にはっとさせられていた。ジャニーはこの変身にうっとりとしている。まだ、あと一日と数時間が、今やほとんど影のようになったこの存在のうえを過ぎていく。そして、この最後のイメージが、かつて存在し、今もなおとどまっている詩人たちの系譜のなかに、このヴァレリーという存在をすでに書きこんでいく。その後で、ヴァレリーは死ぬ。

医師のグトマンが立ち会っている。「わたしは、わたしの話を終えるにあたって、そのときわたしの心を強く揺り動かしたエピソードを話したいと思います。ただ、わたしの話が、一種のロマンチスムで美しく飾り立てられたいいかげんな話だとは思っていただきたくないのです。七月二十日のその宿命の朝、強い暴風雨がパリの町を襲っていました。臨終のとき、九時十五分、ヴァレリーが妻の腕に抱かれて息を引き取った瞬間、病室の窓が大きな音を立てて開き、カーテンが渦を巻き始めました。それで、看護婦はあわてて駆けていって、窓を閉めたのです。わたしは、動揺しながらも直感しました、あの強烈な魂は、今まさに、嵐のなかを飛び立ったところなのだと[41]」。

ヴァレリーの訃報を受けたド・ゴールは、彼に国葬の礼をもって応える決定を下す。文部大臣のルネ・カピタンがヴィルジュスト街にやって来る。彼は、フォシュやジョッフルの国葬も手がけたと断言する葬式の専門家という小柄な人物をつき従えていた。この人物がすべてを取り仕切る。彼はノートル＝ダム寺院での宗教的儀式を提案する。ジャニーは、あまりにも名高い夫の不信心と似つかわしくない盛大な宗教儀式を拒否する。彼女は、二人が四十五年前に結婚式を挙げたサン・トノレ・デロー教会でのミサを提案する。こうして、ヴァレリーの棺はサン・トノレ・デロー教会からトロカデロの見晴台《エスプラナード》まで運ばれ、そこで公式の儀式が執行されることが決定する。

七月二十四日、パリの名士たちが参列するなかで葬儀がおこなわれる。夕方、こもった太鼓の音が鳴りわたり、共和国衛兵がかかげる夢のような松明の明かりに照らされるなか、葬列はサン・トノレ・デロー教会とヴィクトル・ユゴー広場を出発し、シャイヨー宮に向かう。平地の上にフランス国旗の三色で覆われた遺体安置壇が作られていたが、それはまだ完全にはできあがっていなかった。葬列がエスプラナードに差しかかったとき、国旗はまだ遺体安置壇全体を覆ってはいなかったし、厚板もむき出しになっていた。文部省芸術局の役人がせわしく働いている職人たちに向かって仕事を急ぐように要求し、逆に罵詈雑言をあびせられる。しかし、こうした事件も場違いというわけではなかった。ヴァレリーがこんな様子を見たら、きっと面白がっただろう、と皆が心のなかで思う。

　棺はやっとそのしかるべき場所に安置される。パリの町全体が暗がりのなかに沈む。遠くのパンテオンだけが明かりに照らされたままだ。エッフェル塔の足元のプロジェクターから発した二つの光の束が巨大なVの字を描き出す。そして、暗い夜のなか、二列に並んだ学生たちに見守られたヴァレリーの棺の前を、名もない群衆たちが絶えることなく列を作って進む。夜明けの光が少しずつ舞台を照らし出す。午前中、公式の儀式がおこなわれる。ド・ゴール将軍が式を取り仕切る。演説がいくつか続く。死者は栄誉礼をもって送られた。

　二日後、近親者たちがセットの海辺の墓地にある一家の墓のまわりに集まる。小さな町の住民たちも地元っ子の埋葬にやって来る。ヴァレリーは、両親のかたわらでやすらう。彼の人生は、それが開始したところから数百メートル離れたところで終わりを迎える、無限の海に顔を向けて。

原注

第一部　青少年期

1　子ども時代

（1）ポール・ヴァレリー『作品集』(*Œuvres*)、第一巻、ガリマール刊、プレイヤード版、一九五七年、一三ページ。

（2）同前、二九七ページ。

（3）ジュリアン＝ピエール・モノ『ポール・ヴァレリーへの眼差し』(*Regard sur Paul Valéry*)、エディション・デ・テロ刊、一九四七年、一七ページ。

（4）ポール・ヴァレリー『カイエ』(*Cahiers*)、第一八巻、CNRS版、一九五七―一九六一年、二一八ページ。

（5）ポール・ヴァレリー『作品集』、第一巻、一四二九ページ。

（6）当時、セット(Sète)の町はCetteと綴られていた。一九二七年、町当局は現在の表記への移行を決定する。こうすることで、ラテン語の語源的な意味を回復することになった。〔語源的には「山」と「鯨目」の二つの説が有力視されているが、現在、セットの町の紋章には鯨が描かれている〕

（7）ポール・ヴァレリー『作品集』、第一巻、一〇八五ページ。

（8）同前、一〇八六ページ。

（9）同前、一〇八七ページ。

（10）同前。

（11）ポール・ヴァレリー『自伝』(*Autobiographie*)、ブルゾニ刊、一九八三年、一〇ページ。

（12）『作品集』第一巻、一〇八七ページ。

（13）ジュリアン＝ピエール・モノ『ポール・ヴァレリーへの眼差し』、一八ページ。

（14）ポール・ヴァレリー『作品集』、第二巻、ガリマール刊、プレイヤード版、一九六〇年、五九八ページ。

（15）同前。

（16）ポール・ヴァレリー『作品集』、第一巻、一〇九〇ページ。

（17）アンリ・モンドール『ヴァレリーの早熟性』(*Précocité de Valéry*)、ガリマール刊、一九五七年、四五―四六ページ。

(18) ポール・ヴァレリー『カイエ』、第一八巻、二一八ページ。

2 高等中学時代

(1) ヴァレリー・ラルボー『罰せられざる悪徳、読書……フランス語の領域』(*Ce vice impuni, la lecture... Domaine français*)、ガリマール刊、再刊、一九四一年、二六一ページ。

(2) ポール・ヴァレリー＝ギュスターヴ・フールマン『往復書簡 一八八七―一九三三』(Paul Valéry – Gustave Fourment, *Correspondance 1887-1933*)(オクターヴ・ナダル編注)、ガリマール刊、一九五七年、五四ページ。

(3) ポール・ヴァレリー『自伝』、一〇ページ。

(4) ヴァレリー・ラルボー『罰せられざる悪徳、読書……フランス語の領域』、二六一ページ。

(5) ポール・ヴァレリー『作品集』、第一巻、一五ページ。

(6) ポール・ヴァレリー『わたしの見るところ』(*Vues*)、ラ・ターブル・ロンド刊、一九四八年、二六七ページ。

(7) ピエール・フェリーヌ「一八九〇年、モンペリエ、ユルバン五世街で」、『生きているポール・ヴァレリー』(カイエ・デュ・シュッド刊、一九四六年)、四二ページ。

(8) ポール・ヴァレリー『作品集』、第二巻、一二七七ページ。

(9) アンリ・モンドール『ヴァレリーの早熟性』、五六ページ。

(10) ポール・ヴァレリー＝ギュスターヴ・フールマン『往復書簡』、五七ページ。

(11) ポール・ヴァレリー『カイエ』(ジュディス・ロビンソン編注)、第一巻、ガリマール刊、プレイヤード版、一九七三年、一二五ページ。

(12) ポール・ヴァレリー『ある人たちへの手紙』(*Lettres à quelques-uns*)、ガリマール刊、一九五二年、一七五ページ。

(13) ポール・ヴァレリー＝ギュスターヴ・フールマン『往復書簡』、五五ページ。

(14) 同前、四七ページ。

(15) 同前、四四ページ。

(16) 同前、五〇ページ。

(17) 同前、五五ページ。

(18) 同前、二一〇ページ。

(19) 同前、五九ページ。

(20) 同前、五九―六〇ページ。

(21) 同前、六〇ページ。

(22) ポール・ヴァレリー『カイエ 一八九四―一九一四』(*Cahiers 1894-1914*)(ニコル・セレレット＝ピエトリ、ジュディス・ロビンソン＝ヴァレリー共同責任編集)第一巻、ガリマール刊、一九八七年、三一二ページ。

(23) アンリ・モンドール『ヴァレリーの早熟性』、八〇ページ。

3 大学時代

(1) ポール・ヴァレリー『自伝』、一一ページ。

(2) ガストン・プーラン『ポール・ヴァレリーありのまま』(*Paul Valéry tel quel*)、ラ・リコルヌ刊、一九五五年、八ページ。

(3) フレデリック・ルフェーヴル『ポール・ヴァレリーとの対談』(*Entretiens avec Paul Valéry*)、ル・リーヴル刊、一九二六年、三七ページ。

(4) ピエール・フェリーヌ「ポール・ヴァレリーに関する思い出」、メルキュール・ド・フランス、三二一号、一九五四年、四〇二—四〇三ページ。

(5) 同前、四〇六ページ。

(6) 同前、四〇七ページ。

(7) アンドレ・ジッド「ポール・ヴァレリー」、『ラルシュ』、第一〇号、一九四五年十月、七ページ。

(8) ピエール・フェリーヌ「ポール・ヴァレリーに関する思い出」、四〇七ページ。

(9) ポール・ヴァレリー＝ギュスターヴ・フールマン『往復書簡』、五八ページ。このような発言をしたフールマンは、一九〇五年、労働者インターナショナル連盟の書記長となる……。

(10) ミシェル・ジャルティ『ポール・ヴァレリー』、アシェット刊、一九九二年、二〇四ページ。

(11) ポール・ヴァレリー『わたしの見るところ』、二六二—二六三ページ。

(12) アンドレ・ジッド＝ポール・ヴァレリー『往復書簡 一八九〇—一九四二』(André Gide – Paul Valéry, *Correspondance 1890-1942*)(ロベール・マレ編注)、ガリマール刊、一九五五年、一五五ページ。

(13) ポール・ヴァレリー＝ギュスターヴ・フールマン『往復書簡』、六七ページ。

(14) 同前。

(15) 同前、六八ページ。

(16) 同前、六九ページ。

(17) 同前。

(18) 同前。

(19) ポール・ヴァレリー『自伝』、一二ページ。

(20) ポール・ヴァレリー「三つの目覚め」、『生きているポール・ヴァレリー』、二七三—二七四ページ。

(21) ポール・ヴァレリー『ある人たちへの手紙』、一一ページ。

(22) 「ポール・ヴァレリーからピエール・ルイスへの一一通の手紙」、『カイエ・ポール・ヴァレリー 一「詩学と詩」』(*Cahiers Paul Valéry 1 « Poétique et poésie »*)、ガリマール刊、一九七五年、二五ページ。

(23) ポール・ヴァレリー『自伝』、一二ページ。

(24) アンリ・モンドール『ヴァレリーの早熟性』、二六三ページ。

(25) 『出会い——一八九〇年モンペリエにおけるピエール・ルイスとポール・ヴァレリー』(*Rencontre – Pierre Louÿs et Paul Valéry à Montpellier en 1890*)、アクロ刊、一九九〇年、一〇ページ。

4 小さな田舎者

(1) フレデリック・ルフェーヴル『ポール・ヴァレリーとの対

談』、三〇―三一ページ。
(2) 同前、三二ページ。
(3) 『出会い』、一五ページ。
(4) ポール・ヴァレリー『わたしの見るところ』、一八九―一九〇ページ。
(5) 『出会い』、一九ページ。
(6) 同前、二一ページ。
(7) C・ゴルドン・ミラン「ヴァレリーとピエール・ルイス」、『コロック・ポール・ヴァレリー――青春時代の友情、影響、読書』(*Colloque Paul Valéry. Amitiés de jeunesse, influences, lectures*)(カール・P・バルビエ編)、ニゼ刊、一九七八年、二三ページ。
(8) ピエール・ルイス『内面日記　一八八二―一八九一』(*Journal intime, 1882-1891*)、モンテーニュ刊、一九二九年、三〇五ページ。
(9) 『出会い』、二五ページ。
(10) 同前、一九ページ。
(11) 同前、二七ページ。
(12) 同前、三二ページ。
(13) ポール・ヴァレリー『ある人たちへの手紙』、一七―一八ページ。
(14) ピエール・ルイス『内面日記』、三〇〇ページ。
(15) ポール・ヴァレリー『ある人たちへの手紙』、二五―二六ページ。
(16) 同前、二二ページ。
(17) 同前、三九ページ。
(18) 同前、一八ページ。
(19) 同前、二三ページ。
(20) 同前、二一―二二ページ。
(21) ワルター・N・インス「ヴァレリーとエレディア」、『コロック・ポール・ヴァレリー』、一三二ページ。
(22) ポール・ヴァレリー『ある人たちへの手紙』、二八ページ。
(23) アンリ・モンドール「マラルメとヴァレリーの最初の対談」、『生きているポール・ヴァレリー』、六二ページ。
(24) ポール・ヴァレリー＝ギュスターヴ・フールマン『往復書簡』、一一三ページ―一一四ページ。
(25) フロランス・ド・リュシー編注「フランシス・ド・ミオマンドルへの手紙(一九一七年―一九三五年)」、『リテラチュール・モデルヌ　第二号　ポール・ヴァレリー』(*Littérature moderne 2 Paul Valéry*)(ジェイムズ・ローラー、アンドレ・ギュイヨー編)、シャンピオン＝スラトキン刊、一九九一年、一九九ページ。
(26) ポール・ヴァレリー『ある人たちへの手紙』、四〇ページ。
(27) 同前、二二ページ。
(28) 同前、三九ページ。
(29) アンリ・モンドール『ある友情の初期　アンドレ・ジッドとポール・ヴァレリー』(*Les Premiers Temps d'une amitié, André Gide et Paul Valéry*)、ロシェ刊、一九四七年、一四三ページ。

（30）アンドレ・ジッド『地の糧』（*Les Nourritures terrestres*）、ガリマール刊、一九二一年、五九ページ。

（31）アンドレ・ジッド＝ポール・ヴァレリー『往復書簡』、四〇ページ。

（32）「ポール・ヴァレリーからピエール・ルイスへの一一通の手紙」、二八ページ。

（33）同前、三三ページ。

（34）アンドレ・ジッド＝ポール・ヴァレリー『往復書簡』、四五ページ。

（35）アンドレ・フォンテーナス「ヴァレリーの青春時代」、『生きているポール・ヴァレリー』、六五―六六ページ。

（36）従来、「彼の名前は人々の口の端にのぼるだろう」とシャンタヴォワーヌが予言したとまことしやかに言われてきたが、それは間違いである。引用が不正確というだけでなく、その一節はヴァレリーには適用できない。

（37）アンドレ・ジッド＝ポール・ヴァレリー『往復書簡』、七九―八〇ページ。

（38）「ポール・ヴァレリーからピエール・ルイスへの一一通の手紙」、三八ページ。

（39）ポール・ヴァレリー『ある人たちへの手紙』、四四ページ。

第二部　パリ

5　危機

（1）アンドレ・ジッド＝ポール・ヴァレリー『往復書簡』、七四ページ。

（2）同前、七二ページ。〔ベルトレは『往復書簡』の編者ロベール・マレの日付推定に従いつつ、引用（2）の手紙は（1）の手紙の「三日前」に書かれたとしているが、この書簡集を邦訳した二宮正之氏は、双方の手紙の内容の検討等から判断して、（1）の手紙のほうが（2）より先に書かれたとし、訂正を加えている（『ジッド＝ヴァレリー往復書簡1』、筑摩書房、一九八六年、七六ページ）〕

（3）同前、八七ページ。

（4）「ポール・ヴァレリーからピエール・ルイスへの一一通の手紙」、四六ページ。

（5）フロランス・ド・リュシー「ヴァレリーとユイスマンス」、『コロック・ポール・ヴァレリー』、二九六ページ。

（6）アンドレ・ジッド＝ポール・ヴァレリー『往復書簡』、八七ページ。

（7）同前、八二―八三ページ。

（8）同前、八四ページ。

（9）同前、一〇七ページ。

（10）ポール・ヴァレリー『カイエ』第二三巻、五九〇ページ。

(11) ピエール＝オリヴィエ・ワルツェル『ヴァレリーの詩』、スラトキン・リプリンツ刊、一九六六年、六一ページ。〔二〇〇〇年五月九日から十一日にかけてセットで開催された国際シンポジウムにおけるアンドレ・マンダン・モンペリエ大学医学部教授の発表以来、長年語り継がれてきたロヴィラ夫人像は大きく転換している。アンドレ・マンダン、ユゲット・ローランチ両氏による「Mme de R.」(*Bulletin des études valéryennes*, 八八—八九合併号、二〇〇一年十一月、一七—二八ページ)ならびに、恒川邦夫氏による解説(「ヴァレリー研究　三」、日本ヴァレリー研究センター、二〇〇三年六月、二四—二六ページ)、さらに本書の「人物解説・索引」のロヴィラ夫人の項を参照のこと〕

(12) アンドレ・ジッド＝ポール・ヴァレリー『往復書簡』、一一〇ページ。

(13) 同前、一二五—一二六ページ。

(14) 同前、一二七ページ。

(15) ピエール・フェリーヌ「ポール・ヴァレリーに関する思い出」、四〇六ページ。

(16) ポール・ヴァレリー＝ギュスターヴ・フールマン『往復書簡』、二三二ページ。

(17) 同前、一一九ページ。

(18) 同前、一二〇ページ。

(19) フレデリック・ルフェーヴル『ポール・ヴァレリーとの対談』、三九ページ。

(20) ポール・ヴァレリー＝ギュスターヴ・フールマン『往復書簡』、一二二—一二三ページ。

(21) ジュリアン＝ピエール・モノ『ポール・ヴァレリーへの眼差し』、二五—二六ページ。

(22) アンドレ・ジッド＝ポール・ヴァレリー『往復書簡』、一四〇ページ。

(23) 同前、一三八ページ。

(24) 「ポール・ヴァレリーからピエール・ルイスへの一一通の手紙」、五六ページ。

(25) 同前、四八—四九ページ。

(26) 同前、四九ページ。

(27) 同前、五〇—五二ページ。

(28) アンドレ・ジッド＝ポール・ヴァレリー『往復書簡』、一五一ページ。

(29) 同前、一五九ページ。

(30) 同前、一六三ページ。

(31) ポール・ヴァレリー＝ギュスターヴ・フールマン『往復書簡』、一二五ページ。

(32) アンドレ・ジッド＝ポール・ヴァレリー『往復書簡』、一六九—一七〇ページ。

(33) 『カイエ・ポール・ヴァレリー　一』、五四—五五ページ。

(34) アンドレ・ジッド＝ポール・ヴァレリー『往復書簡』、一七一ページ。

6　クーデター

(1) ポール・ヴァレリー『作品集』第二巻、一四三五―一四三六ページ。

(2) アンドレ・ベルヌ＝ジョフロワ『ヴァレリーの存在』(*Présence de Valéry*)、プロン刊、一九四四年、二〇ページ。

(3) ポール・ヴァレリー『カイエ』第一巻、プレイヤード版、一四五〇ページ。

(4) アンドレ・ベルヌ＝ジョフロワ『ヴァレリーの存在』、二〇ページ。

(5) フロランス・ド・リュシー「ヴァレリーとユイスマンス」、三〇三ページ。〔ヴァレリーからルイス宛の手紙。消印は一八九二年十月十二日。『三声による往復書簡集』(Gide, Louÿs, Valéry : *Correspondances à trois voix 1888-1920*, édition établie et annotée par Peter Fawcett et Pascal Mercier, Gallimard, 2004)、六三八ページ〕

(6) ポール・ヴァレリー＝ギュスターヴ・フールマン『往復書簡』、一三二―一三三ページ。

(7) 同前、一三四―一三五ページ。

(8) 同前、二八ページ。〔ヴァレリーからルイス宛の手紙。消印は十二月八日。『三声による往復書簡集』、六五一ページ〕

(9) アンドレ・ジッド＝ポール・ヴァレリー『往復書簡』、一八二ページ。

(10) 同前。

(11) ポール・ヴァレリー『作品集』第一巻、六三一ページ。

(12) アンドレ・ジッド＝ポール・ヴァレリー『往復書簡』、一八一ページ。

(13) 同前、一八八ページ。

(14) 同前、一九三ページ。

(15) 同前、一九五ページ。

(16) 同前、一九七ページ。

(17) 同前、一九八―一九九ページ。

7　開花期

(1) ポール・レオトー『文学日記』(*Journal littéraire*)、第一巻、メルキュール・ド・フランス刊、一九八六年、二四ページ。

(2) アンドレ・ジッド＝ポール・ヴァレリー『往復書簡』、二〇二ページ。

(3) 同前、二〇九ページ。

(4) 同前。

(5) 同前、二一七ページ。

(6) 同前、二二三―二二四ページ。

(7) 同前、二二四ページ。

(8) ポール・ヴァレリー＝ギュスターヴ・フールマン『往復書簡』、一八ページ。

(9) アンドレ・ジッド＝ポール・ヴァレリー『往復書簡』、二二九ページ。

(10) 同前、二三二―二三三ページ。

(11) ポール・ヴァレリー『作品集』第一巻、七一〇―七一一ページ。

(12) アンリ・モンドール『ポール・ヴァレリーのうちとけた言葉』(*Propos familiers de Paul Valéry*)、グラッセ刊、一九五七年、二五八ページ。

(13) ポール・ヴァレリー『ある人たちへの手紙』、九七ページ。

(14) 同前、九五ページ。

(15) アンドレ・ジッド=ポール・ヴァレリー『往復書簡』、二四九ページ。

(16) 同前、二五二―二五三ページ。

(17) 同前、二五五―二五六ページ。

(18) 同前、二六二―二六三ページ。

(19) アンリ・マシス『ポール・ヴァレリーの自殺』(*Le Suicide de Paul Valéry*)、ディナモ刊、一九六〇年、六―七ページ。

(20) アンドレ・ジッド=ポール・ヴァレリー『往復書簡』、二六四ページ。

(21) 同前、二七三ページ。

(22) フレデリック・ルフェーヴル『ポール・ヴァレリーとの対談』、二一三ページ。

(23) アンドレ・ジッド=ポール・ヴァレリー『往復書簡』、二八八ページ。

(24) 同前、二八六ページ。

(25) カール・Ｐ・バルビエ「一八九八年までのヴァレリーとマラルメ」、『コロック・ポール・ヴァレリー』、七七ページ。

第三部　騒音と沈黙

8　陸軍省勤務

(1) アンドレ・ジッド=ポール・ヴァレリー『往復書簡』、二九八ページ。

(2) ポール・ヴァレリー『ある人たちへの手紙』、五七―五八ページ。

(3) アンドレ・ジッド=ポール・ヴァレリー『往復書簡』、二九七ページ。

(4) ポール・ヴァレリー=ギュスターヴ・フールマン『往復書簡』、一四五―一四六ページ。

(5) 同前、一四一ページ。

(6) アンドレ・ジッド=ポール・ヴァレリー『往復書簡』、三〇九ページ。

(7) アンドレ・ジッド「ポール・ヴァレリー」、『ラルシュ』、第一〇号、一九四五年十月、七ページ。

(8) ポール・レオトー『文学日記』第一巻、二〇ページ。

(9) ジャック・ドゥーセ文芸文庫、手稿八四六九―一二一。

(10) アンドレ・ジッド=ポール・ヴァレリー『往復書簡』、三一六ページ。

(11) 同前、三二六ページ。

(12) カール・Ｐ・バルビエ「一八九八年までのヴァレリーとマラルメ」、『コロック・ポール・ヴァレリー』、七七ページ。

(13) ポール・ヴァレリー『ある人たちへの手紙』、五八―五九ページ。
(14) ポール・ヴァレリー『作品集』第一巻、六三三ページ。
(15) アンドレ・ジッド＝ポール・ヴァレリー『往復書簡』、三三三ページ。
(16) ジュリー・マネ『日記　一八九三―一八九九』(*Journal, 1893-1899*)、スカラ刊、一九八七年、一四一ページ、一四六ページ。
(17) アンドレ・ジッド＝ポール・ヴァレリー『往復書簡』、三三一ページ。
(18) ジュディス・ロビンソン＝ヴァレリー「マラルメと〝理想の父〟」、『リテラチュール』第五六号、一九八四年十二月、一〇八ページ。
(19) 同前、一〇五ページ。
(20) アンドレ・ジッド＝ポール・ヴァレリー『往復書簡』、三二八ページ。
(21) ポール・ヴァレリー『ある人たちへの手紙』、五九ページ。
(22) アンドレ・ジッド＝ポール・ヴァレリー『往復書簡』、三二八ページ。
(23) ジュリー・マネ『日記』、一四六ページ。
(24) 同前、一五〇ページ。
(25) ポール・ヴァレリー『作品集』第一巻、一八〇四ページ。
(26) ジュリー・マネ『日記』、一六〇ページ。
(27) 同前、一六七ページ。
(28) アンドレ・ジッド＝ポール・ヴァレリー『往復書簡』、三四五ページ。
(29) ジュリー・マネ『日記』、一七〇ページ。
(30) アンドレ・ジッド＝ポール・ヴァレリー『往復書簡』、三五一ページ。
(31) 同前、三五〇ページ。
(32) 同前、三四七ページ。
(33) ギー・チュイリエ「ポール・ヴァレリーと政治　一一」、『行政評論』、三六九ページ。
(34) アンドレ・ジッド＝ポール・ヴァレリー『往復書簡』、三六六ページ。
(35) 同前、三五四ページ。
(36) ポール・ヴァレリー＝ギュスターヴ・フールマン『往復書簡』、一五四ページ。

9　身を固める

(1) ポール・ヴァレリー＝ギュスターヴ・フールマン『往復書簡』、一五六ページ。
(2) 同前、一五七―一五八ページ。
(3) ギー・チュイリエ「ポール・ヴァレリーと政治　一一」、三七〇ページ。
(4) アンドレ・ジッド＝ポール・ヴァレリー『往復書簡』、三七〇ページ。
(5) 同前、三七七ページ。

(6) ポール・レオトー『文学日記』第一巻、四一ページ。

(7) アンドレ・ジッド＝ポール・ヴァレリー『往復書簡』、三八二ページ。

(8) ギー・チュイリエ「ポール・ヴァレリーと政治　一」、六一五ページ。

(9) アガート・ルアール＝ヴァレリー「家族によって生きられたポール・ヴァレリー」、『ポール・ヴァレリーに関する対談』（エミリー・ヌーレ＝カルネ編）、ムートン刊、一九六八年、三四五―三四六ページ。

(10) アンドレ・ジッド＝ポール・ヴァレリー『往復書簡』、三八六ページ。

(11) 同前、三八四ページ。

(12) ポール・ヴァレリー『作品集』第一巻、二八ページ。

(13) ポール・レオトー『文学日記』第一巻、四五ページ。

(14) ヴァレリー・ラルボー『罰せられざる悪徳、読書……フランス語の領域』、二七四ページ。

(15) ポール・ヴァレリー＝ギュスターヴ・フールマン『往復書簡』、一六五ページ。

(16) 同前、一六七ページ。

(17) アンドレ・ジッド＝ポール・ヴァレリー『往復書簡』、三九二ページ。

(18) ポール・ヴァレリー＝ギュスターヴ・フールマン『往復書簡』、一六九ページ。

(19) アンドレ・ジッド＝ポール・ヴァレリー『往復書簡』、三九六ページ。

(20) 同前、四〇〇ページ。

(21) ポール・ヴァレリー＝ギュスターヴ・フールマン『往復書簡』、一七四ページ。

(22) アンドレ・ジッド＝ポール・ヴァレリー『往復書簡』、四〇二ページ。

(23) ポール・ヴァレリー『作品集』第一巻、三〇ページ。

(24) アガート・ルアール＝ヴァレリー「家族によって生きられたポール・ヴァレリー」、三四五ページ。

(25) ピエール・フェリーヌ「ポール・ヴァレリーに関する思い出」、四一〇ページ。

(26) ポール・ヴァレリー『ある人たちへの手紙』、六六―六七ページ。

(27) アンドレ・ジッド＝ポール・ヴァレリー『往復書簡』、四〇三ページ。

(28) 同前、四〇五ページ。

10　その日その日を

(1) アンドレ・ジッド＝ポール・ヴァレリー『往復書簡』、四〇七ページ。

(2) ポール・ヴァレリー『ある人たちへの手紙』、七〇ページ。

(3) 同前。

(4) 同前、七三ページ。

(5) 同前、七〇ページ。

(6) 同前、七三ページ。
(7) 同前、七五ページ。
(8) 同前、七一ページ。
(9) ジェイムズ・R・ローラー「ヴァレリーとマラルメ――トラとガゼル」、『コロック・ポール・ヴァレリー』、九一ページ。
(10) アンドレ・ジッド＝ポール・ヴァレリー『往復書簡』、四一一ページ。
(11) ポール・ヴァレリー『作品集』第一巻、三二ページ。
(12) ポール・ヴァレリー『ある人たちへの手紙』、八〇―八一ページ。
(13) ポール・ヴァレリー『作品集』第一巻、三三ページ。
(14) アンドレ・ジッド＝ポール・ヴァレリー『往復書簡』、四一六ページ。
(15) ポール・ヴァレリー『作品集』第一巻、三三ページ。
(16) ポール・ヴァレリー『ある人たちへの手紙』、八六ページ。
(17) 同前、八三ページ。
(18) ポール・ヴァレリー『作品集』第一巻、三三ページ。
(19) ポール・ヴァレリー『ある人たちへの手紙』、八八―八九ページ。
(20) アンドレ・ジッド＝ポール・ヴァレリー『往復書簡』、四二〇―四二一ページ。
(21) アガート・ルアール＝ヴァレリー「家族によって生きられたポール・ヴァレリー」、三四六ページ。
(22) ポール・ヴァレリー『ある人たちへの手紙』、九二ページ。
(23) ポール・ヴァレリー『作品集』第一巻、三五ページ。
(24) 同前、三〇ページ。
(25) アガート・ルアール＝ヴァレリー「家族によって生きられたポール・ヴァレリー」、三四三ページ。
(26) 同前。
(27) 同前。
(28) クロード・ヴァレリー「ポール・ヴァレリーの存在」、『同時代人ポール・ヴァレリー』（モニク・パラン、ジャン・ルヴァイヤン編）、クリンクシェック刊、一九七四年、二九五ページ。
(29) アガート・ルアール＝ヴァレリー「家族によって生きられたポール・ヴァレリー」三四二ページ。
(30) 同前、三三七ページ。
(31) 同前、三四四ページ。
(32) 同前、三三九ページ。
(33) アガート・ルアール＝ヴァレリー『ジェノヴァのヴァレリー』（*Valéry à Gênes*）、ライ刊、一九六四年、一九ページ。
(34) 同前、五ページ。
(35) ポール・ヴァレリー『作品集』第一巻、三五ページ。

第四部　作家

11　詩人の回帰

(1) ポール・ヴァレリー『作品集』第一巻、三六ページ。

(2) アンドレ・ジッド＝ポール・ヴァレリー『往復書簡』、四二六ページ。

(3) ポール・ヴァレリー『ある人たちへの手紙』、九五ページ。

(4) アンドレ・ジッド＝ポール・ヴァレリー『往復書簡』、四二七ページ。

(5) 同前、四三一ページ。

(6) ポール・ヴァレリー『ある人たちへの手紙』、一二三ページ。

(7) フロランス・ド・リュシー『ポール・ヴァレリーの若きパルクの生成』(*La Genèse de La Jeune Parque de Paul Valéry*)、ミナール刊、一九七五年、一九ページ。

(8) ポール・ヴァレリー『作品集』、第一巻、三七ページ。

(9) 『生きているポール・ヴァレリー』、二八九ページ。

(10) フロランス・ド・リュシー『ポール・ヴァレリーの若きパルクの生成』、三五ページ。

(11) フランス国立図書館、手稿部蔵、マイクロフィルム三三七一。

(12) 同前。

(13) アンドレ・ブルトン『対談集』、ガリマール刊、一九五二年、二五ページ。

(14) アンドレ・ジッド＝ポール・ヴァレリー『往復書簡』、四三五―四三六ページ。

(15) 同前、四三八―四三九ページ。

(16) ポール・ヴァレリー『作品集』、第一巻、三七―三八ページ、ジュール・ヴァレリーへの手紙。

(17) アンドレ・ジッド＝ポール・ヴァレリー『往復書簡』、四四〇ページ。

(18) ポール・ヴァレリー『ある人たちへの手紙』、一〇一―一〇二ページ、フォンテーナスへの手紙。

(19) 同前、一〇四ページ、コストへの手紙。

(20) ポール・ヴァレリー『作品集』、第一巻、一八一〇ページ、カンボンへの手紙。

(21) ポール・ヴァレリー『ある人たちへの手紙』、一一二ページ、フォンテーナスへの手紙。

(22) 同前、一〇五ページ、コストへの手紙。

(23) ポール・レオトー『文学日記』、第一巻、九四六ページ。

(24) ポール・ヴァレリー『ある人たちへの手紙』、一〇三ページ、コストへの手紙。

(25) 『ポール・ヴァレリーからピエール・ルイスへの一五通の手紙　一九一五年―一九一七年』(ジュリアン＝ピエール・モノ編)、一九二六年、ページ表記なし。

(26) ポール・ヴァレリー『カイエ』、第六巻、CNRS版、一八―一九ページ。

(27) ポール・ヴァレリー『ポール・ヴァレリーからピエール・

ルイスへの一五通の手紙』。

(28) ゴードン・ミラン『ピエール・ルイスあるいは友愛礼讃』*(Pierre Louÿs ou le culte de l'amitié)*、パンドラ刊、一九七九年、二七七ページ。

(29) ポール・ヴァレリー『ポール・ヴァレリーからピエール・ルイスへの一五通の手紙』。

(30) 同前。

(31) 同前。

(32) ポール・ヴァレリー『作品集』、第一巻、一六二四ページ、ドニへの手紙。

(33) 『出会い』、一二ページ。

12 真昼

(1) ポール・ヴァレリー『ある人たちへの手紙』、一一九ページ、ファルグへの手紙。

(2) フロランス・ド・リュシー編注「フランシス・ド・ミオマンドルへの手紙（一九一七年―一九三五年）」、『リテラチュール・モデルヌ　第二巻　ポール・ヴァレリー』、一九八ページ。

(3) ポール・ヴァレリー『ある人たちへの手紙』、一二六ページ、トゥーレへの手紙。

(4) 『ポール・ヴァレリーに関する対談』、三五六ページ。クロード・ヴァレリーの発言。

(5) クロード・ヴァレリー「ポール・ヴァレリーの存在」、『同時代人ポール・ヴァレリー』、二九三ページ。

(6) ポール・ヴァレリー『ある人たちへの手紙』、一二〇ページ、ルイスへの手紙。

(7) ポール・ヴァレリー『ポール・ヴァレリーからピエール・ルイスへの一五通の手紙』

(8) 同前。P・LとP・Vのイニシャルはもちろんのことルイスとヴァレリーを示している。〔この段落で引用されているヴァレリーからルイスへの手紙は、『三声による往復書簡集』の一二六四ページ、一二七四―一二七六ページ、一二八三ページにも収録されている〕

(9) ポール・ヴァレリー『ポール・ヴァレリーからピエール・ルイスへの一五通の手紙』

(10) 同前。

(11) ポール・ヴァレリー『ある人たちへの手紙』、一二一ページ、トゥーレへの手紙。

(12) ポール・ヴァレリー『カイエ』、第六巻、四三一ページ。

(13) アンドレ・ジッド＝ポール・ヴァレリー『往復書簡』、四五一ページ。

(14) クロード・ヴァレリー「ポール・ヴァレリーの存在」、『同時代人ポール・ヴァレリー』、二九〇ページ。

(15) 『ポール・ヴァレリーに関する対談』、三五七ページ。クロード・ヴァレリーの発言。

(16) アンドレ・ジッド＝ポール・ヴァレリー『往復書簡』、四五四ページ。

(17) フロランス・ド・リュシー、アンドレ＝ギュイヨー編注「ユイスマンス（一八九八年）、ヴィエレ＝グリッファン（一九一七年）、スーザ（一九二一年）への手紙」、『リテラチュール・モデルヌ　第二巻　ポール・ヴァレリー』、二二一ページ。〔引用されているのは、ヴィエレ＝グリッファンへの手紙〕

(18) フロランス・ド・リュシー編注「フランシス・ド・ミオマンドルへの手紙」、一九九ページ。

(19) ポール・ヴァレリー『作品集』、第一巻、四〇ページ、ジャン・ヴァレリーへの手紙。

(20) フランス国立図書館、手稿部蔵、マイクロフィルム三三七一。

(21) アンドレ・ジッド＝ポール・ヴァレリー『往復書簡』、四五九ページ。

(22) フロランス・ド・リュシー編注「フランシス・ド・ミオマンドルへの手紙」、一九九ページ。

(23) アンドレ・ジッド＝ポール・ヴァレリー『往復書簡』、四六〇ページ。

(24) フロランス・ド・リュシー編注「フランシス・ド・ミオマンドルへの手紙」、一九九ページ。

(25) アンドレ・ジッド＝ポール・ヴァレリー『往復書簡』、四七二—四七三ページ。

(26) フロランス・ド・リュシー『ポール・ヴァレリーの手稿による《魅惑》——ある変容の歴史』（*«Charmes» d'après les manuscrits de Paul Valéry, histoire d'une métamorphose*）、第一巻、ミナール刊、一九九〇年、二二〇ページ。

(27) ポール・ヴァレリー『作品集』、第一巻、四一ページ。

(28) アンドレ・ジッド＝ポール・ヴァレリー『往復書簡』、四七四ページ。

(29) ポール・ヴァレリー『作品集』、第一巻、四一ページ。

(30) ポール・ヴァレリー『ある人たちへの手紙』、一六〇—一六一ページ。

(31) ポール・ヴァレリー『カイエ』、第七巻、六六ページ。

(32) フロランス・ド・リュシー『ポール・ヴァレリーの手稿による《魅惑》』、第一巻、二七六ページ。

(33) ポール・ヴァレリー『作品集』、第一巻、四一ページ、ジャン・ヴァレリーへの手紙。

(34) フロランス・ド・リュシー『ポール・ヴァレリーの手稿による《魅惑》』、第一巻、三五四ページ。

(35) ナタリー・クリフォード＝バーネイ『精神の冒険』（*Aventures de l'esprit*）、ペルソナ刊、一九八二年、再版、一一七ページ。

(36) フロランス・ド・リュシー『ポール・ヴァレリーの《魅惑》の変貌』（*Les Métamorphoses de《Charmes》de Paul Valéry*）、ANRT刊、リール第Ⅲ大学、一九八四年、五〇一ページ。

(37) モーリス・マルタン・デュ・ガール『忘れがたい人たち』（*Les Mémorables*）、第三巻、グラッセ刊、一九七八年、三二五ページ。

(38) ダラニェス「挿絵画家ヴァレリー」、『生きているポール・

ヴァレリー』、一二〇ページ。

(39) アドリエンヌ・モニエ「手紙」、『生きているポール・ヴァレリー』、一五八ページ。

(40) レオン＝ポール・ファルグ「打ち明け話」、『生きているポール・ヴァレリー』、二六ページ。

(41) フロランス・ド・リュシー編注「フランシス・ド・ミオマンドルへの手紙」、二〇〇ページ。

(42) ジャン＝ポール・グージョン編注「ヴァレリーとピエール・ルイス——四通の手紙（一九一五年—一九一九年）」、『リテラチュール・モデルヌ　第二巻　ポール・ヴァレリー』、一九四ページ。

(43) ポール・ヴァレリー『作品集』、第一巻、四二ページ、ジャニー・ヴァレリーへの手紙。

(44) フロランス・ド・リュシー『ポール・ヴァレリーの《魅惑》の変貌』、五一四ページ。

(45) フランス国立図書館、手稿部蔵、マイクロフィルム三三七一。

(46) ナタリー・クリフォード＝バーネイ『精神の冒険』、一一四ページ。

(47) 同前、一一七ページ。

(48) フロランス・ド・リュシー『ポール・ヴァレリーの《魅惑》の変貌』、五八四ページ。

13　天国と地獄

(1) カトリーヌ・ポッジ『日記　一九一三—一九三四』(*Journal 1913-1934*)、クレール・ポーラン編注、ラムセイ刊、一九八七年、一三三—一三四ページ。

(2) 同前、一三七ページ。

(3) ピエール・フェリーヌ「ポール・ヴァレリーに関する思い出」、四一三ページ。

(4) アンドレ・ジッド＝ポール・ヴァレリー『往復書簡』、四七九ページ。

(5) フロランス・ド・リュシー『ポール・ヴァレリーの《魅惑》の変貌』、六一〇ページ。

(6) ブノワ・ペーテルス『ポール・ヴァレリー、作家稼業？』(*Paul Valéry, Une vie d'écrivain ?*)、レ・ザンプレッション・ヌーヴェル刊、一九八九年、一三五—一三六ページに引用された手紙。〔『三声による往復書簡集』、一四五八—一四五九ページ〕

(7) ピエール・フェリーヌ「ポール・ヴァレリーに関する思い出」、四一四ページ。

(8) ポール・ヴァレリー『カイエ』、第七巻、ＣＮＲＳ版、七七七ページ。

(9) フロランス・ド・リュシー『ポール・ヴァレリーの《魅惑》の変貌』、五九七ページ。

(10) カトリーヌ・ポッジ『日記』、一四一ページ。

(11) 同前、一四二ページ。

(12) 同前、一五三ページ。

(13) 同前、一五〇ページ。
(14) ポール・ヴァレリー『ある人たちへの手紙』、一三六ページ、クローデルへの手紙。
(15) カトリーヌ・ポッジ『日記』、一六五ページ。
(16) 同前、一五九ページ。
(17) 同前、一七一ページ。
(18) 同前、一七三ページ。
(19) ポール・ヴァレリー『ある人たちへの手紙』、二一五ページ、視学官ドンタンヴィルへの手紙。
(20) ポール・ヴァレリー『作品集』、第一巻、四四ページ。
(21) アンドレ・ジッド＝ポール・ヴァレリー『往復書簡』、四八四ページ。
(22) 同前、四八五ページ。
(23) カトリーヌ・ポッジ『日記』、一八二ページ。
(24) アンドレ・ジッド＝ポール・ヴァレリー『往復書簡』、四八六ページ。
(25) ポール・ヴァレリー『カイエ』、第八巻、五〇一ページ。
(26) ポール・ヴァレリー『作品集』、第一巻、四四ページ。
(27) ポール・ヴァレリー『カイエ』、第六巻、八四四ページ。
(28) フロランス・ド・リュシー「フランシス・ド・ミオマンドルへの手紙」、二〇〇ページ。
(29) カトリーヌ・ポッジ『日記』、二〇九―二一〇ページ。
(30) ポール・ヴァレリー『カイエ』、第八巻、三四八ページ。
(31) 同前、三一〇ページ。
(32) 同前、三〇八ページ。
(33) フロランス・ド・リュシー『ポール・ヴァレリーの《魅惑》の変貌』、六〇九ページ。
(34) ポール・ヴァレリー『作品集』、第一巻、二〇五ページ。
(35) アンドレ・ジッド『日記　一八八九―一九三九』、ガリマール刊、プレイヤード版、一九五一年、七二六ページ。
(36) モーリス・マルタン・デュ・ガール『忘れがたい人たち』、第一巻、フラマリオン刊、一九五七年、一九一ページ。
(37) カトリーヌ・ポッジ『日記』、二一二ページ。
(38) ポール・ヴァレリー『カイエ』、第八巻、四六六ページ。
(39) フロランス・ド・リュシー『ポール・ヴァレリーの《魅惑》の変貌』、六九九ページ。
(40) カトリーヌ・ポッジ『日記』、二二八ページ。
(41) ナタリー・クリフォード＝バーネイ『精神の冒険』、一二三―一二四ページ。
(42) ポール・ヴァレリー『カイエ』、第八巻、五三四ページ。
(43) ナタリー・クリフォード＝バーネイ『精神の冒険』、一二七―一二八ページ。
(44) 同前、一三〇ページ。
(45) ポール・ヴァレリー『ある人たちへの手紙』、一三三ページ。
(46) アンドレ・ジッド＝ポール・ヴァレリー『往復書簡』、四八七ページ。
(47) カトリーヌ・ポッジ『日記』、二三二ページ。
(48) フロランス・ド・リュシー『ポール・ヴァレリーの《魅惑》

の変貌』、七三三ページ。

(49) カトリーヌ・ポッジ『日記』、二四一―二四二ページ。

(50) 同前、四〇九ページ。

(51) 同前、二四一ページ。

(52) ポール・ヴァレリー『ある人たちへの手紙』、一三四ページ、ルベイへの手紙。

(53) ポール・ヴァレリー『カイエ』、第八巻、七六二ページ。

(54) アンドレ・ジッド＝ポール・ヴァレリー『往復書簡』、四八九ページ。

(55) ヴァレリー・ラルボー『ポール・ヴァレリー』、フェリックス・アルカン刊、一九三一年、八四ページ。

(56) ポール・ヴァレリー『作品集』、第一巻、四五ページ、ジャニーへの手紙。

(57) フロランス・ド・リュシー『ポール・ヴァレリーの《魅惑》の変貌』、七四六ページ。

第五部　旅する精神

14　時代のなかで

(1) フランス国立図書館、手稿部蔵。

(2) アンドレ・ジッド＝ポール・ヴァレリー『往復書簡』、四九三―四九四ページ。

(3) ピエール・フェリーヌ「ポール・ヴァレリーに関する思い出」、四一六ページ。

(4) アルベール・ベガン「希望なき楽観主義者」、『生きているポール・ヴァレリー』、三五八ページ。

(5) フレデリック・ルフェーヴル『ポール・ヴァレリーとの対談』、九一―九三ページ。

(6) ダニエル・シモン『ポール・ヴァレリーとスイス』、ルヴナンドレ刊、一九七四年、一四ページ。

(7) フランソワ・ヴァレリー『ポール・ヴァレリーの三戦争間』(*L'Entre-Trois-Guerres de Paul Valéry*)、ジャックリーヌ・シャンボン刊、一九九四年、三四ページ。

(8) アンドレ・ジッド＝ポール・ヴァレリー『往復書簡』、四九三ページ。

(9) ミシェル・ジャルティ『ポール・ヴァレリー』、アシェット刊、一九九二年。二一五ページ。

(10) アンドレ・ジッド『日記　一八八九―一九三九』、七四九ページ。

(11) ポール・ヴァレリー『カイエ』、第九巻、ＣＮＲＳ版、一六五ページ。

(12) 同前、一六一ページ。

(13) アンドレ・ジッド『日記　一八八九―一九三九』、七五一ページ。

(14) カトリーヌ・ポッジ『日記』、二六〇ページ。

(15) ポール・ヴァレリー『ある人たちへの手紙』、一四五ページ、シナディノへの手紙。

(16) カトリーヌ・ポッジ『日記』、二六九ページ。
(17) モーリス・マルタン・デュ・ガール『忘れがたい人たち』、第一巻、三三三ページ。
(18) エドメ・ド・ラ・ロシュフーコー「ポール・ヴァレリーの英国旅行」、『両世界評論』、一九七一年十一月、三一九ページ。
(19) ポール・ヴァレリー『ある人たちへの手紙』、一五〇ページ、スーデーへの手紙。
(20) ポール・ヴァレリー『作品集』、第一巻、四六ページ。
(21) カトリーヌ・ポッジ『日記』、三〇一ページ。
(22) ポール・ヴァレリー『作品集』、第一巻、四七ページ。
(23) ポール・ヴァレリー「ライナー・マリア・リルケに」、『カイエ・デュ・モア』、一九二六年八月。
(24) エドメ・ド・ラ・ロシュフーコー「ポール・ヴァレリーとイタリア」、『パリ評論』、一九五二年三月、一〇〇ページ。
(25) ポール・ヴァレリー『ある人たちへの手紙』、一五三ページ、ダヌンツィオへの手紙。
(26) ポール・ヴァレリー『作品集』、第一巻、四七ページ。
(27) フレデリック・ルフェーヴル『ポール・ヴァレリーとの対談』、九四―九五ページ。
(28) ポール・ヴァレリー『作品集』、第一巻、四七ページ。
(29) フレデリック・ルフェーヴル『ポール・ヴァレリーとの対談』、九八ページ。
(30) カトリーヌ・ポッジ『日記』、三〇七ページ。
(31) フランソワ・ヴァレリー『ポール・ヴァレリーの三戦争間』、一一ページ。
(32) 同前。
(33) ポール・ヴァレリー『ある人たちへの手紙』、一五一ページ、ラルボーへの手紙。
(34) アンドレ・ブルトン『全集』、ガリマール刊、プレイヤード版、第一巻、一九八八年、Lページ。
(35) フランス国立図書館、手稿部蔵。
(36) ポール・ヴァレリー＝ギュスターヴ・フールマン『往復書簡』、二三四ページ。
(37) アンドレ・ジッド＝ポール・ヴァレリー『往復書簡』、五〇〇ページ。
(38) フランソワ・ヴァレリー「海に落ちた男」、『リテラチュール・モデルヌ　第二号　ポール・ヴァレリー』、一八七ページ。
(39) フランソワ・ヴァレリー『ポール・ヴァレリーの三戦争間』、三四ページ。
(40) ポール・ヴァレリー『わたしの見るところ』、一八九ページ。
(41) ポール・ヴァレリー『作品集』、第一巻、四八ページ。
(42) 同前。
(43) ポール・ヴァレリー『作品集』、第一巻、四九ページ。
(44) モーリス・マルタン・デュ・ガール『忘れがたい人たち』、第二巻、フラマリオン刊、一九六〇年、一八三―一八四ページ。
(45) 同前、一八四ページ。
(46) 同前。

(47) ガストン・プーラン『ありのままのポール・ヴァレリー』、ラ・リコルヌ刊、一九五五年、七ページ。
(48) フロランス・ド・リュシー編注「フランシス・ド・ミオマンドルへの手紙」、二〇五ページ。
(49) ポール・レオトー『文学日記』、第一巻、一六五七ページ。

15　栄光の騒音

(1) カトリーヌ・ポッジ『日記』、三二〇ページ。
(2) フランス国立図書館、手稿部蔵、マイクロフィルム三三七一。
(3) ポール・レオトー『文学日記』、第一巻、一七七六—一七七七ページ、一七八六ページ。
(4) カトリーヌ・ポッジ『日記』、四五六ページ。
(5) ポール・ヴァレリー『作品集』、第一巻、四九ページ。
(6) ダニエル・シモン『ポール・ヴァレリーとスイス』、一六ページ。
(7) アンドレ・ジッド＝ポール・ヴァレリー『往復書簡』、五〇三ページ。
(8) ポール・ヴァレリー『作品集』、第一巻、五〇ページ。
(9) モーリス・マルタン・デュ・ガール『忘れがたい人たち』、第二巻、一九八ページ。
(10) ギー・チュイリエ「ポール・ヴァレリーと政治　五」、『行政評論』、四四二ページ。
(11) フランソワ・ヴァレリー『ポール・ヴァレリーの三戦争間』、八一ページ。
(12) アンドレ・ジッド＝ポール・ヴァレリー『往復書簡』、五〇五ページ。
(13) カトリーヌ・ポッジ『日記』、三四〇ページ。
(14) ポール・ヴァレリー『作品集』、第二巻、九三〇ページ。
(15) モーリス・マルタン・デュ・ガール『忘れがたい人たち』、第二巻、二三四ページ。
(16) 同前、二三六ページ。
(17) アガート・ルアール＝ヴァレリー「家族によって生きられたポール・ヴァレリー」、『ポール・ヴァレリーに関する対談』、三三八ページ。
(18) ポール・ヴァレリー『作品集』、第一巻、五一ページ。
(19) アンドレ・ジッド＝ポール・ヴァレリー『往復書簡』、五二九—五三〇ページ。
(20) モーリス・マルタン・デュ・ガール『忘れがたい人たち』、第二巻、二三九ページ。
(21) アガート・ルアール＝ヴァレリー「家族によって生きられたポール・ヴァレリー」、三四九ページ。
(22) フランソワ・ヴァレリー『ポール・ヴァレリーの三戦争間』、三二ページ。
(23) モーリス・マルタン・デュ・ガール『忘れがたい人たち』、第二巻、二五六ページ。
(24) アガート・ルアール＝ヴァレリー「家族によって生きられたポール・ヴァレリー」、三四九ページ。

(25) ポール・レオトー『文学日記』、第一巻、一七七七ページ。
(26) ポール・ヴァレリー『作品集』、第一巻、五一ページ。
(27) カトリーヌ・ポッジ『日記』、三九三ページ。
(28) 同前、三九七ページ、三九九ページ。
(29) アンドレ・ジッド＝ポール・ヴァレリー『往復書簡』、五〇六ページ。
(30) カトリーヌ・ポッジ『日記』、五六一ページ。
(31) 同前、四一五ページ。
(32) ポール・ヴァレリー『ある人たちへの手紙』、一六八ページ、フォンテーナスへの手紙。
(33) ポール・ヴァレリー『カイエ』、第一二巻、八七五ページ。
(34) 同前、七〇七ページ。
(35) ポール・ヴァレリー『作品集』、第一巻、五二ページ。

16　波に乗って

(1) ポール・ヴァレリー『作品集』、第二巻、一五八〇ページ。
(2) アルチュール・オネゲル「〝アンフィオンの話〟の余白に」、『生きているポール・ヴァレリー』、一一八ページ。
(3) ポール・ヴァレリー『カイエ』、第一三巻、六九ページ。
(4) 同前、六三ページ。
(5) 同前、一九八ページ。
(6) 同前、二七二ページ。
(7) アンドレ・ジッド＝ポール・ヴァレリー『往復書簡』、五〇七—五〇九ページ。
(8) ポール・ヴァレリー『カイエ』、第一三巻、七六一ページ。
(9) ポール・ヴァレリー『ある人たちへの手紙』、一七七—一七八ページ、ポール・プージョーへの手紙。
(10) ポール・ヴァレリー『カイエ』、第一三巻、七六一ページ。
(11) 同前、七六〇ページ。
(12) 同前、八三七ページ。
(13) 同前、八八五ページ。
(14) 同前、八九五ページ。
(15) 同前、八九八ページ。
(16) アンドレ・ジッド『日記　一八八九—一九三九』、九四九ページ。
(17) ポール・ヴァレリー『カイエ』、第一四巻、九八ページ。
(18) ピエール・アスリーヌ『ガストン・ガリマール——フランス出版の半世紀』、バラン刊、一九八四年、二四三ページ。
(19) ポール・ヴァレリー『カイエ』、第一四巻、三四三ページ。
(20) フランソワ・ヴァレリー『ポール・ヴァレリーの三戦争間』、三六—三七ページ。
(21) ポール・ヴァレリー『カイエ』、第一四巻、三六三ページ。
(22) 同前。
(23) 同前、三八五ページ。
(24) レオン・ドーデ『アカデミーの緑と出版物の虫』(*Verts d'Académie et vers de presse*)、カピトル刊、一九三〇年、一二一ページ、一二六ページ。
(25) フランソワ・ヴァレリー『ポール・ヴァレリーの三戦争間』、

二七―二八ページ。

(26) ポール・ヴァレリー『カイエ』、第一四巻、三七五ページ。

(27) 同前、五〇三ページ。

(28) ポール・ヴァレリー『ある人たちへの手紙』、一八七―一八八ページ、ポール・プージョーへの手紙。

(29) ポール・ヴァレリー『カイエ』、第一四巻、五一八ページ。

(30) モーリス・マルタン・デュ・ガール『忘れがたい人たち』、第二巻、四三五ページ。

(31) ポール・ヴァレリー『カイエ』、第一四巻、五四一ページ。

(32) 同前、八四四―八四五ページ。

(33) アンドレ・ジッド『日記　一八八九―一九三九』、一〇二三ページ。

(34) 同前、一〇三四ページ。

(35) ポール・ヴァレリー『カイエ』、第一四巻、二八〇ページ。

(36) アンドレ・ジッド『日記　一八八九―一九三九』、九三〇ページ。

(37) ポール・ヴァレリー『作品集』、第二巻、一三二三―一三二四ページ。

(38) ポール・ヴァレリー『カイエ』、第一五巻、九〇―九二ページ。

(39) 同前、九六―九七ページ。

(40) 同前、九九―一〇〇ページ。

(41) ポール・ヴァレリー＝ギュスターヴ・フールマン『往復書簡』、二〇〇ページ。

(42) ポール・ヴァレリー『カイエ』、第一五巻、一六二ページ。

(43) 同前。

(44) ポール・ヴァレリー『ある人たちへの手紙』、二一〇ページ、シュリー・Ａ・ペールへの手紙。

(45) ポール・ヴァレリー『カイエ』、第一五巻、一六二ページ。

(46) 同前、一六五ページ。

(47) 同前、一七七ページ。

(48) エレーヌ・ヴァカレスコ「ポール・ヴァレリーと知的協力」、『生きているポール・ヴァレリー』、一二五ページ。

(49) ゴンザグ・ド・レイノルド『北方征服』(*Conquête du Nord*)、ガリマール刊、一九三一年、五ページ。

(50) ポール・ヴァレリー＝ギュスターヴ・フールマン『往復書簡』、二〇〇ページ。

(51) ポール・ヴァレリー『カイエ』、第一五巻、二九一ページ、二九五ページ。

(52) フランス国立図書館、手稿部蔵、マイクロフィルム三三七一、一二三番。

(53) ポール・ヴァレリー『カイエ』、第一五巻、三〇七ページ。

(54) 同前、三五二―三五四ページ。

(55) 同前、三六四ページ。

(56) 同前、四〇〇ページ。

(57) ポール・ヴァレリー『作品集』、第二巻、二二九ページ。

(58) ポール・ヴァレリー『カイエ』、第一五巻、一六四ページ。

(59) ポール・ヴァレリー『作品集』、第二巻、二六八ページ。

(60) ポール・ヴァレリー『カイエ』、第一五巻、四四九ページ。
(61) 同前、五二三ページ。
(62) ポール・ヴァレリー『ある人たちへの手紙』、二〇一―二〇二ページ、ジャン・ゲーノへの手紙。
(63) ポール・ヴァレリー『カイエ』、第一五巻、五四〇ページ。
(64) アンドレ・ジッド＝ポール・ヴァレリー『往復書簡』、五一三ページ。
(65) ポール・ヴァレリー『カイエ』、第一五巻、六〇四ページ。
(66) ポール・レオトー『文学日記』、第二巻、九六二ページ。
(67) ポール・ヴァレリー『カイエ』、第一五巻、六三〇―六三五ページ。
(68) 同前、六四四ページ。
(69) アンドレ・ジッド＝ポール・ヴァレリー『往復書簡』、五一三ページ。
(70) ポール・ヴァレリー『作品集』、第一巻、一〇四〇ページ。
(71) モーリス・マルタン・デュ・ガール『忘れがたい人たち』、第三巻、八一ページ。
(72) アンドレ・ジッド＝ポール・ヴァレリー『往復書簡』、五一五ページ。
(73) ポール・ヴァレリー『カイエ』、第一五巻、七七二ページ。
(74) 同前、第一六巻、六三ページ。
(75) 同前、一〇八ページ。
(76) 同前、四五ページ。

17　歴史の重み

(1) ポール・ヴァレリー『カイエ』、第一六巻、一四三ページ。
(2) フランソワ・ヴァレリー『ポール・ヴァレリーの三戦争間』、八二ページ。
(3) ポール・ヴァレリー『カイエ』、第一六巻、二一三ページ。
(4) 同前、二二〇ページ。
(5) 同前、二三一ページ。
(6) 同前、二五五ページ。
(7) 同前、三六〇ページ。
(8) 同前、三六二ページ。
(9) 同前、三七〇ページ。
(10) 同前、三八九ページ。
(11) 同前、四〇三ページ。
(12) フランソワ・ヴァレリー『ポール・ヴァレリーの三戦争間』、三六ページ。
(13) ポール・ヴァレリー『カイエ』、第一六巻、三九六ページ。
(14)『生きているポール・ヴァレリー』補遺、三七五ページ。
(15) ポール・ヴァレリー『カイエ』、第一六巻、四九一ページ。
(16) 同前、五一四ページ。
(17) ギー・チュイリエ「ヴァレリーと政治　六」、『行政評論』、五六二ページ。
(18) フランソワ・ヴァレリー「海に落ちた男」、一八七ページ。
(19) 同前、一八八―一八九ページ。
(20) 同前、一八九ページ。

(21) モーリス・ミニョン「地中海大学センターにおけるポール・ヴァレリー」、『生きているポール・ヴァレリー』、一四七―一四八ページ。

(22) ポール・ヴァレリー『作品集』、第二巻、九八一ページ。

(23) ポール・ヴァレリー『カイエ』、第一七巻、二六一ページ。

(24) ピエール・フェリーヌ「ポール・ヴァレリーに関する思い出」、四二五ページ。

(25) アンドレ・ジッド『日記　一八八九―一九三九』、一二〇五ページ。

(26) ポール・ヴァレリー『カイエ』、第一七巻、一二〇ページ。

(27) 同前、一八三ページ、一九三ページ。

(28) 同前、二一三ページ。

(29) 同前、二七六ページ。

(30) 同前、二四六ページ。

(31) ポール・ヴァレリー『ある人たちへの手紙』、二一九―二二〇ページ、ベルクソンへの手紙。

(32) ポール・ヴァレリー『カイエ』、第一七巻、四六四ページ。

(33) 同前、五〇二ページ。

(34) 同前、五七五ページ。

(35) 同前、六三二ページ。

(36) 同前、五〇七ページ。

(37) 同前、六六七ページ、六七五ページ、六八〇ページ。

(38) 同前、六九四ページ（イタリア語のフランス語訳に関しては、プレイヤード版『カイエ』、第二巻、一六〇四ページを参照）。

(39) 同前、七四〇ページ。

(40) アガート・ルアール＝ヴァレリー『ポール・ヴァレリー』、ガリマール刊、一九六六年、一四二ページ。

(41) ポール・ヴァレリー『カイエ』、第一七巻、八二一ページ。

(42) 同前、第一八巻、一八五ページ。

(43) 同前、四ページ。

(44) 同前、第一七巻、七九七ページ。

(45) 同前、第一八巻、三五三ページ。

(46) 同前、二三四ページ。

(47) 同前、三三一ページ。

(48) 同前、二七七―二七八ページ。

(49) 同前、三四三ページ。

(50) 同前、五一九ページ。

(51) アンドレ・ジッド＝ポール・ヴァレリー『往復書簡』、五一三ページ。

(52) ポール・ヴァレリー『カイエ』、第一八巻、五五三ページ、五六六ページ。

(53) 同前、九〇六ページ。

(54) 同前、九〇五ページ。

(55) 同前、九一一ページ。

(56) ポール・ヴァレリー『純粋および応用アナーキー原理』（*Les principes d'an-archie pure et appliquée*）、ガリマール刊、一九八四年、一五ページ。

(57) 同前、二〇ページ。

(58) ポール・ヴァレリー『カイエ』、第一八巻、九一七ページ。
(59) ポール・ヴァレリー『わたしの見るところ』、二五八ページ。
(60) ポール・ヴァレリー『カイエ』、第一九巻、一〇ページ。
(61) 同前、三六ページ。
(62) 『レ・ヌーヴェル・リテレール』、一九四五年七月二十六日号。
(63) ポール・ヴァレリー『カイエ』、第一九巻、四一ページ。
(64) 同前、四三ページ。
(65) 同前、四七〇ページ。
(66) 同前、四七六ページ。
(67) 同前、四八九―四九〇ページ。
(68) 同前、五〇一ページ、五〇七ページ。
(69) 同前、五四七ページ。
(70) 同前、六八八ページ。
(71) 同前、六九六ページ。
(72) ポール・レオトー『文学日記』、第二巻、一七二三ページ。

第六部　師匠とその分身

18　教　授

(1) ポール・ヴァレリー『カイエ』、第一九巻、七五六ページ。
(2) フランス国立図書館、手稿部蔵、マイクロフィルム三三七一、一六六―一六七番。
(3) ポール・ヴァレリー『カイエ』、第一九巻、七七五ページ。
(4) 同前、六五九ページ。
(5) 同前、八一〇ページ。
(6) フランソワ・ヴァレリー『ポール・ヴァレリーの三戦争間』、七八ページ、七九ページ。
(7) ポール・ヴァレリー『カイエ』、第一九巻、八一八ページ。
(8) ポール・ヴァレリー『作品集』、第一巻、八〇二ページ。
(9) ポール・ヴァレリー『カイエ』、第二〇巻、二五六ページ。
(10) 同前、二八八ページ。
(11) ポール・レオトー『文学日記』、第二巻、一八九二ページ。
(12) ポール・ヴァレリー『カイエ』、第二〇巻、五六六ページ。
(13) 同前、六三〇ページ。
(14) ポール・ヴァレリー『作品集』、第一巻、六二ページ。
(15) ポール・ヴァレリー『カイエ』、第二〇巻、七一一ページ。
(16) 同前、第二一巻、一七七ページ。
(17) 『秘められたポール・ヴァレリー――一九三七年から一九四五年まで、ジャン・ヴォワリエ夫人に宛てられた未公刊の書簡集』(*Paul Valéry secret, Correspondance inédite adressée de 1937 à 1945 à Madame Jean Voilier*)、売り立て目録、アデル・ピカール・タジャン刊、一九八二年、ページ表記なし。一番。
(18) ポール・ヴァレリー『カイエ』、第二一巻、二五ページ。
(19) 『秘められたポール・ヴァレリー』、一番。
(20) 『ウーロップ』誌、「ポール・ヴァレリー百周年記念」、一〇七―一〇八ページ。
(21) ポール・ヴァレリー『カイエ』、第二一巻、三一八―三一九ページ。
(22)『秘められたポール・ヴァレリー』、五番、四番。
(23) ポール・ヴァレリー『カイエ』、第二一巻、三九一―三九二ページ。
(24) アンリ・モンドール『ポール・ヴァレリーのうちとけた言葉』、七四ページ。
(25) ポール・ヴァレリー『カイエ』、第二一巻、一七九ページ。
(26) 同前、一九〇ページ。
(27) ロラン・ワーヴル「数学者ポール・ヴァレリー」、『ポール・ヴァレリー』（マルク・アイゲルディンガー編）、ラ・バコニエール刊、一九四五年、一六〇―一六一ページ。
(28)『秘められたポール・ヴァレリー』、六番。
(29) ポール・ヴァレリー『カイエ』、第二一巻、一九一ページ。
(30) 同前、一八ページ。
(31) ポール・ヴァレリー『作品集』、第二巻、九五六ページ、九六七ページ。
(32) ポール・ヴァレリー『純粋および応用アナーキー原理』、一四〇ページ。
(33) 同前、一八〇ページ。
(34) 同前、一六九ページ。
(35) ポール・ヴァレリー『カイエ』、第二一巻、二二五ページ。
(36)『秘められたポール・ヴァレリー』、七番。
(37) フランソワ・ヴァレリー「海に落ちた男」、一九一ページ。
(38)『秘められたポール・ヴァレリー』、七番。
(39) 同前。
(40) ポール・ヴァレリー『カイエ』、第二一巻、五九七―五九八ページ。
(41) アンドレ・ジッド『日記　一八八九―一九三九』、三二五ページ。
(42) ポール・レオトー『文学日記』、第二巻、一九七四ページ。
(43) ポール・ヴァレリー『カイエ』、第二一巻、一六二ページ。
(44) ポール・ヴァレリー『作品集』、第二巻、四四七ページ。
(45) ポール・ヴァレリー『カイエ』、第二二巻、一六―一七ページ。
(46)『秘められたポール・ヴァレリー』、一一番。
(47) ポール・レオトー『文学日記』、第二巻、二〇四〇ページ。
(48) ジョルジュ・デュアメル「ある肖像画のための素描」、『生きているポール・ヴァレリー』、四〇ページ。
(49)『秘められたポール・ヴァレリー』、一四番から一六番。
(50) 同前、一八番。
(51) 同前、二〇番。
(52) ポール・ヴァレリー『カイエ』、第二二巻、二六三ページ。
(53)『秘められたポール・ヴァレリー』、二三番。
(54) 同前、二四番。
(55) 同前、二五番。
(56) ポール・ヴァレリー『カイエ』、第二二巻、二七〇ページ。
(57)『秘められたポール・ヴァレリー』、二六番。
(58) 同前、二七番。

(59) ポール・ヴァレリー『カイエ』、第二二巻、四二七ページ。
(60) ルイ・パストゥール・ヴァレリー＝ラド「いくつかの思い出のなかのポール・ヴァレリーの未公刊のページ」、『生きているポール・ヴァレリー』、九八ページ。
(61) 『秘められたポール・ヴァレリー』、二八番。
(62) 同前、二九番。
(63) ポール・ヴァレリー『カイエ』、第二二巻、五五一ページ。

19 反逆者

(1) 『秘められたポール・ヴァレリー』、三二番。
(2) フランス国立図書館、手稿部蔵、マイクロフィルム三三七一、一七四番。
(3) 『秘められたポール・ヴァレリー』、三四番。
(4) ポール・ヴァレリー『カイエ』、第二二巻、六二六ページ。
(5) 『秘められたポール・ヴァレリー』、一二番。
(6) 同前。詩集『コロニラ』(*Coronilla*) に収録された詩のひとつ。
(7) 同前、三五番。
(8) アンドレ・ジッド＝ポール・ヴァレリー『往復書簡』、五二一ページ。
(9) 同前、五二〇ページ。
(10) 同前、五二一ページ。
(11) ポール・ヴァレリー『ある女友だちへの手紙　一九三八―一九四四』(*Lettres à une amie, 1938-1944*)、レ・テラス・ド・ルルマラン刊、一九八八年、二九ページ。
(12) ポール・ヴァレリー『カイエ』、第二三巻、一三四ページ。
(13) フランス国立図書館、手稿部蔵、マイクロフィルム三三七一、一七七―一七八番。
(14) 同前、一七五番。
(15) アンリ・モンドール『ポール・ヴァレリーのうちとけた言葉』、九五ページ。
(16) フランス国立図書館、手稿部蔵、マイクロフィルム三三七一、一七五番。
(17) ポール・レオトー『文学日記』、第三巻、三三ページ。
(18) ポール・ヴァレリー『秘められたポール・ヴァレリー』、三九番。
(19) ポール・ヴァレリー『カイエ』、第二三巻、二九八ページ。
(20) ポール・ヴァレリー『秘められたポール・ヴァレリー』、四五番。
(21) ポール・ヴァレリー『カイエ』、第二三巻、三六五ページ。
(22) ポール・ヴァレリー『秘められたポール・ヴァレリー』、四五番。
(23) ポール・ヴァレリー『カイエ』、第二三巻、二七九ページ。
(24) 同前、四六一ページ。
(25) ポール・ヴァレリー『作品集』、第一巻、六五ページ。
(26) ギー・チュイリエ「ポール・ヴァレリーと政治　八」、『行政評論』、三四一ページ。
(27) 『秘められたポール・ヴァレリー』、四六番。

(28) フランス国立図書館、手稿部蔵、マイクロフィルム三三七一、四―六番。

(29) アガート・ルアール＝ヴァレリー「『わたしの』劇場」、『カイエ・ポール・ヴァレリー　二「わたしの劇場」』(*Cahiers Paul Valéry, 2, « Mes théâtres »*)(アガート・ルアール＝ヴァレリー、ジャン・ルヴァイヤン編)、ガリマール刊、一九七七年、一四ページ。

(30) ルイ・パストゥール・ヴァレリー＝ラド「いくつかの思い出のなかのポール・ヴァレリーの未公刊のページ」、九七ページ。

(31) ポール・ヴァレリー『作品集』、第一巻、一八一七ページ。

(32) 同前、六六ページ。

(33) アガート・ルアール＝ヴァレリー「家族によって生きられたポール・ヴァレリー」、三五〇ページ。

(34) 『秘められたポール・ヴァレリー』、四八番。

(35) ポール・ヴァレリー『カイエ』、第二四巻、三二八ページ。

(36) アンリ・モンドール『ポール・ヴァレリーのうちとけた言葉』、一〇五ページ。

(37) 『秘められたポール・ヴァレリー』、五二番。

(38) アンドレ・ギュイヨー「モンロジエにおけるヴァレリー――イヴォンヌ・ド・ビイーへの手紙(一九四一年―一九四三年)」、『リテラチュール・モデルヌ　第二巻　ポール・ヴァレリー』、二〇九ページ。

(39) フランス国立図書館、手稿部蔵、マイクロフィルム三三七一、一八二番。

(40) ポリーヌ・マスカーニ「マルグリット・フールニエがポール・ヴァレリーの話をするのを聞きながら」、『ヴァレリー研究年報』(*Bulletin des études valéryennes*)、第五号、一九七五年四月、モンペリエ大学付属ポール・ヴァレリー研究センター、八ページ。

(41) ポール・ヴァレリー『カイエ』、第二四巻、八六四ページ。

(42) ジャック＝エミール・ブランシュ『思い出採取』(*La Pêche aux souvenirs*)、フラマリオン刊、一九四九年、二六〇―二六一ページ。

(43) ポール・レオトー『文学日記』、第三巻、四四五ページ。

(44) フランソワ・ヴァレリー『ポール・ヴァレリーの三戦争間』、五九ページ。

(45) フランス国立図書館、手稿部蔵、マイクロフィルム三三七一、一八四番。

(46) アンリ・モンドール『ポール・ヴァレリーのうちとけた言葉』、一二六ページ。

(47) ポール・ヴァレリー『カイエ』、第二五巻、六一八ページ。

(48) 同前。

(49) 同前、六一九ページ。

20　働く

(1) アンドレ・ジッド＝ポール・ヴァレリー『往復書簡』、五二七―五二八ページ。

(2) ポール・ヴァレリー『カイエ』、第二五巻、八三〇ページ。
(3) 『秘められたポール・ヴァレリー』、六二番。
(4) マルセル・クレスペル「ポール・ヴァレリーとのふたつのマチネー」、『生きているポール・ヴァレリー』、二三二ページ。
(5) ポール・ヴァレリー『ある女友だちへの手紙』、四六ページ。
(6) アンドレ・ギュイヨー「モンロジエにおけるヴァレリー」、二一〇—二一一ページ。
(7) 同前、二一一ページ。
(8) ポール・ヴァレリー『カイエ』、第二五号、八二一ページ。
(9) ポール・レオトー『文学日記』、第三巻、六四二ページ。
(10) アンドレ・ギュイヨー「モンロジエにおけるヴァレリー」、二一一ページ。
(11) ポール・ヴァレリー『ある女友だちへの手紙』、五〇ページ。
(12) アンリ・モンドール『ポール・ヴァレリーのうちとけた言葉』、一四二ページ。
(13) ポール・ヴァレリー『ある女友だちへの手紙』、五一ページ。
(14) アンリ・モンドール『ポール・ヴァレリーのうちとけた言葉』、一八三—一八四ページ。
(15) ルイ・パストゥール・ヴァレリー＝ラド「いくつかの思い出のなかのポール・ヴァレリーの未公刊のページ」、一〇〇ページ。
(16) ヤネット・ドゥレタン・タルディフ「断章」、『生きているポール・ヴァレリー』、二〇八ページ。
(17) ポール・ヴァレリー『カイエ』、第二六巻、三六六—三六七ページ。
(18) ポール・ヴァレリー『作品集』、第一巻、六七ページ、ジャニー・ヴァレリーへの手紙。
(19) アンドレ・ギュイヨー「モンロジエにおけるヴァレリー」、二一三ページ。
(20) 『秘められたポール・ヴァレリー』、六七番。
(21) ポール・ヴァレリー『カイエ』、第二六巻、七一四ページ。
(22) 同前、七六六ページ。
(23) イヴ・フロレンヌ「ムッシュー・テストの狂気の愛」、『秘められたポール・ヴァレリー』。
(24) 『秘められたポール・ヴァレリー』、七〇番。
(25) ポール・ヴァレリー『カイエ』、八三七ページ。
(26) ヤネット・ドゥレタン・タルディフ「断章」、二〇八—二〇九ページ。
(27) アンリ・モンドール『ポール・ヴァレリーのうちとけた言葉』、一六九—一七一ページ。
(28) 同前、一七二ページ。
(29) フランソワ・ヴァレリー『ポール・ヴァレリーの三戦争間』、五九ページ。
(30) ポール・ヴァレリー『カイエ』、一二七—一二八ページ。
(31) アンドレ・ギュイヨー「モンロジエにおけるヴァレリー」、二一四ページ。
(32) ポール・ヴァレリー『カイエ』、第二七巻、二五八ページ。
(33) 『秘められたポール・ヴァレリー』、七二番。

(34) アンドレ・ジッド『日記　一九三九年―一九四九年』、ガリマール刊、プレイヤード版、一九五一年、二四八―二四九ページ。
(35) ポール・ヴァレリー『ある女友だちへの手紙』、六二ページ。
(36) リュシアン・ファーブル「言語、行き止まり、松明レース」『生きているポール・ヴァレリー』、一六三―一六五ページ。
(37) 『秘められたポール・ヴァレリー』、七五番。
(38) ポール・ヴァレリー『カイエ』、第二七巻、六八七ページ。
(39) 『秘められたポール・ヴァレリー』、七五番。
(40) アガート・ルアール＝ヴァレリー「家族によって生きられたポール・ヴァレリー」、三五〇ページ。
(41) ヤネット・ドゥレタン・タルディフ「ポール・ヴァレリー」、『ガゼット・ド・ローザンヌ』紙、一九四六年九月七日。
(42) ポール・ヴァレリー『カイエ』、第二八巻、三一二ページ。
(43) アンリ・モンドール『ポール・ヴァレリーのうちとけた言葉』、一九五ページ。
(44) 『秘められたポール・ヴァレリー』、九一番。
(45) ポール・ヴァレリー『カイエ』、第二八巻、六三三ページ。
(46) 『秘められたポール・ヴァレリー』、九七番。
(47) ポール・ヴァレリー『カイエ』、第二八巻、七〇一ページ。
(48) ピエール・アスリーヌ『ガストン・ガリマール』、三八九ページ。

21　息をする

(1) ポール・ヴァレリー『カイエ』、第二八巻、八四九ページ。
(2) ポール・ヴァレリー『わたしの見るところ』、三九五ページ。
(3) 同前、三九六ページ。
(4) 同前、三九八ページ。
(5) ルイ・パストゥール・ヴァレリー＝ラド「いくつかの思い出のなかのポール・ヴァレリーの未公刊のページ」、一〇一ページ。
(6) ポール・ヴァレリー『カイエ』、第二九巻、一一一―一一二ページ。
(7) ポリーヌ・マスカーニ『ヴァレリー案内』(*Initiation à Paul Valéry*)、マルセル・ガスニエ刊、一九四六年、九ページ。
(8) ポール・ヴァレリー『カイエ』、第二九巻、二〇一ページ。
(9) アンリ・モンドール『ポール・ヴァレリーのうちとけた言葉』、二五六ページ。
(10) ポール・ヴァレリー『ある女友だちへの手紙』、六六ページ。
(11) ポール・ヴァレリー『カイエ』、第二九巻、三三三ページ。
(12) ギー・チュイリエ「ポール・ヴァレリーと政治　一三」、『行政評論』、五六六―五六七ページ。
(13) ポール・ヴァレリー『作品集』、第一巻、五二五―五二六ページ。
(14) 同前、五二九ページ。
(15) アンドレ・ベルヌ＝ジョフロワ「思い出と余談」、『生きているポール・ヴァレリー』、一八九ページ。

(16) ポール・ヴァレリー『カイエ』、第二九巻、四二〇ページ。
(17) ポリーヌ・マスカーニ『ヴァレリー案内』、一三ページ。
(18) 『秘められたポール・ヴァレリー』、一〇〇番。
(19) ポリーヌ・マスカーニ『ヴァレリー案内』、一三ページ。
(20) アガート・ルアール＝ヴァレリー「『わたしの』劇場」、『カイエ・ポール・ヴァレリー　二』、一八ページ。
(21) フランス国立図書館、手稿部蔵、マイクロフィルム三三七一、一八七番。
(22) ポール・ヴァレリー『カイエ』、第二九巻、七九八ページ。
(23) ギー・チュイリエ「ポール・ヴァレリーと政治　一三」、『行政評論』、五六八ページ。
(24) ポール・ヴァレリー『作品集』、第二巻、一一五九ページ。
(25) ポール・ヴァレリー『カイエ』、第二九巻、八四五—八四六ページ。
(26) 『秘められたポール・ヴァレリー』、一〇九番。
(27) 同前、一〇一番。
(28) 同前、一〇四番。
(29) アンリ・モンドール『ポール・ヴァレリーのうちとけた言葉』、二六七ページ。
(30) 『秘められたポール・ヴァレリー』、一一〇番。
(31) ポール・ヴァレリー『カイエ』、第二九巻、九〇八—九〇九ページ。
(32) 同前、九一一ページ。
(33) ポール・ヴァレリー『作品集』、第一巻、七〇—七一ページ。
(34) ルネ・グトマン「ポール・ヴァレリーの死に関する思い出」、『ラ・ヌーヴェル・プレス・メディカル』、一九七三年四月二十八日号、第一七号、一一〇三ページ。
(35) ポール・レオトー『文学日記』、第三巻、一二九七ページ。
(36) フランソワ・ヴァレリー『ポール・ヴァレリーの三戦争間』、六七ページ。
(37) ルネ・グトマン「ポール・ヴァレリーの死に関する思い出」、一一〇四—一一〇五ページ。
(38) フランソワ・ヴァレリー『ポール・ヴァレリーの三戦争間』、六九ページ。
(39) アンリ・モンドール『ポール・ヴァレリーのうちとけた言葉』、二七九ページ。
(40) フランソワ・ヴァレリー『ポール・ヴァレリーの三戦争間』、六八ページ。
(41) ルネ・グトマン「ポール・ヴァレリーの死に関する思い出」、一一〇五—一一〇六ページ。

訳者あとがき

本書は Denis Bertholet, *Paul Valéry 1871-1945*, Plon, 1995 の全訳である。

著者のドニ・ベルトレは、ローザンヌ大学で政治学を学んだあと、ジュネーヴ大学で博士号（文学）を取得している。現在はジュネーヴ大学のヨーロッパ学院教授で、政治学を講じている。彼は、『ブルジョワの全貌――ベルエポック期のファミリーロマン』（オリヴィエ・オルバン刊、一九八七年）や『フランス人自身によるフランス人、一八一五年―一八八五年』（同、一九九一年）などでブルジョワのメンタリティーを歴史的な観点から位置づけつつ、その特異性を描き出してみせたが、その後、二十世紀の知的世界に輝いた偉人たちの伝記研究へと転じ、その手始めに書き上げたのが本書である。本書は、質量とも従来のヴァレリー伝の類を圧倒し、おおかたの好評をもって迎えられた。以降、ベルトレはサルトルやレヴィ＝ストロースの大部の伝記も立て続けに出している。特にレヴィ＝ストロースの伝記（プロン刊、二〇〇三年）は、レヴィ＝ストロースとの綿密な話し合いのうえで書かれたもので、レヴィ＝ストロース「公認」の最初の伝記として注目を浴びた。

さて、よく知られているように、ヴァレリーは伝記が好きではない。彼は何度も伝記研究にたいしてきわめて侮蔑的な言辞を投げつけている。たしかに、自らを複数の存在、さらには粉々に砕けた存在と意識しつつ、いわば「絶えざる不均衡」をこそ国是としているような『カイエ』の書き手が、きわめて人間的な顔をした因果関係という決定論に由来する像を提出しがちな伝記研究にたいして根本的な疑念を提出したとしてもなんら不思議なことではない。伝記の執筆は、真摯な作品研究と比べると、虚構性の高い行為、へたをすると文学研究の名を借りたペテンということにもなりかねない。これはたしかに伝記を書く者も読む者も、深く銘記しなければならない一点であろうし、ましていわんや、伝記的事実と称するものが作品の読みを限定してしまうようなことがあってもならない。しかし、考えてみれば、作品研究と言われているものも、伝記研究のかかえるこうした問題を完全に免れているわけではないこともまた、明らかである。いかなる研究態度をとるにせよ、論理的構築を試みる書き手や読み手の側の作り出す虚構が、作品理解そして作者理解のなかにつねに入りこまざるをえないという点に関しては、事情はまったく同じなのである。そうした意味で、カトリーヌ・ポッジの『日記』とヴァレリーの『カイエ』の綿密な照合をおこないつつ、二人の思考のエロチックなまでの結びつきを実証的に論じるエレーヌ・M・ジュリアンが、その労作に『カリンとポールの小説《ロマン》』（アルマッタン刊、二〇〇〇年）という逆説的とも思われるタイトルをつけたことは、おおいに示唆に富んでいると言えるだろう。要は、伝記作者がその描こうとする人物ならびにその作品理解を進めるために、いかに有効な描線ないしは補助線を提示しうるかの一点にかかっている。

清水徹氏の著書『ヴァレリーの肖像』（筑摩書房、二〇〇四年）というタイトルに言寄せて言えば、ヴァレリーの読者はだれもが「我がヴァレリー」の肖像を思い描いているはずである。もちろん、それら肖像間の「優位さ」を判断する絶対的な基準などはないわけで、各々の肖像は自らの正当性を十分に主張しうるものではあるが、そうしたなかでも、とりわけ小林秀雄の提出したヴァレリーの肖像は、あまりにも強烈だったために、今なお日本の読者の頭に深く刻み込まれているところがあるように思われる。もとより、小林にまとまったヴァレリー論があるわけではない。しかし、「僕は、今迄に様々のフランス文学作品の翻訳を試みたが、外国文学の紹介者の立場で仕事したことは一度もない。これは翻訳という仕事の曖昧さに労するのは、僕の柄ではなかったからである。僕はいつも自分の為に翻訳した。翻訳は、言わば僕の原文熟読の一法に過ぎなかった」（「『テスト氏』の方法」、原文は旧字・旧仮名遣い）、と断言する彼の訳した『テスト氏』には、そこに散見される「誤読」も「曲解」も含めて、強靭かつしなやかな小林の思考方法の刻印が押されている。ヴァレリーの紹介者、さらには研究家などという「柄ではなかった」小林の遺した「ヴァレリーの肖像」を検証したその後の様々な研究が、小林の描線のあるものを抹消し、あるいは補強し、あるいは新たな線を書き加えたようにも思われる。さらに、ヴァレリー自身が自画像の半分を黒の絵具で一気に消してしまったことがあったように、より大胆な修正の試みもいたるところで見られるようになってきた。

こうした観点からベルトレの描き出したヴァレリーを見てみると、そこにいくつか画期的な改変の手が加えられていることに気づかされるだろう。その一点目は、ロヴィラ夫人にたいする不幸な愛をきっかけとして、ヴァレリーが一八九二年の十月と十一月、ジェノヴァとパリで相次いで襲われた「危機」の後に作り上げたムッシュー・テストの禁欲的で精神の極北をめざす姿が、いかに魅力的に見えようと、それはまさに多面的なヴァレリーのある一面の戯画にほかならないという主張である。そしてこの主張は、「危機」以降に執筆が開始された『カイエ』の研究に傾きがちなヴァレリー研究の現状にたいする一種の警告とも理解することができるだろう。たしかに、ヴァレリーはことあるごとに、自分の作品は外的な注文による偶発的なもので、それは精神の「練習問題」であると言うだけでなく、『カイエ』こそ自分の唯一の作品とも言っているが、ベルトレはそれをあくまでもヴァレリー一流の韜晦ととり、作家ヴァレリーの『作品』を再認識する必要性を強調している。当たり前といえば、これ以上当たり前な主張もないように思われるが、ヴァレリー研究の現状を考えてみるとかなり正鵠を射た軌道修正の要求である。

第二の点は、第一の点と密接に絡んでくるが、ベルトレがヴァレリーにおける情動性の問題、特にロヴィラ夫人、カトリーヌ・ポッジ、ルネ・ヴォーチエ、ジャン・ヴォワリエといった女性たちによって引き起こされた情動の嵐を、そしてそれと必然的に連動する知的な嵐を、ヴァレリーの人生全体のなかに的確に位置づけるとともに、こうした問題が作家ヴァレリーにどのような意味をもったのかを明らかにしている点である。さらに、こうした愛情問題に揺れるヴァレリーのかたわらで、妻ジャニーや子どもたちの示した反応も過不足なく描かれている。ベルトレから訳者への私信によれば、本書の執筆当時、ジャン・ヴォワリエもヴァレリーの子アガートもフランソワも存命だったために、出版元のプロン社から少なからぬ執筆制限がつけられたとのことではあるが、それにもかかわらず、ここには、従来のヴァレリー伝にはなかった、斬新な、しかも鮮明な描線が書きこまれている。それは端的に言えば、ヴァレリーにおける生と性とエクリチュールを結ぶ線である。ことは、一九一七年に出版された『若きパルク』のなかに、ロヴィラ夫人にたいする封印された想いのなにがしかが微妙な改変を加えられた形で湧出しているというだけにはとどまらない。ポッジもヴォーチェもともに、ヴァレリーにとって重要な意味をもった作品を書かせているし、最晩年の愛人ヴォワリエも、ヴァレリーに渾身の力をこめて『ナルシス交声曲』や『我がファウスト』、さらには『コロナ』『コロニナ』という未刊の二詩集を書き上げさせたことは、彼女宛の千通を越える手紙が証言していることである。ベルトレが本書の第六部で、これらの手紙の多くを引用しながら生と性（そもそも、ヴァレリーにおいて、この二つをあえて区別する必要があるだろうか）とエクリチュールの連関を強調したことは、その意味でもきわめて正しい手続きと言えるだろう。

次に注目すべきなのは、そして、おそらく本書の最大の貢献と思われるのは、ベルトレが文学の世界への「復帰」以降のヴァレリーの行動をつぶさに追跡した点にあるだろう。「パトロン」エドゥアール・ルベイが一九二二年に死んだ後にヴァレリーが開始した講演旅行の様子や国際連盟の知的協力委員会での働きぶりなどが、彼の活動を側面から支えたサロンの夫人たちやメセナや政治家や芸術家との交流とともに鮮やかに描かれている。経済的な不如意がこうした活動の根底にあったとはいえ、そして、ヴァレリー自身がこのような公的活動に忙殺される自分を評して、「文化のコメディアン」を演じさせられているだとか、「欽定詩人」扱いされているとか、挙げ句の果ては、「第三共和制のボシュエ」だとかと、やや自虐的な発言を連発しているとはいえ、こうしたヴァレリーを負の側面からのみ解釈したとしたなら、それは大きな間違いというものだろう。ヴァレリーが『カイエ』や友人に宛てた手紙のなかで漏らす溜息や歎きを、あまり深刻に受け取るのはやめにしよう。「自分の病気！や意見を他人に伝えたがるという」「奇妙な狂気」（『カイエ』、ＣＮＲＳ版、第五巻、一七ページ）を彼もまた完全に免れていたわけではないのだから。つまり、彼は禁欲の人であるだけでなく、ときとして臆面もなく自らの歎く姿を他人に見せつける人であり、それと同じくらいに、屈託なく楽しむことのできる人でもあった。彼が出入りしたサロンやアカデミー・フランセーズや国際連盟の知的協力委員会などは、退屈なルーチンワークを押しつけてくることがあったにしても、彼の知性の最良のものが輝きをみせる舞台でもあったはずだ。なお、このような社会生活を送ったヴァレリーの結んだ多様な人間関係の一端を明らかにしたいという願いから、原著にはない「人名解説・索引」を訳者の判断で追加した。参考にしていただければ幸いである。

本書の貢献をさらに列挙することもできるだろうが、このくらいでやめにしておこう。いずれにしても明らかなことは、原著でほぼ四〇〇ページ、日本語で五〇万字を超えるこの伝記をもってしても、ヴァレリーの肖像は「未完成」のままであるということである。ただ、訳者としては、これくらいの伝記が最適かと心ひそかに思っている。あまりにも詳細な事実や出来事で埋めつくされた伝記は、読者を圧倒するだけでなく、想像する権利さえ奪ってしまうことにもなりかねないからである。ベルトレが戦略的に選択した、いわば風通しのいい描線や補助線の数々のおかげで、ヴァレリーの表情にかなりの変貌がもたらされた。そこには、ヴァレリーを、ムッシュー・テストが象徴しているような禁欲的な精神の人から決定的に遠ざけたという以上の功績があるように思われる。もちろんそれは、ヴァレリーを、人間化し、平俗化したということではなく、「彫り」を深くしたということだろう。あとは、読者諸氏が、ヴァレリーの作品や『カイエ』の読みを通して、「我がヴァレリー」をより精妙にしていただけたらいいと願うばかりである。

なお、著者ベルトレの了承を得て、原著に若干の修正を加えたことも、ここでお断りしておきたい。

翻訳にあたっては、多くの方々の協力をあおぐことになった。フランス国立図書館やソルボンヌの図書館での厄介な資料探索を何度も快く引き受けてくださるとともに、それぞれの専門の立場から有意義な意見をいただいたセリーヌ研究家の杉浦順子氏とブルトン研究家の有馬麻理亜氏、それから、有馬氏の夫君で、訳者のこまごまとした質問に毎回懇切丁寧に答えてくださった日仏文化協会講師のクリストフ・ガラベ氏、さらにポリグロットの才能を遺憾なく発揮して、とりわけ北欧語等の発音に関して適切なアドバイスをいただいた神戸大学院生の南コニー氏には心からのお礼を申し上げたい。

また、本書の翻訳の意義を理解され、貴重な資料をお貸しくださった清水徹氏、訳稿の最初の読者となっていただいた精神科医の中井久夫氏にも感謝いたしたい。

さらに、リルケ研究の第一人者として長年活躍されるとともに、『リルケとヴァレリー』（青土社、一九九四年）などの著書も遺された塚越敏先生の霊前に翻訳の完成をご報告したいと思う。

最後に、本書出版のきっかけを作り、紹介の労をとってくださった中央大学教授の畏友・小野潮氏、出版を快諾された法政大学出版局の平川俊彦氏、実際の編集作業でお世話いただいた郷間雅俊氏にも改めて深い感謝をささげたい。

二〇〇八年九月

松田 浩則

図版出典一覧

口絵図版番号	転載元文献・撮影者
1・2	山下泰平撮影
3	*Paul Valéry vivant*, Cahiers du Sud, 1946
4	Paul Valéry, *Cahiers*, XIV, 900
5・24・30	*Paul Valéry: Lettres et Manuscrits autographes, estampes, lettres, manuscrits et dessins*, Jean-Marc Delvaux, 13 décembre 2007
6・32	*Septimanie, Le livre en Languedoc-Roussillon*, n°15, mars 2004
7・10・16・22	Pierre Caminade, *Paul Valéry*, Editions Pierre Charron, 1972
8・9・23・27・28・31	Michel Jarrety, *Paul Valéry*, Hachette, 1992
11	訳者撮影
12・13・15	*Rencontres: Pierres Louÿs et Paul Valéry à Montpellier en 1890, Premières correspondances*, BABEL, 1990
14	Paul Valéry, *Cahiers*, XII, 167
17・18	Marie-Anne Sarda, *Stéphane Mallarmé à Valvin*, Musée Mallarmé, 1995
19	*Paul Valéry et les arts*, Actes Sud, 1995
20	*Au Cœur de l'impressionnisme: la famille Rouart*, Paris-Musées, 2004
21	Jacques Charpier, *Paul Valéry*, Seghers, 1956
25	Lawrence Joseph, *Catherine Pozzi, une robe couleur du temps*, Editions de la Différence, 1988
26	Paul Valéry, *Cahiers*, XII, 175
29	*Paul Valéry secret, correspondance inédite adressée de 1937 à 1945 à Madame Jean Voilier*, Ader Picard Tajan, 1982

本文中の図版はすべて Paul Valéry, *Cahiers*, CNRS 版, 1957-1961 を利用した。

本文図版頁数	*Cahiers* の巻・頁数	本文図版頁数	*Cahiers* の巻・頁数
149	I. 255	508	XV. 164
172	I. 69	547	XVII. 164
367	VII. 629	573	XXI. 705
409	X. 406	616	XXIV. 71
481	XII. 4	663	XXVI. 8

―――― 叢書・ウニベルシタスより ――――
（表示価格は税別です）

724 **ニーチェ** その思考の伝記
　　R・ザフランスキー／山本尤訳　　　　　　　　　　4500円

755 **小説の黄金時代**
　　G・スカルペッタ／本多文彦訳　　　　　　　　　　4000円

777 **シェイクスピアとカーニヴァル** バフチン以後
　　R・ノウルズ／岩崎宗治・加藤洋介・小西章典訳　　4200円

780 **バンジャマン・コンスタン** 民主主義への情熱
　　T・トドロフ／小野潮訳　　　　　　　　　　　　　2600円

794 **虚構と想像力** 文学の人間学
　　W・イーザー／日中・木下・越谷・市川訳　　　　　6300円

806 **方法の原理** 知識の統合を求めて
　　S・T・コウルリッジ／小黒和子編訳　　　　　　　2300円

822 **ゲーテと出版者** 一つの書籍出版文化史
　　S・ウンゼルト／西山力也ほか訳　　　　　　　　　7800円

835 **現実を語る小説家たち** バルザックからシムノンまで
　　J・デュボア／鈴木智之訳　　　　　　　　　　　　5200円

849 **セルバンテスとスペイン生粋主義**
　　A・カストロ／本田誠二訳　　　　　　　　　　　　4800円

864 **スタンダールの生涯**
　　V・デル・リット／鎌田博夫・岩本和子訳　　　　　4800円

884 **絶対の冒険者たち**
　　T・トドロフ／大谷尚文訳　　　　　　　　　　　　3700円

885 **スペイン紀行**
　　T・ゴーチエ／桑原隆行訳　　　　　　　　　　　　5000円

891 **グリム兄弟 メルヘン論集**
　　J・グリム＆W・グリム／高木昌史・高木万里子編訳　2700円

898 **水と夢** 物質的想像力試論
　　G・バシュラール／及川馥訳　　　　　　　　　　　4200円

―――― 叢書・ウニベルシタスより ――――
(表示価格は税別です)

481	絵画を見るディドロ J・スタロバンスキー／小西嘉幸訳	1900円
507	エリアス・カネッティ　変身と同一 Y・イシャグプール／川俣晃自訳	3300円
556	ルイス・キャロル　AliceからZénonまで J・ガッテニョ／鈴木晶訳	3300円
557	タオスのロレンゾー　D・H・ロレンス回想 M・D・ルーハン／野島秀勝訳	4800円
580	文化の擁護　一九三五年パリ国際作家大会 A・ジッドほか／相磯・五十嵐・石黒・高橋編訳	7600円
604	ロマン主義のレトリック P・ド・マン／山形和美・岩坪友子訳	4700円
605	探偵小説あるいはモデルニテ J・デュボア／鈴木智之訳	4000円
616	詩におけるルネ・シャール P・ヴェーヌ／西永良成訳	9400円
618	フロベールのエジプト G・フロベール／斎藤昌三訳	3500円
655	パウル・ツェラーンの場所 H・ベッティガー／鈴木美紀訳	1900円
672	精霊と芸術　アンデルセンとトーマス・マン M・マール／津山拓也訳	4700円
673	言葉への情熱 G・スタイナー／伊藤誓訳	6700円
682	反抗する文学　プラトンからデリダまでの哲学を敵として M・エドマンドソン／浅野敏夫訳	4300円
703	ギュスターヴ・フロベール A・チボーデ／戸田吉信訳	5000円

著　者

ドニ・ベルトレ（Denis Bertholet）

1952年スイス生まれ．ローザンヌ大学で政治学を学んだあと，ジュネーヴ大学で博士号（文学）を取得．現在，ジュネーヴ大学・ヨーロッパ学院教授．歴史学者，政治学者．著書に，『ブルジョワの全貌――ベルエポック期のファミリーロマン』（オリヴィエ・オルバン刊，1987年），『フランス人自身によるフランス人，1815-1885年』（同，1991年），『サルトル』（プロン刊，2000年），『レヴィ＝ストロース』（同，2003年），『サルトル，いやいやながら作家にされ』（インフォリオ刊，2005年）などがある．また，ゲオルグ社やラ・バコニエール社でエディターとしても活躍した．インフォリオ社のコレクション・イリコの監修者を務めている．

訳　者

松田浩則（まつだ・ひろのり）

1955年福島県生まれ．東京大学大学院人文社会系研究科博士課程中退．現在，神戸大学大学院人文学研究科教授．主な著・訳書に，『ポール・ヴァレリー『アガート』――訳・注解・論考』（共著，筑摩書房，1994年），J. ロビンソン＝ヴァレリー『科学者たちのポール・ヴァレリー』（共訳，紀伊國屋書店，1996年），ミシェル・トゥルニエ『海辺のフィアンセたち』（紀伊國屋書店，1998年），『ヴァレリー・セレクション』（共訳，上・下，平凡社，2005年），『ヴァレリー詩集　コロナ／コロニラ』（共訳，みすず書房，2010年），『ヴァレリー集成6 “友愛”と対話』（共編訳，筑摩書房，2012年）などがある．

《叢書・ウニベルシタス 902》
ポール・ヴァレリー
1871-1945

2008 年 11 月 1 日　　初版第 1 刷発行
2015 年 5 月 28 日　新装版第 1 刷発行

ドニ・ベルトレ
松田浩則 訳
発行所　一般財団法人　法政大学出版局
〒102-0071 東京都千代田区富士見 2-17-1
電話 03(5214)5540 振替 00160-6-95814
印刷：平文社　製本：誠製本

Printed in Japan

ISBN978-4-588-14014-3

人名解説・索引

［ア 行］

アイスキュロス（前 525–前 456） ギリシャの三大悲劇詩人の一人。現存作品に『テーベを攻める七将』『縛られたプロメテウス』などがある。 ▶*124*

アインシュタイン，アルベルト（1879–1955） 理論物理学者。1905 年に光量子説，ブラウン運動の理論，特殊相対性理論を発表し，1904 年から 1906 年にかけて一般相対性理論を完成させる。1933 年にナチスの政権奪取にともないアメリカに亡命し，アメリカの市民権を獲得する。アインシュタインは 1926 年 11 月にベルリンのフランス大使館でヴァレリーがおこなった講演会を聞きに来ている。また，ヴァレリーは 1929 年 11 月にパリでおこなわれたアインシュタインの講演会を聴き，彼とともに入院中のベルクソンを見舞っている。 ▶*49, 269, 358, 363, 405, 442, 461, 492, 515, 526, 528, 629*

アーヴィング，ワシントン（1783–1859） アメリカの小説家，随筆家。ヨーロッパを永らく周遊した後，『スケッチブック』や『アルハンブラ物語』などを書く。世界的評価を受けた最初のアメリカ人作家の一人。ヴァレリーは 1894 年のロンドン滞在中，その『ファウスト』上演をライシーアムで観ている。 ▶*164*

アザール，ポール（1878–1944） フランドル地方出身の歴史家，比較文学者。著書に『ヨーロッパ精神の危機』『フランス文学史』など。 ▶*567*

アダン，ジュリエット（1836–1936） 小説家。彼女のサロンにはガンベッタやユゴーやフローベールなどの有名人が集まった。また，ロチやデュマ・フィスやレオン・ドーデなどの新人作家の売出しにも惜しみない援助をした。1879 年 10 月に隔週誌『新評論』を創刊する。この雑誌は当初，共和主義的な価値を支持していたが，戦闘的な反ドレフュス主義へと転じた。ヴァレリーの『レオナルド・ダ・ヴィンチの方法への序説』はこの雑誌（1895 年 8 月号）に掲載された。 ▶*170-1, 472-3*

アダン，ポール（1862–1920） 小説家。『独立評論』誌などに寄稿した後，モレアスとも親交を結び，象徴主義的傾向の雑誌に積極的に協力した。代表作に『存在する』『オーステルリッツの子ども』など。ミュルフェルド夫人の義兄。 ▶*102*

アノトー，ガブリエル（1853–1944） 外交官，政治家，歴史家。国際連盟のフランス代表を務める。ヴァレリーにアカデミー・フランセーズ入りを勧めるとともに，ヴァレリーの入会演説にたいして答辞を読んだ。著書に『リシュリュー卿の歴史』がある。 ▶*416, 419, 435, 443, 450, 467, 472*

アポリネール，ギヨーム（1880–1918） 亡命ポーランド貴族の娘を母としてローマに生まれ，パリで活躍した詩人，評論家。『アルコール』『カリグラム』などで現代

詩運動の先駆け的存在となる。　▶*327*

アラゴン，ルイ（1897–1982）　詩人，小説家。1919 年にブルトンとともに『文学』誌を創刊し，シュルレアリズム運動に加わる。1927 年に共産党に入党。第二次世界大戦中はレジスタンス運動に加わり，『断腸』や『フランスの起床ラッパ』などの詩集を出す。　▶*342, 352, 376*

アラン（本名エミール・シャルチエ，1868–1951）　哲学者，モラリスト。長年にわたり高等中学校で哲学教師を務め，シモーヌ・ヴェイユなど多くの哲学者を育てる。『幸福論』などで知られる。ヴァレリーの『若きパルク』や『魅惑』に注釈をほどこした。　▶*480, 605*

アルヴァール，ルイーズ　ロンドン訪問中のフランス人芸術家を寄宿させていたスウェーデン出身の女性。歌手。ヴァレリーは 1923 年 10 月 16 日，彼女の邸宅にラヴェルらとともに宿泊する。深夜のロンドンの静けさを破るように，彼女が『ワルキューレ』のジークリンデのパートを歌った様子を，ヴァレリーは，「スカンジナヴィア的な炎が，金髪のギリシャ的な顔に立ち上って」（『カイエ』）来たと評している。
▶*422, 508*

アルフェン夫人　アンリ・マルタン街 18 番地の邸宅でサロンを開いていた夫人。
▶*413*

アルベール，アンリ（1868–1921）　詩人，ゲルマニスト。ニーチェの翻訳家で，ヴァレリーはアルベールが『ツァラトゥストラはかく語りき』の翻訳を『メルキュール・ド・フランス』から 1889 年に出す際に示した大いなる努力を讃えている。『ヴァレリー全集』（第 9 巻，筑摩書房）に，ヴァレリーからアルベールに宛てた「ニーチェに関する四通の手紙」が収録されている。）　▶*187, 191*

アルベール一世（ベルギー国王，1875–1934）　1909 年にベルギー王に即位以降，国内の経済発展や軍備の強化に努める。第一次世界大戦中，ベルギーに侵攻してきたドイツ軍と前線で戦い，連合軍の勝利に貢献し，「騎士王」と呼ばれた。
▶*503, 523*

アルレッティ（1898–1992）　女優。『天井桟敷の人々』『北ホテル』などに出演。パリ解放後，第二次世界大戦中にドイツ将校と関係した嫌疑で，一時ドランシーの収容所に入れられた。　▶*643*

アレ，アルフォンス（1854–1905）　ジャーナリスト，作家。辛辣なユーモアのコントを書いた。カラー写真の研究をしたり，冷凍乾燥させたコーヒーで特許を取ったりもした。　▶*152, 185*

アレヴィー，ダニエル（1872–1962）　歴史家。ドイツ系ユダヤ人の家系に生まれ，息子の一人と共同で「仏・ヘブライ語辞典」を作っている。また，ペギーの『半月手帖』に寄稿したり，グラッセ社の「緑の手帖」シリーズの編集長を務め若手発掘に努力した。1930 年代のパリの知的世界に大きな影響力を持ち，そのサロンにはマルロー，ドリュ・ラ・ロシェル，バンダ，ゲーノ，ド・ゴールなどが姿を見せた。著書に『自由の退廃』など。　▶*361*

アレクサンダル一世（ユーゴスラヴィア王，1888–1934）　クロアチア人を抑圧し，セルヴィア人専制体制をしいた。1934 年 10 月 9 日，マルセイユ訪問中，暗殺された。
▶*545*

アレグレ，マルク（1900–1973）　映画監督。『アルルの女』『ドルジェル伯の舞踏会』などの作品がある。キュヴェルヴィルのジッドと懇意だった牧師エリ・アレグレの息子。ジッドが鍾愛した。『コンゴ紀行』や『アンドレ・ジッドとともに』などのドキュメンタリー映画も撮っている。　▶*440*

アーン，レーナルド（1874–1947）　カラカスで生まれ，パリで育った音楽家。プルーストの友人で，プルーストは『失われた時を求めて』の「コンブレー」の部分を一番最初にアーンに読み聞かせたと言われている。　▶*324*

アングル，ドミニク（1780–1867）　新古典主義を代表する画家。ヴァレリーはファーブル美術館に所蔵されている『ストラトニスあるいはアンチオキュスの病』を愛し，のち，ここで描かれている愛憎劇をもとにした作品を書こうとした。　▶*28*

アンドレ，マリウス（1868–1927）　プロヴァンス語表現作家，ジャーナリスト。シャルル・モーラスは，象徴主義やヴェルレーヌ的な書き方をプロヴァンス語で実験したとアンドレを高く評価している（『ラ・プリュム』誌，第53号，1891年7月）。後に，アンドレは王党派の活動家となり，『アクション・フランセーズ』にも寄稿している。　▶*46*

アンリ，ユベール＝ジョゼフ（中佐，1846–1898）　軍人。ドレフュスを陥れるため書類の偽造をおこなうが，発覚し逮捕され，独房で自殺する。彼の死後，ドリュモンの『ラ・リーブル・パロール』誌を中心に未亡人のための基金集めがおこなわれ，ヴァレリーも醵金している。　▶*215, 217*

アンリオ，エミール（1889–1961）　作家，批評家。エレディアのサロンの常連の一人。　▶*598*

イザイ，ウジェーヌ（1858–1931）　ベルギーのヴァイオリニスト。『無伴奏ヴァイオリンソナタ作品27』などを作曲，また，イザイ弦楽四重奏団を創設している。　▶*266*

イベール，ジャック（1890–1962）　作曲家。フランス政府がローマ賞受賞者の宿舎としているヴィラ・メディチの館長を務めた。　▶*568*

イルミノン神父（？–829）　サン・ジェルマン・デ・プレ修道院の神父で，シャルルマーニュ治世下での修道院の人員や収入の状態を研究した『財産帳簿』を著す。ヴァレリーは大学一年のとき，メニアル教授の授業でこれに関する研究発表をおこなっている。　▶*52*

ヴァカレスコ，エレーヌ（1864–1947）　ルーマニアの名家出身の詩人。詩集に『曙の歌』などがある。国際連盟の知的協力委員会でヴァレリーの同僚として活躍する。　▶*413, 443, 477, 509, 527, 559, 590, 667*

ヴァクリ，オーギュスト（1819–1895）　詩人，劇作家，ジャーナリスト。ユゴーに師事するとともに，ユゴーの息子たちが1869年に創刊した『ル・ラペル』誌の編集長を務める。なお，兄のシャルル（1817–1843）はユゴーの長女レオポルディーヌ（1824–1843）と結婚したが，数ヵ月後，夫婦ともどもカヌーの転覆事故で死んでいる。　▶*63*

ヴァシェ・ド・ラプージュ，ジョルジュ（1854–1936）　1886年にモンペリエ大学の

副司書に任命されて以来，数年にわたって人類学の「自由講義」をおこなう。著書に『社会淘汰』『アーリア人，その社会的役割』がある。「ラングドック協会」会長。学生時代のヴァレリーは彼の指導の下で共同墓地の頭蓋骨を研究する。 ▶*40, 77, 128, 218*

ヴァレット，アルフレッド（1858–1935） 1890 年，『メルキュール・ド・フランス』誌を創刊し，主筆を務める。妻は『ヴィーナス氏』で知られる作家のラシルド（1860–1953）。 ▶*182, 201, 204, 245, 278, 334*

ヴァレット，アンリ スイスの彫刻家。1926 年，ヴァレリーの胸像を作成する。モノの親類。 ▶*458*

ヴァレリー，アガート（1906–2002） ポール・ヴァレリーの長女。著書に『ポール・ヴァレリー』『クレヨン』などがある。 ▶*155, 240, 258-9, 262, 266, 271, 276, 279-80, 282-3, 285, 309-10, 325, 332, 425, 464, 469, 471, 476, 521, 545, 548, 603, 611-2, 642, 657, 667*

ヴァレリー，バルテレミー（1825–1887） バスチア生まれ。セットの税関吏。ポール・ヴァレリーの父。 ▶*3-9, 11-2, 14, 17, 23, 30-1*

ヴァレリー，クロード（1903–1989） ジャーナリスト。ポール・ヴァレリーの長男。 ▶*251-2, 262, 279-80, 285-6, 309, 325, 332-3, 339, 448, 463-4, 477, 480, 561, 605, 644, 657*

ヴァレリー，ジャニー（旧姓ゴビヤール，1877–1970） ポール・ヴァレリーの妻。父テオドール・ゴビヤール（1833-1879）は収税吏，母イヴ・モリゾ（1838-1892）は画家ベルト・モリゾの姉にあたる。 ▶*154-5, 220-2, 224-5, 231-3, 235-6, 238-9, 244, 247-51, 255-8, 261-2, 270-2, 276, 278, 283-5, 287, 293, 296, 301-2, 309-10, 320, 324-5, 342, 346, 354, 357, 359, 361, 387, 390, 397, 400, 417, 421, 429-30, 432, 448-50, 457, 465, 468, 480, 482, 491, 508, 517, 529, 531, 534, 576, 582, 642, 657, 674, 682, 684*

ヴァレリー，ジャン（1898–1965） ジュール・ヴァレリーの長男。 ▶*210, 335, 624*

ヴァレリー，ジュール（1863–1938） ポール・ヴァレリーの兄。1893 年以降，モンペリエ大学法学部教授。同法学部長を務めたこともある。 ▶*3-4, 11, 16, 18, 23, 30-1, 52, 62, 127, 134, 142-3, 148, 150-1, 157, 191, 202, 266, 335, 365, 415, 448, 577, 624*

ヴァレリー，フランソワ（1916–2002） 外交官。ポール・ヴァレリーの次男。OECD 本部のフランス代表部付大使を長年にわたって務める。『ポール・ヴァレリーの三戦争間』などの著作がある。 ▶*313, 337, 390, 411, 417, 421, 430, 439, 451, 480, 493-4, 519, 534-5, 569, 605, 650, 657, 683*

ヴァレリー，マリアンヌ＝フランソワーズ＝アレクサンドリーヌ（通称ファニー，旧姓グラッシ，1831–1927） トリエステ生まれ。ポール・ヴァレリーの母。 ▶*3-6, 11, 23, 30-1, 33, 59, 130, 134, 142, 157-8, 191, 198, 202, 210, 233, 235, 238, 244, 250, 252, 261, 271, 275, 285-6, 336, 359, 390, 459, 468-9*

ヴァロトン，フェリックス（1865–1925） パリで活躍したスイス出身の画家，木版画家。ナビ派のドニやヴュイヤールと近しい関係にあった。 ▶*239*

ヴァンサン，アンドレ　弁護士。ヴァレリーの高等中学時代以来の友人でともに詩を書いていた。ヴァレリーにジョゼフ・ド・メーストルの魅力を発見させた。　▶*35, 99, 123*

ヴィヴィアン，ルネ（1877–1909）　パリで活躍した英国の女流詩人。ベル・エポック期に高踏派的傾向の詩を書き，「サッフォー 1900」とあだ名される。ナタリー・クリフォード＝バーネイとの交友でも知られる。　▶*322*

ヴィエル＝カステル，オラース・ド（1802–1864）　ルーヴル美術館館長を務める。熱烈なボナパルチストで，ナポレオン三世を支持した。辛辣な筆致による『回想録』は，第二帝政時代の貴重な証言となっている。　▶*623*

ヴィエレ＝グリッファン，フランシス（1864–1937）　アメリカ，ヴァージニア生まれの象徴派詩人。「火曜会」の常連。自由詩を多く書いた。マラルメやラフォルグの影響が明らかな『白鳥』などの詩集がある。レニエやポール・アダンらとともに『政治文学対談』誌を創刊し，そこでヴァレリーの詩を批評した。ヴァレリーがその詩「夏」を捧げている。　▶*102, 191, 214, 239, 277-8, 357, 393, 412*

ヴィオレ＝ル＝デュック，ウジェーヌ（1814–1879）　建築家，建築理論家。遺跡監督官メリメの命を受けて，ヴェズレー修道院，パリのサント・シャペル教会，ノートル＝ダム寺院の修復をおこなう。青年ヴァレリーはモンペリエの図書館で彼が書いた『建築辞典』（1854–1868）の読書に没頭する。　▶*26, 37, 47, 198, 375*

ヴィットーリオ・エマヌエーレ二世（1820–78）　サルデーニャ国王（在位 1849–61），のち，初代イタリア国王（在位 1861–78）。イタリア統合にカリスマ的魅力を発揮し，「祖国の父」と呼ばれた。　▶*4*

ヴィニー，アルフレッド・ド（1797–1863）　ロマン派の詩人，小説家。代表作に『サン＝マール』『運命詩集』など。　▶*22, 410*

ヴィニエ，シャルル（1863–1934）　スイス出身の美術批評家。『寄せ集め』（1886）などの著作がある。ヴァレリーはヴィニエが『ルヴュ・コンタンポレーヌ』誌（1885年 12 月）に書いた「美学注解——芸術におけるほのめかし」を読んで，文学の世界では珍しく明確なことが書いてあるという好印象をもったと，後年，ルフェーヴルとの対談で語っている。　▶*47*

ヴィニェス，リカルド（1875–1943）　カタロニア地方で生まれフランスで活躍したピアニスト。ラヴェルの『古風なメヌエット』や『亡き王女のためのパヴァーヌ』を初演したことで知られる。　▶*352*

ウィブリー，チャールズ（1859–1930）　英国のジャーナリスト，文芸批評家。1894年のヴァレリーのロンドン訪問の際，『ペルメル・ガゼット』紙の編集者たちにヴァレリーを紹介したり，1896 年，ヴァレリーがチャータード・カンパニーの翻訳の仕事をするときに彼をリオネル・デクレに売り込んでいる。　▶*163, 165, 183, 186*

ヴィヨン，ジャック（1875–1963）　画家，版画家。フォーヴィズムやキュビズムの運動に参加する。ヴァレリーによるウェルギリウスの詩集『田園詩』の翻訳（1953）の挿絵を担当している。マルセル・デュシャンの兄。　▶*643*

ヴィヨン，フランソワ（1431 頃–1463 頃）　詩人。代表作に『遺言詩集』など。　▶*566, 604*

ウィリー（本名アンリ・ゴーチェ＝ヴィラール，1859–1931）　音楽評論家，小説家。コレットの最初の夫。　▶*188*

ウィリアムズ，アーネスト（1866–1935）　英国の弁護士。1897 年，ウィリアム・ヘンリーの雑誌『ニュー・レヴュー』に連載した記事を『メイド・イン・ジャーマニー』として出版する。ヴァレリーの『ドイツの制覇――ドイツの拡張に関する試論』は，この本に対する一種の「哲学的結論」として書かれた。ほかに『帝国主義の遺産』『下院と税制度』などの著書がある。　▶*186*

ヴィリエ・ド・リラダン，オーギュスト・ド（1838–1889）　小説家，劇作家。ブルターニュの大貴族の家系に生まれ，卑俗な現代社会を侮蔑し嘲笑するような作品を書き続けた。代表作に『残酷物語』『未来のイヴ』『アクセル』など。ヴァレリーは，ヴィリエとその親友だったマラルメとを対比しつつ，ヴィリエは，「即興者で，何時間もしゃべり続け，一晩中幻想を与えることのできる男」であったが，「言葉が芸術の目的そのものだった」マラルメの方は，「もっとも優雅な計算の精神」（『カイエ』）を持っていたと言っている。　▶*66, 121, 128, 200*

ヴィンチ，レオナルド・ダ（1452–1519）　イタリア・ルネッサンス期を代表する芸術家，科学者。ヴァレリーは「ジェノヴァの危機」後に書かれた『レオナルド・ダ・ヴィンチの方法への序説』（1895）を初め，自らの精神の危機を乗り越えるべき知的モデルとして，しばしばダ・ヴィンチへと立ち戻り，集中的な考察を加えている。
▶*119-20, 131, 134, 141, 170-1, 179, 193-4, 243, 355-6, 424-5, 429, 454, 473, 529, 572, 605-6, 631, 643*

ウェイガン，マクシム（将軍，1867–1965）　両世界大戦で目ざましい軍功をあげる。ヴィシー政権下で国防大臣を務めた。　▶*522*

ヴェシエール，ジョルジュ・ド　ジュリー・マネの親類。サルト県にヴァッセ城を所有していた。　▶*338*

ヴェーゼンドンク，マチルデ（1828–1902）　詩人。ワグナーに財政的な支援をしていたオットー・フォン・ヴェーゼンドンクの妻で，ワグナーの『トリスタンとイゾルデ』の発想源の一人と考えられている。　▶*489, 576*

ヴェドレス，ニコル（1911–1965）　映画監督。代表作に 20 世紀初頭のパリの生活をモンタージュの技術を駆使してたどったドキュメンタリー映画『パリ　1900 年』がある。　▶*440*

ウェーバー，カール・マリア・フォン（1786–1826）　ドイツの作曲家。代表作に『魔弾の射手』『舞踏への勧誘』など。　▶*268*

ヴェラ，ポール（1882–1957）　版画家。ヴァレリーの『オード集』（1920）や『ユーパリノス』（1921），『蛇』（1922）などに挿絵を提供している。　▶*360*

ウェルギリウス（前 70–前 19）　古代ローマを代表する詩人。『牧歌』『アエネイス』など。ヴァレリーは晩年，『田園詩』を翻訳している。　▶*41, 643, 645*

ウェルズ，ハーバート・ジョージ（1866–1946）　英国の小説家。ＳＦ小説の先駆的存在で，代表作に『タイム・マシン』『モロー博士の島』『透明人間』などがある。国際ペン・クラブの会長も務めた（1933–1936）。ヴァレリーはウェルズの『タイム・マシン』評を『メルキュール・ド・フランス』誌（1899 年 5 月号）に書いている。
▶*225, 497*

ヴェルハーレン・エミール（1855–1916）　ベルギーのサン＝タマン生まれの詩人。1875 年パリに転居し，象徴派の詩人として活躍する。代表作に『フランドル風物詩』『幻の村』など。第一次大戦中，ドイツに占領された祖国を救うために各地を講演旅行している最中に事故死した。ヴァレリーは「ヴェルハーレンについての演説」（1927）で，ヴェルハーレンの詩によってフランスの詩が豊かになったとその詩業を讃えるとともに，「あたかも，かつてダンテが離散したイタリア人たちにとってイタリアを意味したように，ヴェルハーレンの名前は，抑圧されたベルギー人たちにとって祖国の神の一人の名前そのものとなりました」，と述べている。　▶*37, 477*

ヴェルレーヌ，ポール（1844–1896）　詩人。代表作に『サチュルニアン詩集』『艶なる宴』『優しい歌』など。ヴァレリーは「ヴェルレーヌの通過」（1921）で，ヴェルレーヌの詩句は，「言語の両極端を自由に動きまわって，もっとも微妙な音楽の調子から，彼が借り受けてきて，わざとそれと合体した最悪の散文にまで，あえて降りていく」，としている。　▶*38, 47, 73, 80, 89, 99, 100-1, 163, 174, 180, 402, 604*

ヴォーチェ，ルネ（1898–1991）　女流彫刻家。通称ネエール，ＮＲ。アンデパンダン展やサロン・ドートンヌに出品。1931 年，ヴァレリーの胸像作成がきっかけでヴァレリーと恋愛関係に入る。ヴァレリーの『固定観念』（1932）執筆の根底には，ヴォーチエとの愛の苦悩があると考えられている。モデルとしてポーズを取りながら，制作するヴォーチエを観察したヴァレリーは，「鮮明で魅力的な彼女の顔は，何度も，尊大で厳しい態度から子どもらしい喜びの表情へと行ったり来たりした。数瞬のうちに，理想的なものとの戦いに由来するありとあらゆる心の動きが彼女の顔に現れた。創造する人間の顔は奇妙に変形する」（「わが胸像」），と書いている。
▶*511-3, 517, 521, 523, 532, 548*

ヴォードワイエ，ジャン＝ルイ（1883–1963）　小説家，詩人。アンリ・ド・レニエの弟子。ダンディとして有名。コメディー・フランセーズの支配人を務めた。
▶*360, 414*

ヴォラール，アンブロワーズ（1866–1939）　レユニオン島出身の画商。セザンヌやルノワールによる肖像画が残されている。　▶*266, 417, 554*

ヴォルテール（1694–1778）　啓蒙思想家。代表作に『ザイール』『ザディーグ』『カンディード』など。ヴァレリーはヴォルテール生誕 250 周年を記念して読まれた講演で，対独協力者たちへの寛容を説いている。　▶*188, 498, 670-1, 677*

ヴォワリエ，ジャン（通称Ｊ，本名ジャンヌ・ロヴィトン，1903–1996）　作家，弁護士，出版社経営。小説に『光の日々』『無防備都市』などがある。ヴァレリー最晩年の愛人。『我がファウスト』に登場する秘書ルストのモデルでもある。ヴァレリーは『ナルシス交声曲』や二冊の詩集『コロナ』『コロニラ』（ともに未公刊）を彼女に捧げている。　▶*576-8, 580, 582, 587, 590, 598-9, 601, 604, 608-9, 613, 617, 621-2, 640, 644, 646-7, 654, 660, 662, 676-80*

ウーディ夫人　ヴァレリーとカトリーヌ・ポッジが知り合ってまもなくの頃，二人が密会するための部屋（エトワール広場近くのコロネル・モル街）を貸していた夫人。
▶*373*

ウードン，ジャン＝アントワーヌ（1741–1828）　彫刻家。ヴァレリーは，「ウードン

作の胸像」(1896) で, ヴェルサイユ宮殿で発見されたばかりのウードンによるヴォルテール, ディドロ, デュケノアの像について述べている。 ▶*181*

ウナムーノ, ミゲル・デ (1864–1936) スペインの哲学者, 文学者。「98 年世代」を代表する作家。キルケゴールの影響を受けつつ, 実存主義的な思想を説く。代表作に『ドン・キホーテとサンチョの生涯』など。 ▶*435, 528*

ヴュイヤール, エドゥアール (1868–1940) 画家。ゴーギャンの影響を受け, ナビ派のグループに加わる。感受性豊かに室内風景を描いた。代表作に『青衣の婦人』『寡婦の訪問』など。 ▶*122, 248, 275, 296*

ウロンスキー, ハーネー (1778–1853) ポーランドの思想家, 哲学者。ポーランド解放軍に参加するためフランスにやって来るが, 志を変えて, 天文学や数学を研究し, 神秘的宇宙論を作り上げる。主著に『メシア思想』。青年時のヴァレリーがもっとも没頭した思想家の一人。 ▶*128*

ウンガレッティ, ジュゼッペ (1888–1970) イタリアの詩人。マラルメに深い影響を受けた詩を書くとともに,「エルメティズモ」と呼ばれる詩風を開拓する。代表作に『埋もれた港』『時の感覚』など。 ▶*426, 431*

ウンベルト王子 (1844–1900) 1878 年 1 月, イタリア王国二代目国王ウンベルト一世に即位する。王妃マルゲリータとともに, 罹災した国民や貧しい国民の救済に努力し「善良王」と呼ばれたが, 1900 年 7 月, アナーキストに暗殺された。 ▶*4, 33*

エストニエ, エドゥアール (1862–1942) 作家。理工科大学の出で技師の経験が長く, 郵便電信電話学校の校長を務めた。著書に『密かな生』などがある。 ▶*446*

エックハルト (1260 頃–1327) ドイツの神秘主義者, ドミニコ会士。パリ大学でマイスターの称号を受けるが, 神との合一を説くその説教が異端との告発を受ける。 ▶*432*

エブラール, イポリット 塗料会社を経営する実業家。南フランスのカシスに「天のバラ」という名の邸宅を持つメセナ的存在で, そこには医者のルリシュをはじめ, サンソン・フランソワ, キースリングが顔を見せた。ヴァレリーは 1937 年以降そこを訪れ, 松林の木陰が美しい, 潮騒が聞こえてくる庭のテラスで『我がファウスト』を朗読して聞かせたという。 ▶*579, 597, 657-8*

エリオ, エドゥアール (1872–1957) 政治家。急進社会党に属し, 三度首相を務めている。第二次世界大戦中は強制収容所に送られている。 ▶*520, 522, 560*

エリオット, T. S. (1888–1965) 英国の詩人, 批評家。代表作に『荒地』『四つの四重奏』など。 ▶*392, 431, 677*

エリザベート女王 (ベルギー女王, 1876–1965) ベルギー国王アルベール一世の妃。第一次世界大戦中, 国王ともども占領された国を離れず, 兵隊や負傷兵を鼓舞し続け,「看護婦女王」と命名された。音楽をはじめ, エジプト考古学や文芸などにも興味を持ち, 芸術家の保護にも力を入れた。 ▶*414, 480, 519, 523*

エリス, ハヴロック (1859–1939) イギリスの心理学者, 性科学者。著書『性心理学の研究』がヨーロッパ中に議論を引き起こした。 ▶*491*

エリュアール, ポール (1895–1952) 詩人。ダダイズム, さらにはシュルレアリズ

ムの運動に参加。英国空軍が占領下のフランス上空から投下した彼の詩「自由」で，一躍レジスタンス運動の代表とみなされる。著書に『苦悩の首都』『詩と真実1942』などがある。　▶376

エルー，ポール（1859-1927）　画家，版画家。リアーヌ・ド・プージーの肖像画を描いている。プルーストの好きな画家の一人で，『失われた時を求めて』に登場する画家エルスチールのモデルと考えられている。　▶282

エルヴュー，ポール（1857-1915）　小説家，劇作家。ブールジェ流の心理小説やモラル的色彩の濃い演劇作品を多く残す。代表作に『自画像』『汝を知れ』など。『失われた時を求めて』に登場するベルゴットのモデルの一人と考えられている。
▶*161, 522, 537*

エレディア，ジョゼ＝マリア・ド（1842-1905）　キューバ出身の高踏派を代表する詩人。ルコント・ド・リールの弟子。毎週土曜日，彼がバルザック街で開いていたサロンにはヴァレリーも足繁く通った。代表作に『戦勝牌』(1893)。　▶*37-8, 47, 61-2, 64, 72, 79, 96, 125-7, 161-2, 166-7, 180, 192, 228, 239, 258*

エレディア，マリー・ド（1875-1963）　ジョゼ＝マリア・ド・エレディアの次女。父のサロンで「カナカ族アカデミー」の女王としてふるまう。ジェラール・ドゥーヴィルの筆名で『移り気な女』『愛の奴隷』などの作品を書いた。1895年にアンリ・ド・レニエと結婚。チナン，ルイス，ダヌンツィオなどとの恋愛で浮名を流す。カトリーヌ・ポッジの親友で，その『魂の肌』(1935)の序文を書いている。
▶*161, 179, 225, 255*

エレディア，ルイーズ・ド（1878-1930）　ジョゼ＝マリア・ド・エレディアの三女。1899年，ピエール・ルイスと結婚，1913年に離婚。1915年，ルイスの友人でルイス家を経済的に援助し続けてきたジルベール・ド・ヴォワザン伯爵と再婚。
▶*225, 309*

エロルド，フェルディナン（1865-1940）　批評家。パリの古文書学校の卒業生で，音楽に興味をもち，1891年夏，ルイスとともにバイロイトに行く。『ル・サントール』誌の出版にも協力している。　▶*187, 204*

オイゲン　スウェーデン大公。　▶*505*

オウィディウス（前43-紀元17）　古代ローマの詩人。ホラティウスやウェルギリウスの同時代人でラテン文学の黄金時代を作った一人。紀元8年に皇帝アウグストゥスの怒りを買って，黒海沿岸のトミス（現コンスタンツァ）に流浪の身となる。代表作に『転身物語』『哀歌』がある。　▶*100-1*

オカンポ，ヴィクトリア（1890-1979）　アルゼンチンの女流作家。1931年，南米を代表する雑誌『Sur』を創刊。ヴァレリーは「素材詩」をオカンポに捧げている。ドリュ・ラ・ロシェルの女友だち。　▶*597*

オージリオン，シャルル（?-1932）　ヴァレリーの高等中学校以来の親友。一時期，内務大臣エミール・ルーベの私設秘書を務める。　▶*35, 115, 123, 144-5, 170, 204, 250, 256, 278, 301, 321, 420*

オネゲル，アルチュール（1892-1955）　スイスの作曲家。第一次世界大戦後のパリの「六人組」の一人。ヴァレリーのメロドラマ『アンフィオン』『セミラミス』に

作曲した。　▶*404, 483, 488, 508, 520, 540, 568*

オーバネル，ルイ（18？-1893）　ヴァレリーの高等中学時代の友人で詩も作った。海軍に入り砲兵中尉になるが，突然の狂気にとらえられ自殺する。　▶*35, 151*

オルテガ・イ・ガセット，ホセ（1883-1955）　スペインの哲学者，政治家。ディルタイやジンメルの「生の哲学」の影響の下，現代文明に鋭い批判を加えた。とくに，『大衆の反逆』（1930）で，高貴さをもたず，権利ばかりを主張したがる大衆社会を痛烈に批判した。　▶*427*

オーレル夫人（アルフレッド・モルチエ夫人，旧姓オーレリー・ド・フォーカンベルジュ，1882-1948）　サロンの女主人。　▶*321-2*

［カ 行］

カイザーリンク，ヘルマン・フォン（伯爵，1880-1946）　ドイツの哲学者。第一次世界大戦後，自由哲学会を創設して，ドイツの軍事教育を批判し，戦後のドイツにおける知的方向づけを問う。著書に，ヴァレリーが序文を寄せた『世界革命と精神の自由』や『一哲学者の日記』などがある。　▶*414*

カイヤヴェ夫人（1844-1910）　オシュ大通りに文学サロンを構え，一流の実業家，政治家，作家を集める。アナトール・フランスの愛人で，『タイス』や『紅い百合』の想を吹き込んだとされている。　▶*324*

カザノヴァ夫人　ヴァレリーが1929年夏にコルシカ島を訪ねたとき案内してくれた女性で，ヴァレリーの親戚筋にあたる。　▶*490*

カザルス，パブロ（1876-1973）　スペイン出身のチェロ奏者，指揮者。バッハの『無伴奏チェロ組曲』の演奏で知られる。1900年5月26日，ヴァレリーとジャニー・ゴビヤール，エルネスト・ルアールとジュリー・マネの婚約披露の祝いの席で，ブーシュリと共演している。カザルスは前年，パリでデビューしたところであった。
▶*233*

カザレス，フリオ（1877-1964）　スペインの文献学者，語彙論研究者。国際連盟の知的協力委員会でのヴァレリーの同僚の一人。　▶*443*

カシャン，マルセル（1869-1958）　政治家。フランス共産党創設者の一人で，政治局のメンバーを務める。また，『ユマニテ』紙の編集長を長期にわたって務める（1918-1958）。　▶*667*

カステラーヌ家　プロヴァンス地方出身の旧家で，カステラーヌ侯爵ボニ（1867-1932）は，ロベール・ド・モンテスキューと並ぶダンディとして知られた。ボニは富豪のアメリカ人アンナ・グールド嬢と結婚し，その財産でパレ・ローズを建てて，豪華な饗宴を開いた。なお，二人は1906年に離婚している。　▶*412*

ガスパール＝ミシェル，アレクサンドル　詩人，印刷工。詩集に『スティックスの神々』（1931）がある（『アンドレ・ジッド＝ポール・ヴァレリー往復書簡』の編者ロベール・マレは，ガスパール＝ミシェルのファースト・ネームをアンドレとしている）。
▶*294, 344*

ガッタメラータ（1370-1443）　ヴェネチア共和国に仕えた傭兵隊長。軍功を重ね，ついには総司令官に出世する。　▶*58*

カピエッロ，レオネット（1875–1942） イタリア出身の画家，挿絵画家。チンザノやスシャール・チョコレートのポスターでも知られる。ミュルフェルド夫人の義兄弟。 ▶*324*

カピタン，ルネ（1901–1970） 政治家。パリ解放後，暫定政府の文部大臣を務める。また，1957 年から 1960 年まで東京日仏学院の院長を務めている。 ▶*668, 684*

カベッラ，ヴィットーリア（旧姓グラッシ，18 ? –1902） ヴァレリーの母方の伯母。在ジェノヴァ，ベルギー総領事を務めたガエターノ・カベッラと結婚する。 ▶*7, 15, 31, 134-6, 202, 250*

カベッラ，ガエタ ガエターノ・カベッラとヴィットーリア・カベッラの子。 ▶*15, 32, 135*

カベッラ，ガエターノ（18 ? –1899） ヴィットーリア・グラッシと結婚。在ジェノヴァ，ベルギー領事を務める。 ▶*15, 31, 135-6*

ガムラン，モーリス（将軍，1872–1958） 軍人。第一次世界大戦ではマルヌの戦いで活躍。1939 年から 1940 年にかけての「奇妙な戦争」時の将軍。ヴィシー体制時には，ドイツの強制収容所に送られていた。 ▶*590*

ガリマール，ガストン（1881–1975） 出版者。1909 年，ジッドらとともに『NRF』誌を創刊し，その後 1911 年に出版社ガリマールを創立する。20 世紀のフランス文学や思想を代表する書籍を精力的に出版する。 ▶*288, 293-5, 304, 316-7, 320, 329-30, 333-4, 339, 349, 355-6, 360, 372, 382, 392-3, 401, 408, 451-2, 492, 499, 648, 662*

カルコピーノ，ジェローム（1881–1970） 歴史家，政治家。ヴィシー政府で文部大臣を務めるとともに，ユダヤ人やフリーメーソンの公職追放にも加担する。 ▶*625*

ガルチエ＝ボワシエール，ジャン（1891–1966） ジャーナリスト。『ル・クラプイヨ』誌を創刊し，編集長を務める。ヴァレリー批判のキャンペーンをおこなう。 ▶*474*

カルデナス 在仏スペイン大使。1935 年，ヴァレリーにイサベル・ラ・カトリック大綬章を渡す。 ▶*549*

カルノー，ニコラ・レオナール・サディ（1796–1832） 数学者，物理学者，軍人。1824 年に提唱した等温膨張，断熱膨張，等温圧縮，断熱圧縮の行程を可逆的に行うことのできる理想的な熱機関「カルノーサイクル」を提唱し，熱力学理論の発展に貢献した。 ▶*362*

カルノー，マリー・フランソワ・サディ（1837–1894） 政治家。ニコラ・レオナール・サディ・カルノの孫。1887 年に大統領に就任し，ブーランジェ事件，パナマ問題の収拾に尽力する。イタリアのアナーキストに暗殺された。 ▶*163*

カン，ジュリアン（1887–1974） コンドルセ高等中学でアランに学び，ソルボンヌで歴史学の研究をする。1930 年，フランス国立図書館（BN）の館長に任命され，版画室や手稿室を創設した。また，より広い大衆に図書館を開放するなど，様々な革新的運営を試みる。第二次世界大戦中は強制収容所に送られるが，生還する。 ▶*519, 550, 600, 608, 628*

カン，リュシエンヌ ジュリアン・カンの妻。ヴァレリーの『カイエ』の整理，分類

の手助けをする。著作に『ポール・ヴァレリーに関する三つのエッセイ』（1958）がある。　▶*550, 591, 628*

カーン，シモーヌ（1897–1980）　父親が天然ゴムのプランテーションを経営していた関係でペルーで生まれる。1921 年 9 月 15 日，アンドレ・ブルトンと結婚（ヴァレリーが新郎側の証人となる）。1929 年，離婚。　▶*383*

カーン，ミルザ・アブダラ　パリ生活を始めた当初のヴァレリーと同じアンリ四世ホテルの下宿にいた人物で，ペルシャの公使館に勤務していた。　▶*160*

ガンティヨン，シャルル　シャルル・モンシャルマンの後を継いで，1941 年，リヨンのセレスタン劇場の支配人となる。まだあまり一般に知られていなかったコクトー，イヨネスコ，ブレヒトの作品を上演させたり，パトリス・シェローなどの若手演出家に演出の機会を与えた。　▶*645*

カント，イマヌエル（1727–1804）　ドイツの哲学者。合理論と経験論とを総合する批判哲学を創始し,「コペルニクス的転回」を果たす。著書に『純粋理性批判』など。　▶*41, 194, 241*

カントール, ゲオルク（1845–1918）　ドイツの数学者。集合論の創始者。ヴァレリーはカントールの『超限集合理論の基礎』を読んでいる。　▶*223*

カンボン，ヴィクトル（1852–1927）　技術者，政治評論家。農業問題を研究したり，ヨーロッパ中の経済視察をおこなって,『働くドイツ』『ドイツの最近の進歩』などを著す。テーラー・システムの遵奉者でもあり,『アメリカ的方法による組織的産業』で知られる。　▶*305*

カンボン，ジュール（1845–1935）　外交官，政治家。ワシントン，マドリッド，ベルリンなどでフランス大使を務める。アカデミー・フランセーズ会員。　▶*419, 445, 471*

キップリング, ルドヤード（1865–1936）　英国の小説家。インドで生まれる。ジャーナリストとしてインドで活躍する。代表作に『ジャングル・ブック』『キム』など。帝国主義者たちのモデル的存在とみなされている。　▶*165*

キュリー，マリー（1867–1934）　フランスで活躍したポーランド出身の物理学者，科学者。夫のピエール（1859–1906）とともに放射能を研究し，ウラン鉱からラジウム・ポロニウムを発見する。ヴァレリーとともに国際連盟の活動にも積極的に参加する。　▶*442, 483, 527*

ギル，ルネ（1862–1925）　フランス象徴派の詩人。『芸術論集』『方法から作品へ』などで詩制作の理論化をめざした。　▶*37*

グアルディ, フランチェスコ（1712–1793）　イタリアの画家。画家の家系に生まれる。ヴェネチアの風景を詩情豊かに描いた。作品に『カルナレージョの三つのアーチを持つ橋』『主の昇天の祝日』などがある。ジャンバッティスタ・ティエポロは義兄にあたる。　▶*414*

グスタフ五世（1858–1950）　スウェーデン国王（在位 1907–1950）。二度の世界大戦において中立を保ち，今日の中立路線の基礎を作った。　▶*505*

クセルクセス一世（前 519 頃–前 465）　アケメネス朝ペルシャの王（在位前 486–前

465)。父ダレイオス一世の遺志を継いでギリシャに遠征しペルシャ戦争を戦ったが、サラミスの海戦に大敗する。　▶676

グトマン, ルネ　胃の専門医で、献身的にヴァレリーの治療を試みる。　▶*680-2, 684*

グラッシ, ジャンヌ（ジョヴァンナ, 旧姓ディ・ルニャーニ, 1800–1859）　ヴァレリーの母方の祖母。　▶*4*

グラッシ, ジュリオ（1793–1874）　ヴァレリーの母方の祖父。ジェノヴァ生まれ。在セットのイタリア領事を務める。　▶*3-4, 7, 11, 57-8*

グラッセ, ベルナール（1881–1955）　出版者。グラッセ出版社を設立。1913年、プルーストの『スワン家の方へ』を出版したり（プルーストの自費出版）、モーロワ、モーリヤック、モンテルラン、モランなどの後押しをした。第二次世界大戦中にドリュ・ラ・ロシェルやボナールら対独協力派の作家たちの著作を出版したとして、戦後告発されるが、免訴となる。　▶*391-2*

グラムシ, アントーニオ（1891–1937）　イタリアの政治家、思想家。イタリア共産党の創立に加わり、ムッソリーニと対立。1926年に、逮捕、投獄されるが、獄中で書いたノートが戦後の思想界に大きな影響を与えている。　▶*530*

グラント枢機卿（1872–1959）　1918年以来、ル・マンの司教を務める。1936年、アカデミー・フランセーズ会員に選ばれる。1943年、ピウス一二世により大司教に任命される。　▶*617*

クリフォード＝バーネイ, ナタリー（1876–1972）　アメリカで生まれ、ベル・エポック期のパリで活躍したアマゾンの一人。ジャコブ街での彼女のサロンには一流の作家や芸術家が集まった。ルネ・ヴィヴィアンやリアーヌ・ド・プージーとの恋愛で名高い。その著『精神の冒険』(1929)の一章「あるアカデミシャンの夜明け」でヴァレリーを扱っている。　▶*322, 349, 359, 361, 391-3, 413, 415, 433, 487*

クルーガー, ポール（大統領、1825–1904）　第一次ボーア戦争の勝利への功績で、1883年、トランスヴァール共和国初代大統領に選ばれる。1886年、金鉱の発見による鉄道の敷設や国内の基盤整備、さらには流入した外国人労働者の問題解決に尽力するが、英国の度重なる干渉を受け、第二次ボーア戦争を戦う。　▶*184*

グルック, クリストフ（1714–1787）　ドイツのオペラ作曲家。イタリア、フランスの伝統的なオペラの改革者として知られる。『オルフェオとエウリディーチェ』を1862年にウィーンで上演し、評判になる。ヴァレリーはそのフランス語による改訂版を観ている。このオペラのレチタティーヴォによる心理表現は、『若きパルク』に流れる音楽に通じるものがある。　▶*244, 268, 295, 508, 579*

クールベ, ギュスターヴ（1819–1877）　写実主義の画家。代表作に『オルナンの埋葬』『画家のアトリエ』がある。ファーブル美術館所蔵の『眠る糸紡ぎ女』がヴァレリーに詩「糸を紡ぐ女」を書かせるきっかけになる。　▶*28*

グールモン, レミ・ド（1858–1915）　評論家、小説家。長年にわたり『メルキュール・ド・フランス』誌において、象徴主義文学運動擁護の筆をとる。『仮面の書』、ならびにナタリー・クリフォード＝バーネイへの想いから書かれた『アマゾンへの手紙』などがある。　▶*182*

グレーグ, フェルナン（1873–1960）　詩人、文芸批評家。ピエール・ルイスの親友。

▶161
グレコ, エル（1541頃-1614）　ギリシャ生まれのスペインの画家。代表作に『オルガス伯の埋葬』など。　▶181
グレゴリウス七世（1020頃-1085年）　ローマ教皇（在位1073年-1085年）。聖職売買や聖職者の妻帯の禁止などグレゴリウス改革と呼ばれる一連の改革をおこなうとともに、世俗権力にたいする教皇権の優位を主張する。1076年に神聖ローマ帝国ハインリヒ四世を破門したことで有名。　▶34
グレトゥイゼン, ベルンハルト（1880-1946）　オランダとロシアの血を引く作家、哲学者。ディルタイやジンメルの弟子で、フランス革命に関する著述がある。妻とともに共産主義に共鳴し、『NRF』誌グループのリーダーにたいして大きな影響力をもっていた。　▶431
クレマンソー, ジョルジュ（1841-1929）　ジャーナリスト、政治家。1897年、『オロール』紙の主幹となり、ドレフュス事件ではドレフュス擁護の論陣を張る。1906年から1909年にかけて首相を務め、軍備拡張や帝国主義政策を積極的に進めた。第一次世界大戦末期に再度首相に就任し、パリ講和会議で対独強硬論を主張する。　▶495
クレルモン＝トネール公爵夫人（旧姓エリザベート・ド・グラモン、1875-1954）　ロベール・ド・モンテスキューの女友だちで親戚筋にあたる。プルーストの親友でもあり、『ロベール・ド・モンテスキューとマルセル・プルースト』(1925)などの著作がある。　▶337, 363, 413
グーロー, アンリ（将軍、1867-1946）　軍人。スーダン、モーリタニア、チャド、モロッコなどのフランスの植民地支配で大きな功績をあげる。第一次世界大戦中、右腕を失う。　▶501-2
クローデル, ポール（1868-1955）　詩人、劇作家、外交官。ランボーに心酔し、「火曜会」にも顔を出す。カトリックに回心し、宗教的な世界認識に基づいた作品を書く。駐日大使も務め、日本文化にも深い理解を示している。代表作に『五大讃歌』『繻子の靴』など。　▶150, 193, 324, 352, 376, 546, 634, 646, 648, 655-6, 668
クロムウェル（1599-1658）　英国の政治家。ピューリタン革命で議会軍を指揮し、チャールズ一世率いる国王軍を破って共和制を樹立した。　▶539

ゲーテ（1749-1832）　ドイツの作家。「疾風怒濤」を理論的に指導した後、シラーとともにドイツ古典主義を完成させる。代表作に『西東詩集』『詩と真実』『ファウスト』など。ヴァレリーは、愛する対象や興味の対象を次々と変え、蝶のように舞うゲーテを「深淵さの——コメディアン」（『カイエ』）と呼びつつ、自らの感性との近さを感じ取っていたようである。また、ヴァレリーは、ゲーテの『ファウスト』第1部、第2部に続くものとの意味合いをこめて、自らの書くファウストを第3部と位置づけつつ、『我がファウスト』と名づけた。　▶515, 518, 520, 527, 590, 613
ケーニクス, ガブリエル（1858-1931）　数学者。ソルボンヌの力学の教授。著書に『力学新理論入門』などがある。科学アカデミー会員。　▶339
ゲーノ, ジャン（1890-1978）　1929年から36年にかけて、『ウーロップ』(*Europe*)誌の編集長を務める。その第28号に「知識人と軍備縮小——国際連盟学芸常設小

委員会会員諸氏への書簡」(1932)を発表。ヴァレリーがそれにたいして返事を書いている。1930年代、特に、ジッドやヴァレリーと知識人の役割について話し合う。第二次世界大戦中は「セヴェンヌ」という名前でレジスタンス運動に参加した。
▶516

ケプラー（1571–1630） ドイツの天文学者。惑星の運動に関する三法則を発見。主著に『新天文学』『屈折光学』など。 ▶124

ゲラン, モーリス・ド（1810–1839） 詩人。ラムネーの弟子。『ケンタウロス』や『バッカス祭の巫女』のような散文詩集を書き、ボードレールやランボーの先駆けとなる。
▶451

ケルヴィン卿（1824–1907） 英国の物理学者。初めて絶対目盛り温度を導入するなど、熱力学の発展に貢献、また、ドイツの理論物理学者クラウジウスとは別に、熱力学第二の法則に到達。青年時代のヴァレリーの知的偶像の一人。 ▶164

コクトー, ジャン（1889–1963） 詩人、小説家。代表作に『山師トマ』『恐るべき子どもたち』など。映画『美女と野獣』の脚本、バレエ『屋上の牡牛』の脚本でも知られる。 ▶275, 324, 372, 415, 447, 494, 655, 677

コスト, アルベール（?–1931） 医師。神秘主義を研究。ヴァレリーのモンペリエ時代の親友。 ▶51, 109, 129

コッソン, マドレーヌ 女優。1925年11月、クロード・ヴァレリーと結婚。
▶448, 463, 477

ゴーチェ, テオフィール（1811–1872） 詩人、小説家。「芸術のための芸術」を唱える。代表作に『モーパン嬢』『螺鈿と七宝』など。 ▶28, 32, 34, 37, 41, 61

ゴデブスキー, チパ ミシア・ゴデブスカの異母兄弟。アテネ街で文学サロンを開き、そこにはラヴェルやコクトーが常連として顔を見せた。 ▶275, 277, 287, 349, 401

ゴドショ大佐 「ポール・ヴァレリーの『海辺の墓地』のフランス韻文訳試作」という名の訳詩を『クラルテ派の努力』誌（1933年6月）に掲載する。 ▶531-2

ゴビヤール, ポール（1867–1946） 画家。ポール・ヴァレリーの義姉。 ▶154, 220-2, 235, 238, 244, 248, 251, 261, 266, 276-7, 301, 303, 325, 390, 429, 644, 674

コポー, ジャック（1879–1949） 俳優、演出家。ヴィユー・コロンビエ座を開設し、その支配人となる。フランス現代演劇の基礎を築いた一人。 ▶301, 320, 424

ゴール, シャルル・ド（1890–1970） 軍人、政治家。第一次世界大戦ではペタンの下で活躍。第二次世界大戦では、フランスの降伏の後、ロンドンに逃れ、自由フランスを指導し、レジスタンス勢力の結集に努める。パリ解放後、いちはやくヴァレリーと面会するとともに、その死に際して国葬をもって報いる決定を下す。
▶626-7, 640, 652, 665-8, 672, 682, 684-5

ゴールズワージー, ジョン（1867–1933） 英国の小説家、演劇作家。代表作に『林檎の樹』など。国際ペン・クラブの初代会長を務めた。1932年、ノーベル文学賞を受賞する。 ▶434-5, 457

コルトー, アルフレッド（1877–1962） ピアニスト、指揮者。ショパンやシューマンの名演奏で知られる。また、1902年、ワグナーの『神々の黄昏』『ニーベルング

の指環』『パルジファル』のパリ初演を指揮している。 ▶*658*

コルネイユ，ピエール（1606–1684） 劇作家。モリエール，ラシーヌと並ぶフランスの三大古典劇作家。代表作に『ル・シッド』『シンナ』など。 ▶*369-70*

コルバシーヌ，ウジェーヌ（1868-？） ロシア出身のユダヤ系知識人。ヴァレリーと知り合った頃，モンペリエの公立中学校で哲学を教えていた。ヴァレリーはコルバシーヌに『ムッシュー・テストと劇場で』を捧げるほど親密な仲だったが，ドレフュス事件をきっかけに絶交する。 ▶*155, 179, 191, 215*

コールファックス，シビル（18？–1950） 英国のインテリア・デザイナー。ウエストミンスターで夫のアーサーとともに上流人士を集めたパーティーを開く。1922年，英国を訪れたヴァレリーは彼女の家で談話会を開いたが，聴衆にはヴァージニア・ウルフやオルダス・ハックスレーなどがいた。 ▶*401*

コールリー，モーリス（1868–1958） フランスの動物学者。著書に『生物学の歴史』『進化の問題』などがある。 ▶*483*

コレット（本名シドニー・ガブリエル・コレット，1873–1954） 小説家。『クロディーヌ』の連作物でデビュー。他に『シェリ』（1920），『青い麦』（1923）など。
▶*188, 415, 620, 649*

コロー，カミーユ（1796–1875） 画家。バルビゾン派の一人で，風景画で成功を博す。ヴァレリーは「コローをめぐって」（1932）のなかで，コローの風景画の成功が，ある意味で「大芸術」の喪失であることも指摘している。 ▶*181, 502, 504*

ゴンクール兄弟（エドモン 1822–1896，ジュール 1830–1870） 小説家。『ジェルミニー・ラセルトゥー』を共同執筆。兄エドモンは浮世絵をフランスに紹介するのに大いに寄与し，『歌麿』『北斎』などの著作もある。 ▶*607*

コンスタン，バンジャマン（1767–1830） 小説家，政治家。代表作に『アドルフ』。
▶*201*

コント，オーギュスト（1798–1857） 哲学者，社会学者。自然科学的実証主義の創設者とみなされている。著書に『実証精神論』『実証哲学講義』などがある。ヴァレリーが『ムッシュー・テストと劇場で』を書いたモンペリエのヴィエイユ・アンタンダンス街9番地の部屋で，コントが生まれ育ったと考えられている。 ▶*152*

コンラッド，ジョゼフ（1857–1924） ポーランド出身の英国の小説家。長年の船員生活をもとに『ロード・ジム』や『台風』などの海洋小説，さらには西洋と非西洋の対立を描き出した『闇の奥』を書く。『魅惑』に感動したコンラッドとヴァレリーは1922年に会っている。 ▶*402*

［サ 行］

サヴォイア，マリア・ディ，王女（1914–2001） ヴィットーリオ・エマヌエーレ三世とエレーナ王妃との娘。1939年，最後のパルマ公ロベルト一世の息子ルイ・ド・ブルボンと結婚し，サヴォイアとパルマとの和解に努力する。第二次世界大戦末期，夫婦ともどもドイツの強制収容所に送られた。 ▶*568*

サッフォー（前612頃–？） 古代ギリシャの女流詩人。若い女性たちを主題として官能的な詩をレスボス島の方言で歌った。現存する作品は少ない。 ▶*223*

サティ, エリック（1866–1925） 作曲家。代表作に『ジムノペディ』『グノシエンヌ』など。 ▶*349, 352*

サド侯爵（1740–1814） 小説家。代表作に『美徳の不幸』『悪徳の栄え』など。 ▶*41*

サラクルー，アルマン（1899–1989） 劇作家。風刺劇で大きな成功をおさめる。代表作に『地球は丸い』『怒りの夜』など。 ▶*662*

サラザール（1889–1970） ポルトガルの政治家。1832 年に首相に就任後，ファッショ的な性格の強い新憲法を発布し，長期にわたって独裁体制をしく。 ▶*414, 538-9*

サルディヌー ヴァレリーの高等中学時代の友人。「鰯」とあだなされていた。 ▶*35, 278*

サルモン，アンドレ（1881–1969） 詩人，ジャーナリスト。キュビズム運動を擁護した。 ▶*368*

サン＝ジョン・ペルス（本名アレクシス・レジェ，1887–1975） 詩人，外交官。フランス領アンティル諸島出身。代表作に『讃歌』『遠征』など。 ▶*291, 431*

サン＝テグジュペリ，アントワーヌ・ド（1900–1944） 作家。飛行士としての体験をもとに，危険をおかして行動する人間の高貴さと孤独を表現する。代表作に『夜間飛行』『人間の土地』『星の王子さま』など。 ▶*526*

サント＝ブーヴ（1804–1869） 文芸批評家。科学的な分析にモラリスト的な人間観察を交えた批評を行う。代表作に『月曜閑談』『ポール・ロワイヤル』など。 ▶*597*

シェイクスピア，ウィリアム（1564–1616） 英国の劇作家，詩人。代表作に『ハムレット』『マクベス』『ソネット集』などがある。ヴァレリーはシェイクスピアが大好きというわけではないと言いつつ，彼の演劇で様々なレベルの対照が見事に使われているという意味で，彼を「対照の技術の巨匠」(『カイエ』) と呼んでいる。 ▶*424, 505, 553, 662*

シェイケヴィッチ，マリー（1884–1964） サロンの女主人。彼女のサロンにはコクトーやクローデルが出入りする。 ▶*324, 413*

シェリー（1792–1822） 英国の詩人。バイロンやキーツと並び称されるロマン派第二期の抒情詩人。代表作に『解放されたプロメテウス』『西風に寄せて』などがある。 ▶*124*

ジェルマン，アンドレ（1882–1971） 作家。『エクリ・ヌヴォー』誌の出資者。父のアンリはクレディ・リヨネの創設者の一人。 ▶*361*

ジオノ, ジャン（1895–1970） 小説家。代表作に『屋根の上の軽騎兵』『木を植えた男』などがある。 ▶*634*

ジッド，アンドレ（1869–1951） 作家。代表作に『地の糧』『狭き門』『法王庁の抜け穴』などがある。ヴァレリーとの気質，宗教観，文学観，政治的信念などの決定的な違いにもかかわらず，ジッドはヴァレリーにとって生涯を通じて最良の対話相手，「もう一人の自分」であった。二人の間に取り交わされた『往復書簡集』は，二つの魂の真摯な対話となっている。であるからこそ，ヴァレリーは，ジッ

ドの作品や日記にたいして情け容赦のない判断を連続的に下している。「ジッドには《人間的な》，あまりに人間的な計画しかない」（『カイエ』），という一行は，二人の距離を鮮やかに示しているだろう。ヴァレリーはジッドにその『若きパルク』を捧げているが，ジッドの作品を対象とする論文は一本も書いていない。
▶*54, 70, 73, 79, 94-101, 108, 110-2, 114-5, 117-20, 122, 125, 130, 132, 144, 147-9, 152, 154, 158, 163, 166-7, 169, 175, 179, 187-8, 191-3, 205-7, 209, 211-2, 214, 216, 221, 225, 233, 236, 239, 250-7, 264-5, 270, 273, 278, 286-8, 291, 295, 301, 304, 311, 314, 317, 320-3, 330-2, 336, 338-9, 353, 366, 368, 372, 376, 379, 381-2, 387, 393, 408, 410, 412, 422, 437, 440, 469, 485, 491-2, 501-2, 515, 519, 619, 624, 628, 634, 636, 652, 677, 682-3*

ジッド，シャルル（1847–1932） アンドレ・ジッドの叔父。モンペリエ大学法学部の教授。政治経済学を専門とし，『消費協同組合』『政治経済学講義』などの著作がある。晩年，コレージュ・ド・フランスでも講義をおこなう。 ▶*94-5, 98*

ジッド，マドレーヌ（旧姓ロンド，1867–1938） 1895年，アンドレ・ジッドと結婚。『狭き門』のアリサとして登場する。1918年，ジッドがマルク・アレグレと4ヶ月にわたり英国に滞在中，ジッドが幼少年期からマドレーヌに送ったすべての手紙を焼却する。 ▶*179, 188, 332-3, 336, 437, 590*

シプリアン神父（1632–1680） 洗足カルメル会士。1641年，十字架の聖ヨハネの霊的作品をフランス語に翻訳する。ヴァレリーは，神父が，原詩の韻律のヴァリエーションによらずにフランス語の8音綴を採用するなどして，定型詩の枠組みを遵守しながら流麗で自由な訳詩を作り上げたことに驚嘆しつつ，神父をフランスのもっとも完璧な詩人の一人としている。 ▶*605*

ジャリ，アルフレッド（1873–1907） 劇作家，詩人。下品な言葉の連発と挑発的な諧謔のせいで，1896年12月の制作座による初演の際に騒然となった『ユビュ王』で知られる。マルセル・シュオッブにささげられたこの作品を，ヴァレリーは1898年1月にパンタン劇場でマルグリット・モレノといっしょに観ている。また，パタフィジックの概念を盛り込んだ『フォーストロール博士言行録』（1911）がある。
▶*182, 192*

シャリアピン，フョードル（1873–1938） ロシアのバス歌手。1889年にボリショイ劇場に招かれ，ロシアを代表するオペラ歌手としての名声を得た。 ▶*268*

ジャルー，エドモン（1878–1949） マルセイユ出身の小説家，文芸批評家。ドイツのロマン主義や英国の幻想文学をフランスに伝えるとともに，ラディゲやジロドゥーやモンテルランなどの若手作家の発掘にも貢献する。代表作にポール・アダンやジッドやマラルメの祝福を受けた『秋の魂』や『黄金時代』などがある。
▶*323*

シャルコー，ジャン＝バチスト（1867–1936） 医者，極地探検家。数回にわたり，グリーンランドを探検し，気象や磁気の研究をおこなう。 ▶*526*

ジャン＝オーブリー，ジョルジュ（1882–1950） 英国通の文芸批評家。1922年，ロンドンにおけるヴァレリーの談話会や講演会の企画を推進する。また，ヴァレリーをコンラッドに引き合わせてもいる。『コンラッドの生涯と書簡』などの著作がある。
▶*277, 401-2, 422*

シャンタヴォワーヌ，アンリ（1850–1918） モンペリエ出身の詩人，文芸批評家。パリのシャルルマーニュ高等中学やアンリ四世高等中学で教鞭をとる。1884 年以降，『ジュルナル・デ・デバ』誌に記事を書いていた。 ▶*100, 102, 106*

シュアレス，アンドレ（1869–1948） マルセイユ出身の詩人，批評家。『NRF』誌をジッドやヴァレリーとともに支えた中心人物の一人。作品に『エメラルドの書』『ヨーロッパを考える』などがある。第二次世界大戦中はゲシュタポに追われる。1948 年，パリ市文芸大賞を受賞する。ジッドとの往復書簡集がある。 ▶*321, 428*

ジュアンドー，マルセル（1888–1979） 作家。出身地のクルーズ県ゲレを舞台にした話や同性愛者としての自己を綿密に分析した『ドン・ジュアンの手帖』『快楽礼賛』などで知られる。 ▶*634*

ジューヴェ，ルイ（1887–1951） 俳優，演出家。ヴィユー・コロンビエ座の創設に参加し，コポーの助手を務める。ジュール・ロマンの『クノック』で成功を収める。 ▶*617, 677*

ジューヴネル，アンリ・ド（1876–1935） ジャーナリスト，政治家。第一次世界大戦前，『ル・マタン』紙の編集長を務める。1912 年，コレットと結婚。1925 年，離婚。ポワンカレ内閣で文部大臣に就任したり，国際連盟のフランス代表を務めたりする。1932 年，ローマ駐在のフランス大使に任命され，フランスとイタリアの友好促進に努力する。 ▶*525, 530, 537, 550*

シュオッブ，マルセル（1867–1905） フランスの作家，批評家。母方の祖父はシナゴーグの祭司だった。『黄金仮面の王』『少年十字軍』などの小説がある。デフォーの『モル・フランダース』やシェイクスピアの『マクベス』『ハムレット』を翻訳するとともに，英国文学をフランスに紹介するのに貢献した。ヴァレリーに英国文学を教示したり，1894 年のヴァレリーのロンドン訪問の際，メレディスやペネル夫人宛の紹介状を書くなどの便宜をはかってくれた。1896 年に，ヴァレリーがロンドンに行った際に，ヴァレリーはシュオッブの書いた『フランス文学史』を出版社に売り込んだとも言われている。また，1897 年に発表されたヴァレリーの『ドイツの制覇――ドイツの拡張に関する試論』の冒頭に言及されている『ドイツ禍』の著者モーリス・シュオッブはマルセルの兄にあたり，父ジョルジュの後を継いで共和派系日刊紙『ル・ファール・ド・ラ・ロワール』の主筆だった人物。この新聞には，マルセルもまた「パリからの手紙」として 2000 本近くの連載記事を載せている。ドレフュス事件をきっかけにヴァレリーとは疎遠になる。 ▶*150, 164, 170, 181, 188, 207, 215, 255*

シュトレーゼマン夫人 ドイツの首相や外務大臣などを歴任し，ロカルノ条約締結の功績で，1926 年，フランスのブリアンや英国のチェンバレンとともにノーベル平和賞を受賞したグスタフ・シュトレーゼマン（1878–1929）の夫人。 ▶*460*

シューマン，ロベルト（1810–1856） ドイツの作曲家。代表作に『子どもの情景』『クライスレリアーナ』『幻想曲』などがある。 ▶*225*

シュミット，フロラン（1870–1958） 作曲家。マスネやフォーレの弟子。『サロメの悲劇』などの作品がある。 ▶*352*

シュランベルジェ，ジャン（1877–1968） 作家。ジッドやコポーとともに『NRF』誌の創刊に尽力する。プルーストやセリーヌやサルトルの原稿を拒否したことでも知られる。 ▶*287, 320, 668*

シュリー・プリュドム (1839-1907) 高踏派を代表する詩人の一人。詩集に『孤独』や『幸福』などがある。1901年，第1回目のノーベル文学賞を受賞している。
▶62

ジュリア医師 ヴァレリー家のホーム・ドクター。　▶209, 251

ジョイス, ジェイムス (1882-1941) アイルランドの小説家。代表作に『ユリシーズ』『フィネガンズ・ウェイク』などがある。　▶352, 431, 435

ショーソン (1855-1899) 作曲家。マスネやフランクに師事するとともに，ワグナーにも大きな影響を受けた。代表作に『愛と海の詩』『交響曲・変ロ長調』などがある。
▶346

ジョッフル, ジョゼフ, 元帥 (1852-1931) 1911年，フランス陸軍総司令官になるが，ヴェルダンやソンムの戦いで大損害を出し，総司令官を辞して退役する。アカデミー・フランセーズ会員。　▶445, 473, 500, 684

ショーペンハウエル (1788-1860) ドイツの哲学者。代表作に『意志と表象としての世界』(1819) がある。　▶98

ジョリオ＝キュリー, フレデリック (1900-1958) 原子物理学者。マリー・キュリーとピエール・キュリー夫妻の娘イレーヌと結婚。1935年，人工放射能の発見により夫婦でノーベル化学賞を受賞する。1937年，コレージュ・ド・フランスの教授になる。　▶570

ショル, オーレリアン (1833-1902) 小説家，劇作家。風刺の効いたユーモア作品で知られる。作品に『侮辱』『不倫の花々』などがある。　▶185, 223

ジョレス, ジャン (1859-1914) 政治家，社会主義者。ドレフュス事件でドレフュス擁護のために活躍する。第二インターナショナルを指導し，反戦平和運動を推し進める。1905年，社会主義の諸勢力を結集しフランス社会党を結成し主導する。
▶354, 391

ジョーンズ, オウエン (1809-1874) 英国の建築家，装飾芸術家。建築事務所での修行の後，イタリア，ギリシャ，トルコ，エジプトなどを旅行しデザインの研究をおこなった。彼の『装飾の文法』(1856) は，青年時のヴァレリーの愛読書のひとつだった。　▶27

ジルソン, エチエンヌ (1884-1978) 哲学者。中世哲学を再評価し，中世暗黒史観の訂正に寄与する。新トマス主義を代表する神学者でもある。代表作に『中世哲学史』『トマス主義』などがある。　▶567

ジレ, マルタン＝スタニスラス, 神父 1927年，『ポール・ヴァレリーと形而上学』(ア・ラ・トゥール・ディヴォワール刊) を著す。　▶463

ジロドゥー, ジャン (1882-1944) 小説家，劇作家。幻想的世界を軽妙な筆致で書いた作品が多い。代表作に『トロイ戦争は起こらないだろう』『オンディーヌ』『エレクトル』などがある。　▶526, 608, 654

スウェーデンボリ (1688-1772) スウェーデンのバルト王国出身の科学者，神秘思想家。著書に『霊界日記』などがある。ヴァレリーはマルタン・ラム著『スウェーデンボリ』の仏訳 (1936) に序文を寄せている。　▶109

スキラ, アルベール (1904-1973) 1928年，ローザンヌでスキラ出版社を設立。『ミ

ノトール』誌（1933–1939）をはじめ，芸術関連の豪華な出版物で知られる。
▶*640*

スタンダール（本名アンリ・ベイル，1783–1842）　小説家。代表作に『赤と黒』『パルムの僧院』などがある。ヴァレリーは，スタンダールが，「1830 年代風の頬ひげをはやした役者」然として「《自我》を《上演》する」（『カイエ』）手法に耐えられなくなるときもあると不平を言う一方で，『リュシアン・ルーヴェン』を読むに値する唯一の恋愛小説と考えていた。1940 年 8 月，ジャン・ヴォワリエとの恋愛のさなかにあったヴァレリーは，ロヴィラ夫人への思いで精神が極度に明晰であった 1891 年から 92 年の時期を思い出しつつ，その当時，『リュシアン・ルーヴェン』における恋愛描写の異常なまでの繊細さに感動したことを明かしている。そして，「感情の内的激しさのなかでの軽やかさという点で，これと比較できるものはいかなる文学にもない，とわたしは賭けてもいい」（『カイエ』），とも断言している。
▶*66, 198-9, 223, 241, 462, 579, 593*

スッペ，フランツ・フォン（1819–95）　オーストリアの作曲家。ヴァレリーが最初に英国を訪問した 1878 年，若きロシア人将校の悲哀をテーマにしたオペレッタ『ファティニッツァ』を観ている。　▶*9*

スーデー，ポール（1869–1929）　1912 年から死にいたるまで『ル・タン』紙の文芸評論欄を担当し，ヴァレリーにたいしてきわめて好意的な記事を書き続けた。著作に『ル・タン紙書評集』『マルセル・プルースト，ポール・ヴァレリー，アンドレ・ジッド』などがある。スーデーの死にあたり，ヴァレリーは「ポール・スーデーの思い出」を『ル・タン』紙（1929 年 7 月 8 日）に寄せている。　▶*328, 361, 463, 466, 471, 479, 488-9*

ストラヴィンスキー，イゴール（1882–1971）　ロシア生まれの作曲家。リムスキー・コルサコフに作曲を師事する。ロシア・バレエ団のパリ公演のためにバレエ音楽『火の鳥』『ペトルーシュカ』『春の祭典』などを作曲し，大成功を収める。のち，第一次世界大戦中から新古典主義へと転じる。1939 年にアメリカに渡り，12 音技法を導入したバレエ音楽『アゴン』などを書いている。　▶*296, 540, 601*

スパーク，ポール＝アンリ（1899–1972）　ベルギーの政治家。三度にわたって首相を務めるとともに，戦後のヨーロッパの構築に寄与し，「ヨーロッパの父」の一人とみなされている。NATO の事務局長も務めた。　▶*593*

スピノザ（1632–1677）　オランダのユダヤ系哲学者。代表作に『エチカ』『知性改善論』などがある。　▶*463*

スーポー，フィリップ（1897–1990）　詩人。ブルトンやアラゴンなどとともにダダイズムやシュルレアリズムの運動に参加。代表作にブルトンとの合作の『野の鍵』などがある。　▶*350*

スルバラン（1598–1664）　画家。フェリペ四世の宮廷画家で，「スペインのカラヴァッジオ」とも評されている。ヴァレリーはモンペリエのファーブル美術館所蔵の『聖アガート』に魅せられる。　▶*28, 636*

セヴラック，デオダ・ド（1872–1921）　作曲家。出身地南フランスの伝統音楽を取り入れた作品や，ヴェルレーヌやボードレールの詩につけた作品がある。代表作『ラ

ングドックにて』『山の夜明け』など。　▶*275*

セム（本名ジョルジュ・グルサ，1863–1934）　風刺画家，挿絵画家。同じ風刺画家で尊敬していたシャンことシャルル・アメデ・ド・ノエ（1818–1879）に名前が由来している。　▶*282, 417*

セルチヤンジュ，アントナン＝ダルマス，神父（1863-1948）　ドミニコ会神父で，トマス・アキナスの研究で知られる。　▶*277*

セルト，ホセ＝マリア（1876–1945）　バルセロナ生まれのスペインの画家。特に壁画に優れ，ニューヨークのロックフェラー・センターやジュネーヴの国際連盟会議場やバルセロナの裁判所の壁画を手がけている。ミシアの三番目の夫。　▶*265, 356, 360, 417, 521*

ソコーリン　国際連盟のソヴィエト代表団の一人。　▶*584*

ゾラ，エミール（1840–1902）　小説家。第二帝政下の様々な社会的側面を遺伝，環境，時代という三要素から捉えつつ，『ルーゴン・マッカール叢書』20 巻として完成させた。代表作に『居酒屋』『ナナ』など。ドレフュス擁護の論陣を張ったことでも知られる。ヴァレリーは，小説家としてのゾラに関して，1932 年の『カイエ』で，ゾラは「素材に変質」を加えない単なる「蓄積家」ではあるが，「音楽的構成」のできる作家で，バッハやワグナー的な「均整と反応の本能」をもっていると評している。　▶*34, 205-6*

ソロー（1817–1862）　アメリカの思想家，随筆家。代表作に『ウォールデン，森の生活』がある。　▶*415*

［タ 行］

ダイヤン　ヴァレリーの高等中学時代の友人。　▶*33, 35*

タゴール，ラビンドラナート（1861–1941）　インド，ベンガルの詩人，思想家。代表作に『ギータンジャリ』がある。1913 年，ノーベル文学賞受賞。ガンディーらのインド独立運動でも精神的な支柱としての役目を果たす。　▶*349*

ターナー（1775–1851）　英国のロマン主義の風景画家。代表作に『風・蒸気・スピード』『トラファルガーの戦い』などがある。　▶*164*

ダヌンツィオ，ガブリエーレ（1863–1938）　イタリアの詩人。耽美主義，愛国主義，未来派など様々な傾向の作品を残した。1924 年 4 月，ヴァレリーはイタリアを訪れミラノで講演をしたが，同 13 日，ダヌンツィオが彼に会いに来て，あっというまに自分の住むガルドネ（ガルダ湖西岸の景勝地）に連れて行き，熱烈な友情をこめてもてなした。　▶*425-6*

タユフェール，ジェルメーヌ（1892–1983）　作曲家。フランス「六人組」の一人。作品にディアギレフとロシア・バレエ団の委嘱による『新しきシテール島』などがある。また，映画音楽も作曲している。ヴァレリーの『ナルシス交声曲』に曲をつけている。　▶*579, 588, 651*

ダラニェス，ジャン＝ガブリエル（1886-1950）　画家。モンマルトルにアトリエを構え，ヴァレリーの『若きパルク』（エミール＝ポール・フレール刊，1925）や『海

辺の墓地』（同，1948）の挿絵を描いている。また，ヴァレリーの絵や版画の師でもあった。ダラニェスに贈った『若きパルク』に，次のようなヴァレリー自筆の4行詩が書かれている。「『大蛇』に巻きつかれたわが若きパルクは／死をもたらす苛烈な歯に嚙まれながら絶叫する／もっと焼けつくような怪物をわたしは知っている／それは銅に嚙みつくダラニェスだと！」　▶*462, 640*

ダリ，サルヴァドール（1904–1989）　シュルレアリズムを代表するスペインの画家。数々の奇行でも知られる。　▶*582*

タルジュー，アンドレ（1876–1945）　政治家。1929年から1932年にかけて，三度にわたって総理大臣を務めた。　▶*500*

ダンテ（1265–1321）　イタリアの詩人。代表作に『神曲』『新生』などがある。　▶*124, 130*

ダンディ，ヴァンサン（1851–1931）　作曲家。代表作に『フランスの山人の歌による交響曲』がある。　▶*296*

チェンバレン，オースチン（1863–1937）　英国の政治家。蔵相や外務大臣などを歴任。ロカルノ条約を成立させた功績により，ブリアンやシュトレーゼマンとともにノーベル平和賞を受賞する。1937年から1940年にかけて英国首相を務めたネヴィル・チェンバレン（1869–1940）は異母弟。　▶*546*

チナン，ジャン・ド（1874–1898）　詩人，小説家。ピエール・ルイスの友人で，マリー・ド・エレディアの愛人。　▶*182, 187*

チボーデ，アルベール（1874–1936）　両大戦間期に活躍した文芸批評家。『ステファヌ・マラルメの詩』（1912）によって評論家としての評価を確立する。ヴァレリーは『NRF』誌（1936年7月1日号）に「アルベール・チボーデ追悼」を載せている。　▶*292*

チャップリン，チャーリー（1889–1977）　英国出身の映画俳優，監督。代表作に『黄金狂時代』『街の灯』『モダンタイムス』など。　▶*440*

ツァラ，トリスタン（1896–1963）　ルーマニアで生まれ，チューリッヒでダダイズムを創始したユダヤ系の詩人。　▶*376*

ツヴァイク，シュテファン（1881–1942）　オーストリアのユダヤ系作家。著書に『メアリー・スチュアート』『マリー・アントワネット』など。　▶*514*

ディエルクス，レオン（1838–1912）　高踏派の詩人，画家。作品に『閉じられた唇』『敗者の言葉』などがある。　▶*211*

ディケンズ，チャールズ（1812–1870）　英国のヴィクトリア朝期を代表する小説家。代表作に『クリスマス・キャロル』『デヴィッド＝コッパフィールド』など。　▶*34*

ティツィアーノ（1490頃–1576）　ルネッサンス期のヴェネチア派を代表する画家。代表作に『ウルビーノのヴィーナス』などがある。　▶*414*

ディドロ，ドニ（1713–1784）　フランスの啓蒙思想家。『百科全書』の編集・刊行に尽力する。　▶*623*

テイヤール・ド・シャルダン（1881–1955） イエズス会士，古生物学者，地質学者。『現象としての人間』でキリスト教的な進化論を唱え，異端視される。 ▶*413*

ティントレット（1518–1594） 師のティツィアーノとともにルネッサンス期のヴェネチア派を代表する画家。代表作に『スザンナの水浴』や『最後の晩餐』（ヴェネチア，サン・ジョルジュ・マッジョーレ教会）など。 ▶*178*

デカルト，ルネ（1596–1650） 哲学者，数学者。方法的懐疑によって哲学の第一原理としての「我思う，ゆえに我あり」の命題に到達した。主著に『方法序説』『屈折光学』など。精神をいかに導くかをめぐって，デカルトはつねにヴァレリーのモデルであり続けた。 ▶*223, 500, 514, 553, 571-2, 590, 631, 658*

デクレ，リオネル セシル・ローズのチャータード・カンパニーで働きつつ，フランス公安局の諜報員でもあった。 ▶*183*

デコリス，ジェルメーヌ（？-1940） 1897 年 10 月，ジュール・ヴァレリーと結婚。 ▶*202, 210, 266*

デジャルダン，ポール（1859–1940） ジャーナリスト。1910 年から 1914 年にかけて，ブルゴーニュ地方の小都市ポンティニーにあるシトー派の修道院に一種の知的会合の機関を設け，フランスをはじめ各国の知識人を招いて意見の交換をおこなった（第一次世界大戦後の 1922 年に再開）。『ルヴュ・ブルー』や『ル・フィガロ』に記事を書く。 ▶*409-10*

テスカ，モーリス（1904–？） 小説家，ドイツ語教授。著作に『黒い太陽』『忍耐の 5 年間』など。ナチ占領下の時代には，得意なドイツ語を使って警視総監アメデ・ビュシュールの官房長として占領軍との折衝にあたった。 ▶*662*

デストゥールネル・ド・コンスタン，ポール（1852–1924） 外交官，政治家。『両世界評論』等で政治評論をおこなう。国際紛争の平和的な解決を主張し，ハーグ会議のフランス代表を務めた（1899，1907）。1909 年，ノーベル平和賞を受賞している。ヴァレリーの「ドイツの制覇――ドイツの拡張に関する試論」を読んで感激し，以後，ヴァレリーと頻繁に意見の交換をおこなっている。 ▶*201, 227, 236, 253, 305, 457*

デストレ，ジュール（1863–1936） ベルギーの政治家，法学者。社会主義的運動に参加。国際連盟におけるヴァレリーの同僚の一人。 ▶*442*

デスパーニャ，ジョルジュ（1870–1950） 画家。最初，印象派的な絵を描いていたが，後に，ナビ派と行動をともにする。ドニやヴュイヤールの友人。ヴァレリーの肖像画を描いている。 ▶*248, 272*

テーヌ，イポリット（1828–1893） 歴史家，評論家。コント流の実証主義の立場から文学を研究し，人種，環境，時代の三大原動力が作品を成立させるとした。代表作に『英文学史』がある。 ▶*181*

デュアメル，ジョルジュ（1884–1966） 小説家，批評家。ジュール・ロマンなどとともにユナニミスムに立つ文学運動を推し進め，「アベイ派」と呼ばれる。大河小説の祖とみなされ，代表作に『パスキエ家年代記』（10 巻）などがある。アカデミー・フランセーズ会員。ナチス支配下，ペタンやアカデミー・フランセーズ内におけるペタン賛同者たちと戦う。戦後，アリアンス・フランセーズの院長として，世界中に同様の語学学院を作り，フランス語ならびにフランス文化の普及に努めた。

▶ *352, 434-5, 475, 546, 559-60, 594, 607-8, 626, 638, 662, 668, 674, 684*

デュグリップ，アルベール　セットの親友。クレディ・リヨネに勤務。青年期のヴァレリーはデュグリップと軍隊生活のことやユイスマンスやマラルメのことなどを手紙でやりとりしている。　▶ *35, 62, 65, 82, 91, 549*

デュボア，ポール（1829–1905）　彫刻家。パリ美術学校校長。代表作に『慈悲』『武勇』など。ヴァレリーは英国の『芸術ジャーナル』誌（1896 年 5 月）にデュボアに関する一文を寄せている。　▶ *181*

デュ・ボス，シャルル（1882–1939）　文芸批評家。フランスの作家ばかりでなく，英国，ドイツ，ロシアの作家を幅広く論じた。『NRF』誌をはじめ，多くの雑誌に協力している。膨大な『日記』や『近似値』などの著作がある。　▶ *361, 393, 422, 515*

デュマ，アレクサンドル（デュマ・ペール，1802–1870）　小説家，劇作家。最初は『アンリ三世とその宮廷』『キーン，狂気と天才』などの戯曲を書いていたが，のちにスコット風の歴史小説に転じ，『モンテ・クリスト伯』や『三銃士』など波乱万丈の筋立てで大衆の心をつかむ。　▶ *39*

デューラー，アルブレヒト（1471–1528）　ドイツの画家，版画家。ドイツ・ルネッサンス最大の画家とみなされている。　▶ *120*

テラン　書店主。1926 年，レオトーがヴァレリーから受け取った手紙や書籍を売却するのを仲介した。　▶ *454-5*

テレキ，パール，伯爵（1879–1941）　ハンガリー王国で首相を務める（任期 1920 年から 21 年，1939 年から 41 年）。1940 年 11 月，日独伊三国軍事同盟に署名する。両大戦間期，ボーイスカウト運動を奨励したことでも知られる。　▶ *560, 596*

ドゥヴォリュイ，ピエール（1862–1932）　詩人。フェリブリージュ運動を推進し，ミストラルの打ち明け相手ともなる。著書に『星々の詩篇』や『ミストラルと一言語の贖罪』などがある。　▶ *51, 123, 423*

ドゥシャネル，ポール（1855–1922）　政治家。1920 年，大統領に就任する。アカデミー・フランセーズ会員。　▶ *162*

ドゥーセ，ジャック（1853–1929）　服飾デザイナーで，顧客にはサラ・ベルナールやリアーヌ・ド・プージーなどがいた。美術の愛好家で，購買する作品を決定するために，一時期ブルトンを芸術顧問兼秘書に雇っていたこともある。また，スタンダール，ランボー，ジッド，ヴァレリー，プルーストなどの作家の貴重な手稿の収集でも知られている。その死後，これらの手稿はパリ大学に寄付され，「ジャック・ドゥーセ文芸文庫」として現在にいたっている。　▶ *455*

ドゥーミック，ルネ（1860–1937）　文芸批評家。『両世界評論』誌の編集長を務める。ジョゼ＝マリア・ド・エレディアの長女エレーヌ（1871–1952）の二番目の夫。アカデミー・フランセーズの終身書記を務める。　▶ *472, 520, 541*

ドゥメール，ポール（1857–1932）　政治家。ドゥーメルグの後を継いでフランス大統領（任期 1931–1932）になる。暗殺された。　▶ *518*

ドゥーメルグ，ガストン（1863–1937）　政治家。フランス大統領（任期 1924–1931）。　▶ *506, 517, 545*

トゥーレ，ポール＝ジャン（1867–1920） ポー生まれの詩人，小説家。ルイスの友人。作品に『ファンテジーのように』『コントルリム』などがある。 ▶*321, 356*

ドゥレタン・タルディフ，ヤネット（1902–1976） 詩人。ヴァレリーを思わせる地中海的な光を表現する一方で，過去や夢想や未来に対する不安を歌い上げる。代表作に『輝き』や『王様のような７匹の猫』など。『レ・レットル・フランセーズ』の編集委員をしたり，ゲーテやニーチェの詩の翻訳もしている。『カイエ・デュ・シュッド』のヴァレリー追悼号「生きているポール・ヴァレリー」（1946 年７月）にヴァレリーの思い出を載せている。 ▶*644, 648, 657*

ドガ，エドガール（1834–1917） 画家。踊り子や競馬，浴女などを主題として，油絵やパステル画などの秀作を残した。舌鋒鋭く，ドガはヴァレリーを「天使」と読んでいた。マラルメの意向を受けて，ドガはヴァレリーとジャニーとの結婚のためにひと肌脱いでいる。ヴァレリーは『ドガ・ダンス・デッサン』でドガの制作方法や気質などをスケッチ風に描き出している。 ▶*154, 181-2, 184, 191, 207, 215, 220-1, 222, 231, 233, 239, 255-6, 263, 273, 276, 295, 334-5, 340, 460, 554*

トクヴィル，アレクシス・ド（1805–1859） 政治家，歴史家。ノルマンディーの名門貴族の出身。七月革命後アメリカに渡り，帰国後『アメリカの民主主義』を執筆。ルイ・ナポレオンのクーデターに反対して政界を去った後，『アンシャン・レジームとフランス革命』を書き，絶対王政とフランス革命の連続性を指摘した。 ▶*242*

ドーソンヴィル伯爵（1843–1924） 政治家，弁護士，歴史家。著書に『ネッケル夫人のサロン』『パリ伯爵』がある。アカデミー・フランセーズ会員。プルーストがドーソンヴィル伯爵夫人のサロン評を書いている。 ▶*435, 445-6*

ドーデ，レオン（1867–1942） 小説家，批評家。ヴァレリーにダ・ヴィンチ論執筆を依頼するようアダン夫人に勧めるなど，ヴァレリーに友好的だったが，のち，『アクション・フランセーズ』に拠って，厳しいヴァレリー批判を繰り返した。アルフォンス・ドーデの長男。 ▶*170-1, 495, 555, 581*

ドニ，モーリス（1870–1943） 画家，装飾家。ゴーギャンに学び，ナビ派に参加する。サン・ジェルマン・アン・レイにアトリエを構え，深いカトリック信仰に基づいた作品を残している。代表作に『黄色いキリストのある自画像』『愛・信仰・希望』など。 ▶*248. 296, 314, 383*

ドネ，モーリス（1859–1945） 劇作家。作品に『愛人たち』『奔流』などがある。アルフォンス・アレとともに，キャバレー「黒猫」のためのシャンソンを書いていたこともある。アカデミー・フランセーズ会員。 ▶*446*

ドビュッシー，クロード（1862–1918） 作曲家。古典的な和声法を超え，印象派と呼ばれる作風を確立する。「火曜会」にもときどき顔を出し，ルイスなど作家仲間とも親密につきあう。代表作に，メーテルランクの戯曲に基づく『ペレアスとメリザンド』や『牧神の午後への前奏曲』などがある。また，ルイスとルイーズ・ド・エレディアの結婚式のための結婚行進曲を作曲した。 ▶*176, 187, 237, 239, 247, 268, 296, 404, 483*

トマス・アキナス（1225–1274） イタリア生まれの神学者。ドミニコ会士。スコラ哲学の大成者として知られる。主著『神学大全』。 ▶*274*

ドーミエ, オノレ（1808–1879） 画家, 版画家。『カリカチュール』誌や『シャリバリ』紙に時局を風刺する石版画を掲載する。代表作に『洗濯女』や『ドン・キホーテ』の連作がある。 ▶*181*

ドリュモン, エドゥアール（1844–1917） ジャーナリスト, 政治家。1892 年 4 月『ラ・リーブル・パロール』紙を創刊し, パナマ事件を暴露するとともに, 激烈な反ユダヤ思想を広める。ドレフュスの再審に反対し, ゾラの告訴を要求する。著書に『ユダヤ人のフランス』などがある。 ▶*206-7, 215, 218*

ドリュ・ラ・ロシェル, ピエール（1893–1945） 小説家。第一次世界大戦後の青年の不安を表現。ファシスト的社会主義を訴え, ナチスに協力する。『NRF』誌の編集長を務める。パリ解放後, 自殺する。代表作に『ジル』がある。 ▶*634, 648*

ドレフュス, アルフレッド（1859–1935） アルザス地方出身のユダヤ系陸軍大尉。1894 年, ドイツのスパイとして終身刑に処せられ, 翌年, 仏領ギアナの悪魔島の独房に収監される。1897 年に真犯人が判明したにもかかわらず軍部は事実を隠蔽したため, 再審請求をめぐって, フランスの国が二つに分かれた。1899 年, ドレフュスは再審の後に大統領令により特赦を受ける。1906 年, 破棄院により無罪判決を受け, 軍籍に復帰し, 少佐となる。1908 年 6 月 4 日, パンテオンでおこなわれたゾラの納骨式の最中, 狙撃され負傷する。 ▶*205-7, 215-8, 247, 255, 266*

［ナ 行］

ナタンソン, タデ（1868–1951） 1889 年, リエージュで, 兄弟のアレクサンドルやルイ＝アルフレッドとともに『ラ・ルヴュ・ブランシュ』を創刊し編集する。1893 年にミシアと結婚, のち, 離婚。 ▶*226, 277*

ナポレオン一世（1769–1821） フランス第一帝政の皇帝。 ▶*5, 33-4, 58, 164, 262, 279, 282, 539*

ニーチェ, フリードリッヒ（1844–1900） ドイツの哲学者。バーゼル大学で古典文献学を講じていたが, まもなく, ヨーロッパ文明やキリスト文明への批判を強める。代表作に『悲劇の誕生』『人間的な, あまりに人間的な』『ツァラトゥストラはかく語りき』がある。ヴァレリーはニーチェのエクリチュールに違和感を抱きつつも, その価値転倒の試みには大いに引かれている。 ▶*222-3*

ヌーレ, エミリー（1892–1978） ブリュッセル大学仏文学教授。ディエルクス研究で博士号を取得後, マラルメやランボーやヴァレリーの研究をおこなう。ヴァレリーに関する研究としては『ポール・ヴァレリー』(1927),『ヴァレリーの一肖像』(1977) などがある。カタロニアの詩人と結婚。カスティリア語やカタロニア語で書かれた詩の翻訳もおこなっている。ヴァレリーはヌーレ宛の書簡のなかで彼女を My の愛称で呼んでいた。 ▶*548, 607*

ネルヴァル, ジェラール・ド（1808–1855） 詩人, 作家。『火の娘たち』や『オーレリア』など, 幻想的で狂気と隣り合わせの作品を残す。ヴァレリーはネルヴァルがヴァロ

ワ地方の優雅でのびやかな愛すべき民謡を発掘した功績を讃えるとともに，『幻想詩集』に収められた詩編が，錯綜とした神秘思想のなかに，身の毛もよだつほどの痛切な感覚を歌いこんでいると高く評価している（「ネルヴァルの思い出」，1944）。 ▶*21, 146*

ノアイユ伯爵夫人，アンナ・ド（1876–1933） 詩人。詩集に『日々の影』『幻惑』などがある。オッシュ大通りで開いていたサロンには，ジャム，クローデル，コレット，ジッドらが姿を見せた。プルーストの『ジャン・サントゥイユ』に登場するガスパール・ド・レヴェイヨン子爵夫人のモデルと言われている。 ▶*353, 387, 393, 413, 419, 489, 520*

ノスチス男爵夫人 ヒンデンブルク元帥の姪。ベルリンで彼女が主催するサロンには多くの芸術家が姿を見せた。フランス文化に通じ，ロダンによる半身像も残されている。 ▶*460*

［ハ 行］

パウンド，エズラ（1885–1972） アメリカの詩人。ヨーロッパ各地を遍歴し，イマジズム，ヴォーティシズムなどによって20世紀の新芸術運動に大きな影響を与えた。代表作に『キャントーズ』がある。エリオットの『荒地』の編集にも携わっている。第二次世界大戦中，イタリアでムッソリーニや反ユダヤ思想への支持を表明したため，戦後反逆罪に問われた。 ▶*359, 392*

バーク，ヒューバート ヴァレリーが，1896年，ロンドンのチャータード・カンパニーのために翻訳の仕事をしたとき，ヴァレリーと仕事の打ち合わせをした上司。 ▶*184*

バザン，ルネ（1853–1932） 法律学者，小説家。対独報復を唱えた作家の一人と考えられている。著書に『死にゆく大地』『うましフランス』などがある。 ▶*501*

バシアーノ大公夫人（旧姓マルグリット・ジベール＝シャパン） アメリカのコネチカット生まれ。歌の勉強のために19歳でフランスに渡り，ビベスコ大公夫人のサロンに出入りするようになる。そこでローマの貴族として家柄の古いバシアーノ大公と知り合い結婚。1919年以降，ヴェルサイユのイタリア風豪邸ヴィラ・ロメーヌで一週おきの日曜日に昼食会を催し，メセナとしても活躍した。ヴァレリーはしばしばそのノルマンディーのブロンヴィルにある別荘にも招かれている。『コメルス』誌（1924–1932）の出資者。 ▶*381, 393, 400-1, 412-3, 430-2*

パスカル，ブレーズ（1623–1662） 思想家，数学者。代表作に『パンセ』『プロヴァンシャル』などがある。ヴァレリーは『パンセ』中の有名な一句「この無限の空間の永遠の沈黙は，わたしを畏怖させる」を取り上げ，これが真に苦悩している人間の書いたものではありえず，ジャンセニズムに他人を引き入れようとする巧みなレトリックの賜物と非難している。さらに，『パンセ』のなかには，「人間を人間以上のものに変えるのに役立つような考えはほとんどない」（『カイエ』），と断じている。 ▶*327, 410*

パストゥール・ヴァレリー＝ラド，ルイ（1886–1970） 医者，作家，政治家。ルイ・

パストゥールの孫。1939 年 8 月，パストゥールはヴァレリーをブルゴーニュ地方のマローの領地に招いている。1940 年 8 月 9 日付のパストゥール宛の手紙で，避難先のディナールから，ヴァレリーは「もしわれわれが決定的にだめになってしまった国民でないならば，われわれとしては，この窮地から未来のエネルギーを引き出すために，欲しさえすれば足りるでしょう。問題は，フランスを再建することではなく，一からフランスを建設することなのです」，と書く。第二次世界大戦中はレジスタンス運動を活発に推進したためゲシュタポに追われる。パリ解放後，臨時政府の下で，厚生大臣を務める。　▶*349, 599-600, 608, 613-4, 658-9, 666, 670*

バチエ　ヴァレリーの高等中学時代の友人。　▶*35*

バチルド　1894 年に書き始められた『カイエ』の冒頭に Bath. の略号で登場するのをはじめ，彼女の名前は数箇所に登場する。「新サーカス」一座の女曲馬師という以外，詳細は不明だが，ミシェル・ジャルティは，サルト県ショフール生まれで，ヴァレリーより 8 歳年上のバチルド・モンシミエ（Bathilde Monsimier）ではないかと推定している。ヴァレリーはパリ定住間もなく，彼女と知り合い，二人は彼女の住むパサージュ・ド・ロペラ 27 番地のアパルトマンで会っていたもようである。『カイエ』には，1895 年 11 月に二人の関係が終わったことを推定させるメモが残っている。なお，ヴァレリーは，このバチルドを通して，『新原理に基づく馬術の方法』（1842）などの著作があり，馬の調教や訓練に画期的な功績を残した馬術教師フランソワ・ボーシェならびに彼に言及し，ヴァレリーのグラディアートルに関わる考察の出発点にあったロット将軍の回想録などを発見したとも推定される（Michel Jarrety : *Paul Valéry,* Fayard, 2008, pp.142-143）。　▶*174*

バッハ，アンナ＝マグダレーナ（1701–1760）　ソプラノ歌手。1721 年に，ヨハン＝セバスチャン・バッハの二番目の妻となる。ヴァレリーはフールニエ嬢から贈られたアンナの書いた『小年代記』を読んで感激しているが，この本は偽書とのことである。　▶*580*

バッハ，ヨハン＝セバスチャン（1685–1750）　ドイツの作曲家。バロック最大の音楽家。代表作に『ブランデンブルク協奏曲』『平均律クラヴィーア曲集』『ヨハネ受難曲』など。　▶*327, 496*

ハーディ，トマス（1840–1928）　英国の小説家，詩人。代表作に『テス』『日陰者ジュード』などがある。　▶*473*

パデレフスキー，イグナチ（1860–1941）　ポーランドのピアニスト，政治家。ショパンの演奏家として世界的な名声を得る一方で，祖国の独立運動に参加し，1919 年ポーランド共和国初代の首相・外相となる。　▶*420, 519*

バトラー，サミュエル（1835–1902）　英国の小説家。皮肉たっぷりのユートピア小説『エレホン』で有名。ヴァレリー・ラルボーが翻案している。　▶*352*

バラール，ジャン　マルセル・パニョルなどが中心になって刊行していたマルセイユの雑誌『フォルチュニオ』の後を引き継ぐかたちで，1925 年，『カイエ・デュ・シュッド』を創刊する。1937 年，カシスのエブラール夫妻をヴァレリーに紹介している。
▶*533, 579, 624*

バルザック，オノレ・ド（1799–1850）　フランス・レアリズム文学を代表する小説家。代表作に『ゴリオ爺さん』『従妹ベット』『幻滅』などがある。　▶*128, 160,*

301, 607, 623

バルトゥー，ルイ（1862–1934） 弁護士，政治家。1934 年，アルベール・ルブラン大統領の下で外務大臣に任命されるが，マルセイユを訪問中のユーゴスラヴィア王アレクサンダル一世の襲撃事件に巻き込まれて死亡する。アカデミー・フランセーズ会員。 ▶*445, 464, 486, 522, 543-5, 638*

パレオローグ，モーリス（1859–1944） 外交官，歴史家。ソフィア（1907–1912）やサンクトペテルブルク（1914）でフランス大使を務める。ロシア関連の著作が多いが，ドレフュス事件の裏側で暗躍した軍高位の人物の存在をほのめかした『ドレフュス事件日記』が有名。アカデミー・フランセーズ会員。 ▶*544*

バレス，フィリップ（1896-1975） 作家，ジャーナリスト。モーリスの息子。 ▶*477, 491*

バレス，モーリス（1862–1923） 小説家，政治家。ロレーヌ地方に生まれる。処女作『自我礼賛』(1888–1891）は，その徹底した個人主義や官能の追求，さらには郷土愛などでヴァレリーをはじめ当時の若者を熱狂させる。ドレフュス事件では強固な反ドレフュス派として指導的な立場をとる。さらに『民族的エネルギーの物語』や『東方の砦』では国家主義的傾向を強める。アカデミー・フランセーズ会員。 ▶*206, 226, 419, 445-6, 477*

バロー，ジャン＝ルイ（1910–1994） 俳優，演出家。マルセル・カルネ監督の映画『天井桟敷の人々』(1944）に登場するパントマイム役者バチストで知られる。コメディー・フランセーズを脱退し，1947 年，妻のマドレーヌ・ルノーとともにルノー＝バロー劇団を結成する。 ▶*655, 668, 677*

バンダ，ジュリアン（1867–1956） 哲学者，批評家。ユダヤの家系に育ち，ドレフュス事件ではドレフュスを擁護する。哲学では，徹底した合理主義を唱え，ベルクソンや実存主義を激しく非難する。主著に『聖職者たちの裏切り』がある。1928 年，ヴァレリーと袂を分かったポッジの愛人となる。 ▶*478*

バンディエラ，フランチェスコ・デ，男爵 ヴァレリーの母親ファニーの代父。 ▶*59*

パンルヴェ，ポール（1863–1933） 数学者，政治家。航空学の専門家でパリ大学理学部教授。数学の分野ではパンルヴェ方程式に名前を残している。1917 年から 25 年にかけて数次にわたり首相に就任。 ▶*442, 497*

ビアズリー，オーブリー（1872–1898） 英国の挿絵画家。『イェロー・ブック』や『サヴォイ』などの雑誌およびオスカー・ワイルドの『サロメ』などの挿絵で知られる。ヴァレリーとは，1894 年にペネル夫人のサロンで会っている。 ▶*164*

ビイー，ロベール・ド（1869–1953） 外交官。クローデルの後を受けてフランス大使として日本に赴任したこともある（1926–1929)。プルーストの親友。アヴェロン県にモンロジエ城を所有し，妻イヴォンヌとともにヴァレリーを歓待した。 ▶*571, 590, 620-1, 623-4, 637-8, 643, 649, 652, 654, 657*

ピウス一一世（1857–1939） ローマ法王（在位 1922–1939)。1929 年，ラテラノ条約を結び，ヴァチカンとイタリア政府との関係を正常化する。また，1933 年 7 月にドイツと政教条約を結び，ナチスを容認するが，ベルリンオリンピック以後，政

教条約を無視するナチスにたいし，その非人道的態度を非難した。1926 年に，モーラスの著書ならびに『アクション・フランセーズ』紙を糾弾したことでも知られている。　▶*464, 531*

ピカソ，パブロ（1881–1973）スペインの画家。代表作に『アヴィニョンの娘たち』『ゲルニカ』などがある。　▶*382*

ピカール，エミール（1856–1941）数学者。解析の大家で，微分方程式の解の逐次近似法，群論の研究で大きな功績をあげた。ピカールの小定理・大定理に名前を残している。アカデミー・フランセーズ会員。　▶*436, 445, 492*

ピカール，マリー＝ジョルジュ，中佐（1854–1914）ドレフュス事件で，真犯人がハンガリー出身のエステラジーであることを調べ上げ，報告するが，チュニジアに転任させられる。1898 年 1 月の軍法会議で，エステラジーは無罪となり，参考人として出席していたピカールは告発され，収監される。1906 年，服役後，中将に昇進し，クレマンソー内閣で陸軍大臣になる。　▶*207*

ビーチ，シルヴィア（1887–1962）アメリカ，プリンストン生まれ。両大戦間期にパリで活躍したアメリカ人の一人で，1925 年，シェイクスピア・アンド・カンパニー書店を開業。マン・レイ，ヘミングウェー，パウンドなどのアメリカ人ばかりでなく，ヴァレリー，ブルトン，ジッドなどが頻繁に顔を出す。アメリカで発禁処分をうけたジョイスの『ユリシーズ』を単行本出版したことでも知られる。　▶*352, 431*

ヒトラー，アドルフ（1889–1945）ドイツの政治家。オーストリア出身。1919 年，ドイツ労働者党に入党。1923 年，ミュンヘン一揆に失敗して，投獄される。1933 年，首相に就任。1934 年，大統領ならびに総統となり，対外侵略を強行する。
▶*526, 530, 537, 544-5, 562-3, 589, 608, 614*

ピュニョ，ラウル（1852–1914）作曲家，ピアニスト。パリ音楽院教授。ヴァイオリニストのウジェーヌ・イザイとともにおこなったアメリカの講演旅行で好評を博す。ヴァレリーの妻ジャニーのピアノ教師。　▶*239, 266*

ビュヒナー，ゲオルク（1813–1837）ドイツの革命家，小説家，劇作家。ブランキやサン・シモンの思想に影響されつつ，貧窮した農民の蜂起を訴える政治文書を書く。代表作に『レンツ』『ヴォイツェック』がある。　▶*431*

ピラネージ（1720–1778）イタリアの画家，建築家。代表作に『ローマ景観図』『牢獄』などがある。　▶*502*

ピランデッロ（1867–1936）イタリアの小説家，劇作家。代表作に『作者を探す 6 人の登場人物』『ヘンリー四世』などがある。　▶*435, 546*

ヒンデンブルク元帥（1847–1934）ドイツの軍人，政治家。第一次世界大戦の英雄としてドイツ国民から尊敬され，ワイマール共和国第二代の大統領に選出される。
▶*520*

ファーブル，ジャン＝バチスト，神父（1727–1783）南フランス，ソミエールの生まれ。民衆詩やお話を自由闊達で才気あふれるオック語で表現した。代表作『ジャン・ロン・プリの話』。　▶*123*

ファーブル，リュシアン（1889–1952）小説家，詩人，科学者。小説『ラブヴェル』（1923）でゴンクール賞を受賞。『アインシュタイン理論』などの科学的な著作も

ある。ヴァレリーはファーブルの詩集『女神を知る』(1920) に序文を寄せたほか,「眠る女」を彼に捧げている。 ▶*357, 392, 653*

ファラデー, マイケル (1791–1867) 英国の化学者, 物理学者。電気分解に関するファラデーの法則を発見。また, 電磁誘導・静電誘導を発見し, 電力線や磁力線の概念を提唱。マクスウェルの電磁場理論に大きな影響を与えた。科学的知識を一般向けに容易に語る才能にも恵まれ,『ろうそくの科学』などの著作も残している。ヴァレリーにとって知的偶像の一人。 ▶*170*

ファリャ, マヌエル・ド (1876–1946) スペインの作曲家。バレエ音楽『恋は魔術師』『三角帽子』などの作曲で知られる。 ▶*275*

ファルグ, レオン＝ポール (1876–1947) 詩人。「火曜会」の常連の一人。1917 年に『若きパルク』を朗読会で読む。1924 年からヴァレリー, ならびにラルボーを加えた三人で雑誌『コメルス』を編纂した。ヴァレリーはファルグにその詩「群柱頌」を捧げている。 ▶*188, 318-20, 352-3, 387, 413, 415, 419, 430, 634*

ファンタン＝ラトゥール, アンリ (1836–1904) 画家。印象派の画家たちと親密に交わる。代表作に『バチニョールのアトリエ』(1870) がある。『ル・サントール』誌に挿絵を描いている。 ▶*187*

ブヴェール, アドルフ・ヴァン (1871–1925) 1900 年, 友人のレオトーと共同で象徴主義の決算書とも言うべき『今日の詩人たち』(メルキュール・ド・フランス刊) を出版し, そこにヴァレリーの詩を掲載した。 ▶*237*

フェーヴル, リュシアン (1878–1956) 歴史学者。マルク・ブロックとともにアナール学派の設立に貢献した。著書に『マルチン・ルター』『ラブレーの宗教』などがある。コレージュ・ド・フランスで近代文明史を講義する。1937 年, ヴァレリーの歴史認識を評価しないフェーヴルは, ヴァレリーのコレージュ・ド・フランス教授の就任に反対する。 ▶*567-8*

フェリーヌ, ミシェル ピエール・フェリーヌの兄。『ラ・プリュム』誌に詩を書いたり, ヴァニエ社から詩集『秘密の青年』を出している。 ▶*51*

フェリーヌ, ピエール (1872–1949) ヴァレリー一家が住むモンペリエのユルバン五世街 3 番地の建物の隣人で, ヴァレリーに数学 (特に, 変換群論やカントールの集合論) や音楽の手ほどきをする (フェリーヌ兄弟の父親はモンペリエの音楽学院の教授だった)。理工科大学を卒業後, 主にモロッコで砲術関連の任務につく。著作に『モロッコにおける砲術, シャウイアの戦い』(ベルジェ＝ルヴロー刊, 1912) があり, ヴァレリーが無署名の序文を書いている。しばしばヴィルジュスト街のヴァレリーのアパルトマンを訪れては旧交を温めている。 ▶*47-9, 75, 90-2, 118, 128-9, 147, 172, 256, 290, 357, 371, 420, 493, 538, 571*

フォシュ, フェルディナン, 元帥 (1851–1929) 軍人。普仏戦争に志願兵として参加。第一次世界大戦では第 9 隊を指揮してマルヌの会戦を戦う。1918 年 3 月に連合国軍総司令官に就任。戦略家としても知られ,『戦争原論』『戦時統帥論』などの著作がある。ヴァレリーがアカデミー・フランセーズに立候補する際, 有効なアドバイス与えている。 ▶*436, 445, 486, 495, 501, 684*

フォシヨン, アンリ (1881–1943) 美術史家。『形の生命』『ラファエロ』『北斎』などの著作がある。 ▶*443*

フォール，ポール（1872–1960） 詩人。象徴派的な詩を書く一方で，演劇にも興味を持ち，「制作座」の前身の「芸術座」を創設し，イプセンなどの北欧の作家の劇を上演する。また，その詩のいくつかはブラッサンスにより歌われている。
▶*110, 204, 258, 352, 646*

フォーレ，ガブリエル（1845–1924） 作曲家。代表作に『レクイエム』『マスクとベルガマスク』などがある。 ▶*296, 348, 649*

フォンテーナス，アンドレ（1865–1948） ブリュッセル生まれの象徴派詩人で自由詩を書く。ヴァレリーはフォンテーナスにその詩「篠懸の樹」を捧げている。著作に『ステファヌ・マラルメからポール・ヴァレリーへ 一証人のメモ，1894–1922』（1928）がある。 ▶*173, 187, 193, 198-9, 223, 239, 278, 314, 393, 453, 479*

フォンテーヌ，アルチュール（1860–1931） 理工科大学出で国際労働法の推進者。彼の家で，レオン＝ポール・ファルグが1917年4月29日に『若きパルク』を最初に朗読している。また，彼はヴァレリーをミュルフェルド夫人のサロンに紹介した。ウジェーヌ・ルアールの伯父。 ▶*320, 322, 401, 464*

ブーシュリ，ジュール（1877–1962） ヴァイオリニスト。1900年5月26日におこなわれたヴァレリーの結婚披露宴の席で，パブロ・カザルスと共演している。
▶*233*

ブスケ，マリー＝ルイーズ フランス語版『ハーパーズ・バザー』の編集長であり，かつ，パレ・ブルボン広場の自宅でサロンを開く。 ▶*324, 413, 466, 487*

ブックマスター，スタンリー，卿（1861–1934） 英国の自由党政治家。政治活動ならびに大学人としての活動が認められて1913年にナイト爵，33年に子爵となる。
▶*507*

ブノワ，ピエール（1886–1962） アルビ出身の小説家。冒険小説『アトランチス』（1919）で大成功をおさめる。アカデミー・フランセーズ会員。 ▶*414*

ブライチャド ドイツの社会主義者たちのリーダー。 ▶*460*

フライマン，アンリック 1876年にアルザス出身の数学者アルチュール・エルマンによって創立された出版社エルマンの編集長。アルチュールの子ジュールの娘婿にあたる。ルイ・ド・ブロイなどの支援を受けつつ，ブルバキやアインシュタインやバシュラールの著作を出版する。 ▶*590*

ブラヴェ，アルシッド 詩人。ヴァレリーの高等中学時代の友人。オック語の詩集『唇とバラ』（1889）を出している。 ▶*35, 51, 123, 517*

フラオー，シャルル モンペリエ大学理学部教授。ヴァレリーはフラオー教授の指導のもと，1886年から92年にかけて，兄ジュールや友人たちとラングドック一帯の植物採集に出かけている。 ▶*25, 55*

フラゴナール，ジャン・オノレ（1732–1806） 画家。フランス・ロココ様式を代表する画家。代表作に『ブランコ』などがある。 ▶*414*

ブラジャック，ロベール（1909–1945） ペルピニャン生まれの作家。ナチ占領下，ユダヤ人狩りを先導する発言をしたり，自分の敵をドイツと協力派の警察に引き渡したりしたため，対独協力者として逮捕され，モーリヤックなどからの助命請願にもかかわらず，1945年2月6日，銃殺刑に処せられる。小説に『時が過ぎるように』

『七彩』などがある。　▶*672*

プラトン（前 427–前 347）　古代ギリシャの哲学者。代表作に『ソクラテスの弁明』『饗宴』『国家』などがある。　▶*124*

フラネル，ジェローム　数学者。チューリッヒ理工科大学教授。アインシュタインが在籍していた頃の数学教授。　▶*405*

プランク，マックス（1858–1947）　ドイツの理論物理学者。量子論の発端となる量子仮説を提唱。熱放射の理論的研究から，エネルギー量子の概念を基礎づけた。　▶*558*

プーランク，フランシス（1899–1963）　音楽家，ピアニスト。フランス「六人組」の一人。リカルド・ヴィニェスにピアノを習っている。作品にオペラ『ティレジアスの乳房』やバレエ音楽『牝鹿』（ディアギレフによる委嘱）などがある。　▶*352*

ブーランジェ，ジョルジュ，将軍（1837–1891）　軍人，政治家。共和制に不満を抱くボナパルチストや王党派などの保守勢力を糾合し，「対独報復，反議会主義，憲法改正」をスローガンに 1889 年 1 月 27 日の補欠選挙で圧勝し，クーデター決行寸前の状態にまでいたったが，決行をためらい機会を逸した。反逆罪容疑で逮捕状が出たため亡命，のち，自殺する。　▶*51*

ブーランジェ，ナジア（1887–1979）　作曲家。音楽教師。フォーレに作曲を師事する。パリ音楽院やフォンテーヌブロー・アメリカ音楽院でバーンスタイン，ピアソラ，キースジャレット，バレンボイムなどを育てた。　▶*540, 601*

ブーランジェ，ルイ（1806–1867）　フランスの画家。風俗画や歴史画を得意とし，バルザックの肖像画やユゴーの小説の挿絵なども描いている。　▶*55*

ブランシュ，ジャック＝エミール（1861–1942）　画家，美術批評家。ロンドンやパリで肖像画家として名声を博す。マラルメ，ヴァレリー，プルースト，ルイスなどの肖像画も描いている。『ル・サントール』誌の挿絵を担当した。舌鋒鋭い話し手としても知られる。　▶*187, 339, 357, 420, 626*

ブランシュヴィック，レオン（1869–1944）　ソルボンヌの哲学教授。パスカル全集のブランシュヴィック版に名前を残す。　▶*402*

ブランシュネイ，ピエール　海軍将校。1925 年，ミュルフェルド夫人の再婚相手となる。結婚後，ブランシュネイ夫妻は，南フランス・グラースのピエールの領地「ラ・プチット・カンパーニュ」で過ごすようになる。ヴァレリーはしばしば夫妻のもとを訪ねている。　▶*466-7, 497, 499, 527, 547, 554, 579, 597, 606*

フランス，アナトール（1844–1924）　小説家。代表作に『シルヴェストル・ボナールの罪』『神々は渇く』などがある。ブルトンはフランスの国葬に際し，「埋葬拒否」という檄文をドリュ・ラ・ロシェルが企画したパンフレットに寄せている。ヴァレリーはアカデミー・フランセーズでフランスが占めていた椅子を引き継ぐ。　▶*207, 324, 376, 410, 434, 445-6, 467, 471-2*

ブリアン，アリスティッド（1862–1932）　政治家。ジャン・ジョレスの引きでフランス社会党に入党。のち，11 回にわたって首相を務める。仏独和解の政策を推進し，1925 年，ドイツ国境の現状維持，相互不可侵，仲裁裁判などを規定したロカルノ条約の締結にいたる。この功績が認められて，翌 1926 年，ドイツのシュトレー

ゼマンや英国のチェンバレンとともにノーベル平和賞を受賞する。国際連盟を舞台にした平和外交推進の点で，ヴァレリーと密接な関係があった。　▶*324, 458, 461, 495, 500, 502, 522*

ブリウー, ウジェーヌ（1858–1932）劇作家, ジャーナリスト。作品に『赤いドレス』『信仰』などがある。アカデミー・フランセーズ会員。　▶*445*

プリモ・デ・リベラ，ミゲル（1870–1930）スペインの軍人，貴族。国王アルフォンソ一三世により首相に指名され，1923 年から 1930 年まで軍事独裁体制をしく。　▶*427*

ブリモン男爵夫人，ルネ・ド（1886–1943）詩人。タゴールの詩を翻訳している。彼女が開くサロンには親友のナタリー・クリフォード＝バーネイ，ヴァレリー，グールモン，パレオローグなどが姿を見せた。ラマルチーヌの遠縁にあたる。　▶*348, 362-3, 394, 413, 619*

ブリュヌチエール（1849–1906）エコール・ノルマルで教鞭をとる。『両世界評論』誌に寄稿。17 世紀の古典主義文学を基準としつつ『フランス文学史に関する批評的研究』などを書くが，ボードレールやゾラなどの同時代の文学にたいしては厳しい態度を取り続けた。　▶*167*

ブール，ヴェラ　ラ・マルメゾンのサナトリウムを経営する精神科医ルイ・ブールの妻でロシア出身。彼女のサロンには著名な芸術家や貴婦人たちが多数出入りした。　▶*413-4, 591*

ブールジェ，ポール（1852–1935）アミアン生まれの小説家。代表作に『弟子』『現代心理叢書』がある。アカデミー・フランセーズ会員。　▶*301, 438, 446, 474, 541*

ブルジュレル，アンリ　劇作家。作品に『シテールへの船旅』『懇願する人々』などがある。　▶*301*

プルースト, マルセル（1871–1922）小説家。主著『失われた時を求めて』によって，フランスの小説技法を集大成するとともに，現在にいたるまで小説の書き方そのものにたいしてきわめて大きな問題を投げかけている。なお，パリ大学医学部教授であったプルーストの父アドリアンは，ヴァレリーの愛人となるカトリーヌ・ポッジの父サミュエルの同僚であった。　▶*2, 363, 368, 406, 607*

ブルダルー, ルイ（1632–1704）イエズス会士。きわめて雄弁な説教師として知られ，しばしばルイ一四世の宮廷でも説教した。　▶*310*

プールタレス, ギー・ド（1881–1941）ベルリン生まれのスイスの作家。『灰と炎』『孤独』などの作品がある。アンナ・ド・ノアイユの親友。　▶*476*

ブルデ，エドゥアール（1887–1945）劇作家。辛辣な皮肉を特徴とする風俗劇を書く。代表作に女性の倒錯を扱った『囚われの女』（1926）や貴族階級の男性の同性愛を扱った『エンドウの花』（1932）などがある。1936 年から 40 年までコメディー・フランセーズの支配人。カトリーヌ・ポッジと 1909 年に結婚，一子クロードが生まれるが，のち，離婚。　▶*364, 662*

ブルデ，クロード（1909–1996）エドゥアール・ブルデとカトリーヌ・ポッジの子。チューリッヒ理工科大学を卒業。人民戦線内閣で経済関連の仕事をした後, 1940 年, レジスタンス運動に入り,『コンバ』誌の創刊に参加するとともにその中心メンバー

として活躍する。1944 年，強制収容所に送られるが生還，戦後は植民地の解放運動に努力する。　▶*364*

ブルトン，アンドレ（1896–1966）　詩人。フランスにおけるシュルレアリズム運動の主導者。代表作に『ナジャ』『狂気の愛』などがある。ヴァレリーはブルトンを物心両面でいくどか援助しているが，ヴァレリーのアカデミー・フランセーズ入りを契機に疎遠になる。ヴァレリーはシュルレアリズムの運動にたいして概して否定的で，その運動を，「最大限の安易さによって最大限のスキャンダルを生み出すこと。(…) 屑による救済」(『カイエ』) と断じている。　▶*300, 314, 342, 344-5, 350-3, 358-9, 368, 376, 383, 411-2, 433, 475, 488, 504*

フールニエ，マルグリット（1891- ？）　1937 年春に南フランスのカシスにある姉妹夫婦（エブラール家）の別荘「天のバラ」で出会って以来，しばしばヴァレリーをマルセイユの旧港の見える自宅に招いた。『ある女友だちへの手紙　1938–1944』（レ・テラス・ド・ルルマラン刊，1988）に彼女宛の手紙が収録されている。また，ポリーヌ・マスカーニによるインタビュー記事が *Bulletin des études valéryennes*（第 5 号，1975 年 4 月）に掲載されている。　▶*579-80, 598, 606, 624-5, 628, 645*

フールマン，ギュスターヴ（1869–1940）　ヴァレリーが 1884 年に，セットの公立中学からモンペリエの高等中学に移ったときに，編入された第三学級にいた同級生。ヴァレリーがルイスやジッドと知り合いになるまで，ヴァレリーの書いた詩を適切に批判してくれる唯一人の友人であり，打ち明け相手だった。モンペリエ大学卒業後，高等中学の復習教師や哲学の教師をしたあと，1912 年以降，ヴァール県選出の社会党系の国会議員として活躍する。　▶*19, 20, 30, 32-3, 35-7, 44, 55, 57, 60-1, 66, 74, 85, 87-8, 115, 118, 123-4, 134-5, 141, 143-4, 189, 203-4, 246, 250, 256, 278, 301, 420, 441, 506, 510, 615*

ブルム，レオン（1872–1950）　ユダヤ系の家庭に生まれる。アンリ四世高等中学時代にジッドと知り合い，詩や評論を書いていたが，後にジャン・ジョレスに引かれて政治を志す。1925 年に社会党党首になり，1936 年の選挙に勝利して，共産党，急進社会党を含めた人民戦線内閣を率いた。第二次世界大戦中は強制収容所に入れられる。戦後，臨時政府の首相を務める。　▶*161, 522, 559, 605*

ブルメンタール，ジョージ　ニューヨークの金融家，メセナ。妻のフロレンスとともに若い有望な作家支援のためのブルメンタール財団を創設する。一回目はリヴィエール，二回目はサルモンに奨学金が与えられた。　▶*323, 368*

ブレアル，ミシェル（1832–1915）　言語学者。意味論の創設者。コレージュ・ド・フランス教授。ブレアルは，意味論を「意味の変化，新しい表現の選択，言い回しの誕生と死を支配する法則の体系」と定義している。ヴァレリーは，ブレアルの『意味論』(1897) の書評を『メルキュール・ド・フランス』誌（1898 年 1 月号）に書いている。　▶*202*

プレヴォー，マルセル（1862–1941）　パリ生まれの小説家，劇作家。女性心理の緻密な分析を得意とした。作品に『ある愛人の告白』『半・処女』などがある。アカデミー・フランセーズ会員。　▶*161, 323, 435*

ブレゾ，オーギュスト　出版者。フォブール・サン＝トノレ 164 番地に書店を構え，ここから 1976 年，ヴァレリーの『アルファベ』『ポール・ヴァレリーの作品書誌』（カ

ライスカキスとシャポンによる編集）が相次いで出版された。　▶*451*

ブレモン，アンリ，神父（1865–1933）　エク・サン・プロヴァンス生まれ。ヴァレリーのアカデミー・フランセーズ入りを積極的に支援し，純粋詩論争でも活躍する。ヴァレリーは，ブレモンの主著『フランスにおける宗教的感情の文学史』に触れ，その博識と熱情とに支えらえた独創的試みを称賛している（「アンリ・ブレモンについての講演」，1934）。アカデミー・フランセーズ会員。　▶*435, 444-5, 488, 541*

フレール，ロベール・ド（1872–1927）　ポン・レベック生まれの劇作家。『美徳への道』などの著作がある。ガリマールが一時期秘書として仕えた。アカデミー・フランセーズ会員。　▶*446*

ブレンデール，ヴィーゴ（1887–1942）　デンマークのロマンス語学者。コペンハーゲン学派の中心的なメンバーの一人。著書に『ディスクールの諸部分』『前置詞の理論』『一般言語学試論』などがある。ヴァレリーに招かれて国際連盟が関わったシンポジウム（1933年，マドリッド；1936年，ブダペスト）に出席したり，ヴァレリーのノーベル賞受賞のために奔走している。1934年11月，コペンハーゲン大学付属の学生サークルで「ポール・ヴァレリー――散文家」という講演もおこなっている。　▶*505, 554, 558*

ブロイ，モーリス・ド（1875–1960）　パリ生まれの物理学者。X線の研究で大きな成果を上げる。アカデミー・フランセーズ会員。コレージュ・ド・フランス教授。ヴァレリーは，1931年12月1日，ブロイの研究室を訪れて，電子の飛跡の立体写真を見せられている。　▶*541*

ブロイ，ルイ・ド（1892–1987）　ディエップ生まれの数学者，物理学者。1929年，電子の波動の研究でノーベル物理学賞を受賞。ヴァレリーのCNRS版の『カイエ』の序文を書いている。アカデミー・フランセーズ会員。　▶*653, 662*

フロイト，ジグムント（1856–1939）　オーストリアの精神医学者。精神分析の創始者。著書に『夢分析』『自我とエス』『ある幻想の未来』などがある。ヴァレリーはフロイトによる無意識の分析方法に反発しつつも，おおいに触発され，彼独自の夢の記述や分析を『カイエ』で探求している。　▶*515, 528*

プロチノス（205頃–270）　エジプト生まれ。おもにアレクサンドリアやローマで活動する。新プラトン主義の創始者。主著『エンネアデス』。　▶*128*

フローベール，ギュスターヴ（1821–1880）　ルーアン生まれの小説家。代表作に『ボヴァリー夫人』『感情教育』『ブヴァールとペキュシェ』などがある。　▶*56, 73, 85, 658*

ブロンテ，シャーロット（1816–1855）　英国の小説家。ブロンテ三姉妹の長姉。代表作『ジェーン・エア』。　▶*21*

ベアーグ，マルチーヌ・ド（ベアルン伯爵夫人，1870–1939）　パリ生まれ。両親から相続した莫大な財産をもとにワトー，ティエポロ，フラゴナールを収集したり，パリ7区の両親の家を改築して，コンサートホールのある豪邸に作り直した（ロベール・ド・モンテスキューは「7区のビザンチウム」と命名する）。音楽家や文学者のメセナとしても活躍。彼女は，トゥーロンに近い地中海沿岸のジアン半島の突端にある別荘「ラ・ポリネジー」に1925年以降ヴァレリーを招いた。ヴァレリー

は彼女に『ドガ・ダンス・デッサン』を捧げている。　▶*414, 438, 489, 534-5, 588, 593*

ベガン，アルベール（1901–1957）　スイスの作家，批評家。クローデル，ネルヴァルなどの詩的創造における精神性の研究をおこなう。主著に『ロマン的魂と夢』がある。また，ペギー，アラゴン，エリュアールなどの出版にも寄与する。1950 年以降，『エスプリ』誌の編集長を務める。　▶*404, 408*

ヘーゲル，フリードリッヒ（1770–1831）　ドイツの哲学者。ドイツ観念論の哲学者。代表作『精神現象論』『論理学』。　▶*243, 515*

ペタン，フィリップ（元帥，1856–1951）　軍人，政治家。第一次世界大戦のヴェルダン攻防戦でドイツ軍を撃退し，国民的英雄となる。1940 年に首相となり，ドイツに降伏する。降伏後，ヴィシー体制下で国家主席を務める。ヴァレリーはペタンのアカデミー・フランセーズ入りの際の答辞を読むなど，ペタンとはきわめて親しい仲であった。　▶*486, 493-5, 497, 499-501, 503, 506, 510, 522, 537, 543, 545, 590, 609-11, 614-5, 620, 624, 635, 641, 659*

ベディエ，ジョゼフ（1864–1938）　パリ生まれのフランス中世史研究家。『トリスタンとイゾルデ』や『ローランの歌』などを現代フランス語で出版する。アカデミー・フランセーズ会員。　▶*445*

ベートーヴェン（1770–1827）　ドイツの作曲家。ウィーン古典派を代表する作曲家。　▶*75*

ペトラルカ（1304–1374）　イタリア・ルネッサンス期の詩人。代表作『カンツォニエーレ』『我が秘密』。　▶*41, 130*

ペトロニウス，ガイウス（？–66）　古代ローマの政治家，文人。皇帝ネロの寵臣であったが，寵を失い自殺する。ピカレスク小説『サチュリコン』の作者とされている。　▶*41, 55*

ペネル，エリザベス（1855–1936）　アメリカの作家。彼女の本の多くには夫のジョゼフ（1857–1926）による版画が挿画として使われた。友人であったホイッスラーの伝記を夫婦共著の形で書いてもいる。二人はロンドンに住み，テムズ川を望む邸宅でサロンを開いていた。1894 年，そのサロンに招かれたヴァレリーは，ビアズリーと会い，ロートレックの話などをしている。　▶*163-4*

ヘラー，ゲルハルト（1909–1982）　ポツダムで生まれ，ハイデルベルク大学でロマンス語を学んだり，ピサやトゥールーズの大学に留学した後，1940 年 11 月，ナチ占領中のパリに派遣され，宣伝梯隊文芸部で書籍検閲を担当したドイツ人中尉。フランス文化へのある程度の理解があったこともあり，「ユダヤ作家や反独的なパンフレット」以外には比較的寛容なところも見せたと言われている。カミュの『異邦人』の原稿を読んで感激したというエピソードやサン＝テグジュペリの『戦う操縦士』の出版を承認したために数日間自宅謹慎に処せられたというようなエピソードが残されている。戦後，西ドイツでフランス語の文化雑誌を刊行するなどした。　▶*648*

ペラダン，ジョゼファン（1859–1918）　リヨン生まれの神秘作家。1888 年，薔薇十字教団を創設する。『至上の悪徳』『イスタール』などの著作がある。　▶*51*

ベラール，ヴィクトル（1864–1931）　古代ギリシャ文学研究家。『オデュッセイア』

の現代フランス語訳がある。　▶*445-6*

ベラール，レオン（1876–1960）　弁護士，政治家。文部大臣や法務大臣を歴任し，1934 年，アカデミー・フランセーズ会員になっている。　▶*420, 445-6*

ペラン，ジャン（1870–1942）　物理学者。ブラウン運動と原子物理学の専門家。1926 年度ノーベル物理学賞を受賞。受賞を祝って催された 1927 年 1 月 31 日の祝賀会で，ヴァレリーは講演をおこなう。そのための準備メモに，「この物理学者が戦っている相手は，尺度，不可視性，大きさの等級，つまり，人間の条件そのものである。彼は，彼という存在と――彼の五感ないし様々に限定された五感の領域と戦っている」（『カイエ』），と記している。　▶*353, 463*

ベルクソン，アンリ（1859–1941）　ポーランド系ユダヤ人を父としてパリで生まれた哲学者。分析的知性を批判して，内的な純粋持続としての体験的な時間を考え，生の哲学を唱えた。主著に『物質と記憶』『創造的進化』などがある。第一次世界大戦中，フランス政府の依頼でアメリカを説得する工作をしたり，戦後，国際連盟の知的協力委員会で活躍した。ナチ占領下におこなわれた彼の葬儀の席で，ヴァレリーはその偉業を讃えた。　▶*436, 442, 491, 552, 571, 616*

ベルトラン，ジャック　版画家。　▶*277*

ベルトラン，ルイ（1866―1941）　歴史家，小説家。ルイ一四世やフローベールなどの伝記作品がある。アカデミー・フランセーズ会員。　▶*446*

ベルトロ，フィリップ（1866–1934）　外交官。両大戦間期に外務省の事務局長としてフランスの対外政策決定の中枢に位置する。芸術家や作家との交流でも知られ，クローデル，サン＝ジョン・ペルス，ジロドゥー，モランなどの外交官としての経歴にも大きな配慮をしたと言われている。　▶*335*

聖ベルナール（1090–1153）　神秘思想家。シトー会に入り，クレルヴォに修道院を創設する。「蜜流るる博士」と呼ばれた。　▶*128*

ベルナール，サラ（1844–1923）　パリ生まれの女優。コメディー・フランセーズでの『フェードル』や『リア王』のヒロイン役で有名になり，『椿姫』『トスカ』などで名演技を見せた。プルーストをはじめ，多くの芸術家に愛された。ナダールの写真やアルフォンス・ミュシャのポスターでもその優美な姿が伝えられている。
▶*23*

ベルリオーズ，エクトール（1803–1869）　作曲家。代表作に『幻想交響曲』『レクイエム』『ファウストの劫罰』などがある。　▶*145*

ベルヌ＝ジョフロワ，アンドレ（1915–2007）　文芸批評家，美術批評家。1946 年，研究書『ヴァレリーの存在』（プロン刊。ヴァレリーの『己を語る』（*Propos me concernant*）が収録されている）を書く。長年にわたりパリ市現代美術館に勤務し，多くの展覧会に携わるが，『文書カラヴァッジオ』などの著作も残した。
▶*653, 671*

ペレ，オーギュスト（1874–1954）　建築家。鉄筋コンクリートの先駆的な使用により「コンクリートの父」と呼ばれる。代表作にシャンゼリゼ劇場，ノートル＝ダム・デュ・ランシーなどがある。　▶*296*

ペレール，オデット　1941 年夏，体調不良のヴァレリーをイヴォンヌ・ド・ビイーとともに親身に看護した女性。　▶*623*

ベロー, アンリ（1885–1958） ジャーナリスト。『ル・カナール・アンシェネ』誌や『グランゴワール』誌に寄稿。モスクワ，ベルリン，ローマに関するルポルタージュなどを書いている。対独協力のかどで死刑判決を受けるが，ド・ゴール将軍により恩赦を受ける。 ▶*672*

ヘンリー，ウィリアム・アーネスト（1849–1903） 英国の詩人で，きわめて強い影響力をふるった批評家。帝国主義的色彩の濃い週刊誌『スコッツ・オブザーヴァー』の主筆を務める。また，『ニュー・レヴュー』誌を1894年から98年まで編集した。ヴァレリーはその第16巻92号（1897年1月）に「ドイツの制覇――ドイツの拡張に関する試論」（後に「方法的制覇」と改題）を掲載した。 ▶*163, 181, 186*

ポー，エドガー・アラン（1809–1849） アメリカの詩人，小説家。読者に与える効果を最大限にすべく，作品を意識的に構築する必要性を説いた。推理小説の分野の開拓者でもある。ボードレールをはじめ，フランスの詩人にたいして大きな影響力をふるう。代表作『ユリイカ』『黄金虫』『アッシャー家の崩壊』。つねに覚醒した頭脳の持ち主として，「ジェノヴァの夜」の後もヴァレリーの知的偶像であり続けた稀有な一人。 ▶*56, 61-3, 80, 89, 107, 118, 148, 150, 154, 157, 241, 258, 280, 291, 332, 592, 607*

ボーア，ニールス（1885–1962） デンマークの物理学者。量子力学の誕生に指導的役割を果たすとともに，水素原子のスペクトルを説明したり，原子核反応の液滴模型を考案した。 ▶*505*

ホイットマン，ウォルト（1819–1892） アメリカの詩人。代表作『草の葉』。 ▶*337*

ボエス，カルル 詩人，雑誌編集者。ヴァレリーの詩「月の出」と「皇帝行進曲」は，それぞれボエスが主筆を務めていた『自由通信』誌の1889年10月号と11月号に掲載された。 ▶*62*

ホーコン七世（1872–1957） ノルウェー国王。第二次世界大戦中，ナチス・ドイツに徹底抗戦したことで知られる。 ▶*505*

ボシュエ，ジャック・ベニーニュ（1627–1704） 神学者。ルイ一四世の宮廷に招かれ，きわめて雄弁な説教ならびに追悼演説を残した。王権神授説を展開したり，新旧論争で古代派の領袖としても活躍した。代表作『世界史叙説』『プロテスタント教会変異史』。ヴァレリーは，「ボシュエの文章でわたしを驚かせるのは，その雄弁さ（わたしにはそれはどうでもいい）ではなく，その構成である。そして，その構成以上に驚かせるのは，その柔軟さである」（『カイエ』），と言っている。また，ヴァレリーはジッド宛の手紙で，自らを「第三共和制のボシュエ」とやや自嘲気味に呼んでいる。 ▶*310, 553, 599*

ボッカチオ，ジョヴァンニ（1313–1375） イタリアの作家，人文学者。代表作『デカメロン』『名士列伝』。 ▶*41*

ポッジ，カトリーヌ（1882–1934） 詩人。裕福なブルジョワの家庭に育つ。向学心に燃え，当時の科学的知識を貪欲に吸収した。後に売れっ子作家になるエドゥアール・ブルデと結婚し，1909年にクロードが生まれるが，まもなく離婚。ヴァレリーとは1920年に知り合い，1928年に決別するまで，波乱に満ちた愛情生活を送

る。作品に『魂の肌』『アニェス』などがある。 ▶*362-7, 372-5, 377-81, 383-5, 387-9, 394-7, 400, 411-2, 415, 417, 421-3, 429, 431-2, 439-40, 450, 456-7, 463-5, 468, 476-8, 485, 489, 533, 547-8*

ポッジ，サミュエル（1846–1918） パリ大学医学部教授。カトリーヌ・ポッジの父。当時の一流の貴婦人たちのサロンやエレディアのような文学サロンでも活躍した。ルイスと結婚したエレディアの娘ルイーズの治療もおこなっている。『失われた時を求めて』に登場する医師コタールのモデルの一人。昔の患者に暗殺される。 ▶*363-5*

ボドマー，マルチン（1899–1971） スイスの実業家。父親の遺産をもとにゴットフリート・ケラー賞の創設に尽力したり，雑誌『コロナ』を創刊した。また，チューリッヒ近くの領地「フロイデンベルク（喜びの砦）」に，ヴァレリーをはじめ多くの文学者を招いた。豪華な書籍の収集家としても知られている。 ▶*405, 432, 462, 552, 576*

ボードリヤール，アルフレッド（1858–1942） 枢機卿，歴史家。一時期，反共産主義の立場から対独協力に加担した。アカデミー・フランセーズ会員。 ▶*446*

ボードレール，シャルル（1821–1867） 詩人。万物の照応，悪のなかの美，自意識の苦悩を描き，フランスの詩に新たな領野を拓く。代表作『悪の華』『パリの憂鬱』『内面の日記』。ポーの翻訳，紹介でも知られる。ヴァレリーは「ボードレールの位置」のなかで，ユゴーをはじめとするロマン派の巨匠たちが健在ななかで，詩人として自分の取るべき道を考えたボードレールの姿を描いている。 ▶*28, 56, 61, 85, 89, 107, 352, 386, 402, 412, 422, 425*

ボナール，アベル（1883–1968） 作家，政治家。モーラスの思想やファシズムに共鳴し，積極的な対独協力者となる。ヴィシー政権下で文部大臣を務める。1932年にアカデミー・フランセーズ会員になるが，1944年に除名される。 ▶*414, 614, 640-2*

ボナール，ピエール（1867–1947） 画家。アカデミー・ジュリアンで知り合ったドニ，ヴュイヤールなどとともにナビ派の結成に参加。人物や静物を暖かい色彩で描いた。代表作に『逆光の裸婦』『浴槽のなかの裸婦』など。 ▶*122*

ボナパルト，クレマンチーヌ（1872–1955） クレマンチーヌ・ボナパルト・マリー・レオポルディーヌ・ド・ベルジックのこと。ベルギー国王レオポルド二世の娘。1910年，父親の死後，父親の反対していたヴィクトル・ナポレオン王子（1862–1926）とイタリアで結婚式をあげ，ブリュッセルに住む。なお，レオポルド二世の後を継いだアルベール一世はクレマンチーヌの従弟にあたる。 ▶*582-3*

ボニエール，ロベール・ド（1850–1905） 詩人。『ル・フィガロ』紙にヤヌスの筆名で執筆していた。作品に『モナク家の人々』などがある。エレディアのサロンの常連の一人。妻のアンリエットはルノワールやブランシュの肖像画にも描かれているが，そのサロンにはルイスやジッドが顔を見せていた。 ▶*152*

ボニオ，エドモン（1869–1930） 医者。「火曜会」の常連であったが，マラルメの死後，その一人娘のジュヌヴィエーヴと結婚。彼女とともにマラルメの『詩集』（1913）を編纂したり，彼女の死後は，『イジチュール』（1925）などの未公刊資料を公にするのに尽力した。 ▶*224, 358*

ボネ，アンリ（1888–1978）　外交官。国際知的協力学院院長を務める。　▸*559*

ホラティウス（前 65–前 8）　古代ローマの詩人。アウグストゥス時代の代表的な詩人としてウェルギリウスと並び称される。完璧な技巧と優雅な詩風で知られ，中・近世も西欧文学に影響を与え，特にその「詩論」は近代まで作詩法の規範とされた。『風刺詩』『書簡詩』など。　▸*486*

ポーラン，ジャン（1884–1968）　ニーム生まれの作家。『NRF』誌の編集長を務める（1925–40，1953–68）。『コメルス』誌が掲載を拒否したポッジの『アニェス』の出版に協力した。ナチ占領下でもガリマール社に留まりながら，地下出版に協力するなど，レジスタンス運動を続ける。著作に『タルブの花』などがある。
▸*345, 352, 358-9, 394, 426, 431, 648, 681*

ポリニャック，エドモン・ド，大公夫人（旧姓ヴィナレッタ・シンガー，1865–1943）　アメリカのミシン王アイザック・シンガーの娘。フォーレをはじめ多くの音楽家のメセナとして活躍。ラヴェルの『亡き王女のためのパヴァーヌ』は彼女に捧げられている。プルーストが夫人のサロン評を書いている。エドモン・ド・ポリニャック夫妻はともに同性愛者であったことでも知られている。　▸*412, 415, 419, 540*

ボルジア，チェザーレ（1475 頃–1507）　イタリアの政治家。教皇アレクサンデル六世の子。権謀術数を用いて，宗教界の要職を獲得するとともに，教皇領を拡大した。マキャベリの『君主論』で専制君主の理想とされている。ルクレツィアは妹。
▸41

ホルティ，ミクローシュ，摂政（1868–1957）　オーストリア・ハンガリーの軍人。1920 年，ハンガリー王国の摂政となり，独裁体制をしく。ドイツやイタリアとの関係を強化してトリアノン条約で失われた領土の回復を狙う。1944 年 10 月，ドイツとの断交と連合国への寝返りを画策するが失敗し，摂政を退く。　▸*559*

ボレル，エミール（1871–1956）　数学者。微積分，確率論で注目すべき業績を残した。パリ大学，高等師範などで自然科学部門の教授を務めた後，アンリ・ポワンカレ研究所所長に就任した。第一次世界大戦中，前線でドイツ軍の大砲の照準を実地に研究，パンルヴェ内閣では海軍大臣になった。ヴァレリーは，1925 年 1 月 17 日，ボレルと確率論や，言語，語の統計的意味について話し合ったと『カイエ』に記している。　▸*441, 605*

ポロック，フレデリック（1845–1937）　英国の法学者で，著書に『英国法政史』（1895，メイットランドとの共著）がある。1894 年 6 月にメレディスのところでポロック夫妻と知り合いになったヴァレリーは，その後，彼らの自宅の晩餐会に紹介されている。　▸*164*

ホワード嬢　1934 年 11 月，ロンドンを訪れたヴァレリーがマーキュリー座で彼女の踊りを見ている。　▸*547*

ボワレーヴ，ルネ（1867–1926）　小説家。『ラ・プリュム』誌や『レルミタージュ』誌に寄稿。『公園での愛のてほどき』『最良の友』などの作品がある。アカデミー・フランセーズ会員。　▸*323-4, 419, 435, 446-7*

ボワロー，ニコラ（1636–1711）　詩人，批評家。フランス古典主義の文学理論をその『詩法』にまとめあげた。　▸*31, 497*

ポワンカレ，アンリ（1854–1912）　数学者，物理学者。函数論，非ユークリッド幾何学，位相幾何学から天体力学におよぶ専門的業績のほかに，科学思想を平易に叙述した『科学と仮説』『科学の価値』『科学の方法』などの著作で知られる。『科学と仮説』第1章の「数学的推論の本性」で示された「出直しによる推論」は，ヴァレリーの『レオナルド・ダ・ヴンチの方法への序説』の発想源のひとつとなっている。　▶*174, 182, 184, 209, 410, 494*

ポワンカレ，レーモン（1860–1934）　フランス第三共和制を代表する政治家の一人。保守派に属し，1912 年の第二次モロッコ事件で挙国一致内閣を作り，対独強硬姿勢を貫き，モロッコを保護国とする。1913 年から 20 年にかけて大統領を務める。▶*407, 445, 495, 522, 537, 541, 545*

［マ 行］

マイヨール，アリスティッド（1861–1944）　彫刻家。女性の肉体を豊かな量感で表現した。代表作に『地中海』など。第一次世界大戦勃発時，ヴァレリー家にバニュルス・シュール・メールの別荘「サン・ルイ荘」を貸した。　▶*303*

マイリッシュ，サン＝チュベール　ルクセンブルグの鉄鋼会社 ARBED の社長エミール・マイリッシュ（1862–1928）夫人。ジッドの友人で，ジッドと 1914 年にイタリア，ギリシャなどを旅行している。ジッドの日記にその名が頻繁に現れる。　▶*381*

マキャベリ（1469–1527）　イタリアの政治思想家。権謀術数の必要性を説き，近代政治学の祖と考えられている。著書に『君主論』『フィレンツェ史』などがある。▶*214*

マクスウェル，ジェイムズ・クラーク（1831–1879）　英国の物理学者，数学者。電磁波が光と同じ速度で空間を伝播することを証明するとともに，光が電磁波であるとの予想を立てる。その著『電磁気論』は，「ジェノヴァの夜」の後のヴァレリーが熱心に読んだ本の一冊である。「マクスウェルの悪魔」などにその名を残している。▶*156, 572*

マクマオン元帥（1808–1893）　軍人，政治家。クリミア戦争やイタリア統一戦争で功績をあげたが，普仏戦争ではセダンの戦いで敗北した。王党から推されて大統領になるが，王政復古に備える政策を強行して失敗する。　▶*154*

マシア，フランチェスク（大統領，1859–1933）　カタロニアの政治家。1914 年から 23 年までバルセロナ選出の代議士となり，分離・独立権獲得運動を推し進め，独裁体制をしくプリモ・デ・リベラと戦う。1931 年，アルフォンソ一三世を追放後，1932 年から 33 年にかけてカタロニア大統領に就任する。　▶*528*

マシス，アンリ（1886–1970）　文芸批評家。モーラスやアクション・フランセーズに傾倒し，ドイツ文化を厳しく非難する。『ラ・ルヴュ・ユニヴェルセル』を創刊し，1920 年以降，その編集に携わり，ジッドやシュルレアリストたちを批判している。▶*376*

マスカーニ，ポリーヌ　ヴァレリー研究家で，『ポール・ヴァレリー案内』（1946）などの著作がある。　▶*668*

マゼル，アンリ（1864–1947）　ニーム生まれの劇作家，ジャーナリスト。象徴派の

雑誌『レルミタージュ』を 1890 年 4 月に創刊し, 主筆を務める。ヴァレリーの「建築に関する逆説」は，これの 1891 年 3 月号に掲載された。マゼルには,『象徴主義の良き時代　1890–1895』などの著作がある。　▶*80, 98, 119, 148, 453*

マダリアガ，サルバドール・デ（1886–1978）　スペインの技師，作家，政治家。パリの理工科大学などで学んだ後，国際連盟事務局に入り，軍縮委員会の委員長などを務める。オックスフォード大学教授，アメリカ駐在大使，フランス駐在大使などを歴任。スペイン内戦期には文部大臣も務める。フランコ政権下にはアメリカなどに亡命。　▶*443, 528, 550, 559, 590*

マチス，アンリ（1869–1954）　画家。ドラン，ヴラマンクなどとともにフォーヴィズム運動を興す。後，独特の平面構成の世界を創造し，20 世紀を代表する画家の一人となる。　▶*417*

マッシグリ，ルネ（1888–1988）　外交官。ドイツ問題の専門家。第二次世界大戦中，自由フランスに合流し，ド・ゴールとともに戦う。戦後，ロンドンの駐仏大使を務め，英仏関係の強化を訴える。　▶*666*

マッハ，エルンスト（1838–1916）　オーストリアの哲学者，物理学者。感覚要素一元論と実証主義的経験批判論を主張する。その著『認識と錯誤』がヴァレリーの 1908 年の危機を引き起こしたと考えられている。　▶*269*

マネ, ウジェーヌ（1834–1892）　エドゥアールの弟。1874 年，ベルト・モリゾと結婚。自伝的小説『犠牲者たち』(1889) を書いている。　▶*251*

マネ，エドゥアール（1832–1883）　画家。印象主義の指導的な役割を果たす。代表作に『草上の昼食』『オランピア』など。ヴァレリーは，ゾラとマラルメという芸術観も資質もきわめて異なった創作者の双方に愛され，称賛されたことにこそマネの勝利があると述べている。また，ヴァレリーは，マネの作品中，1872 年に描かれたベルト・モリゾの肖像画がもっとも優れていると判断している。　▶*181, 220, 266*

マネ，ジュリー（1878–1966）　ウジェーヌ・マネとベルト・モリゾの娘。両親の死後，従姉にあたるジャニーやポールとともにヴィルジュスト街のアパルトマンに住む。エルネスト・ルアールとの結婚式はヴァレリーとジャニーの結婚式と同時におこなわれた。マラルメやヴァレリーに関する貴重な証言を含む『日記』を残している。　▶*154, 211, 219-22, 224-5, 233, 235, 238, 248, 251, 271, 338, 571*

マヤール，エラ（1903–1997）　ジュネーヴ生まれの女性冒険家，ジャーナリスト。1935 年には，ピーター・フレミングとともに，北京からスリナガルまでの約 6000 キロを 7 ヶ月かけて踏破している。　▶*584*

マラ，ジャン゠ポール（1743–1793）　フランス革命期の政治家。ジャコバン派を指導しジロンド派追放に成功したが，暗殺された。　▶*97*

マラニョン, グレゴリオ（1887–1960）　スペインの医者。内分泌学の権威で, マドリッド大学教授。国際連盟におけるヴァレリーの同僚の一人。　▶*528*

マラルメ，ジュヌヴィエーヴ（1864–1919）　ステファヌ・マラルメの娘。父のよき相談相手を務めるとともに,「火曜会」を盛り立てる。父の死後，医師のエドモン・ボニオと結婚する。　▶*121, 176, 210-1, 213-4, 219, 221, 223-4, 239, 253, 288, 346, 354*

マラルメ，ステファヌ（1842-1898） 詩人。ローマ街で「火曜会」を主宰し，多数の次世代の詩人を育てる。壮麗な星空にも匹敵する完全な書物の作成を夢見る。代表作「エロディアード」「半獣神の午後」『イジチュール』『ディヴァガシオン』など。 ▶︎38, 61-2, 64, 71-2, 75, 79-80, 86, 89, 91, 96, 99-102, 107, 120-2, 124, 130, 132, 134, 149, 162-3, 166, 170, 173, 176-7, 181-2, 184, 193-4, 200, 210-1, 220-1, 224, 231, 235, 243, 250, 253, 255, 264, 272, 274, 276, 288, 292, 295, 325, 346-7, 358, 368, 376, 402-3, 406-7, 412, 426, 460, 462, 472, 492, 517, 607, 631, 656, 683

マラルメ夫人（旧姓マリア・ゲルハルト，1835-1910） ドイツのヘッセン州生まれ。1863年に，マラルメと結婚。 ▶︎121, 212, 214, 219, 223-5, 253

マリー，ジョン゠ミドルトン（1889-1957） 英国の文芸批評家。キーツやシェイクスピアの研究で名高い。1919年，『アシニーアム』誌の編集長となり，ヴァレリーの「精神の危機」を掲載している。小説家キャサリン・マンスフィールド（1888-1923）の夫。 ▶︎337, 350-1

マール，エミール（1862-1954） 美術史家。著書に『ロマネスクの図像学』『ゴシックの図像学』などがある。アカデミー・フランセーズ会員。 ▶︎445-6

マルクス，カール（1818-1883） ドイツの経済学者，哲学者，革命家。ヴァレリーは『資本論』に自分と同じようなものの見方があると考えていたところがある。 ▶︎339-40, 498

マルシャン大尉（1863-1934） 軍人，探検家。アフリカにおけるフランスの権益を拡張しようとするフランス政府の意向を受け，武装兵士を連れて現スーダンのファショダに1898年7月10日に到着。ファショダ事件のきっかけを作る。 ▶︎217

マルタン・デュ・ガール，モーリス（1896-1970） 作家，ジャーナリスト。1922年に『レ・ヌーヴェル・リテレール』誌を創刊する。主著『忘れがたい人たち』（*Les Mémorables*）で，彼が親密につきあったヴァレリーやジッドやシュアレスやクローデルの生き生きとした肖像を描き出している。『チボー家の人々』を書いたロジェは従兄。 ▶︎321, 387, 390-1, 444, 446-7, 471, 477, 498, 520

マルテル・ド・ジャンヴィル，ティエリ・ド，医師（1876-1940） 高名な外科医で，ヴァレリーの妻ジャニーの卵巣の手術をおこなう。1940年，ドイツ軍のパリ入城の際，自殺する。母は作家のジップ（Gyp）。 ▶︎491

マルドリュス，ジョゼフ・シャルル（1868-1949） カイロ生まれのフランスの医者，翻訳家。アラビア語からフランス語への『千夜一夜物語』の翻訳（1898-1904）が有名。妻のリュシー・ドラリュ（1874-1945）とともにパリの社交界で活躍した。 ▶︎204, 226

マルロー，アンドレ（1901-1976） 小説家，政治家。スペインや中国の内乱に参加し，その体験をもとに『人間の条件』や『希望』などを書く。第二次世界大戦中，レジスタンス運動で活躍し，戦後はド・ゴール内閣で情報相や文化相を務める。『沈黙の声』など美術論も多く，日本芸術にも造詣が深い。 ▶︎571

マーレイ，ギルバート（1866-1957） シドニー出身のオックスフォード大学教授。ギリシャ古典劇の翻訳が多数ある。ヴァレリーとは国際連盟の知的協力委員会の同僚で，同委員会による書簡集や対談集に一文を寄せている。 ▶︎443

マーロー，ジョルジュ 作家，医者。アルベール・モッケルの友人。 ▶︎558

マン, トーマス（1875–1955） ドイツの小説家。ハインリッヒの弟。代表作に『ブッデンブローク家の人々』『魔の山』『ファウスト博士』などがある。 ▶*508, 558*

マン, ハインリッヒ（1871–1950） ドイツの小説家。第二次世界大戦中，フランスやアメリカに亡命して, 反ナチズム闘争の先頭に立って戦った。代表作に『ウンラート教授』『アンリ四世』などがある。 ▶*435*

マンデス, カチュール（1841–1909） 詩人。1861 年,『ルヴュ・ファンテジスト』を創刊し，高踏派の成立に貢献する。マラルメの親友。代表作『フィロメラ』。 ▶*211*

マンデル, ジョルジュ（1885–1944） ジロンド県選出の政治家。アルザスを逃れたユダヤ人の家系に生まれる。ポール・レイノー内閣で内務大臣を務める。レジスタンス運動中，逮捕され，銃殺された。 ▶*537*

マントン夫妻 1894 年，パリ定住を始めたヴァレリーが最初に住んだアンリ四世ホテルの所有者。 ▶*160, 229*

ミオマンドル, フランシス・ド（1880–1959） 小説家, 批評家。『水の上に書く』(1908) でゴンクール賞受賞。ヴァレリーはミオマンドルにその詩「蜜蜂」を捧げている。 ▶*320, 337, 355, 383, 393, 448, 467*

ミシア（1872–1950） ピアニスト。その美貌と才能でベル・エポック期の「パリの女王」と呼ばれる。ロートレック，ボナール，ルノワールなどのモデルにもなっている。最初の夫がタデ・ナタンソン。二番目の夫は，『ル・マタン』紙を買い取ったアルフレッド・エドワルス。三番目の夫がスペインの画家ホセ＝マリア・セルト。 ▶*277*

ミシェル, エドゥアール ヴァレリーの高等中学時代の友人。 ▶*35*

ミシュレ, ジュール（1798–1874） 歴史家。歴史における民衆の役割を強調し，過去の全体的再現を歴史学の目的とした。代表作に『フランス史』『魔女』『海』などがある。ヴァレリーは，何度かミシュレは好きでないと言明している。「ミシュレ，もっとも馬鹿げた作家。彼は歴史を生きているふりをしている。彼は耐えがたい調子で断言し，その大胆さによって幻視者となっている」(『カイエ』)。 ▶*34, 268-9*

ミショー, アンリ（1899–1984） ベルギー生まれのフランスの詩人，画家。メスカリンなどを服用しながら，幻想と狂気の接しあう世界を散文詩で表現した。代表作に『夜動く』『荒れ騒ぐ無限』などがある。 ▶*571*

ミストラル, フレデリック（1830–1914） 詩人。1854年にオーバネルらとともに「フェリブリージュ」を結成し, プロヴァンス語とその文学の発展に努めた。代表作に『ミレイユ』がある。1904 年，ノーベル文学賞受賞。なお，モンペリエ時代のヴァレリーは,「フェリブリージュ」に集う詩人たちと親しくつきあっている。 ▶*35, 51, 124*

ミトゥアール, アドリアン（1864–1919） 詩人，政治評論家。アルベール・シャポンとともに『西洋』誌を創刊し，その編集長を務める。ヴァレリーはミトゥアールの死に際して,『メルキュール・ド・フランス』誌（1919 年 4 月 16 日号）に一文を寄せている。 ▶*255*

ミニョン, モーリス　ニースの地中海大学センターの所長。公教育を嫌ったヴァレリーの地中海大学センターでの仕事ぶりを鮮やかに描いた一文を「生きているポール・ヴァレリー」に載せている。　▶*536-7*

ミュッセ，アルフレッド・ド（1810–1857）　フランス・ロマン主義を代表する作家の一人。代表作に『夜』『世紀児の告白』などがある。ヴァレリーはミュッセについて，「自分には何の役にも立たない」（『カイエ』），と言っている。　▶*22*

ミュニエ，アルチュール，神父（1853–1944）　パリの文壇や社交界と深く関わったフォブール・サン＝ジェルマンの贖罪司祭。アガート・ヴァレリーの結婚式を執り行った。ユイスマンスのカトリックへの回心の導き手でもあった。　▶*419, 476*

ミュラ，ジョアシャン伯爵夫人（1867–1960）　プルーストの書簡のなかに彼女の男性的な声をからかうような一節がある。　▶*413*

ミュルフェルド, ジャンヌ夫人（通称「魔女」, 18？–1953）　ジャーナリストで,『ラ・ルヴュ・ブランシュ』の編集主幹も務めた夫リュシアン・ミュルフェルド（1870–1902）の死後（ちなみに，マラルメがジャンヌとリュシアンの結婚の証人を務めている），ジョルジュ・ヴィル街３番地で開かれたサロンにはパリの有名人士が集まった。ヴァレリーが一番足繁く通ったサロンでもある。1925 年，ブランシュネイと再婚後，サロンを閉め，南フランスに移る。　▶*322-4, 339, 348, 372, 374, 377, 381, 387, 401, 413, 420, 440, 466, 487, 547*

ミュンヒハウゼン男爵（1720-1797）　ドイツの軍人，貴族，冒険家。「ほら吹き男爵」の名で知られる。ロシア軍とともにオスマン帝国と戦い見聞を広めたが，1760 年，領地のボーデンヴェルダーに戻り，社交場で機知にとんだ語り手として評判をとる。男爵の話に数多くの作家たちが加筆・修正をほどこして『ほら吹き男爵の冒険』ができあがっている。　▶*8*

ミヨー，ダリユス（1892–1974）　作曲家。フランス「六人組」の中心的な存在。代表作に『世界の創造』『ブラジルへの郷愁』などがある。　▶*352*

ミレー，ジャン＝フランソワ（1814–1875）　バルビゾン派を代表する画家の一人。代表作『落ち穂拾い』『晩鐘』。　▶*181*

ムジル，ロベルト（1880–1942）　オーストリアの作家。代表作『三人の女』『特性のない男』。　▶*269*

ムッソリーニ，ベニト（1883–1945）　イタリアの政治家。1919 年にファシスト党を結成し，のち，独裁体制を確立する。ナチスと結び，第二次大戦に参戦。1943 年に失脚し，パルチザンの手で処刑された。ヴァレリーはムッソリーニと二度面会している。　▶*426, 525, 529-31, 568*

ムネ＝シュリー（1841–1916）　役者。コメディー・フランセーズで『ル・シッド』のロドリーグや『フェードル』のイポリットを演じ大成功を収めた。また, ハムレットの斬新な役作りでも話題をさらった。1890 年の手紙で, ルイスはムネ＝シュリー演じる『リュイ・ブラース』を三度もコメディー・フランセーズで観て感動したとヴァレリーに伝えている。ヴァレリーも，ルイスの熱に呼応するように，1891 年 1 月 21 日にモンペリエで上演されたムネ＝シュリー演じる『ハムレット』を観て，「人間としてというよりは，美的に打ち震えた」，とルイスに書き送っている。

▶*98*

メシアン，オリヴィエ（1908–1992） 作曲家。深いカトリック信仰に由来する神秘性漂う作風の一方で，インド音楽のリズムを取り入れたり，鳥の声を採譜するなど，革新的な創作活動をおこなった。代表作に『嬰児イエスに注ぐ 20 の眼差し』『トゥランガリラ交響曲』などがある。ヴァレリーはその『アーメンの幻影』初演を聴いている。 ▶*649*

メーストル，ジョゼフ・ド（1753–1821） 大革命を非難し，王と法皇の絶対性を主張した思想家。ヴァレリーは早くからその著作に親しみ，1893 年には『政治組織の発生的原理に関する試論』を読んでいる。また，「パトロン」エドゥアール・ルベイにも読み聞かせている。 ▶*35, 99, 156, 192, 241, 391*

メッテルニヒ（1773–1859） オーストリアの政治家。ウィーン会議の議長として会議を主導し，ウィーン体制を実現する。のち，神聖同盟や四国同盟を通じて，各国の自由主義運動や民族主義運動を弾圧する。 ▶*58*

メーテルランク，モーリス（1862–1949） ベルギー出身の劇作家，詩人。フランス象徴主義の影響の下，『ペレアスとメリザンド』などの演劇作品を書く。 ▶*96, 98, 554*

メドサン，ジャン（1890–1965） 1928 年以来，第二次世界大戦間の一時期を除いて 30 数年にわたりニース市長として勢力をふるう。 ▶*525, 625*

メニアル，エドモン モンペリエ大学法学部教授。 ▶*52, 55*

メリル，スチュアート（1863–1915） ニューヨーク生まれのフランスの詩人。象徴主義の理論化をはかる。代表作『音階』(1887)。ボードレールやベルトランの英訳もある。 ▶*188*

メルシエ，オーギュスト（将軍，1838–1921） ドレフュス事件当時の陸軍大臣（1893–1895）を務めた。多くの新聞や世論の支持を背景に反ドレフュスの先頭に立つが，ゾラから厳しく糾弾された。 ▶*266*

メルモ，アンリ＝ルイ ローザンヌの出版者，実業家。 ▶*462*

メレディス，ジョージ（1828–1909） 英国ヴィクトリア朝の代表的な小説家，詩人。難解な作風で知られる。代表作に『エゴイスト』。「おお，主よ，もっと多くの頭脳を」(『現代の恋』，第 49 行）の一句で有名。ヴァレリーは，1894 年 6 月のロンドン滞在の間に，ボックス・ヒルに住むメレディスを訪ねている。メレディスは初期の夏目漱石にも影響を与えた。 ▶*164, 186, 277*

モーガン，チャールズ（1894–1958） 英国の詩人，劇作家。国際ペン・クラブの会長を務めた。ヴァレリーはモーガン著『旅』の仏訳（1945）に序文を寄せている。 ▶*668, 675*

モクレール，カミーユ（1872–1945） 早熟の秀才で，小説や文芸批評に多彩な才能を発揮した。「火曜会」の常連で，マラルメを主人公にしたと考えられる小説『死者の太陽』(1898）やエッセイ『自宅におけるマラルメ』(1935）などを書いている。ヴァレリーはモクレールにその詩「セミラミスの歌」を捧げている。 ▶*110, 181-2*

モッケル，アルベール（1866–1945） ベルギーの象徴派詩人。1886年，リエージュで『ラ・ワロニー』誌を創刊。「火曜会」の常連の一人で『ステファヌ・マラルメ，ヒーロー』（1898）などの著作がある。ベルギー王立アカデミー会員。 ▶*239, 558*

モナコ，ピエール・ド，皇太子（旧姓ピエール・ド・ポリニャック，1895–1964） エドモン・ド・ポリニャック大公妃のサロンの常連で，プルーストとも親密な仲であった。1920年3月に，かつてモナコ公国の弁護士でもあったフランス大統領レーモン・ポワンカレの仲介で，後にモナコのルイ二世となるルイ・ド・モナコの娘シャルロット（ヴァランチノワ公爵夫人）と結婚し，一男一女をもうける。1933年に離婚。1949年，息子のレニエ・グリマルディがルイ二世の後を継いでレニエ三世となる。レニエ三世はグレース・ケリーの夫でもあった。ヴァレリーはピエール・ド・モナコに招待されて1924年2月，モナコで「ボードレールの位置」の講演をおこなっている。 ▶*422, 495, 514, 540, 576, 679*

モニエ，アドリエンヌ（1892–1955） パリのオデオン街7番地で「本の友の家」書店を経営していた。ヴァレリーをはじめ，ジョイス，パウンド，ヘミングウェー，フィッツジェラルド，ベンヤミンなどが出入りし，様々な文学の出会いの場となっていた。 ▶*351-3, 366, 392, 408, 420, 431, 462, 492*

モネ，クロード（1840–1926） 印象派の代表的な画家。代表作『印象・日の出』『睡蓮』の連作など。 ▶*239, 271*

モノ，ジュリアン＝ピエール（1879–1963） 実業家。ヴァレリーの私設秘書的な役割を献身的に果たす。ヴァレリーはモノを「ペン大臣」と呼んでいた。映画監督ジャン＝リュック・ゴダールの祖父。ヴァレリーはその「倫理的考察」（『テルケル』に収録）をモノに捧げている。『ポール・ヴァレリーへの眼差し』などの著作がある。
▶*455-6, 458, 462, 571, 609, 639, 674-5, 682*

モーラス，シャルル（1868–1952） 王党主義者で『アクション・フランセーズ』の中心的論客となる。一貫して反共和主義の立場をとり，ファシズムに好意を示し，ペタン政権を積極的に支持した。アカデミー・フランセーズ会員。彼は13歳半で聴力を失っている。 ▶*132, 464, 581, 627, 672*

モラン，ポール（1888–1976） 作家，外交官。コスモポリタニズムを代表する作家。代表作に『夜開く』『夜閉ざす』などがある。ヴィシー体制下，ルーマニア大使を務める。 ▶*415, 476*

モリエール（1622–1673） 劇作家，俳優。フランス古典劇を代表する存在。代表作に『タルチュフ』『人間嫌い』『守銭奴』などがある。ヴァレリーは，モリエールが，「平均的な人間」の側に身をおき，「平均的な人間を味方につけた」ために，「フランスにおいては深遠な演劇が不可能になった」（『カイエ』）と述べている。 ▶*369-70*

モリゾ，ベルト（1841–1895） 画家。マネのモデルとして『バルコニー』『スミレの花束をつけたベルト・モリゾ』などの絵に多数登場する。モリゾ自身の絵としては，『揺りかご』や娘のジュリーをモデルにした『夢見るジュリー』などが有名。また，『桜桃の木』には，ジュリーとヴァレリーの妻ジャニーが描かれている。
▶*154, 220-1, 238, 503, 582, 619*

モーリヤック，フランソワ（1885–1970） ボルドー生まれの小説家。代表作『テレー

ズ＝デスケィルー』『蝮のからみあい』。第二次世界大戦中，レジスタンス運動に参加。戦後は，対独協力派の作家たちの助命運動にも積極的に動く。　▶*361, 393, 422, 466, 634*

モレアス, ジャン（1856–1910）　アテネ生まれのフランスの詩人。最初象徴派の詩人，その理論家として活躍。1886年，名高い「象徴派宣言」を『ル・フィガロ』紙に書くが，やがてモーラスらとともに，ロマーヌ派を興し，さらに晩年は古典主義に復帰した。代表作に『スタンス』『熱狂的な巡礼者』など。　▶*215, 255, 274*

モレノ，マルグリット（1871–1948）　コメディー・フランセーズ女優で，1900年，マルセル・シュオッブと結婚。サシャ・ギトリやマルセル・パニョル監督の映画にも多数出演している。　▶*170, 201*

モロー，ギュスターヴ（1826–1898）　画家。聖書や神話を題材に，神秘的で幻想的な画風を打ち立てた。ユイスマンスの『さかしま』にモローの『サロメ』と『出現』をめぐる詳細な分析があり，特に象徴派の詩人たちの心を強く捉えた。　▶*74*

モーロワ, アンドレ（1885–1967）　小説家, 評論家。アランの弟子。シェリー, ユゴー, プルーストなどの伝記がある。　▶*476*

モンジ，アナトール・ド（1876–1947）　大蔵大臣，法務大臣，文部大臣などを歴任。作家で，百科全書の編集にも携わっている。地中海大学センターの理事長にヴァレリーを任命する。また，彼は1925年のルイスの葬儀の席で弔辞を述べているだけでなく，ルイスの窮状に心を痛め，密かに葬儀の費用を全額支払ってもいる。
▶*519, 522, 525-6, 533*

モンテスキュー，ロベール・ド（1855–1921）　ベル・エポック期を代表するダンディとして知られ,『さかしま』のデ・ゼッサント, さらには『失われた時を求めて』のシャルリュス男爵のモデルの一人と考えられている。ヴァレリーは，1891年9月，パリの国立図書館でモンテスキューを見かけている。　▶*120, 122*

モンテーニュ，ミシェル・ド（1533–1592）　思想家，モラリスト。批評的な懐疑主義に基づき，内省や寛容の精神の重要さを説く。主著『随想録』。　▶*623*

モンテルラン，アンリ・ド（1896–1972）　小説家，劇作家。独身者的な自由のモラルを説いた行動主義的作家。代表作『若い娘たち』『死せる王女』。　▶*477, 634*

モンドール, アンリ（1885–1962）　外科医。『マラルメ伝』(1941–42) や『ヴァレリーの早熟性』(1957) などの著作がある。ヴァレリーの親友で, ヴァレリーはその『固定観念』をモンドールに捧げている。ヴァレリーの死後，アカデミー・フランセーズにおけるヴァレリーの椅子（38番）を引き継いだ。　▶*324, 480-1, 514, 582, 620, 628, 642, 649, 666, 668, 675, 679, 681, 683*

［ヤ 行］

ヤング，エドワード（1683–1765）　英国詩人。代表作『夜想』。モンペリエ植物園にある石盤「亡き女ナルシスの霊を鎮めるために」は, ヤングがその娘エリザを葬った記念と伝えられている。　▶*46*

ユイスマンス, ジョリス＝カルル（1848–1907）　自然主義作家として出発したが,『さ

かしま』(1884) において，デ・ゼッサントという耽美家を主人公にして感覚的な人工天国を描いて自然主義から離れた。その後，デュルタルを主人公にした三部作『彼方』『途上』『大聖堂』を書いた。1889 年の夏休みに『さかしま』を読んで熱狂したヴァレリーは，1891 年 9 月，パリに上京した折，内務省にユイスマンスを訪ねている。ヴァレリーはユイスマンスに散文詩「廃れた路地の町」を捧げているほか，「デュルタル」「J. K. ユイスマンスの思い出」などを書いている。　▶*56, 62, 73-5, 80, 98, 109, 119-20, 122, 167-8, 170, 184, 199-200, 202, 212, 215, 255, 265, 347, 460*

ユゴー，ヴィクトル（1802–1885）　詩人，劇作家，小説家。ヴァレリーは青年時に，『ノートル＝ダム・ド・パリ』『ビュグ＝ジャンガル』『アイスランドのハン』などの小説，さらには『秋の葉』『内部の声』などの詩集に没頭している。1935 年，ヴァレリーは，ユゴーの天才が，「官能性，身体的リズムの豊饒さと支配，存在の無制限の資源，自らの力への信頼，そうした力の濫用における陶酔などを内包する活力とエネルギー」(「ヴィクトル・ユゴー　形による創造者」）にこそあると指摘している。　▶*21-2, 25, 34, 120, 352, 406-7, 410, 422, 548, 677*

ユトリロ（1883–1955）　画家。画家のシュザンヌ・パラドンの私生児としてパリに生まれ，モンマルトルの風景を灰白色の色調で描いた。　▶*489*

ユリアナ（オランダ女王，1909–2004）　ウィルフェルミナ女王とメクレンブルク公ハインリヒの娘。1937 年にリッペ＝ビーステルフェルト公ベルンハルトと結婚。オランダ女王（在位 1948–1980）。　▶*568*

ユルトー神父　1910 年，ヴァレリーは神父の『対異教徒大全』の講義を聴講する。　▶*274*

ヨーゼフ　ハンガリー大公。1919 年，第一次世界大戦の敗戦後に樹立した反革命政府で，カール国王の代行であったヨーゼフが統治者に選ばれているが，まもなく辞任している。なお，最高司令官は，翌年摂政になるホルティであった。　▶*559-60*

ヨハネ（十字架の聖ヨハネ，1542–1591）　スペインの神秘家，詩人，聖人。アビラのテレサとともにカルメル会改革を断行し，跣足カルメル会修道院創立に尽力する。その詩「暗夜」では神との一致へといたる神秘体験がうたわれている。　▶*605, 609*

［ラ 行］

ラヴァショル（1859–1892）　無政府主義的なテロリスト。フルミやクリシーで起きた社会争議における政府の対応に抗議して，爆弾をしかける。1892 年 3 月 30 日に逮捕され，同年 7 月 11 日にギロチンの刑に処せられる。　▶*129*

ラヴァル，ピエール（1883–1945）　政治家。ヴィシー政権下で，ペタンに次ぐナンバー 2 として，対独協力を進める。1945 年，銃殺される。　▶*615*

ラヴェル，モーリス（1875–1937）　作曲家。精緻なオーケストレーションで知られる。代表作に『ボレロ』『展覧会の絵』『亡き王女のためのパヴァーヌ』など。

▶*268, 275, 277, 422*

ラヴダン, アンリ（1859–1940）　ジャーナリスト, 劇作家。『決闘』などの作品がある。アカデミー・フランセーズ会員。　▶*446*

ラオール, ジャン（本名アンリ・カザリス, 1840–1909）　医者, 詩人。代表作に詩集『幻影』（1875）などがある。高等中学時代のヴァレリーの手帖にラオールの詩が書きとめられている。　▶*37*

ラカン, ジャック（1901–1981）　精神分析家。フロイトの新しい読みを提出しつつ, 言語, 文学, 哲学の世界に多大な影響を与えた。著書に『エクリ』『ディスクール』などがある。1932 年にパリ大学医学部に提出した博士論文『人格との関係からみたパラノイア性精神病』以来, 『エクリ』やセミネールでもラカンはヴァレリーの著作を頻繁に引用し, 好意的な扱いをみせていたが, 1963 年 5 月 8 日の不安に関するセミネールのなかで, ヴァレリーを「このニューリッチのためのマラルメ」と断じつつ, ヴァレリーの成功を「われわれの時代が出会いうるもっとも痛ましいもののひとつ」と言っている。　▶*571*

ラコスト, シャルル（1872–1959）　画家。ジッドやアルチュール・フォンテーヌやルアール兄弟の友人。サロン・ドートンヌの創設メンバーの一人。　▶*249*

ラザール, ベルナール（1865–1903）　ニーム出身の文芸批評家, 政治記者。ドレフュス弁護の論陣を張る。　▶*150*

ラシーヌ, ジャン（1639–1699）　フランス古典劇を代表する劇作家。代表作『アンドロマック』『ブリタニキュス』『ラシーヌ』。　▶*410, 467, 497, 595, 603-4, 637, 658*

ラシルド（1860–1953）　小説家。代表作『ヴィーナス氏』。アルフレッド・ヴァレットの妻。　▶*182*

ラッセル, バートランド（1872–1970）　英国の数学者, 哲学者。ホワイトヘッドとの共著『数学原理』で記号論理学を集大成する。また, 原水爆禁止運動やヴェトナム戦争反対運動などでも先頭に立った。ヴァレリーはラッセルの『幾何学基礎論』を読んでいる。　▶*208*

ラファエロ（1483–1520）　イタリアの画家, 建築家。ルネッサンスを代表する芸術家。代表作『アテナイの学堂』『グランドゥーカの聖母』。　▶*32*

ラ・フォルス, オーギュスト＝アルマン（公爵, 1878–1961）　ディエップ生まれの歴史家。ヴァレリーと同日にアカデミー・フランセーズ会員に選出される。
▶*446*

ラ・フォンテーヌ, ジャン・ド（1621–1695）　詩人。代表作『寓話詩』。ヴァレリーは「《アドニス》について」のなかで, 従来, 粗忽で不注意な作家との噂が絶えないラ・フォンテーヌが, きわめて理知的で明晰な制作態度を示す詩人であることを強調している。　▶*346, 360, 463*

ラプラス, ピエール・シモン（1749–1827）　天文学者, 物理学者, 数学者。太陽系の数学的研究により, 木星, 土星, 月などの運動を論じた。太陽系生成に関する星雲説を提唱。著書に『天体力学』『確立の解析的理論』などがある。　▶*124*

ラプラド, ピエール（1875–1931）　ナルボンヌ生まれの画家。ヴァレリーの『韻文と散文』（NRF, 1926）を 36 枚の水彩画で飾っている。　▶*248*

ラブレ，カトリーヌ（1806–1876）　聖女。1830年7月19日の夜に聖母マリアを見，その聖母マリアから，大きなMと十字架とキリストと聖母マリアの心臓の図柄の入ったメダルを見せられ，その図柄の入ったメダルを身につけたものには恩寵が訪れると告げられたと証言する。彼女の証言にあった「おお，罪なくして懐妊したマリアよ，あなたにおすがりするわたしたちのために祈れ」が，1854年のピウス九世による聖母マリアの無原罪懐胎の教義の採択へとつながったと言われている。
▶*531*

ラマルチーヌ，アルフォンス・ド（1790–1868）　ブルゴーニュ地方生まれの詩人，政治家。ロマン派を代表する詩人の一人。代表作『瞑想詩集』。　▶*22, 410*

ラモー，ジャン・フィリップ（1683–1764）　フランス・バロックを代表する作曲家，音楽理論家。代表作『優雅なインドの国々』『カストルとポリュクス』。　▶*649*

ラルボー，ヴァレリー（1881–1957）　ヴィシーの富裕な家に生まれ，少年の頃からヨーロッパ各地を旅行，豊かな国際感覚を身につけた小説家。代表作に『A・O・バルナブース全集』（1913）がある。ラルボーは1911年頃から『NRF』誌の協力者となり，また，1924年にはヴァレリー，ファルグとともに『コメルス』誌を刊行し，その編集にあたった。　▶*298, 321, 352, 354, 430*

ラ・ロシュフーコー，エドメ・ド（1895–1991）　フォブール・サン＝トノレの伯爵邸に生まれる。砂糖の精製で巨万の富を築いたルボディー家の出身。夫のジャン・ド・ラ・ロシュフーコーは，『箴言集』（1665）を書いたフランソワ・ド・ラ・ロシュフーコーの子孫。夫人はパリで最も洗練されたサロンのひとつを開いていた。1927年には女性の選挙権を求める国民連合を組織している。ヴァレリーをはじめ多くの芸術家たちをその領地のモンミライユ城に招いている。『ポール・ヴァレリーの『カイエ』を読みながら』（全3巻）を出すなどしているが，数学に関する本も書いていて，ヴァレリーは彼女をカトリーヌ・ポッジに近似した存在と位置づけていた。　▶*419-20, 456, 476, 487, 493, 494, 571, 605*

ラン，ピネッタ・ド　ピネッタは通称で，正式にはポリーヌ。従来，ピネッタはポリーヌ・ド・ランの娘とされてきたが（ベルトレもこの説を踏襲している），フロランス・ド・リュシーによると，ピネッタはポリーヌ・ド・ランの一人息子でヴァレリーの従兄にあたるルチアーノ・ド・ランとカトリーヌ・コテスコ（二人が結婚したのは1876年）の娘とのことである（Paul Valéry : *1894 Carnet inédit dit « Carnet de Londres »*, Gallimard, 2005, p.33）。ミシェル・ジャルティもリュシーの説をとっている（Michel Jarrety : *Paul Valéry*, Fayard, 2008, p.144）。1894年6月，ロンドンを訪ねた22歳のヴァレリーの前に姿を現したピネッタは16ないし17歳であった。　▶*42, 163*

ラン，ポリーヌ・ド　ヴァレリーの伯母。ヴァレリーの母方の祖父ジュリオ・グラッシの3番目の娘。ロンドンのハイベリー・クレセント10番地にある息子夫婦の家に住んでいた。　▶*8, 42, 163*

ランヴァン，ジャンヌ（1867–1946）　服飾デザイナー。1889年に服飾会社ランヴァンを創設する。　▶*467*

ランゲ，フリードリッヒ・アルベルト（1828–1875）　ドイツの哲学者，社会民主主義者。主著『唯物論史』。　▶*156*

ランジュヴァン，ポール（1872–1946） 物理学者。ランジュヴァン関数を導入した物質の磁性に関する研究，ブラウン運動に関する理論の提起などをおこなう。第二次世界大戦中はレジスタンスを指導し，戦後はワロンとともに民主的教育改革案を作成する。 ▶*527*

ランボー，アルチュール（1854–1891） シャルルヴィル生まれの詩人。フランス象徴派を代表する詩人。代表作『地獄の一季節』『イリュミナシオン』。青年ヴァレリーに詩作放棄を決断させるほど，ヴァレリーが終生乗り越えがたいと感じていた詩人。 ▶*38, 66, 89, 98, 116, 127, 130, 134, 154, 264, 402*

リヴィエール，ジャック（1886–1925） ボルドー生まれの評論家。『NRF』誌の編集長を務め，プルーストなど才能のある新人発掘に定評があった。著書に『エチュード』『ランボー論』がある。『モーヌの大将』を書いたアラン・フールニエの義弟。 ▶*324, 355, 358, 360, 366, 376*

リヴェ，ポール（1876–1958） 民俗学者。1937 年，パリ万博の際に，トロカデロの民俗学博物館にかわる人類博物館の建設に尽力する。ヴァレリーはそのシャイヨー宮の人類博物館のある建物ならびにそれと対になる建物の上部に入れるための碑文を書いている。それは，「傑作のためのこの壁のなかに／わたしは迎え入れ保存する／芸術家の驚くべき手が作り上げた作品の数々を／手は思考の対等者にしてライバル／一方なしでは他方もない」という 4 行で始まっている。 ▶*525, 537*

リオティ，ユベール（元帥，1854–1934） ナンシー生まれの軍人。第一次世界大戦時の陸軍大臣。アカデミー・フランセーズ会員。 ▶*494, 537, 544*

リシエ，リジエ（1500 頃–1567） ルネッサンス初期の彫刻家。ヴァレリーはアンリ四世ホテルの下宿の部屋にリシエの『ルネ・ド・シャロンの心臓の墓』の複製を飾っていた。 ▶*159*

リペール，ジョルジュ ヴィシー政府で一時期文部大臣を務め（1940 年 9 月–12 月），ヴァレリーの地中海大学センターにおける理事長職の更新を拒否する決定を下した。 ▶*618, 649*

リーマン，ベルンハルト（1826–1866） ドイツの数学者。ガウスの曲面論を発展させるとともに，多様体の概念を導入し，リーマン幾何学を確立した。青年時にリーマンの『数学作品集』を読んだヴァレリーの『カイエ』には，リーマン面の考察がしばしば登場する。 ▶*208*

リュイテルス，アンドレ（1876–1952） ベルギーの作家，銀行員。『NRF』誌の創刊に協力する。1911 年，銀行の支店長としてアディス・アベバに赴きインドシナ銀行のオリエント部を組織する。動産の投資に関してジッドとヴァレリーにアドバイスをしている。 ▶*287, 338*

リュカン，マルセル ヴァレリーの後を継いでニースの地中海大学センターの理事長に就任したジャーナリスト。 ▶*642*

リルケ，ライナー・マリア（1875–1926） オーストリアの詩人。代表作『ドゥイノ悲歌』『マルテの手記』。『ユーパリノス』を読んで感動したリルケは，その後，ヴァレリーの詩をドイツ語訳している。 ▶*379, 405, 424, 425, 431, 458-9*

ルアール，アレクシス（1869–1921）　音楽出版業。アンリ・ルアールの長男。ヴァランチーヌ・ラムール（1875–1940）と結婚。　▶*155, 221, 356, 463-4*

ルアール，アンリ（1833–1912）　理工科大学卒業の技師。機械関連の会社を設立し財を築く。美術の愛好家で，リスボン街にあった邸宅の玄関から屋根裏まで一流の絵が所狭しと掲げられていた。自らも絵筆を取った。ヴァレリーはアンリのなかに知性の取りうる理想の形を認めている。毎週金曜日にルアール家で開かれた晩餐会には，アンリと幼少からの友人ドガが姿を見せていた。ドガはアンリをはじめ，アンリの家族の絵を多数描いている。ヴァレリーがドガと初めて会ったのもここである。　▶*154, 181, 221, 239, 266, 287, 295*

ルアール，ウジェーヌ（1872–1936）　アンリ・ルアールの次男。イヴォンヌ・ルロル（1877–1940）と結婚。　▶*154, 169, 191, 221, 223, 287, 320*

ルアール，エルネスト（1874–1942）　画家。ドガのただ一人の弟子。アンリ・ルアールの三男。1900 年，ジュリー・マネと結婚。　▶*155, 221, 233, 235, 248-9, 251, 271, 287, 335, 571*

ルアール，ジュリアン（1901–1994）　エルネスト・ルアールとジュリー・マネの長男。　▶*271, 571*

ルアール，ポール（1906–1972）　音楽出版業。アレクシス・ルアールの長男。ポール・ヴァレリーの長女アガートと結婚。　▶*155, 464, 521, 529, 612*

ルアール，ルイ（1875–1964）　アンリ・ルアールの四男。クリスチーヌ・ルロル（1879–1941）と結婚。　▶*221*

ルイ，ジョルジュ（1847–1917）　外交官。戸籍上ピエール・ルイスの異母兄とされているが，実際は父親と考えられている。ピエールを文学へと導くとともに，そのよき理解者でもあった。　▶*70, 214, 327, 369*

ルイス，ピエール（1870–1925）　ゲント生まれの詩人，小説家。作品に『ビリティスの歌』『ポゾール王の物語』『アフロディテ』『女と人形』などがある。1890 年 5 月 26 日にヴァレリーと出会って以来，ルイスはマラルメをはじめとするパリの文学者にヴァレリーを紹介する労をとったり，自費で『ラ・コンク』誌を創刊してヴァレリーにしかるべき発表の場を提供したり，『若きパルク』の完成まで真摯なアドバイスを与え続けるなどしている。文学者としてのヴァレリーのキャリアを考えるうえで，ルイスの果たした功績はきわめて大きい。ルイス特有の気まぐれで皮肉に満ちた言動や，エレディアの娘たちとの波乱に満ちた愛情生活や，コルネイユとモリエールをめぐる問題が二人の間を引き離すことがあったにしても，ヴァレリーはルイスにたいする恩義とその審美眼にたいする尊敬の念を終生抱き続けていた。　▶*69-76, 78-81, 83, 86-90, 93-4, 96-7, 100, 109-10, 115, 118-22, 125, 127, 130, 132, 141, 144, 149, 152, 161, 166, 176, 179, 187-8, 193, 214, 216, 221, 225, 233, 237, 239, 247, 255, 233, 237, 239, 247, 255, 263, 274, 277-8, 293, 309, 311-4, 316-7, 324, 326-7, 329, 333, 341, 347-8, 356, 369-72, 403, 441, 453, 460, 462, 571*

ルヴェール，アンドレ（1879–1962）　批評家，肖像画家。『メルキュール・ド・フランス』誌ならびに『ル・クラプイヨ』誌でヴァレリー批判の記事を書く。　▶*474*

ルオー，ジョルジュ（1871–1958）　国立美術学校でギュスターヴ・モローに学ぶ。

マチスやマルケらとともにフォーヴィズムの中心的なメンバーの一人。宗教画に多くの傑作を残している。 ▶*417*

ルクレティウス（前 94 頃–前 55 頃） 古代ローマの哲学詩人。著書に『物の本質について』がある。 ▶*124*

ルコック，シャルル（1832–1918） 作曲家。ジョルジュ・ビゼーなどとともにパリ音楽院で作曲を学ぶ。オペレッタやオペラ・ブッファなどの作曲を得意とし，代表作は『アンゴ夫人の娘』（1872）。 ▶*249*

ルコック，シャルロット（1875–1956） ベルト・モリゾの死後，その娘のジュリーと将来のヴァレリーの妻ジャニー，その姉ポールの「三人のお嬢さんたち」を世話するべくマラルメが推薦したヴァルヴァン出身のお手伝いさん。ジャニーがヴァレリーと結婚した後も長年にわたってヴァレリー家にとどまり，献身的に仕えた。料理の才能に富み，ヴァレリーは特にその子牛肉料理を愛した。 ▶*235, 260, 262, 276, 303, 390, 617, 657*

ルコント・ド・リール（1818–1894） レユニオン島生まれの高踏派の詩人。作品に『古代詩集』『夷狄詩集』『悲劇詩集』がある。 ▶*61, 90*

ル・サヴルー医師 ヴァレリーとレオトーがともにかかっていたパリの医者。 ▶*593*

ル・シュヴレル嬢 サロンの女主人。 ▶*413*

ルージョン，アンリ マラルメの友人で，文部省美術局長を務めた。マラルメの葬儀の席で弔辞を述べている。 ▶*211*

ルソー，ジャン゠バチスト（1671–1741） 詩人，劇作家。古典的な詩法に則った巧みな詩を作り，ボワローからも称賛された。 ▶*444*

ルディネスコ，アレクサンドル，医師 ルーマニア出身のユダヤ人で，愛書家協会「スクリプタ・エ・ピクタ」の会長。ヴァレリーにウェルギリウスの『田園詩』の翻訳を依頼している。以後，医者として，ヴァレリーの治療にも尽力する。精神分析医エリザベート・ルディネスコは娘。また妻のジェニーはラカンの弟子で，ルイーズ・ワイスの妹にあたる。 ▶*643*

ルートヴィヒ，エミール（1881-1948） ドイツ出身の作家で，ゲーテやビスマルクやナポレオンの伝記で知られる。 ▶*600*

ルドネル，ポール（1860–？） 詩人。『ラ・プリュム』誌の編集に短期間携わった後，出生地の南フランスに戻り，モンペリエで『幻想』誌を創刊する。ヴァレリーはM.ドリスの筆名で詩「エレーヌ，悲しき女王」（創刊号，1891 年 8 月）や「ある絵画についての解説」（第 8 号，1892 年 3 月）をそこに載せている。また，ルドネルが書記を務めるオック語の雑誌『黄金の蟬』誌（創刊号，1891 年 6 月）にも同じ筆名で「眠りの森の美女」を載せている。 ▶*99, 123*

ルドン，オディロン（1840–1916） ボルドー出身の画家。幻想的な世界を油彩，水彩，パステルなどで表現した。マラルメなどの象徴派の詩人たちとの交友が深い。 ▶*238-9, 244, 275, 277*

ルナール，ジュール（1864–1910） 小説家，劇作家。『メルキュール・ド・フランス』誌の創刊に協力する。代表作に『にんじん』『博物誌』など。 ▶*192*

ルナン，エルネスト（1823–1892） 哲学者，宗教史家。合理主義的かつ科学的ヒュー

マニズムの立場から『イエスの生涯』などを書いている。 ▶*47, 383, 410*

ルヌヴィエ，シャルル（1815–1903） モンペリエ出身の哲学者。フランスにおける新カント主義の中心的人物で，著書に『現代哲学便覧』『カント理論批判』などがある。 ▶*41*

ルノワール，オーギュスト（1841–1919） 画家。ルノワールはマラルメの友人であり，ジュリー・マネやヴァレリーの妻ジャニーの知人でもあったが，ヴァレリーは，結婚後，ルノワール一家をヴィルジュスト街のアパルトマンにしばしば招待している。ルノワールの描いたジャニーの肖像画が残されている。 ▶*211, 220, 239, 256*

ル・バーユ ヴァレリーの長男クロードの乳母。 ▶*251*

ルービンシュタイン，イダ（1880–1960） ロシア生まれでユダヤ系の舞踏家，メセナ。ロシア・バレエ団に参加して『シェヘラザード』や『クレオパトラ』を踊る。その後，自らのバレエ団を組織して，『ボレロ』（音楽はラヴェル）などの振り付けもおこなった。ヴァレリーのメロドラマ『アンフィオン』『セミラミス』の振り付けも担当している。 ▶*483, 488, 507-8, 521, 536, 603*

ルフェーヴル，フレデリック（1889–1949） 作家，ジャーナリスト。マルタン・デュ・ガールの雑誌『レ・ヌーヴェル・リテレール』の編集長を務める。作家や文化人とのインタビューをおこない，「……との一時間」シリーズを次々に発表する。このシリーズの一巻が発展したものとして『ポール・ヴァレリーとの対話』（1926）が出版された。 ▶*445, 602*

ルブラン，アルベール（1871–1950） 政治家。植民地大臣，陸軍大臣を歴任した後，1932年，暗殺されたポール・ドゥメールの後を継いで大統領に就任する。 ▶*541, 570*

ルーベ，エミール（1838–1929） 政治家。内務大臣，上院議長を歴任した後，ドレフュス事件で国論が二分するなか，大統領に就任し（1899–1906），問題の沈静化をはかる。ヴァレリーの友人オージリオンは一時期ルーベの私設秘書を務めた。 ▶*144*

ルベイ，アンドレ（1877–1938） 詩人，歴史家，社会党系の政治家。1895年に，ルイスのところで会って以来の親友。アヴァス通信社重役エドゥアール・ルベイの甥。アンドレは，ヴァレリーを伯父エドゥアールの私設秘書に推薦する。ヴァレリーはアンドレにその詩「アンヌ」や「艇を漕ぐ人」を捧げたり，アンドレの詩集『星の筐』に献辞を書いている。ルイスは『女と人形』をアンドレに捧げているが，アンドレとカルチエ・ラタンのある女性との不幸な恋愛が作品の発想源とされている。なお，ヴァレリーが左手にはめている大きな宝石のはいった指輪はアンドレが贈ったものである。 ▶*187, 215, 234, 239, 261, 265, 271, 298-9, 312, 337, 354, 390-1, 393, 396, 561*

ルベイ，エドゥアール（通称パトロン，1849–1922） アヴァス通信社の重役で大株主。ヴァレリーは陸軍省を辞して，1900年から1922年までルベイの私設秘書を務める。パーキンソン病で身体が不自由ではあったが頭脳明晰なルベイのために，ヴァレリーは主に株式関連の新聞記事を読んだり，株の売買を手伝ったり，互いの好きな本を朗読した。 ▶*234, 237-8, 240-1, 244, 252, 258, 262, 264, 266, 271, 276, 287, 293, 310, 312, 323, 341, 347, 353, 357, 389-91, 394, 414, 449*

ルリシュ，ルネ（1879–1955） 医者。傷痍軍人などのために痛みを軽減した外科手術のあり方を研究した。コレージュ・ド・フランス教授。 ▶*658, 662*

ルロル家 ヴァレリーの親族。アンリ・ルアールの息子ウジェーヌとルイが，それぞれ画家アンリ・ルロルの娘イヴォンヌとクリスチーヌと結婚している。 ▶*346*

ル・ロワ，エドゥアール（1870–1954） 哲学者。ベルクソンの哲学の流れを受け継ぎつつ，科学と道徳の関係を問う著述が多い。『科学と哲学』『人間の起源と知性の進化』などの著作がある。コレージュ・ド・フランスでベルクソンのギリシャ・ラテン哲学講座の後を引き継ぐとともに，アカデミー・フランセーズでのベルクソンの椅子（7番）をも引き継ぐ。 ▶*567-8*

レイノー，ポール（1878–1966） 政治家。パリ選出の代議士。1938年11月，大蔵大臣に就任し，フランを切り下げ，増税などの措置で経済立て直しに努力する。首相を務める（1940年3月–6月）。 ▶*522*

レイノルド，ゴンザグ・ド（1880–1970） スイスの作家，歴史家。『悲劇的なヨーロッパ』『ヨーロッパの形成』などの著作がある。ヴァレリーとともに，国際連盟の知的協力委員会で活躍する。 ▶*443, 510*

レウゾン・ル・デュック，クロード 弁護士。ボナパルト街に住み，ヴァレリーをしばしば夕食会に招いた。オーヴェルニュ地方のシャトーヌフ・レ・バンに別荘を持っていた。 ▶*421*

レヴラン，ノエミ サロンの女主人。パンテオン広場にある彼女の屋敷で毎週日曜日に開かれるサロンには，ヴァレリーをはじめ，ランジュヴァン，ペラン，ブランシュヴィック，レオン・ブルム，セニョボスなどが姿を見せた。1912年から1937年にかけて，ヴァレリーは夫人に少なくとも120通ほどの手紙やはがきを送っている。ロラン・バルトの母方の祖母。 ▶*349*

レオトー，ポール（1872–1956） 作家，ジャーナリスト。1900年メルキュール・ド・フランス社よりブヴェールと共編で『今日の詩人たち』を刊行する。様々な臨時の職を経た後，1908年から40年まで『メルキュール・ド・フランス』誌の編集に参画する。また，劇評をモーリス・ボワサールの筆名で書いている。『動物寓話』『恋愛』などの作品がある。文壇生活を詳細に描いた『文学日記』でも知られるが，そこでヴァレリーを辛辣な筆致で描きだしている。 ▶*182, 207, 215, 237-9, 245-6, 252, 255, 278, 307, 334, 452, 453-5, 465, 475, 518, 520, 573, 590, 593-4, 607, 615, 626, 638, 681*

レオパルディ，ジャコモ（1798–1837） イタリアの詩人。徹底した厭世思想を知的に洗練された詩で表現し，ペトラルカ以来の抒情詩人と評されている。代表作に『カンティ』がある。 ▶*431*

レチフ・ド・ラ・ブルトンヌ（1734–1806） 小説家。作品に『パリの夜』『ムッシュー・ニコラ』などがある。ヴァレリーはレチフによるフランス革命以前のパリや市民生活の描写を賞玩した。 ▶*579*

レニエ，アンリ・ド（1864–1936） 象徴派の詩人，小説家。「火曜会」の常連。1896年，エレディアの娘マリーと結婚。代表作に『水の都』『生きている過去』など。ヴァレリーの兄貴分として，ヴァレリーを様々な場面で助けた。アカデミー・フランセーズ会員。

▶ *79, 89, 96, 102, 125, 127, 148, 152, 161, 167, 179, 193, 224, 237, 255, 435, 471*

ロイスブルーク，ヤン・ファン（1293–1381）　ブリュッセルのサント・ギュデュル教会の礼拝堂付き司祭を永年務める。神秘思想家。膨大な著書の数々はフラマン語で書かれているが，1891 年，その『霊的婚姻の飾り』がメーテルランクにより翻訳された。ジッドはこの翻訳をヴァレリーにプレゼントしている。　▶ *108, 128*

ロヴィラ夫人（旧姓マリー・フランソワーズ・ガブリエル・シルヴィー・ブロンデル・ド・ロクヴェール，1852–1930）　ヴァレリーが 1892 年 10 月 4 日から 5 日にかけて経験した情動的かつ知的危機「ジェノヴァの夜」の最大の原因とされるモンペリエ生まれの女性。彼女は，従来考えられていたようなカタロニア出身ではなく，年齢もヴァレリーより 19 歳年上である。彼女は 1871 年 5 月にシャルル・ド・ロヴィラ男爵と結婚して，ルネとジャンヌの一男一女をもうけている。ロヴィラ夫人はモンペリエとペルピニャンを往復して暮らしていた。モンペリエでは，グラン・リュ街 22 番地に，その後は，ジャック・クール街 16 番地に住んでいた。ロヴィラ夫人はまた，モンペリエ近郊ファブレーグ（Fabrègues）のミュジョラン（Mujolan）城にもしばしば滞在し，広大なブドウ畑を管理していた。カトリックの信仰篤い夫人は，大地主として教区の奉仕事業にも熱心で，政教分離の際の財産目録作りに加わったり，ファブレーグの教会修理にも貢献した。ファブレーグの教会の内陣奥のステンドグラスには，聖シルヴィーの姿をした彼女が夫と息子と娘（聖シャルル，聖ルネ，聖ジャンヌ）に囲まれているのが見えるという（A．マンダンとH．ローランチによる「Mme de R.」（恒川邦夫訳）を参照した）。　▶ *67, 114-6, 125, 129, 131, 133-6, 145-6, 284, 397*

ローズ，セシル（1853–1902）　英国の植民地政治家。南アフリカでダイヤモンドや金の採掘を独占し富を築く。1890 年，ケープ植民地の首相となり，ザンベジ川上流域を征服し自らの名にちなむローデシアと命名する。青年ヴァレリーの知的偶像の一人であった。　▶ *183-4*

ロセッティ，ダンテ・ガブリエル（1828–1882）　英国の画家。ラファエル前派を代表する一人。代表作に『ベアタ・ベアトリクス』などがある。　▶ *74*

ロダン，オーギュスト（1840–1917）　彫刻家。代表作に『バルザック像』『考える人』『カレーの市民』などがある。　▶ *277*

ロットシルト，フィリップ・ド（1902–1988）　映画のプロデューサー，詩人，上院議員。モナコやルマンの自動車レースにも参加した。高級ボルドー・ワインを産するシャトー・ムートン・ロットシルトの所有者でもあった。　▶ *494*

ロートレック，トゥールーズ（1864–1901）　画家。南フランスのアルビの生まれ。モンマルトルの踊り子や芸人や娼婦の肖像画やポスターを多数制作した。
▶ *164*

ロバチェフスキー，ニコライ（1793–1856）　ロシアの数学者。非ユークリッド幾何学を創設した一人。青年時のヴァレリーは，ロバチェフスキーの『幾何学の新原理』を読んでいる。　▶ *208*

ロプス，フェリシアン（1833–1898）　ベルギーの画家，版画家。1874 年にパリに移

り，悪魔主義や濃厚なエロチシズム漂う作風で知られ，ボードレールやマラルメの作品の挿絵を手がけた。また，『ル・サントール』誌にも挿絵を描いている。
▶*187*

ロベスピエール（1758–1794） 政治家。フランス革命でジャコバン派を主導。国王を処刑し，ジロンド派を追放して，独裁体制をしく。反革命勢力に対して断固とした恐怖政治をおこなったが，テルミドールの反動により捕らえられ，処刑される。 ▶*97*

ロペ・デ・ベガ，フェリックス（1562–1635） スペイン黄金世紀を代表する劇作家。国民演劇コメディアの創始者。代表作に『バレンシアの寡婦』『オルメードの騎士』などがある。 ▶*549*

ロマン，ジュール（1885–1972） 小説家，劇作家。アベイ派の運動に加わり，ユナニミスムを提唱する。作品に『プシケ』『善意の人々』『クノック』などがある。 ▶*352, 528, 608*

ロヨラ，イグナチウス・デ（1491–1556） スペインの宗教家。もともと軍人であったが，負傷を機に回心する。ザビエルなどとともにイエズス会を創設し，カトリックの復興に大いに貢献する。青年時のヴァレリーはルイスの薦めもあって，一時期，ロヨラの主著『精神修養』に没頭した。 ▶*83, 108*

ローランサン，マリー（1883–1956） 女流画家，詩人。淡い優雅な色調で描かれた少女像で知られる。作品に『馬に乗る女たち』『二人の姉妹』『ビリティスの歌』などがある。長野県茅野市にマリー・ローランサン美術館がある。 ▶*417*

ロンゴス（2 世紀–3 世紀） レスボス生まれと伝えられるギリシャの作家。作品に『ダフニスとクロエ』がある。 ▶*41*

ロンサール，ピエール・ド（1524–1585） 詩人。詩歌の革新をめざし，デュ・ベレーなどとともにプレイヤード派を形成する。代表作『オード集』『恋愛詩集』。 ▶*31*

ロンメル博士 ヴァレリーが読んだ最初の政治関連の本のうちの一冊『復讐の国で』（1886）の著者。豊富な資料をもとに，あらゆる方面でのフランスの欠点や弱点を指摘している。ミシェル・ジャルティによれば，彼の本名はアルフレッド・ペルヌサンで，牧師とのことである。 ▶*27*

［ワ 行］

ワイス，ルイーズ（1893–1983） 北フランス・アラス生まれの女流作家，ジャーナリスト。第一次世界大戦の惨禍を教訓に，仏独の融和を願い，1920 年『新ヨーロッパ』誌を創刊し，編集にあたるが，1934 年，ヒトラーの権力奪取とともに雑誌から身をひく。アリスティッド・ブリアンの側近の一人でもあった。ストラスブールにある EU 議会会議場にその名前を残している。 ▶*413*

ワインガルトナー，フェリックス（1863–1942） オーストリアの指揮者。ウィーン宮廷歌劇場やウィーン・フィルハーモニー管弦楽団の指揮者を務める。1937 年に来日し，新交響楽団（現 NHK 交響楽団）を率いて演奏会をおこなった。
▶*443*

ワグナー，リヒャルト（1813–1883） ドイツの作曲家。ロマン主義最大の芸術家。オペラを総合芸術に高めた。1872 年には自作上演のためにバイロイトに祝祭劇場を作る。代表作『ニュルンベルクのマイスタージンガー』『トリスタンとイゾルデ』『パルジファル』。フランスの多くの芸術家を魅了したことでも知られるが，ワグナーはヴァレリーにとって，エロチシズムを見事なまでの知的構造をもった作品のなかで歌い上げたという意味で越えがたい存在であった。ヴァレリーの未完に終わった『我がファウスト』の「ルスト」第 4 幕の一場面「愛の二重唱」には，明らかに『ニュルンベルクのマイスタージンガー』の影響が見て取れる。 ▶*37-8, 75, 89-90, 107, 118, 134, 150-1, 199, 214, 247, 248-9, 258, 280, 327, 405, 428, 480, 483, 489, 496, 532, 540-1, 550, 572, 594, 631, 636, 656*

ワトー，アントワーヌ（1684–1721） 画家。フランス・ロココ様式を代表する画家。代表作に『シテール島への巡礼』などがある。 ▶*414*

ワルク，ジェラール 1906 年，『現代フランス詩人選集――パルナスならびにパルナス以後の諸流派（1866–1906）』（序文シュリー＝プリュドム）を編纂し，そこにヴァレリーの「糸を紡ぐ女」「ナルシス語る」「詩のアマチュア」を収録する。 ▶*258*

ワルラス，レオン（1834–1910） フランスの経済学者。ローザンヌ大学教授。アントワーヌ・オーギュスタン・クルノの学説を発展させて数理経済学を創始し，ローザンヌ学派の長といわれる。ヴァレリーはワルラスが一般均衡理論を説いた『純粋経済学要論』（第 3 版，1896）の書評をおこなっている。 ▶*192*

参考文献

以下に掲げるのは原書の参考文献であるが，邦訳のあるものは（　）内に示した。

■ポール・ヴァレリーの作品

Œuvres, édition établie et annotée par Jean Hytier, 2 vol., Paris, Gallimard (Bibliothèque de la Pléiade), 1957 et 1960（『ヴァレリー全集』落合太郎・鈴木信太郎・渡辺一夫・佐藤正彰監修，全12巻・補巻2，筑摩書房。その他，いくつかの邦訳がある）．

Cahiers, édition établie, présentée et annotée par Judith Robinson-Valéry, 2 vol., Paris, Gallimard (Bibliothèque de la Pléiade), 1973 et 1974（『ヴァレリー全集カイエ篇』佐藤正彰・寺田透・菅野昭正・滝田文彦・清水徹編集，全9巻，筑摩書房，1980-1983年）．

Cahiers, édition intégrale en fac-similé, 29 vol., Paris, Éditions du C.N.R.S., 1957-1961.

Cahiers, édition intégrale établie, présentée et annotée sous la coresponsabilité de Nicole Celeyrette-Pietri et Judith Robinson-Valéry, T. I-V, Paris, Gallimard, 1987-1994.

Paul Valéry – Gustave Fourment, Correspondance 1887-1933, introduction, notes et documents par Octave Nadal, Paris, Gallimard, 1957, 262（「ヴァレリー＝フルマン往復書簡」三浦信孝・恒川邦夫訳，『ヴァレリー全集』補巻1，筑摩書房，323-563ページ，1979年）．

André Gide – Paul Valéry, Correspondance 1890-1942, préface et notes par Robert Mallet, Paris, Gallimard, 1955, 558p（『ジッド＝ヴァレリー往復書簡』二宮正之訳，全2巻，筑摩書房，1986年）．

Lettres à quelques-uns, Paris, Gallimard, 1952, 252p（『ヴァレリー全集』の数巻に分けられて収録されている）．

Lettres à une amie, 1938-1944, Lourmarin de Provence, Les Terrasses de Lourmarin, 1988, 84p.

XV lettres de Paul Valéry à Pierre Louÿs (1915-1917), Paris, Julien-Pierre Monod, 1926, pages non numérotées.

Paul Valéry secret, Correspondance inédite adressée de 1937 à 1945 à Madame Jean Voilier, catalogue de vente, Monte-Carlo, Ader-Picard-Tajan,

1982, pages non numérotées.

Les principes d'an-archie pure et appliquée, suivi de « Paul Valéry et la politique » par François Valéry, Gallimard, 1984, 212p（『純粋および応用アナーキー原理』恒川邦夫訳，筑摩書房，1986 年）.

Autobiographie, Rome, Bulzoni editore, 1983, 211p.

Vues, Paris, La Table Ronde, 1948, rééd. 1993, 408p（『私の見るところ』佐藤正彰・寺田透訳，筑摩書房，1966 年）.

Une chambre conjecturale, poèmes ou proses de jeunesse, Montpellier, Bibliothèque artistique et littéraire, 1981, 80p.

Cartesius redivivus, texte établi, présenté et annoté par Michel Jarrety, Paris, Gallimard（Cahiers Paul Valéry n°4），1986, 84p.

■ポール・ヴァレリーに関する研究書ならびに論文

Aigrisse, Gilberte : *Psychanalyse de Paul Valéry,* Paris, Éditions universitaires, 1964, 324p.

André Gide – André Ruyters, correspondance, 1895-1950, édition établie, présentée et annotée par Claude Martin et Victor Martin-Schmets, Lyon, Presses universitaires de Lyon, 1990, 2 vols., LVIII + 384p. et 414p.

André Gide, correspondance avec Francis Viélé-Griffin, 1891-1931, édition établie et annotée par Henry de Paysac, Lyon, Presses universitaires de Lyon, 1986, XLI + 116p.

Arrighi, Paul : « Paul Valéry et la Corse », *Revue d'histoire littéraire de la France,* juillet-septembre 1956, pp.392-400.

Assouline, Pierre : *Gaston Gallimard. Un demi-siècle d'édition française,* Paris, Balland, 1984, 536p（ピエール・アスリーヌ『ガストン・ガリマール――フランス出版の半世紀』天野恒雄訳，みすず書房，1986 年）.

Autour de Natalie Clifford-Barney, recueil établi sous la direction de Georges Blin, Paris, Bibliothèque littéraire Jacques Doucet, 1976, 96p.

Bellivier, André : *Henri Poincaré et Paul Valéry autour de 1895,* Chevreuse, imprimerie Coutancier, 1958, 12p.

Bémol, Maurice : *Paul Valéry,* Clermont-Ferrand, G. de Busac, 1949, 454p.

Berne-Joffroy, André : *Présence de Valéry, précédé de « Propos me cencernant » par Paul Valéry,* Paris, Plon, 1944, 236p（Propos me concernant の部分は，佐藤正彰訳がある。『己を語る』，『ヴァレリー全集』第 2 巻，1968 年，271-352 ページ）.

Berne-Joffroy, André : *Valéry,* Paris, Gallimard, 1960, 314p.

Bernier, Georges : *La Revue blanche, ses amis, ses artistes,* Paris, Hazan, 1991,

ill.324p.

Blanche, Jacques-Émile : *La Pêche aux souvenirs,* Paris, Flammarion, 1949, 456p.

Blayac, Alain : « Paul Valéry au Texas : la collection Carlton Lake », *Bulletin des études valéryennes,* n°10, juillet 1976, pp.4-25.

Bourbon Busset, Jacques de : *Paul Valéry ou le mystique sans Dieu,* Paris, Plon, 1964, 188p.

Breton, André : *Œuvres complètes,* T. I. Paris, Gallimard（Bibliothèque de la Pléiade）, 1988, LXXII + 1798p.

Bröndal, Viggo : « Paul Valéry – prosateur », conférence inédite traduite du danois et présentée par Jacques Caron, *Bulletin des études valéryennes,* n°58, novembre 1991, pp.111-136.

Bussy, Dorothée : « Quelques souvenirs sur Paul Valéry », *Bulletin des études valéryennes,* n°58, novembre 1991, pp.17-33.

Cahiers Paul Valéry, 1, « Poétique et poésie », Paris, Gallimard, 1975, 244p.

Cahiers Paul Valéry, 2, « Mes théâtres », Paris, Gallimard, 1977, 310p.

Cahiers Paul Valéry, 3, « Questions du rêve », Paris, Gallimard, 1979, 308p.

Caminade, Pierre : *Paul Valéry,* Vérone, éditions Pierre Charron, 1972, 136p.

Carton, Jacques : *Paul Valéry,* Bourges, éditions Gilco, 1953, 84p.

« Centenaire de Paul Valéry », *Europe,* Paris, juillet 1971, pp.3-157.

Charpier, Jacques : *Essai sur Paul Valéry,* Paris, Seghers, 1956, 224p.

Chopin, Jean-Pierre : *Valéry, l'espoir dans la crise,* Nancy, Presses universitaires, 1992, 226p.

Cioran : « Valéry face à ses idoles », *Exercices d'admiration,* Paris, Gallimard, rééd. 1986, pp.73-95（シオラン『オマージュの試み』金井裕訳，法政大学出版局，1988年に収録）.

Clifford-Barney, Natalie : *Aventures de l'esprit,* Paris, éditions Persona, rééd. 1982, 216p.

Colloque Paul Valéry. *Amitiés de jeunesse, influences, lectures,* texte établi par Carl P. Barbier, Paris, A.-G.-Nizet, 1978, 336p.

Crucitti-Ullrich, Francesca B. : *Apollo Tra le Dune. Amicizie belghe di Paul Valéry,* Pise, Giardini editori, 1979, 124p.

Daudet, Léon : *Verts d'Académie et vers de presse,* Paris, éditions du Capitole, 1930, 254p.

Delétang-Tardif, Yanette : « Portraits d'écrivains : Paul Valéry », *Gazette de Lausanne,* 7 septembre 1946.

Dollot, René : *Un précurseur de l'Unité italienne. L'aïeul de Paul Valéry : Giulio Grassi*（*1793-1874*）, Paris, Librairie Ernest Leroux, 1932, 46p.

Dormoy, Marie : *Souvenirs et portraits d'amis,* Paris, Mercure de France, 1963, 308p.

Duchesne-Guillemin, Jacques : *Études pour un Paul Valéry,* Neuchâtel, La Baconnière, 1964, 248p.

Entretiens sur Paul Valéry, sous la direction de Daniel Moutote, Paris, PUF, 1972, 196p.

Entretiens sur Paul Valéry, sous la direction d'Émilie Noulet-Carner, Paris-La Haye, Mouton, 1968, 416p.

Fargue, Léon-Paul : *Refuges,* Paris, Émile-Paul frères, 1942, 306p.

Féline, Pierre : « Souvenirs sur Paul Valéry », *Mercure de France,* Tome 321, 1954, pp.402-428.

Fonctions de l'esprit. Treize savants redécouvrent Valéry, Textes recueillis et présentés par Judith Robinson-Valéry, Paris, Hermann, 1983, 302p（J・ロビンソン＝ヴァレリー編『科学者たちのポール・ヴァレリー』菅野昭正・恒川邦夫・松田浩則・塚本昌則訳，紀伊國屋書店，1996 年）.

Fontainas, André : *De Stéphane Mallarmé à Paul Valéry. Notes d'un témoin, 1894-1922,* Paris, Edmond Bernard, 1928, pages non numérotées.

Fontainas, André : *Mes souvenirs du symbolisme,* Bruxelles, éditions Labor, 1991, 138p.

Faure, Gabriel : *Paul Valéry méditerranéen,* Paris, Les Horizons de France, 1954, 132p.

Gaède, Édouard : « L'amitié de Valéry et de Gide à travers les textes des Cahiers », *Revue d'histoire littéraire de la France,* avril-juin 1965, pp.244-259.

Gide, André : « Paul Valéry », *L'Arche,* revue mensuelle, n°10, octobre 1945, pp.4-17.

Gide, André : *Journal, 1889-1939,* Paris, Gallimard（Bobliothèque de la Pléiade），1951，1378p（『ジッドの日記』新庄嘉章訳，第 1 ～ 4 巻，日本図書センター，2003 年）.

Gide, André : *Journal, 1939-1949, Souvenirs,* Paris, Gallimard（Bibliothèque de la Pléiade），1954，1280p（『ジッドの日記』新庄嘉章訳，第 5 巻，日本図書センター，2003 年）.

Gramont, Élisabeth de（marquise de Clermont-Tonnerre）: « Un grand poète », *Les Œuvres libres,* n°8, Paris, Librairie Arthème Fayard, 1946, pp.203-230.

Gregh, Fernand : « Paul Valéry ou le visage de la gloire », *Les Œuvres libres,* n°5, Paris, Librairie Arthème Fayard, s.d., pp.33-45.

Gruggs, Henry, A. : *Paul Valéry,* New York, Twayne Publishers Inc., 1968, 153p.

Gueguen, Pierre : « Paul Valéry, son œuvre », Paris, *Nouvelle revue critique,* 1928, 61p.

Gutmann, René A. : « Souvenirs sur la mort de Paul Valéry », *La Nouvelle Presse médicale,* 28 avril 1973, n°17, pp.1103-1106.

« Hommage à Paul Valéry », *La Revue française,* n°10, juillet 1948, pp.48-67.

« Hommage à Paul Valéry », *Le Divan,* n°79, mai 1922, pp.197-312.

« Hommage à Paul Valéry », *Les Nouvelles littéraires,* 26 juillet 1945.

Hytier, Jean : « Réminiscences et rencontres valéryennes », *French Studies,* Leeds, Society for French Studies, 1980, pp.168-184.

Jarrety, Michel : *Paul Valéry,* Paris, Hachette, 1992, 256p.

Jarrety, Michel : *Valéry devant la littérature. Mesure de la limite,* Paris, PUF, 1991, 464p.

Jorif, Richard : *Valéry. Une journée particulière,* Paris, Lattès, 1991, 136p.

Lacorre, Bernard : « La catastrophe de 1908 », *Bulletin des études valéryennes,* n°43, novembre 1986, pp.19-26.

Lafont, Aimé : *Paul Valéry, l'homme et l'œuvre,* Paris, Jean Vigneau, 1943, 272p.

Lang, Renée : *Rilke, Gide et Valéry,* Boulogne-sur-Seine, éditions de la revue Prétexte, 1953, 80p.

Lapie, P.-O. : « Paul Valéry et la politique », *Revue des deux mondes,* février 1971, pp.330-335.

Larbaud, Valery : *Ce vice impuni, la lecture... Domaine français,* Paris, Gallimard, rééd. 1941, 284p（ヴァレリー・ラルボー『罰せられざる悪徳・読書』岩崎力訳，みすず書房，1998 年）.

Larbaud, Valery : *Journal inédit,* Paris, Gallimard, 1954, 2 vol., 540 et 420p.

Larbaud, Valery : *Paul Valéry, suivi de Pages inédites et de l'histoire du XXXVIII*^{e} *fauteuil,* Paris, Librairie Félix Alcan, 1931, 120p.

La Rochefoucauld, Edmée de : *En lisant les Cahiers de Paul Valéry,* 3 vol., Paris, Éditions universitaires, 1964-1967, 214p., 240p. et 270 p.

La Rochefoucauld, Edmée de : *Images de Paul Valéry,* Strasbourg-Paris, F.-X. Le Roux et Cie, 1949, 116p.

La Rochefoucauld, Edmée de : « Les idées politiques de Paul Valéry », *La Revue de Paris,* 1954, pp.72-86.

La Rochefoucauld, Edmée de : *Paul Valéry,* Éditions universitaires, rééd. 1954, 160p.

La Rochefoucauld, Edmée de : « Paul Valéry et l'Italie », *Revue de Paris,* mars 1952, pp.94-104.

La Rochefoucauld, Edmée de : « Voyages en Angleterre de Paul Valéry »,

Revue des deux mondes, novembre 1971, pp.313-323.

Launay, Claude : *Paul Valéry,* Paris, La Manufacture, 1990, 308p.

Léautaud, Paul : *Journal littéraire,* Paris, Mercure de France, 1986, 4 vol., 2296p., 2184p., 2112p. et 444p.

Lebey, André : « Quand il était inconnu... », *Les Nouvelles littéraires,* 11 décembre 1926.

Lefèvre, Frédéric : *Entretiens avec Paul Valéry,* Paris, Le Livre, 1926, 376p (『ポール・ヴァレリーとの対話』滝田文彦訳,『ヴァレリー全集』補巻 2, 1971 年，375-443 ページ).

Louÿs, Pierre : *Journal intime, 1882-1891,* Paris, éditions Montaigne, 1929, 376p.

Lussy, Florence de : *« Charmes » d'après les manuscrits de Paul Valéry, histoire d'une métamorphose,* Paris, Minard, 1990, 388 + XIII p.

Lussy, Florence de : *La Genèse de La Jeune Parque de Paul Valéry. Essai de chronologie,* Paris, Minard, 1975, 176p.

Lussy, Florence de : *Les Métamorphoses de « Charmes » de Paul Valéry,* Lille, ANRT, Université de Lille III, 1984, 864p.

Mackworth, Cecily : « Aestheticism and Imperialism : Paul Valéry in London », *English Interludes,* London, Routledge, 1974, pp.124-154（「若き日，英国にて」恒川邦夫訳,『ヴァレリー全集』補巻 1，1979，91-106 ページ。なお，中井久夫・中島俊郎両氏による詳細な解説と訳注のついた新訳「わが若き日の英国」『みすず』517 号，2004 年 6 月，28-52 ページ，も参照のこと）.

Mandin, André : « Paul Valéry et la médecine », *Bulletin des études valéryennes,* n°58, novembre 1991, pp.89-99.

Manet, Julie : *Journal, 1893-1899,* Paris, éditions Scala, 1987, 200p（ジュリー・マネ『印象派の人びと――ジュリー・マネの日記』橋本克己訳，中央公論社，1990 年）.

Martin du Gard, Maurice : *Les Mémorables,* Tome I, 1918-1923, Paris, Flammarion, 1957, 360p.

Martin du Gard, Maurice : *Les Mémorables,* Tome II, 1924-1930, Paris, Flammarion, 1960, 460p.

Martin du Gard, Maurice : *Les Mémorables,* Tome III, 1930-1945, Paris, Grasset, 1978, 356p.

Mascagni, Pauline : *Initiation à Paul Valéry,* Paris, éditions Marcel Gasnier, 1946, 160p.

Massis, Henry : *Le Suicide de Paul Valéry,* Liège, éditions Dynamo, 1960, 8p.

Michel, Pierre : *Valéry I : L'écrivain symboliste et hermétique. Valéry II : L'écrivain classique,* Paris, Foucher, 1953, 64 + 64p.

Mignot-Ogliastri, Claude : *Anna de Noailles, une amie de la princesse Edmond de Polignac,* Paris, Méridiens Klincksieck, 1986, 452p.

Millan, Gordon : *Pierre Louÿs ou le culte de l'amitié,* Aix-en-Provence, Pandora, 1979, 306p.

Mondor, Henri : *Les Premiers Temps d'une amitié, André Gide et Paul Valéry,* Monaco, éditions du Rocher, 1947, 60p.

Mondor, Henri : *L'Heureuse Rencontre de Valéry et Mallarmé,* Paris-Lausanne, éditions de Clairefontaine, 1947, 124p.

Mondor, Henri : *Précocité de Valéry,* Paris, Gallimard, 1957, 442p.

Mondor, Henri : *Propos familiers de Paul Valéry,* Paris, Grasset, 1957, 284p.

Mondor, Henri : *Trois discours pour Paul Valéry,* Paris, Gallimard, 1948, 120p.

Monod, Julien-Pierre : *Regard sur Paul Valéry,* Lausanne, édition des Terreaux, 1947, 60p.

Montel, Paul : *Paul Valéry mathématicien,* discours à la séance annuelle des Cinq académies, 25 octobre 1952, Paris, Supplément au n°1020 du *Bulletin du Mesclun,* 25 avril 1953, 6p.

Moutote, Daniel : *Égotisme français moderne. Stendhal – Barrès – Valéry – Gide,* Paris, C.D.U. et S.E.D.E.S. réunis, 1980, 376p.

Musée Paul Valéry, *Ville de Sète, L'enfance sétoise de Paul Valéry,* catalogue de l'exposition présentée à l'occasion du centenaire de la naissance du poète, octobre-décembre 1971, Montpellier, Causse imprimeur, 1971, pages non numérotées.

Nadal, Octave : *À mesure haute,* Paris, Mercure de France, 1964, 283p.

Nadal, Octave : « Paul Valéry et l'événement de 1892 », *Mercure de France,* Tome 325, 1955, pp.614-626.

Noulet, Émilie : *Paul Valéry,* Bruxelles, éditions L'Oiseau bleu, 1927, 87p.

Noulet, Émilie : *Paul Valéry,* suivi de *« Fragments des mémoires d'un poème » par Paul Valéry,* Paris, Grasset, 1938, 220 + LIIp.

Oster, Daniel : *Monsieur Valéry,* Paris, Seuil, 1981, 188p.

Paul Valéry, essais et témoignages inédits recueillis par Marc Eigeldinger, Neuchâtel, La Baconnière, 1945, 238p.

« Paul Valéry », *Littérature moderne,* n°2, Paris-Genève, Champion-Slatkine, 1991, 224p.

Paul Valéry, sous la direction de Jürgen Schmidt-Radefeldt, Darmstadt, Wissenschaftliche Buchgesellschaft, 1978, 324p.

Paul Valéry contemporain, sous la direction de Monique Parent et Jean Levaillant, Paris, Klincksieck, 1974, 404p.

Paul Valéry et le politique, Monique Allain-Castrillo, Philippe-Jean Quillien,

François Valéry, Paris, L'Harmattan, 1994, 256p.
Paul Valéry, Musique, Mystique, Mathématique, textes réunis et présentés par Paul Gifford et Brian Stimpson, Lille, Presses universitaires, 1993, 328p.
« Paul Valéry vivant », *Cahiers du Sud,* Marseille, 1946, 381p.
Peeters, Benoît : *Paul Valéry, Une vie d'écrivain ?,* Paris, Les Impressions nouvelles, 1989, 236p.
Pickering, Robert : « Écrire sous l'Occupation : Les Mauvaises pensées et autres de Paul Valéry », *Revue d'histoire littéraire de la France,* nov-déc, 1988, pp.1076-1095.
Poulain, Gaston : *Paul Valéry tel quel,* Montpellier, La Licorne, 1955, 32p.
Pozzi, Catherine : *Journal 1913-1934,* Paris, Ramsay, 1987, 676p.
Quillard, Pierre : *Le Monument Henry, Liste des souscripteurs classés méthodiquement et selon l'ordre alphabétique,* Paris, Stock, 1899.
Raymond, Marcel : *Paul Valéry et la tentation de l'esprit,* Neuchâtel, La Baconnière, 1946, 182p（マルセル・レイモン『ポール・ヴァレリー——精神の誘惑』佐々木明訳，筑摩書房，1976年）.
Rencontre. Paul Valéry et Pierre Louÿs à Montpellier en 1890. Premières correspondances, Mazamet, Babel, Accroc éditeur, 1990, 68p.
Reynold, Gonzague de : *Conquête du Nord,* Gallimard, 1931.
Reynold, Gonzague de : *Mes Mémoires,* t. III, Genève, Éditions générales, 1963, 756p.
Rey, Jean-Michel : *Paul Valéry, l'aventure d'une œuvre,* Paris, Seuil, 1991, 190p.
Riese, Laure : *Les Salons littéraires parisiens, du Second Empire à nos jours,* Toulouse, éditions Privat, 1962, 272p.
Robinson-Valéry, Judith : « Mallarmé, le père idéal », *Littérature,* n°56, décembre 1984, pp.104-118.
Romain, Willy-Paul : *Paul Valéry et la Méditerranée,* Lourmarin de Provence, Les Terrasses de Lourmarin, 1987, 60p.
Roth-Mascagni, Pauline : « En écoutant Marguerite Fournier raconter Paul Valéry », *Bulletin des études valéryennes,* n°5, avril 1975, pp.4-17.
Rouart-Valéry, Agathe : *Paul Valéry,* Gallimard, 1966, 206p.
Rouart-Valéry, Agathe : *Valéry à Gênes,* Turin, ERI-edizioni RAI, 1964, 68p.
Roulin, Pierre : *Paul Valéry, témoin et juge du monde moderne,* Neuchâtel, La Baconnière, 1964, 268p.
Saqui, Joseph : *Le Souvenir de Paul Valéry à Nice,* Hénin-Liétard, Daniel Plouvier, 1946, 36p.
Simond, Daniel : *Paul Valéry et la Suisse,* Lausanne, éditions du Revenandray,

1974, 44p.
Société des Nations (*la*) *et la Coopération intellectuelle,* Genève, Secrétariat de la S.D.N., 1927, 50p.
Souday, Paul : *Paul Valéry,* Paris, Simon Kra, 1927, 148p.
Soulairol : *Paul Valéry,* Paris, La Colombe, 1952, 216p.
Thomas, Marcel : « Le cas Valéry », *Les écrivains et l'affaire Dreyfus,* textes réunis par Géraldi Leroy, Paris, PUF, 1983, pp.103-112.
Thuillier, Guy : « Paul Valéry et la politique », série de 14 articles, *La Revue administrative,* novembre 1962-décembre 1966.
Valéry et le « monde actuel », textes réunis par Huguette Laurenti, Paris, *Lettres modernes,* 1993, 152p.
Valéry, François : *L'Entre-Trois-Guerres de Paul Valéry,* Nîmes, éditions Jacqueline Chambon, 1994, 84p.
« Valéry et nous », *Les Lettres nouvelles,* n°63, septembre 1958, pp.234-253.
Valéry, pour quoi ?, précédé de Paul Valéry, Lettres et notes sur Nietzsche, Paris, Les Impressions nouvelles, 1987, 244p.
Walzer, Pierre-Olivier : *La Poésie de Valéry,* Genève, Slatkine reprints, 1966, 498p.
Weiss, Louise : *Mémoires d'une Européenne,* Tome II, « Combats pour l'Europe, 1919-1934 », Paris, Albin Michel, 1979, 360p.

■その他（主に原書刊行後に出版されたもので，訳者が参考にしたもの）

Valéry, Paul : *Cahiers,* édition intégrale, t. VI-X, Paris, Gallimard, 1997-2006.
Valéry, Paul : *1894 Carnet inédit dit « Carnet de Londres »,* Édition de Florence de Lussy, Gallimard-Bibliothèque Nationale de France, 2005, 160p.
Paul Valéry - André Fontainas, Correspondance 1893-1945, Narcisse au *monument,* Édition, introduction et notes établies par Anna Lo Diudice, Éditions du Félin, 2002, 384p.
Paul Valéry - André Lebey, Au miroir de l'histoire (*Choix de lettres 1895-1936*), Édition établie, annotée par Micheline Hontebeyrie, Préface de Nicole Celeyrette-Pietri, Gallimard, 2004, 504p.
André Gide, Pierre Louÿs, Paul Valéry : *Correspondances à trois voix* (*1888-1920*), Édition établie et annotée par Peter Fawcett et Pascal Mercier, Préface de Pascale Mercier, Gallimard, 2004, 1696p.（一部が邦訳されている。『三声の往復書簡』川瀬武夫・恒川邦夫・吉井亮雄訳，『現代詩手帖』2005年10月号，66-81ページ，『三声による往復書簡集　1888-1920』恒川邦夫・塚本昌則・松田浩則・森本淳生・山田広昭訳，『人文・自然研究』

第二号，一橋大学大学教育研究開発センター，2008年3月，4-175ページ).

« Au cœur de l'impressionnisme. La famille Rouart », éditions des musées de la Ville de Paris, 2004, 196p.

Béhar, Henri : *André Breton, Le grand indésirable,* Édition Calmann-Lévy, 1990, 475p（『アンドレ・ブルトン伝』塚原史・谷昌親訳，思潮社，1997年).

Bona, Dominique : *Berthe Morisot. Le secret de la femme en noir,* Grasset, 2000, 350p（『黒衣の女　ベルト・モリゾ』持田明子訳，藤原書店，2006年).

Catherine Pozzi, Paul Valéry : *La flamme et la cendre. Correspondance,* Édition de Lawrence Joseph, Gallimard, 2006, 720p.

Goujon, Jean-Paul : *Pierre Louÿs. Une vie secrète*（*1870-1925*）, Fayard, 2002, 888p.

Jarrety, Michel : *Paul Valéry,* Fayard, 2008, 1366p.

Julien, Hélène M. : *Le Roman de Karine et Paul. Le* Journal *de Catherine Pozzi et les* Cahiers *de Paul Valéry,* L'Harmattan, 2000, 268p.

沓掛良彦『エロスの祭司――評伝ピエール・ルイス』，水声社，2003年.

Mairesse, Anne : *Figures de Valéry,* L'Harmattan, 2000, 320p.

Martin, Claude : *Gide,* Éditions de Seuil, 1963, 192p.（『アンドレ・ジッド』，吉井亮雄訳，九州大学出版会，2003年）.

Michel, François-Bernard : *Prenez garde à l'amour – Les muses et les femmes de Paul Valéry,* Grasset, 2003, 280p.

Michel-Thiriet, Philippe : *Quid de Marcel Proust,* Éditions Robert Laffont, 1987（『事典プルースト博物館』保苅瑞穂監修，湯沢英彦・中野知律・横山裕人訳，筑摩書房，2002年）.

Ryan, Paul : *Paul Valéry et le dessin,* Peter Lang, 2007, 354p.

Schwob, Marcel : *Œuvres,* Édition établie et présentée par Sylvain Goudemare, Phébus libretto, 2002, 992p.

Staman, A. Louise : *Assassinat d'un éditeur à la Libération – Robert Denoël*（*1902-1945*）, e-dite, 2005, 340p.

Steinmetz, Jean-Luc : *Stéphane Mallarmé. L'absolu au jour le jour,* Fayard, 1998, 616p（『マラルメ伝――絶対と日々』柏倉康夫・永倉千夏子・宮嵜克裕訳，筑摩書房，2004年）.

Tadié, Jean-Yves : *Marcel Proust, biographie,* Gallimard, 1996, 952p（『評伝プルースト』上・下，吉川一義訳，筑摩書房，2001年）.